NemeS

네
메
스

네메스 NemeS

초판 1쇄 인쇄 2014년 04월 03일
초판 1쇄 발행 2014년 04월 10일

지은이   Albert K.
펴낸이   손 형 국
펴낸곳   (주)북랩
출판등록 2004. 12. 1(제2012-000051호)
주소   153-786 서울시 금천구 가산디지털 1로 168,
        우림라이온스밸리 B동 B113, 114호
홈페이지 www.book.co.kr
전화번호 (02)2026-5777
팩스   (02)2026-5747

ISBN   979-11-5585-175-3 04810(종이책)
        979-11-5585-202-6 04810(세트)
        979-11-5585-176-0 05810(전자책)

이 도서의 국립중앙도서관 출판시도서목록(CIP)은 서지정보유통지원시스템 홈페이지(http://seoji.nl.go.kr)와
국가자료공동목록시스템(http://www.nl.go.kr/kolisnet)에서 이용하실 수 있습니다.
(CIP제어번호: 2014010686)

네메스

Albert K. 지음

book Lab

차례

의문의 사건

"시작의 동기는 항상 단순함에서 비롯된다."

2036년 2월 어느 날 오후, 침묵이 흐르고 있던 백악관의 대통령 집무실에 정적을 깨는 벨이 울렸다.

"각하, 니콜라스 비서실장입니다."

"그래, 니콜라스 비서실장! 제대로 확인했나?"

제럴드 대통령의 목소리는 마른 침을 연신 삼켜서인지 평소보다 날카로웠다.

"네! 각하. 확인했습니다."

"그래, 어떻게 결론이 났나?"

"자연적인 것이 아닌 인공적인 것으로 최종 밝혀졌습니다, 각하!"

"뭐라고? 정말 모든 것이 인공적이란 말인가?"

"네. 직접 보고 확인했습니다. 명확한 사실입니다!"

"음… 알겠네, 니콜라스. 자네도 알다시피 이 일은 너무나도 중요한 사건이니 NASA에 있는 박사들의 입단속을 철저히 하게. 그 무엇보다 중요한 일급비밀이니 모든 수단과 방법을 다 동원해서 철저히 보안을 유지하고, 이 사실이 혹시라도 흘러나갈 만한 외부통로가 있으면 모두 막아!"

"네, 명심하겠습니다. 각하!"

"재차 당부하지만 이 사건에 대한 협의가 확실하게 마무리되기 전에는 절대로 외부로 누설 되어서는 안 되네. 알겠나? 니콜라스! 최대한 빨리 각료회의를 준비하게."

"네, 각하!"

제럴드는 깊은 숨을 반복적으로 내쉬었다. 그리곤 이번 사건을 어떻게 처리해야 할지 고민에 고민을 거듭하며 숙고하고 있었다. 인류 역사상 막대한 예산을 투입한 대규모 프로젝트로, 인류의 지대한 관심과 대대적인 환영 속에서 시작했지만 지금은 앞으로 있게 될 비난을 의식한 여론에 신경 쓸 때가 아니었다. 2035년에 탐사 차 화성으로 보낸 최초의 유인 우주비행선인 '오리온호'의 우주비행사들이 계획된 탐사 목적에 따라 임무를 수행하고 있던 중에 우연히 의심스러운 시설과 물체를 발견했다는 소식은 계획된 나머지 탐사를 모두 취소시킬 수밖에 없을 정도로 충격적이었다. 그래서 지체할 틈도 없이 그 자료들을 싣고 철통보안속에 지구로의 복귀를 지시했다. 이번 사건은 인류 문명의 미래가 달려있을 정도로 매우 중대했다.

해가 저물자, 백악관의 비상헬기장에는 고위급 인사들을 태운 헬기가 쉴 새 없이 착륙과 이륙을 반복했다. 도로에도 이십여 대의 고급차량이 속속 도착했다. 어느새, 백악관 집무실에 비장한 모습을 한 고위급 관료들이 자리에 앉아 제럴드 대통령을 예의주시하고 있었다.

"레벤슨 국장. 사건의 경위와 현재까지 진척된 상황에 대해 보고해주세요!"

제럴드 대통령이 NASA의 총 책임자인 레벤슨 국장에게 지시했다.

"네! 각하. 그러면 지금부터 여러분에게 이번 사건에 대해 자세히 보고 드리겠습니다. 여기 계신 분들 모두가 잘 아시겠지만, 화성으로 떠났던 유인 우주비행선인 '오리온호'는 그곳에서 정해진 임무들을 충실히 수행 중이었습니다. 그런데 탐사 중이던 오리온호가 직경이 약 1킬로미터에 이르며 거대한 분화구처럼 보이는 지하 동굴을 발견한 것이 이번 사건의 발단입니다. 왜냐하면 지하 동굴의 모습이 너무 인위적이었기 때문입니다."

"인위적이라고 어떻게 단정하죠?"

헨드릭스 내무부장관이 끼어들며 말했다.

"처음엔 그냥 오랜 세월이 지나면서 흙더미와 먼지로 퇴적물이 형성되어 어지럽게 쌓여진 대충 몇백 미터 정도의 깊이로 보이는 평범한 지하 동굴이라 생각했습니다. 그런데 그 내부는 이해할 수 없는 광경의 연속이었습니다. 굴은 먼저, 깊게 수직 방향으로 이어지다 수평 방향으로, 그리고 또다시 수직 방향으로 깊이 떨어지는 길이 나 있었습니다."

"레벤손 국장! 동굴이란 다양한 모습이 있고 당신이 말한 모양의 동굴은 지구에도 얼마든지 있지 않소!"

제임스 외무부장관이 별 대수롭지 않은 듯이 심드렁한 표정을 지었다.

"네, 알고 있습니다. 제임스 외무부장관님. 그런데 문제는 전파측정기를 이용해서 지하 동굴의 총 깊이를 확인해보니 약 3킬로미터가 넘는 깊이였습니다."

"뭐, 뭐라고? 3킬로미터가 넘는 깊이?"

여기저기서 수군거리는 소리가 쏟아져 나왔다.

"그래서 저는 오리온호에 탑승하고 있던 우주비행사들에게 동굴 내부의 정밀한 3차원 홀로그램을 만들기 위해 측정을 요구했고, 그들은 레이저 장비로 측정한 데이터를 지구에 있는 NASA로 전송했습니다. NASA에서는 그들에게서 받은 데이터로 홀로그램 영상을 만들었습니다. 우선, 동굴 내부를 그대로 재현한 홀로그램 영상을 보시죠!"

레벤손이 전원 버튼을 누르자 곧이어 세밀한 3차원 입체 영상이 집무실 중앙에 펼쳐졌다.

"아니… 이건!"

여기저기서 놀라움의 탄성이 터져 나왔다.

"네, 맞습니다. 여러분도 보시면 알 수 있듯이 단순한 지하 동굴이 아닙니다. 그리고 지구에서도 흔하게 볼 수 있는 것은 더더욱 아니죠. 놀랍게도 인공적인 지하 시설입니다. 마치, 우리가 거대한 터널을 만들기 위해 산중턱이나 지하에 굴착기계를 사용해서 원형의 동굴을 인위적으로 만든 내부 공간과 다를 것이 전혀 없는 모양입니다. 물론, 그 당시에 어떤 사건이 일어났는지는 알 수 없지만 분명한 건 대규모 폭발의 흔적이 곳곳에 있고 시간에 따라 부식이 있음에도 보시다시피 여전히 전체 공간이 기다란 호스처럼 매끈한 상태를 유지하고 있습니다. 이 모습으로 명확히 인공적인 구조물이라고 결론 내릴 수 있었습니다."

"도대체 화성에서 누가 이런 작업을 했단 말이오?"

케틀러 국방부장관이 믿기지 않는다는 표정을 짓고는 두 눈을 부릅뜨며 레벤손에게 물었다.

"분명한 것은 우리는 아니라는 겁니다. 우리는 이제야 화성에 인류 역사상 처음으로 유인 우주비행선인 오리온호를 쏘아 보냈으니까요. 하여튼, 이곳을 방사능 연대 측정기로 조사해본 결과…."

레벤손은 말하고 있는 자신도 믿기지 않는지 말을 이어가려다 숨을 고르듯 잠시 멈추었다.

"측정한 결과가 어떻게 나왔단 말이오?"

케틀러 국방부장관이 지체 없이 재차 물었다.

"지금으로부터 최소한 약 9천 년 정도로 측정결과가 나왔습니다."

"뭐라고, 9천 년?…!"

자리에 모인 인사들이 수군거렸고 어수선한 분위기가 이어졌다.

"뭐라고! 국장, 뭔가 실험에 커다란 착오가 있는 것 아니오! 도대체 이게 말이 되나!"

케틀러가 불같이 화를 내며 두 눈을 매섭게 부라렸다.

"자, 자 여러분, 그만들 하시오! 진정하시기 바랍니다. 중요한 이야기는 시작도 하지 않았어요!"

지금까지 가만히 듣고만 있던 니콜라우스 과학기술부장관이 끼어들며 주위를 환기시켰다.

"중요한 이야기가 더 남아 있다고?"

"여러분! 진정들하고 이야기에 집중하세요. 특히, 케틀러 국방부장관, 흥분을 가라앉혀요!"

제럴드 대통령이 큰소리로 엄중하게 말했다.

"레벤손! 나머지 이야기도 부탁하오."

제럴드 대통령이 레벤손에게 정중히 말했다.

"네! 각하."

"우주비행사들은 거대한 지하터널의 출입구부터 지하 2킬로미터 아래의 맨 바닥까지 우주비행선으로 서서히 내려갔습니다. 그런데 거기서 끝이 아니었습니다. 흙더미 속에 묻혀 있었지만 전파탐지기로 조사해보니 이번엔 통로가 직진 방향으로 약 300여 미터 정도 또다시 이어져 있었습니다. 그 흙더미를 굴착기로 뚫고 그 통로 끝에 도달하자 놀랍게도 또다시 커다란 공간이 나왔고, 약 1킬로미터를 아래로 더 내려가자 수평 방향으로 나 있는 통로가 있었습니다. 그 통로를 따라 이동하다가 거대한 공간을 발견했습니다."

"지하통로 끝에 거대한 공간이라고?"

헨드릭스 내무부장관이 자신의 턱을 한 손으로 쓰다듬으며 의문을 표시했다.

"물론 그 거대한 공간도 폭발흔적이 있었고, 거기다 오랜 세월 동안의 부식으로 명확한 형체를 알아볼 수 있는 것은 없었습니다. 그래도 계속해서 주의 깊게 면밀히 탐사를 계속하던 중, 운 좋게 그나마 형체가 남아 있는 의문의 물체를 발견할 수 있었습니다. 그 물체를 조심스럽게 실은 오리온호의 우주비행사들은 NASA의 지시에 따라 원래의 탐사 계획은 일단 보류하고 서둘러 지구로 복귀했습니다. 먼저 양해의 말씀을 드립니다. 아쉽게도 이 자리에서 그 물체를 홀로그램으로 보여드릴 수밖에 없는 것은 그 물체를 더 이상 훼손시키지 않으려 안전한 특수보관시설에 넣어두었기 때문입니다. 그럼, 이제 여러분에게 그 물체의 홀로그램을 보여드리겠습니다."

집무실 중앙에 물체의 홀로그램이 펼쳐졌다. 영상이 펼쳐지자, 그들은 모두 자신들의 입이 다물어지지 않는 것도 인지한지 못한 채 뚫어지게 영상을 자세히 보며 본인들의 눈을 의심했다. 영상은 캡슐로 보이는 물체 안에 마치 어린아이처럼 보이는 무언가를 담고 있었다.

"이건 마치 화석화된 공룡의 알 속에 들어 있는 어린아이의 미라 같잖아!"

서로서로에게 화면의 정체를 확인하는 혼란이 집무실을 어지럽혔다.

"이게 뭡니까, 레벤손? 이 미라가 풍문으로만 들던 진짜 외계인이란 말입니까?"

헨드릭스 내무부장관이 물었다.

"그게 참…."

"그게 참이라니 무슨 대답이 그렇습니까?"

새무얼 재무부장관이 충격이 가시지 않은 상태로 물었다.

"이 미라의 DNA를 분석했는데…. 믿기지 않으실 테지만, 인간의 DNA와 완벽하게 일치했습니다."

"뭐라고요! 어떻게 그런 일이…."

"말도 안 되오. 정말로 실험에 무슨 큰 오류가 있는 게 아니오? 확실하오?"

여기저기서 현 사건을 부정하는 의견이 튀어나왔다.

"그렇다면 도대체 이 미라가 어떻게 화성에 가 있단 말이오?"

"죄송합니다. 더 이상은 저희 쪽에서도 밝혀진 사실이 없습니다."

"그렇다면 이 미라는 연대가 어떻게 됩니까?"

제임스 외무부장관이 놀란 표정을 감추지 못하고 질문했다.

"방사능 연대 측정기로 자세히 측정해본 결과 지금으로부터 약 8천 년 정도로 나왔습니다."

"좀 전의 인위적인 지하 동굴은 약 9천 년이라 했고, 이 미라는 약 8천 년이라면 자그마치 천 년이라는 시간의 공백이 생기지 않습니까? 이게 도대체 어찌된 일이오? 저것은 누구란 말이오? 도대체 그곳에 무슨 일이 있었던 겁니까?"

새무얼 재무부장관이 놀란 가슴을 진정시키며 질문을 퍼부었다.

"…"

"그건 그렇고, 캡슐 모양처럼 보이는 저것은 관입니까?"

"아닙니다. 단순한 관이 절대로 아닙니다. 엑스레이로 자세히 조사해본 결과, 매우 정교한 기계장치들이 빼곡히 저 안에 들어 있었습니다."

"그렇다면 우주비행선이라는 말인가요?"

"거듭 말씀드리지만, 현재까지 명확히 밝혀진 사실은 없습니다. 지금은 저희 연구소에서도 이것에 대해 섣불리 예측하는 것을 일체 삼가고 있습니다. 일단, 저 캡슐 같은 기계는 내부설계가 무척 복잡하기도 하지만, 부식이 심각한 상태라 분석조차 잠시 미뤄둔 상태이니까요. 아마 모든 연구진들이 달려들어 분석한다고 해도 명확한 결과가 나오기까지 상당한 기간이 소요될 것입니다."

"…"

"레벤손 국장, 수고했소!"

보고가 끝나자 충격에 휩싸여 말문이 막힌 듯 일제히 입을 다물었다. 이내 제럴드 대통령이 침묵을 깨며 이어서 말했다.

"여러분, 현재까지 알려진 것은 여기까지입니다. 오늘 긴급 각료회의를 소집한 이유는 이 중대한 사건을 우리가 어떻게 처리해야 할지 의견을 모으고 결론을 내려야 하기 때문입니다. 자! 이제 각자 자신의 의견을 말해보세요."

진지하고 심도 있는 의견과 토론들이 각계각층의 다양한 입장들과 국제적인 상황들을 고려하며 늦은 새벽까지 이어졌다. 처음에 극히 일부 각료는 국민에게 진실을 알려야 한다는 의견을 냈지만, 이내 수그러졌다. 각계각층의 이해관계는 그만큼 복잡했던 것이다. 오랜 시간 의견을 조율하며 고민하던 제럴드 대통령이 드디어 결단을 내렸다.

"배려 있고 서로에게 도움이 될 다양한 의견들과 방법을 장시간의 토론을 통해 나누었습니다. 고민도 했습니다. 그래서 얻은 우리의 중론은 우리의 자리를 지키는 것입니다. 이번 사건은 인류 역사상 그 어떤 사건보다도 충격적이지만 일급비밀로 영원히 묶어둘 수밖에 없습니다. 이번 사건은 여러분도 동의하다시피 권력을 유지하기 위해서도 아니고 어떠한 이득을 취하고자 하는 것은 더더욱 아닙니다. 단지, 이 사실을 외부에 알리기에는 득보단 실이 너무나 많기 때문입니다. 인류가 그동안의 무수한 노력을 통해 이루고 유지해왔던 문명의 모든 영역의 질서와 관행이 돌이킬 수 없는 혼란에 빠질 뿐이니까요. 혼란만 가중시키는 사실은 더 이상 진실이라고 할 수 없다는 결론입니다! 하지만 외계물체에 대한 연구는…."

"저 밝은 불빛은 뭐지?"

분명히 자신에게 다가오는 것으로 보이는 정체불명의 불빛에 사내는 운전 중에 순간 움찔했다.

"정말 이상한 걸. 어…억!"

언젠가부터 자신을 따라오던 족히 10미터 정도는 되어 보이는 구 형태의 정체불명의 불빛은 지금은 자신과 같은 속도로 옆에서 나란히 길을 따라 나아갔다. 자신의 자동차는 분명히 빠른 속도로 달리고 있는데, 이상하게도 그 불빛은 마치 정지해 있는 것처럼 보였다. 사내는 소리 없이 따라붙는 불빛에 겁이 나서 자동차의 엑셀을 한껏 밟았다.

"기분이 안 좋아, 아주 불길해."

그 순간, 정체불명의 불빛은 갑자기 그의 몸속을 뚫고 들어왔다. 곧이어 어디에서 들리는 말소리인지 알 수는 없지만 뚜렷하게 사내에게 강한 울림으로 들려왔다.

"멈추어라! 너는 선택되었다!"

이후로 사내의 몸은 자신의 의지와는 아무런 상관없이 명령에 따라 움직여졌다. 아니, 이미 그는 더 이상 없었다. 그의 의식은 사라져버린 채 다른 존재로 바뀌어 있었다.

정체불명의 불빛이 사라진 곳엔 원반형 우주비행선이 떠 있었고, 명령에 따라 차에서 내린 사내는 초점을 잃은 눈으로 그 자리에 그대로 서 있었다. 이윽고 원반형 우주비행선에서 강렬한 전파가 자동차에 비추자, 마치 자동차가 생명을 얻은 듯이 저절로 움직여 말케이 산으로 이동해 갔다.

말케이 산에는 또 다른 사내가 있었고 그 사내 역시 명령에 따라 자동차에 올라탔다. 곧이어 강렬한 광선이 자동차를 향해 사정없이 비추더니 자동차는 종이처럼 마구 구겨졌고 얼마 지나지 않아 불길이 타오르며 터져버렸다.

"명령하신 대로 일을 마쳤습니다."
"수고했네, 블랙요원. 음…그들이 오고 있군."
미지의 목소리가 이어서 말했다.
"흔적을 없애야 하네. 그들이 알아선 절대로 안 되니깐."
"네! 분부대로!"
블랙요원은 원반형 우주비행선을 비행해 멀리 떨어진 다른 한적한 장소에 착륙시켰다. 그런 후, 조금의 망설임도 없이 버튼을 눌렀다. 곧이어 강렬한 고온이 발생하며 원반형 우주비행선과 함께 블랙요원은 녹아내려 모든 흔적이 사라져갔다. 얼마 후, 그곳엔 풀밭이 타버린 흔적만 남아 있었다.

대재앙

"현실세계에서 실로 가장 심각한 두려움은
그 누구도 전혀 예상하지 못한 사건이
실제로 벌어졌을 때이다."

2036년 5월, 날은 화창하고 새파란 하늘에는 카푸치노의 흰 거품 같은 맑은 뭉게구름들이 간간이 떠 있었다. 그리고 햇볕은 따뜻하고 포근하게 교정을 감쌌다.

오늘은 레스터 마틴의 대학원 졸업식이 있는 날이다. 학교 안은 꽃다발을 든 사람들로 가득해 위에서 내려다본다면 아마도 주위의 나무들과 어우러져 움직이는 정원처럼 보였을 것이다.

"메리! 메리! 엄마가 부르잖니! 이쪽으로 오렴."

사라는 사랑이 가득 담긴 웃음을 지으며 딸을 불렀다.

두 살 된 앙증맞은 메리가 엄마의 목소리에 앞으로만 향하던 걸음을 멈추고 고개를 돌려 엄마를 보았다. 엄마와 눈이 마주치자 메리는 해맑게 웃으며 뒤뚱뒤뚱 엄마에게로 몸을 돌렸다.

"어여쁜 내 아기, 눈에 넣어도 아프지 않지."

사라는 메리를 안고는 통통한 볼에 뽀뽀를 했다.

"사라! 메리! 여기야!"

레스터가 그의 누나인 사라와 조카인 메리를 불렀다.

그때, 친구인 케빈 테일러가 레스터에게 다가왔다.

"축하해, 레스터."

"축하하네, 케빈."

레스터도 활짝 웃으며 대답했다.

"수석입학에 수석졸업이야. 느낌이 어때?"

"솔직히 믿기지 않아, 케빈. 그냥 내가 운이 좋았던 거지!"

"레스터! 너무 겸손해할 필요는 없어. 난 정말로 네가 가장 소중한 친구라는 것이 자랑스러워서 건네는 말이니깐."

기분 좋게 케빈이 활짝 웃었다.

"그건 그렇고, 정말로 축하해야 할 일은 따로 있지, 레스터? 물리학 석·박사 통합과정을 이수하는 중이던 대학원생의 논문이 오랜 세월 연구에만 몰두한 대부분의 교수들조차도 한 번 실리기 어렵다는 세계 유수의 학술지인 〈네이처〉에 대서특필로 실린 일 말이지. 정말 대단해. 브라보!"

"이제 그만하게, 케빈. 지금 상당히 민망해지고 있네."

말은 그래도 기분이 좋은 듯 레스터는 살며시 미소를 지었다.

"놀리다니, 진심일세. 세계적으로 가장 유명한 대석학들도 이구동성으로 불가능에 가깝다고 동의하고 있는 엄청난 논문을 자네가 발표했잖아!"

케빈이 이어서 말했다.

"내가 알기론 전 세계의 교수들과 학자들뿐만이 아니라 세계 굴지의 기업 연구소들에 있는 연구원들, 심지어는 전 세계의 주요 국가기관에서도 네 논문 때문에 난리가 났다고 하더군. 이론적인 고차원의 수학식과 그에 따르는 결과 식은 슈퍼컴퓨터를 이용한 계산에 의하면 완벽하게 동일한데, 문제는 이 논문내용의 깊이가 너무나 복잡하고 난해해서 실제적이고도 근원적인 물리적 현상에 대한 증명은 물론이고 아예 이해마저도 불가능하다고 하면서 말이지."

"정말? 정말로 그런 일이 나도 모르게 벌어지고 있었다는 말이지!"

케빈의 칭찬이 레스터는 부담스러워져 과장되게 놀라는 척하며 에둘러 말을 덮었다.

"이보게, 레스터. 내 아버지가 너의 교수님 아니신가? 그것도 노벨물리학상을 받으신 대석학자이시고. 내 아버지의 말씀으로는 네 논문은 단순히 대석학자라고 할 수 있는 일이 아니라고 말씀하시더군. 아버지가 내게만 진심이라며 말씀해주셨는데, 그 논문 내용은 인류가 앞으로 상당히 머나먼 미래에나 겨우 만날 수 있을까 말까 한 엄청난 내용이라고 하셨어. 어떻게 이러한 논문이 벌써 나올 수 있었는지 모르겠다고 하시더라고. 자네의 논문은 간단히 혁명적이라고 한마디로 표현할 수 없다는 거야. 그 논문은 인류가 발견하고 발명할 수 있는 모든 것 중에 가장 끝부분에 해당한다고 하셨어. 한마디로 완결이라는 뜻이지.

내 아버지가 자존심과 자부심이 대단하시다는 것은 너도 잘 알고 있잖아. 그런 아버지가 계속 경악을 금치 못하고 계셔. 이제 그분은 자신의 자존심을 모두 내려놓은 듯 너의 논문을 신주단지 모시듯 애지중지하다 못해 이제는 찬양하듯 황홀경에 빠져 계신다니까. 나는 너의 논문이 무슨 내용인지 솔직히 전혀 알 수 없지만, 이렇게 엄청난 인물로 성장한 자네가 내 친구이니 비교가 돼서 어디 집에 기 펴고 가겠나?! 난 이제 집에 가면 앞으로는 조용히 내 할 일만 하면서 보내야 할 것 같아. 눈치도 슬금슬금 보면서 말이지."

"말도 안 돼! 케빈!"

"하하하! 농담이야, 레스터. 농담!"

너스레를 떨며 말하던 케빈이 놀라는 레스터의 모습을 즐기며 재미있다는 듯이 파안대소했다.

"케빈, 오늘따라 별소리를 다하는군. 자네는 이미 훌륭해. 나보다 더."

레스터가 진심이 담긴 목소리로 말했다.

"평범한 컴퓨터 프로그래머에 불과한 내가 부럽다고? 내가 그런 말했다고 바로 되받아치는 거야!"

"아니, 내가 그럴 리가! 난 자네의 밝고 유쾌하고 사교성이 좋은 점이 너무 부러워. 나는 다시 태어난다 해도 가질 수 없는 거니까. 잘 알잖아! 케빈. 넌 이 세계에 펼쳐진 일상 속에서 일어나는 다양한 즐거움과 행복을 감사하고 만끽할 줄 알잖아. 난 그 속으로 직접 들어가지 못한 채 너의 이야기를 통해 간접경험을 하지. 오히려 나는 사람들에게 현실로 느껴지지 않은 머나먼 미지의 세계를 찾아서 헤매는 그곳이 현실이자 직접적인 경험을 할 수 있는 곳이라 여기니깐 말이지. 그런데도 참 이상하지? 너를 통해 듣는 삶 속의 소소하고 다양한 이야기들이 난 좋고 부러울 때도 많아. 자네는 나의 가장 소중한 친구야. 다가갈 수 없는 또 다른 나의 모습이 바로 자네이니깐 말이네."

레스터가 말을 이었다.

"난 내 세계에 완전히 갇혀 있지. 결국, 난 이 안에서 벗어나지 못할 거고 이 안에서 생을 마감하게 될 거야. 하긴 누구나 그런 거지만."

"그게 무슨 말이야? 혹시 자네한테 무슨 일 있나? 레스터?"

"뭐?! 아, 아니."

무의식적으로 흘러나온 말에 스스로 놀란 레스터는 순간적으로 당황해 말을 얼버무렸다.

"어, 졸업식이 시작되는군. 빨리 가자고, 레스터!"

레스터의 어깨를 살짝 치며 케빈이 앞장서서 걸어갔다.

"잠깐만, 케빈. 먼저 가 있어. 곧 뒤따라갈게."

레스터는 메리를 돌보고 있는 사라에게로 시선을 돌렸다.

"그렇군. 조금 이따가 보자고, 레스터. 그러고 보니 나도 잠시 과 사무실에 들렀다 가야 할 것 같아."

씨익 웃으며 케빈은 가벼운 거수경례를 하고는 레스터의 시야에서 멀어져갔다.

주위의 부러움과 축하를 한껏 받으며 졸업식을 마친 레스터는 오랜만에 유일한 가족인 사라 그리고 메리와 오붓한 시간을 보내려 근사한 레스토랑에 들어갔다.

"축하해! 내 사랑스러운 동생, 레스터."

레스터의 두 손을 따뜻하게 감싸 안으며 사라가 말했다.

"추카, 추카."

무슨 뜻인지도 모르면서 옆에 앉아 있던 메리가 어설픈 발음으로 따라했다.

"오히려 내가 고맙지. 사라가 아니었다면 지금의 나도 없었을 테니깐. 앞으로 더욱 최선을 다할게. 계속 지켜봐."

레스터와 사라의 웃고 있는 얼굴에 어느새 눈물이 맺혔다.

레스터는 한없는 그리움, 밑도 끝도 없는 아련함, 걷잡을 수 없는 슬픔에 다시 울컥했다. 그가 태어나자마자 돌아가신 어머니도 보고 싶고 그리웠지만, 10년 전 알 수 없는 사건으로 돌아가신 아버지가 뼈에 사무치도록 보고 싶었다. 특히 오늘 같은 날엔. 그에게 아버지는 세상의 모든 것이었다. 그런 아버지가 그렇게 허무하게 돌아가시다니. 그 후, 레스터는 지금까지 아버지가 보고 싶을 때면 사진과 녹화된 영상을 보았다. 그 속에서 아버지는 항상 행복하고 환한 미소로 반겼고, 레스터는 남모르게 눈물을 훔칠 뿐이었다.

"정말 사고였을까?"

레스터가 의심이 가득한 눈빛으로 말했다.

"뭐?"

"아버지 교통사고… 아버지는 항상 사리가 분명하고 명석하신 분이셨어. 모든 일을 주의 깊게 생각하시며 행동하셨지. 그리고 일이 끝나자마자 집으로 오시기 바빴던 가정적인 분이셨어. 그런 분이 도대체 무슨 일 때문에 칠흑 같이 어두운 한밤중에 그것도 단 한 번도 가본 적이 없는 말케이 산에 가셨는지 도무지 이해가 안 가."

"그건 그냥 사고였어, 레스터."

슬픔이 가득 밴 목소리로 사라가 말했다.

"아니, 그렇지 않아! 사라가 더 잘 알잖아? 내비게이션엔 그 산이 목적지로 분명히 표시되어 있었다고 했잖아!"

"…"

레스터의 말에 사라는 반박하지 못했다.

"정말로 말도 안 되는 건 그곳에 있던 자동차는 아버지의 차뿐이었어. 최소한 사고를 일으킨 가해자의 자동차라도 있어야 하는데, 그곳으로 진입한 아버지의 자동차 타이어 자국이외에는 그 어떤 흔적도 없었다고 했잖아. 더욱이 절벽에서 떨어진 것도, 낙석이 덮친 것도 아니었잖아! 그런데 어떻게 아버지의 자동차가 구겨질 대로 구겨져 형체를 알아보기도 힘들 정도로 붕괴될 수 있지?"

레스터가 흥분한 채 말을 이었다.

"더욱 받아들일 수 없는 것은 그 자동차에서 팅겨져 나가 나뒹굴던 내비게이션만 정상적으로 작동되고 있었다고 경찰 조사결과에서 밝혀졌잖아. 그것도 전선이 끊어져 전류공급이 전혀 없는데, 어떻게 충전식 배터리가 내장되지도 않은 내비게이션이 켜진 채로 멀쩡하게 작동될 수 있냐는 말이야. 그리고 무엇보다 너무나 흉측스러워서 누구도 감히 볼 엄두조차 낼 수 없었던 아버지의 사체는…"

"레스터…"

안쓰럽게 레스터를 물끄러미 쳐다보던 사라가 다시 말을 이으려다 멈추었다.

"이 사건을 생각할 때마다 도대체 현실이란 것이 무엇인지 모르겠어. 정말 모르겠다고!"

레스터가 복받치는 감정을 억누르지 못하고 외쳤다.

뭉쳐 있던 속상함과 답답함을 한 번에 내뱉어서인지 레스터는 큰 숨을 들이쉬었다. 옆에서 천진난만하게 장난감을 가지고 놀고 있던 메리가 갑작스러운 큰소리에 불안해졌는지 금방이라도 울음을 터뜨릴 듯 큰 눈망울로 레스터와 사라를 번갈아 보았다.

"레스터, 그만하자. 오늘은 너의 졸업식이야. 우리한테 오늘같이 기쁜 날이 어디 있니. 안 그래?"

사라와 메리 그리고 주위 사람들의 얼어붙은 시선이 한순간에 자신에게 집중되자 레스터는 감정을 추스르며 말했다.

"미안해, 사라! 나도 모르게 흥분했나봐."

"세상은 그런 거야. 이성적으로 알 수 있는 일뿐만 아니라 이해할 수 없는 일도 벌어지는 곳이지. 어릴 적부터 너는 궁금해했잖아. 사람들이 모여 사는 곳에 있으면서 그들과 교류하다 보면 이곳이 현실처럼 느껴지다가도 고개를 들어 밤하늘을 보면 비현실로 느껴진다고. 눈에 보이는 저 거대한 해와 달, 별들이 어떻게 비현실처럼 허공에 떠 있을 수 있는지, 어떻게 일정한 규칙에 따라 이 우주가 존재하고 있는지 말이야."

"그랬지. 그런 절박한 궁금증이 결국 내가 이 길로 들어선 이유였어. 최선을 다해 여기까지 왔지만 아버지의 사건을 생각할 때마다 내가 한없이 작아지는 느낌이야. 아버지의 사건에 대해선 아무것도 밝혀내지 못했다는 사실이 말이야!"

"레스터…."

그날 밤, 집에 돌아온 레스터는 자신의 방의 책장에서 낡고 두툼한 스크랩북 하나를 꺼냈다.

'아무리 생각해도 이해할 수 없어.'

'이 사건은 논리적으로 완벽한 모순이야!'

레스터는 아버지의 의문사 이후에 아버지의 사건을 포함해 사건의 형태가 비슷한, 해결되지 않은 것들을 차곡차곡 모아 의문 나는 점이나 찾아보아야 할 것들을 꼼꼼히 적어두었다. 사실 그는 아버지가 돌아가셨을 그 당시, 바로 자신의 모든 것을 던져 범인을 잡고 싶었다. 하지만 그는 나이도 어렸고, 보호해야 할 사라가 있었기에 이렇게 사회로 나오는 순간인 졸업식을 학수고대했다. 대신 죽을힘을 다해 그 마음을 공부에 쏟았다. 하지만 오늘부터는 아니다. 레스터는 단호하게 결론을 내렸다.

지금까지 살아오면서 철저히 이성을 바탕으로 모든 자연현상을 다루어 오던 레스터에겐 아버지한테 일어났던 믿을 수 없는 비이성적인 그 사건은 커다란 충격이었다. 그리고 그 사건은 레스터에게 이 세상에서 가장 불가사의한 현상으로 남아 끝없이 자신을 괴롭혔다.

'이제 졸업을 했으니, 그 사건에 대해 본격적으로 면밀히 조사해야겠어. 진실을 밝혀내고 말겠어. 반드시!'

레스터는 결심을 굳히며 다짐했다.

"똑똑!"

그때, 사라가 문 앞에서 노크를 했다.

"들어와, 사라."

레스터는 얼른 스크랩북을 제자리에 꽂았다.

"졸업하면, 한밤의 커피데이트도 끝인가요?"

사라가 빠끔히 문을 열고 커피 잔을 보였다.

"별말씀을. 앞으로도 종종 부탁해. 고마워 사라."

레스터가 그녀의 볼에 살짝 입맞춤을 했다.

"메리는?"

"오늘 많이 돌아다니느라 힘들었나 봐. 세상모르게 자고 있지. 그건 그렇고 앞으로의 진로 결정은 했니?"

"어… 그게 사라."

미안한 듯 레스터는 사라에게서 잠시 시선을 피했다가 다시 눈을 마주했다.

"학교에 남기로 했어. 어려운 결정이었어. 사라와 메리를 위해선 내가 기업체에 취업해서 살림살이에 도움을 주어야 한다고 항상 생각했는데…."

"무슨 말이야, 레스터?"

사라가 레스터의 두 손을 잡고 고개를 흔들었다.

"레스터, 넌 우리 집의 유일한 희망이야. 어릴 적 영재학교를 다닐 때부터 지금까지 지원과 장학금으로 집안 살림에 충분히 도움을 주었어. 그래서 난 항상 뿌듯했고 그 누구 앞에서도 당당할 수 있었어. 돌아가신 부모님도 분명히 자랑스러워하실 거야. 학교에 남는다 해도 학교지원을 받잖니. 오히려 나중에 교수님이 된다면 더 이상 너나 나나 부러울 것이 없겠지. 당연한 결정이야. 항상 내가 옆에서 응원할게, 레스터!"

사라가 흐뭇하게 미소 지으며 말했다.

"이해해주고 언제나처럼 격려해줘서 정말 고마워, 사라. 아버지가 돌아가신 후, 우리를 도와주시던 친할머니도 아버지의 사고 충격으로 결국엔 돌아가셨지. 그때부터 사라가 나를 돌보고 키운 거지. 그 당시, 사춘기였던 내가 방황하지 않도록 잘 이끌어주었잖아. 사라도 많이 힘들었을 텐데…."

따뜻한 시선으로 사라를 바라보며 레스터가 이어서 말했다.

"그래서 나는 엄마가 두 분이야. 나를 이 세상에 태어나게 해준 한 분과 길러주신 한 분!"

"나 역시 자녀가 두 명 있지. 레스터와 메리."

사라가 흐뭇하게 웃으며 말했다.

"그건 그렇고, 사라…."

레스터가 걱정스럽게 사라를 쳐다보았다.

"왜? 레스터."

"메리도 있는데, 혼자서 아이를 키우는 것보다 누군가와 같이 돌보는 게 괜찮지 않을까. 사라 역시 외롭기도 할 테고 말이야. 이젠 나도 독립해서 살아가는 데 문제는 없잖아!"

"재혼? 아니, 지금 생활에 만족해. 아이들을 가르치는 학교 교사라는 직업도 만족스럽고, 학교의 지원으로 설립된 보육원에 메리를 맡길 수 있으니 쉬는 시간에 메리도 틈틈이 볼 수 있으니깐."

"그래? 나름대로 만족한다니 안심은 되지만…."

사라가 방에서 나간 후, 레스터는 끊어졌던 생각을 이었다. 사고에 대한 원인은 과학적 분석을 바탕으로 규명할 것이며, 이것은 스스로의 커다란 사명이었다. 아버지의 사고를 분명히 이성적으로 밝혀낼 수 있어야 했다. 이제, 이 사건은 레스터 자신의 자존심과도 관계가 있는 일이었다. 현재 시간은 어느덧 밤 10시 50분을 향하고 있었다.

"그래, 지금이야!"

책상에 놓인 시계를 뚫어져라 노려보던 레스터가 일어나며 말했다.

미리 준비해두었던 전자기파 측정기와 가이거 계수기 그리고 휴대용 손전등을 챙긴 후, 사라와 메리가 잠에서 깨지 않도록 조심스럽게 현관문을 나선 레스터는 전기자동차에 올라탔다. 약간의 두려움이 밀려왔다. 그렇지만 지금 이 시간대부터가 아버지사건의 추정시간대라 적당하다고 생각했다. 지금까지도 사고현장은 가족에게 암묵적으로 철저하게 잊힌 장소였다. 그 장소를 떠올리는 것만으로도 레스터, 사라 그리고 이제는 돌아가신 친할머니에겐 사무치는 그리움과 울분이 밀려왔기 때문이다. 하지만 이제 레스터는 아버지에 대한 그리움을 원동력으로 불명확한 사고의 원인을 직접 직면해보고 싶었다.

"수동 모드."

레스터가 명령하자 핸들과 스틱이 나오면서 직접 운전할 수 있는 수동 상태로 바뀌었다. 자동 모드로 하면 목적지까지 내비게이션 입력에 따라 한걸음에 내달릴 것이다. 하지만 레스터는 목적지까지 아버지와 동일한 진행상황을 떠올리면서 천천히 하나하나를 세심히 다 챙겨 생각하고 싶어서 수동 모드를 선택했다.

집에서 약 50킬로미터 정도 떨어진 말케이 산을 아버지 사건 이후 이제야 처음 와보았다. 산이라고 부르기엔 애매할 정도로 작았고 기울기마저 완만한 평범한 언덕 정도였다. 그리고 여전히 사람이 찾지 않은 곳인지 잡초만 무성했다. 마치 실제로 존재하지만 사람들의 기억 속에서 영원히 지워진 미지의 공간 같았다.

3시간 가까이 휴대용 손전등을 켜 이리저리 둘러보고, 전자기파 측정기와 가이거 계수기로 조사해보아도 이곳에 특별한 전자기적 현상이나 방사능에 대한 수치의 특이사항은 전혀 없었다. 게다가 단서가 될 만한 의심적은 지리조건 같은 자연 결함도 찾을 수 없었다. 레스터는 조금씩 지쳐갔다.

"도대체 이곳에 아버지는 무슨 일로 오신 걸까. 아무리 둘러보아도 무성한 잡초와 칠흑 같은 어둠으로 둘러싸인 이곳을…."

레스터는 자신의 머리카락을 잡아 뜯듯이 두 손으로 움켜쥐었다.

"제길! 너무 늦은 건가! 이곳만의 특별하고 기이한 현상이 있을 줄 알았는데…"

사진 속에서 환한 미소를 지으며 웃고 있는 아버지가 너무도 그리웠고 보고 싶었다. 그리고 감회가 새로웠다. 자신이 서 있는 이곳이 바로 아버지의 삶과 죽음이 교차하던 장소였기 때문이었다. 어느새 그의 두 눈가에 눈물이 가득 고였다.

"오늘밤엔 유달리 별들이 잘 보이는군. 아름답다!"

반사된 별빛이 그의 두 눈가에 머물며 가득 고인 눈물과 섞여 흐릿하지만 포근한 느낌을 주었다.

'오늘은 어쩔 수 없이 집으로 돌아가야겠어. 혹시 이른 아침이나 낮에 오면 다른 것을 찾을 수 있을지 모르니 그때 다시 오자!'

어깨가 처진 상태로 힘없이 터벅터벅 걸어서 자동차가 있는 곳을 향해 발길을 돌렸다.

"시동."

레스터가 이어서 명령했다.

"자동 모드."

핸들과 스틱 그리고 액셀러레이터와 브레이크가 사라지면서 내비게이션이 명령을 기다렸다. 곧이어 레스터가 목적지를 말하려고 하는 순간, 자동차의 시동이 꺼졌다. 이어서 헤드라이트의 빛도 사그라졌다. 갑자기 레스터 주위의 빛들이 한순간에 사라졌다.

"시동! 시동! 시동!"

시행 동작을 주문해도, 자동차를 쳐봐도 소용이 없었다. 순간, 레스터는 등을 타고 온몸에 퍼지는 한기에 몸서리 쳤다. 아버지의 사건이 오버랩 됐다. 당황한 레스터는 점점 더 큰 목소리로 외쳤지만, 되돌아오는 것은 메아리치며 돌아오는 자신의 목소리뿐이었다.

고요 속 어둠이 그를 묶었다. 갑자기 죽음에 대한 공포가 밀려왔고 알 수 없는 어떠한 불길한 힘이 느껴지는 것 같았다. 순식간에 식은땀이 그의 몸을 뒤덮었다. 부들부들 떨고 있는 손은 더듬거리며 반사적으로 휴대폰으로 갔다. 역시 전원이 꺼져 있었다.

"어떻게 된 거지?"

최신 과학이론과 기술로 중무장한 그였지만 지금과 같은 상황에서는 어떻게 해야 할지 방법이 떠오르지 않았다. 레스터의 머리는 백지상태에 놓였다.

"그래, 손전등!"

자동차에 타기 전, 뒷좌석에 무심코 던져놨던 손전등을 더듬거려 겨우 손에 잡았다. 이미 손은 땀으로 흥건해졌다. 손바닥을 바지에 문질러 보았다. 이제 그나마 믿을 수 있는 건 충전식으로 작동되는 휴대용 손전등이었다. 몇 번의 호흡을 몰아쉬어 긴장된 마음을 가라앉혔다.

"그래, 그래, 너만 믿는다!"

레스터는 조심스럽게 휴대용 손전등의 전원 버튼을 눌렀다.

"이런, 제길!"

마지막으로 믿었던 휴대용 손전등마저 작동되지 않았다. 레스터는 핸들에 고개를 숙인 채 구원의 손길로 아버지를 간절히 불렀다. 도움을 청하러 갈 곳도, 갈 수도 없는 이곳에서 그는 꼼짝없이 동이 트기만을 바랐다.

"젠장."

그는 울먹이며 부들부들 떨리는 목소리로 허공을 향해 푸념 섞인 한마디를 내뱉었다. 세찬 바람이 연이어 불었다. 어느새 주변이 안개와 먹구름으로 뒤덮였다. 바람이 사라졌다. 빛은 그 어디에도 없었다. 오직 침묵의 어둠만이 레스터 곁에 있었다.

그때였다. 상공에 가까이 떠 있는 거대한 원형의 빛이 레스터의 시야에 들어왔다.

"달이 다시 나왔군!"

레스터는 휘황찬란한 달빛이 비추자 좀 안심이 되었다. 그런데 상당히 이상했다. 여전히 주변과 하늘은 안개와 먹구름만이 가득했다. 게다가 구름에 가려져 새어나온 빛의 흔적은 희미했지만 확실히 달이었다. 그렇다면 지금 레스터의 눈에 선명한 형태를 드러낸 것은 오직 저 거대한 원형의 빛뿐이었다.

"잠깐! 구름에 가려져 약간 희미하게 보이는 저건 분명히 달인데… 그러면 바로 앞에 있는 이건 뭐지?"

눈을 비비고 아무리 보아도 이상했기에 호기심이 발동한 레스터는 자세히 관찰하기 위해 자동차문을 열고 밖으로 나왔다.

지금 자신이 있는 곳이 아버지의 사고현장이라는 것과 조금 전까지만 해도 두려움에 떨고 있던 레스터는 이 모든 것을 잊어버리고 갑자기 어디선가 모습을 드러낸 광채 나는 정체불명의 불빛에 천천히 다가갔다.

"음… 밖에 나와서 직접 보니 크레이터가 하나도 없잖아? 그럼, 차 안에서 크레이터라고 생각했던 것은 앞 유리의 먼지 때문에 착각했던 건가. 달이라면 분명히 혜성이나 소행성에 의해 충돌한 분화구가 있는 것이 기본인데… 어쨌든 한 가지는 확실하군! 차도도 없는 이곳에 자동차를 몰고 들어왔을 때 자동차 앞 유리창에 쌓인 흙먼지 때문에 크레이터가 있는 것처럼 보였던 거야."

레스터는 두 눈을 최대한 커다랗게 떠 동공을 확장한 후에 한 발짝 한 발짝 거대한 둥근 원형태의 빛을 향해 더 가까이 걸어가며 생각해보고 따져봐야 할 사항을 떠올렸다.

"이상하군. 정말 이상해! 빛이 둥근 원 형태에서 주위로 전혀 새어나오질 않잖아. 오직 원 안에만 머물러 있어. 그리고 너무 깨끗해. 어떠한 흔적은 물론 흠집도 전혀 없어."

아무리 봐도 모르겠는지 레스터는 미간을 잔뜩 찌푸렸다.

"마치 검은색 도화지에 컴퍼스로 원을 그리고 오려낸 것만 같군."

레스터의 분석과 논리는 바다에 띄워진 돛단배가 수평선에서 사라지듯이 그에게서 한없이 멀어져만 갔다.

"그럼, 저게 뭐지? 언제부터 저곳에 있었던 거지. 상당히 가까운 거리에 있는 것 같은데!"

달이라고 하기에는 너무나도 가까이에 있었다. 대충 어림잡아 보아도 100미터 미만의 거리에 있는 것 같았다.

달을 가렸던 구름이 어느새 비켜난 것일까. 정체불명의 불빛이 있는 곳과 정반대 방향 쪽에 익숙한 달빛이 비추며 말케이 언덕의 능선 윤곽이 다시 선명히 보이기 시작했다. 엄청난 충격이 레스터에게 찾아온 것은 바로 그때였다.

"뭐야! 저게 정말 뭐지?"

"어, 어…헉!"

레스터는 기겁했다. 그 커다란 원형의 빛이 언덕 훨씬 앞의 약 10미터 정도 되는 상공에 떠 있었던 것이다. 곧이어 원형의 빛은 S자 곡선을 그리며 아무런 소음도 없이 스르르 미끄러지듯 레스터를 향해 다가왔다. 그의 모든 신경계통은 멈춘 듯 그 자리에서 그대로 동상처럼 조금의 미동도 없이 서 있었다. 이미 확장된 동공은 의미 없이 떠 있었고, 입은 태곳적부터 파여 있던 동굴처럼 벌려진 채 간간히 불어오는 바람처럼 숨만 들어왔다 나가기를 반복했다.

이동하던 원형 빛은 일정한 거리 어느 쯤이 되자 불현듯 멈췄다. 멈춤과 동시에 넋이 나가 그 자리에 서 있던 레스터의 뇌에 알 수 없는 강렬한 전파가 느껴지며 온몸이 저리고 메스꺼움이 일어났다. 그리고 얼마

지나지 않아 레스터는 앵무새가 된 듯 의미를 알 수 없는 말을 또박또박 무의식적으로 되뇌기 시작했다.

"그대는 발탁되었다."

"선택은 더 이상 의미 없는 것."

"MSS로 이동하라."

말을 마친 레스터는 그 자리에서 정신을 잃었다. 어느 정도의 시간이 지났을까. 레스터가 정신을 차렸을 땐 그 정체불명의 빛은 이미 사라진 뒤였다. 어느새 동이 트려 했다. 서둘러 자신의 자동차로 가려 했으나 충격 때문인지 몸이 말을 듣지 않았다. 다리는 풀려 있어서 그 바람에 땅바닥에 몇 번이나 곤두박질을 쳤다. 다시 기운을 내어 기어가다시피 걸어가 자동차의 운전석에 앉았다.

"시동."

한없이 멍한 표정의 레스터가 외쳤다. 그러자 차는 언제 무슨 일이 있었냐는 듯, 경쾌하게 시동이 걸렸다.

"자동 모드."

레스터가 명령했다. 자동 모드가 있다는 것에 크게 감사하면서!

집에 도착한 레스터가 자신의 방을 향해 계단을 올라가려고 할 때 사라와 마주쳤다.

"레스터, 이 이른 새벽에 어디 갔다 온 거야?"

당연히 자고 있는 줄 알았던 레스터가 헝클어진 모습으로 들어오자 사라는 의아해 물었다.

"어… 저녁에 케빈에게 연락이 와서 나갔다가 바에서 술 좀 마시고 이제 들어오는 거야."

레스터가 당황하며 얼버무렸다.

"그러면 나한테 말을 하고 나가야지, 레스터."

"곤히 잠자고 있는데 방해하기가 뭐 해서."

"그런데 바지에 잔뜩 묻은 흙먼지는 뭐니?"

걱정스러운 눈빛으로 사라가 물었다.

"아, 오다가 진흙탕에 넘어졌어. 오래간만에 마셨더니 술에 취했나봐."

레스터가 어색하게 웃으며 대답했다.

"조심하지 않고. 괜찮은 거니?"

"어, 괜찮아. 그럼, 괜찮지."

레스터가 간신히 빙긋 웃어보였다.

"그래, 졸업식 날이었으니까 축하할 만도 하지. 이번엔 그냥 넘어갈게."

비로소 안심이 된 사라가 미소 지으며 말했다.

"아참! 너 앞으로 온 우편물이 있어. 이 새벽에 무엇이 그리 급한 일인지 바로 전달해야 한다면서 나에게 전달하지 뭐야. 그래서 일어나게 됐지만…"

사라가 레스터에게 봉투 하나를 내밀었다.

"편지봉투가 근사하니 좋은 소식이겠지? 여기저기서 너를 채용하려고 야단법석인 거 아니니? 어쨌든 난 대환영이야!"

"사라도 참. 피곤할 테니 들어가서 좀 더 자. 나도 좀 자야겠어. 피곤한 하루였어."

레스터가 퀭한 얼굴로 억지웃음을 지었다.

"아냐, 난 출근 준비해야 해. 음식 차려놓을 테니 이따가 일어나면 식사해. 알았지?"

"어, 고마워, 사라!"

방에 들어선 레스터는 책상 위에 우편물을 던져버리고는 침대에 그대로 쓰러졌고 이내 잠들었다. 한참 후, 멀리서 지면을 때리는 번개소리에 화들짝 놀라 눈을 떠보니 방은 어두웠고 창밖을 내다보니 늦은 저녁 같았다. 그런데 침대에서 일어나 방안의 불을 켜고 시계를 보니 오후 1시 10분을 가리키고 있었다.

'어떻게 된 거지? 오후 1시인데 밖은 왜 이렇게 어둡지?'

하늘이 빈틈없이 먹구름으로 가득 차 있어 어둠은 더욱 짙어보였다. 잠시 멍하니 벽과 창밖을 응시하다가 새벽에 있었던 불가사의한 일에 몸서리가 쳐졌다. 일련의 일을 정리해보려 방 안을 서성거렸다. 그러다 책상 위에 놓인 우편물이 그의 눈에 들어왔다.

"발신자가 없잖아! 이건 또 뭐지?"

서서히 밀려오는 알 수 없는 불길함을 가득 안고 우편물을 뜯었다. 우편물 속에는 MSS 탑승권 3장과 장소가 적혀 있었다. 그 장소는 다름 아닌 아버지의 사고현장인 말케이 언덕이었다. 그 순간, 레스터의 머릿속에서 강한 전파가 느껴졌고 자신의 머리를 두 손으로 움켜쥐며 고통스러운 표정을 지었다. 어제의 두려운 느낌이 되살아났고 신음을 토해냈다.

'그대는 발탁되었다. 선택은 의미 없는 것. MSS로 이동하라!'

자신도 모르게 되뇌던 강렬한 메시지가 또다시 기억 속에 선명히 떠올랐다. 곧이어 허공에 붉은색을 띤 선명한 글자들로 문장 하나가 쓰였고, 울림이 큰 묵직한 목소리가 들려왔다.

"MSS로 이동하라. 지금 당장!"

레스터에게는 이 문장도 놀라웠지만 아무런 장비도 없이 허공에 떠 있는 저 붉은색을 띤 선명한 글자들이 더욱 신기했다. 자신의 방에 그 어디에서도 불빛이 새어나온 흔적은 전혀 없었는데 방 안의 정중앙에 떡하니 글자가 새겨진 것이다. 게다가 그 문장은 한 글자씩 누군가 직접

써 내려가듯이 나타났다가 문장이 완성되자 이내 바람에 흔들리듯 사라졌다. 그리고 더욱 기괴한 현상은 울림이 거대한 묵직한 목소리였다. 어느 방향에서도 들려온 것이 아니었다. 분명히 자신의 내부 깊은 곳에서 모든 방향으로 동시에 퍼져나가며 들렸다. 레스터의 내부에서 들려오는 그 목소리의 울림이 얼마나 컸던지 몸을 가누지 못할 정도였다.

'잠깐! 잠깐! 새벽에 일어난 사건을 다시 생각해보자. 음… 그 사건은 물론 도저히 받아들일 수 없는 비현실적인 사건인 것만은 확실해. 하지만 나에게 그 무언가가 특별한 피해를 준 것은 없었어. 물론, 이해할 수 없는 현상인 것은 분명하지만, 그렇다고 지금 내가 경험하고 있는 이 현상들이 비현실적이라고 이제는 단정할 수도 없잖아. 어이없게도 내가 직접 체험하고 있으니….'

한참을 심사숙고하던 레스터는 확실한 결정을 내리며 외쳤다.

"그래, 이것은 경고야! 어떻게 된 사정인지 이해한다는 것은 지금으로선 불가능하지만 분명히 강력한 경고야. 도대체 무슨 일이 일어나려는 걸까? 나에게, 사라에게, 아니면 메리에게? 사라에게 빨리 연락해야겠어. 무슨 일인지 정확히는 알 수 없지만 상당히 불길한 느낌이 들어. 더 이상 지체하면 안 될 것 같아!"

레스터는 흥분과 당황이 뒤범벅된 상태에서 해야 할 일을 짚었다. 레스터가 휴대폰으로 사라에게 연락하려는 순간, 창을 통해 스산한 어둠을 뚫고 강렬한 헤드라이트 불빛이 반짝이며 자동차 한 대가 집 앞으로 들어서는 것이 보였다. 사라였다. 무슨 일 때문인지 알 수는 없었으나 상당히 놀라고 긴장한 표정과 행동이 창문 너머로 불빛 속에 선명히 각인되어 스며들어 왔다.

"레스터! 레스터!"

사라가 메리를 안고는 격앙된 목소리로 그를 부르며 집안으로 들어왔다. 평소 침착한 성격의 사라와 달리 절규하듯 자신을 불렀다. 그 목소리에 놀란 레스터 역시 거실로 다급히 뛰어내려왔다.

"T··TV를 켜 봐, 레스터!"

메리를 안고 사라가 숨이 목구멍까지 차오른 목소리로 간신히 말을 이어갔다. 평상시와 달리 모든 방송채널의 정규방송이 중단되고 같은 뉴스만 방송되고 있었다.

"NBS의 애슐리 해밍턴입니다. 아직까지 정확한 원인은 밝혀지지 않았으나 어제 늦은 저녁부터 원인불명의 이상한 현상이 동시다발적으로 일어나고 있습니다. 과학자들이 예측하기에는 환태평양의 '불의 고리'로 알려진 거대한 화산지대가 이 이상한 현상이 시작된 곳이라고 공식발표했습니다. 그러나 현재는 그곳만이 아니라 지구 전역으로 확대되고 있습니다. 모든 곳에서 지열의 연기가 솟구치고 있으며, 북극과 남극의 빙하가 하루도 안 되어서 순식간에 거의 녹아내렸고, 이로 인해 전 세계의 저지대가 바닷물에 잠기고 있습니다. 그리고 곳곳에서 다양한 종류의 어류의 떼죽음이 계속해서 목격되고 있으며, 육지에도 강한 지열의 영향으로 많은 숲과 거리의 다양한 나무와 식물들이 메말라가고 있습니다. 더욱 당황스러운 것은 전 세계 곳곳에서 진도 5 이상의 지진과 그로 인한 여진이 쉴 새 없이 발생하고 있다는 소식입니다. 현재시간이 한낮인데도 하늘은 짙은 어둠과 함께 모든 곳이 먹구름으로 뒤덮여 소용돌이 치고 있습니다. 더욱이 이러한 상황이 몇 시간째 지속되고 있으며, 비가 전혀 오지 않음에도 강력한 번개가 지구촌 곳곳에 사정없이 내리치고 있어 그에 따른 피해도 속출하고 있습니다. 그로 인해 정전이 발생하는 지역도 속출하고 있으며, 통신시설마저 예측 불가능한 현상이 발생하고 있습니다. 이 급박한 정세를 논의하고자 각국의 수뇌부들이 화상회의를 진행 중이며 비상대책을 논의 중입니다. 추가 소식이 들어오는 대로 자세히 전해 드리겠습니다."

"레스터, 도대체 무슨 일이지? 이제부터 뭘 해야 하지?"

사라는 입술을 파르르 떨면서 레스터가 구세주라도 되는 듯이 그의 한 팔을 잡은 채 놓지 못하고 있었다.

레스터는 아무런 말도 할 수 없었다. 그저 마음속으로 '이건 꿈이야, 현실이 아니야.'라는 생각만 반복하고 있었다. 차라리 꿈속이라고 생각하는 것이 어젯밤 그 사건부터 지금 이 순간까지의 상황을 설명하는 데 오히려 이성적이고 논리적이며 현실적이라고 생각했다. 하루도 안 되는 이 짧은 시간 동안에 꼬리에 꼬리를 물고 일어나고 있는 사건들이 레스터가 어릴 적부터 지금까지 종교 이상의 신념으로 굳건히 믿고 있는 이성의 세계, 세상의 모든 것을 논리적으로 증명할 수 있다는 믿음을 산산이 무너뜨리고 있었다. 더군다나 비참하게도 지금 이러한 상황에서 레스터가 해결할 수 있는 것은 아무것도 없었다. 현실과 비현실의 경계에서 레스터가 명확히 선택할 수 있는 곳은 더 이상 없어 보였다.

"어느 누구도 이 상황을 해결하지 못할 거야. 그 무엇으로도!"

피부로 와 닿지 않는 뉴스보도를 접하고 있던 레스터의 뇌리에 스쳐가는 영상 하나가 떠올랐다. 그제야 레스터는 자신에게 이 상황을 해결할 최후의 비책이 있다는 것을 깨달았다.

"사라, 간단한 필수품만 챙겨서 서둘러 나가자."

"어디로?"

"그냥 지금은 내 말대로 따라줘. 얼른!"

사라는 레스터 말대로 방으로 뛰어 들어가 짐을 챙겼다. 레스터도 쏜살같이 계단을 뛰어올라 방으로 갔다. 그리고 서둘러 옷을 챙기고 자신의 청색 재킷을 걸친 후, 마치 엄청난 보물을 넣듯이 두 손으로 조심스럽게 우편물을 집어 들어 재킷 안주머니에 깊숙이 찔러 넣고는 지퍼로 채웠다.

'잠깐! 정말 믿어도 될까? 아니지! 오히려 선택의 여지가 없으니 무조건 믿어야지!'

정확히 알 수는 없었지만 자신의 깊은 무의식에서 나오는 믿음이 점점 더 레스터에게 강한 확신을 심어주었다. 다급히 거실로 내려온 레스터가 짐을 챙겨들고 서 있는 사라에게 말했다.

"나만 믿어! 사라."

레스터가 확신에 찬 목소리로 사라를 안심시키고 혹시라도 모를 사태에 대비해 자신의 소형 권총을 허리춤에 차면서 말을 이었다.

"무엇이라고 말할 수는 없지만 왠지 불길한 느낌이 다가오고 있어. 지구는 곧 엄청난 재앙을 맞이할 거야. 이건 단지 시작일 뿐이라고, 사라!"

언제부터인가 레스터는 이성이 아닌 자신의 직감에 철저히 의존하고 있었다. 그들은 간단한 필수품만 챙긴 후 자동차에 올라탔다.

"시동, 자동 모드. 월마트!"

레스터가 명령한 후 내비게이션에 목적지를 말하니 자동차가 정해진 곳을 향해 주행을 시작했다. 우선은 마트에 들러 필요한 최소한의 물품과 먹을거리를 추가로 장만하고 그곳으로 가야 했다. 비록 MSS 탑승권이 있다고 해도 언제 도착하는지, 무엇이 온다는 것인지 알 수 없었다. 더욱이 앞으로 어떠한 험난한 상황이 닥칠지 한 치 앞을 예측하는 것도 역시 불가능했다. 오직, 레스터는 자신의 직관을 신념으로 삼을 뿐이었다.

도로를 따라 작은 언덕을 오르며 동네에서 1킬로미터 정도 벗어났을 때, 갑자기 지면이 상하로 거대하게 물결치듯 흔들리며 강력한 지진이 발생했다. 레스터와 사라는 심각한 현기증을 느끼며 잠시 혼미해졌다.

동시에 방금 전까지 있던 동네의 가옥들이 마치 지면에서 그대로 무너져 내린 듯 깊이를 헤아릴 수 없는 갈라진 땅속으로 빨려 들어가 레스터와 사라의 시야에서 무작위로 사라져버렸다. 곳곳에서 들려오는 날카로운 비명소리와 절규로 한적하던 동네는 순식간에 아비규환으로 소용돌이치고 있었다. 곧이어 그들이 살고 있던 집은 흔적도 없이 땅속 깊은 곳으로 영원히 사라져버렸다.

"아-악!"

사라가 비명을 질렀다.

"수동 모드 전환!"

레스터가 다급히 명령했다. 그런 다음 자신이 직접 운전대를 잡았다. 자동 모드는 디지털방식이어서 시속 80킬로미터 미만의 속도로 제한되어 있었기 때문이었다. 레스터는 액셀러레이터를 있는 힘껏 밟았고 속도 계기판은 얼마 지나지 않아 시속 200킬로미터에 이르렀다. 정황이 없는 충격 속에 바로 정해진 목적지로 향했다.

말케이 언덕에 도착한 레스터 일행은 자동차에서 내렸다. 상황을 알리 없는 메리가 레스터를 보자 귀엽게 미소 지었다.

"여기는!"

사라가 어리둥절하며 말했다.

"응, 아버지 사고현장."

레스터가 담담히 말했다.

"이곳은 우리에게 악몽이야!"

사라는 자신이 이곳에 있다는 것이 믿기지도 않았지만, 더욱이 지금과 같은 상황에 하필이면 여기에 있다는 것에 크게 불편함을 호소하며 외쳤다.

"알고 있어, 사라."

"잘 알면서 도대체 왜 이곳에 온 거야?"

사라가 격앙된 목소리로 말했다.

"이유가 있어. 미안해, 사라! 하지만, 지금은 말로 설명할 수 없어."

레스터가 사라를 달래며 말했지만, 사실 레스터의 두 눈은 주변을 둘러보며 초조한 기색을 여실히 드러냈다. 주위엔 아무것도 없었다.

"이곳에 오면 아버지의 영혼이 우리를 지켜주신데, 레스터? 너 정말 왜 이러니? 하필 이런 상황에!"

자신을 이리로 데려온 레스터의 행위에 어이가 없어 사라는 한 손을 자신의 이마에 가져다 대고 미간을 잔뜩 찌푸린 채 지그시 눈을 감았다. 메리가 얼굴을 찡그리며 엄마에게 보채고 있었다. 아무래도 선잠을 잔 것 같았다.

"레스터, 너 지금 여기 떠날 생각 없는 거지?"

"응, 사라."

"아무래도 우선 메리를 다시 재워야겠어. 차 안에 있을게."

"그래, 알았어."

사라에게 대답한 레스터는 주위를 두리번거리다가 어젯밤 자신이 있던 장소로 갔다. 그리고 딱히 무엇인지는 모르겠지만 기다리는 마음으로 하늘을 올려다봤다.

몇 분 후, 고막을 찢는 거대한 굉음과 함께 가로방향으로 지면이 심하게 갈라졌다. 곧이어 너비가 20미터는 족히 될 만한 거대한 깊이의 낭떠러지가 생겨났다. 연이어 다시 굉음과 함께 지면이 더욱 넓고 깊게 갈라져서 그 끝이 보이지 않았다. 순식간에 벌어진 일이라 레스터는 반사적으로 정신없이 안전한 곳을 향해 뛰어서 이동했다. 그러면서 눈으로 자동차를 찾았다. 하지만 갈라지지 않은 지면 위 그 어디에도 자동차는 보이지 않았다. 소리도 들리지 않았다. 사라와 메리가 타고 있던 자동차가 없어진 것을 안 것은 바로 그때였다.

"사라!, 사라!"

사색이 된 레스터는 그녀의 이름을 부르며 울부짖었다. 그러나 울부짖을 틈도 없이 이번에는 지면이 세로방향으로 갈라지면서 레스터를 향해 빠른 속도로 다가오고 있었다. 레스터는 슬퍼할 겨를도 없이 안전한 장소를 찾아 본능적으로 사력을 다해 뛰었다.

그 순간, 어디서 날아왔는지도 알 수 없는 비행체 한 대가 레스터를 낚아채듯 끌어올렸다. 몸이 갑자기 붕 뜨는 느낌을 받았지만 자신이 바로 전까지 서 있던 자리에 지면이 갈라져 생겨난 엄청난 깊이의 낭떠러지를 보던 레스터에겐 무언가가 자신을 끌어올린다는 생각이나 느낌마저도 안중에 없었다. 너무 믿을 수 없는 처참한 상황 때문인지 아니면 비행체가 자신을 낚아챌 때 받은 충격 때문인지 레스터는 그 순간 정신을 잃었다.

얼마 만인지 모르지만 레스터는 눈을 떴다. 어디선가 미세한 기계음이 났고, 그는 정갈한 방의 침대에 누워 있었다. 내부는 20평 정도 되는 공간이었고 인테리어는 화이트와 아이보리색의 적절한 마감재가 사용되었으며, 윤기가 흘렀다. 왼쪽과 오른쪽으로 각각 3개씩 있는 아담한 창이 있었다. 밖은 어두웠다. 그래서 밤이라고 생각했다. 자리에서 일어나 창문으로 갔다. 레스터는 눈이 휘둥그레지며 고개를 흔들었다. 레스터는 우주에 있었다. 이곳이 우주정거장의 일부분이라고 생각한 레스터는 양쪽으로 나 있는 두 개의 출입문으로 다가갔다. 하지만 문을 열 수 있는 어떠한 장치도 보이지 않았다. 마치 처음부터 막혀 있었던 것처럼.

레스터는 사력을 다해 문을 두드리며 큰소리로 외쳤다.

"누구 없어요! 대답 좀 해봐요! 여기 사람이 있다고요!"

한참을 외치던 레스터의 기력은 서서히 지쳐갔다. 다시 유일하게 밖을 내다볼 수 있는 창가에 가서 이리저리 아무리 둘러보아도 보이는 것은 망막한 우주뿐이었다. 또 다른 연결된 다른 기체는 전혀 보이지 않았다. 오직 자신이 머물고 있는 이 공간이 전부였다. 레스터는 받아들일 수밖에 없었다. 우주공간에 자신이 홀로 있다는 것을.

'도대체 무슨 일이 있었던 거지?'

'누가 나를 이곳에 데리고 왔을까?'

'사라와 메리는?'

'지구는 어떻게 되었지?'

이곳에 오기 전의 상황이 되살아났다. 마치 느슨해진 필름을 역순으로 되감듯 기억의 흔적들을 되새기며 그 기억들을 하나로 조합했다. 그리고 얼마 안 있어 그의 유일한 가족인 사라와 메리는 이제 더 이상 이 세상에 존재하지 않는다는 믿을 수 없는 사실을 받아들여야 한다는 것을 깨달았다. 그것은 지구 상공을 선회하던 우주정거장이 어둠을 벗어나 강렬한 태양 아래 대재앙으로 파괴된 지구의 모습을 창을 통해 선명하게 드러냈기 때문이다.

거대한 양의 화산재와 엄청난 양의 마그마가 인간의 인체 속에 수많은 동맥을 따라 흐르는 피처럼 지구 전체를 붉게 휘감으며 흐르고 있었다. 세계지도에서 보던 그 어떠한 지형도 더 이상 존재하지 않았다. 이제는 검붉은 마그마에 의해 생성된 새로운 거대한 지형이 형성되고 있었다. 지구는 끊임없이 불타올랐다. 그랬다! 지옥의 또 다른 이름은 바로 지구였다.

북극과 남극의 빙하는 이미 없어진 지 오래인 듯했다. 태평양, 대서양,

인도양으로 분류되던 바다도 거의 말라 흔적을 찾을 수 없었다. 그나마 조그마하게 군데군데 보이는 바닷물마저 검은색의 죽음의 물로 변해버리고 말았다. 길어봤자 며칠 정도 만에 세상의 모든 것이 끝난 것이다.

비록 자신은 살아 있다고 해도 이미 인류는 모두 사라졌다. 그리고 지구엔 인류가 지금까지 이루어낸 흔적을 찾을 수도 없었다. 인류가 지금까지 구축한 수많은 문명과 지식이 사라진 지금, 자신이 살아 있다는 것은 어떠한 의미도 주지 못했다. 우주에 대해 아는 것도 없으면서 마치 지구라는 티끌만한 행성의 진정한 주인인양 너무 거만했던 인류에게 천벌이라도 내렸던 것일까. 인류는 모두 사라졌다. 그 어디에서도 구원의 손길이 없었다는 것을 한때는 인류의 유일한 보금자리였으나 대재앙이 휩쓸고 지나간 지구의 모습이 명확히 증명했다.

이번에 발생한 대재앙은 인류의 삶과 함께해왔던 어느 예언서나 종교의 종말론이나 과학자들의 실험적인 예측과는 아무런 상관이 없었다. 인류 중 그 누구 하나 의심하지 않았던 시기에 느닷없이 대재앙이 발생한 것이다.

레스터는 눈을 뜨면 어김없이 찾아오는 하루하루를 절규와 울분 그리고 괴로움에 몸부림쳤다. 그리고 그 끝에는 항상 한없는 공허함만이 그와 함께했다. 그렇게 시간이 무의미하게 흘러가던 어느 날, 레스터에게 문득 우주의 궁극적인 진정한 의미를 알고자 하는 마음이 오기로 더욱 새록새록 샘솟기 시작했다. 우주에서 인류라는 지적생명체가 진정 아무런 의미도 없는 존재였는지 레스터는 우주정거장에 창을 통해 쓸쓸히 지구를 바라보며 생각했다.

'인간이 스스로 위대하다고 했던 것이 아무리 착각이었다고 해도 지구에 살던 인류가 이렇게 단 한순간에 허무하게 사라질 수 있는가! 정말

조금이라도 우주에서 인간의 진정한 의미는 없었단 말인가!'

그러나 현실은 레스터에게 절망감만 차곡차곡 쌓아주었다. 망망대해의 작은 배 한 척은 구했으나 어디서 왔는지, 무엇 때문에 이곳에 있는지, 그리고 결국 어디로 가야 할지도 모르는 불쌍하다기보다는 이제는 한심스럽고 허망한 존재들. 그나마 이 생각마저도 머나먼 작은 섬에 깊이 묻어놓고 알 수 없는 미지의 곳으로 모두 떠나버린 인류. 지구 대재앙은 존재의 모든 의미마저 휩쓸고 가버렸다.

우주정거장에서 레스터는 우울했고 말없이 울기만 했다. 대재앙이라는 한없이 암울하고 절망적이고 당혹스러운 사건과 자신의 가족을 위해 아무것도 할 수 없이 속수무책으로 당하거나 모두 떠나보내야 했던 무능함, 자신이 최선을 다해 배워왔던 모든 것이 인류를 위해 그 어디에도 도움이 되지 못했다는 절망감, 인류가 생각하고 창조하고 만들어냈던 다양한 분야의 모든 것이 아무런 의미도 없었다는 데서 오는 극도의 회의감, 그리고 자신만 살아 있다는 죄책감이 한데 뒤섞여 스스로 고립을 자초하고 있었다.

게다가 레스터가 잠잘 때마다 꾸게 되는 기묘한 꿈은 그를 더 불안하게 만들었다.

어느 날, 레스터는 우주정거장의 벽면에 붙어 있는 버튼을 눌러 덮개로 모든 창을 닫아버렸다. 밖을 내다본다는 것이 더 이상 아무런 의미도 주지 못했고 무엇보다 지구의 모습은 차마 눈을 뜨고 볼 수 없는 흉물 그 자체였다.

레스터는 극단적인 선택을 할 수밖에 없다고 생각하면서도 단 두 가지 이유가 그의 결단을 망설이게 했다. 그것은 자신이 왜 우주정거장에 있게 되었는지에 대한 이유와 아버지의 사고현장에서 경험한 비현실적인 사건은 반드시 알아야 했다. 그의 감정은 이성을 한참 앞서 나가고 있었지만, 이유를 알 수 있을 때까지는 어떻게든 정신력으로 무장하고 버티고 싶었다. 그러나 이러한 강인한 결심도 시간의 흐름 속에서 무뎌져만 갔다. 앞으로도 아무런 희망이 없다는 것이 레스터에게 굳은 신념처럼 다가왔다. 절망적 감정은 레스터의 모든 것을 서서히 날려버렸고, 결국엔 생존과 의식의 의미마저 사라져갔다. 이제 그에게 남은 것은 오직 한 가지였다. 극단적인 선택을 위한 행동뿐이었다. 좌우로 흔들리던 벽시계의 커다란 추가 심각한 제동에 걸려 멈추어버린 듯, 레스터의 마음은 한 곳을 향해 굳어져만 갔다.

그런데 다음 날, 아무것도 전송하지 않아 작동마저 의심되던 붙박이 모니터에서 전원 불빛이 켜졌다. 이어서 화면에 낯선 한 남자가 모습을 드러냈다. 레스터는 그 남자가 누구건 간에 이 세상에 자신 이외에 또 다른 생존자와 마주하고 있다는 사실에 감격해 온몸이 떨려왔다. 더욱이 말쑥한 정장을 잘 차려입은 신사가 자신의 이름을 부르자, 정신없이 그쪽으로 달려가 모니터에 자신의 얼굴을 파묻을 듯이 들이대고 눈물을 흘렸다.

"레스터 씨! 그동안 고생 많으셨습니다. 저는 임시정부에 소속되어 있는 비서실장 데이비드 패터슨이라고 합니다."

"아! 정말 생존자가 있었군요! 생존자가 혹시라도 있을지 모른다는 한 가닥의 희망을 품었다가도 이내 절망했는데 말이죠. 다행입니다. 정말 다행입니다! 저는 이제 혼자가 아니군요."

"네! 진정하시고 이제부터 마음을 놓으셔도 됩니다, 레스터 씨! 더 이상 레스터 씨는 혼자가 아닙니다."

"네! 정말 그렇군요! 이렇게 또 다른 생존자와 대화를 나누고 있다는 것이 꿈만 같습니다!"

"네, 저 역시 레스터 씨의 심정을 충분히 이해합니다. 하여튼 약 한 달간의 긴 시간 동안 고생하셨습니다, 레스터 씨!"

"제가 이곳에 머문 기간이 한 달이나 됐군요!"

"그렇습니다! 자세한 이야기는 저와 직접 만나서 나누기로 하고 지금부터 제 지시에 따라주시겠습니까, 레스터 씨?"

"우리가 정말 만날 수 있는 건가요? 절대로 꿈은 아니겠지요, 데이비드 비서실장님!"

"그럼요! 물론이죠."

"대통령께서 레스터 씨를 몹시 만나고 싶어 하십니다."

"대통령께서?!… 저를요?"

데이비드 비서실장과의 화상대화를 마친 레스터는 지시사항에 따라 우주정거장의 덮여 있던 창문의 덮개를 모두 열었다. 그리고 나서 계기판 쪽으로 가서 데이비드 비서실장이 알려준 비밀번호를 차례대로 입력했다. 곧이어 계기판의 모든 곳에 불빛이 켜지며 숨겨져 있던 비행조종장치가 서서히 위로 올라왔다. 레스터가 시동 버튼을 누르자 우주정거장은 지구를 향해 빠른 속도로 날아가기 시작했다. 우주정거장은 우주비행선이기도 했던 것이다.

창을 통해서 보니 주위에 보이던 별들이 점점 멀어져가고 있는 것 같은 착시현상이 일어났다. 이어서 우주비행선이 지구의 대기권을 통과하면서 대기와 접촉되자 비행선 안의 내부온도가 상승함을 느꼈다.

얼마 후, 이미 모든 것이 다 파괴되고 뒤바뀌어서 어느 장소인지도 분별할 수는 없었지만 지구의 어떠한 지점의 직경이 족히 500미터 정도는 되어 보이는 상당히 커다란 공간이 나타났다. 우주비행선은 그 공간 속으로 계속 비행했다. 그곳은 오직 어둠만이 있었다.

새로운 환경

"착각은 오히려 진실의 숨겨진 그림자일 수도 있다."

다가갈수록 영원히 벗어날 수 없을 것 같은 어둠속으로 한참을 비행해갔다. 그 기나긴 어둠이 주는 낯섦에 레스터는 앞으로 마주하게 될 상황에 대한 기대와 두려움이 동시에 교차했다. 얼마나 지났을까. 이 생각이 레스터의 머리를 스치고 지나가는 순간, 눈앞에 금속 재질의 거대하고 웅장한 문이 연이어 몇 차례 열렸다 닫히기를 반복하다가 어느 문을 앞에 두고 멈췄다. 그 문이 서서히 열리며 빛이 드러나는 순간, 레스터는 자신의 두 눈을 의심했다. 그의 온몸은 흥분 속에 떨렸다.

"이럴 수가! 이, 이런 곳이 있었다니!"

도저히 믿기지 않은 레스터는 연신 고개를 이리저리 돌리며 주위를 살폈다.

"그래, 내가 오해했던 거야. 다른 것은 몰라도 우리의 삶의 의지만은 경이로운 거야. 인류는 대단해. 정말 대단한 존재들이야. 만약의 사태를 위해 이렇게 완벽하게 대비해놓고 있었다니."

흥분이 가시지 않은 레스터의 입술이 가늘게 파르르 떨렸다.

"과학기술의 발전은 반드시 필요한 거였어. 그 기술의 결정체가 이렇게 내 눈앞에 펼쳐져 있잖아. 결국엔 우리를 이렇게 살리고 있는 거야! 인류가 진정으로 꿈꾸어왔던 과학과 자연이 하나로 조화롭게 혼합된 낙원이 바로 이런 것이었을까."

한참을 직접 보면서도 여전히 믿기지 않아 레스터의 두 눈은 휘둥그레져 있었다.

연신 감탄스러워하던 레스터는 얼마 지나지 않아서 마치 꿈을 꾸는 듯 자신의 눈앞에 펼쳐진 풍경을 당혹스러워했다. 물론, 레스터는 지금 자신에게 벌어지고 있는 상황이 분명한 현실이고, 인류의 과학기술의 엄청난 쾌거라고 받아들였다. 하지만 다른 한편으로는 대재앙으로 모든 것에 깊은 회의와 절망감으로 뒤범벅된 채, 얼마 전까지만 해도 우주비행선에서 반복적으로 숨만 들이쉬고 내쉬며 살아가던 레스터로서는 충격적인 사건을 경험한 탓에 무의식에서는 치유될 수 없는 마음의 상처가 깊이 새겨져 있었다. 대재앙은 인류가 간절히 염원해왔던 구원의 손길의 의미를 가장 처절하고도 잔인하게 퇴색시키며, 오히려 너무나 당연한 임무를 수행하듯 지구를 삼켰다. 그렇게 인류는 사라졌고, 그와 동시에 우주에서 오직 유일한 삶의 터전이자 의지처인 지구에서의 그들의 삶도 멈추어버렸다. 한순간에 모든 것이 허무하게 사라져버린 그 사건으로 레스터는 자신을 비롯한 소수의 생존자들이 단순히 살아 있다는 것에 대한 의미를 넘어 존재 그 자체의 근본적인 의문에 크게 흔들렸다.

　'삶이란 정말 무엇일까? 남겨진 우리에게 삶은 진정 무엇을 위한 것일까? 그래도 이곳은 유토피아라고 해야 하겠지! 슬픈 유토피아….'

　레스터는 체념 속에서 현실을 받아들였다. 비록 완벽한 시설을 갖춘 이곳에서 너무나 뛰어나고 훌륭한 주위환경과 마주하고 있지만, 자신을 포함한 인류가 대자연의 대재앙 앞에서 속수무책으로 당한 무능함으로 인해 여전히 레스터는 부정적인 상념에 사로잡혀 있었다.

　돔. 이곳은 살아 있는 인류가 선택할 수 있는 마지막 장소였다. 아니 운이 좋았다고 해야 할지 선택받았다고 해야 할지 모르겠지만.

　지름이 약 5킬로미터에 이르는 거대한 원형의 인공 육지를 기반으로 건설된 웅장한 반구형의 돔에는 그동안 인류가 누려왔던 자연환경을 완벽하게 축소시킨 모습으로 갖추어야 할 모든 것이 아름답게 펼쳐져 있었다. 타원 형태의 커다란 인공호수와 그 주위를 둘러싸고 있는 언덕위에 울창한 나무들과 숲, 아기자기한 색동옷같이 다양한 색깔의 아담한 집들이 잘 닦인 도로위에 지어져 있었고, 가장자리에는 파도가 넘실대는 인공바다가 있었다. 하늘에는 놀랍게도 태양이 있었고 내리쬐는 햇살 아래 돔 내부의 모든 곳을 따스하게 비추어주었다. 하늘은 새파랬고, 파란하늘에는 뭉게구름이 서서히 흘러가고 있었다. 앙증맞은 다양한 새들은 이 나무에서 저 나무로 날아 옮겨 다니며 무엇이 그리 즐거운지 지저귀고 있었다. 한 폭의 목가적인 그림이 눈이 시리도록 아름답게 그려져 있었다.

드디어 레스터가 타고 있던 비행선이 비행장에 안전하게 수직 착륙했다. 곧이어 비행선 밑의 문이 열리면서 두 기둥이 지면에 닿자 레스터는 승강기를 향해 걸어 들어갔다. 승강기는 곧 지면에 닿았고 문이 열리자 한 사람이 보였다. 그제야 레스터는 환하게 미소 지었다.

"이제야 직접 뵙는군요! 말씀드렸듯이 저는 임시정부에서 비서실장 직책을 맡고 있는 데이비드 패터슨입니다. 반갑습니다."

보통의 키에 부리부리한 눈매를 가진 중년의 남자가 레스터를 보더니 정중하고도 반갑게 인사했다.

"저 역시 데이비드 비서실장님을 직접 뵙게 되어 반갑습니다."

레스터는 언제 흘렀는지 모를 눈물을 훔치며 데이비드 비서실장의 손을 꽉 잡고 크게 흔들었다.

"미리 말씀드렸듯이 대통령께서 귀하를 몹시 기다리고 계십니다. 예상치 못한 최악의 상황 속에서도 우리는 다시 희망을 갖고 일어서야 하고, 그러기 위해서는 귀하 같은 인재가 반드시 필요합니다."

데이비드 비서실장이 동의를 촉구하는 미소를 짓고는 정면으로 레스터를 응시했다.

"무슨 말씀인지 잘 알겠습니다."

레스터는 벅찬 마음에 걸맞게 고개를 크게 끄덕이며 자기가 들어도 크다 싶을 정도로 큰 목소리로 답했다.

"그럼, 자세한 이야기는 백악관으로 가서서 대통령과 말씀을 나누도록 하죠."

말을 마친 레스터와 데이비드 비서실장은 자동차에 올라탔다.

레스터에게 우주정거장에서의 1개월은 독방에 갇힌 죄수와 같았다. 처절하게 일그러진 지구의 모습, 세상의 유일한 안식처이자 버팀목이었던 사라와 메리의 죽음. 모든 것을 잃었기에 차마 그 무엇으로 표현이 불가능할 만큼 견딜 수 없이 괴로웠다. 하지만 그 괴로움이 극에 달했던 것은 혼자였기 때문이다. 극도의 고립감 속에서 시간이 지남에 따라 이젠 세상에 남아 있는 인간은 자신이 유일할 수도 있다는 생각은 레스터에게 살아 있다는 것에 아무런 의미도 주지 못했다. 깨달음을 얻기 위해 스스로 깊은 산속에 홀로 들어가서 수양을 쌓거나 죄를 지어서 수용실에 갇힌 죄수는 그럴 수밖에 없는 타당한 이유가 분명히 있지만, 자신의 의도가 전혀 반영되지 않은 그곳의 나날은 그를 한없이 지치고 외롭게 했다. 거의 2주일 내내 사라와 메리를 생각하며 눈이 붓도록 울었다. 얼마나 울었는지 어느 순간부터는 슬퍼도 눈물이 나오지 않았다. 눈물이 마르자 오히려 눈물이라도 나올 때가 덜 괴롭고 외롭게 느껴졌다. 그 후로는 멍하니 한 곳만 응시했다. 그러다가 극단적인 선택을 하려고도 했지만 레스터의 마음 깊은 곳에서 살아가야 하는 이유를 말해주었다. 의외로 단순했다. 죽음은 그 누구에게나 기본사항이니 걱정하지 말라고. 때가 되면 싫다고 해도 알아서 찾아올 것이니…. 그랬다. 살아야 했다. 살아가야만 했다. 다른 것은 다 제쳐두더라도 아버지의 사고현장에서 그가 난생처음 경험한 비현실적인 사건과 자신이 어떻게 우주정거장에 머물게 되었는지에 대한 경위에 대해서만큼은 반드시 알아야 했다. 이 두 가지 의문 중에 레스터 자신이 경험한 비현실적인 사건은 스스로 직접 해결해나갈 수밖에 없는 문제이겠지만, 또 다른 한 가지 의문인 자신이 우주정거장에 머물게 된 경위는 이번 기회에 해결될 수 있는 현실적인 문제였다.

레스터와 데이비드 비서실장이 승차하고 있던 자동차는 얼마 지나지 않아 양쪽으로 높고 길게 늘어선 가로수 길을 유유히 나아가다가 백악관에 도착했다. 백악관 입구에는 잘 정돈된 정원과 비단잉어가 여유롭게 헤엄치는 연못이 있었다. 대통령 관저는 그 모습이 기존의 백악관과 비슷했지만 규모가 작아서 그런지 소박해 보였다.

관저 입구 중앙에는 장신에 건장해 보이는 사람이 몇 사람을 뒤에 대동한 채 서 있었다. 그 사람은 레스터가 다가오자 먼저 부드러운 미소를 지으며 손을 내밀어 악수를 청했다.

"살아서 만나니 무척 반갑군요! 저는 이곳의 임시 대통령인 알렉스 파커라고 합니다."

"안녕하십니까. 각하! 처음으로 인사드립니다, 저는 레스터 마틴이라고 합니다. 저 역시 이렇게 생존해 있는 분들을 보다니 정말로 꿈만 같군요!"

레스터가 정중히 예의를 갖추며 알렉스 대통령에게 말했다.

"그동안 고생이 참 많았어요, 레스터 씨. 우리는 당신이 무사하기만을 오랫동안 바라왔습니다."

"무엇보다 제 목숨을 구해주셔서 정말 감사드립니다, 각하!"

"오히려 레스터 씨가 살아 있어서 제가 더 감사하죠! 그건 그렇고, 시장하지 않습니까?"

"아! 네. 이곳에 오면서 긴장해서 그런지 솔직히 더 시장한 것 같습니다."

"그럼, 먼저 식사를 하면서 이야기를 편히 나누도록 하죠! 레스터 씨를 위해 따뜻한 햇살 아래 야외풍경을 감상할 수 있는 테라스에 자리를 마련했으니 우리 모두 그곳으로 갑시다."

"네! 각하."

말을 마친 알렉스 대통령이 앞장서서 걸어가기 시작했고, 레스터와 데이비드 비서실장이 뒤를 따랐다.

2층에 있는 테라스는 에메랄드빛이 나는 고급스러운 타일들이 바닥에 깔려 있었고, 커다란 원형의 원목 테이블과 의자 그리고 그 위에는 수제로 직접 수놓은 엷은 흰색의 테이블 시트가 깔려 있었다. 테라스에서 바라보니 좀 전에 비행선에서 보았던 모습보다 더욱 친숙하고 목가적인 아름다운 풍경이 한눈에 선명히 들어왔다. 대통령 알렉스, 레스터 그리고 데이비드 비서실장이 잠시 앉아 있자 푸짐한 식사가 나오기 시작했다.

"무엇보다 건강해 보여 다행입니다. 표정도 한층 밝아 보이네요."

웃으며 알렉스 대통령이 레스터에게 말했다.

"네, 이렇게 잘 차려진 음식을 다시 현실에서 마주하고 있다는 것이 도저히 믿어지지가 않습니다."

레스터가 감개무량한 표정으로 음식을 뚫어질 듯이 쳐다보며 대답했다.

우주정거장에서 1개월간 매일 반복적으로 먹은, 제대로 맛조차 느껴지지 않았던 어설픈 수프에 질릴 대로 질려 있던 레스터에게 지금 차려진 음식은 그가 예의를 갖춘 인간임을 잠시 잊고 동물들의 삶을 다루는 다큐멘터리에서 며칠 정도는 굶은 사자와 같이 야수로 돌변하기에 충분했다. 고기를 씹는 느낌과 해산물의 쫄깃쫄깃한 느낌 그리고 신선한 채소의 아삭아삭한 느낌을 레스터는 오래간만에 충분히 만끽했다.

"차려진 식사가 마음에 드셨습니까?"

남겨진 음식이 하나도 없이 깨끗하게 식사를 마친 레스터를 물끄러미 쳐다보고 있던 알렉스 대통령이 레스터에게 말했다.

"네, 각하! 제 짧은 인생 중에 절대로 잊을 수 없는 최고의 맛이었습니다!"

얼굴이 상기된 레스터가 알렉스 대통령에게 대답했다.

"만족하셨다니 저로서는 상당히 기쁘군요."

여전히 얼굴에 흐뭇한 미소를 지으며 알렉스 대통령이 말했다. 그때, 갑자기 데이비드 비서실장이 두 사람의 대화에 끼어들었다.

"실망하실지 모르겠으나 이 부분만은 말씀드려야겠습니다."

"무슨 실망을?"

레스터가 궁금한 듯, 두 눈을 동그랗게 뜨고 데이비드 비서실장을 쳐다보았다.

"이곳 돔 안에 거주하는 모든 사람들이 식사를 항상 이렇게 하지는 않습니다."

약간은 머뭇거리며 주저하듯 데이비드 비서실장이 말했다.

"이렇게 항상 식사를 안 하다면… 혹시 특별한 경우가 아니면 이렇게 먹을 수 없을 정도로 식량이 부족하다는 말씀인가요?"

걱정스런 표정으로 레스터가 물었다.

"아니요. 그런 의미가 아니라 레스터 씨가 지금 드신 음식들은 모두 '장식물'이라고 할 수 있다는 뜻입니다."

이렇다 할 더 이상의 부연설명도 없이 데이비드 비서실장은 갑자기 입술을 굳게 다물었다.

"죄송하지만, 저는 데이비드 비서실장님께서 하신 말씀이 무슨 뜻인지 잘 모르겠는데요?"

잠시 망설이던 데이비드 비서실장은 어차피 알아야 할 일이라는 듯 입가에 힘을 한 번 주더니 운을 뗐다.

"레스터 씨가 맛있게 식사하신 음식들은 레스터 씨의 기억에 내재되어 있는 음식의 모양새를 인위적으로 똑같이 본떠서 만들고 맛은 화학적으로 조절해서 만들어낸 장식물이라는 뜻입니다."

"이보게, 데이비드! 쓸데없이 시간 끌지 말고 레스터 씨에게 정확하게 말씀드리게."

옆에서 가만히 앉아 지켜보던 알렉스 대통령이 데이비드 비서실장을 살짝 노려보았다.

"네! 각하."

흠칫 놀란 표정으로 자세를 바로잡으며 데이비드 비서실장이 말을 이었다.

"그러니깐 이 음식들은 '화학적 합성물 덩어리'라는 것입니다."

"화…화학적 합성물 덩어리라뇨?"

레스터는 어리둥절한 표정으로 데이비드를 쳐다보았다.

"가장 기본적이고 중요한 문제라 말씀드리는 겁니다. 앞으로 이곳에서 지내시려면 반드시 익숙해져야 하는 것이니 말이죠."

"…"

"이곳에서는 오직 한 가지 종류의 음식만 존재합니다. 바로 '화학적 합성물 덩어리'죠. 우리는 화학적 합성물 덩어리를 '신의 가호로 만들어진 특별한 음식(The Special Food made of God's Bless)'이라고 받아들이며, 간단히 줄여서 '스푸드(SFood)'라고 말합니다."

잠시 말을 멈춘 데이비드 비서실장이 레스터의 반응을 살피고는 이어서 말했다.

"스푸드에 여러 소스를 첨가하면 지금 드신 것처럼 고기의 향과 씹는 느낌, 해산물의 향과 쫄깃한 느낌, 채소의 신선함과 아삭아삭한 느낌 등을 자유자재로 얼마든지 표현할 수 있습니다. 그러나 사실은 우리 모두가 단지 한 가지 종류인 '화학적 합성물 덩어리'를 먹은 거죠."

"네?! 어떻게 그렇게 될 수가…. 그것이 가능, 아니 그런가요?"

도저히 믿기진 않았지만 지금 분위기에서 자세하고 전문적인 답변을 요구하는 것이 애매했던 레스터는 막연히 받아들였다는 듯이 고개를 끄덕이며 대답했다.

"혹시 그렇다면 우주정거장에서 먹은 어설픈 수프도 화학적 합성물 덩어리였다는 말씀인가요?"

"네, 맞습니다. 똑같은 내용물이죠. 단지 대재앙이라는 극악적인 상황에서는 오직 생명을 유지하는 것이 시급하니 우주정거장에선 음식의 모양이나 맛을 따질 여유가 없었죠. 그저 먹어야 사니까. 그냥 들이킨 거죠. 그렇지 않습니까!"

"이 스푸드에는 탄수화물, 단백질, 지방, 필수아미노산, 각종 비타민 등 우리의 신체 밸런스를 유지시키는 데 필요한 모든 요소가 균형 있게 들어 있고, 아무리 먹어도 전혀 살이 찌지 않으니까요. 더욱이 지금 드셔서 아시겠지만 기존에 자연산으로 드셨던 음식들보다 더욱더 놀라운 맛의 세계를 경험하셨을 겁니다. 여러 소스만 첨가하면 항상 최고의 맛을 유지하죠."

데이비드 비서실장은 이러한 과학기술의 성과에 몹시 흡족해하며 고개를 살짝 들었다.

"그러면 스푸드는 음식에 관한 한 궁극적인 과학기술의 결정체이겠군요."

매우 당혹스러웠지만 실제로 존재하며 자신이 직접 경험한 이 음식을 부정할 수도 없던 레스터는 불편한 심기를 애써 감추며 침착하게 말했다.

"그렇죠. 맞습니다!"

동조하는 분위기에 웃으며 데이비드 비서실장이 다음 말을 하려다가 약간 머뭇거린 후 말을 이어나갔다.

"하지만 의외의 상황이 정착되고 말았는데, 음식의 정체를 알아버린 돔에 거주하고 있는 사람들은 더 이상 지금처럼 장식으로 모양을 만들어서 음식을 차려 먹거나 심지어 소스도 첨가하지 않고 식사하죠. 먹는다는 것의 의미만 갖고 있다고 할까, 아니면 각자 자신의 정체성을 유지하게 하는 의무라고 해야 할까. 무의식적으로 공기를 들이마시듯 먹는다고 할 수 있겠죠."

"아! 네… 그렇게 됐군요."

생각조차 제대로 정리되지 않은 레스터는 음식에 관해 더 이상 자세한 대화를 나눈다는 것이 모호했기에 일단은 데이비드 비서실장의 말에 동조하듯이 따라가고 있었다.

"기술은 지금도 멈추지 않고 있어요, 레스터 씨. 하루에 한 번씩 먹는 이 음식을 기술의 발전으로 일주일 이상 늘린 사람이 있으니까요. 이제는 한 달이 목표라고 하더군요. 한 달에 오직 딱 한 번의 식사만 하면 되니 상당히 편하겠죠. 매일매일 챙겨 먹을 필요 없이 한 번만 먹으면 이 부분에서는 자유를 얻게 되니까요. 남는 시간을 좀 더 유용한 일에 투자할 수 있으니 여러모로 좋은 일이죠."

데이비드 비서실장이 자신감에 찬 표정을 지으며 말했다.

'일주일을 넘어 한 달에 한 번만 식사하면 된다고?! 정말 이상하군. 인간에게 식사를 한다는 행위는 기본적이면서도 가장 커다란 기쁨인데, 데이비드 비서실장은 오히려 이러한 성과를 뿌듯해하며 반기고 있어. 게다가 이곳 사람들도 그것이 당연한 듯이 받아들이고 있다는 뜻인가? 그렇다면 왜일까? 그건 그렇고 대재앙이 발생하기 전에도 인류가 만들어낸 성과 중에 이렇듯 경이로울 정도로 놀라운 기술은 들어본 적이 없는데, 대체 어떻게 된 거지? 이 정도까지 우리의 기술이 발전했던가? 단순히 저장한 식량을 어렵사리 나누어서 섭취하는 것이 아니라 이미 과학의 성과로 이룰 수 있는 최고의 경지까지 도달했다는 말인가? 이쪽 분야에 대해서는 상세히 모르지만 인류가 소유한 기술 수준이 아직까지 이 정도는 아닌 것 같은데…. 참으로 이상하군.'

의구심이 스멀스멀 그의 뇌에 스며들었지만, 레스터는 단정할 수 없는 문제에 대해 일단 뒤편으로 밀어놓았다.

알렉스 대통령은 데이비드 비서실장이 말하는 동안 표정 하나 변하지 않고 자신의 앞자리에 놓인 찻잔을 들여다보며 가만히 듣고만 있었다. 그에겐 이러한 이야기는 놀랍지도 그렇다고 지루하지도 않은 듯이 보였다. 오히려 이제는 너무나 익숙해서 잊고만 지냈던 과거의 일상을 회상하는 듯이 보였다.

"데이비드. 할 말은 다 한 건가?"

침묵을 지키고 있던 알렉스 대통령이 점잖게 말했다.

"네. 죄송합니다, 각하. 제 말이 너무 길었군요."

"아니네. 잘 듣고 있었네."

비서실장을 보고 괜찮다는 듯 대통령이 미소를 지었다.

"레스터 씨."

"네, 각하."

"궁금한 점이 있으실 것 같은데요. 지구의 지하 깊숙한 이곳에 어떻게 거대한 돔이 존재하게 되었는지 말이죠. 그리고 대재앙 속에서 레스터 씨를 어떻게 구출하여 우주정거장에 안전하게 피신시킬 수 있었는지에 대해서도 많이 궁금하실 것 같은데요."

알렉스 대통령이 화제를 바꾸며 레스터에게 말을 걸었다.

"예! 그랬습니다. 우주정거장에서 눈을 뜨게 된 후부터 지금까지 어떻게 제가 구출되어서 그곳에 머무를 수 있었는지 항상 궁금했습니다."

레스터는 내심 흥분됐다. 자신이 궁금해했던 두 가지 질문 중에 그나마 현실적이라고 생각한 두 번째 질문의 해답이 이제야 밝혀지는 순간이기 때문이었다.

"지구 여기저기서 동시다발적으로 심각한 징후가 나타나기 시작했을 때, 정부에서는 극도의 위기감을 느꼈고 한 사람이라도 더 안전한 곳으로 대피시키기 위해 원격조정이 가능한 소형비행선이자 우주정거장의 기능을 동시에 가지고 있는 최신 우주비행선 수천 대를 띄우며 마지막까지 필사적인 노력을 기울였습니다. 하지만 레스터 씨도 잘 아시다시피 이 구조작업을 온전히 진행하기엔 지구의 파멸속도가 너무 급격했죠. 그래서 최후의 모든 노력마저 거의 물거품이 되었습니다. 그런데 레스터 씨는 정말 운이 좋은 분이더군요. 거의 대부분의 우주비행선이 파괴되었는데 그중 한 대의 우주비행선이 레스터 씨를 발견해 바로 구출한 후에 지구 상공에 머물게 된 것이죠. 그리고 대재앙 후 지구의 대격변이 그나마 안정 국면에 접어들어 저희가 연락을 취한 겁니다."

"정말 제가 운이 좋았던 거군요. 조금만 늦었어도 저 역시 이 세상에 없었겠군요."

자신이 살아난 것이 비현실적인 사건은 아니라는 것에 오히려 만족한 레스터는 의문이 풀린 것에 안도하면서 깊은 숨을 내쉬었다.

"레스터 씨도 잘 아시겠지만, 대멸종에 가까운 사건이 발생한 것은 이 번이 처음은 아니죠."

알렉스 대통령이 심각한 표정으로 말했다.

"네, 그렇죠. 백악기에 소행성의 충돌로 공룡이 멸종하거나 성서 속에 나오는 대홍수 등 많은 사건이 있었죠. 이번에 대재앙이 실제로 인류에게 일어나기 전에는 마치 영화에서나 가능할 것처럼 현실적으론 피부로 느껴지지 않았던 머나먼 과거에 머물던 대재앙의 사건들이었죠."

레스터가 말했다.

"이번과 같은 대재앙이 언제 발생할지는 어느 누구도 알 수 없었겠지만 언제 있을지 모르는 최악의 상황을 대비하기 위해 우리나라뿐만 아니라 세계 여러 나라는 최악의 재해나 재난에 대비해서 최소한 수만 명이상을 대피시킬 수 있는 비상 수용시설을 지하에 완비하고 있었습니다. 물론, 조사해본 결과 오리온자리에 있는 베텔게우스의 극점은 다행히 지구를 향하고 있지는 않으니 안전하다고 결론이 내려졌죠. 하지만 베텔게우스 같은 초거대 항성의 대규모 폭발 후 발생하는 강력한 감마선에 의해 지구의 오존층이 모두 파괴되어 태양의 자외선에 그대로 노출될 경우나 소행성 충돌, 대규모 지진이나 화산폭발 그리고 핵전쟁 등에도 버틸 수 있어야 했죠. 그러나 이번과 같이 그 누구도 예측조차 전혀 할 수 없었던 대재앙 앞에선 모든 것의 의미가 상실되었어요."

"그러면 지하시설마저 모두 붕괴되어 사라졌다는 말씀인가요?"

"안타깝게도… 그렇습니다, 레스터 씨."

"그렇다면 혹시 이곳도 대피시설인가요?"

너무나 완벽한 환경을 갖춘 이곳을 임시 대피시설이라고 받아들이기에는 현실감이 없었기에 레스터가 질문했다.

"사실 이곳은 대피시설이 아닙니다, 레스터 씨!"

"대피시설이 아니라면 이곳은 어떤 목적을 위해 만들어진 건가요?"

"음… 이곳은 처음부터 매우 특별한 목적으로 만들어지게 되었습니다. 세계를 리드하고 있던 선진 5개국 수뇌부들의 회동을 통해 세상에는 철저히 비밀리에 진행시키고 있던 극비 프로젝트의 산물입니다."

"대부분 극비 프로젝트라면 군사적인 목적일 것 같은데, 이곳은 아무리 둘러보아도 그런 생각은 들지 않는군요. 마치 머나먼 미래의 고도로 발달한 과학기술을 바탕으로 최대한 자연과 조화로운 환경을 구축한 가장 이상적인 환경이라고 느껴지는데요, 각하!"

"네! 맞습니다. 정확히 보셨어요, 레스터 씨. 방금 레스터 씨가 말한 내용 속에 이곳이 세상에 알려질 수 없었던 비밀이 고스란히 들어 있습니다."

"네? 제가 각하께 말씀드린 내용 속에요?"

"수뇌부들은 인류의 과학기술을 집대성해서 자연과 최대한 조화로운 이상적인 환경을 구축하고자 합의를 보았죠. 즉, 그들은 현재가 아니라 최소한 몇백 년 후의 미래사회를 그리며 과학기술을 극대화시키는 실험을 진행했습니다. 그래서 이곳에 구축된 다양한 과학기술은 레스터 씨가 일상적인 생활에서 경험하던 과학기술들을 훨씬 앞선 기술들입니다. 보세요, 레스터 씨. 이곳이 지하이고 바깥세상과 완전히 단절된 독립적인 장소임에도 인공태양 아래 다양한 지구의 생물체가 자연스럽게 살아가고 있지 않습니까?"

"네! 정말 놀라운 환경이라고 생각합니다. 마치 상상 속에서만 그려볼 수 있는 동화 속의 환상의 나라 같아요. 그렇다면 이 프로젝트의 실용적인 측면에서 생각한다면 결국 화성과 같은 곳에 지구와 동일한 환경을 구축하기 위한 노력의 산물이군요."

"네! 정확히 보셨습니다. 바로 그런 목적이죠. 그래서 이곳은 비밀스럽게 진행될 수밖에 없었습니다."

"글쎄요, 오히려 이러한 놀라운 기술의 발전을 일반인들이 안다면 모두 환영할만한 인류의 쾌거가 아닐까요? 굳이 비밀 프로젝트로 분리해야 할 이유는 잘 이해가 되지 않는데요?"

"만약, 세상에 알려졌다면 마치 이곳이 특권층만을 위한 매우 특별한 시설로 인식되어 세상과의 괴리만 부추기게 될 것이기도 했고, 사실은 더더욱 비밀스럽게 진행시킬 수밖에 없었던 것은 이 환경을 구축하기 위해 고도의 위험천만한 실험들이 뒤따랐으니까요. 세상에 알려진 상태에서 이 프로젝트를 진행했다가 커다란 사고가 발생이라도 하면 세상 사람들의 거센 비난과 언론의 기사거리만 제공하다가 중단되었겠죠. 게다가 극비리에 더욱 강력한 최신 무기를 만든다는 음모론부터 현실과는 동떨어진 곳에 많은 예산을 투입하고 있다든지, 가진 자들의 사치거리라든지 등 말이 많았겠죠."

"음… 그럴 수도 있었겠군요. 세상엔 일상적인 생활을 하는 사람들이 대부분이니 이러한 프로젝트의 의도를 충분히 이해하지 못하겠죠. 현실에 안주하려는 사람들이 대부분일 테니까요."

"그렇습니다, 레스터 씨!"

알렉스가 만면의 미소를 지으며 만족한 듯이 경쾌하게 대답했다.

"하여튼 그동안의 무수한 노력으로 이러한 돔이 완벽하게 구축되고 나서는 가장 안전한 장소들을 찾아 지구 지하의 깊은 곳에 다섯 채를 동시에 만들어놓았죠."

알렉스 대통령이 자세하게 설명하기 시작했다.

"이런 곳이 다섯 채씩이나요?"

상당히 놀란 레스터가 되물었다.

"네, 참여한 각 나라의 수뇌부들도 최첨단 기술이 모두 적용된 이곳을 각자의 나라에 구축하고 싶어 했으니까요. 참여한 나라들이 모두 천문학적인 비용을 투자했으니 당연히 그럴 만도 했죠."

"하지만 대피시설로서 이곳은 다섯 채도 의미 없는 숫자에 불과합니다. 물론, 이곳이 대피시설은 아니었으나 대재앙으로 모든 것이 붕괴되는 상황에서 이것저것 가릴 때가 아니었죠. 현재 이곳 돔 안에 거주하는 인구가 300명 정도인데, 다섯 채라고 해보았자 1천5백 명 정도이니 약 85억 명이었던 인류를 안전하게 대피시키기란 처음부터 아예 불가능한 일이었습니다."

"그러면 나머지 네 개의 돔에도 현재 생존한 사람들이 살고 있다는 말씀인가요?"

반색하며 레스터가 물었다.

"그것이…"

말하려다 말고 비통한 표정을 지으며 알렉스는 신중하게 말을 이어나갔다.

"우리는 미래를 완벽하게 알 수 없지요, 레스터 씨. 특히 이번과 같이 한순간에 동시다발적으로 발생한 전 지구적인 지진과 화산폭발 앞에서 우리의 그 어떠한 노력과 믿음도 의미가 없었어요. 너무도 강력했던 이번 사건은 지구의 깊은 내부까지도 엄청난 균열을 일으켰고 그래서 결국은…"

"결국은 어떻게 되었다는 말씀인가요?"

레스터가 바짝 다가서며 보채듯 물었다.

"이곳을 제외한 네 곳의 돔은 모두 붕괴되고 말았어요. 이제 지구라는 행성에서 유일하게 남은 돔이 이곳이고, 유일하게 생존한 사람들이 있는 곳도 단지 이 돔 하나뿐입니다."

말을 마친 알렉스는 시선을 다른 곳으로 돌리며 두 눈을 감았다.

"너무 비참하고 처참했어!"

옆에서 대화를 듣고 있던 데이비드 비서실장도 생각이 난 듯 몸서리를 쳤다.

"그… 그렇다면 오직 이곳뿐이란 말씀인가요? 사람들이 유일하게 생존한 곳이…."

새로운 절망감을 껴안은 레스터가 침울한 모습으로 말했다.

"암울하지만, 어쨌든 이 상황을 그나마 기적이라고 받아들여야 합니다, 레스터 씨!"

"그렇지만 참담한 마음을 금할 수 없군요. 각하!"

"그래도 우리는 다시 희망을 가져야 합니다. 기회조차 가져보지 못하고 사라져간 수많은 사람들의 희생을 기리기 위해서라도 모두 힘을 합해 다시 일어서야 합니다. 이제부터 다시 시작해야 합니다, 레스터 씨!"

급격히 가라앉은 분위기를 박차듯, 알렉스 대통령이 눈을 부릅뜨고 주먹을 불끈 쥐고는 힘차게 말했다. 하지만 레스터는 초승달 같은 엷은 미소조차 지을 수 없었다.

외면할 수 없는 수많은 사람들의 죽음에 묵념하듯 침묵이 그들을 눌렀다. 잠시 뒤, 알렉스 대통령이 침묵을 떨치며 말했다.

"레스터 씨. 혹시 우주비행선이 이곳을 선회할 때, 중앙에 있는 커다란 빌딩을 보셨습니까?"

"돔 중앙에 가장 높이 솟은 빌딩을 말씀하시는 건가요?"

"맞습니다. '센트럴-랩(Central-LAB)'이라고 하죠. 중앙에 우뚝 솟은 그 빌딩 말이죠."

레스터는 비행선 안에서 내려다보던 중, 돔 내부에서 유난히 눈에 띄었던 건물이 떠올랐다. 돔 중앙에 위치한 그 빌딩은 높이가 12층에 달했다. 육각형이었고 전체가 유리창이어서 밖에서도 빌딩 안이 훤히 들여다보였다. 그리고 옥상의 가운데를 중심으로 거대한 원기둥이 다시 솟아 있었고, 그 위에 거대한 스카이라운지가 있었다. 그곳은 돔 전체 풍경이 한눈에 내려다보이는 곳이었다. 11층에서 스카이라운지로 가기 위해서는 11층의 중앙에 거대한 기둥처럼 생긴 곳에 있는 엘리베이터를 타야 했는데, 11층과 스카이라운지 사이는 족히 10미터 정도는 되어 보였다. 스카이라운지는 거대한 반구형의 형태로 놓여 있었으며, 밑면과 함께 투명한 유리로 전체가 이음새 없이 맞물려 있었다. 멀리서 센트럴-랩을 쳐다보면 11층 위에 마치 커다랗고 반듯하게 생긴 투명한 버섯이 놓여 있는 것 같았다.

"최첨단 연구소인 센트럴-랩은 인류의 모든 지식을 담은 보고입니다. 인류의 미래는 그곳에서부터 다시 꽃피우게 될 겁니다. 물론, 조금 전에 말씀드렸던 다섯 채의 돔에 동일한 데이터를 각각의 인공지능 슈퍼컴퓨터에 보관했으나 나머지 네 채의 돔이 사라졌으니 이곳에 저장된 데이터가 유일하지만 말입니다. 어쨌든, 이곳에도 완벽하게 보존되어 있습니다."

알렉스 대통령은 부연설명을 이어갔다.

"지금까지 인류가 발견하고 발전시켰던 과학과 기술의 모든 데이터와 역사, 문학, 철학 그리고 음악, 미술 같은 예술분야 등 모든 것을 담고 있습니다."

"정말입니까?! 대단하군요."

호기심이 발동한 레스터가 말했다.

"그뿐만이 아닙니다. 지금까지 일반인들에게는 공개되지 않았던, 각국에서 수행해온 최첨단의 비밀 프로젝트들이 그대로 진행되고 있습니다."

알렉스 대통령이 들뜬 표정을 지으며 말했다.

"어떤 비밀 프로젝트인가요?"

"하하하! 앞으로 차차 아시게 될 겁니다, 레스터 씨."

"어쨌든 뛰어난 새로운 인재 한 분이 오셔서 너무 기쁘고 기대도 큽니다. 물론 부담을 드리려고 하는 것은 절대 아닙니다."

"그런데 저에 대해서는 어떻게 아시게 된 건가요?"

"사생활 침해라고 하실 수도 있으나 정부에서는 뛰어난 인재를 찾기 위해 각 대학이나 기업체 그리고 연구소 등에 연락망을 두고, 그곳에서 추천한 학생들과 교수님들 그리고 연구소 등의 연구원들의 개인 데이터를 보관하고 있었지요. 그 데이터로 확인이 가능했습니다."

"그랬군요."

"혹시 불쾌하셨다면 정중히 사과드리겠습니다."

"아닙니다. 지금은 살아 있다는 것에 대해 오히려 제가 감사드려야 할 일이죠."

"자, 이제 어느 정도 이야기는 한 것 같고…"

갑자기, 알렉스 대통령은 말을 끊고 데이비드에게 시선을 돌렸다.

"데이비드 비서실장."

"네, 각하!"

"이제부터는 자네가 레스터 씨를 안내해드려야겠군. 레스터 씨와 함께 센트럴-랩을 방문해서 간략히 소개해드리고 그 후에 머무르실 집으로 안내해주게."

말을 마친 알렉스는 레스터를 다시 쳐다보며 흐뭇한 미소를 지었다.

"네, 알겠습니다. 각하."

정중히 예의를 갖추며 데이비드가 대답했다.

"자! 그럼, 아쉽지만 오늘의 만남은 이쯤해서 끝내기로 하죠."

"오늘 반가웠습니다, 레스터 씨. 앞으로 불편한 점이 있으시면 데이비드 비서실장을 통해 말씀하시면 제가 항상 도움을 드리도록 하겠습니다."

알렉스 대통령이 레스터에게 악수를 청했다.

"저 역시 뜻 깊은 만남과 환대에 매우 감사드리고 반가웠습니다."

레스터도 대통령의 손을 맞잡았다. 오랜만에 느낀 사람의 따뜻한 온기였다. 대통령에게 인사를 마친 레스터와 데이비드 비서실장은 백악관을 빠져나와 연구소 빌딩으로 향했다.

집무실로 돌아와 의자에 앉은 알렉스는 책상에 두 팔을 올려 깍지를 끼고는 깊은 숨을 내쉬었다. 얼마 지나지 않아서 벽면에 붙어 있던 검은 색의 둥그스름한 작은 단추처럼 생긴 장치에서 몇 갈래의 빛이 새어나오더니 앞쪽으로 1미터 정도 되는 텅 빈 공간에 서서히 사람 형상이 만들어지기 시작했다. 어느새 정장을 말끔하게 차려 입은 신사의 모습이 드러났다. 그 순간, 알렉스는 상당히 긴장하고 있는 표정이 역력했다. 그가 자리에서 벌떡 일어났다.

"안녕하셨습니까!"

알렉스가 정장을 입은 신사에게 정중하고 깍듯하게 인사를 했다.

"잘 보고 있었네, 알렉스."

신사가 알렉스에게 말을 걸어왔다.

"제가 혹시 실수한 거라도 있는지요?"

말하면서도 긴장이 많이 되는지 알렉스는 두 손바닥을 연신 바지에 문질렀다.

"아니네. 자네도 데이비드도 잘해주었네."

묵직하게 울려 퍼지는 중저음이 방 안을 감쌌다.

"그럼, 다행이군요. 혹시나 실수라도 했을까 봐 조마조마했습니다."

"자네에게 특별한 일을 부탁했는데 이 정도면 잘해주었네. 워낙 중대한 일이라서 말이지."

"저나 데이비드 말고 다른 자들에게도 연락을 취할까요?"

알렉스가 다시 공손히 질문했다.

"아니네, 알렉스. 자네와 데이비드 그리고 에드워드만 알고 있으면 되네. 이제부터 해야 할 일은 에드워드에게 자세하게 얘기해두었으니 연구소 쪽에는 그가 알아서 처리할 거야. 상세한 이야기는 에드워드에게 듣도록 하게. 그리고 그 외의 다른 사람들은 절대로 알아서는 안 돼. 오히려 그들에게 혼란만 가중시킬 테니깐 말이네."

신사는 흐트러짐이 없는 자세로 일관했다.

"아! 그렇군요."

"그러면 말씀하신 대로 지금의 상태만 유지하면 될까요?"

"그렇다네. 현재 프로젝트가 최종적인 마무리 단계에 있어. 이제 길어 봤자 열흘 안에는 완성될 거야. 그때까지는 지금의 상태를 유지하는 것이 유일한 대안이네."

"네! 알겠습니다. 지금의 상태를 유지하도록 최선을 다하겠습니다."

긴장의 끈을 놓지 못하고 있던 알렉스는 간신히 미소를 지으며 대답했다.

"그래주게, 알렉스. 혹시라도 최악의 상황이 발생한다면 내가 직접 나설 수밖에."

"알겠습니다."

"그럼, 수고해주게."

말이 끝나자, 수많은 빛의 알갱이들이 서서히 점멸하며 신사의 형상이 사라졌다. 그제야 비로소 평안을 다시 되찾은 알렉스는 의자에 몸을 깊숙이 파묻고는 생각에 잠겼다.

　돔 중앙에 있는 센트럴-랩에 도착한 레스터와 데이비드 비서실장이 로비에 들어섰다.

　"안녕하십니까? 어서 오세요."

　여성 로봇안내원이 다가와 상투적인 인사를 했다.

　"연락은 받았나?"

　데이비드 비서실장이 물었다.

　"네, 연구소장님께서 두 분이 오시면 모셔오라고 하셨습니다."

　곧이어 여성 로봇안내원이 두 사람을 11층에 위치한 연구소장의 집무실로 안내했다.

　"레스터 씨와 데이비드 비서실장님이 오셨습니다."

　여성 로봇안내원이 연구소장의 집무실 앞에 서서 말했다.

　"어서 들어오시게 하게."

　말이 끝나자 문이 열렸고 두 사람은 안으로 들어갔다.

　연구소장은 누구나 첫눈에 보아도 명석함을 느낄 정도로 단정하게 잘 넘긴 머리와 반듯한 이마 그리고 두 눈동자는 빛이 났다. 그는 훤칠한 키에 옷맵시도 멋지고 깔끔했으며, 나이는 삼십대 중반쯤으로 보였다.

　"반갑습니다. 각하께 연락받았습니다. 에드워드 클락이라고 합니다."

　"반갑습니다. 레스터 마틴이라고 합니다."

　"저는 소개할 필요가 없겠죠? 에드워드 연구소장님."

　미소 짓던 데이비드 비서실장이 끼어들며 말했다.

　"하하! 그럼요, 비서실장님. 두 분 모두 우선 자리에 앉으시지요."

　에드워드 연구소장이 말을 이었다.

"우주정거장에서 홀로 고생이 많으셨다고 들었습니다. 많이 지치고 피곤하실 테니 오늘은 간략한 소개만 하겠습니다."

"우리 연구소는 현재를 기반으로 미래에 활용할 핵심 프로젝트를 다수 진행하고 있습니다. 예를 들어, 이곳에 오시면서 직접 보셔서 아시겠지만 돔 천장에는 실제 태양의 원리를 기반으로 완성한 인공태양이 있습니다. 물론, 생명체에게 불필요하거나 위험한 요소들은 기술적으로 완벽하게 제어되어 있고 이곳에 알맞도록 축소시켜놓았죠. 이곳이 지하이다 보니 생태계를 유지하는 데 필수적인 요소일 수밖에 없습니다. 그리고 이곳 돔에는 수소와 산소 등을 비롯해서 다양한 필수적인 물질들이 넉넉히 저장소에 저장되어 있어서 공기뿐만 아니라 물 또한 풍부합니다. 비록 인위적이지만 생명체가 안전한 삶을 유지하는 데 최적인 장소입니다. 이 모든 것이 돔에 최적화된 자체 정화시설 덕분이고 모든 것을 완벽하게 재활용하도록 기능이 완비되어 있습니다. 대재앙으로 지구의 거의 모든 핵시설과 핵무기마저 파괴되어 상상을 넘어선 방사능의 공포만으로도 우리가 외부로 직접 나가려면 여전히 커다란 위험을 감수해야하죠. 그래서 로봇을 이용해 지구의 외부환경에 그나마 오염되지 않은 장소에서 다양한 물질을 수거해 이곳에 자체 정화시설로 추가적인 자원들을 충당하고 있습니다."

"그렇군요. 대단하네요!"

"그리고 하늘의 풍경을 현실의 수준으로 끌어올려 완전하게 구현한 가상현실이 있습니다. 이곳에선 먹구름이 가득 낀 흐린 날은 없습니다. 먹구름이 가득 낀 흐린 날은 이곳에 있는 사람들에게 대재앙의 공포를 떠올리는 일만 추가될 뿐이니 말이죠. 그들의 심리상태에 긍정적인 생각만을 심어주기 위해 항상 밝은 날이 유지되도록 시스템이 설정되어 있습니다. 노을이 질 때도 환상적인 아름다움을 볼 수 있고, 밤에도 밤하늘을 쳐다보면 눈부신 별들의 향연이 펼쳐집니다. 이미 느끼셨겠지만 실물과 구분이 불가능하셨을 것입니다. 기능적으로도 완벽하게 작동하니까요. 단지 돔이라는 사실을 알기 전까지는 말이죠."

"저 역시 놀라움에 입이 벌어졌습니다. 정말로 분간이 되지 않더군요. 인간의 눈으론 말이죠."

"우리는 이전의 정부가 진행했던 비밀 프로젝트를 계속 진행 중이고, 비밀 프로젝트는 항상 일반인이 사용하는 일상적인 과학기술보다는 한참을 앞선 고도의 과학기술들을 다루니까요."

에드워드 연구소장이 레스터의 얼굴을 살피며 이야기를 진행시켜나가고 있었다.

"아무래도… 그런 것 같군요."

레스터는 순순히 받아들이듯 고개를 끄덕였다.

"연구소에서는 비단 하늘과 구름을 표현한 가상세계나 인공태양을 만든 극소형 핵융합기술뿐만 아니라 생명공학, 뇌과학, 인공지능, 전자공학, 기계공학, 컴퓨터공학 등을 특히 심도 있게 다루고 있습니다. 하지만 이번에 발생한 대재앙으로 센트럴-랩이 추구하는 방향은 상당히 많이 수정되었습니다. 중요한 비밀 프로젝트들 중에서도 전쟁무기와 관련된 부분들은 더 이상 의미가 없기 때문에 모두 중단된 상태죠. 이제는 오로지 살아남은 우리 미래의 삶을 풍요롭게 만들 수 있는 분야에 모든 노력을 집중하고 있습니다."

"그런 부분은 정말 바람직하고 감동적이군요!"

"그렇죠, 레스터 씨! 이제 우리는 인류역사상 가장 바람직하고 희망찬 미래를 향해 나아가는 시점에 서 있습니다. 쉽진 않겠지만, 우리는 너무나 암울했던 대재앙의 흔적을 기억 속에서 말끔히 씻어내야 합니다. 그 흔적을 지우지 못한다면 다시는 밝은 미래를 창출할 수 없을 테니까요!"

"그렇겠죠!"

"그럼요, 에드워드 연구소장님의 말씀은 지당하십니다. 우리에게 처음부터 대재앙은 없었습니다. 두 번 다시 대재앙이란 말은 이곳에서는 입에 담지도 기억하지도 말아야겠죠. 그 음침하고 끔찍한 단어는 이제 우리의 사전엔 더 이상 존재하지 않는 단어입니다. 마음을 바로잡고 가다듬어 모두 다 함께 희망찬 미래를 향해 나아갑시다."

"레스터 씨! 잘 이해하셨죠?"

"네! 잘 알겠습니다, 에드워드 연구소장님."

에드워드 연구소장은 사명감에 한껏 고취된 목소리였다. 하지만 우주정거장에서 이곳 돔으로 오면서 지금까지 긴 시간 동안 상당히 긴장했던 레스터는 긴장감이 해소되자 몸은 이미 꿀 속에 담겨진 듯이 자신의 의지와 무관하게 눈꺼풀도 고개도 힘을 잃어갔다.

"역시 상당히 피곤해하시는군요, 레스터 씨."

에드워드 연구소장이 레스터를 보고 이야기를 더 하려다가 멈췄다.

"아, 아닙니다. 괜찮습니다."

레스터가 자신은 괜찮다는 듯 두 눈을 크게 떠 보였다.

"아닙니다. 피곤하신 게 당연하죠. 안 그렇다면 그게 더 이상한 거겠죠. 레스터 씨가 이곳에 도착하면 저와 미팅이 있을 것이란 말을 듣고 예상은 했습니다. 하지만 다행이지 않습니까! 우리에겐 내일도 있고 모레도 있고, 앞으로 무수히 이어져나갈 희망찬 미래가 있죠. 오늘은 숙소에 가서서 충분히 휴식을 취하시고 피로가 말끔히 풀리면 그때 다시 보도록 하죠. 그리고 그때 하시고 싶은 연구 분야에 대해 자세한 이야기를 나누도록 합시다."

"배려해주셔서 감사합니다, 에드워드 연구소장님."

"별말씀을요, 레스터 씨."

말을 마친 에드워드가 미소를 짓고는 데이비드에게 눈길을 돌렸다.

"데이비드 비서실장님. 레스터 씨를 정해진 숙소에 모셔다드리시죠."

"아! 그래야겠군요. 레스터 씨, 이만 가도록 합시다. 에드워드 연구소 장님의 말씀대로 우리는 모두 살아 있고 미래가 있으니 말이죠. 그건 그렇고 새로운 안식처가 궁금하지 않으십니까?"

호탕하게 웃으며 데이비드 비서실장이 말했다. 안식처라는 말을 듣는 순간, 레스터의 마음속에선 울컥하며 눈가에 눈물이 고였다. 이를 본 데이비드와 에드워드는 이해한다는 듯 살며시 미소를 지었다.

연구소 빌딩을 나온 레스터와 데이비드 비서실장은 인공호수와 그 주변에 심어진 나무들 그리고 다양하고 화려한 꽃들이 어우러져 있는 아담한 1층짜리 어느 집 앞에 도착했다. 하늘엔 석양에 물든 저녁노을이 화려한 수채화를 연상시키며 서서히 저물고 있었다.

"레스터 씨. 이제부터는 걱정 마시고 충분히 휴식을 취하세요. 무리하실 필요는 없으니까요. 우선은 이곳 돔 생활에 익숙해지는 것이 급선무이니 이곳저곳을 다양하게 충분히 둘러보시구요. 그 후에 레스터 씨가 다시 활기를 찾으시면 천천히 에드워드 연구소장에게 연락하시면 됩니다. 연구소장도 말했듯이 매진하고 싶은 분야를 생각해봐 주십시오. 그와 의논하신 후에 결정되실 겁니다."

"오늘 수고 많으셨습니다. 그리고 여러모로 감사드립니다, 데이비드 비서실장님."

"별말씀을요. 오히려 제가 영광이죠. 또 한 명의 훌륭한 인재가 이곳에 합류했다는 것만으로도 저는 너무나 기쁩니다. 우리의 미래가 그만큼 밝아질 테니까요."

"이미 이곳엔 각종 편의시설이 잘 갖추어져 있지만 혹시라도 불편하신 점이 있으시다면 저에게 바로 연락하십시오, 레스터 씨."

"네, 감사합니다. 데이비드 비서실장님."

레스터가 진심어린 마음을 가득 담아 고마움을 표했다.

레스터와 헤어진 후, 차를 타고 이동하던 데이비드 비서실장은 제대로 숨을 돌릴 틈도 없이 자동차에 설치되어 있는 모니터에 나타난 사람과 긴밀한 대화를 나누고 있었다.

"데이비드!"

"각하!"

흐트러졌던 자세를 바로잡고 데이비드는 시선을 모니터에 고정시켰다.

"레스터 씨를 집에 잘 모셔다드렸다고."

"네!"

데이비드 비서실장이 짧고 단호하게 대답했다.

"그분이 연락을 하셨네."

"그렇습니까! 어떤 말씀을 하셨나요?"

"자네도 알다시피 현재 우리에게 주어진 임무는 지금까지 하달된 명령 중에 가장 중요한 일이야. 그분은 우리가 현재 상태를 유지하면서 계속해서 레스터의 동태를 살피고 잘 대처하기를 바라고 계시네."

알렉스 대통령이 이어서 말했다.

"그리고 이 일의 자세한 내막은 나와 자네 그리고 에드워드 연구소장까지만 공유하기를 원하시지. 물론 연구소의 연구원들은 에드워드 연구소장이 계획한 대로 적절히 잘 진행할 테니 우리는 지켜보고 있으면 될 것 같군. 더 이상 다른 사람들이 동참한다고 해도 별의미가 없다고 판단하신 거지. 그분이 하시는 일이 모두 완성된다면 그때는 어떤 상황이 발생하더라도 직접 나서실 것 같아. 그때까지는 우리가 진행되는 상황을 면밀히 잘 살펴보고 있어야 하겠지."

"그렇군요. 잘 알겠습니다."

데이비드 비서실장이 이어서 말했다.

"그러면 각하, 현재 자신의 방에 혼자 있는 레스터는 오늘은 괜찮겠지만, 내일부터는 어떻게 해야 할까요? 당장 내일이라도 돔 내부를 돌아다닐 텐데 말이죠. 저나 에드워드가 직접 나서야 할까요?"

"그 부분은 걱정 말게. 에드워드가 그분께 대안을 제시했더군. 그분께서도 자연스러운 방법이라 그렇게 하라고 하셨네. 하여튼 에드워드가 그 대안대로 진행하게 될 거야. 우선은 그 대안이 잘 진행되기를 바라야 하겠지!"

"어떤 대안인가요?"

"궁금한가? 그런데 그건 직접 실행해봐야 알 테니 내일 자네가 직접 눈으로 확인해보게. 하여튼 그분께서는 자신의 과업이 완성될 때까지는 레스터가 이곳에 있는 기간이 지속되기를 바라고 계시네. 우리는 그동안 시간을 끄는 것이 해야 할 임무이지. 명심하게, 데이비드."

"네, 명심하겠습니다. 각하."

"노파심에서 하는 얘기네만, 그분은 우리의 모든 일거수일투족을 아는 분이고 통제하실 수 있는 분이니 항상 긴장을 늦추지 말게. 뜻하지 않은 일이 발생하기 전에 바로 현장에 달려가서 조치를 취할 수 있도록 최선을 다해주게, 데이비드."

"네! 각하."

데이비드 비서실장이 명심하듯 고개를 끄덕이며 대답했다.

"자네도 수고했네. 오늘은 돌아와서 보고하지 않아도 되니 그만 가서 쉬게. 내일 보세."

홀로 남겨진 레스터는 더 이상 주위를 둘러볼 여유도 없이 침대를 발견하자마자 몸을 던졌고 이내 잠들어버렸다. 어느 정도의 시간이 흘렀을까. 깊은 잠에 빠져든 레스터는 어느새 꿈을 꾸고 있었다.

미세한 안개가 자욱하게 내려앉은
희미하고 몽환적인 그곳에 한사람이 서 있었다.
잔잔한 바람 속에
빨강, 주황, 분홍 등 색색의 수많은 꽃잎들이 엮이어
그의 주위를 휘감으며 흩날리고 있었다.

첫 느낌은 너무나 아름답다고 생각했지만
어느새 그는 거친 바람 속 한가운데에 있었고
수많은 꽃잎들이라
여겼던 것이 휘몰아치며
그의 몸을 향해 사정없이 칼날처럼 꽂히고 있었다.
충격적인 고통이 엄습했고 그 어디에도 탈출구는 없었다.
벗어날 수 없었다.
한바탕 소용돌이가 거세게 몰아친 후,
마치 마술사가 잡아당긴 천처럼 바람이 벗겨졌다.
그가 사라졌다.

"으-윽, 안 돼!"

외마디 비명을 내뱉은 레스터는 암흑의 공포를 깨치는 자신이 지른 소리에 놀라 침대에서 두 눈을 번쩍 떴다. 얼굴은 상기되었고 비 오듯 땀을 흘렸다. 공포에 짓눌린 눈동자는 고정된 시선을 잃은 채 주위를 연신 두리번거렸다. 그의 눈은 마치 상영시간 내내 흐르는 눈물을 꾹꾹 손수건으로 훔친 소녀 같았고, 심장은 아직도 꿈속에서 무언가에 쫓기듯 달리고 있었다. 한참을 두려워하던 레스터에게 차례가 된 파도처럼 돌아온 생기의 호흡이 그를 이질적인 세상의 틈바구니에서 빼냈다.

"참으로 기묘한 꿈이군! 이번이 몇 번째지?"

레스터는 세어보았다. 이 기묘한 꿈은 아버지가 원인을 알 수 없는 교통사고로 돌아가시기 전날 처음으로 꾸었고, 그 이후론 10년 가까이 단 한 번도 꾸지 않았다. 그러다가 대재앙이 일어나기 이틀 전에 다시 꿈을 꾸었다. 그리고 우주정거장에서는 세 번을 꾸었고, 이곳에 오자마자 또 다시 꿈을 꾸었던 것이다.

"오늘로서 여섯 번째군. 어떻게 동일한 꿈을 계속 꿀 수 있지? 혹시 예지몽이라도 되는 건가? 이젠 정말 이상한걸. 꿈 자체도 불길하지만 이 꿈을 꾼 다음에는 항상 최악의 상황만 발생했어. 그렇다면 우주정거장에서부터 지금까지 이 짧은 기간 동안 이 악몽을 이렇게 반복적으로 여러 번 꾸었다는 것은 나에게 또다시 얼마나 불길한 상황이 다가오기에 그런 걸까? 아! 생각만으로도 무서워! 아무리 보아도 이곳에서만큼은 나에게 더 이상 불길한 상황이 일어나지는 않을 것 같은데…. 도대체 어떻게 된 거지."

기묘한 꿈은 가끔씩이지만 반복적으로 일어났으며 불길하게도 근래에 들어서는 그 꿈의 빈도가 늘어나 레스터는 슬슬 신경이 쓰였다.

레스터는 곰곰이 긴 시간을 들여 생각하다가 나름대로 결론에 이르렀다.

'아마 과거에 일어났던 아버지의 교통사고와 지구 대재앙 사건 때문일 거야. 결국엔 그 사건들에 의한 커다란 충격이 결국 내 꿈에 악몽으로 작용해서 지속적으로 나타나는 것 같아.'

'그런데 그는 누구일까? 비록 꿈속이라도 그 사람을 어떻게든 도와주고 싶었는데…. 다가갈 수 없었어. 그는 항상 희미하게만 보여. 마치 먼 과거 속의 기억처럼.'

레스터는 시계를 보았다. 오전 10시 20분을 향하고 있었다.

"그놈의 꿈만 나타나주지 않는다면 좋으련만…."

주위로 시선을 돌려보니, 창을 통해 들어온 햇살이 방 안의 모든 것을 포근히 감싸 안아주고 있었다. 이 모습에 편안함을 느낀 레스터는 침대에서 일어나 창가로 걸어가 밖을 내다보았다.

"완벽하군! 대재앙이 있기 전, 지상에서 보고 경험한 일상의 자연의 모습과 전혀 구분하지 못하겠어. 이곳의 모든 기술이 너무나 놀라워. 특히 인공태양은 정말 대단해! 이곳이 돔이고 저 햇살이 인공태양에서 나온 것이라고 만약 말해주지 않았다면 누구나 진짜 태양이라고 여겼을 거야. 다른 기술도 매우 놀랍긴 하지만 인공태양이라. 초극소형 핵융합기술이란 말이지. 그런데 이런 놀라운 기술을 지금껏 숨기고 있었다는 말인가?"

잠시 넋이 나간 듯 혼잣말을 하던 레스터가 다시 생각에 잠겼다.

'엄청난 에너지를 생산해내는 태양과 같은 핵융합기술을 이곳 돔에 알맞게 설계하고 제작해서 인공태양을 만들었다는 말인데…. 태양처럼 초고온의 플라스마 상태가 영구적으로 유지되는 핵융합로도 아직은 성공하지 못했다고 알고 있었는데 말이야. 그런데 벌써 상온에서 저렇게 크기마저 엄청난 극소형으로 축소해서 실제 태양과 똑같은 인공태양을 만들었다는 건가! 정말 눈이 휘둥그레질 정도로 믿겨지지 않는 놀라운 기술이군. 정부에서는 별의별 비밀 프로젝트를 다 진행했군. 솔직히 상상 초월이야. 인류의 진정한 과학기술 수준이 이 정도였다니!'

햇살이 내리쬐는 포근한 분위기에 잠겨 있던 레스터는 살짝 등으로 스친 한기에 새삼 티셔츠가 젖어 있음을 알았다. 그는 욕실로 들어갔다. 연이은 감당해내기 어려운 일들로 힘겨운 나날들을 견디어내던 레스터는 지금까지 자신이 먹고 있는지, 자고 있는지, 살아 있는지 느낄 수 없는 일상들을 보냈기에 하물며 언제 씻었는지 기억도 나지 않았다. 하지만 오늘 아침은 그전과는 너무나 다르게 마치 대재앙이 있기 전으로 되돌아간 듯 포근하고 따뜻한 느낌을 받았다. 비록 레스터에게 비통함을 가득 품은 희망의 첫날이 시작되고 있었지만, 어떡하든 이 순간을 뛰어넘어야 했다. 또 다른 희망을 인위적이라고 해도 스스로 품는 방법밖에는 없었다. 살기 위해서라면 더 이상의 다른 선택은 없다. 레스터는 상처 난 몸에 약을 바르듯 그동안의 일을 곱씹었다. 그리고 배어 있는 그 고통을 쏟아지는 물줄기에 흘려보냈다.

오늘은 지옥의 굴레를 빠져나와 희망이라는 두 글자를 심장에 새겨 넣은 돔에서의 첫날이다. 샤워를 마친 레스터는 시장함을 느끼고는 식탁이 있는 곳으로 눈길을 돌렸다. 식탁으로 간 레스터는 주위를 두리번거리며 이리저리 음식물을 찾았다.

'아차차! 여긴 음식을 손수 만들어 먹지 않는다고 했지. 마치 예전의 집으로 착각할 만큼 편안한 분위기에 사로잡혀 순간적으로 음식재료들을 찾고 있었군.'

서랍장 안에는 데이비드 비서실장이 말해준 화학적 합성물 덩어리인 스푸드에 첨가해서 먹는 다양한 종류의 소스들이 종류별로 잘 분리되어 있었다.

'나를 생각해서 비서실장님이 친절하게 배려해주었군. 이미 이 돔 속에 살고 있는 사람들은 더 이상 양념이 필요 없다고 했는데.'

레스터는 데이비드 비서실장의 배려에 흐뭇한 미소를 띠었다.

"그건 그렇고 엄청 잤군. 반나절을 훨씬 넘어서 잠을 자기는 처음인걸."

난처한 듯 자신의 한 손으로 이마를 비볐다.

'어쨌든 식사부터 해야겠어. 오랜 시간 늘어지게 잤더니 정말 시장하군. 그나저나 스푸드는 도대체 어디에 있는 거야?'

하지만 아무것도 발견하지 못한 레스터는 실망한 듯 다시 식탁의자에 앉았다.

'막상 필요한 것을 얻으려니 많이 낯설고 난감하군. 이런 식사하는 것조차 새로 익혀야 했던 거였어. 집에서의 생활환경과 흡사한 이곳에 친근함을 느꼈지만, 정작 다양한 식재료로 요리를 해먹던 이전과는 너무도 색다른 식습관이 이곳이 전혀 새로운 환경이라는 것을 알려주는군. 벌써 향수병에라도 걸린 건가. 물론 대재앙 후에 어쩔 수 없는 선택이라는 것은 충분히 이해가 되지만 그때가 몹시 그리운 것은 어쩔 수 없군.'

'혹시, 아직 발견하지 못한 버튼이라도 있나?'

식탁 밑과 옆면을 살펴보며 숨겨진 버튼이라도 있는지 구석구석 열심히 살폈다.

'아무리 찾아보아도 있을 만한 곳이 없으니. 하다못해 흔한 버튼 같은 것도 없잖아. 어제 데이비드 비서실장이 말해주지 않은 것 같은데…. 이를 어쩌나. 이런 사소한 것 때문에 데이비드 비서실장에게 연락해야 하나?'

레스터는 어제 데이비드가 가기 전에 건네준 무선 송수신장치를 만지작거리며 앉아 있었다.

바로 그때였다. 아이보리색의 원피스를 입은 낯선 한 여성이 거실 중앙에 우두커니 서 있었다.

"누구요?! 언제부터… 도대체 어떻게 들어온 거죠?"

당황한 레스터는 혼령을 마주한 듯 식탁의자에서 벌떡 일어나 뒤로 물러섰다. 하지만 그녀는 여전히 레스터를 두 눈으로 응시하고 있었다.

'혹시 상상 속에서만 그려보거나 말로만 듣던 천사인가? 정말 존재했던 거야?!'

"실례지만, 레스터 씨 계신가요?"

이번엔 그 여성이 살며시 미소 지으며 말했다.

"어라! 눈이 보이지 않나? 그러면 천사는 아니잖아! 이런 질문을 하는 것을 보니 분명히 혼령은 아닌 것 같군. 그러면 뭐지, 이 여자는?"

여전히 당황하고 있던 레스터가 이번엔 어이없다는 표정을 지으며 혼잣말을 했다. 기기묘묘했으나 확실히 두려운 대상은 아니라는 결론에 다다르자 레스터가 큰소리로 외쳤다.

"이미 들어와서 저를 보고 있으면서 누구냐고 물어보는 것은 뭐죠?"

"저는 샬럿 플로레스라고 하고요. 에드워드 연구소장님이 보내셔서 방문하게 됐습니다. 혹시 제가 보이시면 현관문을 열어주시겠어요?"

여전히 두 눈은 레스터를 응시하면서 샬럿이라는 여자가 말했다. 레스터가 다시 생각해보니 조금 전에 어떤 멜로디가 현관문 쪽에서 들린 것도 같았다.

"아! 에드워드 연구소장님이라고 하셨나요?"

레스터는 확인 차 다시 물었다.

"네, 에드워드 연구소장님."

여전히 밝은 표정으로 샬럿이 말했다.

"그런데요, 이미 제 앞에 있으면서 무슨 문을 자꾸만 열라는 말씀인가요?"

"아무도 말씀을 안 해주셨나요? 어디 계시는지는 모르겠지만, 놀라지 마세요. 지금 레스터 씨가 보고 있는 저의 모습은 단지 초고밀도 실사 3차원 이미지일 뿐이에요."

"초고밀도 실사 3차원 이미지라고요?! 말도 안 돼!"

믿을 수 없었으나 가까스로 용기를 낸 레스터는 한 발짝 한 발짝 조심스럽게 다가가서 그녀 앞에 멈춘 후, 그녀의 손을 살짝 만져보았다.

"어? 정말 아무것도 없잖아!"

레스터의 손가락이 샬럿의 손에 닿자 레스터의 손가락이 순간적으로 사라진 것처럼 겹쳐지며 쑥 하고 들어갔다. 그러면서 그녀의 옆으로 커다란 투명 스크린이 펼쳐지더니 그녀의 이름, 혈액형, 소속된 기관, 범죄 여부 가능성과 비상시 긴급연락, 현재 바이오리듬, 현재 기분상태 등의 정보가 디스플레이에 나타났다.

직접 보고 만져보아도 여전히 가상이미지라는 것이 믿기 어려웠지만, 어쨌든 밖에 서 있다는 아이보리색의 원피스를 단정히 차례입고 온 샬럿이라는 여자의 말은 놀랍게도 사실이었다. 더 이상 이대로 지체하기에도 애매했던 레스터는 그제야 현관문 쪽으로 걸어갔다.

"그런데 어떻게 여는 거죠? 열 수 있는 아무런 장치가 없는데요. 아무것도 말이죠."

막상 현관문 앞에 왔지만 이번엔 문을 어떻게 열어야 할지 알 수 없었다.

"네, 그거요. 제가 방법을 알려드릴게요. 레스터 씨가 문에서 한 발짝 뒤로 떨어지셔서 잠시 동안 고정된 채 서 있으시면 돼요. 철저한 보안을 위해 여실 때도 본인 검증이 필요하니까요."

샬럿도 이제야 레스터라는 사람과 대화가 되어 마음이 놓였는지 한결 밝은 목소리로 설명했다.

레스터가 한 발짝 뒤로 물러서서 잠시 서 있자, 현관문 바로 위쪽에 유리로 감싸여 있는 검은 단추같이 생긴 곳에서 레이저가 나오며 점점 더 커다란 타원형이 되더니 수평방향으로 레스터의 신체를 입체로 스캔하기 시작했다. 스캔작업이 모두 끝난 후, 인증이 확인되었다는 메시지가 현관문에 나타난 후에 오른쪽으로 문이 열렸다.

"안녕하세요, 레스터 씨. 조금 전에 말씀드렸듯이 저는 샬럿이라고 하고요. 에드워드 연구소장님께서 이곳이 낯선 레스터 씨를 위해 안내를 해주라고 하셔서 이렇게 레스터 씨의 집을 방문하게 됐습니다."

문이 열리자, 샬럿은 상냥한 미소를 지으며 똑 부러진 말씨로 첫인사를 했다. 그에 반해 레스터는 자신도 아직은 낯선 집을 미모의 여성이 마치 당연한 듯이 레스터의 집이라고 말하는 것이 부담스러웠다. 더욱이 이런 상황에서 난생 처음으로 눈앞에 이렇게 젊고 너무나 아리따운 여성이 자신을 만나기 위해 방문했다는 것도 당황스러워 방긋 미소만 짓고 있는 샬럿을 그저 멍하니 눈만 껌벅이며 쳐다봤다. 그러다 문득, 에드워드 연구소장의 얼굴이 떠오른 레스터는 샬럿에게 한마디 했다.

"들어오세요, 샬럿."

겨우 한마디를 건넨 레스터는 자신이 방금 서 있던 곳에서 한 발짝 더 뒤로 물러났다. 샬럿은 복도를 따라 거실로 들어왔고 레스터는 현관문이 닫히는 것을 확인한 후에 뒤따라 들어와 샬럿이 앉은 맞은편 소파에 앉았다.

"많이 놀라셨나 봐요, 레스터 씨! 얼굴이 많이 달아올라 있네요."

샬럿이 해맑게 웃으며 말했다.

'동화 속에 나오는 공주처럼 생겼네. 아니… 아니지. 너무나 완벽하게 생겼어.'

조금 전엔 유령 같은 헛것을 본 줄 알았기에 너무나 당황한 나머지 그녀의 모습을 자세히 볼 경황이 없었다. 그런데 그녀의 모습을 밝은 햇살

아래 마주하며 바라본 레스터는 차마 입이 다물어지지 않았다. 전 세계에서 가장 뛰어난 거장이나 천재 조각가가 자신의 모든 심혈을 기울여 평생을 노력한다고 해도 샬럿과 동일한 작품을 만들어낼 수는 없을 것 같았다. 거기다 더욱 놀라운 것은 그녀는 살아 있다는 것이다.

샬럿! 그녀는 너무나 아름답고 매혹적이었다. 아니, 어쩌면 이 세상 사람이 아닌 것 같았다. 마치 실존할 수 없는 존재가 세상 밖으로 잠시 나온 것이라 믿겨졌다. 그녀는 천상의 존재로 그녀 앞에서라면 무슨 일이든 자신의 모든 것을 아낌없이 주어야 할 대상 같았다. 그녀의 모습은 모든 것이 완벽함을 넘어 온몸에서 찬란한 광채가 새어나왔다. 특히 그녀의 깊이를 헤아릴 수 없는 깊고도 그윽한 눈동자를 마주하고 있던 레스터는 그녀의 눈동자 속에 이미 자신의 영혼을 던져놓은 채 온몸이 마비된 것 같았다. 레스터는 처음 마주한 샬럿에게 한없이 끌려가고 있었다. 단 한순간이라도 벗어나야 한다는 생각조차 할 수 없었다. 그 누구라도 그녀를 본 순간, 영혼이 그녀 속으로 한없이 빨려 들어가는 강렬한 느낌을 받을 것이라고 생각했다. 샬럿은 단지 보는 것만으로도 사람을 마비시키는 치명적인 마성의 힘을 지니고 있는 것 같았다. 레스터의 영혼은 스스로 완전히 해제되어 강인한 최면에 이끌리듯 그 무엇으로도 빠져나올 수 없는 그녀만의 세계 속으로 한없이 스며들어가고 있었다.

"네, 솔직히 많이 놀라고 당황했습니다. 가상 이미지가 정말로 실물이 아닌지 제 눈으로는 도저히 분간할 수 없었거든요. 식사를 하려고 식탁에 앉았는데 분명히 조금 전까지 아무것도 없던 자리에 갑자기 누군가 나타나 저를 똑바로 쳐다보며 제 이름을 부르고 말을 거니 상당히 놀랄 수밖에요."

레스터는 샬럿을 똑바로 쳐다보지 못하고 띄엄띄엄 쳐다보았다.

"저기 거실 중앙 쪽에 바닥에 얇게 밀착되어 있는 커다란 원형의 물체가 보이시죠? 그리고 저 물체 위 천장 쪽을 보세요. 천장에 검은색의 작은 장치가 있으니까요!"

샬럿이 한 손을 들어 손가락으로 가리키면서 레스터에게 설명했다.

"어! 그러네요. 정말 있군요."

레스터가 샬럿이 가리키는 곳을 자세히 들여다보며 말했다.

"과학기술은 계속 발전하고 있어요. 우리의 생물학적 눈으론 이것이 3차원 이미지인지 실체인지 분간할 수 있는 수준을 오래전에 넘어섰죠. 현관문 앞에 제가 서 있으면 검은색의 스캐너 장치가 고해상도와 초고밀도의 3차원 이미지로 저를 스캔하고 그 이미지를 바로 레스터 씨가 있는 거실 중앙에 저 커다란 원과 천장의 검은 단추가 실물과 차이가 없는 질감의 고해상도로 저의 3차원 이미지를 실시간으로 출력하는 거죠. 연속적으로 동일한 반복이 빠른 속도로 일어나기 때문에 출력되고 있는 저의 동작도 실물과 전혀 다를 것 없이 부드럽고 섬세하게 보여서 보기만 해서는 구분이 불가능하셨을 거예요."

"아, 그랬군요."

"그런데 제가 기억하기로는 어제 저와 데이비드 비서실장님이 이 집에 왔을 때는 신분 확인도 없이 바로 들어왔거든요."

"데이비드 비서실장님을 아세요?"

"네! 그런데 왜 물어보시죠?"

"보통은 이곳 관리자이신 마이클 캠벨 씨가 담당하거든요. 그런데 레스터 씨는 데이비드 비서실장님이 직접 집까지 오신 것을 보니 특별한 분이신가 봐요."

"아! 제가 그런가요?"

고개를 갸우뚱하며 레스터가 말했다.

"아니, 별일 아니에요. 신경 쓰지 마세요. 가끔 그런 경우가 있으니까요. 하여튼 어제는 레스터 씨가 이 집에 오시기 전에는 비어 있었으니 시스템 설정을 해제한 상태였을 거예요. 당연히 어제 두 분이 들어오실 때까지는 작동을 안했겠죠. 데이비드 비서실장님이 나가실 때 시스템 설정을 작동시키신 것 같네요."

"아! 그랬겠군요. 제가 어제 저녁에 집에 와서 바로 잠이 들다 보니 이 집에 대해 아는 것이 없어요."

무언가 생각이 난 듯 레스터가 이어서 말했다.

"홀로그램 기술이 상당히 발전했군요. 정말 놀랍네요. 그런데 그동안 국가에서 왜 이런 기술을 비밀 프로젝트에만 이용했을까요? 상업적으로 이용했다면 정말 대단했을 텐데 말이죠."

이제 레스터는 현실에서 스스로 받아들이기 어려운 과학기술은 무조건 정부의 비밀 프로젝트라고 떠넘기는 것에 익숙해지고 있었다. 항상 몇 차원 정도 수준 높은 과학기술을 적용하고 실험한다는 것은 레스터도 흘러가는 소문으로 여러 차례 들은 기억이 나기 때문이었다.

"호, 홀로그램이라고 하셨나요?"

샬럿이 처음 들어본다는 듯이 레스터를 쳐다보았다.

"홀로그램이라고 혹시 몰라요, 샬럿? 레이저를 이용해서 가상으로 3차원 이미지를 만들어주는 기술인데. 지금까지 샬럿이 설명해준 기술도 홀로그램에 바탕을 두고 개발한 신기술이 아닌가요?"

오히려 레스터가 당황하며 질문했다.

"글쎄요?! 저는 처음 듣는 말이라…"

샬럿이 미간을 약간 찌푸리며 말끝을 흐렸다. 레스터는 샬럿이 이쪽과 관련된 과학기술에는 상당히 문외한이라고 생각해 다른 주제로 넘어가고 싶었다. 무엇보다 샬럿과는 이런 어색한 분위기를 만들고 싶지 않았다.

"뭐랄까. 전혀 모르셔도 되는 일이에요. 하하! 그건 그렇고 샬럿. 제가 식사를 하려고 하는데, 스푸드는 어디에 있죠?"

"아! 스푸드요. 그거는 식탁에 있어요."

샬럿이 별일 아니라는 듯이 다시 엷은 미소를 지었다.

"그래요! 반가운 일이네요. 하지만 저는 아무리 찾아보아도 없던데요."

"알려드릴게요. 우선 식탁에 앉으시고 간단히 한마디만 하시면 돼요."

샬럿이 레스터의 양팔을 잡고 친근하게 식탁의자에 앉히고는 자신도 바로 옆의 의자에 앉았다. 옆에 다정하게 앉은 샬럿을 보고 있던 레스터는 자신도 모르게 잠깐만이라도 좋으니 샬럿을 포근히 안고 싶다는 생각을 하다가 그런 스스로에게 깜짝 놀랐다. 아마 자신을 대하는 샬럿의 친절함과 따뜻함에 그동안 차갑게 묶어두었던 마음이 한순간에 녹아내린 것 같았다. 대재앙 이후 홀로 지낸 세월 속에서 따뜻한 사람의 손길이 무척 그리웠다. 다시는 또 다른 생존자를 만날 수 없을 것 같다는 절망감이 레스터의 마음을 가득 채웠었다. 절대고독. 기약 없이 막연히 흘러만 가던 그 시간 속에서 레스터의 영혼은 서서히 마른 장작처럼 메말라가고 있었다. 하지만 지금은 다른 한편으로 레스터를 상당히 혼란스럽게 했다. 바로 옆에 앉아 있는 형용할 수 없는 매력을 소유한 샬럿에게 느끼고 있는 감정이 그 당시에 누군가라도 만나고 싶다는 간절한 소망과 동일한 그리움의 연장선인 것인지, 아니면 단순히 그녀의 매력에 홀린 한 남자의 성적인 측면인 것인지 도통 분간할 수 없었다.

순간, 정신을 차린 레스터가 그녀에게 물었다.

"샬럿! 어떤 한마디를 해야 하나요?"

"Order one piece!"

샬럿이 한마디를 하자 식탁 위의 전광판에 숫자가 나타났다.

"도착하는 데 걸리는 시간은 지금부터 1분 후입니다."

전광판 옆에 붙어 있던 스피커에서 말을 끝마치자 시간은 역순으로 카운트다운이 되고 있었다.

정확히 1분이 지나자 갑자기 식탁 중앙 부분에서 작은 직사각형의 문이 아래로 열리자 작은 로봇 팔이 나오더니 스푸드를 담은 그릇과 함께 식탁 위 빈 공간에 살며시 내려놓았다. 곧이어 로봇 팔이 사라지고 문이 닫혔다.

"헉!"

레스터는 화들짝 놀랐다. 아무리 이곳이 정부의 비밀 프로젝트라고는 하지만 과학기술의 수준이 이상하리만치 높다고 생각했다. 마치 이곳은 대재앙과는 특별히 상관없이 처음부터 모든 것이 완벽하게 갖추어진 일상적인 삶의 터전처럼 느껴졌다.

"자동으로 음식을 생산하고 이런 식으로 각 가정에 전달되는 완벽한 시스템이 갖춰진 대규모 음식공장이 이곳에 따로 존재하는 건가요? 그러니깐 각 가정에 비축해놓는 것이 아니고 말이죠. 혹시 센트럴-랩 안에 있나요?"

"자동화된 음식공장이 존재하는 것은 맞지만 센트럴-랩은 아니에요."

"그럼 어디에 있나요?"

"저도 음식공장엔 가보지 못했어요. 왜냐하면 음식공장은 이곳 돔 지하에 있는데, 철저히 출입이 통제되어 있거든요."

"지하에? 이곳 말고 지하시설도 따로 존재했군요. 그러니까 음식공장은 이곳에 있는 것이 아니라 지하에 있군요."

"아무래도 음식이다 보니 철저한 통제와 보안이 필요한 거죠."

"하긴 그러네요. 이곳처럼 폐쇄된 장소에서는 더욱더 철저한 관리가 필요하겠죠."

"레스터 씨도 잘 아시겠지만 대재앙 이후로는 삶에 필요한 모든 것을 과학기술에 의존할 수밖에 없었어요. 대표적인 것이 바로 음식이죠. 이곳 돔처럼 폐쇄된 공간에서는 철저히 스푸드 외엔 대안이 없었죠. 대재앙 이후 지금까지 우리 모두의 정체성을 유지해주는 것은 레스터 씨가 앉아 있는 곳, 바로 앞에 있는 그것이죠."

샬럿이 레스터에게 자세하게 설명했다.

'대재앙이라…'

다시금 자신의 유일한 가족이던 사라와 메리의 얼굴이 스쳐지나 갔고 부지불식간에 그의 눈에서 눈물이 볼을 타고 흘러내렸다.

"지금 우시는 거예요?!"

샬럿이 당황한 듯 레스터를 보았다.

"아… 아닙니다. 아무 일도 아닙니다. 우리의 과학기술의 발전에 감동을 했나 봅니다!"

본인도 놀란 레스터는 얼른 눈물을 닦고 아무 일 없었다는 듯이 식사를 하려다 한마디 했다.

"혹시 식사하셨나요, 샬럿? 안하셨다면 같이 식사하시죠."

"아니요, 저는 했어요. 걱정 마시고 천천히 식사하세요."

"그러시다면, 그럼."

레스터가 식사를 시작하자 샬럿은 소파로 돌아가 전자 장치를 꺼내 무언가 정보를 탐색하는 듯이 보였다. 하지만 지금까지 보고 있던 모습과 다르게 그녀는 약간 슬픔이 배어 있는 듯이, 아니 어쩌면 혼이 빠져나가 있는 듯이 모호한 모습으로 자신의 전자 장치를 들여다보았다.

레스터는 무엇보다 스푸드 자체의 맛이 궁금했다. 그 맛이 데이비드 비서실장이 말한 대로 자신이 우주정거장에서 먹은 어설픈 수프였는지 궁금했기 때문이다. 레스터가 직접 맛을 보니 정말로 이 상태로는 호감 가지 않는 맛이었다. 상당히 밋밋하고 거의 맛이 느껴지지 않는다고나 할까.

'물론 질감은 다르지만 이 맛은 어설픈 수프의 맛과 거의 같군.'

아니 똑같았다.

'그러면 스푸드라고 하는 이 음식은 정부 주도하에 개발한 비밀 프로젝트가 맞는 것이군. 괜히 엄청난 과학기술이라고 생각했잖아. 그냥 우주비행사들이 먹던 음식이군. 하여튼 나에겐 그리 호감이 가지 않으니 내가 원하는 소스를 첨가해서 먹어야겠어. 비록 완벽한 속임수라고 해도 말이지.'

소스를 추가해서 스푸드로 식사를 마친 레스터가 소파에 앉아 있는 샬럿에게 다가갔다.

"샬럿, 식사는 다 마쳤는데 저와 센트럴-랩에 갈 건가요? 연구소를 자세히 소개시켜주려고 오신 거 같은데요."

"아닌데요."

"그럼?"

"센트럴-랩에는 나중에 가도 돼요. 오늘은 산책 겸해서 돔 안을 같이 구경해요."

샬럿이 레스터를 보고 싱그럽게 미소 지었다.

"그, 그러죠."

레스터는 샬럿에게 자꾸만 마음이 끌려 순간 더듬거리며 말했다.

'다른 건 몰라도 샬럿은 상당히 매혹적이야. 역시 내가 한동안 폐쇄되고 제한된 공간에 혼자 있었기 때문에 그런 것만은 절대로 아니야. 그동안 살면서 다른 매력적인 여자들도 많이 보아왔지만 샬럿은 단순히 매

우 매력적이라는 말로 표현할 수 없을 만큼 특별하군. 너무나 특별해!'

집을 나선 레스터와 샬럿은 산뜻하게 잘 포장된 도로를 따라 천천히 걸었다. 돔의 천장 전체는 늘 보아오던 햇살이 가득한 맑은 하늘이 끝없이 펼쳐져 있었다. 나뭇가지엔 새들이 지저귀고 있었고 어디서 불어오는지 한들한들 신선한 산들바람마저 살며시 불어왔다.

"아무리 과학의 힘이라 해도 정말 감동적이군요. 이곳의 자연풍경은 말이죠. 한마디로 기적이네요. 안 그래요, 샬럿!"

레스터는 기적을 체험하는 듯이 한 발 한 발 천천히 걸으며 연신 하늘과 주위를 둘러보며 감동받은 들뜬 표정으로 말했다.

"정말 실제와 아무런 차이를 저는 느끼지 못하겠어요. 오히려 더욱 아름답기까지 하군요."

레스터가 샬럿을 지그시 바라보며 말했다.

"그렇죠!"

"이곳에 새로 오신 분들은 저 하늘풍경이 가상이라고 하면 모두 놀라시더군요. 물론 저는 익숙해졌으니 이제는 더 이상 놀라지 않지만요."

샬럿이 살며시 웃으며 말했다.

"그렇겠군요. 무엇이든지 충분히 익숙해지면 평범한 일상으로 받아들이게 되겠죠."

레스터가 이해한다는 듯 고개를 끄덕였다.

"그런데 이곳에도 침입자가 있나요, 샬럿?"

"설마요. 이곳엔 침입자가 있을 수 없죠."

"그런데 집집마다 현관문에 그런 최첨단 보안장치가 반드시 필요한가요?"

"네, 그것은 기술적인 테스트를 위한 목적도 있으니까요. 계속적으로 신기술이 적용되고 있는데 새로운 신기술을 적용했을 때 혹시 모를 오류가 있는지 테스트하기 위해 말이죠."

"아! 그렇군요."

목적 없이 걷기 시작한 산책은 어느새 인공바다에 닿았다. 모래사장이 시작되자 약속이나 한 듯이 레스터도 샬럿도 신발을 벗고 바다 가까이 다가가 모래사장에 앉았다. 밀려오는 파도 속에 신선한 바람도 실려왔다.

"좋군요. 오래간만에 느껴보는 신선함이네요."

레스터가 두 팔을 양쪽으로 활짝 펼치며 살짝 두 눈을 감고 말했다.

"저도 오래간만인데요."

갑자기 샬럿이 일어났다. 바다에 발을 담그고는 서서히 밀려오는 파도를 벗 삼아 이리저리 피하기도 하고 발로 차며 해맑은 표정을 짓고 있었다. 그런 그녀의 자연스런 모습이 눈부신 햇살 아래 더해져 너무나 아름다웠다.

"들어와 봐요, 레스터 씨. 정말 시원해요!"

상큼한 미소를 지으며 샬럿이 레스터에게 손을 내밀듯이 말했다. 레스터는 샬럿의 말에 이끌리듯 바다로 천천히 걸어 들어갔다. 그동안 세상의 모든 것이 끝났다고 생각했던 레스터는 지금 이 순간 알 수 없는 새로운 희망이 마음속에서 샘솟고 있었다. 지금까지 살아오면서 가져본 적이 없는 전혀 다른 느낌의 미래에 대한 부푼 기대가 이어져갔다. 단지 몇 시간째 같이 있었을 뿐인데도 순식간에 샬럿을 향한 애틋한 감정이 한없이 커져만 갔다. 이 감정은 그 어떤 이성적인 영역으로 분석하면서 느끼는 감정이 아니었다. 살아오면서 느껴오던 그 어떤 감정과도 비교할 수 없는 전혀 색다른 또 하나의 커다란 영역이었다. 그것은 환희 그 자체였다.

두 사람은 옷이 거의 젖도록 뛰어다니고 물을 두 손에 담아 서로에게 뿌리며 즐거운 시간을 보내다가 다시 모래사장에 앉았다.

"잘 모르겠어요, 샬럿."

레스터가 얼굴 가득 웃음을 머금으며 말했다.

"뭐가요, 레스터?"

샬럿도 웃음 띤 얼굴로 레스터의 얼굴을 유심히 바라보며 물었다.

"지금까지 살아오면서 간간히 기쁨을 느낀 적이 몇 번 있었죠. 그러나 그 기쁨은 대부분 학업 성취에 대한 결과였어요."

"그런데요?"

"비록 인공적인 환경이라고 해도 이곳에 두 사람이 함께 즐거운 시간을 나누고 있는 이 순간만큼은 그 모든 삶의 흔적들 속에서도 무엇이라 표현할 수 없을 정도의 기쁨을 넘어 환희를 느끼게 하네요. 끝없는 평화로움, 행복감, 따스함, 애틋함이라고나 할까요. 앞으로도 영원히 이어질 것 같은 느낌 말이죠."

행복한 감정에 푹 빠져버린 레스터가 샬럿을 부드러운 표정으로 바라보았다.

"그러면 지금 저와 함께 있는 이 순간들이 레스터 씨에게 소중하고도 행복한 시간이 되고 있다는 뜻인가요?"

샬럿도 레스터에게 친근한 감정을 드러내며 넌지시 물었다.

"네! 저는 이 시간을 갖게 해준 샬럿이 고마워요. 한없이 무거웠던 마음의 짐을 내려놓고 지금과는 전혀 다른 세상에 살고 있는 사람처럼 행복한 감정에 빠져들게 했으니까요."

레스터가 샬럿을 사랑스러운 눈빛으로 바라보며 고맙다는 감정을 표현했다. 샬럿도 말없이 레스터의 두 눈을 지그시 바라보았다.

"연구소에서는 어떤 일을 했어요, 샬럿?"

이런 분위기가 쑥스러웠는지 레스터가 화제를 바꾸며 샬럿에게 물었다.

"뇌파를 분석하는 일을 했어요. 그동안 많이 바빴어요. 대재앙 이후 엔 더 이상 뇌파를 분석하는 일을 하고 있지는 않지만요."

샬럿이 레스터의 갑작스러운 질문을 받고는 잠시 당황스러운 듯 대답했다.

"네? 대재앙 전에 뇌파 분석이라니 무슨 뜻이죠?"

"전 세계의 사람들을 대상으로 그들의 뇌에서 나오는 뇌파를 실시간 으로 분석하는 일에 참여해왔죠. 이곳에서는 원래 제일 중요한 일이었 어요."

샬럿이 담담하게 어딘가를 초점 없이 바라보며 말했다.

"정말 비밀 프로젝트들이 있었군요. 전 세계 사람들을 대상으로 뇌파 를 분석하다니 말이죠."

레스터가 놀라워하며 말했다.

"그런데 무엇을 알아내려고 그런 비밀스러운 실험을 진행시켰던 거 죠?"

"솔직히 저도 그 부분은 자세히 몰라요. 저는 단지 뇌파 중 특이한 패 턴을 찾는다는 것만 알고 있죠. 그러니깐 뇌파 중 그 어디에서도 볼 수 없는 유일한 패턴을 찾고자 했던 것이죠."

"그런 연구도 있었군요. 그것 참! 모르는 게 많았네요."

단순히 어색한 분위기를 바꿔보려 던진 질문이 오히려 분위기를 딱딱 하게 만들자 레스터는 말을 얼른 마무리 지으며 발에 묻은 모래를 털었다.

레스터와 샬럿은 모래사장을 나와서 이번에는 돔 중앙 쪽으로 이어진 길을 따라 걸었다. 외곽의 도로는 가로수 길이어서 잘 몰랐는데, 이 거리는 무척 한산하고 인적이 드물었다. 그나마 가끔씩 사람을 볼 수 있었는데, 이상하게도 그들은 무엇이 그리 바쁜지 잰걸음으로 자신들의 집으로 들어가 버리거나 'Contact실'이라는 팻말이 쓰인 곳으로 들어갔다. 인사도 웃음도 없었다. 더 희한한 것은 거리 주변이었다. 주변엔 상점이나 편의 시설도 없었다. 카페도, 꽃집도, 옷가게도, 편의점도 그 어느 것도 찾아볼 수 없었다. 이곳엔 오직 아기자기하게 지어진 다양한 모양의 단층 또는 복층으로 지어진 집들과 Contact실 그리고 연구소 건물인 센트럴-랩뿐이었다.

"아무리 둘러보아도 거리 주변이 정말 한산하군요. 그나마 간간이 보이던 사람들도 바로 어디론가 다들 들어가 버리고요."

이리저리 둘러본 레스터는 의아한 표정으로 샬럿에게 말했다.

"다들 바쁘죠. 연구소에서 근무하는 소수를 제외하고 이곳에 있는 모든 사람들은 센트럴-랩에 VRISC(Virtual Reality Intelligent Supercomputer)라 불리는 인공지능 슈퍼컴퓨터에 접속한 상태로 생활하고 있으니까요."

마치 지금 벌어지고 있는 상황이 이곳에서는 처음부터 당연했다는 듯 샬럿이 말했다.

"일반인들이 VRISC에 접속한다면 가상현실을 체험한다는 것인가요?"

"네, 맞아요."

"그런데 단순한 체험이 아닌 생활한다는 것은 무슨 뜻이죠?"

"레스터 씨가 집에서 저의 3차원 실사 이미지를 본 것처럼 현실인지 가상인지 구분이 불가능한 곳이죠. 그곳은 단지 레스터 씨가 시각적으로만 경험한 수준이 아닌 인간의 오감을 모두 현실 이상으로 경험할 수 있는 곳이에요. 상상할 수 없을 만큼 거대한 현실공간이자 또 다른 세계죠. 그 세계에서 주의할 점은 단 한 가지예요."

"그게 뭐죠?"

"항상 시간을 맞추어놓고 접속해야 한다는 거예요."

"시간을 맞추어놓고 접속한다고요?"

"네, 인간의 오감을 현실과 전혀 차이 없이 경험하기 때문에 진짜 현실에 있는 자신의 육체가 잘못하다간 굶어 죽을 수 있으니까요. 기술의 발전으로 근래에 한 번의 식사로 한 달 이상 살 수 있는 스푸드의 테스트를 성공적으로 마쳤어요. 이제부터는 VRISC에 접속한 상태에서 누구나 최소한 한 달은 견딜 수 있게 되겠죠. 곧 신제품으로 대체될 거예요."

최첨단 과학기술의 부흥을 이끌어가고 있는 연구소 일원으로서 자신이 자랑스러운지 샬럿이 활기찬 표정을 지었다.

샬럿과의 뜻밖의 만남으로 행복하고 환상적인 미지의 세계 속에 푹 빠져 있던 레스터는 마치 커튼 뒤에 숨어 있던 정체 모를 물체가 어디선가 불어오는 바람에 살며시 윤곽이 드러나 듯, 잠시 밀어두었던 의혹이 의심의 눈길로 레스터의 무의식속에 꿈틀거리며 서서히 되살아났다. 레스터도 대재앙이 있기 전까지 개발 중인 가상현실의 세계를 지속적으로 경험해왔기 때문에 가상현실 자체는 놀라운 기술이 아니었다. 하지만 샬럿이 말하고 있는 이곳에 가상현실의 수준은 미루어 추측하는 것만으로도 레스터를 긴장 속에 움츠러들게 했다.

자신이 이곳에 오기 전에 경험해왔던 가상현실 중 특히 시각과 청각 부분은 현실에 가깝다고 느낄 정도의 생생한 현장감을 제공했으며, 체험할 수 있는 축적된 데이터의 양도 상당히 많이 구축되어 있었다. 그래서 비록 가상세계라고 인지하고는 있어도 마치 현실세계에 있는 듯한 착각을 나름대로 느낄 수 있었다. 그렇지만 후각, 미각, 촉각은 매우 제한적이었고 부분적이었다. 하다못해 기존의 가상현실 기술로 이러한 감각을 최대한 현실에 가깝게 체험하려면 다양한 최첨단 전자장비들을 착용해야 그나마 제한적인 물체나 물질에 대해 가능했던 것이다.

그런데 레스터가 오늘 아침에 마주한 샬럿의 초고밀도 3차원 이미지의 모습은 단지 인간의 오감 중 시각뿐이었는데도 기존에 그 어디에서도 경험한 적이 없는 현실 바로 그 자체였다. 거기다 더욱 놀라운 것은 아무런 특수 장비 없이 맨눈으로 직접 보았는데도 실제의 샬럿과 가상의 샬럿이 한 치의 차이도 없었다는 점이다. 그들은 완벽하고 동일한 두 명의 샬럿이었다. 그녀의 얼굴, 손 그리고 그녀가 입고 있던 아이보리색 원피스의 세밀한 디테일은 바로 살아 있는 샬럿이었다. 이 사실만으로도 충격을 받았다. 그런데 샬럿은 이곳의 가상현실에서는 인간의 오감을 현실 이상으로 완벽하게 경험할 수 있다는 것이다.

그렇다면 이곳의 가상현실 기술이 그만큼 뛰어나기 때문에 이미 가상과 현실의 경계는 오래전에 허물어졌으며, 사람들은 더 이상 가상이라는 것을 전혀 느낄 수 없기에 현실에선 반드시 각자의 생명을 유지하기 위해 미리 정해진 식사 시간을 맞추어놓을 수밖에 없다는 의미였다. 결국, 그곳은 또 다른 완벽한 현실의 공간, 즉 현실세계라는 뜻이었다. 이곳에 도착한 후로 머나먼 미래세계에 온 듯 믿을 수 없는 경험을 하고 있던 레스터는 왠지 이제는 경험하지 않고도 샬럿의 말이 진실로 다가왔다. 그리고 레스터의 혼란스런 의혹은 더욱 가중되었다.

대재앙이 일어나기 전에 미래의 가상세계가 현실세계와 구분할 수 없을 정도의 수준에 이르러 현실세계를 대체하게 되었을 때 우리에게 미칠 다양한 측면에 대해 각 분야의 전문가들이 토론을 벌인 적이 있었다.

그때의 중론은 가상세계에서의 일상적인 생활도 지나친 편리에 의한 나태함 아니면 주위에 대한 무관심 그리고 치열한 경쟁심과 함께 냉소적인 감정이 늘어만 갈 것이라고 예측했다. 미래의 더욱 혁신적인 새로운 기술이 나올 때마다 인류에게 보다 나은 행복이 펼쳐질 것이라고 생각하며 사람들은 열광했지만, 시간이 좀 더 흐르고 나서 보면 결국에는 사람과 사람이 직접적인 만남을 통해 나누며 쌓아가던 따뜻한 감성은 조금씩 무뎌져만 갔다. 인류는 항상 발전을 통해 더 따뜻하고 더 풍성하며 더 행복한 이상적인 삶과 세상을 향한 목표로 나아간다고 공공연히 선언했지만, 그러한 세상과는 점점 더 멀어져가고 있었다.

게다가 그 당시에도 현실은 냉정하기만 했다. 인구과잉으로 서로 간에 더 매몰찬 경쟁 속에서 이기심과 시기심만 극단적으로 팽배했고 세계 각국에 극히 일부분의 소유층을 제외하고 인류의 대다수를 차지하던 나머지는 항상 빈곤에 시달리기만 했다. 그렇게 부와 권력을 가진 소수와 빈곤층 간의 격차는 이미 넘어설 수 없는 수준에 이른 지 오래되었고, 중간층은 완전히 사라진 채 각각 하늘과 땅으로 하염없이 나뉘어 갔다. 그 어디서도 교차점은 더 이상 없어보였다. 그나마 세상은 평온해 보였으나 그것은 단지 분노로 가득 찬 하층민들의 울분으로 이루어진 강력한 시한폭탄을 감싸 안은 겉모습에 불과했다. 외부에 드러난 소유층의 근엄하고 점잖은 표정 속 이면에 숨어 있는 그들의 끝없는 소유욕과 가지지 못한 자들에 대한 조롱과 멸시 그리고 착취는 여전히 만연했고, 그에 비례해 가지지 못한 자들의 패배의식과 시기심 또한 늘어나 두 계층은 극단적으로 나뉘어만 갔다. 권력과 부 그리고 가난을 넘어서서 온 인류를 진정으로 따뜻하게 감싸 안아줄 세상은 여전히 보이지 않았다. 오직 소유한 자들의 세상과 소유하지 못한 자들의 세상으로 양분되어 있었다. 전 세계의 인구는 너무나 많았고, 그에 비해 자원과 식량 그리고 물은 턱없이 부족하기만 했다.

그러한 두 부류에게 인류역사상 처음으로 모든 제한과 신분의 차이마저 뛰어넘어 진정으로 모두에게 동등한 사건이 찾아왔다. 지구 대재앙에 의한 전멸이라는 예리하면서도 묵직한 단 한 번의 칼날의 스침이었으며, 그들의 마지막 순간이었다. 그동안 개인들과 다양한 집단에서 나온 수많은 불만과 불평등 그리고 인류가 주변과 자연에 대한 진정한 반성의 기미도 없이 자행했던 환경파괴로 인한 생태계의 혼란과 수많은 동식물의 멸종, 자원의 소실을 동시에 잠재웠다. 권력이 있든 없든, 부를 소유하고 있든 없든, 지식이 있든 없든, 그 외에 어떠한 것을 가졌든 그렇지 못했든 간에 상관없이 인류역사상 그 누구에게나 전례가 없는 공평한 결과를 가져다주었다.

인류는 최근까지 단 한 번도 참된 합일점을 찾지 못했다. 오히려 가면 갈수록 서로가 양보와 미덕 속에 합일점을 찾기보다는 각 개인과 집단과 나라 간의 편 가르기나 실속만 챙기려 했다. 어쩌면 인류는 그동안 서로가 책임을 회피한 결과로 인해 결국에 가서는 그들이 치를 수밖에 없던 대가를 조금 앞서서 겪게 된 것인지도 모른다. 그리고 지구라는 행성에 아무런 대가 없이 살고 있으면서도 마치 자신들이 주인인양 모든 것을 함부로 다루었던 인류에게 보내는 강력한 최후의 경고가 현실로 드러나게 됐는지도 모른다. 인류가 꿈꿀 수 있는 가장 이상적인 세상은 인류 스스로도 현실에서 이루어내지 못했으니 현실의 세계처럼 가상의 세계라고 특별히 달라질 것은 없었다. 그러니 가상세계에 대한 토론 자체도 처음부터 의미가 상실된 것인지도 모른다. 현실이든 가상이든 이상적인 세계와의 거리는 한없이 멀어져만 갔고, 2036년 대재앙이 발발하기 전날까지도 여전히 인류에겐 참다운 미래가 없었다.

그런데 이 돔 안의 사람들의 행동과 모습은 레스터를 충격적으로 실망스럽게 했다. 이곳에 살고 있는 생존자들의 이상한 행동은 우려했던 대로 결국엔 인류가 맞닥뜨릴 수밖에 없는 부정하고 싶은 극단의 정점에 도달한 인류의 미래 모습과 닮아 있었기 때문이다. 대재앙을 동시에 겪으며 모든 것을 잃어버린 생존자들임에도 희한하게 대재앙 전의 인류의 사회상보다 더 철저히 두 부류로 확실하게 나누어져 있는 것처럼 느껴졌다. 한 부류는 연구소를 중심으로 이루어진 영원한 지배자들이자 엘리트 집단이고, 또 다른 부류는 영원한 패배자이자 마치 로봇처럼 철저히 명령에만 따르는 단순한 생물체 같았다. 그들의 역할은 처음부터 완전히 나누어져 분리되어 있는 것처럼 보였다. 그들은 동일한 모습만 갖추고 있을 뿐 전혀 다른 존재였던 것이다. 엘리트 집단인 지배계층에 의해 마치 동물원에 길들여져 관리되고 있는 동물들처럼 보였다.

"실례지만, 샬럿. 오늘은 여기까지만 구경하고 내일 마저 모두 둘러봤으면 하는데 괜찮을까요?"

레스터가 샬럿에게 정중하고 조심스럽게 물어보았다.

"그럼요, 레스터. 내일 마저 둘러보아도 돼요."

샬럿이 따뜻하게 미소 지었다.

샬럿을 연구소 입구까지 바래다준 레스터는 자신의 집으로 발걸음을 돌렸다. 가끔씩 눈에 띄는 사람들은 놀란 토끼처럼 레스터를 잠시 바라보다가 자신들이 가야 할 곳으로 사라져갈 뿐 그 누구도 말을 걸거나 산책하는 사람들은 없었다.

'가만, 그러고 보니 이곳에는 아이들이 단 한 명도 보이지 않는군. 어찌된 일이지? 대재앙에 어른들만 살아남았나?'

집에 도착하고서도 레스터의 의문은 끊이지 않았다.

'다들 대재앙 때문에 정신이 나갔나? 이런 대재앙 후라면 오히려 살아 있는 사람들이 그리워서라도 더 반가운 게 아닌가? 최소한 가끔은 슬픔에 겨워 울고 있는 사람들의 모습도 볼 수 있어야 할 것 같은데 말이지. 그런데 이곳은 어찌 보면 체계적인 관리 하에 완벽하게 통제되고 있는 것 같아. 모든 것이 빈틈없이 맞물린 톱니바퀴처럼 움직이고 있어. 한 치의 오차도 없는 정밀한 시계처럼 말이야.'

레스터의 미간이 저절로 찌푸려졌다.

'도저히 대재앙을 겪은 사람들의 모습처럼 보이질 않아. 정말 이상해. 대재앙과는 상관없이 그냥 이렇게 계속 살아온 사람들처럼 보여. 마치 원래부터 이러한 최첨단 과학기술시대에 살고 있었던 사람들처럼 말이야. 내게 왜 이렇듯 이해할 수 없는 당혹스러운 일들만 일어나는 거지. 무언가 내가 지금까지 살아오면서 현실이라 생각하고 경험해왔던 기존의 모든 세상일들과는 이곳은 이질적으로 느껴져. 정말 답답하군.'

아무리 생각해도 이상했지만 그렇다고 정확히 논리적으로 무엇 때문에 비정상적이라고 말할 수도 없었고, 더욱이 말할 곳도 없었다.

"이럴 땐 하늘에서 비라도 시원하게 왔으면 좋겠어. 그러면 지금처럼 답답한 내 마음을 조금은 씻겨줄 텐데 말이야."

자신의 방에서 왔다 갔다 하며 생각하던 레스터가 창문에 기대어 무심히 하늘을 올려다보며 혼자말로 중얼거렸다.

'샬럿은 대재앙으로 인해 어떤 아픔을 겪었을까? 괜히 물어보았다가 그녀의 아픔을 떠올리게 해서 난감한 상황을 만들까 봐 물어보지도 못하겠고 말이야. 게다가 에드워드 연구소장과 데이비드 비서실장이 말한 것처럼 이곳에 있는 모든 생존자들은 암울한 기억을 잊고 모두 다 희망찬 미래를 향해 나아가는데 대재앙에 대한 얘기로 다시 침울한 분위기를 만들어 찬물을 끼얹는 행동은 하지 말아야겠지. 하긴 나 역시 이제는 대재앙으로 인한 아픔은 더 이상 생각하기도 싫은 절망의 기억일 뿐이니깐! 힘들어도 벗어나야겠지. 지금부터 남은 삶을 살아가야만 한다면 계속 패배자처럼 살아서는 안 될 테니까. 그래, 이곳의 사람들이 이상한 것이 아니라 내가 너무 예민해서 착각했던 걸 거야. 이제 나에게도 새로운 마음가짐이 필요해! 살고자한다면 희망을 품을 수밖에…'

소파에 앉아 있던 레스터는 어느새 잠이 들었다. 해는 붉은 아쉬움을 남기고 있었다. 잠들어 있던 레스터는 꿈틀거리더니 짧고 강렬한 비명을 지르며 깼다. 또다시 기묘한 꿈을 꾼 것이다.

'이제는 잠이 들 때마다 꾸는군. 꿈속이든 이곳 돔 속이든지 간에 모든 것을 직접 경험하면서도 도저히 이해할 수 없는 일들만 일어나다니…'

다음날 아침, 레스터는 늦지 않기 위해 부지런히 연구실로 발걸음을 옮기고 있었다. 어제 샬럿과 헤어지면서 오늘 아침에 연구소에서 만나기로 약속했기 때문이다. 하여튼 현재로서는 레스터도 별 수 없었다. 돔의 환경에 미심쩍은 부분이 있다고 해도 이곳에서만큼은 자신이 인류의 과학기술의 최전방에 있었다고 자신할 수 없게 되었고, 그보다는 우선 새로운 삶을 살아가고자 한다면 이곳 이외에 다른 선택의 여지가 없는 것 또한 사실이었다. 그래서 레스터는 먼저 자신도 이곳에 도움이 되는 일원이 되어야 한다는 의무감만 되새기기로 했다. 그리고 그간의 의문스러웠던 흔적들을 애써 지우며 스스로에게 다짐했다. 잠시 일련의 궁금증들에 일단은 눈을 감자고.

"안녕, 레스터."

흰색 정장을 청아하게 차려입고 긴 머리카락을 말끔하게 묶은 샬럿이 레스터를 보자마자 손을 흔들며 반갑게 인사했다.

"안녕, 샬럿."

레스터도 샬럿을 보자 입가에 저절로 미소가 지어졌다. 확실히 샬럿은 너무나 매혹적이었다. 레스터는 안심했다. 자신의 정신상태가 이상한 것이 아니라 그녀가 그만큼 뛰어난 매력의 소유자라는 것을 이제는 조금도 의심 없이 받아들였다.

"연구소에 왔으니 에드워드 연구소장님을 만나러 가보죠. 우선은 인사를 드려야 하니깐."

샬럿이 기분 좋은 미소를 지으며 눈빛으로 따라오라는 신호를 레스터에게 보냈다.

레스터와 샬럿은 에드워드 연구소장의 집무실로 향했다. 집무실은 이미 문이 열려 있었기 때문에 레스터는 일부러 노크해 주의를 끌었다.

"안녕하십니까? 에드워드 연구소장님."

"어서 들어와요, 레스터. 샬럿도."

에드워드 연구소장은 의자에서 일어나 레스터와 샬럿을 맞이했다.

"우선 자리에 앉아 이야기를 나누도록 하죠."

에드워드가 손을 뻗어 소파를 가리켰다.

"이곳 돔에서의 생활에 조금씩 적응되어가고 있나요?"

"네, 염려해주시고 도와주신 덕분에 빠르게 적응하고 있습니다."

레스터가 자신감 있는 표정을 지으며 말했다.

"그래요. 시간이 흐르다 보면 익숙해지겠지요."

레스터와 샬럿을 살며시 번갈아보던 에드워드가 만족한 듯 미소를 지으며 말했다.

"제가 이곳 안내를 샬럿에게 특별히 부탁한다고 했는데 샬럿의 안내가 괜찮은가요?"

에드워드 연구소장이 레스터를 유심히 들여다보며 다시 한 번 확인하듯 질문했다.

"그럼요. 오히려 제가 샬럿에게 미안하지요. 괜히 저 때문에 고생하는 것 같아서요."

"샬럿의 안내에 만족하는 것 같아 다행이군요."

"샬럿!"

에드워드 연구소장이 친근하게 샬럿을 불렀다.

"네, 에드워드 연구소장님."

"그럼 부탁하는 김에 연구소 소개도 샬럿에게 부탁해도 될까요?"

"그럼요, 에드워드 연구소장님. 레스터에게 자세히 소개할게요."

샬럿이 온화한 미소를 띠며 에드워드에게 상냥하고 깍듯하게 대답했다.

연구소 빌딩은 총 12층으로 구성되어 있었다, 1층은 로비였고, 12층에는 연구원들의 휴식을 위한 스카이라운지가 있었다. 11층에는 에드워드 연구소장의 집무실과 넓은 복도를 사이에 두고 앞쪽에는 전체 회의와 세미나를 위한 커다란 회의장이 있었다. 8층, 9층, 10층은 뇌과학과 인공지능, 전자공학 그리고 기계공학을 융합해서 다루는 연구실이고 5층, 6층, 7층은 생명공학 연구실이었고 2층, 3층, 4층은 리얼 가상현실을 다루는 연구실로 각각 구분되었다. 각각의 연구실에는 적게는 20명에서 많게는 30명가량의 연구원들이 일하고 있었다. 그들은 모두 눈길 한 번 주지 않고 자신들에게 주어진 일에 몰입하고 있었다. 레스터가 다가가 대화를 시도하거나 질문하기에도 무안한 분위기였다.

연구실 전체를 둘러본 레스터와 샬럿은 12층에 있는 스카이라운지로 올라갔다. 넓은 창 너머로 이곳의 전경을 한눈에 내려다보며 차를 마셨다. 전체가 투명한 유리로 이음새 없이 만들어져 있었고, 내부의 공기는 신선했으며, 적절한 온도와 안락한 환경을 느낄 수 있었다. 360도 어느 방향에서도 바깥풍경을 볼 수 있었는데, 마치 몸이 붕 뜬 것처럼 몽환적인 느낌을 주었다.

"이곳에서 돔 전체 풍경을 바라보니 마치 제가 환상의 나라에 온 기분이에요. 현실 같지 않아요."

레스터가 두 눈을 가늘게 뜨며 흐뭇하고 평온한 표정을 지었다.

"그렇죠? 저도 직접 나가서 걸어 다니는 것보단 이곳에서 돔의 전경을 바라보는 것이 좋아요. 한 폭의 살아 움직이는 아름다운 수채화 같으니까요. 그런데 연구하고자 하는 분야는 정했어요, 레스터?"

전경을 감상하던 샬럿이 화제를 바꾸며 레스터에게 물었다.

"네, 저는 물리학을 전공했고 부전공으로 뇌과학을 전공했어요. 그래서 아무래도 다른 분야보다는 뇌과학, 인공지능, 전자공학, 기계공학을 융합해서 연구하고 있는 연구실에서 근무하는 것이 개인적으로 적성에 맞는다고 생각이 드는데요."

"잘됐네요, 레스터. 연구실 내에서도 가장 분주한 곳이고 가장 활발히 연구가 진행되는 곳이거든요. 저도 그곳에서 근무하니 도움을 줄 수 있을 거예요."

샬럿은 레스터의 선택이 상당히 만족스러운 눈치였다.

"저도 기쁘군요! 그럼, 이제부터 같은 연구실에서 근무하게 되겠네요."

그녀와 같은 연구실에서 근무하기를 바라던 레스터는 속으론 뛸 듯이 기뻐하면서도 자신의 모습이 가볍게 비쳐질까 봐 흥분한 마음을 간신히 가라앉히며 말했다.

지금까지 너무나 짧은 만남의 순간이었지만 기간은 중요하지 않았다. 사랑의 감정이라기보다 단순히 감정의 호기심일지도 모른다. 하지만 사랑은 그렇게 시작되는 것이니까. 이미 샬럿은 레스터의 마음속 한가운데 가장 깊은 곳에 자리 잡았고, 레스터에겐 유일한 삶의 의미이자 희망으로 싹트고 있었다. 세상 모든 것에 절망감과 회의감으로 가득 차서 한없이 흔들리고 있던 레스터의 마음을 샬럿은 단지 존재한다는 것만으로도 따뜻하게 감싸 안아주고 있었다. 그녀가 치명적인 매력의 소유자든 아니든 간에 이곳에서 레스터에게 유일한 현실세계이자 실체는 오직 샬럿뿐이었다.

레스터는 다음날부터 연구소에 출근해서 자신에게 주어진 일에 몰입하기 시작했다. 그리고 매일 밤, 잠이 들면 그 기묘한 꿈도 꾸었다. 반복되는 동일한 꿈에 익숙해져버린 레스터는 꿈속에서조차 이것은 단지 꿈일 뿐이라고 자신에게 말하게 되었다. 하지만 그 기묘한 꿈을 꿀 때마다 소스라치게 놀라며 잠에서 깨어나는 것만은 도저히 벗어날 수 없었다. 어느새 비록 꿈속이라도 이제는 그 속에서 자신의 꿈을 분석하는 단계로 진입하고 있었다.

레스터는 자신의 일과 꿈을 반복하며 일주일 가까이 동일한 생활을 했다. 그러는 동안 샬럿과는 상당히 가까운 사이를 넘어 두 사람만의 애틋한 사랑으로 이어졌다. 그리고 이제는 연구소 내의 소수의 다른 연구원들과도 간단한 인사를 나눌 정도의 친분이 쌓여갔다.

그러던 어느 날 아침, 연구소로 출근하기 위해 집을 나서서 걸어가고 있는 레스터에게 왠지 낯이 많이 익은 한 사람이 눈에 들어왔다. 이마엔 주름이 더 있고 약간은 야윈 듯 핼쑥한 모습이었으나 그 사람은 분명히 아버지의 모습과 너무나 흡사했다.

"헉! 아, 아버지."

레스터는 머리카락이 모두 주뼛하게 서는 것을 느꼈다. 그리곤 그 남자를 향해 큰소리로 외치며 달려가 무의식적으로 그의 팔을 잡았다.

"누구시죠?"

아버지로 보였던 정체불명의 남자는 오히려 정색하고는 당황하며 되물었다.

"아, 아닌가!"

가까이 가서 그 사내를 자세히 살펴보던 레스터는 그 사내로부터 한 발짝 뒤로 물러서야 했다. 분명히 10년 전에 돌아가신 아버지와 모습은 거의 같았으나 그 사내의 두 눈은 핏기로 가득했고, 피부는 검붉었으며, 전체적으로 냉기가 흘렀다. 자신의 아버지처럼 맑은 눈과 하얀 피부 그리고 더없이 따뜻하고 온화했던 모습과는 너무도 거리가 멀었다. 정말 많이 비슷했지만 그렇다고 자신의 아버지와 동일 인물이라고 할 수도 없었다.

"죄송합니다. 제가 실수해서 잘못 봤군요."

레스터가 미련을 버리고 체념한 듯 그 남자에게 사과했다. 그 남자는 아무 말 없이 자신이 가려던 곳을 향해 몽롱한 표정으로 걸어가며 레스터의 시야에서 서서히 사라져갔다.

11층에 있는 연구소의 집무실에 에드워드 연구소장은 등을 꼿꼿이 세운 채 서 있었다. 주위에는 긴장감이 흘렀다. 집무실 한쪽 벽면에 붙어 있던 검은색의 둥그런 작은 단추처럼 생긴 장치에서 빛이 새어나오며 텅 빈 공간에 형성된 양복을 말끔히 차려입은 신사와 긴밀한 대화를 나누고 있었다.

"이제 숙명을 맞이할 준비가 되었네."

"그렇다면 그렇게 바라시던 그 일이 드디어 모두 완성되었다는 말씀인가요?"

에드워드의 입술이 가늘게 떨렸다.

"그래, 모두 완료되었네."

"감축 드립니다!"

상당히 긴장한 상태에서도 에드워드는 신사에게 진심으로 아낌없는 축하를 보내고 있었다.

"고맙네. 하지만 이것은 절대로 나 혼자만의 기쁨일 수는 없네. 우리 모두의 기쁨인 거야, 에드워드."

신사도 상당히 만족스러운지 입가에 미소를 지으며 에드워드에게 말했다.

"그럼요. 우리 모두가 지금까지 가장 궁금해했던 단 하나의 의문을 해결할 황금 열쇠를 드디어 손에 쥐게 된 것이니 우리 모두의 크나큰 기쁨이죠."

에드워드 역시 커다란 만족감을 드러내며 화면 속 신사의 말에 동조했다.

"그렇지! 에드워드."

"하지만 이제 진정으로 중요한 단 한 가지의 믿음만 남았네."

"단 한 가지의 믿음이요?"

"그래, 이 일에 대해선 말을 안했으니 몰랐을 거야. 가장 큰 문제인데 말이네, 손에 쥐게 된 황금 열쇠는 테스트도 없을뿐더러 실수도 절대 용납되지 않지. 오직 단 한 번의 실전만 있을 뿐이네."

신사는 서서히 굳은 표정으로 바뀌어갔다.

"레스터에 대해선 자네에게 이야기하고 계획한 대로 차질 없이 진행해주게. 그리고 알렉스와 데이비드에게도 자네가 소식을 전해주길 바라네."

"네, 분부대로 차질 없이 진행하도록 하겠습니다!"

"에드워드! 숙명의 시간이 다가왔네. 이제 레스터에게 결단을 내리게 하게!"

"네!"

에드워드가 대답을 마치자 수많은 빛의 알갱이들이 서서히 점멸하며 신사의 형상이 사라졌다.

연구소에 도착한 레스터는 샬럿과 함께 다른 연구실에 있는 리얼 가상현실 연구실을 방문했다. 이곳의 연구원들을 제외한 돔 속에 거주하는 일반인들이 거의 대부분의 생활을 한다는 가상현실을 직접 체험하기 위해서였다. 물론 레스터는 샬럿에게 이 이야기를 들은 직후부터 경험해보고 싶었지만 연구소의 연구원들은 접속하지 않고 새로운 기술을 개발하거나 관리만 한다는 것을 알았기에 부탁을 할 수 없었다. 어렵사리 리얼 가상현실 연구실의 한 사람과 친분이 생겼고 몇 번 부탁을 했으나 그때마다 어김없이 단번에 거절해왔다. 그런데 오늘은 어떻게 된 일인지 그 동료가 먼저 연락해 샬럿과 함께 경험할 수 있는 기회를 얻게 된 것이다. 2층, 3층 그리고 4층은 리얼 가상현실 연구실로 이용하는데 새로운 기술을 테스트하기 위한 목적으로 접속해서 체험해보는 장소는 2층에 있었다. 도착해 연구실을 살펴보니, 중앙에는 높이가 3미터가 넘어 보이고 너비는 2미터 정도의 원기둥이 위로 갈수록 좁아지는 모습으로 서 있는 중앙 서버가 놓여 있었는데, 바로 이 시스템이 VRISC라는 것을 알 수 있었다. 한쪽 벽면에는 수십 개의 커다란 투명 모니터 화면에 알 수 없는 다양한 그래프들이 표시되고 있었다.

그리고 이곳엔 7명의 연구원이 상주하며 작업을 한다고 했는데 오늘은 어찌된 일인지 친분이 있는 동료 제임스 그레이를 제외하고는 아무도 없었다.

"어이! 레스터, 샬럿. 어서들 오게."

제임스가 반갑게 그들을 불렀다. 그는 서글서글하고 정감이 가는 친구였다.

"안녕, 제임스."

레스터와 샬럿 역시 제임스에게 반갑게 인사했다.

"어찌된 일이야, 제임스. 내가 그리 부탁할 때는 들어주지 않더니 오늘은 자네가 직접 나서서 이리로 오라고 하고 말이야."

레스터는 그동안의 서운함을 약간 내비치며 말했다.

"레스터, 오해 말게. 보다시피 오늘은 이곳에 나 외에는 아무도 없지 않은가. 항상 이곳은 보안이 우선이라 사적인 부탁을 들어주는 것은 큰 부담이 되어서 그동안 기회를 보고 있었던 것이네. 어쨌든 오늘이 드디어 자네의 소원이 이루어지는 날이지."

제임스가 레스터를 달래며 자초지종을 설명했다.

"그랬군. 난 자네가 내 부탁을 꺼려하는 줄만 알았네. 내가 생각이 짧았군. 미안해, 제임스!"

레스터는 약간 머쓱한지 슬쩍 자신의 뒷머리를 긁적거렸다.

"그럼, 이제 두 사람의 오해가 풀린 거군요."

옆에서 레스터와 제임스의 대화를 듣고 있던 샬럿이 두 사람의 대화에 끼어들었다. 세 사람은 순진한 일탈을 기대하며 들뜬 기분으로 모처럼 기분 좋게 함께 웃었다.

"자! 그럼, 이제 그토록 원하던 가상현실을 경험하게 해줄게."

제임스가 레스터와 샬럿을 번갈아 바라보며 미묘한 웃음을 지었다.

"빨리 경험해보고 싶군. 상당히 궁금해. 이곳의 사람들이 어떤 경험을 하고 있는지 말이야. 오감을 현실처럼 아니 그 이상을 경험한다는 것이 정말인지 말이야."

호기심에 가득 찬 레스터의 두 눈이 샬럿을 향했다. 샬럿도 마음의 준비가 되었는지 자신의 왼손을 뻗어 레스터의 오른손을 잡아주었고 고개를 끄덕였다.

"그래, 시작해보자!"

제임스가 시스템을 작동시키기 위해 자신의 자리로 이동했다.

레스터와 샬럿은 각자에게 마련된 올리브색의 편안한 긴 소파에 누웠다. 조금 누워 있으니 소파 위쪽에서 반원구형의 장비가 저절로 나오며 각각 레스터와 샬럿의 머리 쪽으로 다가오다가 머리에서 10센티미터 정도 떨어진 곳에서 멈추었다.

"우선 최대한 마음을 편안하게 하고 심호흡을 두 번 정도 해, 레스터."

"알았어, 제임스."

긴장한 표정으로 레스터가 말했다.

"아 참! 시간을 맞추는 것을 깜박했군. 지금부터 3시간을 경험하도록 설정할게."

제임스가 레스터를 바라보며 두 눈을 찡긋거리다가 살짝 웃었다.

"자, 이제 시작한다! 레스터, 눈을 감으라고. 눈에 먼지가 들어가도 내 책임이 아니니깐."

제임스가 두 눈을 크게 뜨고 있는 레스터에게 주의를 주었다.

반원구형 장비에서 섬세한 수많은 빛이 나와 레스터와 샬럿의 머리에 비추기 시작했다. 1분정도가 지나자 레스터는 상당히 놀라기 시작했다. 자신은 분명히 의식이 깨어 있고 생각도 할 수 있었지만, 자신의 두뇌를 제외한 몸 전체가 전혀 움직여지지 않았기 때문이다. 자신의 눈이라도 어떻게든 떠보고 싶었지만 전혀 뜰 수 없었다. 어느덧 레스터의 모든 감각이 서서히 반원구형 장비에 의해 통제되기 시작했으며, 얼마 못 가 반원구형 장비는 레스터의 두뇌를 완전히 통제하게 되었다. 2분 정도가 더 지나자, 어느새 레스터는 또 다른 현실 속 세상에 존재하게 되었다.

어느 길거리의 꽃집 앞에 레스터와 샬럿이 서 있었다. 대로변에는 형형색색의 자동차가 질서를 유지하며 천천히 이동하고 있었다. 대로변 너머 멀리 보이는 곳에는 언덕이 있었으며, 그곳엔 멋진 집들이 끝도 없이 다양하게 펼쳐져 있었다. 레스터와 샬럿이 서 있는 길거리에는 꽃집 외에도 카페, 옷가게, 신발가게, 고급 음식점들이 다양하게 있었다. 거리에는 아빠, 엄마의 손을 잡고 무엇이 그리 즐거운지 크게 웃으며 걸어가는 앙증맞은 아이들이 보였고, 멋진 바바리코트를 입은 노년의 신사가 부드러운 미소를 지으며 걸어가기도 했으며, 젊은 남녀가 자유롭게 키스를 하고 있었다. 그리고 멋진 양복을 걸치고 서로 의견을 나누며 걸어가는 직장인들도 보였다. 레스터가 이번엔 우측으로 고개를 돌려보니 햇살에 비쳐 반짝거리며 넘실거리는 코발트색의 푸른 바다가 보였다. 다시 좌측으로 고개를 돌려보니 알프스를 그대로 옮겨다놓은 듯 목가적이고 몽환적인 아름다운 풍경이 펼쳐지고 있었다.

"꽃이 정말 탐스럽고 아름다워요, 레스터."

샬럿이 허리를 굽혀 꽃집에 있는 꽃의 향기를 맡으며 말했다.

"정말 꽃들이 탐스럽고 예쁘군."

"그래 샬럿과 꽃은 너무나 잘 어울려. 물론 나에게는 샬럿이 이 세상에서 가장 아름다운 한 송이의 꽃이지만 말이지."

레스터가 꽃향기에 취해 있는 샬럿의 뒷모습을 바라보고 흐뭇하게 웃으며 말했다.

"저기요, 이 장미꽃 얼마예요?"

레스터가 꽃집주인에게 가격을 물어보았고, 샬럿의 나이와 같은 스물네 송이의 장미꽃을 구매해서 샬럿에게 선물하기로 했다.

"가만있자, 돈이 어디…."

레스터가 순간 당황하며 말했다.

레스터는 잠시 알 수 없는 혼란을 느꼈다. 레스터의 생각에 전혀 의심할 것 없이 이곳은 자신이 처음부터 있었던 곳이다. 외동아들로 태어나 부모님의 따뜻한 보살핌을 받으며 자랐고, 학교를 다니고 친구를 사귀고 성장한 곳이었다. 저녁에 샬럿과 헤어진 후 집에 가면 아버지와 어머니는 자신을 반기며 오늘 있었던 이야기와 샬럿과의 결혼식에 관련된 이야기를 서로 나누며 즐거운 한때를 보낼 것이다. 그런데 잠시 동안의 순간적인 생각이었지만 레스터는 이곳이 아닌 다른 곳에 또 다른 자신의 삶이 있는 것 같은 착각인지 아닌지 알 수 없는 느낌을 강하게 받았다. 그러나 너무나 순간적인 느낌이었다. 어느새 레스터에게 이 순간적인 느낌은 눈 녹듯 흔적도 없이 사라져버렸다. 이곳은 레스터에게 너무나 자연스러웠다. 그리고 자신은 2년 전부터 은행에서 근무하는 은행원이었다. 레스터는 자신의 오른손을 양복 안주머니에 넣어서 두툼한 지갑을 꺼낸 후 장미꽃 스물네 송이의 값을 지불했다.

"음… 꽃향기 참 좋다. 고마워요, 레스터."

샬럿이 미소를 지으며 꽃과 함께 자신의 아름다움을 드러내고 있었다.

"그건 그렇고 샬럿. 배고프지 않아? 난 계속 걸었더니 배고픈데 말이야."

"그러고 보니 저도 배고프네요. 그럼 우리 식사하러 갈까요?"

샬럿이 레스터를 향해 사랑스럽게 바라보고는 말했다.

"그럼, 아주 좋지!"

레스터와 샬럿은 근사한 레스토랑으로 들어갔다. 천장에는 아름다운 샹젤리제가 달려 있었고 은은한 조명 아래 재즈풍의 연주곡이 흘러나와 로맨틱한 분위기를 자아내고 있었다. 지정해준 자리에 앉아 연주곡을 감상하고 있는 사이에 웨이터가 다가왔고, 두 사람은 먹고 싶은 음식을 주문했다.

"이제 우리의 결혼식이 이틀 남았어, 샬럿."

"정말 그러네요, 레스터."

와인 잔의 빛이 그녀의 두 눈에 반사되어 머물며 아름답게 반짝거리고 있었다.

"훌륭한 남편이 되도록 노력할게, 샬럿."

"고마워요, 레스터. 저도 사랑스러운 아내가 되도록 노력할게요."

"사랑해, 샬럿!"

사랑스러운 샬럿의 모습에 더 이상 주체하기 어려운 듯 레스터가 말했다.

"저도 사랑해요, 레스터!"

샬럿의 볼이 빨갛게 달아오르며 부끄러운 듯 나지막이 말했다.

어느새 주문한 음식을 웨이터가 가지고 나왔고 레스터와 샬럿은 서로의 두 눈을 응시하면서 즐겁고 행복한 식사시간을 가졌다.

"우와, 너무 배부른데. 너무 많이 먹었나봐. 이 접시들을 봐 샬럿, 우리가 언제 이 음식들을 다 먹었지?!"

"호호, 이렇게 식사하다간 당신과 전 금방 뚱뚱이가 되겠어요."

샬럿도 만족스러운 함박웃음을 지었고 레스터도 뒤따라 크게 웃었다.

레스터와 샬럿은 레스토랑을 나와 다시 거리를 걸었다. 어느 누구를 마주치든 모두 친절했고 상냥했으며 얼굴 가득 미소를 머금고 있었다.

"아, 정말 행복해!"

레스터와 샬럿은 둘 다 행복감에 젖어 기쁨의 표정을 지었다.

샬럿을 그녀의 집 앞에 바래다준 레스터는 샬럿을 껴안고 가볍게 키스를 했다.

"사랑해, 샬럿."

레스터가 샬럿의 두 눈을 바라보고 부드러운 미소를 지으며 말했고, 샬럿 역시 레스터의 두 눈을 바라보고 서로의 사랑을 확인하며 말없이 사랑스럽게 올려다보았다.

"아쉽지만 오늘은 이쯤에서 헤어져야겠어, 샬럿. 부모님과 상의할 일이 있어서 말이야."

"네, 잘 알고 있어요, 레스터."

"그럼, 내일 퇴근하고 저녁 6시쯤에 마젤란 카페에서 만나."

"네, 내일 봐요, 레스터. 조심해서 들어가요."

헤어짐이 아쉬웠는지 레스터가 샬럿을 한 번 더 사랑스럽게 꼭 껴안고 한참이 지나서야 샬럿은 자신의 집으로 들어갔다. 레스터는 택시를 타고 집으로 향했다.

집으로 가는 길에 부모님과 대화를 나누며 먹기 위해 과일이라도 사가려고 집에서 조금 떨어진 장소에서 내렸다. 과일가게에 들러 체리를 사고는 기분 좋은 휘파람을 불며 천천히 자신의 집을 향해 걸어가고 있었다. 가는 길에 유난히 환한 빛이 새어나오는 창이 있어 무심결에 그 창을 들여다보았다. 사람들이 고깔모자를 썼고 테이블에 케이크와 다양한 음식들이 차려져 있는 것을 보니 이 집 누군가의 생일인 것 같았다. 아버지는 손녀로 보이는 두 살 정도 된 아기를 안고 있었고 성장한 딸은 누군가를 축하해주기 위해서인지 초에 불을 켜고 있었다. 레스터가 조금 더 가까이 가서 보니 20대 중반은 되어 보이는 청년의 생일인 것 같았다. 그들의 모습을 바라보고 있는 레스터의 마음속에는 이들이 이 세상에서 가장 행복한 가족인 것처럼 느껴졌다. 아니 이 가족은 어느 가정에서나 볼 수 있는 평범한 모습일 뿐이었다. 그럼에도 레스터에게는 자신의 가정보다, 샬럿과의 결혼보다, 그 이상의 무엇보다 가장 소중하며 행복하게 느껴졌다. 왜 이런 감정이 자신에게 물밀 듯이 밀려오는지 이해할 수 없었다. 레스터는 자신의 집으로 가야 한다는 사실도 잊은 채 한없이 그들을 바라보았다. 어느새 이유를 알 수 없는 눈물이 레스터의 두 볼을 타고 하염없이 흘러내렸다.

그때 어디선가 요란한 알람소리가 들렸고, 레스터와 샬럿은 현실로 돌아왔다. 모든 것이 멍한 상태였다. 레스터와 샬럿은 눈이 마주치자 서로 쑥스러운 듯 딴청을 피웠다. 리얼 가상현실 시스템은 각자의 정체성은 유지시키면서 희한하게도 가상세계에서는 자신에게 주어진 모든 상황이 분명한 현실임을 받아들이게 했다. 레스터가 유일하게 지금 이 순간이 현실이라고 느끼는 단 한 가지는 리얼 가상현실 속에서 많은 양의 식사를 했지만 깨어나 현실로 되돌아와 보니 전혀 포만감이 느껴지지 않는다는 사실이었다. 리얼 가상현실 시스템은 뇌를 조정해 포만감마저 가상으로 느끼게 했다. 도저히 믿기지 않았다. 정말로 심각한 것은 현실로 되돌아온 레스터 자신의 진짜 현실이 오히려 비참하게 느껴졌다. 자신이 지금까지 살아온 인생의 시간을 모두 합한다고 해도 단지 3시간 동안의 경이로운 환희에 미치지 못했다. 가상현실 속의 끝없는 기쁨을 현실에서는 단 한 번도 제대로 느껴보지 못했기 때문이다.

행복이라는 엄청나게 거대한 바다 속에 잠겨 있는 것 같았다. 기쁨이 공기처럼 마셔졌다. 매 순간순간이 경이 그 자체였다. 하다못해 레스터가 눈물을 흘렸을 때도 그것은 슬픔에 찬 눈물이 아니라 그 장면이 너무나 아름답고 행복한 느낌 때문에 흘린 눈물로 느껴졌다. 바꿀 수 있다면 레스터는 현실과 타협할 필요도 없이 당장이라도 바로 그곳으로 달려가고 싶었다. 그곳은 무한한 행복을 선사했다.

'인류가 추구해왔던 진정으로 이상적인 현실이라는 것이 도대체 무엇

이지?'

'우리는 현실 속에서 진정으로 무엇을 찾고자 했던 거지?'

너무나 강렬한 경험을 한 레스터는 자문했고, 이 질문에 정의를 내리는 것이 무의미한 것은 아닌가 하는 위험한 혼란이 그의 정신을 헤집었다.

"어땠어? 레스터."

깨어난 레스터의 모습을 옆에서 가만히 지켜보던 제임스가 레스터의 대답이 궁금한지 얼굴을 가까이했다.

"정말 말로 표현할 수 없다는 것이 무슨 뜻인지 알겠어. 내 생애에 너무도 강렬한 경험이었어, 제임스."

아직도 비몽사몽한 상태의 레스터가 겨우 정신을 차려가면서 제임스에게 말했다.

"두 사람이 즐거우라고 러브신을 넣어봤어. 아이들도 세 명 정도 되는 아빠와 엄마로 설정 하려다가 물론 이런 상황도 좋지만, 그래도 청춘 남녀가 사랑이 싹틀 때가 가장 즐겁고 짜릿한 순간이니깐 말이지. 지금 자네들의 나이를 보아도 상황이 딱 맞고 말이야."

제임스가 레스터와 샬럿을 번갈아보며 짓궂은 표정을 지었다.

"단순히 설정된 장면만 나오는 것은 아니야. 레스터 자네의 기억이나 무의식 속에서 가장 바라고 원하던 것을 그대로 형상화해주는 거지."

레스터가 경험한 가상현실의 데이터를 모두 지켜본 제임스가 추가적인 설명을 했다.

"그랬군! 그래서 내 가족들을 볼 수 있었던 것이군."

"뭐야, 내가 정성들여 설정해준 샬럿과의 얘기가 아니라 그쪽 얘기야?"

제임스는 픽하고 웃으며 뒤돌아섰지만 레스터는 아직 마음에 남은 잔상을 붙잡고 있었다. 다른 것은 차치하더라도 이제 다시는 존재할 수 없는 사무치게 그리운 가족들과 재회할 수 있다는 점은 레스터 역시 지금이라도 다시 리얼 가상현실의 세계로 들어가고 싶은 충동에 얽매이도록 했다. 비록 가상이라고 하더라도 그곳에 있는 한 그것은 분명하고 엄연한 현실세계였다.

　레스터는 일을 마치고 퇴근한 후 집으로 돌아와 생각을 이어갔다.
　'이젠 확실히 이해할 수 있어. 이곳의 사람들이 왜 이 돔 속의 진짜 현실을 부정하는지, 주변사람들과의 교류나 특별한 감정도 없는지 말이야. 그리고 왜 VRISC에 접속한 상태로 살아가는 것이 그들의 유일한 선택이 되었는지 말이야.'
　'하지만 VRISC에 접속한 사람들은 그 속에선 너무도 다정하고 따뜻하고 예의범절이 넘치는 사람들이었어. 핏발서린 경쟁심도 전쟁도 재해도 범죄도 없는 말로만 듣던 천국이었다고. 오직 행복만 존재했어. 인류가 지금까지 무구한 역사를 살아오면서 실제로 단 한 번도 제대로 피우지 못한 이상세계를 비록 가상이라고 해도 분명히 실현시키고 있었어. 아무리 원해서 이루려 해도 결국은 이루지 못했던 진정으로 평화로운 세상을 말이야. 인류는 현실에서 지금까지 무엇을 하고 있었던 거지? 아니 진정한 평화는 오직 가상으로만 가능했던 걸까?'
　이곳 돔에서 살아가는 사람들에겐 아이들도 친구도 가족도 필요 없겠군. 접속을 하는 순간, 모든 것이 있으니깐 말이지. 극명한 이중성이군. 현실세계와 가상세계에서의 그들의 상반된 모습이 말이야.'
　레스터는 시간이 지나면서 생각이 또 다른 생각으로 맞물려 형태를 갖추려 하자 불현듯 두려워지기 시작했다.
　'아니야. 다시 냉정을 찾고 현실을 직시해야 해. 가상세계는 말 그대로 가상일 뿐이야. 행복을 끝없이 선사한다고 해도 말이지. 다시 정신을 차려야 해. 현실에 대한 정의는 차치하고라도 어쨌든 인류가 무언가 이루며 성장하고 발전해가는 진정한 장소는 가상이 아니라 지금 여기여야 하는 거야!'

레스터는 직접 리얼 가상세계를 경험해보자, 극도로 발전한 기술이 무섭고 두려워지기 시작했다. 현실과 가상의 경계가 무너지는 순간, 기술로 이루어진 가상의 세계를 진정한 현실로 사람들이 받아들이게 된다면 인류의 미래는 더 이상 없을 것이다. 이 돔 속에 생존한 사람들이 그 심각성을 여실히 증명해주고 있었다.

'알렉스 대통령은 이곳이 앞으로 인류의 미래를 다시 꽃피울 곳이라고 했는데, 도대체 이곳에 생존해 살아 있는 사람들이 어떤 미래를 개척하고 약속할 수 있다는 말이지? 인류에게 어떤 삶을 보장해줄 수 있다는 말인가? 연구소의 소수 핵심인력들의 수준은 가히 하늘에 닿을 듯하지만 나머지 생존자들에게 현실의 삶은 오히려 퇴보하고 있지 않은가. 대재앙에서 살아남은 생존자들의 삶이 이 정도라면 이들이 살아가고 있다는 것은 어떤 의미가 있는 건가? 도대체 그들은 무엇을 위한 삶이지?'

레스터는 오늘 VRISC 경험으로 일주간 센트럴-랩에서의 연구들이 더욱 미심쩍어졌다. 이제는 이 돔 속의 모든 과학기술 그 자체가 의심스러움을 넘어 이해조차 할 수 없게 되었다. 이곳의 엄청난 과학기술에 비해 레스터에게 주어진 연구는 대재앙이 있기 전에 일반적인 대학교나 연구소에서 연구하던 수준을 벗어나고 있지 않았기 때문이다. 그러나 그 정도의 과학기술로는 이 돔 속에 있는 그 어떤 것도 만들어낼 수 없는 한참 뒤처진 수준이었다. 그렇다면 누군가가 의도적으로 레스터에게 철저히 진실을 숨기고 그의 수준에 맞추고 있다는 것으로 밖에는 다른 생각을 할 수 없었다. 아무리 비밀 프로젝트의 산물이라고 해도 이곳의 과학기술은 레스터의 상상을 초월했다. 마치 머나먼 미래의 세상 속에서나 있을 법한 상상의 세계를 레스터는 현실 속에서 고스란히 직접 경험하고 있었던 것이다.

나름 진실에 최대한 가깝게 근접했다고 생각한 레스터는 이곳 돔에서 그동안 지내왔던 생활과 단편적인 생각의 고리들이 일목요연하게 정리되어 연결되자 마치 억지로 쓰고 있던 텁텁한 안개모자를 벗은 듯 명확한 진실이 드러났다. 그런 한편 비록 이곳이 더 이상 선택의 여지가 없이 유일하게 살 수 있는 장소이기도 했고, 더욱이 샬럿이라는 여성을 만나 사랑에 빠져 있었던 것이 이 돔에서의 현실을 넘어선 놀라운 모든 과학기술을 당연한 현실처럼 무조건 받아들여 의심마저 마음속으로 축소시켜왔던 자신에 대해 씁쓸해졌고 처량했다.

'동일한 악몽을 반복적으로 꾸더니 예지몽처럼 정말로 또다시 암담한 현실이 되었어!!!'

다시 돔의 실체를 제대로 보기 시작한 레스터는 앞으로 자신에게 무슨 일이 닥칠지 모른다는 생각에 이제는 이 돔 속에 머물고 있다는 것 자체가 긴장되고 두려웠다. 일단은 철저하게 자신의 생각을 숨기고 이곳에서 숨기고 있는 비밀을 반드시 알아내야겠다고 레스터는 마음을 굳게 다졌다. 전투적인 마음이 온 뇌에 뻗치자, 그의 눈에 현관문이 들어왔다. 누군가가 자신의 방을 지켜보며 감시한다는 생각이 들어 현관문 위쪽과 방안에 있던 버튼 모양의 무인 스캐너들을 모두 떼어버렸다. 그런 후, 기계공작실에 가 직접 자물쇠를 여러 개 만들어 현관문에 달아놓기까지 일사천리로 작업했다. 완성된 문을 보며 레스터는 생각했다. 다른 것은 몰라도 더 이상 자신의 집을 그 누구도 염탐하지는 못할 것이라고.

다음날 아침, 차임벨이 울렸다.

"누구세요?"

레스터가 잠긴 목소리를 가다듬으며 말했다.

"저예요, 샬럿."

상냥하고 티 없는 목소리가 들려왔다.

"잠깐만, 샬럿. 문 열어줄게."

여러 번의 손놀림과 철커덕 소리가 난 후에야 문이 열렸다. 문이 열리자 인사를 나눌 겨를도 없이 레스터를 본 샬럿이 말했다.

"무슨 일이 있었어요, 레스터? 여태 잠을 자고. 어?! 자세히 보니 얼굴도 창백하고 눈도 충혈되었네요, 레스터!"

밤을 꼬박 지새우며 아직까지 한숨도 자지 못한 레스터의 상황을 모르는 샬럿이 걱정스럽게 물었다.

"어… 그래! 좀 늦게까지 작업을 하고 잤더니 피곤해서 그런가봐! 샬럿, 그건 그렇고 얼른 들어와!"

샬럿이 들어서자, 그는 또다시 그 동작을 반복하며 문을 잠갔다. 그런 레스터를 보던 샬럿이 말했다.

"레스터 이게 뭐예요? 이 이상하게 생긴 건 뭐죠? 첨단 시스템은 어떻게 하신 거예요?"

걱정과 궁금증으로 커져버린 샬럿의 눈망울이 레스터에게 고정되었다. 그런 샬럿을 보며 레스터가 약간 난처한 듯 머뭇거리다가 말했다.

"지금 이런 건 중요한 게 아니야, 샬럿!"

"네? 그러면 도대체 무엇이 중요하다는 거죠, 레스터?"

"샬럿! 샬럿은 내가 무슨 이야기를 해도 이해하지 못할 거야. 이곳은 가장 중요한 것을 상실했어."

매우 심각한 표정으로 레스터가 말했다.

"상실?…! 도대체 가장 중요한 것이 없다는 것이 무슨 뜻이죠?"

무슨 말인지 모르겠다는 듯 샬럿이 레스터에게 말했다.

"이곳엔 인류의 미래가 없어. 아니 여기는 내가 전부터 경험한 세상과는 너무도 다른 곳이야. 전혀 다른 법칙을 가진 완전히 다른 세상이지. 이젠 내가 현실이라는 꿈을 꾸고 있는 건지 꿈 자체가 현실인지 더 이상 모르겠어. 아무것도 모르겠다고."

레스터가 버럭 소리를 지르며 말했고, 샬럿은 묵묵히 레스터를 바라만 보고 있었다.

"캐롤라인, 어떻게 되가나?"

에드워드 연구소장이 방금 일을 마치고 나온 연구원인 캐롤라인 로페스에게 질문했다.

"레스터는 현재 심각한 정체성의 혼란을 겪고 있습니다."

캐롤라인 연구원이 에드워드 연구소장에게 보고했다.

"그에게 이젠 정신적으로 커다란 변화가 오고 있다는 말이군."

"네, 연구소장님."

"정신적인 혼란이 극에 달하면 행동으로 나오는 법이지."

에드워드 연구소장이 자신의 손가락을 살며시 움직이며 다가올 시기를 따져가며 말했다.

"앞으로 이 상태를 계속 유지하면 될까요?"

"그럼! 그렇고말고. 자네는 이 상태를 계속 유지해주게."

에드워드 연구소장이 말을 이었다.

"곧 끝나가네. 그분에게 연락을 받았으니 이제는 레스터가 행동하도록 마지막 결정적인 사건을 일으켜야지."

"어떤 결정적인 사건을?"

"내일 연구소 전체 회의가 있을 거야. 내일 내가 이야기하는 연구내용의 발표주제가 레스터를 움직이게 할 거네. 레스터로 인해 긴장하고 고생하며 보냈던 우리의 노고도 내일이면 끝날 거야, 캐롤라인!"

에드워드 연구소장이 의미심장한 미소를 지었다.

다음날 오후, 연구소에 도착한 레스터는 11층에 있는 전체 회의장으로 향했다. 중요한 발표회가 있다는 통보를 받아 참석하기 위해서였다. 레스터에겐 이곳에 온 이후 처음으로 맞이하는 발표회이기도 했다. 중요한 발표회인 만큼 그 내용 또한 깊이 있는 내용일 것이다. 그렇다면 지금까지 이곳에서 경험했던 고도의 과학기술이 자신만의 착각이었는지 아닌지 비로소 확인하는 자리가 될 수도 있었다. 기대감에 설레고 한편으론 두렵기도 했다. 전체 회의장은 에드워드 연구소장의 집무실이 있는 곳 반대편에 있고, 전체 회의 겸 세미나가 열리는 곳이었다. 이곳에 연구소의 모든 연구원이 하나둘씩 자리를 채워나가기 시작했고, 조금 있으니 80명이 넘는 연구원들이 모두 참석했다. 얼마 되지 않아 중앙 무대에 조명이 들어왔고 커다란 박수소리와 함께 에드워드 연구소장이 모습을 드러냈다.

"그동안 안녕하셨습니까? 에드워드입니다. 오늘은 여러분에게 가장 최신의 과학기술을 소개 하는 매우 뜻 깊은 자리를 마련했습니다. 너무나 극적인 과학기술이라 지금까지 가장 최신의 과학기술들을 접하고 다루어 오신 이곳에 모인 여러분에게도 아마 믿어지지 않는 놀라운 과학의 세계를 선사하게 될 것입니다. 오늘 소개하고자 하는 궁극의 과학기술은 기존에 모든 고차원의 수학이론들을 훨씬 뛰어넘어 더욱 새로운 수학이론 위에 정립된 것입니다. 특히 놀라움을 넘어 경탄을 불러오는 것은 이 새로운 수학이론 속에 기존의 존재했던 모든 고차원의 수학 이론들이 하나로 통합된다는 것입니다. 결국 오늘 발표하는 이 새로운 수학 이론을 바탕으로 정립된 과학기술은 궁극의 과학기술이며, 우주 속에 존재하는 지적생명체가 이룰 수 있는 최고의 영예이자 가장 위대한 업적인 것입니다. 이러한 궁극의 이론이 실제로 이 세상에 존재한다는 것도 믿어지지 않을 정도로 불가능에 가까운 일입니다. 솔직히 저 역시 이 궁극의 이론을 완성한다는 것은 불가능할 것이라고 생각했습니다. 그렇지만 우리는 궁극의 이론을 창조해냈습니다. 또한 우리는 더욱 경이롭게도 이 이론을 바탕으로 심혈을 기울여 제작한 실제로 작동하는 기계장비를 드디어 완성했으며 실험도 성공적으로 마쳤습니다. 물론 이론에 불과한 내용의 깊은 의미를 파악해서 실제적으로 작동하는 고도의 최첨단 기계장비를 제작한다는 것은 더욱더 불가능한 작업이었습니다. 그럼에도 그 모든 어려움을 뛰어넘어 우리는 이 작업을 완벽하게 완수해 낸 것입니다. 이 과학기술은 세상에 존재하는 모든 물질과 비물질의 경계를 초월하는 하나의 거대한 에너지를 생성하여…."

에드워드 연구소장의 연설은 계속 이어졌고 전체 회의장에 모인 연구원들은 너나 할 것 없이 웅성거리기 시작했다. 그러나 강의를 듣던 레스터는 더 이상 에드워드 연구소장의 말이 들리지 않았다. 이것은 있을 수도 없는 사건이었기 때문이다. 이 이론은 레스터가 대학원을 졸업하기 전에 발표한 혁명적인 논문이었고, 〈네이처〉지에 실렸지만 이론적으로만 가능한 내용 이었기에 레스터는 커다란 혼란에 휩싸였다. 더욱이 자신이 최근까지도 존재하지 않았던 고차원의 수학이론을 완전히 새롭게 정립하면서 논문을 완성했지만 정작 레스터가 생각하기에도 자신이 만들어낸 이론을 정말로 스스로 만들었다는 것이 믿기지 않을 정도였다. 논문 발표 후에 전 세계 과학계의 수많은 대석학들도 믿기지 않아서 이 이론은 아주 먼 미래의 인류에게도 불가능할 것이라고 웅성대던 바로 그 이론이었다. 당사자인 레스터뿐만 아니라 수많은 최고의 석학들도 그 이론의 철학적인 의미는 고사하고 물리적인 깊은 의미마저 어렴풋이 추측하는 것도 거의 불가능에 가까워 애태우던 이론이었다. 그런데 에드워드 연구소장은 그 누구도 생각조차 못했던 이 이론을 바탕으로 실제적인 물리적 응용실험장비, 즉 완벽하게 작동하는 최첨단의 기계장비를 제작하고 완성했으며 실험마저 성공했다고 연설하고 있었다.

'뭐라고! 말도 안 돼! 있을 수 없는 일이야! 아니 완전히 잘못되었어. 도대체 에드워드 연구소장은 어디에서 온 존재라는 말인가? 여기 모인 이 사람들은 또 뭐지?'

레스터는 받아들일 수 없었고 자신이 이곳에 있다는 것이 믿기지도 않았다. 레스터는 분명히 현실공간에 자신이 있음에도 전혀 다른 또 다른 세상에 자신만 따로 분리된 듯 혼란을 겪고 있었다.

'그렇다면 이 돔 속은 어디인 거지? 내가 꿈을 꾸는 건가? 아니 내가 이곳에 정말 존재하고 있는 것은 맞나?'

레스터는 이제 자신의 정체성마저 의심하기에 이르렀다.

'이상한 꿈을 꾸더니 내 뇌가 정말 이상해졌나봐. 무엇이 어떻게 된 건지 도저히 하나도 이해할 수 없어. 모든 것이 엉망진창이야!'

정신적인 혼란이 극에 달한 레스터는 스스로를 자학했다. 더 이상 자신의 정신적인 혼란을 견딜 수 없었던 레스터로서는 정말 자신이 이상한 것인지 이곳 사람들이 이상한 것인지 자세히 조사를 하고 결판을 내기로 했다. 이곳에선 이제 조금도 견딜 수 없었다. 이곳이 확실히 이상하다고 결론을 낸 이상, 그 누구든 무엇이든 가릴 때가 아니었다. 이제 샬럿이라고 예외일 수는 없었다. 반드시 자신의 두 눈으로 확인할 수 있는 명백한 증거를 찾아야 했다. 먼저 레스터는 샬럿과 언제나 들르는 인공호수 앞 벤치에서 만났다. 돔 안은 벌써 석양이 붉게 물들고 있었다.

"연구소 내에서 칭찬이 자자해요, 레스터. 실력이 뛰어나다고요! 축하해요. 이젠 돔 생활에 적응한 것 같아요, 그죠?"

샬럿이 해맑게 미소 지으며 말했다.

'내가 무엇을 그리 잘했다는 거지? 평범한 연구만 했을 뿐 이곳에서 다루는 진정으로 중요한 연구에는 참여조차 시키지 않았는데.'

샬럿의 말에 속으론 어이없었지만 레스터는 예의상 답했다.

"그런가요? 다행이군요. 축하해줘서 고마워요, 샬럿."

"저… 샬럿."

"왜요, 레스터!"

"당신에게 물어볼 게 있어요. 좀 심각한 얘기거든요."

레스터의 안색이 바뀌며 단호하게 말했다.

"뭔데요? 물어보세요, 레스터!"

진중한 자세로 레스터가 말하자 놀란 듯 샬럿이 자세를 다시 고쳐 앉았다.

"아! 답답하군요. 이럴 때는 차라리 하늘에서 비라도 쫙 하고 내려주면 좋을 텐데. 내리는 비라도 맞고 있으면 내 갑갑한 마음이 조금이나마 시원해질 텐데 말이에요. 이 돔에는 정말 비가 내리지 않는군요."

레스터는 샬럿을 보며 푸념했다.

"비? 그게 뭐죠?"

샬럿이 고개를 갸웃거리며 물었다.

"샬럿, 나 지금 농담할 기분이 아니에요. 정말 심각하다고요."

레스터가 약간 원망 섞인 어투로 샬럿에게 말했다.

"비라는 것이 레스터에게 심각한 것인가요?"

샬럿이 나름 걱정스러워하며 다시 물었다.

"아니, 샬럿! 하늘에 떠 있는 구름에서 쏟아져 내리는 물방울을 몰라요?"

샬럿의 표정에서 농담이 아님을 알아차린 레스터는 소스라치게 놀라 큰소리로 외쳤다.

"진정해요, 레스터! 왜 흥분하고 그러죠?"

"…"

"레스터도 참! 구름에서 어떻게 물이 떨어져요? 욕실에서 물로 몸을 씻는 거라면 모를까."

레스터의 말을 착각으로 받아들인 샬럿은 오히려 레스터가 이곳에서 혼동하고 있던 사실을 알려주었다는 것에 만족하며 다시 해맑게 웃었다.

"세상에나!"

레스터는 더 이상 말을 잇지 못했다. 대신 그는 떨리는 눈동자로 샬럿을 주시하며 자신의 머릿속 과녁에 꽂힌 의문의 화살들을 하나씩 뽑았다.

"정말 실례지만 샬럿. 혹시 대재앙 때 가족 중에 살아남은 사람이 있나요?"

흥분을 간신히 가라앉히고 레스터는 다시 물었다.

"가족이요? 살아남은 사람?"

샬럿은 질문 자체를 이해하지 못하겠다는 표정을 지으며 레스터를 바라보았다.

"가족 있잖아요. 그러니깐 아빠, 엄마, 동생 등 이 세상에서 가장 친밀하고 친근한 존재 말이에요."

현재 자신이 도대체 누구와 대화를 나누고 있는지 모르겠다는 표정을 지으며 레스터가 말했다.

"우리에겐 오직 단 하나의 위대한 신만 계세요! 우리가 반드시 믿고 따라야 할 유일한 존재!"

"신? 그건 또 무슨 말이죠, 샬럿?"

샬럿의 얼토당토않은 대답에 두 눈썹을 치켜세우며 신경질적으로 레스터가 물었다.

"네메스!"

"네, 메, 스…?"

"네, 맞아요, 레스터! 오직 네메스예요. 우리에게 이 세상에서 오직 하나뿐인 유일한 존재."

오히려 누구나 당연히 아는 것을 물어보는 레스터의 어이없는 질문에 샬럿은 침착하게 또박또박 대답했다. 레스터는 등골이 오싹해지며 손과 발 그리고 온몸이 사정없이 떨렸다.

"왜 그래요? 레스터!"

금방이라도 쓰러질 듯한 레스터를 보던 샬럿은 놀란 표정으로 당황하며 물었다.

"이봐요, 샬럿. 지구에 대재앙이 발생해서 거주하던 사람들이 모두 흔적도 없이 사라졌잖아요. 단지 이곳만 빼고요!"

어떻게든 필사적으로 샬럿과의 이 해괴망측한 대화에서 벗어나 정상적인 의미를 되찾고 싶었던 레스터는 다시 샬럿에게 침착하게 말했다.

"대재앙이요? 갤리온 행성이 대재앙으로 모두 파괴되었죠."

샬럿도 답답해하며 레스터에게 말했다.

"갤리온 행성이요?"

레스터는 심한 어지러움을 느꼈다.

"샬럿, 정말 지구를 몰라요?"

레스터가 흥분한 상태로 샬럿의 양팔을 잡고는 울며 매달리다시피 말했다.

"갤리온 행성의 대재앙에서 가까스로 살아남아서 이곳에 오신 거잖아요, 레스터. 지… 지구? 도대체 그건 뭐죠?"

샬럿도 정말 모르겠다는 표정으로 울상이 되어서 말했다. 샬럿은 정말로 모르는 것이 확실했다. 그렇다면 레스터는 지금 벌어지고 있는 상황이 사실임을 받아들여야 했다.

'그렇다면 샬럿과 이곳에 존재하는 모든 사람들은 도대체 어디서 온 자들이지?'

'네메스는 누구란 말인가? 갤리온 행성은 또 뭐지?'

'내가 살면서 받아들였던 현실이 모두 무너져 내리고 있어. 이 모든 것은 다 무엇이지? 도대체 내가 알고 있고 경험해왔던 현실의 기준점은 어디에 있는 거란 말인가?'

질문할 내용이 생각난 레스터가 샬럿에게 다시 물었다.

"그렇다면 샬럿. 샬럿은 언제부터 이곳에 왔죠?"

"처음부터요. 저는 이곳에만 있었는데요."

평소와는 너무나 생소한 레스터의 극도로 예민하게 날이 선 모습에 당혹스러워하던 샬럿이 최대한 조심스럽게 말했다.

"뭐라구요!? 정말이에요! 태어나서 지금까지 이곳에만 있었다고요?"

레스터는 입만 떡하니 벌린 채 더 이상 말을 잇지 못했다. 한편으론 이 모든 것이 자신의 오해이길 원했던 레스터의 일말의 희망은 머나먼 알 수 없는 곳으로 떠나버렸다. 오히려 예상조차 하지 못한 샬럿의 의외의 대답은 레스터의 실망을 극단으로 몰아갔다. 그렇지만 이제 단 한 가지만은 확실했다. 아니, 모든 것이 분명해졌다. 정말로 자신의 오해가 아니라 이 돔 속의 모든 것이 인류와는 아무런 상관이 없었고 이러한 모든 사실을 받아들일 수밖에 없음을. 그리고 샬럿과의 희망찬 미래를 향한 소박한 꿈마저 잠시 스쳐 지나간 실바람이었다. 한순간에 또다시 모든 기대가 무너져 내렸다. 레스터는 더 이상 그 어디에도 자신이 의지할 수 있는 곳이 없다는 것을 절감했다. 레스터는 공포심과 자괴감이 밀려왔다. 같이 살아남았다고 믿고 있던 이곳 돔의 모든 존재들이 지구가 아닌 듣도 보도 못한 갤리온 행성이라는 곳에서 온 자들인 것이다.

레스터가 알아내려던 진실의 퍼즐 판이 산산이 흩어졌다. 퍼즐 판에 자신이 실마리라 여겼던 자투리 조각 그림으로 맞춰본 견본 그림은 단지 빙산의 일각이었다. 처음부터 모든 것을 다시 시작해야 했다. 단지, 레스터가 알고 있는 진실은 하나였다. 지구의 대재앙에서 살아남은 자는 오직 자신밖에 없다는 받아들일 수 없는 사실뿐이다.

어스름한 저녁, 센트럴-랩에 들어온 샬럿은 7층에 있는 생명공학 연구실로 발걸음을 옮겼다. 이곳에는 3개의 커다란 캡슐이 마련되어 있었다. 샬럿은 묵묵히 그중 하나의 캡슐을 향해 다가갔다. 투명한 캡슐의 문이 위로 열리자 샬럿은 걸치고 있던 옷을 모두 벗고 나체가 되어 열려진 캡슐 위에 살며시 누웠다. 곧이어 바닥에 떨어진 옷들을 청소용 로봇이 수거해갔다. 다른 두 개의 캡슐에는 이미 다른 이들이 각각 누워 있었다. 그러나 방금 캡슐에 누운 샬럿을 제외하고는 나머지는 분명히 숨을 쉬고 있었지만 의식이 없는 존재들 같았다. 그들은 눈만 가끔 껌벅거릴 뿐 거의 미동도 없이 누워 있었다. 어느덧 캡슐에 누운 샬럿도 한순간에 영혼이 빠져나간 듯 두 눈에 초점이 사라졌으며 무의미하게 허공만 쳐다보았다.

"더 이상 못하겠어요, 에드워드 연구소장님."

캐롤라인 연구원은 머리에 착용하고 있던 무선 뇌파 전송장치를 벗었다. 그리고 의자에서 일어나 미간을 잔뜩 찌푸리며 에드워드 연구소장을 바라보았다.

"왜 그래? 캐롤라인."

"이번처럼 힘든 경우는 처음이에요. 알 수 없는 질문들을 하는데 저는 무슨 뜻인지 하나도 모르겠어요. 비는 뭐고 지구는 뭐죠?"

이마에 맺힌 땀을 한 손으로 닦으며 캐롤라인이 에드워드 연구소장에게 말했다.

"캐롤라인! 자네도 알다시피 레스터는 이곳에 온 지 얼마 되지 않았잖아. 그래서 레스터가 기억하는 내용과 캐롤라인이 기억하는 내용의 차이 때문에 잠시 혼선을 빚었던 거야."

에드워드가 캐롤라인을 살며시 안고는 다독였다.

"그럴 수도 있겠군요. 에드워드 연구소장님의 말씀을 듣고 보니 이해가 되네요."

캐롤라인이 이해한 듯 다시 표정이 밝아졌다.

"샬럿에게 없는 것을 대신해줄 사람은 연구소에서 자네가 가장 적임자인 것을 어떻게 하겠어. 잘해주었어! 캐롤라인은 최선을 다한 거야. 내가 인정해!"

"그동안 실수할까 봐 조마조마했어요. 지금까지 잘 넘어왔다고 생각했는데 마지막에 가서 실수한 것 같아 많이 아쉬워요."

근심어린 표정으로 캐롤라인이 말했다.

"아니야, 캐롤라인. 어쩔 수 없는 상황이 발생했을 뿐이니깐. 자네의 실수라 생각하지 말게. 어쨌든 우린 최선을 다했고 이젠 모든 것이 끝나가. 조금만 더 노력해주게."

샬럿과 헤어진 레스터는 넋이 나가 비틀거리며 간신히 집에 돌아왔다. 그 짧은 시간에 얼마나 충격을 받았는지 레스터의 두 눈은 퀭한 상태였다. 더욱 심각한 문제는 이제부터 무엇을 해야 할지, 어디로 가야 할지도 알 수 없었다. 한참을 생각에 잠겨 있던 레스터에게 문득 한 가지 의문이 떠올랐다.

'그렇다면 이곳은 어디지? 정말 지구 내부의 깊은 지하세계라는 게 맞는가?'

우선 이 의문에 답을 찾는 것이 급선무였다. 목표가 세워지자 정신을 차린 레스터는 내일 연구소에 가서 알아보기로 했다. 도대체 자신이 무슨 특별한 존재이기에 이곳에 있게 되었는지 알 수도 없었고, 현실이라고 느끼면서도 꿈속에 홀로 해매이고 있는 것 같았다. 그러면서도 이곳에 알 수 없는 비밀을 밝히기 위해 자신의 목숨이라도 바쳐야 한다고 스스로에게 용기를 북돋우었다. 비록 자신이 목숨을 바쳐 최선을 다한다고 알아줄 사람도 없었지만 먼저 떠나간 인류의 영혼과 마지막 남은 유일한 생존자인 자신의 명예를 위해서라도 겉모습은 너무나 아름답지만 속모습은 이보다 더 괴기스러울 수 없는 이곳의 숨겨진 비밀을 캐내야 했다. 무엇보다 이대로 가만히 지체하다가 무슨 일을 당하게 될지도 알 수 없었다.

'갤리온 행성이라… 도대체 그런 행성이 어디에 있다는 말인가?'

'아니야! 아니지. 샬럿이 착각하고 있는 것이 분명해! 혹시 이곳은 정신이 돌아버린 미친 자가 지구상의 모든 핵무기를 동시에 터뜨려 지구를 쑥대밭으로 만들고 미리 지하에 비밀스럽게 건설한 지하기지가 아닐까? 그리고 여기에 모인 자들은 무엇에 이용하려고 남겨두었는지 아직은 알 수 없어. 하지만 두뇌를 조작했거나 세뇌시킨 자들이라고밖에 볼 수 없어!'

'그렇다면, 결국 나 역시 여기에 이러고 있다간 어딘가에 강제로 끌려가 결박당한 채 여기에 있는 사람들처럼 두뇌를 조작당하거나 강력한 약물에 의해 세뇌를 당하게 될 거야. 나의 모든 기억이 사라질 것이고

나란 존재가 아예 사라지게 될 거야. 살아 있지만 살아 있다고 할 수 없는 존재…'

생각이 여기까지 이르자 레스터는 소스라치게 소름이 돋았고 연신 식은땀이 흘러내렸다.

뜬눈으로 밤을 지새운 레스터는 이른 새벽에 연구소로 가기 위해 집을 나섰다. 연구소에선 이 시간대가 인적이 가장 드문 때였다. 이미 돔에는 해맑은 햇살이 서서히 내리쬐고 있었다.

"이젠 저 인공태양이고 맑은 하늘이고 다 지겹군!"

미간을 잔뜩 찌푸리고 한껏 두 눈썹을 치켜세운 레스터가 하늘을 올려다보며 쏘아붙였다.

연구소에 제일 먼저 출근한 레스터는 자신의 단말기를 이용해서 바로 인공지능 슈퍼컴퓨터에 접속하고 이곳 돔의 설계도를 검색하라고 지시했다. 어이없게도 인공지능 슈퍼컴퓨터는 돔의 설계도를 아무런 제한도 없이 바로 레스터의 단말기에 상세하게 표시해주었다.

'어? 돔의 설계도는 기밀사항이 아니었나?'

머리를 갸웃거리며 레스터가 생각했다. 그전까지는 이곳을 특별히 의심하지 않았기 때문에 알아볼 생각조차 하지 않았다. 레스터는 우선 단말기에 상세하게 표시된 돔의 설계도를 자신의 휴대용 무선 전자장치에 전송했다. 그런 다음 설계도를 자세히 들여다보며 분석을 했다. 하지만 돔을 벗어날 수 있는 출구를 찾는 분석에 진전이 없자 이번에는 '네메스'를 검색했다.

'네메스'의 검색결과는 '갤리온 행성'이라는 단순한 결과만 드러냈다. 곧이어 레스터는 다시 '갤리온'을 검색해보았다. 이번 검색결과는 '네메스'가 전부였다.

'이래서는 영원히 아무것도 알 수 없겠군. 여기서는 답을 얻을 수 없겠어!'

하지만 레스터에게 또 다른 선택은 없었다. 무슨 수를 써서라도 자신의 휴대용 무선 전자장치에 전송된 돔의 설계도를 분석해서 이곳을 탈출할 수 있는 출구를 반드시 찾아야 했다. 그다음에 돔 밖에서 자신이 처하게 될 상황이 어떻게 진행될지 알 수는 없었다. 하지만 지금은 출구마저 찾지 못한 상황에서 이러한 추가적인 생각은 레스터에게 중요한 문제가 아니었다. 어쨌든 자신이 예상한 대로 그 미친 자는 이 돔을 벗어나 있는 곳에 있다는 것은 확실했다. 그렇다면 이곳을 탈출한 후에 임무는 분명했다. 가장 우선적으로 그를 기필코 처단하는 것이다.

연구소를 나와 레스터는 집으로 돌아왔다. 그런 후 돔 설계도를 분석했다. 하지만 돔의 설계도를 아무리 보아도 설계도상에서는 이곳 돔의 어디에서도 외부로 나갈 수 있는 출구는 없어보였다. 돔의 설계도를 분석하면서 알게 된 사실은 거대한 이곳의 내부설계가 얼마나 치밀하고 섬세한지 종이 한 장 들어갈 틈이 없을 정도로 완벽했다. 게다가 돔의 내부 전체를 덮고 있는 신소재는 상당히 특별했는데, 강도는 레스터가 지금까지 알고 있는 가장 강한 최신의 신소재보다 최소한 만 배 이상은 강력한 고체였다. 더욱 특이한 것은 고체임에도 마치 살아 있는 생물체처럼 숨을 쉴 수 있는 보이지 않는 미세한 구멍이 가득 메우고 있었다. 엄격히 폐쇄된 공간이자 어디 빈틈 하나 없는 돔 속의 내부공간의 공기가 항상 매우 신선하고 상쾌하며 불쾌한 냄새나 먼지마저 전혀 느끼지 못했던 이유를 알 수 있었다.

한참을 분석에 매달린 보람은 있었다. 레스터는 드디어 유일하게 의심이 가는 장소 하나를 찾았다. 레스터는 곧장 그곳에 가기로 결정했다.

그곳은 다름 아니 백악관이다. 설계도상엔 백악관에 유일하게 돔과 외부로 이어진 통로 같은 것이 있었다. 레스터는 지구 대재앙이 발발할 때 피신하면서 만약을 대비해서 챙겨온 권총을 자신의 허리춤에 챙겼다. 지금과 같이 다가올 미래가 그 어느 것도 확실하지 않은 상황에서 그나마 자신의 목숨을 의지할 수 있는 것이 이것뿐이라는 것이 한없이 초라하게 느껴졌다. 그렇지만 얼마 되지 않아 이 권총이 아버지가 소유하고 있던 총이었다는 것이 생각나자, 레스터는 눈을 감고 아버지와 사라와 메리 그리고 자신과 함께했던 사람들을 떠올렸다. 그리고 깊은 숨을 들이마시며 눈을 떴다. 이젠 오히려 지금 이 순간, 이 총이 있다는 것에 안도가 되었다. 왠지 먼저 이 세상을 떠나간 그 모든 이들이 자신의 곁에 함께 있는 듯 든든하면서도 자신의 목적을 반드시 이룰 수 있도록 힘을 실어주었다.

이제 더 이상 지체할 수도 없었고 진실을 몰랐던 예전처럼 행동하며 살아갈 수는 없었다. 앞으로 나아가면서 모험을 하는 것 외에 다른 대안은 존재하지 않았다. 레스터는 자신의 목숨을 걸고 반드시 네메스라는 자를 찾아 그놈의 정체를 밝히고 결판을 내야 했다. 인류에게 저지른 극악무도한 범죄에 대한 단죄를 물을 수 있는 인류의 대표자는 오직 레스터였다.

우선 백악관은 보안이 철저할 것이므로 단순히 이 권총에만 의지한 채 백악관 내의 원하는 장소까지 가는 것은 불가능할 것이다. 우선은 급한 일이 있는 것처럼 데이비드 비서실장에게 연락해서 약속시간을 잡아놓고 백악관에 도착해서는 설계도상에 의심이 가는 장소까지 최대한 가깝게 접근하는 것밖에는 지금으로선 달리 도리가 없었다. 그래서 레스터는 순서대로 데이비드 비서실장과 오전 10시 30분에 만나기로 약속했다. 그리고 누구도 의심하지 않도록 다시 연구소로 출근했다. 직속상관에게 개인사정을 말한 후, 시간에 맞추어 연구소에서 나와 백악관으로 향했다.

레스터는 아무 일도 없다는 듯 최대한 태연한 척 천천히 도로를 걸어갔고, 어느새 가로수 길을 지나 백악관 앞 연못이 있는 곳까지 도착했다. 지금부터는 어떤 험악한 일이 벌어질지 스스로도 예측할 수 없는 레스터는 두 번 정도 심호흡을 하고 마음을 굳게 다잡았다. 그런 후, 자신의 허리춤에 찬 권총이 잘 있는지 확인하고 일 때문에 온 것처럼 걸어가 백악관 현관문 앞에 서 있었다.

"무슨 일 때문에 오셨죠?"

현관문을 지키고 있던 덩치 큰 남자 경비병이 레스터에게 다가와 사무적으로 말했다.

"데이비드 비서실장님을 만나러 왔는데요."

막상 오기는 했지만 레스터는 자신이 권총을 가지고 있다는 사실이 발각될까 봐 긴장하고 있었다. 만약 경비병이 자신의 몸수색을 하겠다고 한다면 레스터는 어쩔 수 없이 자신의 권총을 그에게 발사할 것이다.

"미리 연락이나 약속시간은 잡으셨습니까?"

"네, 데이비드 비서실장님과 약속을 잡았고 그분이 오라고 하셔서 온 것입니다."

레스터는 상당히 떨렸지만 최대한 여유로운 척 미소 지으며 말했다.

"그래요. 그러면 그전에 먼저…."

덩치 큰 남자 경비병이 다음 말을 하려고 했고 레스터가 자신의 손을 허리춤으로 가져가던 순간, 저 멀리서 데이비드 비서실장이 한 손을 높이 쳐들고 반갑게 흔들며 다가왔다.

그제야 경비병은 자신이 가지고 있던 전자장치의 버튼을 눌렀고 백악관 현관문이 서서히 열렸다. 하지만 막상 로비를 향해 발걸음을 옮기던 찰나, 레스터는 순간적으로 움찔했다. 바로 앞에 버티고 있는 보안검사대가 보였고 그곳을 통과해야 했기 때문이다.

'아, 참! 이곳에 보안검사대가 있다는 것을 생각하지 못하는 큰 착오를 일으켰군! 계획이 수포로 돌아가게 생겼어. 이 돔에 처음 왔을 땐 데이비드 비서실장이 준 새 양복을 갈아입고 오느라 내 청재킷 안에 총을 두었기에 백악관에 올 때는 가지고 오지 않았고, 게다가 여러 사람들에게 둘러싸여 대화를 나누며 정신없이 로비에 들어선지라 보안검사대가 있다는 인식조차 제대로 못하고 있었어. 큰일이군! 분명히 보안검사대에 들어서자마자 금속 탐지기가 작동할 텐데… 어떻게 해야 하나!'

레스터의 등줄기에서 식은땀이 흘렀다. 하지만 이미 모든 각오를 하고 이곳에 온 레스터는 이내 다시 정신을 바짝 차리고 자신의 허리춤에 찬 권총이 금속 탐지기에 발각되면 그 즉시 빠른 행동을 취할 각오로 로비에 있는 검사대를 향해 걸어 들어갔다. 무모했지만 고지가 바로 눈앞에 있었고, 더 이상 자신에겐 다른 선택이 있을 수 없었다.

레스터는 속으로 긴 숨을 들이쉬었다가 내쉬었다. 천만다행으로 경비병이 현관문을 열 때 검사대의 보안시스템도 모두 해제시킨 것이 틀림없었다. 걸어오고 있는 상대가 데이비드 비서실장이니 경비병이 의혹의 눈길을 거두어들인 것이다. 경비병은 레스터가 검사대를 지나 로비 중앙으로 이동하는 것을 확인하고 나서 현관문이 닫히며 보안시스템이 다시 가동되자 아무 일 없다는 듯이 자신의 자리로 되돌아갔다. 레스터는 안도하며 긴 숨을 다시 몰아쉰 후, 다가오고 있는 데이비드에게 인사했다.

"그동안 안녕하셨습니까?"

"어서 와요, 레스터 연구원."

레스터와 데이비드 비서실장은 2층에 있는 그의 집무실로 들어가 소파에 앉았다.

"연구소에서 연구는 만족하십니까?"

데이비드 비서실장이 허리를 뒤로 젖히며 소파에 기댄 후에 말했다.

"네, 매우 만족합니다."

레스터가 상당히 만족한다는 몸짓을 취하며 말했다.

"얼마 전에 에드워드 연구소장을 만났는데 연구소에서 칭찬이 자자하다던데요."

얼굴 가득 미소 지으며 데이비드 비서실장이 레스터에게 말했다.

"그래요? 영광입니다. 좋게 봐주셔서 감사할 뿐이죠."

레스터가 형식적으로 놀란 척하며 데이비드 비서실장에게 대답했다.

"하하, 그래요. 하여튼 잘 적응하고 있는 모습을 보니 기분이 좋군요."

"그건 그렇고 저한테 부탁할 일이 있다고 하셨는데 어떤 일인가요?"

잠시 웃음을 멈춘 데이비드가 침착하게 물었다.

"아, 죄송하지만 데이비드 비서실장님이 아니고 알렉스 각하께 개인적으로 부탁드릴 말씀이 있어서요."

레스터가 데이비드 비서실장의 두 눈을 유심히 쳐다보며 조심스럽게 말했다.

"그렇게 중요한 일인가요?"

데이비드 비서실장이 확인하듯 레스터에게 물어보았다.

"네, 그렇습니다!"

레스터가 단호하게 대답했다.

"각하께서 오시려면 1시간 정도 더 걸리실 텐데요. 음… 어쩐다?"

데이비드 비서실장은 애매하다는 듯 턱을 쓰다듬었다.

"괜찮습니다. 여기 있어도 된다고 허락해주신다면 기다리다가 만나 뵈면 되지 않을까요?"

레스터는 목구멍까지 차오르는 긴장감을 억누르며 말했다.

"그럴 필요 없어요, 레스터 연구원. 저는 이곳 돔 모든 곳에 보안인증이 되어 있는 사람이니 각하 집무실에 계실 수 있도록 문을 열어드리죠. 잠시만요."

데이비드 비서실장은 복도 맞은편에 있는 대통령 집무실 앞으로 레스터를 데려갔다. 그런 후, 데이비드가 문 앞에 잠시 서 있자 스캐너가 그의 몸 전체를 스캔한 후 인증이 확인되었는지 문이 양쪽으로 열렸다. 그리고 레스터를 대통령 집무실의 소파에 앉게 하고, 그는 업무를 보기 위해 자리를 떠났다. 문이 닫히는 것을 확인한 레스터는 바로 일어나 주위를 살피기 시작했다. 드디어 가장 의심이 가는 장소에 도착한 레스터는 설계도를 떠올리며 책장, 소파, 바닥, 책상, 천장 등의 위, 아래, 좌, 우를 막론하고 샅샅이 뒤지기 시작했다. 가능하다면 대통령이 오기 전에 반드시 지하로 통하는 출입구를 찾아야 했다. 어느새 잘 정돈됐던 주변은 엉망이 되고 있었다.

"최소한 무슨 버튼이라도 있어야 할 거 아니야!"

낙심한 나머지 레스터는 화를 내며 소리쳤다.

이곳에 머무른 시간은 벌써 40분을 훌쩍 넘어서고 있었다. 긴장한 탓에 이미 몸은 땀범벅이 되었다. 거기다 정신은 혼미해지고 있었다. 지금 이 상태에서 발각된다면 그 어떤 변명을 둘러댄다고 하더라도 자신에게 의심의 눈초리를 보낼 것이 분명했다. 더 이상 피할 곳도 없었다. 어떻게 해서라도 지하로 향하는 출입구를 발견해야 했다.

'분명히 이곳이 맞는데 도저히 아무것도 찾을 수 없어.'

그때 대통령이 자동차에서 내려 백악관 정문을 향해 걸어 들어오고 있는 모습이 집무실의 커다란 창문을 통해 보였다. 얼마 되지 않아 알렉스 대통령과 데이비드 비서실장이 대화를 나누며 걸어오는 발자국소리가 점점 더 가까이 들렸다. 곧이어 대통령 집무실의 문이 열렸고 레스터는 공황상태에서 무의식적으로 알렉스 대통령에게 총을 겨누었다.

"왜… 왜 이러나? 레스터."

레스터의 행동에 기겁한 알렉스 대통령과 데이비드 비서실장이 긴장하며 말했다.

"다 알고 있어요. 이곳의 비밀을!"

레스터가 두 사람을 노려보며 총구를 여전히 알렉스 대통령에게 고정한 채 말했다.

"비밀이라니?… 무슨 비밀 말인가?"

당황한 알렉스 대통령이 마른 침을 삼키며 레스터에게 물었다.

"이곳은 네메스라는 정신이 완전히 돌아버린 미친 독재자가 실제 주인이고 나머지는 세뇌 당해서 온전한 정신을 잃어버린 불쌍한 사람들이 잡혀온 정신병원 같은 곳이라는 사실을 말이죠. 이젠 내가 왜 이곳에 왔는지 그놈의 입을 통해 직접 들어야 할 뿐만 아니라 네메스란 놈이 인류에게 행한 잔인한 행위에 대해 담판을 지어야겠어요. 당신들은 단순히 네메스란 자의 협력자들이라는 것을 압니다. 그러니 험한 꼴 당하기 싫다면 빨리 지하로 갈 수 있는 출입구를 열라는 말입니다."

자신의 생각에 확신이 가득 찬 레스터가 버럭 큰소리를 지르며 말했다.

"진정하게, 레스터. 자네는 지금 너무 흥분하고 있어."

알렉스 대통령과 데이비드 비서실장은 레스터를 달래려 하고 있었다. 그때, 밖에서 요란한 소리를 들은 덩치 큰 남자 경비병이 뛰어들 듯이 다가왔고, 그를 본 레스터는 자신이 들고 있던 권총으로 그를 향해 한 발을 쐈다. 그 순간, 덩치 큰 남자 경비병이 신음하며 쓰러졌고, 갑작스러운 정적이 흘렀다. 레스터 역시 당황했다. 예상치 못한 상황을 맞이한 알렉스 대통령과 데이비드 비서실장도 당황하기는 마찬가지였다. 그러나 더 이상 멈출 수도 없었다.

"빨리 출입구를 열란 말입니다!"

레스터가 다시 알렉스 대통령에게 권총을 겨누면서 재촉하였다.

"아… 알았네, 레스터. 진정하게!"

떨리는 목소리로 알렉스 대통령은 체념한 듯 자신의 책상을 향해 걸어갔다. 레스터가 겨누고 있던 총구도 그의 움직임에 따라 동시에 이동하였다.

책상 앞에 선 알렉스는 움직임을 멈추고 잠시 고개를 숙였다가 들었다. 그리고 묵직한 큰소리로 침착하게 외쳤다.

"위대한 네메스! 네메스여!"

그 순간 갑자기 커다란 책상 전체가 지면과 함께 위로 들리기 시작하며 금속 재질의 엘리베이터가 나오기 시작했다. 상당히 견고하게 만들어진 커다란 승강기였다. 알렉스 대통령이 승강기에 다가와 자신의 손바닥을 대자 손바닥 전체에 빛이 새어나왔고 커다란 문이 열렸다. 그리고 옆으로 몇 발짝 알렉스 대통령이 물러났고, 레스터를 가만히 쳐다보고 있었다. 망설일 겨를도 없이 레스터는 총구를 계속 겨눈 채 그 승강기를 탔다. 승강기의 천장은 괴리감이 느껴질 정도로 엄청 높았다. 승강기 문이 닫히며 알렉스 대통령과 데이비드 비서실장의 모습이 서서히 사라져 갔다. 문이 닫히자 대통령의 집무실에 상당한 높이로 솟아오른 승강기 전체가 다시 원래의 모습으로 내려가고 있다는 것을 느낄 수 있었고 책상이 원래의 자리로 돌아가게 되자 승강기는 빠른 속도로 알 수 없는 지하를 향해 내려가기 시작했다. 얼마 지나지 않아 승강기의 문이 열렸고, 높고 기다란 복도가 나왔다. 그곳은 간간히 조명이 있을 뿐 전체적으로 어스름했다. 아마도 레스터가 워낙 밝은 곳에 있다가 어두운 곳에 오니 더 어둡게 느껴지는 것일 수도 있었다. 레스터는 앞으로 권총을 겨누며 천천히 승강기에서 나왔다. 한 발짝 한 발짝 조심스럽게 복도를 따라가면서 자신의 동공을 크게 확대한 후 주위를 살폈다. 언제 어디서 누가 공격해올지 모르는 상황이다 보니 등줄기에서 식은땀이 멈추지 않고 흘렀고, 긴장감은 극에 달했다. 그러면서도 그의 눈빛은 그 어느 때보다 예리하게 빛났다.

'어떻게 이런 무모하고 잔인무도한 짓을 할 수 있지? 놈을 처단하고 이곳 사람들이 다시 자유와 평등 속에 정상적으로 살아갈 수 있도록 그들을 치료하고 돌보겠어. 다시 처음부터 시작하면 되는 거야. 비록 인류가 최악의 사건을 겪었다고 해도 이곳 사람들이 아직은 살아 있잖아. 그래, 모든 것은 받아들이기 나름이지. 더 이상 절망에 움츠러들어 패배자처럼 지낼 필요는 없어. 행복도 희망도 대가 없이 주어지는 것은 아니야. 스스로 만들어나가야 하는 것이고 획득해야 하는 것이니깐!'

'그래, 내가 예측한 것이 분명히 맞아! 다른 이유는 있을 수도 없지. 지구에선 지금까지 알려지지 않은 미친 독재자임에 틀림없어. 그 미친 독재자가 해커를 고용해 전 세계의 통신망을 마비시키고 전 세계의 핵폭탄을 동시에 터뜨려 지구를 대재앙에 빠뜨리고 인류를 몰살한 거야. 그리고 오래전부터 미리 지구의 깊은 땅속에다가 자신이 지낼 이런 이상한 곳을 만들어놓고 인간 노예를 양성한 후 그들의 뇌에다 이상한 주사약을 투약했겠지. 모두 정신이 돌아버리게 말이야. 그리고 미친 듯이 반복적으로 세뇌시켰겠지. 그러니까 결국에는 나도 노예로 만들기 위해 붙잡아서 우주정거장에 처박아놓았다가 자신의 거처인 이곳에 데려다

놓은 것이 틀림없어. 이 정신 나간 놈아! 아직 온전한 정신 상태로 남아 있는 단 한 명의 인간이 남아 있다고. 오늘이 네놈의 제삿날이니 기도나 하고 있어. 미쳐도 단단히 미친 사이비 교주 같은 놈.'

레스터는 단단히 벼르며 생각했고 이제 그의 눈빛은 살기로 가득 찼다.

계속 복도를 따라 앞으로 걸어가던 레스터가 모퉁이를 돌아 왼쪽으로 가다보니 어디선가 빛이 들어왔다. 어느새 환하게 밝아지며 높고도 넓은 커다란 공간이 모습을 드러냈다. 레스터는 주위를 둘러보다가 순간적으로 온몸이 마비된 듯 경직되어 조금도 움직일 수 없었다. 한참 떨어져서 보이는 외벽은 분명히 금속 재질이었지만 희한하게도 투명한 유리나 광섬유 같아서 외부 환경이 그대로 보였던 것이다. 그러나 레스터의 온몸을 경직시킨 것은 투명한 금속 재질을 통해서 보이는 바깥 풍경의 모습이었다.

"이… 이곳은… 이곳은!"

보면서도 믿기지 않은 레스터가 이어서 말했다.

"아니야! 아니야! 그럴 리 없어. 말도 안 돼!"

스스로를 부정하며 소리쳤다. 레스터가 바라본 외부환경의 모습은 마치 황량하고 광활한 그랜드캐년과 비슷한 것 같기도 했으며 모든 곳이 불그스름했다.

'어떻게 된 거지. 지구 내부가 아니잖아. 이 미친 사이비 교주 같은 놈은 도대체 누구지?

정말 엄청난 준비를 많이 했군. 역시 보통 놈이 아니야. 지구에서 이곳만 파괴시키지 않은 채 임시 거처까지 마련해놓았어. 지구에 있었을 때 드러나지 않은 엄청난 실세였던 것이 확실해. 그렇지 않고서는 이 모든 상황은 상상도 할 수 없는 일이야.'

지구에 대재앙을 일으킨 그놈이 자신만의 안전한 거처를 마련하고 지금까지 버젓이 살아 있다는 것에 더욱 화가 난 레스터는 놈을 처단하기 위해 다시 큰 보폭으로 걸어 나갔다. 그리고 복도 끝 막다른 장소에 다다르자 레스터의 키에 5배는 족히 될 만한 높이의 웅장한 문이 버티고 있었다.

만남 Ⅰ

그가 말했다. "이것은 숙명"이라고!

분노가 극에 달한 레스터는 막다른 장소에 도착했다. 그곳엔 상당히 높고 커다란 문이 있었다. 하지만 어이없게도 문은 무방비하게 열려 있었다. 마치 기다리고 있었다는 듯이.

열려진 문을 향해 한 걸음씩 다가가던 레스터는 순간 움찔했다. 생각해보니 자신이 승강기에서 내린 후, 이곳까지 오는 동안 그 누군가가 따라오거나 붙잡지도 않았다. 첨단무기로 무장한 경비병들이 달려든다고 해도 긴장감과 두려움의 극치겠지만, 지금처럼 자신 이외에 인기척이 전혀 없는 상황 역시 언제 어디서 갑작스러운 공격을 해올지 알 수 없어 초긴장 상태는 증폭되고 있었다. 미지의 공허한 공간에서 밀려오는 감당할 수 없는 두려움은 한 발 한 발 옮길 때마다 점점 더 커져갔다. 하지만 이 상황도 어쩌면 자신을 현혹시키기 위한 또 다른 술책일지도 모른다는 생각이 들자 레스터는 텅 빈 공간 자체가 적이라도 되는 듯 온 신경을 집중하면서 다시 전의를 불태웠다.

'다행이야! 권총이라도 소지하고 있으니.'

레스터가 자신이 들고 있던 권총을 쳐다본 후, 호흡을 가다듬고 조심스럽게 문 안으로 들어섰다. 들어서자마자 누군가와 대면하게 된 레스터는 처음 마주한 어떤 사내의 모습에 상당한 충격을 받으며 당황했고, 처음의 의도와는 다르게 그 자리에 얼어붙었다.

"당신은… 도대체 어떻게 이럴 수 있지?"

분명히 사람의 모습처럼 상당히 익숙했다. 하지만 다른 한편으론 무엇이라 정의하기도 애매한 낯선 사내를 마주한 레스터는 할 말을 잃었다. 그리고 이곳에 들어서자마자 모든 것을 뚫어버릴 듯 기세등등하게 겨누던 총도 스르르 고개를 숙였다. 레스터는 이곳까지 커다란 위험을 무릅쓰고 왔던 이유와 모든 의지마저 상실한 듯 그 자리에 멍하니 서 있었다.

의자에서 침착하게 일어나서 레스터를 지긋이 바라보고 있던 그는 반듯하게 잘 넘긴 올백머리와 브라운색 계열의 양복 그리고 황금빛의 넥타이를 맸으며 반짝거리는 갈색구두를 신고 있는 40대 초반쯤으로 보이는 남자였다. 첫눈에도 명석함과 근엄함이 느껴졌고 그의 모습 어디에서도 악의적인 모습은 찾을 수 없었다. 너무나 인상이 부드러웠고 인자하게 보였다.

하지만 정작 레스터가 상당한 충격에서 벗어날 수 없었던 것은 의외로 전혀 다른 이유 때문이었다. 그것은 그가 족히 4미터는 훌쩍 넘어 보이는 장신이라는 것과 그에 걸맞은 삼등이 잘 갖추어진 탄탄한 체격의 소유자이어서였다.

'도대체 이 존재는 뭐지? 정말 사람이 맞나? 커도 너무 크잖아. 저 떡 벌어진 거대한 어깨는 더욱더 나를 기죽이고 있어.'

레스터는 순간적으로 이 모든 것에 압도당했다. 마치《걸리버 여행기》에 나오는 거인국에 들어온 것 같았다. 웬만한 생명체라면 무엇이든 한 방에 해결할 수 있을 것 같던 자신의 권총이 왠지 한없이 초라해 보였다. 자신의 권총으로 저 거대한 체구를 쓰러뜨릴 수 있을지 도저히 확신이 서지 않았다.

'아니야. 내가 지금 무슨 생각을 하고 있는 거지? 저 괴물은 단지 네메스의 부하일 뿐이야. 벌써부터 저 괴물에게 주눅이 든다면 어떻게 네메스를 내 손으로 처단할 수 있겠어. 내 목표는 네메스를 반드시 찾아서 없애는 거야. 레스터! 힘을 내야 해! 어쨌든 내가 먼저 공격하지 않는다면 저 괴물이 즉시 나를 죽일 거야. 이제 이판사판이니 선택의 여지는 없어. 우선 이 괴물부터 처리해야 샬럿이 말한 네메스라는 미친 독재자를 찾아서 처단할 수 있으니깐 말이지. 네메스란 미친 자는 도대체 어디서 저런 괴물을 찾아내서 자신을 경호하게 하고, 자긴 어디 숨어 있는 걸까? 하여튼 내 목숨을 바쳐서 인류와 사라, 메리의 원수를 갚는 거야. 그래, 이거야 레스터. 연속적으로 여러 발의 총알을 빠르게 발사한다면 저 괴물이라고 별 수 있겠어?'

레스터는 이런 생각을 하며 다시 의기충천한 상태로 두 눈을 매섭게 치켜 올렸다.

"난 모든 것을 알고 왔어. 그동안 너희들의 비열한 행위에 복수하기 위해 왔지. 네가 버티고 있다고 해서 너 뒤에 숨어 있는 미친 독재자가 안전할 것 같나? 지금이라도 당장 네메스가 있는 곳을 말하고 비켜선다면 너에게 살 수 있는 기회를 주지. 그렇지 않다면 너부터 최대한 잔인하게 처단할 거야."

그 사내는 조금의 미동도 보이지 않았다.

"더 이상 말로 해서는 안 되겠군! 그럼, 너부터 뜨거운 맛을 보라고!"

탕. 탕. 탕.

심호흡을 크게 한 번 한 후, 레스터는 보란 듯이 자신의 권총으로 상대방을 향해 발사했다. 세 번의 총성이 내부공간에 커다랗게 울려 퍼졌다.

그와 동시에 레스터와 그자 사이에 투명한 막이 생성되었고, 투명한 막에 닿은 세 발의 총알은 힘없이 툭 하고 바닥에 떨어져 나뒹굴었다. 그리고 레스터의 총도 그의 손을 떠나 투명한 막에 부딪친 후 바닥으로 떨어졌다.

"아악! 이럴 수가."

어이없는 상황에 레스터가 경악하며 신음을 토해내고는 이어서 말했다.

"모든 이들의 원수를 갚을 처음이자 마지막 기회였는데 난 아무것도 하지 못했어."

레스터가 울먹거리며 힘없이 말했다.

이제 자신에게 아무것도 없는 상황에서 다른 상대도 아니 저 괴물에게 맨몸으로 달려든다고 해결할 수 있는 일이 아니었다. 더 이상 아무런 희망이 없음을 깨달은 레스터는 절망에 빠져 자신의 죽음을 받아들였다. 몹시 떨렸으나 담담하게 냉정을 유지하려고 안간힘을 썼다.

그때 투명막이 사라졌다. 그 사내가 서서히 레스터가 있는 곳으로 다가왔다. 그가 한 발 한 발 앞으로 내디딜 때마다 레스터의 공포심은 한없이 커져만 갔다. 저 거대한 몸짓에 커다란 주먹으로 한 대만 맞아도 자신의 머리통은 흔적도 없이 날아가 버릴 것이다.

그런데 다가오던 사내가 바닥에 떨어진 총은 왼손에, 총알은 오른손에 쥐고는 다시 서서히 레스터에게 다가왔다. 총에 총알을 하나씩 다시 장전하면서.

'뭐지? 눈에는 눈, 이에는 이라는 말인가! 총으로 나를 죽이겠다는 건가? 어쨌든 정말 마지막이군.'

레스터는 마른 침을 계속 삼키고 식은땀을 흘리며 생각했다. 정신이 혼미했다. 죽을 수밖에 없다면 최대한 당당하게 죽고 싶었다. 죽음이 바로 코앞에 다가오자 이 상황을 벗어날 수만 있다면 무슨 일이든 할 수 있을 것 같았다. 하지만 레스터에게 살 수 있는 더 이상의 기회는 없었다. 그가 쏜 총알을 운 좋게 피하고 지금부터 뛰어서 도망간다고 해도 이미 거대한 출입문은 닫혀 있었다. 허망하게도 지금 이 자리가 레스터에게 최선이었다. 레스터에게 퇴로란 처음부터 없었다.

어느새 그 사내는 레스터 바로 앞까지 다가왔다. 고개를 들고 최대한 당당히 그를 치켜보던 레스터는 순간적으로 그 사내가 마치 고대 신전의 신을 묘사해서 만든 거대하고 높다란 조각상이 살아서 움직이고 있는 형상처럼 보였다. 곧이어 자신의 운명을 받아들일 수밖에 없는 레스터는 잠시 눈을 감았다. 가족과 가장 즐거웠던 기억들을 그려보았다. 그리고 다시 눈을 뜨며 생각했다. 곧 그들을 만날 수 있게 될 것이라고.

"그대, 레스터여!"

실내를 가득 메운 웅장하면서도 묵직한 중저음의 목소리가 갑자기 레스터의 귓속을 울렸다.

"두려워 말라. 레스터여!"

다시 한 번 목소리가 그를 불렀다.

"죽이려면 바로 죽여라. 시간 끌지 말고."

비장한 모습으로 그 사내를 노려보던 레스터는 더 이상 삶의 미련이 없다는 듯이 두 눈을 지그시 감으며 큰소리로 외쳤다.

"눈을 떠라, 레스터여. 두려워 말라!"

그의 음성이 이번에는 나지막이 부드럽게 레스터에게 말했다.

레스터가 다시 눈을 뜨며 그 사내를 노려보았다. 그리고 굳게 다짐했다. 어쨌든 죽을 것이라면 이 괴물 앞에서 당당하고 장렬하게 전사하겠다고.

탕. 탕.

그 사내가 가지고 있던 총구에서 연이어 불꽃이 일며 총알이 두 번 발사되었다. 이내 총에서 슬며시 연기가 피어올랐다.

"아악!"

레스터는 비명을 질렀다. 당연히 자신을 향할 것이라 여겼던 총구는 전혀 이해할 수 없는 곳에 발사되었다. 눈앞에서 벌어진 그 상황은 레스터를 경악케 했다.

그 사내는 왼손에 움켜잡고 있던 총으로 자신의 오른쪽 손바닥에 총구를 밀착시킨 후 두 발의 총알을 발사했다. 그러고는 아직도 연기가 모락모락 피어오르는 자신의 오른쪽 손바닥을 레스터에게 보여주었다.

"아, 아무런 상처가 없잖아!"

레스터는 보고도 믿기지 않는 마술쇼를 본 듯이 그 자리에 얼어붙었다.

"믿을 수 없어! 말도 안 돼!"

레스터는 정신이 나간 듯 고개를 절레절레 흔들었다.

"이것으로 나를 해하려 했는가? 레스터여."

말을 마친 그 사내는 들고 있던 총을 바닥에 떨어뜨린 후 다시 위엄 있게 걸어서 자신의 의자에 앉았다. 그런 다음 레스터에게 거대한 원형 탁자 앞에 있는 의자에 앉으라고 지시했다.

"당신은 누구십니까?"

레스터가 놀라움을 최대한 자제하고 엄숙하게 말했다.

"네메스."

그 사내는 뚫어질 듯이 레스터를 바라보며 말했다.

"당신이… 네, 메, 스?"

방금 듣고서도 믿기지 않는 듯 자신의 귀를 의심하며 레스터가 말했다.

"그래, 레스터. 내가 바로 네메스네."

"도저히 믿을 수 없군요. 인류 역사상 당신처럼 거대한 인간은 단 한 명도 존재하지 않았어요. 아니 흔적조차 없었죠. 그런데 어떻게 당신 같은 사람이 존재할 수 있죠?"

지금까지 레스터에게 네메스는 이 세상에서 가장 음흉하고 표독스럽게 생긴 악마의 형상을 소유한 자일 것이라고 생각했다. 그런데 실제 그의 모습은 자신이 상상하던 모습과는 완전히 어긋남을 넘어 도저히 받아들일 수 없는 초거대 거인임을 알게 되자, 그동안 자신이 예측해오며 저장한 모든 기억이 마구 헝클어진 실타래가 되어버렸다.

"잘 듣게, 레스터. 이제부터 시작이네. 자네는 인류 역사상 유일하게 모든 진실을 알게 될 거야! 왜냐하면 선택받은 자이니깐!"

"제가 선택받은 자라고요?!"

"그래, 유일하게 선택받은 자!"

네메스는 신중한 표정으로 이어서 말했다.

"항상 인류는 다양한 길이 확률적으로 존재해서 선택의 여지가 있다고 생각했지. 자유의지를 가졌다고 말이야. 그렇지만 네메스와 레스터, 이곳에 있는 두 명의 지적생명체는 세상의 하나뿐인 진정한 진실을 알게 되었지. 이렇게 막다른 길에 몰려서 선택의 여지가 없을 때 유일하게 정해진 이 길을 따를 수밖에 없다는 것을 말일세. 네메스와 레스터는 다른 시대에 살고 있었지만 이제는 같은 배를 탄 운명공동체라는 것을 말이야. 태곳적부터 지금까지 우주공간에서 흩어져서 살아왔던 모든 지적생명체들은 자신들이 애매한 상황에 마주하게 되어서 이성적으로 설명할 길이 없을 때 둘러대기 위해 '운명'이라는 단어를 만들었지. 그러곤 아무 때나 스스로 의미가 있는 것처럼 사용해왔다는 사실을 말이네. 하지만 우리는 이제 분명히 알 수 있지. 운명이라는 것은 이 우주에 오직 두 번 존재한다는 것을 말이야. 즉, 우주가 처음에 창조됐을 때와 우리가 지금처럼 만나게 됐을 때라는 것을. 그리고 우리는 운명을 넘어서 오직 한 번뿐인 숙명이라는 사실을 말이네!"

네메스는 만감이 교차하는 표정으로 지그시 파노라마 창밖을 내다보았다.

'두 명의 지적생명체? 운명공동체? 숙명? 이 자가 나에게 지금 무슨 말

을 하고 있는 거지?'

네메스의 말뜻을 전혀 이해할 수 없던 레스터는 질문의 갈피를 잡지 못한 채 다음 말을 기다렸다.

"나는 자네에게는 물론이고 인류에 대해서도 가볍게 여기지 않았네. 지구를 향해서는 더더욱 그럴 일이 없지."

네메스는 이어서 말했다.

"내 인생에 허튼 짓은 없었네. 오직 진리만을 추구해왔을 뿐이지. 지금까지 말일세!"

네메스가 자신의 진실함을 알리기 위해 힘 있게 말했다. 내부의 공간이 그의 목소리로 쩌렁쩌렁 울려 퍼졌다.

"나 역시 얼마 전까진 지구에서 살았으니깐…"

미묘한 표정 속에서 깊은 고뇌가 느껴지는 네메스의 눈가에 살짝 경련이 일어났다.

"얼마 전까지 지구에서 살고 있었다고요?"

"그랬다네, 레스터."

"그렇다면 여기는…?"

"화성!"

"네? 저, 정말 화성이라고요?"

"그렇다네, 레스터."

네메스는 잠시 자신의 과거를 회상하듯 몽롱한 눈빛으로 말했다.

"우주 집시지. 고정된 장소 없이 무한정 떠돌아다닐 수밖에 없었던 존재. 지금의 레스터와 같은 존재."

"그건 또 무슨 뜻이죠?"

레스터는 갈수록 태산처럼 쌓여가는 의문의 눈길을 네메스에게 보냈다.

"자네에게 우선 보여줄 것이 있네."

네메스는 레스터의 질문을 회피했다. 그러곤 원형탁자를 향해 한마디를 하자 탁자 중앙에서 위로 빛이 쏟아지며 화려한 입체 영상이 펼쳐졌다.

"무엇을 보여준다는 거죠?"

레스터는 여전히 의심을 품은 채 경계하듯 조심스럽게 말했다.

입체영상에 항성인 태양을 비롯한 다양한 행성들과 소행성 등이 있는 것을 보니 태양계인 것은 분명했다.

"어! 그런데… 이상하다?!"

하지만 무엇인가 낯선 모습을 발견한 레스터는 고개를 갸웃거렸다.

"수성, 금성…, 화성?"

레스터의 동공이 점점 확대되었다.

"지… 지구가 없잖아!"

레스터는 자리에서 일어나 더욱 면밀히 영상을 들여다보다 당황하며 외쳤다. 지구가 있어야 할 자리에 지구는 없었다. 단지 그전에 무엇이었는지 파악이 되지 않을 정도로 다양한 모양의 바위들과 작은 돌덩어리들로 이루어진 알 수 없는 소행성대가 띠를 이루며 지구 대신 태양주위를 돌고 있었다.

"지구는 대폭발을 일으키고 사라졌네!"

침묵한 채 영상을 지켜보던 네메스가 말했다.

"아니야. 이… 이럴 수는 없어! 제가 우주비행선에 있었을 때, 비록 지구는 동시다발적인 대지진과 화산폭발로 대재앙을 일으켰지만 분명히 자신의 자리에 구 형태의 모양은 유지하고 있었어요."

레스터가 고개를 절레절레 흔들며 강하게 부정했다.

"유감스럽지만 레스터, 그건 단지 자네의 착각에 불과했네!"

"네?! 저의 착각이라고요?"

"대재앙에 전조가 나타나던 그 당시에 난 지구가 심상치 않다는 것을 깨달을 수 있었지. 대규모의 대지진과 화산폭발에 그치지 않고 지구 자체의 대폭발이라는 것을 말이야. 나도 너무 당황했네. 왜냐하면 나 역시 지구에서 내 모든 것을 바쳐 매우 중요한 프로젝트를 진행 중이었으니깐. 하지만 조금도 지체할 겨를이 없었지. 상황이 너무나 긴박했으니깐 말이네. 하루 빨리 지구에서 탈출해야 했지. 다른 어떤 선택의 여지도 없었어. 결국 급한 대로 화성으로 탈출했지. 동시에 우주비행선을 보내 레스터 자네를 구출한 것이네. 조금만 늦었어도 나의 모든 것이 끝날 뻔했지. 자네를 구출한 후, 1시간도 되지 않아 지구는 대폭발을 일으켰으니깐 말이네. 믿기지 않겠지만 지금 자네가 보고 있는 앙상한 소행성대가 한때는 지구라는 행성이었네."

"어… 어떻게 이럴 수가!"

그토록 아름답던 지구가 단지 추억 속에서 존재하는 상상의 행성이 되었으며, 그나마 인류 중에 지구라는 행성의 과거를 기억하는 이도 오직 자신뿐이라는 사실에 레스터는 아연실색했다. 지구의 탄생부터 이어진 무구한 세월의 역사는 흔적도 없이 사라졌고 모든 이의 기억에서 지워진 것이다. 마치 처음부터 존재하지 않았던 것처럼.

"우리 모두는 너무 안일했던 거야. 기하급수적인 인구증가와 그로 인해 무분별한 지하자원의 소비로 인한 자원의 고갈 그리고 빙하의 소실과 지하수의 고갈로 인한 물 부족 그리고 지구촌 곳곳에 예측이 불가능할 정도의 싱크홀 같은 거대한 구멍이 지표면에 무수히 생성되는 결과를 가져왔네. 하지만 그것은 시작에 불과했지. 인류가 개발이라는 미명 하에 벌집처럼 들쑤셔놓은 지상과 지하 그리고 깊은 심해의 지각 곳곳엔 결국 더 깊은 곳까지 균열이 일어나며 점점 연약한 상태가 됐지. 이러한 상태는 결국 엄청난 양이 내재되어 있는 마그마를 외부의 환경과 단절시켜주던 맨틀과의 경계를 더욱 느슨하게 하며 서서히 붕괴시키거나

갔어. 그러나 이것은 단지 지구 대재앙의 일부분에도 해당되지 않았네. 정말로 심각한 문제의 시작은 지구 그 자체의 내부 압력에 의해 일어나기 시작했으니깐 말이네. 지구 내부의 가장 깊은 곳인 중심핵에서 일어나는 일은 그 누구도 알 수 없었지. 지구라는 행성이 45억 년이라는 그 기나긴 세월을 살다가 죽음을 맞이하는 시기가 찾아온 것이었어. 내부에 갇혀 있던 엄청난 압력이 동시에 지구의 지각과 맨틀을 밀어내기 시작했지. 그 압력은 이미 회복이 불가능할 정도로 지구에 심각한 균열을 일으켰네. 결국 모든 곳에서 동시다발적으로 폭발과 함께 어마어마한 양의 마그마가 뚫고 쏟아져 나오면서 대규모의 화산과 지진을 동반하게 된 것이네. 마치 마구 밟아 뭉개져버린 과자 부스러기처럼 모든 것이 산산이 부서져버린 거지. 결국 지구는 대폭발을 일으켰네. 그 누구도 지구는 항성이 아니라 행성이기 때문에 절대로 태양 같은 항성처럼 적색거성이 되어서 대폭발을 일으킬 것이라고는 생각하지 않았던 거야. 비록 지구는 행성이라 적색거성이 되지도 않았고 대폭발 후에는 단지 무수한 바위덩어리들을 양산해내는 것이 전부였지만 말이네. 모두들 지구 지표면에서 일어나는 재해나 외부에서 지구에 밀어닥치는 재앙들만 생각해왔던 거지. 지구 자체 내에서 발생하는 대폭발은 생각하지 않았던 거야. 우주에 존재하는 모든 물질처럼 지구라는 행성도 영원히 존재할 수 없고, 분명히 언젠가는 사라질 수밖에 없는 존재임에도 말이지. 이제 지구는 기나긴 자신의 삶을 마치고 원래의 고향인 드넓은 우주공간으로 흩어져버린 거네. 지구를 파괴할 수 있는 것은 소행성도, 혜성도, 인류가 가진 핵무기도 아니었던 거지. 지구를 파괴할 수 있는 존재는 오직 지구뿐이었어."

"아니에요. 분명히 우주비행선에서 한 달 가까이 머무르며 지내는 동안 지구는 그 모습을 유지하고 있었어요. 제가 우주비행선 창밖을 통해 분명히 지켜보고 있었는데…."

금방이라도 방울이 되어 떨어질 듯이 두 눈에 눈물이 가득 고인 채 레스터가 말했다.

"자네는 단 한 번도 우주공간에 홀로 떨어져서 지낸 적이 없어. 지금까지 말이네."

"그건 무슨 뜻이에요?"

"항상 이곳에 나와 함께 있었네. 항상 말이야!"

네메스는 고개를 내밀어 레스터와 가까운 거리에서 시선을 유지한 채 말했다.

"자네가 우주정거장이라고 믿었던 것은 단지 이곳의 실험실이었네. 창밖으로 보이던 지구의 모습은 자네를 구출하고 지구의 대폭발이 발생하기 전에 기록된 영상일 뿐이었지. 자네가 창문이라 여겼던 것은 모두 가상현실을 표현한 모니터였을 뿐이네. 그리고 돔에 오게 될 때도 우주공간에서 지구의 내부로 들어오는 것처럼 가상현실을 이용해서 나타낸 거야."

"뭐라고요? 나보고 지금 이 모든 이야기를 다 믿으라고요? 확실한 것을 보여줘요. 확실한 것을…. 믿을 수 없어요. 아니 믿고 싶지 않아요."

레스터는 누군가에게 자신의 뒤통수를 세게 얻어맞은 듯이 그 자리에 멍한 표정으로 얼어붙었다.

"자네의 심정을 충분히 이해하네. 하지만 이제부턴 모두 받아들여야 하네. 지금 자네와 내가 있는 이곳은 사실은 돔이 아니라 모선이야. 거대한 우주비행선이지."

"네?! 이 거대한 도시가 우주비행선이라고요?"

레스터가 이성적으로 받아들이기에는 이곳은 너무 거대했기에 말하고 나서는 입만 벌리고 있었다.

"자네도 나를 찾아 이곳에 오면서 확인했잖은가! 이 우주선을 통해 보이는 바깥세상을 말이네."

"잠시만요! 그렇다면 내 생각대로 지금까지 일부러 저를 철저하게 속여 왔다는 겁니까? 도대체 어떤 이유 때문에요?"

말문이 막혀버린 레스터가 당황해서 한마디를 했다.

"속였다는 표현은 어울리지 않아, 레스터. 난 자네가 지금 보고 있는 소행성대가 되어버린 지구를 보고 받을 충격을 감소시켜주고 싶었을 뿐이네."

네메스는 어린아이를 달래듯 레스터에게 나지막이 말했다.

"그렇지만…."

레스터는 자신을 구해준 네메스에게 웃으면서 감사의 표현을 해야 할지, 아니면 지금까지 자신을 속여 온 것에 대해 화를 내야 할지 지금 같은 상황에서는 어떤 감정으로도 표현하기가 난감했다.

그때, 넓고 커다란 파노라마 창으로 크게 한 입 베어 문 사과처럼 생긴 어떤 행성이 떠 있는 것이 보였다. 이리저리 많은 파편들도 충돌했는지 험상궂고 못생긴 행성이었지만 자세히 들여다보니 어디서 많이 본 것 같은 행성이었다.

"허, 헉!"

레스터는 신음을 토해냈다.

"지구 주위를 돌던 달이네. 지구가 대폭발을 일으키면서 거대한 암석 덩어리가 떨어져나가 달에 충돌했고 저렇게 한쪽이 움푹 떨어져나간 행성이 되었지. 더욱이 지구의 중력도 사라져버려 자신의 원래 위치에서 이탈된 후에 떠돌다가 화성의 중력에 이끌려 이곳에서 저런 모습으로 돌고 있네."

네메스는 산전수전 다 겪은 백전노장처럼 달을 응시하면서 덤덤하고도 침착하게 말했다.

"나의 민족은 '갤리온스'라고 불렸네. 인류가 자신들의 은하라고 했던 이 은하계는 사실은 갤리온스의 은하계였지. 이 은하계에 다른 행성에 살고 있던 사악한 무리들과의 끝없는 전쟁 속에 그들을 모두 물리치고 이루어낸 초거대 문명이 바로 갤리온이었네. 내가 살던 행성인 '갤리온'은 태양계를 관통해서 이 은하계를 거대하게 공전하는 행성이었지. 하지만 갤리온도 어느 순간 허무하게 사라졌어. 그리고 그 행성의 잔해가 모두 뿔뿔이 흩어져버렸지. 그 잔해 중 일부가 태양계의 중력에 이끌려 여전히 끝부분에 수많은 암석덩어리들로 무리지어 띠를 이루고 있지. 인류는 그것을 '카이퍼 띠'라고 불렀네."

"카이퍼 띠가 갤리온 행성의 잔해의 일부분이었단 말인가요?"

"그렇다네, 레스터! 하여튼 지구처럼 대규모의 내부압력의 폭발로 파괴되어가는 곳에서 나는 극적으로 탈출해 목숨만 건졌다고 볼 수 있네. 외부 탐사를 위해 다른 행성에 머물러 있었으니깐. 나는 그 원인을 반드시 알고 싶었어. 하지만 그 당시엔 알 수 없었네. 어쨌든 지구 대재앙은 갤리온의 대폭발에 대한 원인을 밝혀준 거야. 지적생명체는 우주에 존재하는 생명체들 중에서 가장 특이하게도 주변의 물질을 최대한 이용하면서 발전하도록 설계되어 있어. 만약 주변의 물질을 활용하는 능력이 없었다면 제대로 된 하나의 문명조차 없었을 테니깐 말이네. 하지만 참으로 역설적이지. 이렇게 주위의 모든 자원을 활용하도록 설계된 우리에게 항상 그 대가가 이러한 모진 절망으로 되돌아온다는 사실이 말이네. 행성이 대폭발하는 두 번의 대재앙을 겪으며 한 가지 중요한 사실에 대해 명확한 결론을 내릴 수 있었지. 문명이 발달한 지적생명체들이 왜 자신들의 행성을 떠나 우주의 또 다른 행성을 찾고자 하는지 말이네. 단순히 우주에 살고 있는 또 다른 지적생명체를 찾거나 그곳의 지하자원만 찾는 것이 아니었어. 그러한 과정의 가장 중요한 진실은 우리 내부에 깊게 자리 잡은 무의식적인 행동에서 비롯된다는 사실을 말이네. 바로 '위기의식'이지. 우리 마음속에 처음부터 내재된 멸종이라는 종말에 대한 위기의식에서 벗어나고자 하는 절박함에서 비롯됐다는 사실을 말이네."

네메스가 진중하게 말을 이었다.

"그 당시 외부 행성 탐사를 위해 떠난 나를 포함해 살아남은 소수의 갤리온스들은 우리가 살 수 있는 행성을 찾아야 했어. 기약도 없이 오직 살아야겠다는 일념만으로 정처 없이 우주공간을 떠돌아다녔지. 그리고 자네도 알고 있는 태양계를 선택한 것이고, 갤리온 행성의 기후와 주위환경이 거의 일치하는 화성에 정착했던 거야."

주마등처럼 지나온 세월을 회상하며 네메스는 파노라마 창으로 보이는 산화철로 뒤덮인 화성의 지표면을 쓸쓸하게 응시했다.

"화성이요? 화성에서 살았다는 말이에요? 이렇게 척박한 환경에서요!"

레스터는 도저히 믿기지 않아 의구심을 가득 품은 표정으로 말했다.

"내가 머물렀던 그 당시의 화성은 지구와는 비교도 되지 않을 만큼 낙원 같은 곳이었네."

네메스가 이어서 말했다.

"레스터! 이제부터 자네는 지적생명체의 모든 역사를 알게 될 거야. 자네는 선택받은 자이니깐 말이네. 조금만 침착하게 기다려주게."

네메스는 입가에 미소를 살며시 지었다.

'선택받은 자? 왜 자꾸 그런 말을 내게 하지?'

레스터는 네메스의 말에 부담을 느꼈다. 그렇지만 레스터는 급할 것도 없고 아쉬울 것도 없었기에 우선 적극적으로 그의 이야기를 경청하며 진의를 따져볼 심산이었다.

"그렇다면 네메스. 당신은 외계인이라는 말인가요? 정말 외계인이 존재하는 거예요?"

직접 마주하고도 꿈을 꾸듯 비현실적인 상황에 레스터는 확인하듯 질문했다. 비록 말은 그렇게 했지만 레스터는 네메스가 초고도로 발전한 곳에서 살고 있던 외계인임을 인정하지 않을 수 없었다. 자신이 체험한 돔 속의 최첨단 과학기술들과 자신의 모습과 똑같지만 지구에서는 존재할 수 없는 네메스의 장대한 큰 키와 체구는 레스터가 네메스에게 질문하면서도 동시에 스스로 인정할 수밖에 없는 분명한 사실이었다.

"레스터. 우주는 끝없이 넓다네. 지구라는 한정된 곳에서 벗어나 우주를 바라보게! 중요한 것은 생각할 수 있는 존재는 그것의 형상이 무엇이든 지적생명체라네. 누구는 지구인이고 또 누구는 외계인이라는 고정관념은 아무런 의미가 없어. 지구에 살고 있는 백인과 흑인에게 동양인은 외계인일까?"

"단지 유일한 차이라면 역사가 먼저 시작되었거나 그보다 나중에 시작되었다는 차이밖에는 더 이상 없는 거야."

미소를 잃지 않으며 네메스가 말을 이었다.

"레스터. 자네와 할 이야기가 많다네. 내가 지금부터 자네에게 들려주고자 하는 이야기는 심심풀이가 아니라 피할 수 없는 절대적인 의무이니깐 말일세."

네메스가 의미심장한 표정으로 말했다.

"그전에 우선 차라도 한잔 하겠나?"

아직도 긴장의 끈을 놓지 못하고 있는 레스터를 바라보던 네메스가 부드럽게 말했다.

"네, 좋습니다."

레스터는 네메스가 자신에게 진심으로 이야기하고 있다는 것을 파악한 후로는 네메스의 이야기에 적극적인 청취자가 되었다. 이제 두려움은 거의 사라지고 없었다. 오히려 무의식적으로 네메스가 자신의 곁에 있다는 것이 든든하게 느껴지기 시작했다. 어쨌든 중요한 것은 네메스가 자신을 해칠 가능성은 거의 없다고 판단했기 때문이다.

레스터와 네메스가 서로 마주보고 앉아 있는 원형탁자의 가장자리에서 각각 직사각형의 문이 좌우로 열리면서 따뜻한 커피가 잔에 담겨 나왔다.

'이것 참 편리하군!'

속으로 레스터는 생각했다.

'결국 이 커피도 스푸드라 불리는 한 가지 재료가 아닌가? 우리의 미각을 장악하고 속여서 이것이 진짜 커피 맛인 것처럼, 진짜 스테이크 맛인 것처럼 우리의 두뇌에 느끼게끔 전달한다는 것 아닌가? 우리는 그것을 진짜와 구분할 수 없게 되고 말 것이고. 진정으로 완벽한 사기는 예술이라더니 딱 들어맞는 예인 것 같군. 이 상황이 말이야.'

레스터는 생각을 이어갔다.

'그래도 참 이상해. 편리하고 맛도 완벽하고 참 좋은데 말이야. 내가 과거에 먹던 현실의 그것들과 비교하면서 이것은 가짜라고 생각한다는 것이. 이 스푸드가 가짜라고 고정관념을 가지고 있는 내 생각이 잘못된 것일까, 아니면 현실이라는 잣대로 지금 이 상황에서 어느 것이 진짜인지 따지고 있는 내 생각이 잘못된 것일까? 현실과 비현실이라는 것이 도대체 무엇을 의미하는 거지? 인간의 뇌는 그 자체로는 칼로 베어도 고통을 느끼지 못한다지. 고통을 유발하는 통증 수용체가 없기 때문에 말이지. 그런데도 인간의 나머지 신체는 칼로 조금이라도 베이면 극심한 고통을 느끼게 되지. 우리 몸의 총사령관인 두뇌는 우리가 왜 고통을 느껴야 하는지에 논리적인 정당성을 부여하게 되고 말이야. 그렇지만 뇌는 단지 신경세포인 뉴런들 사이를 연결하는 시냅스에서 이루어지는 전기적인 신호들로 구성되어 있고, 우리가 삶을 통해 경험하고 느끼는 모든 의미는 이 신호들로 생성되지. 그럼에도 생명체라고 할 수 없는 전기적인 신호들은 오히려 생명체에게 정당한 의미를 만들어내고 말이야. 결국 우리의 두뇌는 나머지 신체기관을 통해 가상체험을 한다는 뜻이 아닌가? 두뇌는 나머지 신체와 달리 실질적인 고통을 느끼지 못하는 존재이니깐. 그렇지만 두뇌는 명백한 실체가 아닌가? 우리가 직접 뇌를 보고 만질 수 있으니깐. 그러나 두뇌 속에서 이루어지는 실질적인 현상은 오직 전기적인 신호들로 이루어진 엄청난 데이터에 불과하잖아. 현실이라는 신체의 감각기관과 가상이라고 느낄 수밖에 없는 전기적인 신호들의 데이터로 이루어진 우리의 두뇌가 하나의 몸체를 이루고 있다는 말도 안 되는 이 이율배반적인 역설의 느낌은 무엇이란 말인가? 우리가 지금까지 믿어오던 현실과 비현실이란 것을 어떻게 해석해야 할까. 결국 고통이라는 인간의 하나의 감정이 이러한 상황이라면 인간의 모든 감각인 오감을 통해 현실이라는 장소에 형성되는 인간의 희로애락은 진정 무엇을 의미하는 걸까?'

김이 모락모락 피어오르는 찻잔에 담긴 커피를 바라보며 레스터는 혼자만의 깊은 사색에 잠겨 있었다.

"레스터. 자네의 생각대로 현실과 비현실의 경계는 지적생명체에겐 가장 어려운 문제 중에 하나이지."

레스터와 반대편에 앉아서 가만히 커피를 마시던 네메스가 말했다.

"헉?! 내 생각을 읽을 수 있단 말입니까?"

레스터가 놀라면서 말했다.

"자네의 뇌파를 분석해서 전기적인 신호들을 이미지화시키거나 언어로 번역해주는 장치가 있지. 나에겐 말이네."

네메스가 대수롭지 않은 듯이 말했다.

"아무것도 보이지 않는데요."

그 어디를 둘러보아도 그러한 장비가 보이지 않자 레스터가 말했다. 그런 레스터를 지켜보던 네메스가 침묵을 깨며 말했다.

"내 몸속에!"

"몸속에 있다고요!"

놀란 토끼처럼 두 눈을 동그랗게 뜨며 레스터가 말했다.

"앞으로 많은 것을 알게 될 거야, 레스터."

잠시 차를 즐기던 네메스는 이제 모든 준비가 되었다는 듯이 한마디를 했다.

"우선 화성에 와서 실제적인 새로운 삶을 시작한 나의 민족인 갤리온스의 대한 이야기가 자네에게 들려줄 첫 번째 역사의 출발점일세!"

미지의 그들 I

"들어라! 보아라! 느껴라!
진실의 문이 열리며 펼쳐지는 순간의 거대한 울림을!"

드높게 펼쳐진 맑고 파란 하늘 아래, 폭이 넓고도 깊게 여러 갈래로 파인 거대한 협곡들이 펼쳐져 있었다. 그리고 거대한 협곡들의 시작점을 이루고 있는 곳에서 오른쪽 방향으로 약 10 킬로미터 정도 떨어진 곳에 웅장한 산이 있었다. 그 주위엔 기괴하고 거대한 암석들이 곳곳에 솟아 있었다. 그 산의 중턱에 인위적으로 다듬어 평지로 만든 대지 위에 그들이 설계하고 건설한 임시 본거지가 있었다. 그곳에서 주위를 둘러보면 광활한 대자연의 풍경이 아름답고 감동스럽게 한눈에 들어왔다.

또한 거대한 협곡들의 시작점에서 왼쪽 방향으로는 끝없이 펼쳐진 넓은 평야를 따라 수많은 종류의 나무들로 뒤덮인 숲이 있었다. 아침이 되어 태양이 드넓은 평야를 비추자 초원이 생기를 머금고 되살아났으며, 깊고 넓은 협곡에는 시간의 흐름에 따라 다양한 그림자가 길게 드리워졌다. 그들의 본거지에도 어느새 환하게 햇살이 비추었다.

본거지 중앙에는 거대한 원형 연못이 있었고 연못 중앙에서는 분수의 물이 위로 올라와 커다란 반원을 그리고는 아래로 떨어지기를 반복하고 있었다. 본거지 입구를 중심으로 왼편에는 크고 견고하게 지어진 거대한 신전이 높이 솟아 있었고, 오른편에는 20층 높이의 주거공간이 있었으며, 이곳엔 다양한 편의시설이 매우 훌륭하게 잘 구비되어 있었다. 이 건물 앞으로는 그들이 각종 안건을 토론하고 결정하기 위한 회의장이 웅장하게 버티고 있었다.

이른 아침, 식사를 마친 100명의 갤리온스들이 모두 회의장에 모였다.

"공지사항으로 이미 알려드렸듯이 오늘은 우리가 이곳에 온 이후로 가장 중요한 사안을 결정할 것입니다."

앤키니우스라 불리는 남자가 말했다.

"잘 아시다시피 우리의 정신적 지주이자 고향인 갤리온 행성의 대재앙은 갤리온스들의 종말을 불러왔다고 해도 과언은 아닐 것입니다. 우주에서 가장 위대하고 진보한 갤리온 행성에 거주하고 있던 약 150억 명의 목숨과 그 기나긴 역사를 갤리온의 대재앙은 단 한순간에 전멸시켰으니까요."

연설을 이어가던 앤키니우스는 깊은 슬픔에 빠져 말을 잇지 못한 채 잠시 침묵했다.

"우린 모든 것을 잃었습니다. 우리의 핏줄! 우리의 친구! 우리의 숨결이 살아 꿈틀거리던 대자연! 우리의 찬란한 역사를! 이루 헤아릴 수 없는 그 모든 것을 말입니다!"

울분과 비통함이 가득 담긴 앤키니우스의 목소리는 점점 더 고조되어 회의장에 쩌렁쩌렁 울려 퍼졌다.

"어찌 우리 같은 젊은이들이 갤리온을 대표하시던 각계각층의 대석학들의 높으신 지혜를 따라갈 수 있겠습니까! 그렇지만 우리 모두는 다함께 새로운 희망을 보았습니다. 아직은 한없이 부족하지만 우리가 젊음의 패기로 한마음이 되어 똘똘 뭉쳐 목표를 향해 나아간다면 미래의 우리의 모습은 밝을 것임을 말입니다!"

그 순간 회의에 모인 그들은 누구라고 할 것도 없이 눈물을 흘리며 감동했고, 동시에 너나 할 것 없이 열렬히 진심을 담아 박수를 쳤다.

"유일한 생존자들인 우리 100명의 갤리온스들은 이곳에 완벽하게 정착했습니다. 기본적인 의식주에 관련된 문제가 해결된 것입니다. 우리의 피나는 노력으로 말입니다. 이제는 그동안의 경험을 토대로 하나의 나라로서 국가의 체계가 절실히 필요합니다. 우리에게는 대표자가 필요합니다."

앤키니우스가 회의장에 모인 갤리온스들을 향해 힘차게 말했다.

"아포네스!"

"아포네스!"

"아포네스!"

앤키니우스는 아포네스를 향해 그의 이름을 반복적으로 외쳐 호응을 불러일으켰다. 그의 외침에 당연한 듯 갤리온스들이 하나둘씩 일어나더니 아포네스를 외치기 시작했다. 결국 모든 갤리온스들이 일어나서 아포네스를 외쳤다.

"여러분, 정말 다행이지 않습니까? 갤리온의 모든 대석학들이 젊지만 이미 자신들의 지혜와 재능을 능가한다고 누누이 말씀하신 행정가이자 《갤리온의 신화와 예언》 전문가인 아포네스와 최고의 과학자인 네메스가 우리와 함께하고 있습니다. 다른 것은 몰라도 이 사실은 살아남은 우리를 하늘이 도운 것입니다."

라르메스라는 자가 들뜬 마음을 도저히 억누를 수 없다는 듯이 흥분하며 말했다.

"네메스!"

"네메스!"

"네메스!"

곧이어 여기저기서 이구동성으로 네메스를 외치자 이번에도 기다렸다는 듯이 회의장의 모든 갤리온스들이 만장일치로 네메스를 큰소리로 외쳤다.

"최고의 행정가는 아포네스이고 최고의 과학자는 네메스라는 것에는 조금도 이견 없이 모두 다 인정하니, 결국 국가는 아포네스가 최고통치자가 되어 이끌어나가고 국방장관은 네메스가 맡으면 완벽하군. 갤리온에서도 최고의 과학자가 국방장관이었으니깐 말이야."

갑자기 옆자리에 있던 율리온스라는 자가 끼어들며 말했고, 자리에 모인 갤리온스들은 모두 한 마음으로 동의하며 열렬한 박수를 보냈다.

"감사합니다. 여러분! 하늘을 우러러 여러분의 무한한 신뢰와 기대에 조그마한 어긋남도 없이 희망찬 미래를 이끌어가도록 최선을 다하겠습니다!"

아포네스와 네메스는 당당히 일어나 연단에 올라 손을 들어 감사의 답례를 표하며 이구동성으로 인사말을 올렸다. 갤리온스들의 절대적인 지지와 환영 속에 최고통치자와 국방장관직에 오른 젊은 아포네스와 네메스는 각자가 맡은 직위에 걸맞게 책임을 갖고 자신의 일에 최선을 다할 것임을 마음속으로 굳게 다짐했다.

다음날, 회의장에서 아포네스와 네메스는 그들이 앞으로 나아가야 할 방향에 대해 진지한 대화를 이어가던 중이었다.

"정말 너무 무섭고 두려운 경험이었어. 갤리온에 고대로부터 전해져 내려온 경전인 《갤리온의 신화와 예언》에 명시되어 있는 대로 모든 일이 일어났으니깐 말이야."

아포네스는 상당한 시간이 흘렀음에도 그 당시를 생각하는 것만으로도 끔찍하고 두려운지 몸서리를 쳤다.

"그래. 지금도 믿을 수 없어! 그 처참한 광경은…."

차마 말을 다 잇지 못하고 네메스는 침통한 표정을 지었다.

"어떻게 행성에 불과한 갤리온이 별과 같은 항성처럼 폭발할 수 있지, 네메스? 갤리온 행성은 주변에 거대한 가스 행성이나 항성 그리고 그 밖에 다른 것이 영향을 미쳐서 특별한 문제가 발생될 수 있는 행성이 전혀 아니었잖아. 그런데도 갑자기 이유도 없이 갤리온 행성 자체가 스스로 폭발해버렸어."

"고도로 축적된 과학기술을 가졌다고 자부했지만, 대재앙이 있기 전에는 아무도 예측조차 못했지. 솔직히 나도 전혀 이해할 수 없어, 아포네스. 어쩌면 영원한 미스터리가 될 수도 있네. 우주의 또 다른 행성에서도 똑같은 현상을 발견해서 조사하기 전까지는 말이지."

숙였던 고개를 들어 아포네스를 쳐다보던 네메스는 도저히 이해하지 못하겠다는 표정을 지으며 어깨를 으쓱했다.

"진도 10 이상의 지진과 화산폭발이 동시다발적으로 갤리온 행성의 모든 영역에 발생한 순간 불꽃을 내며 폭발해버렸어. 더욱 기가 막힌 건 그 어느 곳에서도 갤리온과의 마지막 교신내용조차 전혀 없다는 거야. 갤리온 행성이 순간적으로 폭발한 영상이 우리가 기억하는 최후의 장면이 되었지. 우린 이 사건으로 한순간에 우주의 미아가 되어버렸어."

아포네스가 침울하게 말했다.

"언제부터 전해졌는지 정확히 알려진 것은 없지만 고대로부터 전해져 내려온 《갤리온의 신화와 예언》이 정확히 들어맞았다는 것은 충실한 신자인 내겐 전혀 특별한 일은 아니지. 그래도 한편으론 경이롭고, 다른 한편으론 경악스러울 정도로 정말 놀랍고 충격적이야. 수백만 년 전부터 출처도 모른 체 전해 내려오던 예언을 담은 문서가 우리가 겪거나 앞으로 벌어질 일들에 대해 어떻게 세세하게 내다볼 수 있었는지 말이네."

《갤리온의 신화와 예언》에 한층 더 믿음의 무게가 더해진 아포네스가 힘을 주어 말했다.

"모든 것은 소멸하게 되어 있네, 아포네스. 그것은 증명조차 할 필요 없는 자연의 가장 명확한 법칙일세. 예언은 대부분 불길한 것을 담고 있고, 그러한 기운이 돌 때 힘을 얻지. 그것은 소멸을 강조하고 있다는 것이고, 이렇게 어두운 내용을 담은 것이 거의 대부분이니 결국은 안 좋은 상황이 발생할 때 이리저리 끼워 맞추기 좋을 뿐이야. 그래서 대부분 맞는 것처럼 보일 뿐이라고!"

"네메스, 난 우리의 과학기술을 존중해. 자부심을 가져도 좋아. 하지만 자만으로 빠지는 우를 범하지는 말자고. 마치 우주의 모든 것을 알고 있는 것처럼 말이지. 우리가 우주의 중심이라고 그 어떠한 방법으로도 증명은커녕 정당성을 내세울 수 없는 현재와 같은 상황이라면 말이야! 생각해보게, 네메스. 당장 우린 갤리온 행성의 대폭발의 원인도 전혀 알 수 없잖아. 갤리온의 과학자들이 마치 우주의 거의 대부분을 알고 있는 것처럼 말했지만 사실은 그것도 각자의 나름대로의 판단에 의해 추측할 뿐이지 않았던가, 안 그래? 우주는 너무나 거대하고 넓어. 이 우주에서는 너무나도 다양한 일들이 끊임없이 일어나고 있다고. 물론, 우리는 객관적으로 이치에 합당한 진실을 담은 지식에 철저하게 의존해서 도전하고 나아가야 하겠지만 우리가 밝혀낸 지식들이 이 우주의 기준인 양 모든 것에 잣대를 들이대는 것만은 금물일세, 네메스. 왜냐하면 우주가 먼저 생성되고 우리가 존재하게 되었기 때문이지. 우리가 우주를 만든 것은 아니잖아! 우리는 우주의 극히 작은 일부분일 뿐이라는 사실을 항상 겸허하게 받아들이면서 앞으로 나아가야 할 거야."

아포네스가 엷은 미소를 지으며 네메스에게 말했다.

"물론, 나도 자네의 의견을 부정하는 것은 아니네, 아포네스! 하지만 문제는 《갤리온의 신화와 예언》에 담긴 내용처럼 체계적인 논리로는 검증이 불가능한 내용을 마치 사실인양 무조건적으로 받아들이기 시작한다면 세상은 미신에 둘러싸여 그 누구도 헤어 나오지 못할 걸세. 모든 것이 운에 맡겨진 채 진실을 가장한 허위들로 넘쳐나겠지. 결국 우리는 영원히 우리의 힘으로 진리를 향한 길에 단 한 발자국도 나아가지 못하게 될 것이고 말이네. 미신이나 예언은 단지 맹신을 강요할 뿐 이성적으로 분석하는 대상이 아니니 더 이상 아무런 발전도 없지. 지적생명체의 가장 위대하고도 중요한 특징인 창조와 논리적인 사고를 펼치지 못한다면 도대체 우리는 이 우주에서 무엇을 위해 존재한다는 말인가? 만약, 그렇다면 단순한 명령을 심어놓은 로봇이면 충분하지 않겠나!"

네메스가 고개를 좌우로 절레절레 흔들며 말했다.

"네메스! 자네 내 말을 너무 예민하게 받아들인 것 같군, 허허! 그래도 자네는 너무 한쪽 방향으로만 치우쳐 있어. 그냥 머리도 식힐 겸 심심풀이라도 좋으니《갤리온의 신화와 예언》을 읽어보게나. 앞으로 일어날 것이라고 예상되는 가장 중요한 마지막 예언이 하나 남았는데, 솔직히 나로서는 도무지 감이 오질 않아. 전혀!"

아포네스가 두 손과 두 발을 다 들었다는 표정을 지으면서 말했다.

"시간이 나면 읽어볼게, 아포네스."

《갤리온의 신화와 예언》을 읽어보라는 아포네스의 제안이 전혀 마음에 와 닿지는 않았지만 예의상 웃으며 네메스는 말했다.

아포네스와 대화를 나누던 네메스는 불현듯 갤리온의 역대 최고통치자들 중에서도 가장 현명한 최고통치자이자 마지막 대통령인 안룹스가 떠올랐다. 비록 그분은 친아버지는 아니었지만 네메스에겐 친아버지 이상인 분이셨다. 그분의 말씀에 귀 기울였고, 그분의 말씀에 따라 행동했다. 최고통치자 안룹스는 항상 균형을 중시하는 분이셨는데《갤리온의 신화와 예언》과 과학기술 간의 어느 한쪽으로도 치우치지 않고 균형을 유지했다.

"네메스, 자네는 갤리온의 가장 소중한 인재이자 우리의 진정한 미래일세!"

"하지만 내가 보기에 자네는 한쪽 방향으로만 치우쳐 있어. 초월적인 것에 상당한 거부반응이 있는 것 같아."

"그래도 말이야, 네메스!《갤리온의 신화와 예언》은 꼭 한 번쯤은 참고해보게. 놀라운 내용을 발견할 걸세. 물론, 자네가 이해할 수 있다면 말이네."

"나나 자네 같은 지도자는 항상 적절하게 균형을 유지하는 것이 가장 중요하네. 모두가 자기 것만 믿고 자기 것만 옳다고 하면 분쟁이 생기지. 그렇게 되면 지루한 정당 간에 당파싸움이나 하면서 의미도 없이 시간만 보낼 것 아닌가? 조금 더 여유를 가지고 멀리 보게나, 네메스."

안룹스는 네메스를 볼 때면 언제나 푸근한 미소와 따뜻한 격려를 아낌없이 해주었다. 그러던 어느 날, 안룹스는 마치 다가오는 미지의 거대한 공포를 실제로 마주하고 있는 듯이 두 눈을 부릅뜨고는 허공을 쳐다보며 말했다.

"난 느껴진다네, 네메스! 이제까지 단 한 번도 경험한 적이 없고 상상조차 할 수 없었던 우리에게 곧 닥칠 엄청난 재앙의 불길한 기운을 말이야. 이 느낌은 수학공식이나 논리적인 것으로는 설명되지 않는 것이지. 그래! 이것은 직감이란 거야. 직감 말이네!"

"보고 싶군요. 안룹스!"

네메스는 볼을 타고 흐르는 눈물을 닦았다.

'당신은 진정 모든 것을 뛰어넘는 초월적인 직감으로 갤리온의 대재앙을 아시게 된 것이었습니까, 아니면 단지 우연이었을 뿐입니까!'

그 다음 날, 아포네스와 네메스는 회의장에서 다시 만났다.

"최고통치자였던 안룹스가 선견지명이 있었던 것은 확실해! 그가 심혈을 기울여 미래를 이끌어 갈 100명의 인재를 뽑은 후, 우리를 갤리온의 자랑인 거대한 유선형의 우주비행선, 'GSS 1000(Gaellion Space Shuttle 1000)'에 태워서 갤리온 행성을 따라 거대한 타원 형태로 주위를 돌고 있는 '리온' 행성에 탐사를 보낸 것은 말이야. 물론, 리온 행성은 우리에게 필요한 지하자원이 많이 매장되어 있었으나 워낙 척박해서 생명체가 살아가기에는 전혀 어울리지 않는 행성이었지만 말이지. 하여튼 지금에서야 명확한 사실은 안룹스가 다가올 대재앙을 예상하고 의도적으로 갤리온스의 미래를 위해 추진한 그의 극비 프로젝트였다는 것이 이제는 확실해지지 않았나. 그 당시에 굳이 추진하지 않아도 되는 일이었고 여러 가지로 명분마저 애매했음에도 안룹스는 각 당의 의원들의 거센 비난과 반대의견에도 불구하고 강하게 밀고 나갔으니깐 말이야. 마치 그 다음에 있을 최고통치자의 재선도 자신의 앞으로의 미래나 안위도 전혀 관심이 없다는 듯이 말이지. 지금에 와서 생각해보면 그러한 확신을 갖고 일을 진행시켰다는 것도 놀랍지만, 자신이 죽을 것을 뻔히 알면서도 이런 극비 프로젝트를 추진했다는 것은 놀라움을 넘어 정말 대단한 희생이라는 것 외에 또 다른 깊은 뜻은 있을 수도 없지. 하지만 너무나 엄청난 희생이었어. 갤리온의 모든 갤리온스들이 흔적도 없이 사라졌으니깐. 그리고 현재는 살아난 100명뿐인 우리만 이제 그 위대한 희생을 기리게 되었고…"

아포네스는 네메스 곁에서 일어나 정원이 보이는 창으로 다가가 창문을 활짝 열었다. 마음에 너무도 많은 사람들이 묻어 있기에 바람이라도 쐬지 않으면 답답한 마음이 썩어 문드러질 것만 같았다.

"그래, 안룹스의 희생 덕분에 우리가 이곳에 이렇게 살아 있지. 'GSS 1000'은 단순히 거대한 우주비행선이 아니라 그 자체로 움직이는 최첨단 지식의 보고이자 보물섬이지. 그곳엔 모든 영역의 방대한 지식데이터를 담고 있는 인공지능 슈퍼컴퓨터와 현실보다 더 현실 같은 가상현실 시스템, 수십 대의 우주비행선 그리고 최신의 다양한 건축 장비 등 무구한 세월 동안에 갤리온스들이 발명하고 발전시킨 모든 것의 정수가 빠짐없이 고스란히 담겨져 있네. 그래, 한마디로 말하자면 '떠다니는 문명'이지. GSS 1000만 있으면 언제 어느 곳에서도 초고도로 발전한 문명을 만들어낼 수 있으니깐 말일세!"

"그런데 말이야, 네메스. 내가 알기에는 우리가 일반적으로 알고 있는 기술들 말고도 더욱 대단한 기술이 숨겨져 있다는데, 혹시 자네는 알고 있나?"

주의 깊게 네메스의 설명을 듣던 아포네스는 중요한 무언가가 빠져 있다는 표정으로 미간을 살짝 찌푸리며 질문했다.

"무슨 기술 말인가? 갤리온의 뛰어난 기술이 뭐 한두 개던가!"

"갤리온에 있었을 때, 최고위직에 가장 친분이 있던 분이 비밀이라면서 내게만 넌지시 알려주었거든. 알고 있다는 것을 철저히 숨겨야 한다면서 말이지. 이것은 특급 기밀사항이라면서…. 만약 이 비밀이 누설되면 목숨마저 위태로워질 것이라면서 말이네."

아포네스가 네메스의 표정을 유심히 들여다보며 말했다. 이 대화를 계속 이어나가야 할지 말아야 할지에 대한 선택의 기로에서 잠시 고민하던 네메스는 한숨을 크게 내쉬더니 오히려 대수롭지 않은 듯 덤덤하게 말했다.

"흐음, 안룹스가 철저한 보안을 지키고자 모든 노력을 기울였는데도 그 비밀이 다른 일부 갤리온스들에게 흘러나갔군."

"세상에 비밀은 없는 법이지. 언젠가는 다 드러나게 되어 있다고, 네메스!"

아포네스는 자신의 정보력이 꽤나 마음에 들었는지 입가에 의미심장한 미소가 지어졌다.

"그냥 자네가 충분히 예상할 수 있는 내용이야. 유전공학기술이지. 배아줄기세포나 성체줄기세포로 갤리온스에게 필요한 장기를 만들어서 우리 몸의 문제가 있는 장기들을 단지 일부분이 아니라 이제는 거의 대부분을 완벽하게 대체할 수 있게 되었다는 것이네."

네메스가 대수롭지 않다는 표정으로 성의 없이 답했다.

"그 문제라면 한참 떠들썩했잖아. 종교계와 정치계 그리고 모든 일반 갤리온스들까지 커다란 논란을 일으켰던 윤리문제였지. 그래서 어떤 식으로든 일정한 선에서 거세진 논란을 잠재우려고 윗선에서 노력을 많이 기울였지. 그런데 그건 잘 마무리됐잖아. 일반 시민에게는 말이지."

"그래, 그랬지, 아포네스."

"그런데 말이야, 네메스! 자네 얘기는 너무 오래전에 매듭지어진 사건이 아니었던가?"

무언가 중요한 사실을 이미 알고 있다는 듯이 아포네스는 네메스에게 넌지시 질문했다.

"내가 묻고 싶은 것은 내 소식통이 전해준 정보에 대해 말하고 있는 거네. 극히 소수만 아는 비밀 말일세. 자네라면 이러한 극비사항을 자세히 알 수 있을 것 같아서 말이야."

한참을 말을 할까 말까 망설이던 네메스는 침묵했다. 그러다 문득 생각에 잠겼다.

'하긴, 이미 갤리온의 모든 것이 사라져 지켜야 할 모든 제재가 사라졌는데 이제 와서 더 이상 숨긴다는 것이 무슨 의미가 있다는 말인가!'

결론을 내린 네메스는 고개를 한 번 크게 끄덕이더니 한 손을 아포네스의 어깨를 잡으며 말했다.

"한번 세상에 나온 신기술은 사장되지 않아. 그 신기술이 중요하면 중요할수록 말이지. 물론, 그 기술이 좋은 방향으로 사용되는가 아니면 옳지 못한 방향으로 사용되는지와는 상관없이 말이야. 하여튼 표면상으론 일단락된 것처럼 갤리온스들은 알고 있었지만 그들 모르게 갤리온 주정부에서는 최고 수준의 보안을 유지하면서 지하비밀시설을 마련하고 연구를 계속 진행해왔지. 결국은 갤리온스를 완벽하게 복제할 수 있는 수준까지 기술이 완성되어 그 기술로 실험을 진행시켰고 마침내 성공했다네."

"뭐라고? 정말이었단 말이야! 그런 기술이 정말 완성되었단 말이지. 그것도 아무도 모르게!"

아포네스는 최고위층으로부터 들은 비밀스러운 최신 정보에 대해 어느 정도의 내막은 알고 있었어도 속으론 반신반의하고 있었다. 그래서 이 정보만큼은 음모론을 좋아하는 철부지 같은 자가 재미로 지어낸 이야기라고 생각하였다. 갤리온에서는 그 당시까지 아무리 최신의 기술이라고 해도 특별하게 최고의 보안을 유지하면서 비밀스럽게 진행한 일은 없었기 때문이다. 더욱이 그 어떠한 최신의 강력한 무기를 만들어도 갤리온의 국민은 무조건적으로 동의를 표했다. 왜냐하면 어떠한 일이든지 누구나 수용할 수 있는 분명하고 명백한 정당성을 제공하고 있었기 때문이다. 그래서 주정부에선 정당과 갤리온스들을 설득할 수 있었고, 어떠한 일이든지 수월하게 일을 추진해갈 수 있었다. 이러한 환경이었기 때문에 갤리온스의 복제와 관련된 일도 갤리온스들의 무수한 반대에 부딪치면서까지 굳이 비밀스럽게 일을 진행할 리는 없다고 생각했던 것이다. 그러나 놀랍게도 갤리온스의 복제에 대한 기술만큼은 기존의 관행을 완전히 깨고 철저하게 비밀에 부쳤던 것이다. 네메스에게서 직접 듣고서야 이제는 사실임을 알게 된 아포네스는 그 기술이 완성되어 있고, 실험마저 완벽하게 성공했다는 사실에 윤리문제이든 그 무엇이든 모든 것을 잊은 채 그저 놀라워하며 당황하고 있었다. 어느새 아포네스의 머릿속으로 안룹스의 얼굴이 서서히 떠올랐다. 그가 아니면 이 일을 강력히 추진할 갤리온스는 없을 것이라는 믿음이 현재의 상황에서 다시 과거를 되돌아보면 분명했기 때문이다.

"안룹스는 왜 그랬을까? 이 기술도 갤리온 행성의 대재앙 이후를 대비하기 위한 기술이었을까? 도대체 무엇에 쓰려고…"

아포네스는 아무리 생각해도 이해할 수 없었다.

"글쎄, 그 점에 대해선 나 역시 지금도 잘 이해하지 못하겠어, 아포네스. 굳이 안룹스가 절대적인 반대의견에도 불구하고 이 기술을 비밀리에 추진했던 이유를 말이지."

"갤리온의 모든 갤리온스들은 미래에 발생할 다양한 윤리적인 문제 때문에 이 기술만은 철저히 외면해왔어. 그래서 오직 우리의 평균수명을 과학기술로 늘리기 위한 노력에 집중해왔던 거잖아. 결국은 성공을 거두었고 말이야."

"그래, 그랬지."

"자신을 똑같이 복제해서 그 생명을 거두고 필요한 장기들을 모두 적출한 후 자신의 몸에 대치해 생명을 연장해서 더 살아가야 한다면 그 마음이 한순간이라도 편할 수 있겠어, 네메스? 그것도 단 한 번이 아니라 계속 반복적으로 자기 자신에 대한 살상이 이루어져야 하는 일이 된다면 더 기가 찬 상황이 되겠지. 그렇게 된다면 살인에 대한 개념도 정당하게 합법화가 승인되어야 할 거야. 복제된 자신이나 타인을 살해하는 것의 차이도 없게 될 테니깐. 갤리온스의 존엄성마저 영원히 사라지겠지."

"…"

"각자의 체세포를 이용해서 필요한 장기만 만들어내는 기술은 이미 오래전에 상용화되어 활발하게 이용되고 있었고 말이지. 안룹스는 도대체 무엇 때문에 그 당시에 이 기술에 집착했던 것일까?"

"글쎄, 나도 정말 모르겠군, 아포네스."

이제, 갤리온스의 복제에 대한 기술은 숨겨야 할 이유가 전혀 없는 유통기한이 지난 과거의 역사에 불과하다고 결론을 내린 네메스는 허심탄회하게 그 기술에 대한 추가적인 사항도 아포네스에게 말하기 시작했다.

"하여튼 그 기술은 단지 복제만 가능한 것이 아니라 몇 가지 특성들도 완벽하게 조정할 수 있었어."

"몇 가지 특성?"

호기심이 생긴 아포네스가 네메스 곁으로 바짝 다가가 귀를 기울였다.

"여러 가지가 있지만, 특히 성장과 수명에 관련된 특성을 조정하는 것이 가능했지."

"그럼, 우리보다 더 크거나 더 작은 체구를 가진 갤리온스를 만들어낼 수 있다는 말이군. 그리고 수명도 역시 더 늘리거나 더 줄이는 것이 가능하다는 뜻이고 말이야. 내 말이 맞나, 네메스?"

추가적인 새로운 사실을 알게 되어 흥분된 아포네스는 말의 속도도 그만큼 빨라졌다.

"그래 맞네, 아포네스. 그러나 자네도 알다시피 우리보다 수명을 더 늘릴 수는 없어."

"아! 그건 그렇겠군, 네메스. 우리의 평균수명은 과학기술의 한계가 아니라 태생적 한계라는 것이 이미 밝혀졌으니깐 말이지."

"그래! 맞아, 아포네스."

"그러면 혹시 직접 만들었다는 그 생명체는 GSS 1000 내부 어딘가에 냉동보관이라도 되어 있다는 건가?"

"아니! 복제가 완벽하게 성공한 후 그 생명체로 다양한 실험을 실시하고는 흔적도 없이 없애버렸다네."

"아니, 왜?"

"외부로 이 비밀이 새어나가는 것에 대한 두려움도 있었지만 직접 그 기술로 우리와 똑같은 지적생명체를 만들었다는 것에 대한 두려움이 더 컸지. 그밖에도 여러 사정이 있었고."

"음… 그래서 더 이상의 소문이 떠돌지 않았던 거군."

"항상 역사는 그래왔지 않은가? 처음엔 원자폭탄을 만들어서 실험하고 실전에도 투입했을 때 모두들 입을 모아 대단하다고 했지. 그러나 얼마 못 가 이것으로도 만족스럽지 않으니까 원자폭탄보다 수천 배나 강력한 수소폭탄을 만들고 실험해서 반경 몇백 킬로미터 내에 모든 것을 말끔하게 증발시켜버렸지. 이런 식으로 그 이후에도 더더욱 강력하고 파괴적인 폭탄을 만들어냈잖아. 그러다가 결국에는 우리들의 기술로 만든 창조물을 두려워하게 되지. 그랬다가도 급하면 언제 두려워했냐는 듯이 바로 실전에 사용하는 것을 주저하지 않았잖아. 모순이지만 항상 그래왔지. 거기다 이쯤에서 멈추기는커녕 급기야는 적색거성폭탄을 만들기로 합의를 보았지. 만약 우주에서 가장 강력한 행성이자 국가인 갤리온이 우주 곳곳에 흩어져 있던 이해와 협의가 불가능한 수많은 다른 종족들을 피비린내 나는 전쟁을 통해 하나로 통합시키지 못했다면 아마도 이 말도 안 되고 불가능한 폭탄을 만들어내기 위해 미친 듯이 달려들었을 것이고, 이것이 만들어졌다면 분명히 실전에 투입됐겠지. 우주에 어떠한 엄청난 사태가 발생할지 상상조차 할 수 없는 상태에서 말이지. 기술은 항상 양면성을 가지고 있지 않은가? 편리성과 두려움이란 상반된 두 얼굴을 말이네."

네메스가 생각하기에 고도로 과학기술이 발달한 문명일수록 미시적인 관점에서 보면 편리성을 제공하지만 거시적인 관점에서 보면 이상하게도 항상 고정된 어딘가를 향해 미친 듯이 달려가는 것만 같았다. 무엇인지 알 수도 없고 도저히 피할 수도 없는 절대적인 힘에 이끌려가고 있는 것처럼 느껴졌다. 하지만 그 힘에 이끌려 도달할 최종목적지엔 오직 강한 부정만이 느껴졌다. 우주에서 불멸의 절대적인 두 가지 법칙 중 하나이자 이곳에 속한 모든 존재가 결국엔 맞이할 수밖에 없는 죽음이자 사라짐이라는 의미의 포괄적인 단 하나의 법칙, 소멸이었다.

"어때, 아포네스. 자네와 똑같은 또 한 명의 존재를 만들어두는 것이. 그래서 똑같은 자네와 마주앉아서 서로 즐거운 대화를 나누는 것은 어떻겠나?"

네메스가 묘한 미소를 지으며 아포네스에게 말했다.

"뭐라고! 나와 똑같은 또 다른 나를. 아, 아니네. 아니야. 난 지금처럼 하나로 만족하네!"

기겁하며 아포네스가 손을 내저었다. 그러다가 네메스의 장난스런 짓궂은 발상이라는 것을 알아차린 아포네스는 절로 웃음이 나왔다.

"그런데 말이네, 네메스. 자네의 이야기를 듣다 보니 궁금한 것이 생겨서 말이야. 복제된 생명체는 원래의 갤리온스처럼 정체성과 기억도 똑같이 복제되었나?"

아포네스의 목소리엔 약간의 우려가 섞여 있었다.

"아니, 두뇌의 기억이나 정체성은 전혀 복제되지 않았어. 복제된 갤리온스에게 인위적으로 원래의 갤리온스가 소유한 기억의 일부분은 어느 정도 복제할 수 있었지만, 어디까지나 너무도 극히 작은 일부분일 뿐이었어. 왜냐하면 기억은 실제적인 경험을 바탕으로 쌓여진 데이터들이기도 하지만, 하나의 두뇌가 기억하고 있는 어마어마한 데이터의 양과 그것들 간의 연결된 상호관계들까지 고려하면 상상을 초월할 정도로 복잡함의 극치이지. 수많은 학자들이 많은 노력을 해왔지만 걸음마 수준이었네. 오히려 저장된 기억을 제거하는 것이 쉽지. 하여튼 이러한 상황이니 두뇌의 유일하고도 가장 난해한 정체성의 복제와 관련된 문제를 거론한다는 것은 지금까지도 시기상조일 뿐이지. 즉, 의식을 바탕으로 생성되는 정체성에 관련된 복제문제는 너무도 먼 미래의 이야기일 뿐이네. 그것이 정말 지적생명체가 뛰어넘을 수 있는 문제인지 솔직히 의심이 들기도 하고."

"걱정 말게, 아포네스. 자네를 똑같이 복제해도 복제된 생명체가 자네를 보고 '내가 진정한 아포네스야.'라는 말은 하지 못할 테니까."

심각한 표정으로 듣고 있던 아포네스에게 네메스가 흘끗 보며 말했다.

"아니네. 그렇게까지는 염려하지 않았다고. 혹시 자네가 그런 두려운 상상을 했던 것은 아냐?"

아포네스는 자신의 속마음을 들킨 것이 쑥스러워 화살을 네메스에게 돌렸다.

"뭐? 하하하! 또 모르지."

아포네스와 네메스는 무거운 마음의 짐을 잠시 내려놓은 채 서로를 바라보며 오래간만에 환하게 웃었다.

그 후로 10년 정도의 세월이 흘렀다. 총인원이 100명이었던 갤리온스 중에는 서로 마음이 맞는 상대를 만나 결혼했다. 그리고 임신하고 출산하는 과정에서 인원이 늘어갔다. 그러나 갤리온스의 인구 증가의 진척 속도는 상당히 느렸다. 이는 아포네스에게는 아포네스대로 네메스에게는 네메스대로 크나큰 걱정거리였다. 네메스는 우선 GSS 1000 모델보다 최소한 몇 배는 크고 보다 발전된 기술을 담은 완전한 구 형태의 모선 우주비행선을 만드는 것이 시급한 과제였다. 그리고 아포네스는 수많은 인원이 확충되어 하나의 제국, 즉 다시 부활한 갤리온 행성으로 만들고 싫었다. 그런 이들에게 현실의 벽은 너무나 높았다. 각자 자신의 목표를 이루어 나가기 위해서는 수많은 인력이 절대적으로 필요했다. 하지만 지금과 같은 상황이 앞으로도 계속 이어진다면 그들의 장밋빛 계획은 머릿속에서만 맴돌다가 끝을 맺게 되리라는 것에 추호의 의심도 없었다.

그러던 어느 날, 아포네스는 한밤중에 네메스를 회의장으로 은밀히 불렀다. 네메스가 도착했을 때 아포네스는 발코니로 나아가 밤하늘에 떠 있는 수많은 별들을 하염없이 바라보고 있었다. 네메스가 다가가자 인기척을 느꼈는지 헛기침을 했다.

"네메스, 어서 오게."

"아포네스. 이 한밤중에 무슨 일인가? 심각한 문젠가?"

"우리 사이에 포장은 안하겠네. 그렇지만 먼저 이것만은 반드시 알아주게. 지금부터 내가 하는 말… 상당히 오랫동안 고심하고 고심해서 말하는 거야. 자네도 알다시피 우리의 평균수명은 3,600년밖에 안 돼. 하지만 우리의 평균수명과 현재의 인구증가율로는 우리가 살아 있을 동안 예전과 같은 갤리온의 수준으로 끌어올리기란 어림도 없는 헛소리에 불과할 뿐이네. 만약 갤리온의 수준만큼 성장한다고 해도 그때는 이미 우리는 이 세상에 없거나 늙어서 기력조차 없겠지. 그러니 우리가 젊고 힘이 넘칠 때까지 노력해봐야 기껏 소도시나 겨우 만들 수 있을까 모르겠네. 자네가 봐도 그렇지 않나, 네메스?"

아포네스는 땅이 꺼지듯 한숨을 길게 내쉬고는 다시 무수한 별들에게로 시선을 돌렸다.

"자네의 심각한 고민은 솔직히 나의 고민이기도 하군! 사실은 나도 곤란하긴 마찬가지네. 나 역시 우리 갤리온의 가장 큰 자랑인 GSS 1000 모델을 더욱 개량한 새로운 모델을 만들고 싶지만 지금과 같은 상황에

선 도저히 엄두가 나질 않아. 기술은 있지만 그 기술을 현실로 이끌어
줄 노동력이 턱없이 부족하니 말이네. 향상된 미래를 준비하기 위해선
지금 당장이라도 많은 인력이 충원되어야 시작할 수 있을 텐데. 우리가
벌써 852살이잖아. 마음이 조급해져. 이대로 특별히 하는 것 없이 늙어
갈까 봐 말이네."

"세월이 흘러갈수록 현실이라는 벽이 우리의 미래를 점점 더 가로막는
것 같아. 나의 진정한 꿈도 말이야. 이러면 안 되는데. 내가 살면서 지금
까지 최선을 다했던 이유는 우주의 기원과 최후뿐만 아니라 그 자체의
궁극적인 진정한 의미를 알아내는 거였어. 오직 이것만 생각하고 공부
하고 연구하며 노력해왔지. 나에게 이 문제보다 더 중요한 것은 이 세상
에 없었으니깐 말이야, 아포네스."

절대 풀리지 않는 수학문제를 앞에 둔 학자처럼 나아질 기미가 전혀
보이지 않는 현실의 벽에 가로막힌 네메스는 난감해했다.

"그렇지. 자네한테는 그 문제가 가장 심각하겠지. 우리의 역사는《갤
리온의 신화와 예언》을 바탕으로 초월적 존재에 대한 수많은 논쟁을 통
해 철학이 발전했고 뒤이어 과학으로까지 발전했으니깐 말이지. 우리의
문명은 이러한 과정 속에서 성장해왔지. 자네가 말한 우주의 궁극적인
진정한 의미를 알아가는 과정은 우리 갤리온스들에게 항상 그 무엇보다
도 가장 소중하고 중요한 문제였어. 우리뿐만 아니라 이 세상의 모든 것
은 결국 우주라는 거대한 바다 안에 갇혀 있는 신세이니 지적생명체라
면 누구나 궁금할 수밖에 없는 세상에서 가장 위대하고 숭고한 질문이
지. 결국은 지적생명체의 기원과 존재의 이유로 연결되니깐."

"맞네, 아포네스. 이러한 중요한 문제를 다루려면 먼저 과학기술을 발
전시켜 나가면서 더 근본적인 고차원 문제들을 해결해나가야 돼. 그러
기 위해선 제일 급선무가 GSS 1000 모델을 훨씬 뛰어넘는 거대한 모선

우주비행선을 만들어야 하고 거기에 따라 지금 소유하고 있는 인공지능 슈퍼컴퓨터의 최소 수백 배 이상인 더 강력한 시스템을 만들어서 장착해야 하는데 말이지. 지금의 인원으로는 여러 가지로 한없이 역부족인 것은 부인할 수 없는 사실이야."

낙담한 네메스가 실망감을 여실히 드러내며 말했다.

"그래, 자네의 말이 백번 옳아, 네메스! 갤리온의 대재앙을 경험하고 나니 만약의 사태를 대비하기 위해서도 반드시 더욱 발전된 모선을 만들어야겠어. 자네가 말했듯이 떠다니는 문명 그 자체니깐. 그것만 있으면 어떠한 최악의 사태가 발생하더라도 언제 어디서나 모든 것을 다시 시작할 수 있겠지. 하여튼 그러려면 금과 은을 비롯한 구리와 철 등의 지하자원을 비롯해서 그 밖에 수많은 다양한 자원들을 획득해야 더욱 발전된 모선도 만들 수 있고 다양한 전자 장비를 만들 수 있을 텐데 말이야. 나 역시 국가를 건설하려면 건축물을 상당히 지어야 하는데 건설용 기계 장비들을 만들어야 최소 수십 톤에서 천 톤을 훨씬 넘어서는 거대한 대리석을 비롯한 돌들을 원하는 장소에 이동시킬 수 있을 것이고, 그와 동시에 대규모의 인력이 동원되어야 일이 체계적으로 원만하게 진행될 텐데 말이네. 아쉽게도 지금은 우리가 아무리 최첨단 과학기술과 첨단장비를 가지고 땅을 파고 자원을 찾는다고 해도 현재 인원들의 노력으로는 획득한 자원도 적을뿐더러 첨단 기계장비들이 있어도 우리가 일일이 조정해야 하니 일의 효율성이 너무 낮아. 이러한 단순노동에 투입되어 하루 종일 일하다 보니 진정으로 수준 높은 업무를 할 생각은 꿈도 꿀 수 없을 지경이야. 앞으로도 이런 식으로 계속 흘러간다면 더더욱 심각한 문제는 우리의 인원 중 대다수가 과학자들인데 그들이 자신들의 연구를 진척시키기 위한 고차원적인 연구 활동은 거의 하지 못한 채 땅굴이나 파고 농사하고 가축을 기르고 바닷가에서 물고기들이나 잡으며 자원이나 식재료를 준비하다가 세월만 흘려보낼 수밖에 없다는 거야. 위대한 갤리온의 최고급 두뇌들이 말이지. 솔직히 이러한 단순하고 반복된 생활에 지친 갤리온스들의 반발과 불만도 이미 극에 달해 있고 말이지. 정말 우리의 미래가 걱정돼, 네메스."

시원하던 밤공기가 어느새 스산하고 을씨년스러운 바람이 되어 그들의 심장에 파고들어와 폐부를 깊숙이 찔렀다.

서로가 서로에게 명확한 답변을 줄 수 없는 상황이 기나긴 침묵으로 이어지고 있을 즈음, 아포네스가 조심스럽게 네메스에게 말을 건넸다.

"저기 있잖아, 네메스. 혹시 어떻게 생각해?"

아포네스가 약간 긴장한 듯이 입술을 살짝 말았다.

"무엇을 말이야?"

"인, 원, 확, 충, 문, 제!"

아포네스는 자신의 진심을 알아달라는 듯, 한 글자 한 글자를 각인시키듯 말했다.

네메스를 너무나 잘 알고 있는 아포네스로서는 마음을 졸였다. 분명히 격렬한 반대가 있을 것이다. 아포네스가 알고 있기론 갤리온스의 복제 기술이 성공을 거두고 다양한 실험이 진행되고 있을 때, 그 기술의 모든 것을 폐기시켜야 한다고 강력하게 주장한 이가 바로 네메스였다는 것을 알고 있었기 때문이다. 결국 최고의 과학자이자 가장 영향력이 있는 네메스의 승인과 도움 없이는 이 기술을 진행할 수 없었다. 그래서 어떻게든 네메스를 설득하는 것밖에 다른 대안은 없었다. 아포네스는 두 주먹에 힘을 주고 긴장의 끈을 놓지 못한 채 네메스의 숨소리에 귀를 기울였다. 네메스는 어둠속으로 한 발 더 물러났다. 한동안 침묵이 이어졌다. 그러다 그에게서 하얀 영혼이 빠지듯 긴 한숨이 나왔다.

'결국 그것이 유일한 길일 수밖에는 없단 말인가!'

밤하늘에 수많은 별들이 반짝거리는 야경을 한참 동안 말없이 바라보며 고민을 하던 네메스는 중대한 무엇인가를 결정한 듯 말했다.

"솔직히 말하자면 말이야, 아포네스."

"그래, 자네의 생각은 어때, 네메스?"

기다렸다는 듯이 아포네스가 달려들며 물었다.

"나 역시 그 문제에 대해 고민을 많이 했어. 하지만 난 고삐 풀린 동물이 되고 싶지는 않았기 때문에 그동안 명확하게 말할 수 없었어."

"무슨 뜻이야, 네메스?"

"고삐 풀린 동물은 그동안 가질 수 없던 커다란 자유를 소유하게 되지. 가고 싶은 곳이라면 어디든 갈 수 있는 진정한 자유를 말이야. 그러나 아무런 통제가 없는 커다란 자유는 오히려 치명적인 결과를 가져다 줄 수도 있어. 그 동물이 떠나게 되는 수많은 선택의 길은 그가 결코 가본 적이 없는 낯선 길이니까 말이지. 따라서 어떠한 위험이 도사리고 있는지 도저히 알 수 없는 거야. 왜냐하면 예측이 불가능하니깐 말이네."

네메스가 침착하게 말했다.

"그렇지만 네메스. 오히려 그것은 도전이자 모험이라고 해야 옳지 않을까? 삶이란 누구에게나 도전과 모험의 연속이잖아. 위험이 항상 도사리고 있는 것은 당연한 거라고."

"그렇지 않다고 부정은 하지 않겠네, 아포네스. 그러나 내가 지금 말하고자 하는 것은 자네가 말한 복제 기술에 한정해서 말하고 있는 거야. 이곳에서 우리는 무한한 자유를 가질 수 있지. 갤리온에서 갤리온스들이 따르던 수많은 법규와 윤리의 문제들을 이곳에서는 벗어나서 필요하다면 의식하지 않고 다양하게 적용할 수 있잖아. 그 무엇도 더 이상 우리를 통제할 수는 없으니깐 말이지. 하지만 전혀 통제되지 않은 자유는 잘못되거나 우려할만한 상황이 오면 반드시 우리 모두 그에 상응하는 대가를 치를 수밖에 없어. 왜냐하면 책임자가 바로 우리이니깐."

"그건 그렇겠지."

네메스와 아포네스는 또 다른 심각한 고민에 빠져 있었다. 현실은 분명히 그들에게 노동인력이 절실히 필요했다. 하지만 노동인력의 수가 앞으로 기하급수적으로 늘어나서 갤리온스의 인원수를 상당히 넘어설 때 혹시라도 그들이 자신들을 향해 반란을 일으킨다면 완벽하게 통제할 수 있을지 정확히 알 수 없었다. 또한 그때 이후에 자신들에게 또 다른 어떠한 상황이 발생하게 될지는 더더욱 예측할 수 없는 노릇이었다.

한동안 심각하게 고민하던 네메스는 반복되는 긴 침묵을 깨며 말문을 열었다.

"삶이란 참으로 애꿎고 요상하군. 난 그저 내 자리에서 나의 정해진 길만 가고자 할 뿐인데 이렇게 가만히 있어도 때가 되면 어디에선가 커다란 돌덩어리가 나에게 미친 듯이 던져지지. 살고자 한다면 지금 자리에서 일어나 움직여서 벗어난 후 다른 자리에 앉아서 익숙해지는 수밖에 없는 거야. 삶이란 원하건 원치 않건 끊임없이 변화하게 만들지. 지금 우리에게 더 이상 기존의 모습으로 살아갈 수 없도록 새롭고 낯선 길이 펼쳐지고 있어. 우리가 진정으로 우리의 삶을 개선하고 확대하고자 한다면 위험하거나 싫다고 해도 받아들이는 수밖에 없겠지. 그래, 더 이상의 다른 대안이 없군. 어쩔 수 없어. 지금 우리의 상황에서는 말이지."

아포네스는 자신의 귀를 의심했다. 네메스가 이리 첫 말부터 백기를 들다니. 그렇다면, 아니 어쩌면 네메스도 자신처럼 지금과 같은 상황에서는 불가피하다는 것을 처음부터 받아들이고 있었는지도 모르는 일이었다. 아포네스는 순간 빛을 잡아 가슴에 박은 듯 가득한 희망이 부풀어 오르며 움츠러들었던 가슴이 펴졌다.

"그래 나도 동감이야, 네메스. 이건 정말 너무나 어려운 결정이네. 우린 앞으로도 많은 생각과 고민을 더해야 하겠지만, 우선 지금은 이 상황에서 벗어날 방법을 최대한 활용하는 수밖엔 없어. 우리에게 놓인 상황이 더 이상 이런저런 것들을 고민할 여유가 없게 만들고 있잖아."

아포네스가 어쩔 수 없다는 표정을 지었다.

미래를 정확히 알 수는 없다. 중요한 것은 앞으로 나아가도록 주변상황이 조성된다는 것이다. 아니 어쩌면 뒤로 가고 있는지도 모르며 어쩌면 옆으로 가고 있는지도 모른다. 우리가 어떠한 목표를 향해 앞으로 나아간다는 것은 단지 우리만의 착각일 수도 있다. 우주라는 곳에서 우리가 진정으로 앞으로 나아가고 있는지를 정확히 판단해줄 수 있는 기준점은 그 어디에도 없다. 오직 우리 자신이 우물 안 개구리처럼 우리만의 판단으로 정립한 기준을 바탕으로 앞으로 나아가고 있다고 판단을 내린 것이라고 할 수도 있다. 세상 모든 것의 최종목표점은 생성이 아니라 소멸에 있고 죽음에 있다. 활을 떠난 화살은 자신이 앞으로 나아가고 있다고 생각할 수 있지만 그 화살이 도달하는 최종목적이자 목표는 정해진 지점에 꽂힐 뿐이다. 화살은 항상 제자리에 있을 뿐이다. 결국 화살의 최종목적은 처음과 같은 상태이자 정적이며 그것은 모든 것의 사라짐이다.

미래에 일어날 일을 정확히 예견할 수는 없다. 따라서 우리는 결과가 무엇이든 예상을 해도 행동을 취할 것이고 예상을 못해도 행동을 취할 것이니깐. 물론 그 시작은 우리가 스스로 생각하고 결정한 것이라고 받아들이지만 그것은 어쩌면 우리가 느끼지 못하는 주변에 알 수 없는 힘이 작용한 결과일지도 모른다. 다른 일반적인 생명체와 다르게 지적생명체는 항상 확장을 하려 한다는 것이 가장 큰 차이점이라면 차이일 뿐. 따라서 그 결과로 인해 뜻하지 않은 어떠한 상황이 발생한다고 해도 감수할 수밖에 없는 것은 태생적으로 피할 수 없는 우리의 한계일지도 모른다. 아포네스와 네메스는 자신들의 이러한 결정이 앞으로 그들에게 어떠한 결과를 가져다줄지를 예상하지 못한 채 다음 단계로 나아가고 있었다.

"시작하자, 아포네스!"

네메스가 결정을 굳힌 듯 두 눈을 반짝였다.

"그래, 우리 도전해보는 거야, 네메스!"

한 걸음 앞으로 나아가기 위한 두려운 결정의 무게를 네메스와 아포네스는 온 마음으로 받아들였다.

다음날 이른 아침, 네메스와 아포네스는 갤리온스들 중에서도 특히 월등하게 일을 잘하고 충실하게 따르는 성품을 소유한 30명의 갤리온스들을 선별하여 그들을 GSS 1000의 유전공학 실험실로 불렀다. 그러나 막상 일행이 도착해보니 주위엔 아무것도 없었다. 그저 사방이 벽으로 막힌 곳이었다. 그래서 이곳은 당연히 그 누구도 관심을 기울인 적이 없었다. 오직 네메스를 제외하고는 이곳의 비밀은 철저히 가려져 있었다. 평범한 금속 재질로 덮여 있던 벽면을 향해서 특수 레이저 장비를 이용해 벽면의 일부분을 제거하기 시작하자 지금까지 감추어져 있던 비밀의 문이 드러나기 시작했다. 판도라의 상자가 서서히 모습을 드러내기 시작한 것이다.

"네메스, 많이 생각해보았는데 가장 중요한 첫 번째 조건은 우리와 똑같으면 안 될 것 같아."

밤새 고민한 아포네스의 두 눈은 퀭했고 초췌해져 있었다.

"우리와 똑같지 않다니? 도대체 무슨 의미야, 아포네스?"

"그러니깐 우리가 감당할 수 있는 존재여야 한다는 뜻이야. 지금 만들려는 생명체는 우리의 온갖 궂은일들을 도울 수 있도록 만들어야 하고, 특히 우리의 힘으로 통제가 가능해야 한다는 말이지. 즉 우리보다 더 크거나 힘이 센 괴물이 탄생하면 안 되잖아. 안 그래, 네메스?"

"아! 그런 뜻이군, 아포네스. 그럼, 당연히 그래야겠지."

네메스는 선별된 30명의 각각의 체세포를 여러 번 채취했다. 그리고 채취한 그 체세포들 중에 선별된 것을 200개의 용기에 조심스럽게 담은 후 냉동보관창고에 잘 넣어서 보관해두었다. 일을 마친 30명의 갤리온스들이 자신들의 본거지로 되돌아가자 연구실에는 아포네스와 네메스만 남았다.

"궁금한데 말이야, 네메스. 우리의 유전자가 정말로 필요한 거야? 단지, 노동력을 위해 만들어낼 단순한 생명체들에게 위대한 갤리온스의 지능이 반드시 계승되어야 하는가 말이네!"

아포네스는 노동력을 충당한다는 것에 두말할 것 없이 대찬성이었다. 하지만 자신들의 유전자를 적용시켜 탄생시킨 동일한 갤리온스라 할 수 있는 그들을 단순한 노동에 이용해야 한다는 것이 내내 마음에 꺼림칙했다. 또한 동일한 지능을 소유한 복제된 그들이 다가올 미래에 어떠한 반향을 불러일으킬 수도 있다는 가능성이 우려됐다.

"내가 아직 말하지 않은 것이 있네, 아포네스."

"…?"

"갤리온에서는 갤리온스 복제 이전에 다양한 동물들을 대상으로 테스트를 진행해왔어. 특히 우리의 유전자와 99퍼센트 가까이 근사한 동물을 말이야. 그 동물을 상대로 복제하면 그 동물은 지적생명체가 될 수 있을까, 아포네스?"

"그거야 당연히 안 되겠지."

아포네스가 그 문제의 해답은 분명하다는 듯이 자신 있게 대답했다.

"그래, 당연히 안 되지. 그렇다면 우리의 유전자와 그 동물의 유전자를 반반씩 혼합해서 만들어내면 최소한 우리의 수준과 비슷해지거나 아니면 똑같이 동일해질까? 즉, 창조성을 소유한 진정한 지적생명체가 될 수 있을까?"

"글쎄."

"정답은 실패였네."

"정말? 그랬나!"

아포네스 역시 이 문제의 진위 여부를 알 수는 없었지만 갤리온의 과학기술로도 실패했다는 것이 믿기지 않았는지 화들짝 놀라면서 말했다.

"문제는 다른 동물들에 비해 유별나게 뛰어난 창조성을 발휘하는 우리 두뇌의 완벽한 기능을 이해하는 것은 지금도 일부분일 뿐이니깐. 즉 우리의 유전자와 그 동물의 유전자를 섞는 것은 그저 물과 기름을 섞는 것과 같을 뿐이었어. 만약 그 당시에 성공했다면 우리보다 열등한 존재가 만들어졌을 테니 갤리온스들의 윤리적인 문제도 어느 정도는 벗어날 수 있었을 거야. 비록 우리의 유전자가 추가되었다고 해도 만들어진 생명체는 우리라고 하기에는 모호했을 테니깐 말이지."

"그렇군. 정말 어렵고 난해한 문제였군."

"그렇다네, 아포네스. 따라서 우리의 말을 알아듣고 자신이 맡은 일을 알아서 할 수 있는 노동력을 위한 일꾼을 만들려면 우리 갤리온스의 유전자가 반드시 필요한 거지. 그리고 이미 우주에서 가장 뛰어난 지적생명체인 갤리온스의 유전자가 꿈틀거리며 살아 있는데 무엇 때문에 우리보다 열등한 두뇌를 가진 다른 동물을 우리와 같은 지적생명체로 만들기 위해 유전자조작을 해야 하지? 그게 정말 효율적이라 생각해? 그건

이 우주에서 가장 멍청한 방법이지. 단지, 윤리적인 문제를 벗어나기 위한 임시방편일 뿐이야. 아예 그 시간에 우리의 두뇌만 연구했다면 조금 더 발전했을 거야. 그리고 지금 우리가 살고 있는 이곳은 그러한 윤리적인 문제를 비롯한 모든 난해한 제한으로부터 완전히 벗어나 있는 곳이라는 것을 명심하게."

"다시 한 번 말하지만, 아포네스. 지금부터 내가 하는 말을 머릿속에 확실하게 새겨두라고. 우리는 지금 평범한 일반적인 동물들을 훈련시킨 후 공연단을 만들어서 그들의 재롱을 보자는 것이 아니네. 그 동물들은 아무리 훈련을 시켜도 우리와 직접적으로 대화할 수도 없거니와 그 동물들에게 우리의 작업을 분담해서 나누어주어도 스스로 무엇을 해야 하는지, 이 작업을 왜 해야 하는지 그 의미조차 파악할 수 없을 뿐이네. 아무 의미가 없어. 더욱이 우리가 처한 상황은 자네도 잘 알다시피 이것저것 가릴 때가 아니잖아. 당장 꺼져가는 불씨를 다시 살리는 것이 급선무라고, 아포네스."

"잘 알았네. 네메스! 처음부터 우리의 유전자를 적용시키는 것 외에 다른 선택의 여지가 없는 일이었군. 자 그럼, 이제부터 어떻게 진행되는 거야?"

아포네스가 미소를 짓고는 네메스의 어깨를 가볍게 치며 말했다.

"우선은 우리의 성장에 관련된 유전자를 조작해서 4미터에 이르는 우리보단 훨씬 작도록 유전자를 조정해야겠지. 그러면 최소한 위협이 되지는 않을 테니 말이야. 그래야 만들어진 새로운 생명체들도 우리에게 상당한 두려움을 느끼게 될 테니깐 말이지."

"그런데 네메스. 매우 중요한 한 가지가 더 있어!"

옆에서 주의 깊게 경청하던 아포네스가 말했다.

"어떤 한 가지?"

"새로운 생명체를 우리만큼 살게 한다는 것도 우리에겐 받아들일 수 없는 문제인 것 같은데 말이지. 이것은 우리 갤리온스들만의 고유한 능력이라고, 네메스. 그리고 새로운 생명체와도 구별할 수 있는 절대적인 차이점이 될 테고 말이야. 그들이 도저히 넘어설 수 없는 특성 중에 하나가 될 것이니깐 말이네. 그들이 우리를 넘어서는 절대로 안 되지."

아포네스가 두 눈을 부릅뜨며 강조했다.

"그것도 그렇군. 당연한 말이네. 생각해보니 수명과 관련된 문제도 매우 중요하군. 이 부분도 크게 감소시키지 않으면 갤리온스들의 반발이 상당히 심하겠어. 새로운 생명체가 우리만큼 살아 있거나 조금 더 오래 산다면 정말 어처구니없는 상황이 되겠군. 알았어. 수명과 관련된 유전자도 조정해서 많이 줄여야겠군."

네메스가 자신의 체크리스트를 보며 추가사항을 기입해 나갔다.

"아무리 생각해봐도 안룹스는 놀랍게도 우리에게 이러한 상황이 닥칠 거라는 것도 알고 있었어. 그래서 무수한 반대에도 비밀리에 갤리온스의 복제 기술을 완성하고 실험까지 했던 것이고 말이야. 결국은 이때를 대비해서 치밀하게 준비한 것이 틀림없군. 다른 이들에게는 불가능한 머나먼 미래를 미리 앞서서 볼 수 있는 혜안을 가진 분이었다는 것이 이렇게 증명되고 있잖아. 그렇지 않았다면 이러한 유전공학실험실을 이곳에 비밀스럽게 설계할 필요는 없었을 테니깐 말이야. 안 그래, 네메스?"

아포네스가 체크리스트에 추가사항을 열심히 기입하고 있는 네메스를 어깨너머로 바라보며 말했고, 잠시 동작을 멈칫하던 네메스는 다시 묵묵히 자신이 진행하고 있던 작업을 계속해나갔다.

다음 날 네메스는 이오니우스와 헬룹스라는 두 명의 생명공학자와 함께 GSS 1000에 있는 유전공학실험실에서 만났다. 갤리온을 떠날 때 이미 유전공학실험실의 냉동창고에 처음부터 보관되어 있던 250여 개의 난자 중 200개를 선별하고는 추출한 체세포를 넣어서 인공자궁에 착상 시켰고, 발육속도를 인위적으로 향상시키는 300개의 커다란 인큐베이터 중에 우선은 실험적으로 200개의 인큐베이터에 인공 수정된 난자를 각각 배치시켰다. 실험 결과가 만족스러우면 그 수를 늘려갈 것이고 필요 하다면 인큐베이터의 수도 점차 늘려갈 계획이었다. 그리고 성장과 수명 에 관련된 특성을 계획대로 세심하게 조정했다. 그 새로운 생명체들은 발육속도를 획기적으로 향상시키는 공학기술로 만들어진 인큐베이터 덕분에 이제 2개월 후면 영아로 탄생될 것이다. 그리고 그 속에서 그들 은 지속적으로 빠른 성장을 하게 될 것이다.

2개월 후, 영아로서 모습을 드러낸 200명의 새로운 생명체들을 관람 하기 위해 갤리온스들이 모선인 GSS 1000을 방문했다. 기대 반 두려움 반이었다. 갤리온스들에게 갤리온의 모든 역사를 통틀어 수많은 과학 기술 중에서도 가장 긴장시키는 실험이었기 때문이다. 아무리 유전자를 조정했다고는 해도 자연적이 아닌 인공적으로 탄생된 자신들의 모습과 동일하면서도 어떤 면에서는 또 다른 새로운 생명체와 처음으로 마주한 다는 것은 극도의 긴장감을 줄 수밖에 없었다.

"막상 결과물을 실제로 본다고 하니 긴장이 많이 돼."

아포네스가 긴장감을 내비치고는 두 손을 연신 마주잡으며 말했다. 하지만 그것은 갤리온스들 모두 마찬가지였다.

일반적인 동물을 복제했다면 이렇게 긴장될 일은 없었겠지만 지적생 명체 입장에서 또 다른 지적생명체를 인위적으로 만든다는 것은 갤리 온스들에게 심리적으로나 윤리적으로 형용할 수 없이 미묘하고 복잡한 감정을 느끼게 했다. 유전공학실험실로 들어간 후, 오십여 미터 정도 안으로 더 들어가자 인큐베이터실이 모습을 드러냈다. 그곳엔 300개의 인큐베이터가 배치되어 있었고, 그중 200개의 인큐베이터에는 크기만 작을 뿐 자신들의 모습과 똑같이 생긴 지적생명체들이 누워 있었다. 각각의 인큐베이터 내부에서는 실시간으로 영아의 모든 상태를 상세하게 체크하고 있었고, 필요한 영양분과 대소변 그리고 목욕까지도 자동머신이 각각의 상태에 따라 적절하고도 알맞게 처리해주고 있었다.

"오! 이렇게 예쁠 수가!"

여성 갤리온스들이 아기를 보더니 귀여워서 어쩔 줄 몰라 했다.

"정말 이 아기들을 당신이 여성 갤리온스들의 도움 없이 인공적으로 탄생시킨 거예요? 네메스?!"

보면서도 믿기지 않았는지 여기저기서 갤리온스들이 네메스에게 물었다.

"그런데 이들을 어떻게 불러야 할까요?"

옆에서 지켜보던 한 갤리온스가 질문했다.

"'콴티'라고 하면 어떨까요?"

이에 또 다른 갤리온스가 나서며 말했다.

"'콴티'라면 갤리온 행성에서 우리에게 가장 인기 있었던 달콤하고 맛있는 과일 이름이군요. 그리고 '새로운 희망'이라는 뜻도 이 단어에서 시작하지요."

아포네스가 매우 만족스러워하며 말했다.

"상당히 괜찮군. 지금의 상황과 잘 어울려. 이 새로운 생명체들은 우리를 위해 많은 일들을 도와주게 될 테니 우리에겐 달콤한 과일이자 새로운 희망과 같군!"

네메스도 기꺼이 동의하며 말했고, 나머지 갤리온스들도 모두 반갑게 동의를 표했다.

"어, 그런데 이상하네? 모든 아기의 성이 남자네요."

몇 명의 여성 갤리온스들이 뜻밖의 상황에 놀라며 수군거렸다.

"잘 아시다시피 이 생명체들은 우리 갤리온스들을 위한 일꾼이니까요."

네메스가 어쩔 수 없었다는 표정을 지으며 설명했다.

"아니, 아무리 그렇다고 하더라도 이건 너무하잖아요. 이들도 어쨌든 지적생명체잖아요. 그냥 단순한 동물이 아니란 말이죠. 이건 우리 갤리온스의 양심상 너무 비열한 짓이에요. 이들이 자라서 일을 한다는 것은 당연하다고 생각해요. 우리 역시 일을 하니까요. 그러나 우리는 열심히 일하고 남는 시간에 가족들과 오붓하게 지낼 수 있지만 이들은 뭐죠? 오직 착취밖에는 없는 건가요? 이들에게도 우리와 똑같은 생활환경을 마련해주어야 한다고 생각합니다."

아포네스와 네메스를 제외한 나머지 대부분의 갤리온스들이 주장했다.

한 달 정도의 긴 토론이 이어졌다. 새로운 생명체의 원래 목적과 부합하지 않았기 때문이다. 그러나 결국 여성 갤리온스들의 제안을 따르기로 최종 합의를 마친 아포네스와 네메스는 다시 여성 갤리온스들의 체세포뿐만 아니라 그들의 난자도 추가로 채취했다. 그리고 아직 사용되지 않은 나머지 100개의 인큐베이터에 인공 수정된 난자를 각각 배치했고, 나머지 모든 조건은 똑같이 조정했다. 단지 바뀐 것은 오직 한 가지였다. 그들은 모두 여성이었다.

고립되지 않은 다양한 유전자의 결합을 위해선 이미 채취해두었던 남성의 체세포를 이용해서 인위적으로 유전자를 조정해 여성으로 바꾸는 것보다는 새롭게 여성 갤리온스들의 체세포를 채취해서 이용하는 것이 종의 미래를 위해선 현명한 행동이기 때문이다. 비록 콴티들의 탄생은 유전자의 인위적인 조작 과정을 통해 태어났지만 이제부터 이들은 역설적이게도 그들끼리의 자연적인 결합을 통해 또 다른 탄생을 이어나가게 될 것이다.

갤리온스들의 본거지에서 10킬로미터 정도 떨어진 평지에 '콴티 족'이라고 명명한 새로운 생명체들이 살 수 있는 환경을 조성했다. 그리고 그들은 갤리온스들의 철저한 관리 하에 자라났다. 갤리온스들은 콴티 족에게 반드시 필요한 기본적인 지식들을 가르쳤으며 배려와 상대를 존중하는 태도 등도 가르쳤는데, 갤리온스들이 콴티 족에게 요구하는 가장 중요한 덕목은 충성심이었다. 콴티 족의 충성심이야말로 갤리온스들에게는 절대적으로 가장 중요했기 때문이다.

그러나 갤리온스들이 콴티 족에게 구태여 정성을 들여 충성심을 강조할 필요는 없었다. 그도 그럴 것이 콴티들이 보기에 갤리온스들은 이해할 수 없는 모양의 비행선을 타고 날아다니며 이상한 광선으로 거대한 두께의 나무를 쓰러뜨리고 커다란 야생동물들도 간단히 제압했다. 그리고 거대한 암석들을 두 동강을 내고 엄청난 무게의 거대한 돌들을 힘들이지 않고 들어 올렸다. 그런 그들은 콴티 족에게 이미 뭐라 말로 표현할 수는 없지만 무엇으로도 감히 넘어설 수 없는 존재이자 세상에서 가장 두렵고 경이로운 존재였으며 자신들의 생명의 근원이었다.

콴티가 탄생한 지 약 350년 후, 아포네스가 꿈꾸던 제국을 향한 길은 아직 멀었으나 하나의 완전한 체계를 갖춘 국가가 되었다. 콴티 족의 인구수는 급속히 증가해나갔는데 그들이 결혼한 후에 자연적인 방식에 의한 출생도 한몫을 하고 있었지만 그것은 단지 일부분에 불과했다. 더욱 급속히 콴티 족이 증가한 이유는 대규모의 인공적인 인큐베이터를 추가로 만들어서 그 수량을 크게 확장한 것이 상당한 역할을 한 덕분이었다. 콴티 족의 지식과 경험도 늘어만 갔으며 지혜도 갖추게 되었다. 콴티 족은 갤리온스의 체계 속에서 그들의 생활상을 하나하나씩 세심하게 눈여겨보며 자신의 것으로 만들어나갔다. 또한 자신들의 정체성을 그들 나름대로 정착해나가기 시작했다. 갤리온스들의 삶도 기존과 비교할 수 없을 정도로 한없이 풍요로워져만 갔고 아포네스는 명실 공히 국가의 절대적인 최고통치자로서의 위치가 확고했다. 네메스는 자신이 그토록 원했던 GSS 1000을 대규모로 확장하고 개량하여 완전한 구 형태의 모선을 완공했으며, 그 모선의 이름을 'VGSS 2000'이라 불렀다. VGSS 2000 안에는 기존보다 수십만 배 이상 뛰어난 인공지능 슈퍼컴퓨터를 설계해서 완성했는데, 이는 갤리온의 모든 슈퍼컴퓨터를 합쳐놓은 성능을 약 10배 정도 월등히 뛰어넘는 것으로 역사상 전무후무한 매우 강력한 성능을 지닌 시스템이었다. 네메스는 그 속에서 자신만의 심오한 연구를 진척시켜나가고 있었다. 모든 것에 만족할 만큼 행복한 순간들이 이어지고 있었다.

그러던 어느 날, 국가 최고통치자인 아포네스의 부름으로 네메스는 인사차 아포네스가 있는 궁전을 방문하러 갔다. 궁전 내부는 모든 곳이 금을 비롯한 수많은 각양각색의 보석으로 빼곡히 도배되어 있었고, 궁전 외관은 최고급 대리석과 곳곳에 다양한 보석으로 치장되어 있었다. 아포네스의 궁전은 보는 이로 하여금 감탄을 넘어 더 이상 화려할 수 없는 경지와 경외심을 느끼게 했다. 아포네스는 7명의 아름답고 젊은 여성 콴티들에게 둘러싸여 있었고, 10명의 남성 콴티들은 부지런히 음식들을 나르고 시중을 들고 있었다.

"최고통치자이신 아포네스 황제님께 정중히 인사드립니다."

네메스가 허리를 굽히며 공손히 인사했다.

"어서 오게나, 네메스 국방장관."

묵직한 아포네스의 목소리는 권위적인 느낌을 물씬 풍기고 있었다.

"요새는 어떻게 지내고 있나, 네메스."

"제가 맡은 연구에 최선을 다하고 있습니다."

네메스가 자세를 낮추고 공손하게 말했다.

"이보게, 네메스. 나 역시 자네가 최선을 다하고 있다는 것은 잘 알고 있네. 그러나 자네 인생도 있지 않나. 이제는 연구도 좋지만 풍류도 즐기면서 살게나. 나를 보게. 즐거워 보이지 않나?"

곁눈질로 시선은 네메스를 주시한 채 옆에 있던 한 명의 여성 콴티를 껴안고 어루만지며 입술로 격하게 키스를 하면서 아포네스가 말했다.

아포네스와 네메스가 앉아 있는 바로 앞의 커다랗고 기다란 테이블에는 더 이상 놓을 자리가 없을 정도의 다양한 음식과 과일들 그리고 술이 놓여 있었다. 아포네스가 옆에 있던 남성 콴티에게 귀에 대고 속삭이듯이 명령을 내리자 얼마 지나지 않아서 높고 커다란 중앙 홀엔 20여 명의 아름다운 여성 콴티들이 들어왔다. 그녀들은 주요 부위 중 단지 아랫부분만 속이 비치는 천으로 살짝 가렸을 뿐 거의 나체에 가까웠다. 곧이어 20여 명의 여성 콴티들이 관능적이며 뇌쇄적인 움직임으로 춤을 추기 시작했다.

"어떤가, 네메스. 이것이야말로 자연이 선사하는 가장 아름다운 풍경이 아니겠나!"

아포네스가 커다란 고기를 우악스럽게 한 점 물어뜯었다. 입에 기름이 흥건히 묻은 채 그 광경을 쳐다보며 음흉하게 웃었다.

"…."

할 말을 잃은 네메스의 얼굴은 이미 일그러진 채 굳어 있었다.

"국가가 상당히 커가고 있네, 네메스. 물론, 나는 자네가 국방장관직과 연구를 병행하는 것도 찬성이네. 하지만 이제부터 당분간은 자네가 국무총리로서 국가발전에 이바지해줄 수 있다면 나 역시 든든하고 정말 좋겠는데 말이야."

"네? 국무총리요?"

"그래, 네메스. 자네와 같은 성품과 능력을 갖춘 자가 또 어디 있겠나! 조만간 국무총리가 되어서 나와 함께 제국을 향한 발걸음에 모든 노력을 기울인다면 좋겠네."

"이미 국무총리직에는 랠리니우스가 자신의 맡은 바에 최선을 다하고 있지 않습니까?"

"랠리니우스가 최선을 다한다는 것은 잘 알고 있지. 그렇지만 지금은 가장 중요한 일에 최고 중의 최고인 출중한 자가 반드시 필요하네. 자네가 그 일에 가장 적합하다고 판단했기 때문에 내 곁에 있어주길 제안하는 것이네."

"하지만 아포네스 황제님도 잘 아시다시피 제가 최선을 다해 연구 활동을 해야 하는 이유는 단지 저만의 문제가 아닌 모든 갤리온스를 대변하는 정체성 그 자체의 문제가 아니겠습니까?"

"네메스, 자네가 혼동하지 말고 분명히 알아두어야 할 것이 있네. 여기는 이미 만방에 공표했듯이 '아폴란티스'네!!! 더 이상 갤리온이 아니란 말일세. 갤리온엔 그곳의 법이 있었듯 이곳엔 '아폴란티스'만의 법이 있지. 여기서는 바로 내가 법이란 말일세. 내가 곧 법이야. 이곳은 처음부터 모든 것이 완전히 새롭게 세워진 나라이니깐 말이네. 그리고 새로운 나라인 '아폴란티스'의 총책임자는 바로 나 아포네스이니깐!"

"그래도 갤리온의 정신만은 변함없이 유지되어야 하는 것이 아닙니까!"

"자네는 정말 변할 수 없는 존재야. 죽는 그날까지 세속적인 곳으로 완전히 돌아오는 것은 아예 불가능하겠군. 오히려 그럴 바에는 차라리 죽는 것을 택할 것 같아. 다시 한 번 자네에게 친구로서 말하지만 이곳은 갤리온이 아니야. 오로지 궁극적인 진리의 추구만을 목표로 하는 갤리온의 정신보다는 바로 우리 코앞에 놓인 산적한 현실적인 문제들을 해결하는 것이 우리가 살아 있는 동안 그나마 유익한 일이 될 걸세. 단지 자네에게 한정된 문제가 아니라 모든 이들에 대한 책임감 때문에 어깨에 무거운 짐을 짊어지고 그 연구를 진행하고 있다면 이제는 그만두게나. 그것이 자네의 정신건강에도 좋을 테니."

"아포네스, 어떻게 그런 말을 나에게 할 수 있나!"

경악스러운 눈빛으로 크게 놀라며 네메스는 큰소리로 외쳤다.

"오늘은 그만하지, 네메스."

약간 당황한 기색을 드러낸 아포네스가 급하게 말을 매듭지었다.

"…."

아포네스와의 어색한 만남을 뒤로하고 나오면서 네메스는 생각했다.

'변해도 너무 변해가는군. 예전의 진실하고 순수하며 정열이 넘쳤던 아포네스의 모습은 그 어디에서도 찾을 수 없어. 갤리온스들과 콴티들이 모두 하늘 높이 자신을 띄워 칭송하니 이제는 권위적이고 속물적인 존재가 되어 오직 자기 자신밖에는 모르는 독재자가 되고 있어. 이대로 가다간 결국 괴물이 되고 말 거야. 신전마다 기존의 동상을 모두 없애버리고 자신의 동상을 세워 대체하지를 않나 그것도 모자라 거리의 곳곳에도 자신의 기념 동상을 세우고 있다지. 정말 단단히 미쳐가고 있군.'

'무언가 정말 크게 잘못되어가고 있어. 가장 두려운 것은 아포네스가 갤리온의 모든 것이라 할 수 있는 갤리온의 정신을 잃어가고 있다는 사실이야. 아포네스! 도대체 왜 이러는가?'

궁전에서는 아포네스가 네메스를 자신의 사냥감으로 던져놓은 채 골똘히 생각에 잠겨 있었다.

'네메스를 어떻게 처리해야 할까. 어떻게 하면 네메스를 국방장관에서 좌천시킬 수 있을까. 만에 하나라도 반란이 일어날 수 있는 상황은 사전에 철저하게 제거하는 것이 좋은데 말이야. 하지만 네메스가 그동안 보여준 공이 너무도 커서 이러지도 못하겠고 저러지도 못하겠군. 갤리온스들이 내 말에 동의하지 않을 테니. 어쨌든 대부분의 갤리온스들을 내편으로 만들기는 했지만 말이지. 네메스, 네메스. 내 유일한 경쟁상대!'

'네메스는 자기가 하고 있는 일만이 세상에서 가장 중요한 일인 줄 아는가 보지. 고상한 척은 혼자 다하고 다녀서 내가 무슨 수를 쓰더라도 내 편으로 만드는 것은 아예 불가능하단 말이야. 절대로 속물이 될 수는 없는 존재이니깐 말이지.'

'네메스는 내가 변했다고 생각하겠지. 하지만 이제는 절대적인 진리의 추구라는 갤리온의 정신도 정말 지겨워. 거의 대부분의 갤리온스들도 명분상 외관상으론 진리를 찾는다는 것에 동의하지만 속으론 나와 똑같은 심정으로 지금과 같은 생활에 만족하고 있다고. 보라고! 갤리온처럼 과학기술이 초고도로 발전한 곳도 진리를 찾기는커녕 한순간에 무참하고 허무하게 사라져버렸잖아. 단 하나의 흔적도 남기지 못한 채 말이지. 나 역시 죽는다는 것은 슬픈 일이지만 그래도 이렇게 즐기다가 가면 덜 괴롭지 않을까. 이렇게 화려한 궁전에 맛있는 음식들과 아름다운 여성 콴티들이 즐비한 곳, 내 한마디에 자신의 목숨마저도 기꺼이 바칠 수 있는 수많은 노예들 그리고 절대적인 지도자. 다른 곳은 몰라도 나는 여기서만큼은 신도 부럽지 않아. 불쌍한 네메스. 그는 죽을 때까지 궁극의 진리를 찾는 일에 매진하겠지만 내가 봤을 땐 진정으로 가장 중요한 것은 아무것도 찾지 못할 거야.'

'갤리온에서는 오래전부터 수시로 일어났던 외부의 침략과 전쟁 때문에 국방장관의 역할이 매우 중요했지. 그래서 갤리온스들의 안전과 평화를 위해 국방부를 최고의 자리로 격상시키고 따로 분리시켰을 뿐이야. 그것은 단지 갤리온이 특수한 사항에 놓여 있었기 때문이었어. 그러나 이곳은 국방장관이 그리 중요하지 않는데도 국방력이라는 실권을 내 휘하에 있는 장군도 아닌, 갤리온에서부터 확실한 인정을 받은 네메스가 쥐고 있는 꼴이 아니던가. 오히려 현재는 어처구니없게도 네메스의 국가와 아포네스의 국가로 나눠진 모습이란 말이야. 하지만 이제 나는 더 이상 이러한 상황을 두고만 볼 수 없어. 절대로 말이야. 마치 한 국가에 왕이 두 명이나 있는 꼴이라니. 이곳에서만큼은 난 절대 권력을 소유할 수 있다고. 어떻게든 네메스를 좌천시켜야 내 소원이 이루어질 텐데, 네메스는 전혀 흔들림이 없는 친구일 뿐이지.'

한참을 골똘히 생각하던 아포네스는 쓴웃음을 지으면서 생각했다.

'내가 뭘 이렇게 심각하게 걱정하고 있지. 네메스가 비록 국방장관이지만 말이 국방장관이지 이제 그는 단지 학자에 불과한 것을. 지독히도 자신의 세계에 빠져서 이제는 다른 것엔 더 이상 관심을 기울일 여지도 없는 단순한 자에 불과한 것을. 혹시나 모를 반란에 집착한 나머지 내가 너무 쓸데없는 일에 예민하게 걱정하고 있는 것은 아닐까. 하지만 그가 위험한 불을 쥐고 있는 것은 사실이 아닌가.'

'하긴 이 세상에 그 누구보다도 내가 네메스를 잘 알고 있지. 내가 네메스를 알고 지낸 것이 어디 하루 이틀인가. 네메스는 항상 네메스일 뿐이지.'

자신의 VGSS 2000에 돌아온 네메스는 다시 연구를 시작했다. 가공할 성능을 지닌 인공지능 슈퍼컴퓨터에 상상을 초월하는 초고차원의 방정식을 실행시키자 실시간으로 무한대의 가까운 실제 측정값들이 요동치듯이 방정식에 대입되며 복잡한 계산을 이어나가기 시작했다. 그리고 실제 우주를 서서히 가상으로 그려내고 있었다. 그는 또다시 침묵한 채 이번만큼은 진정한 의미의 출력결과가 나오기만을 하염없이 기다리고 있었다.

사실, 네메스는 많이 지쳐 있었다. 그 자신도 잘 알고 있었다. 요즘처럼 이렇게 회의가 든 적이 지금까지 살아오면서 자신의 삶 중에 있었을까 싶을 정도로 그는 너무도 지쳐 있었다. 깊은 회의가 그의 온몸에 스며들어 사정없이 휘몰아치고 있었다.

어쩌면 이제는 확실한 신념을 가지고 연구를 진행한다기보다는 그 오랜 세월 동안 젖은 습관에 의해 반복적으로 입력하고 출력된 결과를 확인할 뿐이었다. 뛰어난 인공지능 슈퍼컴퓨터에 의지한 채 '초고차원의 만물의 이론'을 수없이 적용하고 실험한 결과, 드디어 우주의 시작과 우주의 최후를 증명할 수 있었다. 빅뱅에 의한 시작과 결국엔 종말에 이를 수밖에 없다는 사실을 완벽하게 증명했던 것이다. 그런데도 네메스에겐 이러한 놀라운 증명도 부수적인 것일 수밖에 없었다. 그가 진정으로 도달하고자 했던 진정한 깨우침은 오직 신의 마음, 갤리온의 정신인 '왜 우주가 반드시 존재해야 했는가?'라는 궁극적인 진리에 있었기 때문이다. 네메스는 허탈했다. 우주의 시작과 끝을 증명하면 이를 넘어선 궁극적인 진리에 이르게 될 것이라고 굳게 믿고 있었지만, 우주의 진정한 존재이유에 대한 신의 마음은 실마리조차 알 수 없었다. 허무하게도 궁극적인 진리는 지적생명체가 이해하거나 증명할 수 있는 것이 아니었다. 이것은 도달할 수 없는 것으로 보이는 전혀 또 다른 차원의 개념이었던 것이다. 지적생명체가 과학기술로 성취할 수 있는 가장 진화된 최후의 결과물이 '초고차원의 만물의 이론'과 계산용 기계장비인 바로 자신이 소유한 인공지능 슈퍼컴퓨터였기 때문이다. 갤리온에서부터 최후의 궁극적인 이론으로 탄생한 '초고차원의 만물의 이론'을 더욱더 세밀하게 다듬고 인공지능 슈퍼컴퓨터에 적용하여 수많은 분석을 해도 절대적이고 궁극적인 우주의 존재이유에 대해 알 수 있는 것은 아니었다. 무수히 반복된 연구결과로 네메스가 분명하게 깨우친 것은 우주의 기원과 우주의 종말에 대해 명확히 밝혔다고 해서 우주가 반드시 존재해야 하는 진정한 의미, 신의 마음을 이해할 수 있는 것이 아니라는 사실이었다. 그러니 이 우주를 만든 신이 있다면 신의 마음을 이해하는 것은 어쩌면 우리와는 아무런 관련이 없을지도 모른다는 믿음이 오히려 알 수 있다는 뻔뻔한 말보다는 더 설득력이 있었다. 신의 마음은 넘어설 수 없는 곳에서 존재하는 그 무엇이었다. 아무리 노력을 기울여도 더욱더 멀리 달아나 있는 개념이었다.

"정말 여기까지인가! 진정 여기까지라는 말인가! 또 다른 방법은 정녕 없는 것이란 말인가."

네메스는 탄식 섞인 절규로 비통해하며 하늘을 향해 외쳤다.

"오! 신이시여. 왜 우주와 신에 대해 그리고 우리 자신의 기원에 대해 진정한 의문을 품고 질문은 할 수 있게 만드시고선 그 결과에 대한 해답은 주시지 않는 것입니까?"

모든 것을 완벽한 증명에 초점을 두고 지금까지 논리적이고 냉철하게 자신의 과업을 이끌어 왔던 네메스가 초월적인 존재를 향해 울부짖고 있었다. 그에게는 이 의문의 해답을 얻는 것이 이 세상에 지금까지 존재해왔던 모든 지적생명체들의 무구한 역사 속에서 반드시 완수해야 할 진정하고 유일한 임무이자 모든 것이고 궁극적인 것임을 알고 있었다. 그 밖에 이 우주에 존재하는 나머지 다른 것들의 의미는 아무리 우리에게 중요하다 해도 단지 우리의 관점에서만 중요할 뿐 우주의 관점에서는 표식도 드러나지 않아 흔적도 느껴지지 않는 지엽적인 것에 불과했다. 네메스에겐 자신의 목숨까지도 지엽적인 것에 불과했다. 차라리 자신이 지적생명체가 아니라 바람이나 구름 아니면 꽃이고 싶었다. 그들이라면 이러한 고통은 겪지 않아도 될 것이기에.

"결국 지적생명체가 우주에 존재하는 모든 것들 중에 가장 불운한 존재였단 말인가. 이 세상에서 가장 심오한 질문을 제시할 수 있으면서도 앞으로도 영원히 진정한 해답은 알 수 없는 존재. 우리는 모두 진정한 부모가 누군지도 모르고 평생을 고아로 살다가 자신의 존재 이유도 모른 채 사라질 수밖에 없는 애절한 운명을 타고난 존재들이었단 말인가!"

네메스는 사무치는 고통에 울부짖었다.

잠시 선잠에 든 것일까. 어느새 네메스는 안룹스와 산책하고 있었다. 그는 네메스를 향해 등도 토닥여주고 인자한 미소도 지어주었다. 그리고 네메스에게 책 한 권을 주더니 안개처럼 사라졌다. 책을 가슴에 안고 안룹스를 부르다가 네메스는 눈을 번쩍 뜨며 외쳤다.

"아, 그거야! 나에겐《갤리온의 신화와 예언》이 남아 있어!"

지금과 같은 상황이라면 지푸라기라도 잡는 심정으로《갤리온의 신화와 예언》이라는 고대로 부터 내려온 고문서를 읽지 말아야 할 이유가 없었다. 다른 것은 몰라도 갤리온의 최고통치자였던 안룹스가 알려준 그 구절은 반드시 읽어야 할 것 같았다. 네메스는 부랴부랴 자신의 인공지능 슈퍼컴퓨터를 이용해서 무의식적으로 검색을 시도하려다가 순간 멈추었다. 갤리온에서는《갤리온의 신화와 예언》을 신성시했기 때문에 전자화된 데이터로 만들지 않고 오로지 옛날 방식대로 한 글자 한 글자 정성스럽게 새겨진 목판화를 이용해서 최고급 종이에 인쇄한 책으로만 존재했던 것이다.

"어떻게 해야 하나?"

"아, 그렇지! 갤리온스들 중에는 아직 소유하고 있는 자가 분명히 있을 거야."

네메스는 가장 믿을만한 친한 동료 중 한 명에게 비밀리에 부탁했다. 그는 다름 아닌 랠리니우스 국무총리였다. 여전히《갤리온의 신화와 예언》을 신성시하며 갤리온의 정신을 가장 소중하게 마음 깊이 간직하고 있는 그였다. 하지만 네메스는 랠리니우스에게 오히려 난감한 소식을 들었다.

"이제는 그 어디에서도《갤리온의 신화와 예언》이라는 책을 소유한 갤리온스는 찾을 수 없네."

"아니 그게 무슨 뜻인가, 랠리니우스?"

"아포네스가 자신의 우상화 작업을 하는 과정에서 모두 불에 태워버렸어."

"이럴 수가! 정말 아포네스는 제정신이 아니잖아!"

네메스가 불같이 화를 내며 말했다. 화를 내긴 했으나 네메스도 솔직히 그리 할 말은 없었다. 지금까지 그 책을 단순히 미신이라 생각하며 단한 번도 진지하게 들여다볼 생각조차 하지 않았던 자가 바로 자신이었기 때문이다. 가장 존경하고 따랐던 안룹스의 제안들 중에서 유일하게 모른 척했던 제안이《갤리온의 신화와 예언》을 읽어보라는 것이었다.

"그렇다네, 네메스. 아포네스는 정말 미쳤어. 그는 더 이상 예전의 아포네스가 아니야. 아니, 그는 갤리온스가 아니지. 자신이 우주의 유일무이한 신이라고 믿고 있네. 그리고 자신의 명령에 무조건 복종하라는 독재자이자 갤리온의 모든 것을 소멸시킨 악마일 뿐이네."

"…"

"이제 난 아포네스의 꼭두각시 노릇에도 진절머리가 날 지경이네. 그러나 아쉽게도 내가 할 수 있는 것이 없어. 무능하게 그의 강압적인 폭력에 의해 뿌리마저 뽑힌 채 끌려 다니고 있을 뿐이네. 네메스, 난 자네만 믿고 있네. 이러한 상황을 타개할 유일한 갤리온스는 오직 자네뿐이니깐. 내가 없더라도 반드시 지켜주게, 갤리온의 정신을! 갤리온의 영혼을 다시 되찾아주게나!"

랠리니우스는 마치 유언을 남기듯 절박한 심정을 토로했다.

"…"

랠리니우스와의 대화는 네메스를 상당히 당황케 했고 말문마저 막히게 했다. 현 상황이 한치 앞을 예측할 수 없이 긴박하게 돌아가고 있다는 것을 피부로 느꼈다. 하여튼 이러한 상황에서 비밀스럽게 가장 친한 동료에게 부탁한 것이 그나마 다행이라고 생각했다. 그 동료 이외에는 그 누구도 자신이 《갤리온의 신화와 예언》이라는 책을 다급히 찾고 있다는 것은 알 수 없을 것이다.

'이제 어떡해야 할까요! 어디서 찾을 수 있을까요, 안룹스?'

모든 출구가 막혀버린 듯 실의에 빠져 힘없이 VGSS 2000으로 되돌아온 네메스에게 불현듯 꿈속의 내용을 다시 상기하다가 실마리가 풀릴 명확한 기억이 떠올랐다. 바로 갤리온에서 외부의 행성으로 탐사를 위해 이용했던 예전의 GSS 1000이었다. 자신을 끔찍이 아꼈던 안룹스가 리온 행성으로 떠나기 전날 네메스에게 선물한 책이 바로 《갤리온의 신화와 예언》이라는 책이었다.

'수백 년이 흘렀지만 내 기억이 맞는다면 그 책은 GSS 1000의 내 집무실에 있는 개인전용 캐비닛 속 가방 안에 있을 거야.'

네메스가 과거를 더듬으며 어렴풋이 기억을 상기시켰다. 그런 후, 네메스는 창가로 다가갔다. 새로운 항해를 위해 키를 잡듯 아직은 뭐라 단정할 수는 없지만 먹구름을 뚫고나오는 강렬한 한 줄기의 빛을 바라보며 마음 가득 희망을 품었다.

GSS 1000은 네메스가 신형모델인 VGSS 2000을 완공한 후에 이미 아포네스의 감언이설에 의해 그의 손아귀에 넘겨진 지 오래였다. 그러다 보니 GSS 1000이 있는 주변지역은 더 이상 네메스의 관할영역도 아니었다. 아포네스의 상태로 보았을 때 이미 그곳은 경비가 삼엄할 것이다. 특히 일전에 아포네스를 만난 후, 그가 자신의 국방력에 대한 두려움 때문에 국무총리직을 제시했다는 것을 깨닫게 되었다. 그때, 아포네스의 제안을 거절했으니 그는 당연히 자신을 더욱더 경계할 것이 틀림없었다. 아포네스가 자신의 영역을 끊임없이 집요하게 파고들고 있다는 것을 느꼈다. 하지만 네메스에게는 아포네스의 말도 안 되는 세력다툼은 중요한 것이 아니었다. 지금 당장 GSS 1000이 있는 곳으로 달려가서 자신에게 새로운 미래를 가져다줄 수도 있는 《갤리온의 신화와 예언》을 반드시 손에 넣는 것이 급선무였다. 네메스는 두 명의 건장한 남성 콴티들과 함께 중형 우주비행선을 타고 직접 그곳으로 날아갔다.

GSS 1000이 있는 관할지역에는 두껍고 높다란 경계망이 반경 15킬로미터의 원형으로 튼튼하게 둘러쳐져 있었다. 관할지역을 통과하는 출입문에는 경비가 삼엄했다.

"네메스 국방장관님. 그동안 안녕하셨습니까?"

체격 좋은 남성 콴티 한 명이 네메스를 바로 알아보고는 머리를 숙이며 정중하게 인사했다.

"음, 그래. 자네도 잘 있었나?"

네메스가 근엄한 표정으로 말했다.

"네! 이 먼 곳까지 어떤 용무로 오셨는지요?"

다소 딱딱한 어투로 남성 콴티가 말했다.

"예전에 내 집무실에서 가져오지 않은 물건이 있어서 왔네."

네메스가 남성 콴티를 내려다보다 점잖게 말했다.

"죄송합니다만, 그 어느 누구도 GSS 1000의 출입을 막으라는 상부의 지시가 있었습니다."

"뭐라고! 감히 누가 나한테!"

네메스가 버럭 화를 내며 큰소리를 쳤다. 그러나 이내 침착함을 유지했다. 네메스는 이곳에 분란을 일으키려는 의도를 가지고 온 것이 아니었기 때문이다.

"이곳을 담당하는 자가 누군가?"

네메스가 자신의 눈꼬리가 한껏 치켜 올라간 상태로 말했다.

"카, 카미네스 장군이십니다."

체격 좋은 남성 콴티도 상대가 상대인 만큼 긴장한 탓에 이마에 송골송골 땀이 맺힌 상태로 떨면서 말했다.

네메스는 바로 카미네스 장군에게 연락을 취했다.

"날세, 카미네스."

"네메스 국방장관님. 그동안 안녕하셨습니까?"

"그래, 카미네스. 자네도 그동안 잘 지냈지?"

네메스는 한결 부드러운 말투로 카미네스에게 말했다.

"네! 장관님. 그런데 무슨 중요한 문제라도 있으신가요?"

카미네스 장군이 최대한 예의를 갖추며 정중하게 말했다.

"내가 GSS 1000에 두고 온 개인적인 물건을 찾으러 왔는데 들여보내 주질 않아서 말이야. 지금 이 상황이 말이 된다고 생각하나, 카미네스."

무뚝뚝한 말투로 네메스가 말했다.

"그럴 리가 있겠습니까, 네메스 국방장관님. 제가 대신 정중히 사과드리겠습니다. 바로 조치를 취하겠습니다. 이미 알고 계시는지 모르겠지만 아포네스 황제님의 명령으로 보안을 강화하다 보니 이러한 일이 발생한 것 같습니다. 다시 한 번 사죄를 드립니다."

"무슨 보안 강화란 말인가?"

이유를 모르는 척 네메스는 넌지시 카미네스에게 물었다.

"아포네스 황제님께서《갤리온의 신화와 예언》이라는 책을 소유한 자는 모두 반납하게 하셨고 반납하지 않은 갤리온스에게는 강제적으로 수색을 통해 모두 수거한 후 불에 태워 소거하라고 하셨습니다. 그런데 그 사건이 마무리된 이후에 그 명령에 반발심을 가진 일부 갤리온스들이 갤리온의 유일한 상징인 GSS 1000에 접근하려는 시도가 있었습니다. 이를 수상히 여긴 아포네스 황제님께서 GSS 1000의 출입통제를 철저히 하라는 지시가 떨어진 것입니다. 물론, GSS 1000의 모든 곳을 샅샅이 수색하여 이곳에선 더 이상《갤리온의 신화와 예언》이라는 책은 모두 사라졌다는 것을 재차 확인했지만, 만의 하나라도 숨겨져 있던 책이 외부로 유출되는 사태가 벌어지지 않도록 이곳에서 외부로 나가는 물품은 검사하도록 지시하셨습니다. 그래서 지금과 같은 일이 벌어진 것입니다."

"아! 그랬던 거군. 그래도 난 네메스일세."

네메스는 자신의 감정을 철저히 숨긴 채 상대방이 전혀 눈치 채지 못하도록 별일이 아니라는 듯이 느긋하게 말했다.

"죄송합니다, 제가 일 때문에 다른 곳에 있다 보니 그러한 사태가 벌어졌습니다. 그리고 저 역시 네메스 국방장관님에 대해 잘 알고 있고《갤리온의 신화와 예언》과는 아무런 관련이 없으신 분이라는 것도 잘 알고 있습니다. 즉시 조치를 취해놓겠으니 필요한 물품을 챙겨 가시기 바랍니다."

"예상치 못한 일 때문에 기분이 많이 상했지만 자네가 자세히 설명해주었고 이 일이 아포네스 황제님의 지시사항이라니 이번만큼은 그냥 넘어가도록 하겠네."

"이해해주셔서 감사드립니다, 네메스 국방장관님. 조만간에 이번 일에 대해 직접 사과를 드리러 방문하겠습니다."

"그러게나, 카미네스."

GSS 1000 안으로 들어간 네메스와 두 명의 남성 콴티는 바로 네메스의 예전 집무실로 향했다. 그러나 그곳엔 이미 다른 갤리온스의 집무실로 사용되고 있었다. 아무도 없는 것을 확인한 네메스는 살며시 회심의 미소를 지었다. 그 누구도 모르게 자신이 특별히 고안한 비밀창고가 이곳에 있기 때문이다. 자신의 엄지손가락을 한쪽 벽면에 살짝 갖다 대니 지문인식이 승인되면서 엄지손가락 옆에 숫자를 입력하라는 듯이 커서가 깜박였다. 네메스는 비밀번호를 눌렀다. 그 숫자는 자신이 갤리온 행성을 떠난 그 날짜였다. 살며시 벽면의 중앙 일부분이 아래로 내려가기 시작했다. 그 속엔 네메스가 갤리온을 떠날 때 자신의 주요 물품들을 보관용도로 넣어 둔 캐비닛이 고스란히 있었다. 자신의 캐비닛을 꺼낸 후 열린 중앙의 벽면에 손을 대자 벽면은 흔적도 없이 처음처럼 말끔했다. 그런 후, 밖에서 대기하고 있던 자신의 콴티들을 부르자 그들이 문을 열고 들어왔다. 네메스에게는 보통의 커다란 가방 정도의 크기였지만 콴티들에겐 그들의 키만큼 엄청난 크기였다. 그들은 들것에 조심스럽게 캐비닛을 올려놓은 후에 타고 온 우주비행선에 실었다. 곧, 그들이 탄 우주비행선은 VGSS 2000이 있는 곳을 향해 미련 없이 빠른 속도로 날아갔다. 아무도 눈치 챈 자는 없었다.

VGSS 2000으로 되돌아온 네메스는 자신의 집무실에서 특수 재작된 캐비닛을 조심스럽게 열었다. 그 속엔 갤리온을 떠난 후 약 350여 년이 흐른 기나긴 세월 속에서도 추억이 고스란히 담겨 있었다. 사진첩, 편지들과 그 외에 자신이 소중하게 아꼈던 다양한 물품이 있었다. 사진첩 속엔 자신의 친누나가 어린 조카를 안고 환하게 활짝 웃고 있었다. 그리고 다른 사진 속엔 너무나 다정다감하셨던 아버지와 함께 어깨동무를 하고 찍었던 정겨운 사진이 있었다. 어느새 네메스의 두 눈에 가득 고인 눈물이 그의 볼을 타고 흘러내렸다. 그들은 더 이상 그 어디에도 없었다. 갤리온의 대재앙 이후 지금까지 과거를 되돌아볼 여유가 없이 생존과 연구를 위해 모든 열정을 바친 까닭에 네메스의 감회는 더욱 남다르게 다가왔다. 한동안 눈물을 흘리던 네메스가 다시 정신을 차린 것은 갤리온의 최고통치자였던 안룹스의 사진을 보면서였다.

"이곳에 있어야 할 텐데. 혹시 다른 곳에 두었거나 의미 없다고 다른 갤리온스에게 넘겨버린…."

이리저리 캐비닛 속을 뒤져가며 열심히 찾아보던 네메스는 마침내 그 속에서 《갤리온의 신화와 예언》이라는 책을 찾았다.

"여기 있군! 다행히도 여기 있어!"

네메스의 두 눈은 반가움과 안도의 마음으로 반짝였다.

책 겉표지 안쪽에는 분명히 안룹스가 그에게 직접 쓴 이해할 수 없는 이상한 문장이 쓰여 있었다.

> 이미 태초에 그대의 운명은 결정되어 있네, 네메스.
> 그대는 선택받은 자이니깐 말이네.
> -안룹스-

고개를 갸웃하며 문장을 보고 있던 네메스가 생각했다.

'무슨 의미지? 내게 태초에 어떤 운명이 결정되어 있다고?! 그건 그렇

고 선택을 받았다는 것은 또 무슨 뜻인가?'

'안룹스! 당신이 내게 바라는 희망이 크다는 것은 잘 압니다. 걱정 마세요! 포기하지 않고 원하는 결과를 얻을 때까지 최선을 다할 테니 말이죠!'

애매모호한 문장이 오히려 자신에게 보내는 안룹스의 격려로 생각한 네메스는 힘들었던 현실을 잠시 잊고 입가에 살며시 미소를 지었다.

그리고 나서 한참을 이리저리 책 내용을 훑어보던 네메스는 찾고자 하는 구절을 찾았다.

"먼저 갤리온의 대재앙을 예언한 이후부터 보면 되겠군. 세상이 시작된 태초부터 마지막 때까지 다룬 내용이니 구태여 처음부터 보면서 분석할 필요는 없는 것 같아. 다행이야. 시간을 아낄 수 있으니 말이지."

그 구절을 찾긴 찾았으나 너무도 난해한 내용이라 무슨 뜻인지 도무지 알 수 없었다.

"내가 일찍 관심을 가졌더라면 안룹스에게 자세히 물어보았을 텐데. 정말 난감하군."

후회가 가시지 않는지 네메스는 깊은 한숨을 내쉬었다.

집무실의 의자에 앉아서 책상에 한 손으로 턱을 괴고는 한동안 넓고 커다란 파노라마 창으로 투영된 하늘을 유심히 올려다보며 생각에 잠겼다. 그러다 네메스는 몸을 곧추서며 다시 열의를 불태웠다.

"아니지, 아니야. 그래도 안룹스는 내가 언젠가는 이해할 수 있을 거라는 커다란 희망을 주었어. 무슨 수를 써서라도 반드시 이 구절이 무슨 뜻인지 알아내고야 말겠어. 이 일은 단지 나만을 위한 일이 아니잖아. 우리 모두의 일이니까. 꼭 밝혀낼 거야. 지금 나에겐 이 책이 마지막 구원자니까!"

《갤리온의 신화와 예언》의 마지막 구절은 이러했다.

이미 사라진 것이 다시 살아나

또 다른 것이 선택받는다.

의인이 있어 또 다른 것 속에 유일무이한 다른 것이 존재하고

살아 있는 것과 살아 있지 않은 것의 경계를 넘어

유일무이한 다른 것과 만나게 될 때

모든 감정과 감각과 시공간을 초월하는 그곳에 의지만이 남는다.

여느 때처럼 연구의 나날은 다시 계속되고 있었다. 힘을 잃어가던 연구가 《갤리온의 신화와 예언》으로 다시 활기를 띠기 시작하던 어느 날, 네메스의 군부대에 총사령관인 이케우니스가 다급히 네메스를 찾아왔다.

"이케우니스 총사령관. 이렇게 밤늦은 시간에 무슨 일인가?"

"안녕하셨습니까. 네메스 국방장관님."

이케우니스가 공손히 머리를 숙여 네메스에게 인사했다.

"그래, 무슨 급한 일이기에 이렇게 이케우니스 총사령관이 연락도 없이 오게 됐는지 들어봅시다."

네메스가 친근한 말투로 미소 지으며 이케우니스에게 말했다.

이케우니스는 네메스가 가장 신뢰하면서도 항상 미안한 감정을 느끼고 있었다. 이케우니스가 상당 부분 네메스의 국방장관으로서 해야 할 일들을 그동안 잘 처리해주었기 때문에 네메스는 자신의 연구에 최대한 집중할 수 있었다.

"이제는 자세히 말씀을 드려야 한다고 판단했기 때문에 밤늦은 시간이지만 실례를 무릅쓰고 찾아뵙게 되었습니다. 지금과 같은 상황에서 최대한 다른 자들의 이목을 끌지 않고 국방장관님과 대화를 나누려면 이 시간대가 가장 적절하다고 판단했기 때문입니다."

이케우니스가 비장함이 느껴지는 표정으로 네메스에게 말했다.

"이케우니스 총사령관! 어서 자세히 말을 해보시오."

"네메스, 국방장관님! 현재의 정세가 한 치 앞을 내다볼 수 없을 정도로 심히 위험스럽고 혼란한 상태에 놓여 있습니다."

"위험하고 혼란한 상태라…."

시간은 새벽 3시를 향해가고 있었다.

"이 시각에 그것도 이케우니스 총사령관이 나를 방문했다는 것은 당연히 예사로운 일이 아니란 것은 알겠네."

네메스도 조금은 굳은 표정으로 이케우니스를 바라봤다.

"그렇습니다. 네메스 국방장관님."

여전히 흔들림 없이 비장한 표정으로 이케우니스가 단호하게 말했다.

"계속해서 말해보시오, 이케우니스 총사령관."

"저는 언제나 한결같은 마음으로 네메스 국방장관님을 존경해왔습니다. 그리고 지금과 같은 상황에서는 더욱더 국방장관님을 존경하게 되었습니다."

이케우니스가 살짝 숙이고 있던 자신의 머리를 들어 네메스를 쳐다보았다.

"허허. 뜸들이지 말고 말해보게, 이케우니스."

네메스가 재촉했다.

"우리가 갤리온의 대재앙에서 살아남아 화성이라 이름붙인 이 작은 행성에 왔을 때, 우리는 모두가 한 마음이었습니다."

이케우니스가 과거를 회상하며 말했다.

"그렇다면 지금은 한 마음이 아니란 말인가, 이케우니스?"

네메스가 반문했다.

"갤리온에 존재했던 모든 이들과 우리는 우주에서 가장 고등한 지적 생명체였습니다. 우주에 흩어져 존재했던 수많은 사악한 무리와의 치열하고도 끝이 없을 것만 같았던 무수한 전쟁을 힘겹게 견디며 모두 물리치고 우주에서 가장 강력한 제국으로 탄생시킨 위대한 민족이 바로 갤리온스가 아니겠습니까!"

이케우니스가 한마디 한마디에 힘을 실어 말했다.

"그랬지. 그리고 우주에 흩어져 있던 선량한 피해자들마저 모두 품에 안아서 하나의 위대한 제국으로 탄생시킨 민족이 갤리온스였지."

네메스가 찬란했던 갤리온의 과거를 회상하면서 말했다.

"그러한 기나긴 고통의 시간들이 모두 지나고 우주에서 가장 고등한 지적생명체였던 갤리온스들은 우리의 유일한 사명이 우주라는 그 자체의 진정한 의미를 이해하는 것이 우리가 도달해야 할 최종목표라는 것을 뼈저리게 느꼈습니다. 결국 갤리온에 거주하던 모든 갤리온스들은 《갤리온의 신화와 예언》을 바탕으로 과학기술을 극대화시켜서 우리가 나아가고자 하는 단 하나의 방향으로 최선을 다해 도전해온 위대한 민족이었습니다."

이케우니스가 열변을 토했다.

"그렇지. 마침내 우리의 진정한 사명을 깨달았지. 그리고 우리의 사명을 완수하기 위해 모두가 한 마음이 되어 최선의 노력을 기울여 우주에서 가장 성숙하고 위대한 민족으로 거듭났지."

네메스가 눈을 가늘게 뜨고는 그 당시를 회상하며 그리워했다.

"하지만 너무 허무하고 슬프게도 아포네스가 변했습니다. 그것도 너무 많이 변했습니다. 이제 그는 더 이상 예전의 아포네스가 아닙니다. 그가 모든 것을 망쳐놓고 있습니다."

이케우니스가 침통한 표정을 지으며 말했다.

그 순간, 네메스는 아무런 말도 할 수 없었다. 이미 네메스 자신도 여러 번의 경험과 소식을 통해 익히 잘 알고 있었기 때문이다. 하지만 그 무엇보다 아포네스는 네메스에게 어렸을 적부터 지금까지 둘도 없는 진정한 친구이자 동반자였다. 네메스 역시 아포네스의 잘못된 행태는 잘 알고 있었지만 차마 자신이 직접 나서서 이케우니스처럼 아포네스를 몰아세울 수는 없는 노릇이었다. 네메스는 애써 모른 체하며 담담하게 말을 이었다.

"아포네스가 어떻게 변했다는 말인가, 이케우니스?"

"아포네스가 명실상부한 한 국가의 절대적인 황제를 넘어 콴티 족에게 절대적인 신으로 인식되면서 아포네스의 인생의 목표는 크게 바뀌어 버렸습니다. 그는 이제는 콴티족뿐만 아니라 모든 갤리온스들에게도 자신이 우주의 진정한 절대 신이라고 인정하기를 강요하고 있습니다. 아포네스는 정말 미쳐가고 있습니다. 네메스 국방장관님."

이케우니스가 울분을 토하며 말했다.

"뭐라고! 갤리온스들에게까지 그런 무례한 요구를 했다는 말인가?"

네메스는 자신이 미처 예상하지 못한 사실에 크게 진노하며 말했다.

"네, 그렇습니다. 현재 상황이 한 치 앞을 알 수 없을 정도로 긴급하게 돌아가고 있습니다. 아포네스가 네메스 국방장관님과 저도 모르게 비밀스러운 지역에 거대한 지하시설을 만들어 놓고 자신만의 개인적인 군대를 비밀리에 창설했고, 이미 그 세력이 우리의 군대를 뛰어넘을 정도로 성장했다는 정보를 첩보를 통해 접수한 상태입니다. 이미 국방 쪽에 관련된 상당수의 갤리온스들의 환심을 사서 그들을 자신의 손아귀에 넣은 아포네스는 이제 네메스 국방장관님의 직위를 조만간 물리적인 힘을 동원해서라도 강제로 박탈할 것이라는 것은 불을 보듯 훤하게 되었습니다."

이케우니스가 긴장한 상태로 조심스럽게 말했다.

"아니, 이럴 수가!"

네메스는 상당히 난감한 상황에 처했다는 것을 너무 늦게 깨달은 것은 아닐까 하며 스스로에게 자문해보았다. 일전에 아포네스와의 만남에서 이미 자신은 국방장관직에 만족한다는 의미로 명확한 선을 분명히 하고 돌아왔다고 생각했다. 그래서 그 이후로는 이 문제에 대해 더 이상 아포네스와 주고받은 대화도 없었기에 일단락이 됐다고 믿고 있었다. 그러나 아포네스는 자신이 국방장관직에서 물러나게 하려고 갤리온스들에게 접근해서 그들의 환심을 사면서 정당성을 만들어내기 위한 치밀하고도 주도면밀한 준비를 하고 있었던 것이다. 다른 갤리온스라면 몰라도 이케우니스의 소식은 항상 빈틈없이 정확했기 때문에 네메스는 액면 그대로 받아들이는 수밖에 없었다.

"결국 네메스 국방장관님의 직위를 뺏을 뿐만이 아니라 국방장관님의 군부대와 VGSS 2000까지 자신의 것으로 만들려는 것이 아포네스의 계획일 것입니다."

이케우니스가 결정적인 쐐기를 박듯이 힘주어 말했다.

충격이 너무 컸던 네메스는 한동안 침묵을 지켰다. 네메스에게 아포네스의 계획은 역겨운 배신이었다. 다시 가까스로 냉정을 찾으며 이케우니스에게 말했다.

"내가 내일 아포네스를 만나보겠네, 이케우니스 총사령관."

네메스가 굳은 표정으로 냉정하게 한마디 했다.

"요원을 붙여드릴까요, 네메스 국방장관님."

이케우니스가 네메스를 이리저리 살피며 걱정스럽게 말했다.

"아니, 됐어. 혼자 가도록 하겠네."

네메스가 여전히 굳은 표정으로 말했다.

"몸조심하셔야 됩니다, 네메스 국방장관님."

이케우니스가 근심어린 표정으로 안타까워했다.

이케우니스가 돌아간 그날 밤, 네메스는 도저히 잠을 이룰 수 없었다. 너무나 혼란스럽고 당황스럽기도 했지만, 자신이 지금과 같은 상황에서 도대체 무엇을 어떻게 대처해야 할지 알 수 없어서 망막했기 때문이다. 이러한 혼란의 순간 속에서 네메스는 갑자기 《갤리온의 신화와 예언》에 있던 마지막 예언의 구절이 떠올랐고 책을 펴서 살펴보기 시작했다.

이미 사라진 것이 다시 살아나
또 다른 것이 선택받는다.
의인이 있어 또 다른 것 속에
....

첫 번째 줄은 유일하게 살아남은 우리 갤리온스들을 의미하는 것이 확실했다. 그리고 두 번째 줄은 아무래도 네메스 자신이 유전공학기술로 유전자를 조작해서 탄생시킨 콘티 족이라 여겨졌다. 그런데 세 번째 줄부터는 첫 단어부터 의미가 모호했다.

한참을 골똘히 마지막 예언을 뚫어져라 쳐다보던 네메스가 말했다.

"세 번째 줄부터는 전혀 이해하지 못하겠군."

"'의인'이라… 도대체 누구를 의미하는 걸까?"

답답한 듯 고개를 절레절레 흔들며 네메스가 말했다.

"도대체 '의인'부터 누구라는 건지 아니면 그 외의 다른 무엇을 지칭하는 의미인지도 전혀 파악할 수 없으니…."

아무리 보아도 더 이상 진전이 없자 네메스는 책을 덮고는 아포네스와 만나서 무엇을 이야기할지에 대한 생각에 또다시 깊이 빠졌다.

아폴란티스 국가 중심지에 있는 아포네스의 궁전 안에 연회장에서는 아름답고 고혹적인 선율의 연주가 울려 퍼지는 화기애애한 분위기 속에서 각계각층의 고위직에 있는 갤리온스들이 모여 있었다. 그들은 늘씬하고 외모가 뛰어난 삼십여 명의 여성 콴티 족들이 뇌쇄적인 몸짓으로 춤추는 것을 넋이 나간 듯이 바라보며 앉아 있었다. 넓은 탁자에는 다양하고 신선한 과일들과 갓 잡은 어류들을 요리한 커다란 생선요리들, 바비큐로 만든 다양한 육류들이 넘쳐났다. 분위기는 시간이 갈수록 무르익어가고 있었다. 한참을 즐기던 중에 아포네스가 한 명의 남성 콴티에게 귀띔으로 한마디를 하자 조금 전까지만 해도 관능적인 춤을 선보이던 삼십여 명의 여성 무용수 콴티들이 모두 자리에서 물러갔다. 연주도 멈추었으며 주위의 나머지 모든 콴티들도 사라졌고 여러 방향으로 나 있던 출입문도 모두 굳게 닫혔다. 주위는 갑자기 스산한 정적만이 흘렀고 남은 것은 아포네스와 갤리온스들뿐이었다. 싸늘해진 연회장에서 아포네스를 쳐다보던 갤리온스들은 모든 동작을 멈춘 채 순간 경직되었다. 아포네스의 눈빛이 야수로 돌변해 당장이라도 자신들을 잡아먹을 듯이 노려보고 있었다. 자리에 모여 있던 갤리온스들은 공포 분위기에 상당히 긴장하고 있었다. 바라던 대로 좌중의 분위기를 장악했다고 판단한 아포네스는 어느새 갑자기 이런 분위기를 살며시 누그러뜨리듯 활기차게 웃고는 우렁찬 목소리로 말했다.

"제가 이번에 개최한 연회가 모두 즐거우셨습니까?"

"그, 그럼요. 매우 즐겁고말고요."

침묵을 깨는 아포네스의 질문에 그제야 긴장이 어느 정도 누그러진 갤리온스들은 이미 술에 거하게 취해 게슴츠레한 눈동자와 발그레해진 볼을 실룩거리며 너나 할 것 없이 어색하게 환호하며 외쳤다. 아포네스도 충분히 만족했는지 살며시 한 번 웃더니 곧이어 진중한 표정을 짓고는 말끝을 살짝 흐리면서 말했다.

"연회를 잠시 중단한 것은 제가 여러분에게 중히 드릴 말씀이 있어서…"

"무슨 말씀인데요, 아포네스 황제님."

갤리온스들 중에 내무부장관인 율리니우스가 말했다.

"네메스 국방장관에 관한 안건입니다. 여러분도 잘 아시다시피 네메스 국방장관이 화성에 와서 콴티 족을 만들고 각종 무기와 과학기술에 보여준 공로는 우리 모두 인정합니다. 물론, 내가 그의 국방장관으로서의 역할에 신뢰를 못한다는 것은 아닙니다만 아무래도 네메스가 관심을 두는 일에 전념하기에는 왠지 지금의 네메스와 같은 거물이 국방장관이라는 직위에 머물러 있다는 것이 전혀 어울리지 않는다는 생각이 들어서 말이죠. 이곳은 아폴란티스이지 갤리온이 아니지 않습니까? 시대가 변했고 장소도 다르죠. 따라서 우리에게 주어진 환경도 전혀 다릅니다. 이제는 기존의 관습을 벗어나 새 시대에 맞게 모든 것을 이곳에 어울리도록 다시 새롭게 적용시켜나가야 한다는 확신이 들었습니다."

아포네스가 이리저리 좌우로 고개를 살며시 돌렸다. 그러곤 강압적인 표정으로 갤리온스들을 유심히 살펴가며 자신의 뜻을 전했다.

"말씀을 듣고 보니 지당한 말씀이십니다!"

비서실장인 앤키니우스가 포문을 열며 말하자 그 외의 나머지 갤리온스들도 모두 동의하듯 어정쩡하게 고개를 끄덕였다.

"그래서 말인데, 젊고 패기도 넘치고 게다가 지혜롭기도 해서 군대에서도 모두 인정하고 있는 카미네스 장군이 국방장관의 직위를 맡고 네메스는 이번에 독립적으로 창설할 과학기술부장관으로 다시 임명하는 것이 네메스를 위해서도 옳은 일이라고 봅니다. 거대 국가로 발돋움하고 있는 이때에 목적에 알맞도록 각각의 기관을 갖추면 든든한 버팀목이 되지 않을까 생각합니다만 여러분은 어떻게 생각하시는지요?"

아포네스가 입가에 살며시 음흉한 미소를 지으며 도도하고 권위적인 눈빛으로 갤리온스들을 거만하게 훑어보며 말했다.

"여러분의 동의가 있다면 추진할 생각입니다만."

자리에 모인 갤리온스들이 생각할 틈을 조금도 내주기 싫었던 아포네스가 독촉하듯이 강조했다.

"동의합니다! 동의합니다!"

언뜻 들으니 아포네스의 의견이 타당한 것 같기도 했지만 무엇보다 아포네스의 위세에 크게 눌린 갤리온스들은 서로 앞을 다투며 찬성했다.

그때, 한쪽 구석에 잔뜩 웅크린 채 분노에 가득 찬 눈빛으로 아포네스를 노려보고 있던 한 명의 갤리온스가 벌떡 일어섰다. 순간, 자리에 모인 모든 갤리온스들의 시선은 그를 향해 있었다. 그는 다름 아닌 랠리니우스 국무총리였다.

심상치 않은 낌새를 느낀 아포네스가 한마디 했다.

"랠리니우스 국무총리! 갑자기 왜 벌떡 일어난 것이오. 도대체 나를 쳐다보는 살기어린 그 눈빛은 또 뭔가?"

"아포네스! 당신은 완전히 미쳤어. 난 더 이상 내 양심을 속이면서까지 당신의 치욕적인 꼭두각시 노릇은 못하겠소. 당신은 갤리온의 모든 것을 저버린 악마에 불과해!"

"뭐라고! 랠리니우스, 자네야말로 정말 미친 건가 아니면 술에 취해 지금 제정신이 아닌 건가?"

"랠리니우스 국무총리님! 진정하십시오! 제발 진정하십시오!"

주위에 모여 있던 갤리온스들이 잔뜩 긴장한 채 랠리니우스를 진정시키기 위해 애쓰고 있었다.

"아니! 나 랠리니우스는 전혀 미치지도 술에 취하지도 않았어. 이곳에 모인 당신들 모두 제정신이 아니야. 모두 다 똑같아!"

"아니! 랠리니우스!"

너나 할 것 없이 계속되는 랠리니우스의 말과 행동에 경악스러워 입을 다물지 못했다.

"비록 갤리온이 대재앙으로 모두 사라졌다고 해도 그들의 은덕으로 살아남은 우리가 초심을 버릴 수는 없어. 갤리온은 수많은 혼란 속에서도 커다란 깨달음으로 지적생명체의 진정한 의미에 도달해서 실천해온 유일하고도 위대한 민족이야. 그것은 결국 '갤리온의 정신'을 탄생시켰고 《갤리온의 신화와 예언》을 섬기며 과학기술을 극대화시켜서 신이 우리에게 허락한 사명을 완수하기 위해 어떠한 상황에서도 최선을 다해 신의 큰 뜻을 이루어내야 하는 거였어. 그런데… 그런데 지금 우리는 무엇을 하고 있는 거지? 오직 절대권력이나 만들어내기 위해 이제는 네메스의 희생이나 논의하고 찬성하고 있는 모습이 진정 우리가 할 일이었던 거야! 동물보다도 못한 저능아들이 우리였던 거냐고!"

"저, 저자가 정말! 저놈을 당장 끌어내서 독방에 가둬버려! 당장 말이야!"

분노가 폭발한 아포네스가 미친 듯이 외쳤다. 곧이어 무장한 우람한 병사들에 의해 랠리니우스가 힘없이 끌려가고 있었다.

"똑바로 새겨두라고, 랠리니우스! 여기는 갤리온이 아니라 아폴란티스야!!! 이곳에 왕은 바로 아포네스라고! 이곳은 이곳만의 법과 질서가 있고 이것을 지정하는 것은 바로 나야! 너야 말로 완전히 미쳤어. 과거에 묻혀 현실의 변화를 인식하지 못하는 자는 오직 퇴보만 있을 뿐이야. 그래, 독방에 갇혀서 평생 아무것도 나오지 않을 갤리온의 정신이나 외치고 있으라고!"

아포네스가 돌아서며 회심의 미소를 지었다. 오히려 눈엣가시를 제거했다는 듯이.

다음 날 오전, 우주비행선을 타고 아포네스의 궁전으로 가기 위해 비행 중이던 네메스는 풍경을 내려다보며 깊은 상념에 잠겼다. 자연은 변함이 없고 달라진 것이 없었다. 맑은 하늘엔 뭉게구름이 떠 있고 새들은 한가로이 이리저리 날아다니고 있었으며, 대지엔 새 생명이 끊임없이 샘솟는 숲이 있었고, 숲이 끝나는 곳엔 여러 강줄기에서 모인 물이 합쳐져 거대한 폭포가 되어 아래로 장엄하게 떨어지고 있었다. 그러나 지금과 같은 매우 심란한 순간에 네메스에게는 이 모든 것이 자신과는 아무런 상관이 없는 전혀 다른 세상처럼 보였다. 이 세상풍경이 모두 이질적이고 낯설게 보였다. 지금 그의 마음은 그만큼 심란하고 혼란스러웠기 때문이다. 아포네스와의 만남이 네메스를 극도로 긴장되게 하고 있는 것에 반해 세상은 너무나 한가롭고 여유로우며 평화롭게만 보였다.

"지금의 내 마음을 진정으로 이해하는 자가 이 세상에 누구란 말인가. 모든 것이 허무하구나."

푸념 섞인 긴 한숨을 내쉰 네메스는 미간을 잔뜩 찌푸렸다.

어느새 아포네스의 궁전에 다다랐다. 네메스는 우주비행선을 착륙시킨 후 내렸다. 곧이어 대기해 있던 정숙하게 잘 차려 입은 낯익은 남자 콘티 한 명이 그를 보더니 냉큼 다가왔다.

"어서 오십시오. 네메스 국방장관님."

허리를 숙이며 말끔하게 차려입은 콘티가 정중히 네메스에게 인사했다.

"그래, 잘 있었나. 프랭키!"

"네! 네메스 국방장관님. 아포네스 황제님께서 네메스 국방장관님을 기다리고 계십니다."

"알고 있네. 어서 안내하게."

콘티는 네메스에게 고개를 숙인 후, 앞장서 갔다.

휘황찬란한 궁전의 로비를 지나 접견실에 도착했다. 접견실 입구에는 얼마 전에 방문했을 때까지만 하더라도 존재하지 않았던 자신의 키와 비슷한 장신에 엄청난 근육이 발달한 두 명의 병사가 위풍당당하게 서 있었다. 그들은 모두 커다란 칼날을 가진 긴 창을 들고 있었다.

'콴티온스들이로군! 저 거대한 창이라면 아무리 거대한 동물의 목이라도 단번에 간단히 베어버릴 수 있겠군.'

두 병사가 들고 있는 길고 커다란 창을 보면서 네메스가 이어서 생각했다.

'그건 그렇고, 아포네스는 도대체 무엇 때문에 콴티온스들을 이곳에 배치시켰지? 자신의 안위를 위한 것인가 아니면 오늘 내가 자신의 명령을 따르지 않는다면 내 목숨이라도 거둬들이겠다는 엄포인가?'

네메스는 잠시 멈칫하며 당황했으나 이내 냉정을 되찾고는 위엄을 갖추며 당당하게 외쳤다.

"아포네스 황제님께 전하게. 네메스 국방장관이 왔다고 말이야!"

"네메스 국방장관님. 어서 오십시오."

장신의 엄청난 근육을 자랑하던 두 명의 병사가 묵직한 목소리로 네메스에게 인사한 후, 바로 이어서 말했다.

"그런데 죄송하지만 명령에 따라 몸수색을 할 수밖에 없습니다."

인사를 마친 두 명의 병사 중에 한 명이 네메스에게 다가서며 예의를 갖추었지만 냉철하게 말했다.

"뭐라고! 감히 나에게 몸수색을!"

화가 치밀어 오른 네메스가 분노를 표출했다.

"아포네스 황제님의 명령입니다!"

병사는 조금도 기죽지 않고 오히려 당당하게 두 눈을 부릅뜨며 네메스를 똑바로 쳐다보았다.

"아포네스 황제의 명령?"

네메스가 어이없어하며 기가 찬 상태로 말했다.

"좋네! 명령이라니 어쩔 수 없지. 몸수색을 하게."

네메스가 자신의 양팔을 양쪽으로 벌리며 서 있었다. 네메스의 몸수색을 마친 두 병사는 특이한 사항이 없자 그제야 아포네스의 접견실 문을 열어 주었다.

네메스가 접견실 안으로 들어서자 널따란 의자에 기대어 있는 아포네스가 보였고, 그는 여러 명의 여성 콴티에게 안마를 받고 있었다. 그리고 아포네스의 양옆에는 접견실에 들어오기 전에 문밖에서 지키고 있던 병사와 같은 복장을 하고 길고 커다란 창을 든 또 다른 두 명의 콴티온스 병사들이 서 있었다.

'콴티온스라…. 이들은 모두 갤리온스와 여성 콴티 사이에서 태어난 자들이지. DNA에 성장 관련 특성을 조정한 콴티들끼리는 무슨 수를 쓰더라도 4미터 가까이 되는 콴티가 태어날 확률은 제로일 테니깐 말이지. 결국은 이들의 수명마저 어느 정도는 많이 늘어나 있겠어. 아포네스가 저들을 격리시키고는 훈련을 시켜서 살인기계로 만들었군. 모든 것이 예측이 불가능한 방향으로 가고 있어. 콴티를 만들지 말아야 했나. 만약 그랬다면 내가 추구하고자 한 연구에도 심각한 정체로 인해 나아갈 수 없었을 것 아닌가. 미래를 향해 나아간다는 것은 항상 올바른 것과 그른 것이 동시에 존재할 수밖에 없는 건가. 후회한다는 것이 무슨 의미가 있을까, 선택의 여지가 없었는데….'

'하지만 어이없군. 콴티들과 콴티온스들도 성장과 수명주기만 다를 뿐 우리 갤리온스들과 똑같은 지능과 창의성을 가진 지적생명체인데 한 부류는 노예이고 또 한 부류는 신으로 추앙받고 있다는 사실이 말이야. 내가 도대체 무슨 짓을 한 거지. 아니, 내가 어떻게 알 수 있겠나. 그때 콴티를 만들지 않았다면 100명밖에 남지 않은 갤리온스들로 어느 세월

에 갤리온의 위대한 업적을 이어갈 수 있는 안정된 기반을 만들 수 있었겠어.'

'아포네스가 갖추어놓은 이곳의 환경은 다른 것은 몰라도 자연 친화적이군. 고도로 발달한 현대사회에서 태초의 원시림으로 되돌아간 것 같아. 갤리온에서 만든 로봇, 첨단무기, 우주비행선이 없다고 한다면 말이지. 아포네스는 콴티를 소유하게 된 후로는 자신의 궁전에서 보조요원으로 이용되던 로봇도 없애버렸군. 하긴 이해도 돼. 갤리온스와 닮은 안드로이드를 만들기 위해 노력을 기울였지만 우리의 두뇌와 같은 수준의 인공지능을 만든다는 것은 너무 요원했지. 아니 아예 불가능한 도전일 수 있지. 그냥 단순히 몇 가지 일에 특화된 기능을 넣은 컴퓨터를 로봇에게 넣어두고 단순한 일을 시킬 뿐이지. 아무리 노력해서 갤리온스와 차이 없는 안드로이드를 만들 수 있다고 가정한다고 해도 지금과 같이 아포네스 옆에서 성심성의껏 충실하게 자신의 목숨마저 바쳐 봉사할 수 있는 콴티들보다 더 뛰어날 수 있을까. 이 궁전에서만큼은 갤리온스를 닮은 안드로이드보다 한 명의 충실한 콴티가 오히려 아포네스를 위해 필요한 다양한 일을 대신해주는 보조요원으로서는 이 세상에서 가장 뛰어난 존재일 수밖에는 없겠군. 이미 지적생명체가 만들 수 있는 가장 뛰어난 안드로이드가 아포네스 곁에 넘쳐날 정도로 가득 차 있으니.'

자신이 온 것을 알고 있으면서도 여전히 눈을 감고 엎드린 채 여러 명의 여성 콴티로부터 정성스럽게 안마를 받고 있는 아포네스를 바라보며 네메스는 자신의 안위보다는 콴티들의 생각으로 마음이 복잡해졌다.

문제는 최고의 과학기술을 이용해서 콴티들을 만들었다고는 하지만 그렇다고 생명체의 진정한 기원을 알고 있다는 것도 아니었다. 그냥 자연에 원래부터 존재했던 기본성분을 가져다가 단지 이용만 했을 뿐이었다. 생명체의 진정한 기원은 알지도 못하면서.

'지적생명체인 우리는 무엇을 위해 앞으로 나아가고 있는 거지. 정말 우리는 앞으로 나아가고 있는 것은 맞는 걸까?'

네메스는 화려하기만 한 궁전과 콴티와 콴티온스들 그리고 아포네스의 행태를 지켜보며 지적생명체의 존재 이유에 대한 회의감에 침울해졌다.

곁에 있던 건장한 한 명의 콴티온스 병사가 조심스럽게 아포네스에게 말하자 아포네스는 그제야 알았다는 듯 게슴츠레 눈을 떠 고개를 돌렸다. 그러고는 말없이 자리에서 일어나 옷을 주섬주섬 입었다. 곧이어 아포네스가 여성 콴티들에게 나가 있으라는 손짓을 하자 그들은 발 빠르게 밖으로 사라졌다.

"네메스 국방장관. 어서 오게."

아포네스는 자신의 명령을 거절했던 네메스에게 앙금이 남아 있는 듯 떨떠름한 표정을 지으며 그를 맞이했다.

"그래, 무슨 일인가? 나를 보자고 했다고."

아포네스는 방문한 이유를 모르겠다는 듯 네메스를 떠보았다.

"개인적으로 아포네스 황제님과 긴밀히 의논을 드려야만 할 일이 있어서…"

살짝 말끝을 흐리며 네메스가 정중히 아포네스에게 말했다.

"오! 그런가. 개인적이란 말이지!"

아포네스의 얼굴엔 잠시 화색이 돌았다. 마치 올 것이 왔다는 듯이.

곧이어 아포네스가 병사들을 보며 턱을 위로 한 번 치켜 올리자 그들이 모두 밖으로 나갔다. 접견실엔 아포네스와 네메스 단둘이 남게 되었다.

"말해보게, 네메스."

흐트러진 자세로 비아냥거리듯 아포네스가 말했다.

"우리 둘만 남았군. 오늘만은 국방장관의 자격으로 온 것이 아닐세. 갤리온에서부터 지금까지 함께한 친구로서 왔어. 그러니 지금부턴 예의,

격식 다 걷어버리고 자네에게 얘기하겠네."

떠날 때 이미 마음의 각오를 단단히 하고 어떠한 사태가 발생하더라도 받아들일 준비를 하고 온 네메스는 단호하고도 냉정하게 아포네스에게 말했다.

"무슨 일인지 모르겠지만 결의는 대단해보이는군, 네메스!"

아포네스는 이러한 상황이 올지 예상했다는 듯 네메스의 결의에 찬 모습에도 불구하고 전혀 대수롭지 않은 표정으로 예리한 눈빛만 드러낸 채 싱긋 웃어보였다.

"그래, 어떤 이야기든지 좋네. 지금부터는 나도 친구로서 자네의 말을 듣도록 하지."

아포네스가 네메스에게 아량을 베푸는 듯이 두 팔을 앞으로 펼쳐보이며 승인한다는 신호를 보냈다.

잠시 마음과 생각을 가다듬은 네메스는 아포네스를 직시하고 차분하게 입을 떼었다.

"우리 모두가 화성에 왔을 때 갤리온스들의 목표는 오직 갤리온의 정신을 계승하는 것뿐이었어."

"그거라면 나도 잘 알지, 네메스. 그래서 자네를 중심으로 다른 갤리온스들도 우주의 궁극적인 진정한 의미를 알기 위해 노력하고 있지 않나!"

아포네스는 순간 짜증이 났다. 하지만 이 만남은 자신에게 기회가 될 수 있기에 오히려 순순히 받아들이듯 말했다.

"내 말을 회피하지 말게, 아포네스. 난 자네에게 진심으로 얘기하는 거야!"

아포네스의 성의 없는 태도에 실망한 네메스가 버럭 화를 내며 말했다.

"아포네스. 자네는 콴티들을 통해 한 국가의 절대적인 지도자로 부상하면서부터 위대한 갤리온의 정신을 잃어버리기 시작했어. 우리의 진정한 사명까지도 말이야."

네메스가 피를 토하는 심정으로 자신의 가장 친한 친구인 아포네스를 향해 진심어린 말투로 말했다.

"우리 갤리온스들에게는 개인의 자유의지란 없는 거였나, 네메스?"

가만히 듣고 있던 아포네스가 느닷없이 네메스에게 한마디 질문을 했다.

"뭐! 무슨 뜻이지?"

"자네도 잘 알다시피 난 《갤리온의 신화와 예언》의 전문가네. 그 두꺼운 책에 있는 내용 중에 어떤 행성이 폭발해서 사라진다는 문장 하나 때문에 그 책을 신주단지 모시듯 할 필요가 이제는 없다는 거야. 왜냐하면 우주의 존재하는 것은 무엇이든지 소멸한다는 것은 기정사실이니깐 말이지. 그래, 당연한 자연의 섭리지. 따라서 네메스 자네가 이야기한 대로 어느 신화 관련 서적, 신학 관련 서적 그리고 예언 관련 서적 등은 무조건 종말론과 관련된 내용을 다루면 거의 옳다고 할 수 있는 거야. 그러한 책에는 항상 정확한 날짜가 빠져 있지. 그래야 이 세상에 오랫동안 계속해서 유지될 테니깐 말이지. 그렇지 않은가, 네메스?"

아포네스가 뿌듯한 표정을 지으며 네메스에게 한 수 가르치듯 말했다.

"그래서."

순간, 머리를 세게 얻어맞은 듯 아포네스의 말에 반론을 제기할 수 없었던 네메스는 그의 다음 말을 기다렸다. 아포네스의 말은 네메스를 오히려 민망하고 비참하게 만들었다. 그것은 네메스가 《갤리온의 신화와 예언》을 받아들이기 전의 그의 생각이자 모습이었기 때문이다.

"가만히 있어도 자네도 죽을 거고 나도 죽지. 이보다 더 이상의 명확한 종말론이 있을까. 우리에게 말이지. 네메스, 그렇지 않은가? 지적생명체라고 대단한 벼슬이라도 얻은 듯이 스스로 자부하며 살아갈 필요는 없다고. 우리가 무생물이라고 별 대수롭지 않게 여기는 저 거대한 바위를 보게나. 저 바위는 생각은 못해도 우리와 비교할 수 없을 정도의 기나긴 세월 동안 자신의 상태를 유지하고 있다네. 물론 그렇다고 내가 과학기술을 무시하는 것은 아니야. 갤리온 의 엄청난 과학기술력이 갤리온스의 DNA 속에 생명과 관련된 부분을 조작해서 최대 3,600년 가까이 갤리온스의 평균수명을 연장시켰다는 것에 나 역시 깊은 감사를 드리고 있지. 그 후에 수많은 노력에도 거기까지가 한계라는 것이 만천하에 드러났다고 해도 말이네. 자네는 자네의 그 뛰어난 기술력을 발휘해서 우주의 나이만큼 살아보겠다는 건가? 난 이곳에서 살아오면서 기존에는 생각조차 못했던 내 삶의 의미에 커다란 변화를 겪게 되었지. 우리가 살아 있을 때 확인할 수 있는 진리가 가장 중요하다는 사실을 말이네. 갤리온에서 살다가 죽음을 맞이한 수많은 자들 중에 우리 곁에 다시 되돌아온 자가 있었는가. 누구든지 죽는 순간 끝이야, 네메스. 정말 안타까운 것은 우주의 궁극적인 진정한 의미를 찾는 일은 우리가 살아서 볼 수 있는 일이 아니란 거야. 정말로 궁극적인 진정한 의미를 알고 이 모든 것을 만든 신을 만나고 싶은데 우리에게는 절대로 보여줄 수 없다는 듯, 이 우주를 감당할 수 없게 한없이 크게만 만들었고 신은 아예 우주 밖으로 도망가 버렸다는 거야."

자신만의 절대 진리라도 갖고 있는 듯, 아포네스는 조금도 흔들림 없이 묘한 미소를 띠우며 화도 내지 않은 채 조곤조곤 따지듯 네메스에게 말했다.

"그래서."

아포네스의 생각의 끝을 이번엔 확실히 알아야 했기에 네메스는 계속해서 아포네스의 말에 주의 깊게 귀를 기울였다.

"결국 난 내 정체성을 유지할 수 있는 동안 가능성이 있는 일에만 도전하기로 했지. 잘 보라고, 네메스. 이 화려하고 웅장한 궁전, 금을 비롯한 수많은 다양한 보석들, 무한히 많은 음식들, 수많은 노예들 그리고 이제는 최고 지도자를 넘어서 콴티 족에겐 내가 신 그 자체란 말이야. 난 오히려 그대에게 묻고 싶네. 이러한 삶이 정말 잘못됐다고 나에게 자신 있게 말할 수 있나? 특별한 예시로 나를 설득할 수 있나? 이러한 삶을 방종으로만 취급할 수 있나?"

"나는 그 누구보다 열심히 일해서 이제야 풍요롭고 강력한 국가를 탄생시켰다고. 내 피와 땀과 수많은 노력이 들어갔지!"

아포네스가 열을 올리며 네메스에게 말했다.

"네메스. 내가 친구로서 자네를 위해 처음이자 마지막으로 진심어린 충고를 한마디 하지. 자네도 앞으로는 현실적으로 가능한 일에 시간을 투자하게나."

아포네스를 설득하려다 오히려 호되게 설득당한 네메스는 갤리온의 정신을 내세우며 무언가 말하기에는 이미 늦어도 너무나 늦었다는 것을 깨달았다. 아포네스라는 배는 이제는 다시는 되돌아올 수 없는 머나먼 곳으로 사라져버린 후였다. 그렇지만 아포네스에게 무엇이 틀렸다고 말할 수도 없었다. 그의 의견도 무시할 수 없는 의미로 다가왔기 때문이다. 네메스도 지금까지 최선을 다해왔고 이성적으로 궁극의 진리를 증명해야 한다는 사명감으로 살아왔다. 하지만 이제는 자신이 가장 멀리했던 《갤리온의 신화와 예언》이라는 비이성적인 책에 의존해서 다른 해법을 찾고자 하는 역설적인 상황을 맞이하고 있었다. 지금까지 철저히 품어오고 지켜왔던 자신의 철칙마저 스스로 깨뜨리는 것이라 마음 한편이 무거워졌다. 잠시 동안 무기력감마저 느낀 네메스는 아포네스의 대답에 순간적이지만 강하게 흔들리는 느낌을 받았다. 네메스가 현실세계를 넘어선 상당히 심오한 연구를 하기 때문에 다른 이들에게 특별한 존재처럼 인식되어 있지만 냉철하게 보면 아포네스와도 분명히 닮은 점이 있었다.

아포네스는 자신의 제국을 우주만큼 크게 확장하고 싶은 야망을 품은 것이고, 네메스는 우주의 궁극적인 진정한 의미의 이해로 확장하고 싶은 야망을 품은 거였다. 아포네스는 보이는 세계에 집중한 것이고, 네메스는 보이지 않는 세계에 집중한 것일지도 모른다.

중요한 것은 각자가 자신이 추구하는 목표를 그 누구도 절대로 포기하지 않을 것이라는 것은 확실해졌다는 점이다. 아포네스의 목표는 도달할 수 있다고 해도 살아생전엔 보지 못할 것이다. 네메스의 목표도 도달할 수 있다고 해도 살아생전에 볼 수 있을까.

더욱이 네메스의 목표는 우주의 존재했던 지적생명체는 그 누구라도 최후의 결과를 볼 수 없을지도 모른다. 만약 머나먼 미래에 최후의 단한 명의 지적생명체가 남아서 우주의 궁극적인 진정한 의미를 깨우쳤다고 한들 이미 모두 사라져서 없어져버린 나머지 모든 이들에게는 도대체 무슨 의미가 있을까. 우리는 정말 왜 존재하며 무엇을 찾고자 하는걸까. 도대체 무엇을 위한 걸까.

하지만 이렇게 절망적인 상황에서도 우주의 궁극적인 진정한 의미를 이해하고자 노력할 수밖에 없는 것은 지적생명체의 가장 궁극적인 질문은 우주의 이해이고 더욱 중요한 것은 여전히 정답은 알 수 없지만 우주라는 실체가 실제로 존재한다는 것이었다.

"결국 자네와 난 동상이몽이군."

네메스가 어이없는 미소를 지으며 아포네스에게 말했다.

"아마도 그렇겠지, 네메스."

아포네스 역시 네메스의 말에 동의를 표했다.

"그건 그렇고, 네메스. 나 역시 자네에게 할 말이 있네."

아포네스가 갑자기 화제를 바꾸며 네메스에게 말했다.

"어떤 이야기인가, 아포네스?"

네메스가 말했다.

"자네도 잘 알다시피 국가가 확장되고 있어. 그래서 현재는 몇 개에 불과한 기관을 규모에 걸맞도록 더 다양하게 세분화할 필요성이 반드시 있지. 그래서 말인데, 자네가 지금처럼 동시에 직책을 맡고 있는 국방 부분과 과학기술 부분을 따로 분리시켜서 독립적인 기관으로 창설하기로 결정했네."

아포네스가 네메스에게 의견을 물어볼 필요가 없다는 듯이 단정하며 말했다.

"···."

"그래서 이젠 자네가 과학기술부장관이라는 직책에만 충실해주었으면 좋겠는데 말이야."

아포네스는 입가에 부드러운 미소를 지으면서도 그의 눈은 이글이글 불타오르듯이 강압적인 느낌을 강하게 풍기고 있었다.

그 순간, 예사롭지 않은 섬뜩함을 느낀 네메스의 머릿속에는 이케우니스 총사령관이 자신에게 했던 말이 떠올랐다. 아포네스는 분명히 네메스의 모든 것을 빼앗을 것이다. 필요하다면 자신의 목숨까지도. 이 현실을 네메스는 더 이상 벗어날 수 없다는 것을 받아들일 수밖에 없었다. 지금 유일하게 할 수 있는 것은 굴욕적이라도 아포네스의 제안에 순순히 따라주는 것밖에는 달리 도리가 없었다. 네메스가 그의 절대 명령에 이번에도 따르지 않는다면 아포네스는 자신의 병사들을 시켜 실제로 네메스를 죽일 태세에 가까워 보였다. 더욱이 감히 황제의 명령을 따르지 않았다는 괘씸죄를 넘어 이번 기회에 어떻게든 반역죄마저 추가되어 네메스를 궁지에 몰아넣고 다른 갤리온스에게 정당성을 내세울 것이다. 네메스는 뒤늦게 자신을 질책했다. 믿을 수밖에 없다고 다짐하며 인정해왔던 이 세상에서 가장 가까운 가족과 같던 친구의 처절한 배신에 하늘이 무너지고 있었다. 공포심보단 오히려 수치심이 뼛속 깊이 스며들었지만 어떻게 하든지 냉정을 유지해야 했다. 만약 자신이 아포네스의 제안을 거절하여 이 자리에서 즉시 자신을 죽인다고 하여도 그것만이 운명의 길이라면 순순히 받아들일 준비마저 되어 있었다. 하지만 그런다고 문제가 모두 해결되는 것이 아니었다. 자신의 죽음은 가장 총애하는 이케우니스 총사령관의 생명과도 직접 연결되어 있었다. 게다가 네메스에겐 친구와 가족 그리고 국가를 넘어 반드시 이루어내야 하는 갤리온의 정신을 이끌어나갈 유일한 구세주였다. 이제 아포네스는 네메스를 친구가 아닌 유일한 경쟁자이자 적으로 생각한다는 사실을 인정할 수 없었지만 받아들여야 했다.

"아포네스 황제님의 의견을 들어보니 황제님의 말씀이 모두 이치에 맞습니다. 솔직히 저는 학자일 뿐입니다. 이렇게 학자이면서 국방장관직을 함께 맡고 있다는 것이 그동안 저에게 크나큰 부담이 됐던 것은 숨길 수 없는 사실이었습니다. 이제는 말씀하신 것처럼 오직 한 분야에만 집중하고 싶습니다. 이제는 말이죠."

네메스가 아포네스에게 다시 존칭을 쓰면서 정중하게 자신의 의견을 말했다.

"오호! 그렇게 하는 것이 역시 올바른 것이겠죠. 네메스 과학기술부장관!"

아포네스가 순순히 수긍하는 네메스를 보면서 속으로 기쁨의 환호성을 지르며 말했다.

"솔직히 네메스 과학기술부장관이 새로운 분야에서 열심히 일을 해준다면 나 개인적으로는 다음에 국무총리로 임명하고 싶은 생각이 간절하오. 지금 당장이라도!"

아포네스의 두 눈이 생기 있게 활기를 띠며 만면의 웃음을 머금은 채 네메스에게 말했다.

"과찬이십니다, 아포네스 황제님. 누구나 자신의 분수를 알아야 합니다. 저에겐 과학기술부장관이 천직입니다."

네메스가 공손히 대답했다.

"어, 그런가요. 그래도 다음번엔 내가 국무총리로 추천할 거요. 우리나라에서 네메스 과학기술부장관만 한 인재가 도대체 어디에 있겠소."

아포네스가 여전히 밝은 표정으로 네메스에게 말했다.

"그러면 아포네스 황제님께서 다음번에 저를 추천해주시기 바랍니다. 기다리고 있겠습니다."

네메스가 역시 미소를 지으며 공손히 말했다.

"아무렴. 내가 반드시 그렇게 하리다. 네메스 과학기술부장관."

아포네스가 모든 상황에 상당히 만족한 듯이 환하게 웃으며 말했다.

대화를 마치고 네메스는 한 명의 남성 콴티의 안내를 받으며 우주비행선을 타고는 무사히 VGSS 2000이 있는 곳으로 향했다.

'그럼 그렇지. 네메스는 역시 학자야. 겁을 주자마자 바로 꼬리를 내리는 것을 보라고. 어쨌든 나에게도 정말 다행이군. 만약, 네메스를 죽였다면 갤리온스들에게 네메스를 죽일 수밖에 없었던 변명을 한없이 늘어놓아야 했을 테니깐 말이지. 그건 그렇고 빨리 일처리를 해야겠어. 아직은 네메스가 국방장관이니깐 말이지. 그를 과학기술부장관으로 임명해야 네메스의 VGSS 2000을 뺏어올 것이 아닌가. 갤리온의 정신이니 뭐니 다 필요 없는 것이지. 갤리온의 정신의 진정한 결정체는 바로 네메스가 GSS 1000의 기술력을 훨씬 뛰어넘어서 새롭게 완성한 VGSS 2000이라는 매우 강력한 거대 우주비행선이지. 모든 과학기술이 한데 모인 현실이라는 진정한 실체를 가지고 있는 완벽한 보물섬. 그래 바로 그거야!'

아포네스는 네메스가 떠난 후, 혼자만의 세계에 빠져 꿈에 부풀어 있었다.

네메스는 자존심에 절대로 씻을 수 없는 커다란 상처를 입었지만 지금은 자신의 자존심을 걱정할 때가 아니었다. 이제는 대책을 세우고 냉철한 결단을 내려야 했다. 하지만 자신이 처한 이 상황에서 무엇을 어떻게 해야 할지 해결책이 전혀 보이지 않았다. 네메스는 VGSS 2000을 향해 가면서 깊이 생각에 잠겼다.

'그렇지만 아포네스. 세상에 우리가 아무리 현실이라는 공간에 모든 감각이 완벽하게 갇혀 있다고 하더라도 머리를 들어 우주를 보게나. 누구나 입이 다물어지지 않을 정도로 상상 그 이상의 거대한 수많은 행성, 항성, 태양계, 은하계 등이 아무것도 없는 허공에 떠서 자신들의 정해진 자연의 법칙이라는 숙명을 따라 열심히 자신들의 길을 가고 있지 않은가. 그리고 우주에 있는 수많은 행성들에 비하면 너무 작은 곳이라 할 수 있는 화성이라는 행성이 있고 우리에게는 너무나도 거대한 화성이라는 곳에 미생물만도 못할 정도로 우리 자신이 너무 작고 초라해 보인다고 해도 말일세. 그래도 이 우주에서 우주의 궁극적인 진정한 의미를 묻고 그 심오한 진리를 찾고자 하는 유일한 존재는 지적생명체 한 종류뿐이라는 사실을 말이네.'

'아포네스, 아무리 자네가 지엽적인 현실과의 타협을 끊임없이 모색한다고 해도 우주의 진정한 의미를 이해하려는 나의 마음은 조금도 희석시킬 수 없네. 우주를 이해하려는 지적생명체의 숭고한 가치는 분명히 이 우주 속에서 그 무엇보다도 가장 값진 것이야. 우주는 상상 속에서 존재하는 추상적인 개념이 아니라 우주 또한 어엿이 우리 눈앞에 그 실체를 분명히 드러내놓고 있는 현실 그 자체이니깐 말일세!'

만남 Ⅱ

"진실은 오히려 공허함의 화려한 가면이다."

갤리온스의 역사와 화성에서의 그들의 생활상에 대한 이야기를 들은 레스터의 몸과 마음은 극도의 공허함이었고, 그 공허함은 영혼의 심해로 저항조차 하지 못한 채 한없이 빨려 들어갔다. 레스터가 지금까지 당연하다고 여겨왔던 인류의 모든 역사와 이성적인 생각들이 마비를 일으켰다. 모든 것이 흔적도 없이 산산이 부서져버린 이 느낌은 마치 감당할 수 없는 거센 파도에 의해 레스터의 모든 것을 잔혹하게 침몰시켰다.

모든 것이 도미노처럼 끝없이 쓰러져갔고 모래성처럼 무너져 내렸다. 레스터는 이 모든 사실을 철저히 부정하고 싶었다. 아니 철저히 부정해야 했다. 하지만 그 무엇으로도 부정할 수 없었던 것은 네메스라는 명확한 증거가 레스터의 눈앞에 분명히 실존하고 있었기 때문이다.

레스터의 감각기관은 추호의 의심도 없이 그를 증명하고 있었다. 레스터의 눈은 도저히 인간이라 할 수 없는 족히 4미터는 훌쩍 넘어 보이는 네메스를 보고 있었고, 레스터의 손은 지금이라도 네메스를 잡아서 분명한 실체를 확인할 수 있었으며, 레스터의 귀는 확실히 네메스의 음성을 듣고 있었고, 레스터의 코는 네메스의 집무실에 있는 모든 향기를 맡을 수 있었다.그리고 레스터의 입은 바로 앞에 놓인 차를 마시며 자신이 분명한 현실세계에 존재함을 재차 확인시켜주었다.

이렇듯, 레스터의 감각기관은 자신이 이곳에 있으며 네메스라는 실체와 마주하고 있다는 사실에 초점을 맞추어 구체적이고도 총체적으로 설명해주고 있었다. 레스터는 더 이상 현실을 부정하면서 그 어디로도 피할 수 있는 길은 절대 존재하지 않는다는 사실을 받아들여야 했다.

"놀랍고 당혹스러운 것은 당연한 것이야, 레스터!"

네메스가 당황하고 있는 레스터에게 덤덤히 말했다.

"지금까지의 이야기는 단순히 갤리온스들에게 한정된 것이 아니라 인류도 아직 건재했다면 절대로 피할 수 없이 받아들여야 하는 진정한 역사네, 레스터."

"아무리 이것이 사실이라고 해도 너무나 혼란스럽군요. 정말 당혹스럽고 공허합니다, 네메스."

다른 이도 아닌 그 당사자와 직접 마주하며 인류로서 최초로 온전한 정신으론 받아들이기 힘든 충격적이면서도 가장 비밀스러운 진정한 진실의 모든 것을 레스터는 듣고 있었다. 듣는 내내 온몸에 소름이 돋아나며 강렬한 전율이 몰려왔다. 그러나 다른 한편으론 그 무엇으로도 형용할 수 없는 복잡 미묘한 감정은 자신의 입장이 한없이 초라하고 실망스러워 금방이라도 눈에서 눈물이 왈칵하고 쏟아질 것만 같았고, 더욱이 아예 지금이라도 자신을 없던 것으로 하고 싶은 심정이었다.

"이 이야기를 내게서 직접 듣는다면 누구든지 자네와 같은 심정일 거야, 레스터. 인간이라면 누구나 암묵적으로 이 거대한 우주에 또 다른 지적생명체가 존재한다고 상상할 수 있었겠지. 하지만 막상 그 존재를 현실에서 마주하게 되고 거기다 본인이 알던 것을 뒤엎는 진정한 역사에 대해 듣게 되면 형용할 수 없는 미묘하고 복잡한 감정이 뒤섞이겠지. 인류는 지구라는 곳에 존재하는 모든 것 중에 자신들만이 가장 우월한 존재들이라 스스로 생각하며 자부심마저 가지고 있었어. 그런데 더욱 월등한 지적생명체가 나타나면 그 알량한 자존심이 속절없이 무너져버릴 테니 공허함을 느끼는 것은 당연한 것이야. 그러나 이것은 분명한 진실이지. 받아들여야 해, 레스터!"

"…"

레스터는 아무 말도 할 수 없었다. 레스터는 고개를 푹 숙인 채 땅바닥만 쳐다보면서 네메스의 이야기를 그저 경청했다.

"미래의 발전된 인류가 나의 존재를 알게 된다면 자네의 심정과 동일한 상황이 발생할 것을 처음부터 예측할 수 있었네. 또한 내가 경험했던 '그 사건' 이후로도 항상 다짐하고 또 다짐해오던 일이었지. 어떻게든 최대한 빠른 시일 내에 철저하면서도 의도적으로 내 자신의 존재를 인류에게서 영원히 숨겨야 한다는 사실을 말이네. 결국 내가 원하던 방향으로 인류의 문명이 서서히 자리 잡고 나서는 다시는 그들 앞에 직접 모습을 드러내지 않았어. 인류의 초월적 존재가 나로 한정되면 안 되었네. 그들은 끊임없는 노력을 통해 미래로 나아가야 했으니깐. 특히 인류의 역사는 처음부터 그들 스스로의 자연스러운 성장과 발전을 최대한 해나가도록 해야 한다는 것이 매우 중요했지. 그래서 이 과정을 역행할 수 있는 모든 첨단과학기술들과 기계장비들을 숨기기 시작했어. 초기 인류는 그들에게 오직 하나뿐인 유일한 신이라고 믿고 있던 내가 사라지자 마치 자신들의 가장 소중한 안식처를 잃은 것처럼 방향을 잃은 채 당혹스러워했지. 하지만 결국엔 이 모든 혼란함을 이겨내고 자신들만의 신을 기리기 시작했고 마침내 그들만의 신전을 세우더군."

네메스의 머릿속에서 수많은 역사적 사건들이 마치 냇물이 강을 따라 막힘없이 흘러가듯 흘러갔고 과거의 기억이라는 필름이 영화로 상영되어 생생하게 재생되듯이 말을 이어나갔다.

"인위적이지 않은 인류의 자연스러운 성장과 발전이 왜 중요했죠, 네메스?"

"예언의 진정한 의미를 깨우치기 위해 난 최선을 다하기 시작했네. 그러한 과정 속에서 인류의 있는 그대로의 성장과 발전이 매우 중요하다는 사실을 깨달았지."

"그랬던 거군요."

"그런데 '그 사건'이란 무엇을 말하는 건가요?"

"아직은 자네에게 그 부분에 대해 이야기하지 않았으니 지금은 이해할 수 없을 거야. 한마디로 설명할 수 없는 커다란 사건이었네. 그렇지만 내 이야기를 계속해서 듣다 보면 모든 것을 알게 될 걸세."

"혹시 그렇다면 네메스. 당신은 명확한 증거도 없이 오직 자신이 믿고 있는 예언을 위해 지금까지 인류의 헤아릴 수 없는 수많은 고통의 역사를 단순히 수많은 TV 채널을 동시에 보듯이 방관만 한 것입니까? 다른 것은 몰라도 최소한 확실한 것은 당신이 결국 인류 탄생의 신이라고 할 수 있잖아요!"

레스터의 갑작스런 공격적인 질문은 네메스를 적잖이 당황케 했다.

"아니네, 레스터. 그것은 자네의 오해일세. 자네가 보다시피 난 신도 아니고 초기 인류가 나를 신처럼 떠받드는 것도 전혀 즐기지 않았네. 오히려 그런 부분엔 처음부터 관심조차 없었어. 이 자리에서 자네에게 분명히 말해두지만 레스터가 믿는 진정한 신과 네메스가 믿는 진정한 신은 동일한 신이네. 이 우주에 존재하는 모든 지적생명체들이 생각하는 신은 오직 하나이며 유일하지."

네메스가 레스터를 진지하게 바라보며 말했다.

"나는 단지 어머니의 배 속에 있는 새 생명을 출산하도록 도와주는 산부인과 의사와 같았을 뿐이네. 갤리온의 과학기술이 고도로 발달하였어도 모든 생명체를 이루는 가장 기본적이고 그 자체로 완벽하게 동작하는 핵심단위인 자연세포를 인공적으로 완벽하게 만들어내지는 못했으니깐 말이지. 단지, 자연세포를 가져다가 이용만 했을 뿐이네. 그러니 난 인류의 유일한 신이 아니네, 레스터. 따라서 레스터와 네메스는 동일한 지능과 창의성을 소유한 지적생명체야. 그러니 이제는 자네의 불편한 심경에서 벗어나주게나."

여전히 괴로운 심정으로 네메스를 쳐다보는 레스터를 향해 네메스는 진실한 마음을 담아 말했다.

"물론 갤리온에서는 오랜 세월 동안 수많은 과학자들이 인공세포를 만드는 데 도전해왔지. 비록 단편적이었고 아직은 갈 길이 먼 미완성이 었지만 부분적으로 커다란 성과도 있었네. 갤리온 행성의 대재앙 이후, 화성에 온 이후에도 기존의 연구를 바탕으로 나는 끊임없이 인공세포를 완벽하게 만들기 위해 노력을 기울였어. 결국엔 내가 최종적으로 자연세포와 기능적으로 완벽하게 일치하는 인공세포를 완성했지. 초정밀 분석과 검증 시스템을 이용해서 반복적인 수많은 실험을 통해 완벽한 인공세포임을 명확히 증명했네. 하지만 안타깝게도 거기까지였어."

"자연세포와 한 치의 오차도 없이 기능적으로 완벽하게 작동하는 인공세포를 만들었는데도 어떠한 예측할 수 없는 한계가 있었다는 뜻인가요?"

"그렇다네, 레스터. 내가 완성한 인공세포는 자연세포였지. 할 수 있는 모든 실험을 통해 확실히 증명했으니깐 말이네. 하지만 서서히 밝혀지게 된 진실에 직면하게 되면서 깨달았지. 아쉽게도 인공세포는 자연세포의 최대 근사치까지만 모방할 뿐이었다는 충격적 사실을 통해 말이네. 더욱더 나를 한없는 나락으로 떨어뜨린 사실은 그 차이점이 나의 실수에 의한 것도 아니었고 게다가 과학기술이 부족하기 때문은 더더욱 아니었다는 사실이네. 하여튼 인공적으론 자연세포와 완전히 동일한 수준엔 이룰 수 없었네. 이 세상을 향한 우리의 원대한 도전은 세상을 향해 한없는 근사치의 도달만 가능한 것이었어. 그 후로 지금까지 말일세."

"저는 이해할 수 없군요. 기능적으로 동일할 뿐만 아니라 실험을 통해 밝혀진 결과도 모든 것이 완벽한데 어떻게 예상치 못한 한계점에 직면하게 될 수 있죠, 네메스?"

"설명해주지, 레스터! 갤리온에서뿐만 아니라 지구에서도 인류의 역사를 통틀어 가장 정교한 도구라는 수학을 살펴보면 '극한'이라는 개념이 있지 않나. 어떠한 목표를 향해 무한히 가까이 다가가 결국엔 하나의 극한값에 도달한다는 개념 말일세. 물론, 극한의 개념은 지적생명체가 논리적으로 완성한 위대한 업적이자 명확한 결론이지. 하지만 무한이라는 개념에 대해 지적생명체가 도달할 수 있는 한계마저 내포된 것이기도 했네. 이러한 극한을 예로 들어 설명하면 자연세포라는 목표를 향해 무한히 반복적인 수많은 연구와 기울일 수 있는 모든 노력을 통해 결국엔 도달한 최후의 극한값이 바로 인공세포였지. 하지만 인류의 학자들에겐 생각조차 못한 곳이 실재했네. 바로 초월적인 미지의 영역이 존재한다는 것을 말일세. 그 영역은 단지 우리가 인지 가능한 이 우주와 같은 영역이 아니네. 우리에겐 처음부터 절대로 그 모습을 드러내지 않으며 철저히 가로막혀 있던 곳이지. 그러니 우리의 가장 뛰어난 어떠한 도구를 이용한다고 해도 그 무엇으로도 감지하거나 넘어설 수 없는 영역이었네."

"알려지지 않은 미지의 영역이 어떠한 특징을 가지고 있기에 그 무엇으로도 접근이 불가능한 건가요?"

"왜냐하면 그 미지의 영역은 차원이 존재하지 않았네!"

"네?! 그 미지의 영역은 차원이 없는 곳이라고요?"

"그렇다네, 레스터! 미지의 영역인 그곳은 무차원이네! 우주는 무차원인 미지의 영역에 의한 작용으로 탄생했지. 그러면서 차원 또한 높아져만 갔어. 인류는 그동안 우주는 무한한 팽창으로 시공간 역시 더욱 왜곡되면서 은하들 간에 거리는 멀어져만 가고 있다고 믿었지. 왜냐하면 분명히 우주는 끝없는 팽창을 지금 이 순간에도 여전히 지속하고 있다고 관측되었으니깐 말일세. 하지만 우주가 무한한 팽창을 거듭하고 있다는 생각은 지적생명체의 커다란 착각이자 인지능력에 한계였네. 나 이전에 모든 지적생명체들이 알 수 없었던 사실은 무차원인 미지의 영역에 의해 탄생한 우주는 결국엔 다시 탄생 이전에 상태인 무차원인 상태로 사라진다는 사실이네. 결국 우리가 두 눈으로 확인하고 믿어왔던 우주가 무한 팽창을 하고 있다는 관측 결과는 사실은 확장이 아니라 우주가 무한히 붕괴되고 있는 현상이었네. 우주의 최후의 극한값은 소멸이었어. 우주가 차원이 높다는 것은 그 차원의 수만큼 끝없이 나뉜 조각처럼 붕괴되며 흔적조차 남기지 않는 완전무결한 소멸이라는 뜻이야! 도대체 이러한 과정으로 왜 우주가 진행될 수밖에 없는가에 대한 심오한 의미를 나 역시 알 수는 없네. 이것이 내가 마지막으로 완성한 이론의 결론이자, 우주에 대한 최후의 진실일세."

"네메스 당신의 이론이라고 해도 그 결론만은 믿고 싶지 않군요! 정말 초월적인 미지의 영역은 우리가 더 이상은 진입이 불가능한 곳인가요?"

"이미 말했듯 미지의 영역은 우리의 영역이 아니네. 지적생명체는 우주를 고차원으로 묘사하며 우주의 모든 것을 설명할 수 있는 단 하나의 궁극적인 의미를 찾고자했지. 그러나 실망스럽게도 이 세상을 향한 우리의 크나큰 도전은 처음부터 한계를 안고 가는 기나긴 고달픈 여행이었네. 우리가 그 무엇으로도 인지할 수 없고 도달할 수 없는 차원마저 존재하지 않는 초월적인 미지의 영역이 분명히 존재하니깐 말이네. 분명히 실재한다는 것을 이론적으로 밝혀냈지만 나 역시 그 이후로 실제적으로 할 수 있는 것은 이 세상에 더 이상 존재하지 않았지. 그 후로 나는 더 이상 기존의 방법으로 연구를 진행할 수 없었네. 어떠한 방법으로도 통하거나 연결할 수 있는 모든 길이 끊겨버린 곳이 바로 미지의 영역이었으니깐 말이네. 자연세포와 완벽하게 동일한 인공세포를 만들었음에도 불구하고 그 무엇으로도 설명이 불가능한 차이점을 발생시키는 이유이자 근원도 바로 초월적 미지의 영역에 있음을 말이네. 그 사실을 깨달은 나의 절망감은 이루 말로 표현할 수 없는 것이었지."

네메스가 침통한 표정으로 레스터에게 말했다.

"그것은 단지 인공세포라는 분야에 한정된 것이 아니네. 허망하게도 이미 우리의 의지와 상관없이 처음부터 존재해왔던, 자연계에 속하는 어떠한 대상이든 그것을 완벽하게 재연하고자 우리가 인위적으로 만들어낸 모든 부산물은 항상 영원한 모방에 불과했네. 거기다 더 기가 막힌 사실은 단지 자연에 대한 완전한 설계도가 우리에게 없기 때문이 아니란 거야, 레스터."

"그렇다면 만약 자연의 대한 완전한 설계도가 있다고 해도 우리는 단지 모방만 가능할 뿐이란 말인가요?"

네메스라면 모든 것이 가능할 것이라고 철석같이 믿고 있었던 레스터에게 그의 실망은 단순히 아쉬움보다는 절망에 가까웠다. 네메스가 살아온 삶이 결국 인류가 사라지지 않았다면 도달하게 될 미래의 청사진이기도 했기 때문이다. 지금까지 자신을 비롯한 인류는 완벽한 설계도를 소유할 수만 있다면 세상의 그 무엇이라도 항상 동일하게 재생산할 수 있다고 여겨왔다. 그런데 네메스는 완전한 설계도가 있다고 하더라도 우리는 자연 그 자체를 인공적으로 동일하게 만들어낼 수는 없다고 말하고 있었다.

"즉, 우리가 원하는 이상적인 완전한 깨달음에 도달하기 위해 한없이 나아간다고 해도 그 목표와 일치하는 이상적인 단계에 영원히 도달할 수 없다는 거네. 이것은 우리의 문제라기보다는 지적생명체의 태생적 한계라는 것을 깨닫게 되었어. 그 누구도 더 이상의 진입이 불가능하지. 그 부분은 처음부터 끊어진 길이었어. 충격이었네. 그래서 세상에는 소수, 원주율, 무리수, 무한소수, 자연지수 등등과 같이 너무나 소중하지만 정확히 나누어떨어지지 않거나 일정한 규칙조차 없는 이해할 수 없는 수들이 존재할 수밖에 없었던 거네. 영원히 끝나지 않고 한없이 나아가기만 하는 무책임해 보이는 수들이 말이야. 결국 그 누구도 진정으로 완전하고 완벽한 세계는 도저히 경험할 수 없네. 이건 단지 인공세포를 만드는 문제에 국한된 것이 아니야. 과학기술이 수학이라는 도구에 철저하게 의존하니 결국 지적생명체에 의해 인위적으로 만들어진 모든 영역은 우주라는 진정한 의미를 파악하지 못한 채 극한의 모방과 근사치만 가능할 뿐이지. 근사치라는 단어도 우리의 희망일 수도 있겠군. 결국, 완전한 도달은 처음부터 불가능한 것이네. 삼라만상을 이루는 핵심적인 힘뿐만 아니라 이 자연계의 힘을 훨씬 뛰어넘어 그 모든 힘을 아우르는 예측마저 아예 불가능한 궁극적이고 근원적인 초월적 힘이 미지의 영역에 존재할 뿐만 아니라 그 자체라는 말이네. 이 모든 것의 실제적인 원본이 존재한다는 뜻이네. 즉, 우리가 알고 있고 이해하고 있는 세상의 모든 것은 충격적이게도 수많은 복사본 중에 단지 한 가지의 복사본에 지나지 않았어."

네메스는 기나긴 한숨을 쉬며 자책하듯 말했다.

레스터는 네메스의 이야기에 점점 더 빨려 들어갔다. 이것은 단순히 네메스만의 문제가 아니었기 때문이다. 이 문제는 인류가 진행해왔던 모든 영역을 하나로 통합한 최후의 궁극적인 문제이기도 했고 무엇보다 레스터 자신에게 가장 중요한 문제이기도 했다. 레스터 역시 알고 싶은 궁극적인 질문은 유일했다. 지적생명체가 살아가면서 품을 수 있는 가장 고차원적인 질문인 '우주란 진정으로 무엇인가?'라는 궁극적인 의문 오직 하나였다. 지적생명체들이 살아가면서 겪는 문제들은 결론적으로 이 우주라는 배경에서 이루어질 수밖에 없다. 즉, 모든 지적생명체의 문제, 태양계의 문제, 은하계의 문제, 블랙홀 등 이 세상의 모든 것은 우주 안에서 일어나며 이 모든 것은 우주 속에서 서로 얽혀 있는 것이기 때문에 최종적으로 모든 문제의 최종적인 귀결은 항상 우주 그 자체의 근본적인 질문으로 되돌아올 수밖에 없었다.

그런데 지금 네메스는 지적생명체가 이룬 모든 것이 사실은 근원부터 이미 무너져버린 것이라고 말하고 있었다. 결국 지적생명체는 우주의 궁극적인 진정한 의미에 도달할 수 없는 존재라고 말하고 있는 것이다.

"그렇다면 네메스, 당신은 우주에서 가장 불행한 지적생명체이군요!"

"왜 그렇게 생각하지, 레스터?"

"그렇잖아요. 그 오랜 세월을 오직 이 문제 하나에 자신의 모든 것을 바쳐서 끊임없이 연구를 진행해왔는데 얻은 해답이 지적생명체는 우주의 궁극적인 진정한 의미를 이해할 수 없다는 암울한 결론으로 나왔으니 말이죠."

레스터는 진심으로 네메스에게 위로를 보내며 말했다.

"하하, 레스터. 역시 자네는 배려하는 마음이 훌륭하군."

네메스는 오히려 호탕하게 웃었다. 기분이 한결 나아진 네메스는 이어서 말했다.

"그래, 자네가 말한 것이 모두 맞아. 그랬지 그땐!"

무언가 알 수 없는 강한 자신감을 내비치며 네메스가 말했다.

"그땐?"

"갤리온에서는 최고의 과학자들이 무수한 세월을 통해 밝혀내고 정립한 '궁극의 만물의 이론'이라는 초고차원의 거대한 식이 있었지. 그 식을 갤리온의 네트워크로 연결된 수많은 인공지능 슈퍼컴퓨터들을 이용해 수행시켰네. 만 년간 단 한 번도 멈추지 않고 진행시켰지. 내가 태어나기 훨씬 전부터 시작되었던 일이었어. 그 후에 오직 단 한 번 멈출 뻔한 순간이 있었네. 아니, 아예 전멸의 순간이었지. 이미 말했듯 고도의 지적생명체가 존재했던 갤리온이 폭발하여 사라졌을 때 말이네. 불행 중 다행히도 다른 행성에 탐사를 위해 떠났던 GSS 1000 안에도 복제된 내용이 그대로 있었지. 항상 동일한 환경을 유지하기 위해 네트워크로 연결되어 있었기 때문에 갤리온이 폭발할 때 여러 곳으로 각각 분산되어 있던 인공지능 슈퍼컴퓨터들은 모두 흔적도 없이 사라져 연결마저 한순간에 끊어지고 말았지만 GSS 1000의 인공지능 슈퍼컴퓨터가 작동을 계속 이어나갔네. 화성에 정착해서 VGSS 2000을 완공한 후엔 이곳에서 연구를 계속 진행시켰지. 그 어떤 것과도 비교를 불허하는 막강한 성능이네. 나는 '궁극의 만물의 이론'을 보다 세심하게 다듬고 개선시켜 최종적으로 완성시켰어. 그리고 내가 개발하고 소유하게 된 야심작인 VGSS 2000의 거대한 인공지능 슈퍼컴퓨터에 이론과 실험적으로 밝혀낸 우주의 모든 특성을 무한대의 변수들에 하나하나씩 대입해서 연결했네."

네메스의 두 눈은 현실의 레스터를 쳐다보면서 그는 잠시 사라진 갤리온의 아련한 추억을 쓰다듬듯이 회상에 잠겼다.

레스터는 자신이 앉아 있던 의자에서 살짝 일어나 커다란 원형탁자에 더 가까이 자신의 의자를 당겨 앉았다.

"그래서요?"

레스터에게 이제는 지금이 현실인가 비현실인가를 따져보는 일은 안중에 없었다. 지금 이 순간, 바로 자신 앞에 당당하게 앉아 있는 우주에서 가장 위대한 지적생명체를 통해 인류역사상 그 누구도 상상할 수도 없고 알 수도 없었던 과거와 현재 그리고 인류가 여전히 존재했다면 앞으로 몇천 년, 몇만 년, 아니면 그 이상이 소요될지도 예측할 수 없는 미래를 가상이 아닌 현실이라는 무대 위에서 직접 경험하며 단 하나도 빠짐없이 생생하게 들을 수 있었기 때문이다. 레스터는 도저히 알고 싶어도 알 수 없는 엄청난 진실을 경험하며 경이의 세계에 빠져들고 있었다. 그는 지금 과거, 현재 그리고 미래를 한순간에 그것도 동시에 떠안은 느낌이 들었다. 네메스가 걸어온 길이 결국 인류가 살아 있었다면 성취할 미래였기 때문에 더욱 그랬다.

"나는 단지 거기서 멈추지 않았어, 레스터. VGSS 2000에는 내가 심혈을 기울여 완성한 '무한차원 브레인 가상현실 시스템'이라는 기계장비가 있네."

순간, 네메스의 눈빛이 반짝였다.

"무한차원 브레인이요?"

"그래, 레스터. 알고 싶나?"

"네!"

선뜻 자신 있게 답했지만 사실은 돔에서 경험한 여러 선진 기술을 비롯해 VGSS 2000이라는 초거대 모선도 실질적으로 받아들이기 힘든 상태였다. 그런데 '무한차원 브레인 가상현실 시스템'이라는 분명히 또다시 자신의 상상을 가볍게 웃어넘길 그 무엇을 네메스가 말하자 기대보다는 두려움이 컸다. 그는 마치 얼떨결에 목적지도 알지 못하고 무임승차한 초고속열차에서 바깥풍경을 본 듯한 기분이었다.

"무한차원 브레인 가상현실 시스템에서는 모든 감각, 즉 오감을 가상으로 만들어서 현실처럼 느끼게 해주는 기능은 단지 기본적인 기능에 불과하네. 조금 전에 말한 인공지능 슈퍼컴퓨터에서 계산한 방대한 양의 데이터들은 반구형 형태의 거대한 공간에 가상우주를 만들어놓지. 다시 말해, 현실에 우주를 똑같이 비주얼라이제이션을 할 뿐만 아니라 완벽하게 시뮬레이션까지 하는 거야. 이 부분까지는 자네가 이곳에서 경험했던 가상체험과 특별히 차이가 있지는 않아. 배경이 우주이고 우주공간을 자유롭게 날아다닌다는 것을 빼면 말이네."

"그럼, 다른 부분은 무엇인가요?"

궁금함이 달아오른 레스터가 바짝 다가서며 질문했다.

"우주는 도대체 몇 차원일까? 레스터."

"글쎄요?! 정확히 확답할 수는 없겠지만, 과거의 과학 이론 중에 '끈 이론'에 따르면 우주는 11차원이라 했죠. 문제는 만물을 구성하는 기본요소인 끈이라는 것이 상상하기도 버거울 정도로 극소의 개념인지라 도저히 이 이론을 실험을 통해 증명할 수 없다는 것이 문제였죠. 하여튼 과학자들은 여기서 머무르지 않고 더욱더 연구에 매진해서 가장 최근에 받아들인 새로운 이론은 우주가 최소 24차원을 훨씬 넘어선다는 결론에 이르렀습니다. 물론 실험으로 증명된 사실은 여전히 없지만요."

앞에 앉은 상대가 지적으로도 감히 근접하기 힘든 네메스였기에 레스터는 말을 하면서도 몸이 살며시 움츠러들었고 서서히 긴장되었다.

유유히 흘러가는 강물을 바라보듯이, 파노라마 창을 통해 잠시 화성의 풍광을 차분한 모습으로 바라보던 네메스가 다시 말문을 열었다.

"인류는 항상 그래왔지. 처음에 지구가 평면이라 생각한 사람들은 배를 타고 멀리 항해하는 것도 두려워했지. 계속 항해하다가는 수평선이 끝나는 곳에서 깊은 낭떠러지에 떨어져 죽을 것이라고 말이네. 그러다 모험과 연구를 통해 더 많은 것을 알아가자 이번에는 자신들이 살고 있는 지구가 우주의 중심이라고 굳게 믿었지. 그러나 알다시피 지구는 결코 우주의 중심이 아니지 않나. 단지 우주의 무수한 은하계 중에 하나에 불과한 은하계에 살고 있을 뿐이었어. 그 하나의 은하계에서도 천억

개의 수많은 항성과 행성 중에 오직 하나였을 뿐이었고 지구라 불리는 행성은 그 은하계에서도 변방에 놓여 있는 태양계 속에 극히 작은 행성에 불과하지 않았던가!!!"

"그렇다면?!"

네메스의 대답에 무언가 감을 잡은 레스터가 말을 하려다가 멈추었다.

"그래, 자네가 생각한 것이 맞아. 우주는 무한차원이네! 한없이 채워나가야 하지. 그 끝을 모른 채 말이네. 하지만 최선을 다해 나아갈 수밖에 없지. 우리가 할 수 있는 최선 중에 최선이니깐 말일세. 또 다른 선택은 없으니깐! 이미 말했듯, 우주가 무한차원이라는 것은 팽창이 아니라 끝없이 우주가 분열되고 있다는 의미였네. 마치 연기처럼 사라져 흔적도 남기지 않는 것이었어. 그리고 우주의 극한값은 최종적으로 소멸로 수렴한다는 것을 명확히 밝혀냈던 것이지."

레스터는 심한 어지러움과 현기증을 느꼈다. 지금까지 인류 최고의 과학자들이 최선을 기울여 만들어낸 이론은 단지 출발점이었다고 네메스는 말하고 있었다. 네메스가 아닌 다른 누군가였다면 레스터는 얼마든지 말도 안 되는 소리라고 당장 증명해보이라며 이런저런 열띤 반론을 제시했을 것이다. 하지만 자신의 앞에 앉아 있는 네메스라는 지적생명체는 지금까지 우주에 남아 있는 지적생명체 중에서도 가장 고등한 지적생명체임이 분명했다. 지금부터라도 인류가 모든 노력을 기울인다고 가정해도 네메스만큼 이룰 수 있다는 자신감마저 무색하게 만드는 그러한 존재가 그저 인류의 모든 노력이 단지 시작이었다고 말하고 있었다.

"우주가 최종적으로 몇 차원으로 구성되어 있는지 수많은 실험을 반복하고 나서야 드디어 밝혀냈지. 그렇지만 결코 원하던 결과가 아니었어. 내가 원한 것은 확실하게 고정된 유효한 차원이었네. 지적생명체라면 그 누구든지 그 어떤 분야이든지 항상 최종 결과에 대해선 무조건

잡을 수 있는 확실하고도 고정된 무언가를 찾아내야 만족할 수 있으니깐 말이네. 하지만 결국 무한차원이라는 것을 깨달았을 때 나의 실망감은 이루 말할 수 없었지. 그렇지만 실망감에 그냥 머물러 있다는 것 역시 아무런 의미가 없는 것이지. 앞으로 나아가는 것만이 지적생명체의 숙명 같은 최선이니깐 말일세. 그래서 나는 무한차원을 가상으로 경험하게 도와주는 부분에 특히 심혈을 기울여 이 시스템을 완성했던 거네. 지금도 실제의 무한한 우주를 그대로 담아내기 위해 측정된 데이터가 추가되면서 결과가 더욱 초정밀하게 개선되고 있지. 매우 중요한 문제였으니깐 말이네. 무엇보다 확장성이 가장 중요했기 때문에 무한차원을 도입하게 된 것이었지. 한없이 확장하는 것이 가능해야 하니깐 말일세."

"무한차원을 경험하는 것이 도대체 어떻게 가능하죠? 그것도 지적생명체의 오감만으로 무한 차원의 우주를 느낀다고요?!"

놀라움에 사고 회로가 끊어질 것 같던 레스터는 떨리는 손으로 앞에 놓인 이제는 식어버린 차 한 모금을 마시며 지금까지 들은 사실들을 면밀히 되짚었다. 이미 이곳에서 경험한 모든 것들이 생생한 현실임을 받아들인 레스터에게 기존의 현실과의 차이는 더 이상 오기의 몸부림도 허용하지 않았다. 네메스의 말은 곧 진정한 현실이자 분명한 사실이었기 때문이다. 그래서 그 대신 레스터가 알고 있는 순수한 사실에 더해 자신의 사고를 극대화해서 네메스의 신세계라는 거대한 사고회로에 진입하기 위해 생각을 조심스럽게 가다듬었다. 잠시 생각을 정리한 레스터는 다음으로 네메스에게 질문할 것들을 챙겼다.

"그렇다면 궁금한 점이 있는데요, '무한차원 브레인 가상체험 시스템'이라는 이름에 왜 브레인이라는 단어가 들어가는 거죠?"

레스터의 질문이 순서에 맞았는지 네메스는 빙긋 웃으며 말했다.

"우리의 시각은 몇 차원까지 현실을 실제적으로 인식하고 경험하는 것이 가능할까?"

"일반적으로 인간의 신체적 한계에 의해 물리적으론 3차원까지 경험하는 것이 가능하죠."

말하고 나서 레스터는 마음에 주저함이 생겼다. 이러한 단순한 대답을 몰라서 네메스가 질문했을 리도 없거니와 이곳에서 자신이 직접 체험했던 놀라운 경험들 때문에 이번에는 이러한 한계를 얼마나 뛰어넘는 것이기에 네메스가 질문을 했을까 라는 생각이 머릿속에서 떠나질 않았다.

"그렇지, 레스터. 그러면 무한차원을 실제적으로 경험하려면 어떻게 해야 할까?"

네메스가 살며시 레스터의 얼굴로 가까이 다가가며 물었다.

"아! 그렇군요. 인간의 오감으로는 결코 실제적으로 경험할 수 없는 영역이니 결국은 두뇌를 이용해야 한다는 뜻이군요!"

"그래, 레스터. 정확하게 맞추었네."

"갤리온의 수많은 과학자들은 다양한 시도를 해왔네. 오감을 이용해서 고차원을 경험할 수 있는 시스템을 만들어내기 위해 말이지. 하지만 역시 만족할 만한 시스템은 하나도 없었어. 고차원을 실제적으로 경험하는 데에는 오히려 우리의 신체적 감각은 방해만 될 뿐이었네. 그래서 난 그러한 시도는 오래전에 포기하고 두뇌를 직접 이용하는 방법을 택했던 거야. 우리의 뇌는 이 세상에서 가장 완벽한 소우주, 그 자체이니깐 말일세."

레스터는 네메스가 이 시스템을 설계하고 완성하기까지 고군분투했을 모습을 그리며 과학자를 넘어 진정한 장인의 모습이 그려졌다.

"놀랍다는 말밖에는 더 이상 할 말이 없군요!"

네메스가 갑자기 육중한 몸체를 불쑥 일으키더니 레스터에게 따라오라는 손짓을 했다.

"어떠한 시스템인지 직접 경험하도록 해주겠네."

어느새 두 사람은 친형제처럼 네메스가 동생을 대하듯 레스터에게 친근하게 말했다.

레스터는 네메스를 따라 지하에 있던 집무실에서 나와 복도를 따라 걷다가 투명한 금속 재질의 유리창 너머로 한눈에 들어오는 화성의 장엄한 풍경을 다시 바라보았다. 얼마 걷지 않아 반투명한 재질로 이루어진 승강기에 다다랐다. 그들은 승강기로 VGSS 2000에 가장 위층으로 향했다.

거대한 반구형의 공간에는 주위를 아무리 둘러보아도 특별해 보이는 장비가 전혀 눈에 띄지 않았다. 그저 있는 것이라고는 편안하고 안락해 보이는 커다란 의자 한 개뿐이었다. 레스터는 네 사람이 누워도 충분히 남을 것 같은 의자를 지그시 보다가 고개를 돌려 네메스를 쳐다보았다.

"이것이 다인가요?"

"왜? 아무것도 없어서 실망했나?"

네메스가 악의 없이 껄껄껄 크게 웃은 것이 그만 이곳에 텅 빈 공간 때문에 웃음소리가 크게 메아리쳐 레스터는 두 손바닥으로 순간 자신의 귀를 막았다.

"걱정하지 말게, 레스터. 이제 곧 시작할 테니 말일세. 기대하게!"

웃음을 멈춘 네메스가 레스터를 바라보며 알 수 없는 미묘한 미소를 지었다.

레스터는 커다란 의자에 긴장한 상태로 거의 드러눕듯이 기대어 앉았다. 그리고 눈으로는 네메스의 일거수일투족을 쫓았다. 그러다가 순간, 갑자기 의자가 살아 있는 생물체처럼 레스터의 체형에 맞추어 그가 가장 편한 상태를 유지할 수 있도록 조정되기 시작했고 얼마 되지 않아서 의자와 레스터는 한 몸이 되었다. 시트의 느낌이 매끄러워 고운 살결의 피부와 닿는 느낌이었다. 이러한 느낌이 레스터를 더욱 포근하면서 안락하게 만들었다. 마치 아기가 엄마의 품에 안긴 듯한 너무나 따뜻한 포근함이었다. 곧이어 의자 뒷부분에서 나온 긴 파이프 끝부분에 연결된 반구형의 물체에서 레스터의 머리 부분을 향해 수많은 빛이 비추기 시작했다. 어느새 그의 몸이 무중력 상태로 공중에 떠 있는 듯 육체의 물리적인 제한이 모두 사라졌고 무게감이 전혀 느껴지지 않았다. 그런 후, 반구형의 거대한 공간이 순식간에 우주공간으로 바뀌었다. 그리고 레스터는 그곳에 있었다.

"헉!"

순간 심장이 멈춰 숨을 쉴 수 없었다. 이것은 레스터가 센트럴-랩에서 경험했던 가상체험 수준이 아니었다. 그때의 경험도 레스터에게는 감당하기 버거운 충격이었다. 하지만 여기는 정말로 우주였다. 실제의 우주였던 것이다! 우주공간 속에 아무런 거리낌 없이 레스터가 있었다.

극도로 세밀한 이 '무한차원 브레인 가상현실 시스템'이 펼쳐 보이는 세계는 도저히 이곳이 현실인지 가상인지의 진위 여부를 가린다는 것은 처음부터 불가능했다. 실체의 우주공간이라고 느낄 수밖에 없었던 것은 레스터의 오감이 우주공간 속에 완벽하게 혼합되어 하나로 통합되어 있었기 때문이다.

분명히 레스터는 우주에 있었고 그의 감각은 이곳에서 현실이었다. 그는 우주에 떠 있는 자신을 보고 싶어 고개를 숙였다. '없다!' 자신의 신체는 우주공간 속 그 어디에도 없었다. 의자 뒷부분에서 긴 파이프 끝부분에 연결된 금속 재질의 물체에 달려 있는 반구형의 장비에서 나온 강렬한 빛은 레스터의 두뇌를 순간적으로 완벽하게 통제하고 있었다. 빛은 두뇌와 직접 접속해 레스터의 나머지 신체의 모든 감각기관을 VGSS 2000 안의 맨 위층에 자리 잡고 있는 거대한 반구형의 전체 공간으로 연결해 확장시켰다. 다시 말해, 레스터와 거대한 반구형의 전체 공간은 진정 하나로 묶여져 우주 그 자체가 된 것이다. 반구형의 전체 공간이 레스터가 되었고, 레스터는 전체 공간의 모든 것이 되었다. 의자에 누워 있는 실제의 레스터는 자신의 두뇌를 제외한 다른 나머지 신체의 모든 감각은 완전히 차단된 상태여서 전혀 움직일 수 없었다. 그럼에도 불구하고 레스터는 거대하게 펼쳐져 있는 가상의 우주공간에서는 인간의 오감을 넘어 초월적인 힘을 느꼈다. 우주공간 자체가 바로 자기 자신이었기 때문이다.

'무한차원 브레인 가상현실 시스템'에서 펼쳐지고 있는 우주공간 안에서는 신체가 존재하지 않았으나 모든 것을 완벽하게 느끼고 경험할 수 있었다. 레스터는 무중력 상태와 비슷한 느낌으로 우주공간을 장악하며 떠 있는 느낌이었다. 레스터는 우주 속에서 새처럼 자신이 원하는 곳을 어디든 자유롭게 마음껏 날아다닐 수 있었다. 우주를 현실처럼 이곳저곳을 마음껏 날아다니고 알고 싶은 것은 언제든지 자세히 살펴보고 분석하고 만져보고 느껴보며 냄새마저 느낄 수 있었다. 그러면서도 시공간을 가르는 엄청난 속도에도 육체적인 제한은 전혀 느껴지지 않았다. 오히려 상상 속에서만 가능했던 뭉게구름 위에 누운 듯 포근함마저 느껴졌다. 이곳에서는 레스터가 생각하는 찰나에 반응이 동시에 이루어졌다. 예를 들어, 레스터가 안드로메다은하를 자신의 머릿속에서 떠올리는 순간 이미 자신은 안드로메다은하에 있었다. 이곳에서는 아무리 먼 거리일지라도 이동에 필요한 시간이 존재하지 않았다. 다시 말해 지체, 정체, 이동시간이라는 단어는 처음부터 존재하지 않았다. 오직 레스터의 두뇌 속에서 떠올린 찰나의 순간만이 존재했다. 시공간이 자신의 것이었고 자신의 의지대로 어느 장소든지 시간의 제약이란 완전히 사라진 순간 이동이 가능했다. 지금까지 우주에서 가장 빠르다는 빛의 속도도 이 공간에서는 달팽이의 움직임만도 못했다.

이런 상황이 되자, 레스터는 마치 자신이 우주를 설계한 존재처럼 느껴졌다. 우주라는 거대한 세계가 한눈에 들어왔다. 셀 수 없이 수많은 은하계, 수도 없는 항성과 행성, 거대 블랙홀들, 폭발하기 직전의 적색거성 그리고 엄청난 감마선을 내뿜고 있는 무시무시한 항성 등 우주의 처음과 끝이 레스터의 손바닥 위에서 움직이는 미물에 불과했다. 레스터가 원하는 대로 어디든지 무엇이든지 가장 극소의 영역에서 가장 극대의 영역까지 순간이동을 해 관찰했다. 원자보다도 더 작은 양성자, 중성자, 전자를 넘어 쿼크 그리고 아직은 발견되지도 않아서 이름조차 모르는 그 무엇이라고 부를 수도 없는 극소의 미립자부터 우주 전체 공간까지 레스터가 원하는 상태대로 한눈에 자세하고 정밀한 관찰이 가능했다. 레스터는 한없는 경이로움이란 감동의 의미를 새롭게 마음에 새겼다.

한참을 정신없이 상상을 초월하는 무한한 경이로움 속에서 우주를 경험하던 레스터는 갑자기 우주공간이 급격히 요동치면서 심하게 뒤틀리는 것을 느꼈다. 드디어 네메스가 말한 '무한차원 브레인 가상현실 시스템'의 진가를 확인할 때가 왔다는 신호였다. 지금까지의 경험은 단순한 입문 편이었던 것이다. 이 시스템의 진짜 목적은 무한 차원을 실제적으로 경험하기 위해서 만들어진 것이기 때문이었다.

"으… 으-음!"

레스터가 자신도 모르게 깊은 신음을 토해냈다. 차원이 올라가고 있었다. 5차원, 6차원, 7차원… 미세한 극소의 공간마저도 12차원, 13차원, 14차원을 넘어서 19차원을 넘어서고 있었다. 레스터는 그 극소의 공간 속으로 순간이동하며 생각했다. 세상의 그 어떤 존재도 이렇게 빠른 속도로는 이동할 수 없을 것이라 느끼면서. 차원이 깊어질수록 시공간의 뒤틀림의 강도도 상상을 초월할 정도로 더 심해졌고, 압축된 공간이 엄청난 압력에 의해 산산이 끊어지고 부서져 폭발할 것만 같았다.

19차원, 20차원, 21차원…, 29차원, 30차원, 31차원, …71차원, …, 83차원, …, 91차원, …

차원은 자동차의 브레이크가 풀려 무장해제 된 듯이 점점 더 가속되며 깊어지고 있었다. 그리고 차원이 올라갈수록 레스터는 분명히 실제로 모두 느끼고 경험하고 있음에도 아무리 이곳저곳을 자세히 들여다보아도 더 이상의 현실의 세계처럼 느낄 수 없었다. 난해했고 복잡했으며 더욱이 아무리 이해하려고 해도 노력을 기울이는 것이 불가능했다. 마치 이 세상에서 그 누구도 다시 그려내는 것이 아예 불가능한 형이상학적이며 난해한 추상화를 마주하듯이 극단적인 모습의 정점을 향해 치닫고 있었다.

정신적으로 더 이상 버티기에 한계가 느껴지던 순간, 레스터의 머리는 찢어져 터져나갈 듯 통증이 찾아왔다. 더불어 속이 상당히 메스꺼워 구토증세가 났다. 온몸에서 기가 모두 빠져나가며 의식은 차츰 희미해져갔다. 그 순간 갑자기 시스템이 커다란 경고음을 내며 가동을 멈추었다. 레스터의 상태를 실시간으로 모니터하던 시스템이 위험을 감지하고는 자동으로 가동을 멈춘 것이다. 시스템이 작동을 멈추고 나서야 레스터의 의식도 서서히 호전되었다. 초고차원으로 갈수록 두뇌가 대단위의 데이터를 받아들이고 처리해가는 과정에서 과부하에 걸려 심한 통증을 유발하는 바람에 위험한 상황에 노출된 것이다. 다행히 이러한 급박한 순간에 시스템이 작동을 스스로 멈추어서 레스터의 두뇌가 손상 입는 것을 사전에 방지했다.

"사실 고차원을 경험한다는 것은 오랫동안의 고된 훈련이 필요하네,

레스터. 그리고 지금처럼 매우 위험한 상황도 감수해야 되는 일이고."

시스템이 작동을 멈추었으나 아직 신체의 감각이 온전히 돌아오지 않아 온몸에 잦은 경련과 통증이 몇 분간 지속되었다. 넋이 나간 레스터의 어깨에 네메스는 살며시 손을 얹었다. 그의 온몸이 얼음장처럼 차가웠다.

"이 시스템 덕분에 우주의 밑그림을 드디어 정교하게 그리게 되었지만 아쉽게도 거기까지였네."

"무슨 뜻이죠?"

네메스의 목소리에 퍼뜩 정신이 든 레스터가 물었다.

"이 시스템을 이용해 우주의 시작과 최후를 증명할 수 있었네. 무한히 응축된 에너지로 생성된 하나의 점에서 시작된 빅뱅으로부터 한없이 부풀어가던 우주가 결국엔 다시 처음처럼 모든 것이 응축된 하나의 점으로 흔적도 없이 사라져버린다는 것을 말이네. 하지만 우주의 시작과 최후를 증명했다고 해서 우주가 왜 존재해야 하는가에 대한 의문은 조금도 풀리지 않았어. 갤리온의 정신의 최종목표는 바로 '우주의 존재 이유'였기 때문이지. 우주가 왜 존재해야 했는가에 대한 신의 마음을 뜻하는 우주의 궁극적인 진정한 의미는 단순히 우주의 법칙만 더 많이 안다고 해결할 수 있는 문제가 아니라는 뜻이네. 결국 우주의 존재 이유를 밝힐 수 없었기에 지적생명체의 존재 이유마저 전혀 알 수 없었지. 도대체 어떤 거대한 힘이 우주를 극소점으로 응축된 하나의 초월적 에너지 형태로 유지할 수 있었는지를 밝혀내는 것은 지적생명체에겐 아예 처음부터 가로막힌 길이었네. 그 힘은 우리의 노력으로 밝혀지는 것이 아니라, 우주 그 자체를 넘어선 초월적 힘이었어. 도저히 받아들일 수 없는 진실을 확인한 이후 난 세상이 모두 무너져 내린 듯이 커다란 시름과 절망에 빠졌네. 그렇게 한동안 어려운 시간을 보냈지. 난 한없이 무너져갔어. 그러다 어느 날 문득, 다른 대안이 생각났지. 그게 바로 《갤리온의 신화와 예언》이었고 그걸 찾아 나설 수밖에 없었네. 내가 이성적인 논리만으로 해결할 수 있는 모든 길은 철저히 막혀버렸으니깐 말이네."

그 당시에 암울했던 상황에 순간적으로 동화되어버렸는지 네메스는 잠시 말을 멈췄다.

"…."

레스터가 묵묵히 네메스를 쳐다보았다. 이렇게 끊임없는 위대한 노력에도 진정한 진리의 문 앞에 도달할 수 없었다는 것이 괴로웠다. 그리고 실망하는 네메스의 모습은 레스터의 마음을 더욱 안타깝게 했다.

네메스에게 다가가기 위해 의자에서 일어나 한 발짝을 옮기던 레스터가 바닥에 그대로 주저앉아버렸다. 마치 우주의 무중력상태를 오랫동안 경험하고 지구로 되돌아온 우주비행사가 지구에 첫발을 내디딜 때처럼 적응되지 않았기 때문이다. 비록 가상이었지만 그 체험만큼은 무엇보다도 매우 강렬했다.

"정말 믿을 수 없이 환상적이었어요. 대단했어요, 네메스!"

어떻게든 네메스의 위대한 연구와 경이로운 체험에 무엇이라도 답례하고 싶던 레스터는 정신을 차려 그나마 돌아온 힘을 다해 엄지손가락을 추켜올렸다.

"즐거웠다니 나도 상당히 기쁘군. 하지만 이제 이 시스템은 나에겐 그저 단순한 놀이기구에 불과하네."

네메스는 레스터의 진심어린 마음에 답하듯 활짝 미소를 지었다. 곧이어 그는 레스터에게 VGSS 2000의 전체 상황통제실에 방문하게 될 것이라고 말했다. 승강기가 있는 곳으로 향하는 길 내내 네메스는 친절한 안내자가 되어 이것저것 자세하게 말해주었다. 문득, 순간이었지만 레스터는 이러한 의문이 들었다.

'이 위대한 지적생명체인 네메스는 도대체 무슨 연유 때문에 힘없고 보잘것없는 나에게 이러한 아량을 베푸는 것일까? 비록 지구에 살고 있던 인류는 모두 흔적도 없이 사라졌지만 이곳에서도 다수의 사람들은 여전히 생존해 살아가고 있어. 그런데 유독 왜 나에게만 다른 이들은 감히 근접하기도 불가능한 이러한 다양한 기회를 주는 것일까? 그의 갤리온의 역사나 화성을 걸쳐 지구에서 지내오면서 겪었던 모든 역사까지 이렇게 자세하게 나에게 이야기해주는 이유가 정말 무엇일까?'

이유를 알 수 없는 호의가 레스터의 마음을 조금씩 무겁게 하고 있었다.

네메스가 설계하고 완공한 VGSS 2000이라는 거대 우주비행선은 지상 3층, 지하 2층의 구조로 구성되어 있었다. 지상 3층은 조금 전에 경이로움을 느끼고 경험하게 해주었던 '무한차원 브레인 가상현실 시스템'이 있는 곳이었고, 지상 2층은 레스터가 네메스를 만나기 전까지 거주하던 거대한 돔 형태의 거주공간이자 사람들이 살고 있는 곳이었다. 그리고 지금 방문하고자 하는 지상 1층이 바로 VGSS 2000의 심장이라고 할 수 있는 전체 상황통제실이었다. 지하 1층은 네메스의 집무실을 비롯한 그가 진행하는 다양한 핵심 연구시설이 있는 곳이었는데, '스푸드'라 불리는 음식공장도 바로 이곳에 위치하고 있었다. 그런데 지하 2층은 무엇을 하는 곳인지 전혀 알 수 없었고 출입이 엄격히 통제된 곳이었다. 이곳은 네메스가 언급을 회피했다. 단지 때가 되면 알게 될 거라고만 말했다.

거대 모선인 VGSS 2000의 전체 구조에 대해 네메스로부터 자세한 설명을 들으며 레스터는 그와 함께 지상 1층에 있는 전체 상황통제실로 향했다. 잠시 네메스가 레스터를 향해 몸을 돌리고는 말했다.

"우선은 한 가지 당부를 하겠네. 이 승강기의 문이 열리고 자네가 무엇을 보더라도 당황하지 말기를 바라네. 지금은 그냥 있는 그대로 받아들여주게. 자세한 설명은 나중에 해줄 테니. 알겠나?"

승강기를 타고 지상 1층으로 내려가며 네메스는 레스터의 충격이 예상되지만 그를 믿는다는 눈빛을 보냈다.

"네! 알겠습니다, 네메스."

곧이어 문이 열렸고 네메스와 레스터는 함께 전체 상황통제실에 들어섰다. 이곳은 네메스의 전용 승강기와 직통으로 연결되어 있었다. 그러나 막상 레스터는 들어서자마자 시야에 들어오는 광경에 기존의 경험과는 전혀 비교할 수 없는 또 다른 충격이 몰려왔다. 물론, 규모 면에서도 레스터의 상상을 압도하는 거대한 전체 상황통제실이었고 각양각색의 다양한 첨단시설과 기계장비들에도 시선이 갔다. 그래도 그것은 단지 인류가 도달하지 못한 미래의 기술들일 뿐 이성적으로 받아들이는 데에 특별한 문제가 되지는 않았다. 하지만 이곳엔 그 자신도 지금까지 단 한 번도 볼 수 없었고 존재한다고 들어본 적도 없는 낯선 존재들이 있었다. 마치 생명체들이 살고 있는 미지의 또 다른 행성에 들어선 것만 같았다. 전혀 새로운 세상이었다. 레스터는 미간을 찌푸리며 네메스를 올려다보았다. 네메스가 지금까지 자신에게 말한 내용을 꼼꼼히 분석해보며 분명하게 유추해 내린 결론이 있었다. 최소한 우리 은하계에 존재하는 유일한 지적생명체들은 네메스와 레스터 그리고 이곳 지상 2층에 살고 있는 사람들이 전부라고 말이다. 그런데 다른 은하계도 아닌 그것도 전체 상황통제실에 버젓이 또 다른 모습을 가진 지적생명체들이 즐비했다.

"네메스, 도대체 이들은 누구죠?"

의심이 가득한 말투로 레스터가 네메스에게 말했다.

"나의 손과 발이네, 레스터."

네메스가 오히려 별일이 아니라는 듯이 말했다.

"손과 발이라니요? 무슨 뜻이죠? 네메스."

여전히 의심이 가득한 눈초리로 레스터가 물었다.

"…"

확답을 피한 채 네메스는 따라오라는 듯 앞서 걸었다. 레스터는 얼마 안 되는 기간 동안 기상천외한 길흉화복을 총체적으로 감당했다. 그리고 이제 겨우 온전한 정신으로 네메스를 믿고 있었는데, 이렇게 그가 지금까지 말한 내용과 논리적으로 앞뒤가 맞지 않은 상황에서 그의 뒷모습을 보니 스산하게 불안감이 엄습해왔다. 하지만 레스터는 이를 애써 외면하며 그의 뒤를 따랐다. 그를 뒤따르면서 전체 상황통제실을 점령하고 있는 그들을 열심히 눈에 담았다.

그들의 외형은 상당히 독특했다. 머리는 달걀과 거의 흡사했고, 족히 얼굴의 3분의 1을 차지할 정도로 커다란 두 눈은 반질거리는 검은 막 같은 것으로 덮여 있었다. 커다란 눈과는 대조적으로 코와 입은 매우 작았다. 기다란 두 팔과 두 다리, 그리고 날렵한 몸체를 가지고 있었다. 상당히 특이한 점은 그들은 모두 동일한 외관, 다시 말해 똑같은 얼굴과 동일한 몸체 그리고 크기마저 모두 동일해서 솔직히 누가 누구인지 전혀 분간할 수 없었다. 무엇보다 그들의 피부가 무척 독특했는데, 분명히 어떠한 옷도 걸치지 않은 맨몸 그 자체였지만 그들의 머리부터 발끝까지 완벽하게 온몸을 덮고 있는 피부는 움직일 때마다 약간씩 반짝거리는 반투명의 살갗을 가지고 있었다. 반투명한 상태로 보이지만 그들의 몸속 장기는 전혀 보이지 않았다. 흡사 윤기가 감도는 도자기와 같았다. 솔직히 레스터가 보기에 그들의 피부는 너무나 아름다웠다. 그들이 움직일 때마다 조금씩 다른 색들로 반짝이며 겹쳐 보였다. 아이보리와 연분홍색 그리고 엷은 보라색 등이 섞여 그들이 움직일 때마다 공간은 몽환적인 황홀감을 선사했고 언뜻 그들에게서 맑고 은은한 하프소리가 들리는 것 같기도 했다.

"정말 아름답군요! 그들을 보고 있는 것만으로도 마음이 동해 어디든 이끌려갈 것만 같아요."

몇 분 사이에 레스터가 마음속에 강하게 품었던 의심은 그들의 피부에서 펼쳐내는 아름다운 모습과 은은한 소리에 심취한 나머지 두 눈이 풀리며 몽롱해졌다.

레스터의 이런 모습과는 아랑곳없이 그들은 무슨 일이 그리 많은지 그에게 눈길 한 번 주지 않고 각자 자신의 일에만 열중하고 있었다. 전체 상황통제실에는 끈이 없는 풍선처럼 아무런 받침대나 고정된 곳이 없이 둥둥 떠 있는 투명한 막처럼 보이는 얇은 대형 디스플레이가 있었다. 그 화면에는 커다랗고 거대한 우주비행선처럼 생긴 물체가 선명한 입체감을 다각도로 드러내며 상세히 표현되고 있었다. 그 모습을 잠시 지켜보던 레스터는 이 모선이 바로 VGSS 2000의 전체 모습이라는 것을 알 수 있었다. 대형 디스플레이를 통해 VGSS 2000을 보니 이 거대한 모선을 밖에서 실제로 가까이 본다면 한눈에 모두 들어오지 않을 웅장한 장관에 차마 입이 다물어지지 않으리라는 것을 쉽게 짐작할 수 있었다. VGSS 2000의 전체 외관은 멀리서 본 토성의 모습과 거의 흡사했다. VGSS 2000을 토성으로 비유하자면 토성 위쪽의 반구형이 지상 2층과 지상 3층에 해당하고, 토성 아래쪽의 반구형이 지하 1층과 지하 2층이 될 것이다. 그리고 토성의 고리부분이 바로 이곳, '전체 상황통제실'에 해당된다. 한마디로 VGSS 2000은 토성이라는 아름다운 행성을 닮은 상당히 아름답고도 매력적인 디자인의 거대 모선이었다.

레스터는 전체 상황통제실을 자세히 둘러보았다. 360도로 펼쳐진 거대한 파노라마 창이 특히 인상적이었다. 무슨 합금 같기도 하고 투명한 유리처럼 보이는 알 수 없는 신물질 같아 보였다. 분명히 유리로 만든 파노라마 창은 아니었고 금속성의 물질이었지만, 희한하게도 바깥 풍경을 선명하게 볼 수 있었다. 그리고 그 파노라마 창엔 이해할 수 없는 갖가지 다양한 기호들로 이루어진 디지털 정보들이 곳곳에서 쉴 새 없이 표시되고 있었다.

"인류를 포함한 모든 지적생명체가 추구하는 방향은 결국은 자연을 닮아가는 거지!"

감명을 받은 모습으로 서 있던 레스터를 향해 네메스가 말했다.

"한 가지 예를 들어볼까, 레스터?"

"네! 자세한 설명을 듣고 싶군요. 네메스!"

레스터도 네메스에게 응답하듯 바로 대답했다.

"그렇다면 자네에게도 친근할 만한 로봇이 좋겠군."

네메스가 살짝 미소를 짓다가 생각에 잠긴 듯 눈을 가늘게 뜨며 말했다.

"인류가 로봇을 만들기 시작한 이유는 인간의 이해를 넘어서 최종적으론 자연 그 자체이자 바로 자기 자신인 인간을 만들어내기 위함이지. 하지만 당연히 그 과정은 처음부터 커다란 난관에 부딪히지. 그래서 우선 인간의 골격구조와 근육, 각 관절의 연관성 등을 분석하게 되지. 자네도 잘 알잖아. 르네상스시대뿐만 아니라 훨씬 과거의 시대에도 수많은 시체들을 해부하면서 많은 기능들을 조금씩 이해하게 되었지. 그러나 그 시대의 인류에게 마땅한 재료라고는 어설픈 금속조각과 나무, 도르래, 실이 전부였지. 그들이 발견한 많은 기능을 이 재료들로 테스트해왔던 거야. 조금 더 시간이 흘러 인류는 상당한 공학기술의 발전으로 정교한 기계로봇을 만들어내기 시작했어. 그것은 단지 시작일 뿐이었지. 더 나아간 미래엔 기계에 멈추지 않고 생체조직이 결합된 안드로이드로 발전을 거듭하게 되지. 그리고 인류가 존재했다면 더욱 먼 미래엔 최종적으로 인공세포를 완성하게 되고 인간과 거의 비슷한 생명체를 탄생시키게 되는 거야. 결국은 재귀적이지. 여기서 가질 의문은 오직 한 가지네."

네메스가 말을 끝마친 후에 잠시 가만히 있었다.

"어떤 의문인가요? 네메스."

불안감을 떨쳐내듯 달려들듯이 레스터가 질문했다.

"이미 이 우주 속에는 나를 비롯한 인류와 같은 완전한 지적생명체가 존재하는데도 불구하고 왜 우리는 어떻게 보면 무의미하다고 생각되는 재귀적인 과정에 엄청난 노력을 기울여서 완성시키려고 끊임없이 혈안이 되어 있었는가 하는 문제 말이네. 로봇을 우리보다 더 강력한 힘을 갖도록 만들거나 더 똑똑한 로봇을 만들어내거나 그것도 아니면 인공 생체조직을 발전시켜 더 오래 살면서도 늙지도 않고 더 건강하고 더 강한 인공 생명체를 만들어내는 것이 우리가 정말로 유일하게 알고자 했던 궁극적인 진정한 의미를 찾는 일이냐는 거지. 이것은 지금까지 인류가 반복해왔던 재물을 더 모아서 더 여유로워지거나 배고플 때 식사를 배부르게 먹고 나서 느껴지는 포만감처럼 그 이상도 그 이하도 아니란 거네. 이 과정은 우리가 알고자 하는 궁극적인 진정한 의미와는 연관성이 없지. 우주에서 가장 특이한 우리의 존재 이유와 우주 그 자체의 본성을 밝히는 일과는 너무나 동떨어져 있으니 말이네. 그렇지 않은가, 레스터?"

레스터는 네메스가 말하는 동안 두 귀를 쫑긋 세우고 주의 깊게 듣고 있었다. 비록 지구에 살던 인류가 모두 사라졌지만, 그들이 생존해 있었다고 해도 우리도 역시 갤리온과 같은 방향을 향해 나아가다 최종적으로 네메스가 처한 상황과 맞닥뜨렸을 것이다. 이것은 결국 인류가 생존했다면 머나먼 세월이 지난 후, 다가올 수밖에 없는 필연적인 미래의 결과를 레스터는 현실에서 맞이하고 있었다.

"지적생명체라면 숙명적으로 재귀적 과정을 반복할 수밖에는 없는데, 지적생명체가 이러한 험난한 과정을 반복하면서 나아가도록 처음부터 우리에게 내재될 수밖에 없었던 진정한 힘은 대체 어디에서 오는 걸까. 그리고 최종적으로 지적생명체에게 무엇을 완성시키기 위해 그 힘이 작용을 하고 있는가 말이네. 물론, 더 근본적이고 근원적인 이유가 분명히 존재하겠지. 나 역시 이러한 질문에 대한 답변은 너무나 어렵네, 레스터."

네메스는 머리를 들어 쓸쓸한 화성의 바깥 풍경을 쳐다보았다.

"충격적이군요! 지적생명체가 할 수 있는 최고의 수준까지 도달해도 궁극적인 진정한 의미는 항상 저 멀리에 있는 신기루처럼 잡으려 해도 잡을 수 없으며 넘어설 수도 없는 거대한 벽이란 말이군요. 인류에게만이 아니라 네메스 당신도요. 결국, 우주에 존재했던 모든 지적생명체에겐 말이죠."

레스터도 묵묵히 바깥풍경을 쳐다보았다.

"하지만 레스터! 이러한 재귀적인 과정은 단지 안드로이드나 인공생명체를 만들고자 하는 한 분야에만 한정된 일이 아니네. 지적생명체 그 자체의 삶 속에도 그대로 녹아 있지. 우리가 매순간 숨을 쉬고 식사를 하고 직장에서 업무를 보고 회사를 경영하고 나라를 이끌어가는 그 각각의 모든 활동은 반복적인 과정에 머물지 않고 결국엔 재귀적인 과정을 이끌어내 가장 이상적인 근원을 향해 한없이 반복되며 나아가게 되는 것이네. 이러한 과정은 지적생명체와 다른 모든 생명체들뿐만 아니라 결국엔 가장 최상위 단계인 이 우주에서도 동일하게 재귀적인 과정이 변함없이 이루어지지. 수많은 행성, 항성들, 태양계, 우리 은하 그리고 수많은 다른 은하계들은 자신들이 소멸하기 전까지 자신들에게 정해진 경로를 따라 자전과 공전을 무한히 반복하는 거야. 태초에 우주가 생성된 이후, 무구한 세월이 흐르고 흘러 우주에서 생성된 가장 복잡한 구조를 지닌 지적생명체가 탄생하게 되고 우주의 나이만큼의 기나긴 역사를 통해 탄생하게 된 우리 역시 우리가 탄생하게 된 기원을 알고자 거슬러 되돌아가기 위해 또다시 우리의 기원과 우주의 기원을 찾기 위한 한없는 재귀적인 과정을 반복하게 되는 것이네. 자네도 알다시피 세상의 모든 것은 그 형태와 크기에 상관없이 모두 원자들로 구성되어 있지. 우리 몸을 구성하는 가장 기본적이면서도 그 자체로 완벽한 구조를 가지고 동작을 수행하는 세포처럼 말이지. 원자는 우주에서 물질계를 구성하는 그 자체로 완벽한 구조를 가지고 동작하는 가장 근본적인 세포이니깐 말이네. 그리고 이러한 재귀적인 과정은 미세한 원자뿐만이 아니라 원자이하의 모든 미립자들에게도 미치고 있는 것이라네. 가장 극대의 우주부터 가장 극소의 미립자까지 말이지. 그렇지만 조금 전에도 말했듯이 이러한 재귀적인 과정이 최종적으로는 무엇을 찾기 위한 것인지 아니면 무엇이 되기 위한 것인지 그 진정한 수렴이 결국에는 어디에서 멈추게 되는지 어떠한 결과도 전혀 알 수 없었네. 지금까지 오직 분명한 것은 우리는 우주의 궁극적인 진정한 의미를 찾기 위한 것으로 회귀하고 있다는 명백한 사실일세. 나는 이 모든 것을 통합해서 하나의 주제로 표현하고 두 가지의 질문을 만들었네."

"하나의 주제로 표현한 두 가지의 질문…?"

집중하며 촉각을 한껏 치켜세운 레스터가 읊조렸다.

네메스는 다시 진중한 표정으로 말을 이었다.

"'재귀적 패턴', 즉 존재하는 모든 것의 재귀적인 과정. 우주에서 재귀적 패턴을 형성할 수밖에 없었던 가장 근본적이고 근원적인 이유와 이러한 진정한 힘은 무엇일까?"

네메스가 던진 화두의 무게를 온몸으로 감당하며 레스터는 신음했다.

"레스터. 내가 자네에게 그대의 인류가 생존해서 나아갔다면 만들어낼 미래의 한 단면을 보여주겠네!"

"인류의 미래의 한 단면?"

레스터의 호기심이 그의 신음을 순간적으로 낚아채갔다.

"그래, 레스터! 지금 나와 자네가 바라보고 있는 이 생명체들은…."

잠시 말을 끊은 네메스가 곧이어 다시 말했다.

"인공세포를 이용해서 만들어낸 인공생명체들이라네."

"인공생명체!"

"갤리온의 과학자들의 연구결과를 바탕으로 내가 지속적으로 연구를 기울인 끝에 인공세포를 완성시키고 그 인공세포를 이용해서 만들어낸 생명체들이네."

"로봇이나 안드로이드와는 비교할 수 없는 지적생명체가 인공적으로 창조해낸 가장 최상위 단계이자 최대한 자연에 가까운 최종적인 결과물일세, 레스터!"

네메스라면 충분히 가능하다는 것을 받아들일 수 있었던 레스터는 이제는 놀라기보다는 감탄했다.

"자연세포를 전혀 이용하지 않고 오직 자연세포의 메커니즘만을 이용해 처음부터 과학과 공학기술만으로 순수하게 탄생시킨 인공세포로 만든 생명체들이네. 지적생명체의 쾌거네!"

"오! 정말 대단한 성과네요, 네메스."

"특수 설계한 인큐베이터 속에 인공세포를 넣은 후, 세포분열을 일으켜 배양을 걸친 후에 탄생시킨 인공생명체들이네. 즉, 생물학적인 정자와 난자는 물론이고 자궁마저 필요 없거니와 의미도 없지."

"그것이 정말 가능하다는 말인가요?"

상상 속에서만 그려볼 수 있었던 미지의 세계를 현장에서 생생하게 대가 없이 경험하고 있는 레스터는 자신이 살아온 세계와 격차가 심해 마치 꿈속에서 허우적대고 있는 것만 같았다. 믿기지 않는 지금의 상황에 변색하는 카멜레온처럼 온몸에 소름이 돋았다 사라지기를 반복했다.

"물론이지. 자네가 지금 보고 있는 않은가! 저들에겐 우리와 같은 자연적이고 생물학적인 정자와 난자가 필요 없었고 자궁마저 필요치 않았으니 당연히 부모도 형제도 없다네. 그래서 저 인공생명체들은 자신들의 선조도 없으며 후손도 없지. 따라서 미래도 꿈꿀 수 없으며 과거를 되돌아볼 수도 없지. 오직 현재의 순간만 있을 뿐이네. 저들은 모두 똑같은 존재일 뿐이야."

네메스는 무심히 독백하듯 말했다.

"모든 생명체를 이루는 가장 기본적인 세포마저 인공으로 만들었다는 거잖아요. 그렇다면 우리처럼 자연적인 지적생명체와 전혀 차이 없는 인공적인 지적생명체라는 뜻이잖아요? 그런데 저들이 도대체 우리와 어떠한 차이점이 있다는 말이죠? 전 아무리 들여다보아도 차이가 있다는 것이 전혀 믿기질 않네요, 네메스."

레스터가 한참을 위로 올려다보며 네메스에게 말했다.

"그렇겠지. 세포 수준에선 인공세포와 자연세포에 대해 기능적으로 차이를 구분하는 것은 전혀 불가능하네. 하지만 그렇게 보여도 인공생명체인 저들에겐 우리와 명확히 구별되는 분명한 차이점이 있네, 레스터!"

네메스가 레스터의 질문에 대답해주기 위해 자신의 몸을 살짝 구부려 자세를 낮추며 레스터에게 대답했다.

"도저히 모르겠군요. 어떤 면에서 차이점이 있다는 거죠? 네메스."

꼬리에 꼬리를 무는 의문이 이어졌다.

"그 당시 인공세포를 이용해서 자연적인 지적생명체와 기능적으로 완벽하게 동일한 인공생명체를 탄생시켰네. 자네에게 다시 분명히 밝힐 수 있는 것은 인공세포는 그 자체로 자연세포였지. 기능적으로 모든 것이 완벽했으니깐. 그러나 문제는 지적생명체로서는 감히 명확히 인지할 수도 진입할 수도 없이 오직 직감에 의해서만 어렴풋이 감지할 수 있는 전혀 다른 초월적 미지의 영역에 있었어. 즉, 이 뜻은 우주의 무한차원을 아예 넘어선 미지의 영역이라는 뜻이네. 이미 말했듯 그곳엔 차원이라는 것이 아예 없지. 다시 말해 고차원으로 이루어진 우리의 우주를 넘어 무수히 이어진 다른 우주들마저 넘어선 궁극의 초월적 세계이자 보이지 않는 힘이 존재할 수밖에 없다는 것을 나는 이론적으로 밝혀낸 것이네."

"네?! 그럼, 초월적 미지의 영역에 정말로 어떠한 전지전능한 초월적 존재가 실재할 수도 있다는 뜻인가요? 게다가 오히려 그곳엔 차원이라는 것이 아예 존재하지 않는다면, 도대체 차원이 없는데… 어떻게 그곳에 어떠한 그 무엇이 존재할 수 있다는 건가요, 네메스?"

"이해할 수 없다는 것을 충분히 알고 있네. 그래서 나 역시 단지 초월적인 미지의 영역을 감지했을 뿐 그 무엇으로도 실제적인 도달은 처음부터 불가능한 곳이었지. 왜냐하면 그곳은 우리에게 처음부터 철저하게 막혀 있는 미지의 영역이었으니깐. 내가 창조해낸 인공세포를 이용해서 탄생시킨 인공생명체는 자연적인 지적생명체와 비교해서 한 치의 오차도 없었지. 그럼에도 불구하게 치명적인 차이점을 일으킬 수밖에 없었던 요인이 바로 그곳에 있다는 것을 말일세."

"여전히 이해할 수 없어요, 네메스. 당신이 자연세포와 일치하는 완전한 인공세포를 만들어내는 것에 성공했다는 말은 인간이나 갤리온스와 동일한 생명체를 인공적으로 완전하게 만들어냈다는 뜻이잖아요. 그런데 치명적인 차이가 있다니 무슨 말씀이죠?"

"그래, 그렇지만 그 무엇으로도 해결할 수 없는 치명적인 차이점이 있다는 것은 분명한 사실이네. 그 사실은 내게 깊은 고통을 안겨주었지. 처음엔 이 차이점을 메우려고 내가 할 수 있는 모든 노력을 다 기울였지. 왜냐하면 이 차이점이 결국엔 지적생명체의 가장 숭고한 특징을 결정짓는 핵심 중의 핵심이었으니깐. 하지만 이것은 단순히 내 능력의 부족이 아니라 좀 전에 말했듯이 지적생명체인 우리의 태생적 한계라는 것을 깨달았네."

슬픔과 절망이 뒤섞인 눈빛으로 네메스가 레스터에게 말했다.

"지적생명체의 태생적 한계…"

인류가 도전해왔던 각양각색의 근본적인 문제들을 떠올려보며 그 문제들에 대한 태생적 한계의 의미에 대해 닿아보려 했으나 멀게만 느껴졌던 레스터는 읊조리듯 나지막이 스스로에게 독백하듯이 말했다.

"단지, 자네처럼 멀리서 저들을 바라볼 때는 인공생명체와 우리와의 차이점이 없는 것처럼 보이지. 혹시 차이점이 있다고 내가 말해도 지금 자네에게는 단지 무한소에 가까운 너무나도 작은 부분처럼 받아들여질 거야. 그렇지만 초월적인 미지의 영역에서 본다면 우리가 어떠한 노력으로도 채울 수 없었던 무한소에 가까울 정도의 극한의 차이가 오히려 무한대일 가능성이 확실하다는 점이네."

"네?! 무한소에 가까운 극히 미세한 차이가 실은 무한대일 수도 있다고요?"

레스터는 의미의 괴리감에 미련을 거두지 못했다. 자신을 비롯한 인류의 도전 역사는 가장 추상적이거나 형이상학적인 개념이라도 그 개념을 근원적인 목표로 상정하면서 시작되는 것이며 그 목표에 반드시 도달할 수 있다는 강인한 신념의 동기이자 원동력 또한 그 목표에 있었기 때문이다. 이 도전에 불가능이라는 단어는 처음부터 없는 것이다. 하지만 불길한 암시를 주는 상대가 다른 이가 아닌 네메스라면 무시라는 단어도 처음부터 존재하지 않는 것이었다.

"그래, 레스터! 인공생명체인 저들에겐 단 두 가지가 없네."

네메스가 예리한 눈빛으로 레스터를 바라보았다.

"저들의 모습은 오히려 우리보다 더 고등한 생명체로 느껴지는데요. 도대체 저들에게 무엇이 없다는 거죠, 네메스?"

레스터의 어깨는 꿈틀거리며 인공생명체들을 다시 눈으로 확인했다.

"정체성과 의지!"

네메스가 단호한 표정을 지으며 말했다.

"네?! 그럴리가요, 네메스. 말도 안 돼요. 저렇게 누구의 지시도 없이 각자가 맡은 일을 한다는 것은 각자의 정체성이 없다면 의지도 발휘할 수 없으니 불가능한 일이잖아요. 제가 로봇을 보고 있는 것이 아니잖아요, 네메스."

레스터는 어이없는 표정의 어설픈 미소를 지었다.

"아니, 사실이네. 저들에겐 각자의 정체성과 의지가 전혀 없어!"

깊은 아쉬움을 드러내며 네메스가 말했다.

"이 두 가지는 내가 갖가지 시도와 연구를 해도 만들어낼 수 없었네. 그래, 이 두 가지는 지적생명체가 처음부터 만들어낼 수 있는 것이 아니었어. 정체성과 의지는 태초의 우주가 생성될 때 같이 존재한 것이네."

"정체성과 의지가 태초에 생성된 거라고요!"

"말했듯이 레스터. 나의 연구에 가차 없이 찬물을 끼얹은 것은 우주를 과학적으로 분석하는 과정에서도 발견했네. 나는 인공지능 슈퍼컴퓨터와 무한차원 브레인 가상현실 시스템에 우주의 데이터를 입력하고 분석하여 완전한 결과를 얻었고 우주에 관한 '만물의 이론'을 증명했지. 하지만 진정으로 찾고자 했던 우주가 왜 만들어져야 했는지에 대한 해답은 알 수 없었어. 즉, 미국이라는 광활한 곳을 한 마리의 개미가 끝없이 걸어서 그 지형의 모습을 완전히 파악했다고 해도 정작 개미의 입장에서는 미국이라는 나라가 왜 생기게 됐는지는 영원히 이해할 수 없는 것과 마찬가지였던 거야."

네메스가 우울하고도 우수에 가득한 표정으로 힘없이 말했다.

"무슨 뜻인지 어렴풋이 알 것 같군요. 그러니깐 모든 생명체가 각각 자신을 고유하게 식별하고 인식하게 해주는 두뇌의 가장 기본적이며 핵심적인 정신인 정체성의 근원을 밝히는 일은 우주의 진정한 궁극적인 의미를 이해하는 것과 동일하다는 말씀인가요, 네메스?"

레스터가 신중하게 자신의 의견을 네메스에게 말했다.

"정확히 맞추었네, 레스터!"

조금도 뜸들이지 않고 단호하게 네메스가 답했다.

"그렇다면 우주에서 지적생명체들이 발견과 창조를 할 수 있는 가장 진화한 존재들이니 지금까지 그리고 앞으로도 영원히 모든 노력을 쏟아붓는다고 해도 우주의 진정한 궁극적인 의미를 절대로 알 수 없다는 뜻인가요?"

"우주 속에 존재하는 모든 법칙을 이해하는 것과 우주 그 자체가 왜 만들어져야 했는지의 진정한 의미를 이해하는 것은 전혀 다른 개념의 문제라는 뜻이네. 이와 마찬가지로 그 정신은 우리가 이해하고 있는 물질이나 에너지의 형태가 아니네. 이 모든 것을 넘어서는 도달이 불가능한 신비스러운 어떤 것이니깐 말이네!"

네메스의 좌절과 절망의 늪을 담은 예리하고 거대한 화살이 레스터의 심장에 묵직하게 꽂혔다.

"전체 상황통제실에서 일하고 있는 인공생명체들은 어떻게 불러야 하나요?"

"'멀티유니온(Multi-Union)'이라 부르네."

"그러면 각자의 이름은 없는 거군요."

"그렇다네, 레스터. 저들은 하나의 이름으로 부르지. 멀티유니온!"

"조금 전에도 말했듯이 저들은 내 손과 발이고 눈이자 귀네. 나는 VGSS 2000에서 이들에게 내가 원하는 일을 시키고 결과를 보고 받고 이들을 통해 내가 알고자 하는 세상을 보고 듣고 있지. 결국 이들을 통해 다중작업을 실시간으로 동시에 처리할 수 있게 된 것이네. 컴퓨터가 여러 작업을 동시에 처리하는 것처럼 말이지."

"멀티유니온은 총 몇 명 있나요?"

"이들은 현재 총 500명이네."

"그런데요, 네메스. 이들은 무슨 일을 하는데 저렇게 바쁜 거죠?"

각자의 일에 여념이 없어 보이는 멀티유니온을 바라보며 레스터가 질문했다.

"내 두뇌의 일부분이자 확장일세!"

네메스는 자로 선을 긋듯 말했다.

"네?! 당신의 두뇌요?"

자신의 질문에 대한 답변이라기에는 뜬금없는 대답이라 생각했기에 레스터는 약간 당황해 네메스에게 다시 물었다.

"이미 말했듯이 이들에겐 정체성이 없네. 따라서 각자의 의지도 없지. 이들은 내가 주입한 지시만 이행하고 따를 뿐 각자가 무엇인가 목표를 스스로 만들고 계획해서 창조적인 일을 할 수 없네. 난 뼛속까지 과학자네. 내가 만일 정체성이라는 난관의 문제를 해결했다면 이 인공생명체들에게도 정체성을 심어주었겠지. 어쩌면 나는 장인이라고 할 수 있네. 진정한 장인은 자신의 작품에 혼을 불어 넣을 수만 있다면 자신의 목숨도 바칠 수 있는 존재들이니깐. 따라서 내가 정체성의 문제를 해결하고 이들에게 심어줄 수 있었다면 당연히 인공생명체인 저들에게 만들어 주었겠지. 인공생명체들이 정체성을 갖고 하나의 의지를 앞세워 이들 모두가 반란을 일으켜 나를 죽이려 한다고 해도 말이네. 그러나 아쉽게도 이들은 어찌 보면 단순한 기계들에 불과해. 각자가 혼자 있을 때는 무엇을 해야 할지 모르고 그대로 있다가 네메스라는 정체성을 가진 조직 내의 유일한 명령이 뚜렷한 의지를 내세우면 그에 따라 일을 수행하는 생명체가 되는 거야."

"그렇군요. 정체성이 없으면 자신이 무엇인지 어떠한 존재인지 알 수 없으니 의지를 스스로 만들어낼 수 없는 거군요. 결국은 지적생명체가 가지고 있는 창조성도 발휘할 수 없는 것이고요."

"그렇다네, 레스터."

"인공생명체이든 안드로이드이든 단순히 기계적이고 논리적인 것만으로는 뚜렷한 한계가 있네. 그렇게 정체성이 없이 만들어진 인공적인 모든 것들은 그 인공적인 것이 무엇이든지 간에 항상 어떠한 행위를 하도록 명령하는 입력이 외부로부터 주어져야 하니깐 말이야. 그렇지 않다면 기존의 입력된 명령들만 가지고 단순하고도 반복적인 일만 가능할 뿐이지. 그나마 입력된 명령마저 없다면 그냥 고철덩어리와 다를 바 없는 거네."

자신이 창조한 멀티유니온을 안타까운 모습으로 물끄러미 쳐다보며 네메스는 말했다.

"다시 말하지만, 네메스! 이들 인공생명체들인 멀티유니온은 도대체 무슨 일을 하는 거예요?"

"알고 싶은가? 레스터."

애를 태우듯이 레스터에게 넌지시 떠보며 네메스가 말했다.

"그럼요. 당연하죠, 네메스."

레스터가 기다렸다는 듯이 지체 없이 바로 대답했다.

"그래, 자세히 알려주도록 하지. 자네에게 내가 알고 있거나 경험했던 그동안의 모든 역사를 알려주어야 하는 것은 내가 이행해야 할 절대적인 중요한 의무가 될 테니, 그리고 내가 자네에게 줄 수 있는 유일한 선물이니깐 말이네."

담담히 말하면서도 레스터를 바라보는 네메스의 시선엔 알 수 없는 슬픔이 배어 있었다.

'의무? 선물? 나에게 알려주는 것이?…'

무슨 의미인지 파악조차 할 수 없던 레스터는 되묻지 않았다. 지금까지 본 네메스는 상당히 순차적으로 자신에게 다가오며 신뢰를 쌓고 있는 게 눈에 보였다. 그래서 기다리기로 했다.

'때가 되면…'

"레스터, 그전에 다시 내 집무실로 자리를 옮기도록 하지!"

레스터와 네메스는 여전히 자신들에게 주어진 일에만 열중하고 있는 멀티유니온을 뒤로한 채 네메스의 전용 승강기를 타고 지하 1층에 있는 네메스의 집무실로 향했다.

"앉게나, 레스터."

레스터에게 앉으라고 자리를 권하며 네메스도 자신의 의자에 앉았다. 하지만 네메스는 한동안 온 공간을 침묵으로 채웠다. 레스터는 숨소리도 방해될까 봐 들락거리는 숨소리를 몸 안에 가뒀다. 그의 귓가엔 이제 네메스의 침묵만이 남았다.

'멀티유니온이 하는 일이 그렇게 극비인가?'

한참을 곰곰이 생각에 잠겨 있던 네메스가 결단을 내렸다는 듯 의자의 손잡이를 한번 쓸어내리더니 굳게 닫혀 있던 입을 열었다.

"레스터!"

그가 불렀다.

미지의 그들 II

"진정으로 소중한 것을 지키려면
기존에 유지해오던 관습과 법규라는 제한된 경계를
반드시 넘어서야 한다."

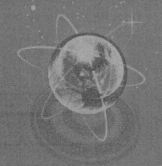

아포네스가 들이댄 서슬이 시퍼런 칼날이 목전까지 스쳐지나간 만남을 뒤로하고 VGSS 2000으로 되돌아온 네메스는 실망과 배신으로 가슴이 타들어가는 고통을 느꼈다. 이제는 그 무엇으로도 아포네스의 마음을 예전으로 되돌려놓기에는 늦었다는 것을 절감했다. 어디서부터 아포네스와의 길이 달라졌는지 생각하는 것조차 어리석은 일이 되어버렸다. 하지만 그를 더욱 심란한 상태로 몰아세운 것은 이와 같은 상황에서 자신이 앞으로 무엇을 해야 할지, 어떻게 해결해야 할지 대책이 전혀 서지 않았기 때문이다. 결코 적일 수 없는 가장 절친한 친구이자 유일한 가족 같은 아포네스를 상대로 도대체 무엇을 어떻게 할 수 있다는 말인가. 게다가 네메스의 마음을 더욱 옥죈 것은 이케우니스 총사령관의 진심어린 충고였다.

'아포네스는 먼저 네메스 국방장관님의 직위를 강탈할 것입니다. 그러면 자연스럽게 장관님이 장악하고 있는 군부대를 흡수하겠죠. 그러나 아포네스의 흉악스러운 행동은 결코 여기서 멈추지 않을 것입니다. 그의 진정한 속셈은 VGSS 2000마저 자신의 손아귀에 넣는 것이 최종 목표임은 이제 분명한 사실입니다. 그래야 아포네스가 그동안 바라왔던 장관님의 모든 것을 빼앗은 것이 될 것이며, 그것이 바로 완전하고 절대적인 힘을 얻게 됐음을 스스로 증명하는 것이 아니겠습니까? 이제 절대 권력을 쟁탈하려 하는 아포네스의 야심은 그 무엇으로도 막을 수 없습니다. 지금처럼 한 국가의 권력을 양분하고 있는 상황을 더 이상 아포네

스는 받아들이지 않을 것입니다!'

'절대로 잊지 마십시오, 네메스 국방장관님! 만약 아포네스가 자신의 뜻대로 이번에 계획이 성사되지 않는다면 결국은 네메스 국방장관님의 목숨을 노릴 것입니다.'

집무실에 앉아 있던 네메스는 의자에서 일어나 창가로 갔다. 무심히 창밖을 바라보던 네메스는 어느새 예전에 아포네스와의 정겹던 기억들을 떠올렸다. 그러다 갑자기 그리운 눈으로 바라보던 그의 눈빛이 일순간 허물어지듯 어두워졌다.

"아포네스! 이케우니스의 말대로 진정 나를 없애려 하는가?"

두 어깨가 힘없이 축 처진 채 혼잣말을 내뱉은 네메스는 생각에 잠겼다.

'정말 나를 없애고자 했었다면 궁전에 있었을 때, 그 우람한 콘티온스들을 시켜서 나를 바로 제거하지 않았을까? 아니야, 아니 그럴 리가 없어. 아무려면 아포네스가 다른 이도 아닌 내게 그런 무모한 짓을 서슴지 않고 저지를 자이던가. 단지, 아포네스는 나에게 가장 적합한 업무를 제안했을 뿐 위협을 가하는 행동은 취하지 않았잖아. 만약 내가 과학기술부 장관직을 받아들인다고 하지 않았다면 그는 어떻게 하려 했을까. 정말로 나를 그 자리에서 없애려고 했을까?'

'어찌 보면 이번 제의는 직위를 박탈한다기보다는 그 누구보다 나를 가장 잘 알고 있는 아포네스가 나에게 가장 알맞은 자리를 마련하여 연구에만 전념하도록 오히려 나를 배려했다고 보는 편이 옳지 않을까. 근래에 내가 연구에만 몰두하는 바람에 군부대에 소홀히 했던 것도 부정할 수 없는 사실이니깐 말이지.'

'과학기술부 장관으로 취임한다면 나에게 관련된 분야에만 몰두할 수 있으니 난 내 연구를 진행하면서 국방과 관련된 첨단 우주비행선이나 첨단 무기를 만드는 일에만 신경 쓰면 되지. 그러면 더 이상 지금처럼 연구로 인해 국방에 관련된 일을 소홀히 해서 쌓여간 미안한 감정들도 홀홀 털어버릴 수 있어. 오히려 내가 바라던 상황이 아닐까.'

'과학기술부 장관이라면 첨단기술의 보고이자 완벽한 연구개발실인 VGSS 2000을 소유하는 것은 당연한 것이니 다른 것은 몰라도 VGSS 2000 안에서 계속 연구할 수 있어. 어차피 내가 머물 곳도 VGSS 2000이 아니던가. 아무렴, 그걸 모를 아포네스가 아니지. 내게서 VGSS 2000을 빼앗아간다면 내가 과학기술부장관일 필요가 없지 않은가! 그래, 그건 말도 안 되는 일이지.'

'역시 아무리 생각해보아도 이케우니스 총사령관이 너무 앞서 나갔어. 너무나 앞서 나간 거야!'

네메스는 판단하기 어려운 진심 사이에서 괴로워했다. 분명히 자신이 보기에도 정황상으로는 불안하고 미덥지 못한 부분이 확실히 많았다. 네메스의 이성은 철저하게 이케우니스의 말에 동조하면서도 네메스의 마음은 둘도 없는 단짝이자 죽마고우이며 지금까지 수많은 세월을 함께 해온 친구인 아포네스에게로 기울어져 있었다. 어떻게든 아포네스를 향한 의심을 없앨 수 있는 합당한 이유를 찾으려고 끊임없이 노력했다.

깊은 고민을 계속하던 네메스는 결론짓듯 다짐했다.

"아포네스! 난 자네를 믿을 수밖에 없네. 우리는 어려서부터 지금까지 마음을 함께 나누어 오던 절친 중의 절친 아니던가. 또한 살아오면서 수많은 어려움을 서로 나누며 힘을 합쳐 헤쳐 온 피를 나눈 형제 그 이상이 아닌가! 그만큼 나를 잘 알고 있으니 나를 위한 배려라 보겠네. 난 자네를 믿네, 아포네스."

파노라마 창에는 화성의 울창한 숲과 거대한 협곡 그리고 그 아래에서 용솟음치며 흐르는 엄청난 물줄기, 끝없이 펼쳐진 들판, 그리고 티

없이 맑은 오후의 하늘과 뭉게구름이 어느새 석양으로 조금씩 불그스름하게 물들고 있었다.

"이곳도 참으로 아름답구나! 석양이 지는 모습까지도. 마치 내가 살았던 갤리온처럼… 더 이상 그곳은 없지만 내 마음속에는 그리움이라는 이름으로 항상 살아 있지."

네메스는 애잔한 눈빛으로 노을의 마지막 온기마저 끌어 모았다. 추억도 그만큼 깊어져만 갔다.

아포네스와 네메스 둘만의 관계라면 가장 소중한 친구인 아포네스를 위해 자신의 목숨마저 얼마든지 내놓을 수 있었다. 하지만 지금의 네메스의 목숨은 더 이상 단순히 그 혼자만의 목숨이 아니었다. 우주 역사 속에서 가장 고등한 민족이며 자신들의 진정한 존재 이유를 진심으로 가슴 깊이 깨달은 갤리온의 모든 갤리온스들의 영혼을 대표하고 있는 자가 바로 네메스 자신이기 때문이다. 이제 자신의 죽음은 곧 갤리온 정신의 죽음을 의미했다. 진정한 목표에 반드시 도달해야 했고, 이 목표를 이루어내기 위해서는 무슨 수를 써서라도 그때까지는 자신의 생명을 유지시켜야 했다. 지금까지 해온 연구는 자신의 목표만을 이루기 위한 것이 아니었다. 그는 마지막으로 남은 가장 고등한 지적생명체가 추구할 수 있는 우주의 궁극적인 진정한 의미를 풀어낼 유일한 대표자였다. 이를 위해서라도 냉철해져야 했다. 현실을 직시해야 했다. 하지만 아포네스에 대한 흔들리는 감정의 끈을 쉽사리 내려놓지 못했다. 오히려 그에 대한 감정의 끈에 네메스는 사정없이 꽁꽁 묶여 결박당해 그 끝을 알 수 없는 곳으로 끌려가고 있었다.

며칠 후, 아포네스의 궁전에서 사신이 네메스가 있는 VGSS 2000을 방문했다.

"네메스 국방장관님, 그동안 안녕하셨습니까?"

앤키니우스 비서실장이 살며시 미소를 지으며 네메스에게 인사했다.

"앤키니우스 비서실장! 직접 이곳엔 어쩐 일이오?"

느닷없는 앤키니우스 비서실장의 방문에 네메스는 잠시 머뭇거리며 의아해했다.

"아포네스 황제님께서 네메스 국방장관님에게 서한을 직접 전해 드리라고 하셔서 이렇게 제가 이곳까지 오게 되었습니다."

앤키니우스는 최대한 예의를 갖추고 있는 것처럼 보였지만, 말투엔 조롱이 뒤섞여 있었고 입가에 지어진 미소에 본심이 드러나 있었다.

"허허, 그런 것이라면 콴티를 보내도 될 것을. 앤키니우스 비서실장이 직접 이곳을 방문한 것을 보니 매우 중요한 내용인가 보군요."

네메스가 너털웃음을 치며 앤키니우스 비서실장을 떠보았다.

"죄송하지만 저도 자세한 사항은 모릅니다, 네메스 국방장관님. 저는 단지 아포네스 황제님께서 네메스 국방장관님께 서한을 직접 전해 드리라는 명령만 받았을 뿐입니다."

자세한 사항을 물어보는 네메스 국방장관이 약간은 귀찮은 듯, 앤키니우스는 곧 불편한 기색을 드러냈다.

"아! 그렇군요. 어쨌든 이 먼 곳까지 직접 방문을 해주어서 고맙소, 앤키니우스 비서실장."

네메스는 만면의 미소를 지으며 말했지만 그의 눈빛은 칼날처럼 예리하게 앤키니우스를 경계했다.

"별말씀을. 그건 그렇고, 이번에 창설하게 되는 새로운 기관의 장관님으로 자리이동을 하신다고 들었는데…."

"아포네스 황제님의 배려로 그렇게 됐소."

"아! 사실이군요."

궁 안의 모든 정보를 꿰차고 있는 앤키니우스가 모를 리가 없건만, 만면에 웃음을 띠며 네메스에게 확인했다.

"아참, 나 좀 보게, 앤키니우스 비서실장. 어서 자리에 앉아요. 차라도 한잔 대접해야 하는데."

"괜찮습니다, 네메스 국방장관님."

앤키니우스는 단호한 말투로 거절했다.

"그렇겠지. 아포네스 황제님의 국가가 거대해지면서 앤키니우스 비서실장이 할 일도 그만큼 늘어나서 많이 바쁘시겠지요."

"네."

확인 겸 네메스의 반응을 살핀 앤키니우스는 애매한 미소를 짓고는 더 이상의 대화를 거부한다는 자세를 취했다. 그 의사가 여실히 보이기에 네메스는 끝인사 겸 대화를 조속히 마무리 지을 한마디를 했다.

"그럼, 아포네스 황제님께 서한을 잘 받았다고 전해주시오, 앤키니우스 비서실장."

"네, 잘 전해 드리겠습니다. 그럼, 다음에 뵐 때까지 안녕히 계십시오, 네메스 국방장관님."

허리를 구부려 인사를 마친 앤키니우스는 곧바로 네메스의 집무실을 나섰다.

우주비행선을 타고 아포네스의 궁전을 향해 되돌아가던 앤키니우스의 머릿속은 부글부글 끓어올랐다.

'앤키니우스, 갤리온의 만년 2인자. 쳇, 아무리 생각해보아도 참으로 어이가 없어. 도대체 내가 네메스보다 부족한 것이 어떤 거지? 나 역시 최고의 과학자라고. 네메스만 다방면에 모든 과학을 다루는 천재는 아니란 말이야. 나도 네메스처럼 모든 과학의 제일인자야! 그런데 항상 네메스의 그늘에 가려져 더 나은 결과물을 내놓아도 어디에서나 네메스, 네메스, 네메스. 그놈의 네메스 타령이지. 갤리온의 최고통치자였던 안룹스란 놈은 네메스보다 더욱 치가 떨리도록 미운 놈이지. 네메스란 이름을 자신에 입에다가 아예 붙이고 사는 놈이었으니깐. 안룹스는 내 인생의 가장 잔인한 원수지. 네메스란 놈과 나의 유일한 차이점은 네메스가 나보다 나이가 조금 더 많아서 사회에 먼저 진출한 것뿐이었다고. 갤리온이 대재앙으로 흔적도 없이 사라져서 나 역시 가장 아끼는 가족과 친구와 친척들이 모두 사라졌다는 슬픔은 이루 헤아릴 수 없는 괴로움이지만 대재앙은 뜻밖에도 이 앤키니우스에게 새로운 희망을 안겨다준 계기가 되었어. 상상도 할 수 없었는데 말이야. 갤리온에서라면 지금도 그리고 앞으로도 영원히 네메스란 자의 그림자에 가려져 기 한 번 펴지 못하고 죽을 뻔했었는데 오히려 이곳 화성에 온 후로는 언제부터인가 네메스란 그림자가 있었는가 싶을 정도로 모든 기회가 나에게로 오고 있어. 그래, 내가 직접 나서서 아포네스를 최고통치자로 추천한 것은 가장 현명한 결정이었지. 여기는 갤리온이 아니라 아폴란티스이니깐! 나의 혜안이 완벽히 들어맞았던 거야. 갤리온과는 다르게 이곳에서는 두 권력이 절대로 공존하지 못할 것이라고 내다보고 아포네스를 최고통치자로 추대해서 전적으로 밀어붙이고 그가 변심하도록 꾸준히 노력을 기울였더니 내가 원하는 상황으로 변했어. 푸하하! 그 둘을 영원히 갈라놓았지. 이제 아포네스는 내가 가만히 있어도 절대 권력에 미쳐 스스로 알아서 나머지 일들을 처리해나가고 있어. 드디어 만년 2인자라는 이 앤키니우스의 말도 안 되는 별칭은 이제는 영원히 안녕이지. 아포네스가 황제가 된 후에는 모든 관심이 이제 모두 나에게로 오고 있으니깐. 첨단기술과 무기뿐만 아니라 거대제국을 만들어 가는 길목에서도 아포네스는 철저히 이 앤키니우스에게 의지하고 있으니깐 말이야. 결국 이곳에서부터는 이 앤키니우스가 일인자라고. 네메스! 이제는 알겠나, 하하하.

　내가 오늘 직접 보니 네메스는 아직도 자신의 처지가 앞으로 어떻게 될지를 예상도 못하고 있는 것 같군. 아둔할 정도로 순진하기도 하지. 아포네스가 현재 자신을 어떤 대상으로 바라보고 있는지 파악하지도 못하고 있었어. 네메스는 과학기술부장관으로 자리를 이동하면 모든 것이 잘 해결될 것이라고 생각하는 눈치더군. 멍청한 네메스. 자신의 무덤을 스스로 파고 죽임을 당하는지도 모르고 아포네스를 무조건 믿고 있더군. 하긴 이 앤키니우스가 예상한 것도 틀림이 없지만 아포네스란 녀석도 워낙 대단하고 영악한 놈이라 그 속마음을 도저히 다 알 수는 없단 말이야. 네메스의 처리문제만큼은 유독 나에게도 애매하게 말한단 말이지. 결국, 아포네스에게 내가 직접 네메스에게 서한을 전달하겠다고 하게 만들잖아. 네메스란 놈의 면상을 직접 봐야 내가 정확한 판단을 할 것이 아닌가. 어쨌든 한 가지는 확실해. 아포네스에게 네메스는 가장 두려운 경쟁자이자 가장 성가신 존재이지. 물론, 내게는 말할 것도 없고!!! 하여튼 이것만은 확실하니 아포네스가 굳이 나에게 네메스에 대해 자세하게 말하지 않아도 결과를 거의 정확히 예측할 수 있어. 네메스! 자네의 영원히 변함없을 것 같던 전설적인 일인자의 시대는 이렇게 어이없고 볼품없게 끝나고 말았네. 결국은 내가 앞으로 진정한 일인자이자 전설로 남게 될 테니깐 말이지. 아포네스가 알아서 갤리온의 흔적을 모두 지웠으니 앞으로는 아폴란티스 국가의 새로운 역사 속에서 오직 이 앤키니우스만이 존재하겠지. 이제는 영원한 안녕일세, 잘 가게나, 네메스!'

　한편, 네메스는 앤키니우스의 비행선이 멀어지다 이내 시야에서 사라지는 모습을 바라보며 걱정에 침울해졌다.

　'앤키니우스! 어떤 면에선 나를 훨씬 능가할 수도 있는 능력과 잠재력을 소유한 천재 중의천재. 우리의 관계는 항상 이런 식으로 될 수밖에 없는 것일까! 진정 이 한계를 뛰어넘을 수는 없는 것이란 말인가! 갤리온에서 우리 모두 자기 자리에서 각자 자신의 연구에만 혼신을 다해 노력해왔을 뿐인데 말이네. 하지만 자네의 걷잡을 수 없는 권력에 대한 야망은 결코 만족이라는 의미를 스스로 상실했더군. 자네의 과학의 대한 열망도 순수함을 벗어나 반드시 일인자가 되기 위한 권력의 상징으로 변질되었어. 자네에겐 명예의 전당에 오직 자신의 이름만 남아있기를 바랐지. 그 점이 항상 우리를 둘러싼 주위의 환경 속에 앤키니우스와 네메스란 자의 관계를 적대적으로 만들어놓았어! 도저히 접근을 허락하지 않는 자네의 이기적인 망상은 갤리온에서 벗어나 모든 제한이 해제된 이곳에서 어이없게도 현실이 되어가고 있군. 나는 지금도 앤키니우스 자네를 진정으로 받아들이고 서로 협력하여 더욱더 발전적으로 갤리온의 정신을 받들어 과학기술을 발전시키고 싶지만, 이런 간절한 내 마음과는 아랑곳없이 우리 둘의 관계는 한없이 멀어져만 가는군. 앤키니우스의 눈빛은 아니 그의 온몸은 나에 대한 살기로 여전히 가득할 뿐이니 이런 안타까움이 또 있을까! 단지 그에게 직접적인 피해를 입힌 적도 없이 그저 나의 길을 묵묵히 걸어갔을 뿐인데, 그에겐 내가 존재한다는 것만으로도 분노의 대상이 될 수밖에 없는 이 현실을 어떻게 풀 수 있을까?! 이미 그의 마음은 건널 수 없는 강을 건넜는데 서로 평화롭게 협력하자는 말은 또 무슨 의미가 있다는 말인가. 나의 목소리는 메아리처럼 가야 할 방향을 잃은 채 다시 되돌아올 뿐이지. 처음부터 그리고 영원히 모두를 위한 평화로운 세상을 뿌리내린다는 것은 애초부터 헛된 꿈에 불과한 것이란 말인가!'

'심히 걱정스럽군! 앤키니우스가 다른 이도 아닌 아포네스 곁에 항상 머물러 있다는 것이….'

네메스는 암울한 마음을 잠시 접고는 집무실로 되돌아와 의자에 몸을 맡기고 아포네스의 편지를 펼쳤다. 편지는 그가 바라던 친구의 친밀감과는 거리가 먼 명령조의 말투로 쓰여 있었다.

네메스 국방장관, 그동안 잘 지냈소.
내일 나하고 꼭 만나야 되겠소.
전에 말했던 직위에 관련된 일도 있고 해서 말이오.
내일 오전 12시까지 나를 찾아와 주기를 바라오.
-아포네스-

다음날 오전, 네메스는 약속시간에 늦지 않게 아포네스의 궁전에 도착했다. 네메스는 근엄한 제복을 입은 한 명의 남성 콴티의 정중한 안내를 받으며 궁전이 아닌 바로 옆 건물인 국회의사당으로 들어갔다. 그곳엔 각계각층의 고위급 갤리온스들이 이미 마련된 자리에 앉아 있었고 네메스를 보자 서로서로 인사를 나누며 반가워했다.

'어떻게 된 일이지? 아포네스와 나의 개인적인 만남이 아니잖아? 전체회합이란 말은 없었는데…?'

네메스는 어리둥절한 표정을 가까스로 숨겼지만 적잖이 당황했다.

앞자리에 앉은 네메스가 뒤를 돌아보며 이리저리 주위를 둘러보니 맨 뒤쪽에 이케우니스 총사령관이 자신을 지켜보고 있었다. 네메스와 눈이 마주친 이케우니스는 그 자리에서 정중히 인사했지만 이케우니스의 얼굴은 싸늘히 굳어 있었다. 정확히 오전 12시가 되자 비서실장인 앤키니우스는 가장 먼저 연단에 서서 첫 포문을 여는 인사말을 하기 시작했다.

"여러분, 안녕하십니까? 앤키니우스 비서실장입니다. 오늘 최고위급 귀빈들이신 여러분을 이 자리에 모신 이유는 네메스 국방장관님의 새로운 직위에 관한 임명식과 환영식을 위해서 입니다. 곧이어 우리 국가의 위대한 영도자이신 아포네스 황제님께서 나오실 것입니다."

아포네스가 연단으로 서서히 걸어 나와 모습을 드러내자 우레와 같은 박수와 함성이 그치지 않고 장내가 떠내려갈 듯이 터져 나왔다. 금빛 찬란한 옷을 입고 등장한 아포네스가 장내를 한 번 훑어보고는 상당히 만족한 듯 만면에 부드럽고 여유로운 미소를 띠면서 연단 앞에 섰다. 이어 장내의 모든 이들에게 진정하라는 듯이 자신의 양팔을 앞으로 들어 천천히 상하로 흔들었다. 그제야 장내가 잠잠해지자 비로소 아포네스가 입을 열었다.

"여러분! 각자의 업무에 최선을 다해 매진하느라 바쁘신 와중에도 모두 참석하시어 자리를 빛내주셔서 먼저 감사의 인사를 드립니다."

아포네스가 고개를 좌우로 천천히 돌리며 간부들과 눈을 맞추고는 자신감이 가득 찬 목소리로 우렁차게 말했다.

"앤키니우스 비서실장이 여러분에게 말씀을 드렸듯이 오늘은 매우 중요한 임명식이 열리는 날입니다. 그리고 이 임명식을 거행하는 이 순간은 우리에겐 더욱더 뜻 깊게 다가올 수밖에 없습니다. 여러분도 잘 아시다시피 우리는 동지 부족에서 벗어나 어엿한 국가가 되었고 이제는 거대국가를 넘어 제국으로 발돋움하기 위한 모든 기반을 갖추게 되었기 때문입니다."

아포네스의 말이 끝나기가 무섭게 다시 장내에서 환희의 박수와 함성 소리가 터져 나왔다. 모든 갤리온스들이 감격에 겨워했으며 그중엔 눈물을 흘리고 있는 자들도 다수 있었다.

"국가가 거대하게 성장한 만큼 수행해야 할 일도 그만큼 방대하게 늘어나 지금부터는 보다 전문적인 분업화를 실시하지 않는다면 산적한 수많은 일들을 효율적으로 처리할 수 없는 상황에 이르게 되었습니다."

아포네스가 두 눈을 부릅뜨면서 자신의 주장에 힘을 실어 진중하면서도 설득력 있게 말했다.

"네메스!"

아포네스가 갑자기 친근한 목소리로 그를 불렀다.

"연단으로 올라오게, 네메스."

방금까지 서 있던 연단에서 아포네스는 몇 발짝 자리를 이동했다. 곧이어 장내의 우렁찬 박수는 아포네스와 함께 네메스를 불렀다.

"여러분, 네메스입니다. 다시 한 번 열렬한 박수를 부탁드립니다."

아포네스가 그의 어깨를 한 손으로 어깨동무를 하듯이 감싸 안자, 장내는 더욱 커다란 박수소리가 터져 나왔다. 모든 갤리온스들이 네메스의 공로를 인정하며 그에게 진심어린 박수를 보냈다.

"우리가 화성에 온 이후에 지금까지 네메스가 보여준 공로는 이루 말할 수 없이 위대한 것이었습니다. 비교를 불허하는 네메스의 독보적인 뛰어난 재능과 열정 그리고 품위는 우리 모든 갤리온스들이 본받고 지향해야 할 올바른 태도이며, 우리의 국가인 아폴란티스를 반석에 올려놓는 데 지대한 공헌을 했습니다. 이제 아폴란티스를 보다 선진화된 거대 제국으로 성장시키기 위해 체계화된 분업을 진행할 수밖에 없음에 따라 네메스는 한 분야에 전력투구하기로 저와 사전에 합의를 보았습니다. 모든 일에 출중한 네메스이지만 그중에서도 특히 네메스만이 가장 독보적인 능력을 발휘할 수 있는 직위를 말입니다."

아포네스는 무엇이 그리 좋은지 연신 웃음 띤 미소로 정열적인 열변을 토했다. 그 옆에서 묵묵히 있던 네메스는 전혀 내키지는 않았지만 장내를 향해 예의상의 미소를 지으며 아포네스의 말을 경청했다.

"여러분, 소개합니다. 위대한 국가에 가장 위대한 과학자, 네메스 과학기술부장관입니다!"

장내에서 이번에는 기립박수와 함성소리가 이어졌다. 역시 네메스는 위대한 과학자이며 과학기술부장관일 때 가장 잘 어울린다는 듯이 참석한 갤리온스들의 표정에서도 상당한 만족을 드러내며 찬성표를 던졌다.

아포네스와 일전의 개인적인 만남에서 오갔던 제안이었다. 그 당시 네메스에게도 다른 대안이 없었고, 특히 아포네스를 믿을 수밖에 없었기에 떠밀리듯이 수락한 사항이라 반론의 여지는 그에게도 없었다. 하지만 네메스를 당황스럽게 한 것은 아포네스가 계획적으로 설정한 이 상황이다. 자신에게 사전에 동의 없이 이렇게 국회의사당에 각계각층의 최고위급 갤리온스들을 모두 참여시켜 그들이 지켜보는 가운데 네메스가 이러지도 저러지도 못하게 묶어놓고 아포네스가 일방적으로 원하는 말들을 하고 아예 쐐기마저 박아버렸다는 사실이다. 아포네스의 행위는 네메스가 양보하고 미루어두었던 불편한 속내에 기름을 부었다. 그럼에도 네메스는 단 한마디 반박도 하지 못한 채 장내의 분위기에 떠밀려 결정을 무조건 받아들이고 힘없이 물러서도록 했다. 네메스는 연단 바로 뒤에 마련된 여러 개의 좌석 중에 한 자리에 앉아 목석처럼 그대로 굳었다. 지금까지 살아오면서 어떠한 일이든 냉철하고 단호하게 결단을 내려왔던 네메스였다. 하지만 최근의 일련의 상황들은 지속적으로 네메스의 마음을 나약할 정도로 흔들리게 하고 있었다. 그것은 상대가 아포네스이기도 했으나 단지 이것만이 전부는 아니었다. 네메스에게 더욱 중요한 것은 모두가 살 수 있는 대안을 찾아야 했다. 아포네스 뜻에 역하는 행동은 무력도발을 의미했다. 그러나 무력은 결코 해결책이 될 수 없었다. 게다가 무력을 갤리온스들간의 살상을 위한 도구로 사용한다는 끔찍한 일은 생각만으로도 있을 수 없는 일이었다. 전쟁은 양측 모두를 전멸시킬 수 있는 일이었다. 무슨 수를 써서라도 최악의 상황은 벗어날 대안을 네메스는 찾아야 했다. 그 유일한 대안이 네메스가 아포네스를 믿고 국방장관직에서 사임해서 아포네스와의 우정도 유지하고 이케우니스 총사령관도 살리는 것이라면 이 길을 따라야했다. 이 길만이 아포네스와 이케우니스 그리고 자신뿐만 아니라 이곳에 존재하는 모든 이들이 평화롭게 공존할 수 있는 유일한 선택이라 믿었다. 오직 자신만이라도 갤리온의 정신을 받들어 연구를 진행시킬 수만 있다면 그 외에 자신에게 돌아오는 모든 희생은 얼마든지 받아들일 마음의 준비는 되어 있었다. 이 선택을 받아들인 네메스는 자신이 정한 대안에 의지한 채 아포네스의 일방적인 손길에 한없이 끌려갔다.

"카미네스 장군! 어서 나오세요!"

아포네스가 조금의 지체도 없이 카미네스를 불렀다.

"뭐?! 카미네스라고. 이케우니스가 아니고!"

네메스는 무심결에 눈썹이 치켜 올라갔다. 그러나 아포네스는 네메스가 이미 안중에 없는지 목청을 한껏 높여 말을 이었다.

"여기 젊고 패기와 재능이 넘치는 카미네스 장군을 주목해주시기 바랍니다. 앞으로 우리 국가의 강력한 군대와 첨단무기를 모두 책임지게 될 새로운 국방장관입니다. 우리의 갤리온 은하계에서는 갤리온스들이 다양한 다른 행성이나 은하계에서 쳐들어온 사악한 다른 존재들을 모두 물리치고 갤리온이라는 하나의 초거대국가이자 제국을 건설했습니다. 하지만 화성도 이곳의 은하계뿐만 아니라 다른 은하계에서도 혹시라도 호전적인 존재들이 불시에 쳐들어올지도 모르는 상태이니 우리의 목숨을 유지하고 평화롭게 안정된 삶을 이어나가기 위해선 강력한 국방력은 항상 최우선일 수밖에 없습니다. 저 아포네스는 새로 부임할 카미네스 국방장관이 더욱 강력한 국방력을 바탕으로 이곳을 항상 안전하게 잘 지켜낼 것이라 믿어 의심치 않습니다."

아포네스는 잠시 말을 멈췄다. 잠깐의 정적 속에 승리를 예감하는 환희에 찬 미소가 눈가에 얹어지자 다시 말문을 열었다.

"이제부터 이곳에 존재하는 모든 첨단무기는 VGSS 2000을 포함해 카미네스 국방장관에게 이관될 것입니다!"

말을 마친 아포네스가 자신의 턱을 한껏 위로 치켜 올리며 거만하게 뒷짐을 지고는 우월한 자신감을 드러냈다. 곧이어 장내에선 보다 부강한 나라로 이끌어줄 새로운 장관의 탄생에 축하의 박수소리가 끝없이 이어졌다.

그 순간, 네메스는 설마 하는 마지막 한 가닥의 희망이 산산이 부서져 내리는 충격에 그 자리에서 쓰러질 듯 어지러웠다. 당장 자신이 앉아 있는 자리에서 일어나기도 버거웠다. 정말로 모든 것을 걸고 믿었던 아포네스가 차마 네메스의 분신이자 갤리온의 정신을 이어나갈 최후의 장소인 VGSS 2000까지 거론하리라고는 꿈에서조차 생각하지 못했다. 아포네스는 이전의 만남에서도 VGSS 2000에 관해서는 단 한마디도 하지 않았다. VGSS 2000은 아포네스도 인정할 수밖에 없는 네메스의 모든 것이며 갤리온의 모든 것이었다. 그래서 VGSS 2000만은 거론자체가 아예 의미 없는 것이었기에 두말할 필요 없이 아포네스도 당연히 받아들이고 있다고 믿었다. 네메스는 충격의 여파에서 벗어나 정신을 차리기 위해 노력했다. 이 상황에서 약간이라도 섣부른 말이나 행동을 했다가는 네메스만이 다른 모든 갤리온스들에게 이상한 자로 취급받을 것이며 그의 명예만 실추될 것이다. 게다가 아포네스를 더욱 도와주는 결과를 만들어서는 안 되기에 지금은 어떻게든 참아야 했다. 이미 모든 것은 결정 나버린 것이며 도저히 피할 수 없이 무조건 받아들여야 하는 아포네스의 절대적인 명령이 되어버렸다. 네메스의 배신감에 찬 공허한 눈빛이 국회의사당 맨 뒤에서 묵묵히 앉아 있는 이케우니스 총사령관의 눈과 마주쳤다. 이케우니스의 눈빛은 절망 그 자체였다.

아포네스의 미래를 향한 희망찬 포부의 연설이 끝나고 각계각층의 고위층 갤리온스들은 성대한 연회가 베풀어지는 연회장으로 이동했다. 다양한 각양각색의 음식들과 과일들을 칠십여 명의 남성과 여성 콴티들이 계속해서 나르며 수십 개의 커다랗고 널따란 테이블에 차려졌다. 중앙 무대에서는 십여 명 이상의 남성과 여성 콴티들이 줄타기를 비롯한 연체동물처럼 몸을 자유자재로 구부리며 탑 쌓기를 하는 등 다양한 묘기를 보여주고 있었으며, 백여 명 이상의 늘씬하고 섹시한 여성 콴티들은 갤리온스들이 연회장 주위를 빙 둘러앉아 있는 근처에 삼삼오오 모여서 관능적이고 뇌쇄적인 춤을 추었다. 갤리온스들은 자신들 옆에 춤을 추고 있는 몇 명의 아리따운 여성 콴티들을 관망하며 지켜보거나 껴안거나 아니면 묘기를 보거나 그도 아니면 음식을 먹으며 기분 좋은 만찬을 즐겼다.

네메스는 무슨 수를 써서라도 이 자리를 벗어나고 싶었다. 하지만 최악의 상황에서도 자신을 잘 다스려 머물러 있어야 했던 것은 다름 아닌 이케우니스 총사령관이 바로 이곳에 자신과 함께 있기 때문이었다. 네메스와 이케우니스가 믿음으로 뭉쳐진 사이라는 것을 누구보다도 가장 잘 알고 있는 자는 바로 아포네스였다. 만약 네메스가 자신의 거주지인 VGSS 2000으로 이런저런 핑계를 대고 바로 이곳을 떠난다면 이케우니스 역시 그를 따라 올 것이다. 그렇다면 네메스와 이케우니스를 필요에 따라선 반란을 일으키려 했다는 식으로 아포네스가 최악의 궁지로 내몰 것이라는 것은 이제는 더 이상 고려할 필요도 없이 확실했다. 이케우니스와 자신의 목숨을 지키기 위해서라도 이 자리에 있어야 했다. 결국 네메스가 지금과 같은 상황에서 취할 수 있는 최선책은 오직 하나이며 분명했다. 만찬을 즐기는 것이다. 네메스는 자신이 살아온 인생 중에 일생일대의 최악의 상황임에도 가장 눈에 띄는 활짝 피어난 꽃처럼 보기 좋게 호탕하게 웃으며 자신에게는 아무 일도 없으며 상당히 만족한다는 것을 대내외적으로 과시하듯이 표출했다. 밤이 깊어지자 갤리온스들은 거나하게 술에 취해 잠을 자거나 옆자리의 갤리온스들을 붙잡고 얘기하느라 그 누구도 네메스의 움직임에 신경 쓰지 않았다. 주위를 둘러봐도 이케니우스는 안 보였다. 네메스는 그제야 연회장을 빠져나왔다. 연회장에서 멀어질수록 네메스의 발걸음은 빨라졌다. 그의 두 눈엔 배신감에 핏기서린 눈물이 가득 고였고 심장은 쥐어뜯는 고통에 난도질당해 형체가 사라져갔다.

"VGSS 2000으로!"

기진맥진한 모습으로 우주비행선에 올라탄 네메스는 나지막이 읊조렸다. 초점을 잃은 공허한 눈빛은 허공을 맴돌았다.

집무실의 드넓은 파노라마 창은 오직 짙은 어두움만을 끌어들였다. 보이는 건 파노라마 창에 반사되어 비친 어둠속에 침식당해 사라져가는 자신의 영혼이었다. 그 앞에 서 있는 네메스는 작은 미동조차 없었으나 생각의 파편들이 가야할 길을 잃어버린 채 수없이 교차하고 있었다.

'앞으로 어떻게 대처해야 한다는 말인가!'

'아니, 도대체 무엇을 해야 한단 말인가!'

"이토록 허무할 수 있는가! 무엇이 어디서부터 어떻게 잘못된 것이란 말인가! 생각지도 못한 이 모든 상황은 도대체 무엇이란 말인가!"

네메스는 절망으로 일그러진 모습으로 심장이 조여지는 고통에 가슴을 움켜지며 소리쳤다. 네메스는 기나긴 세월 동안의 지속적인 연구를 통해 최근에서야 받아들일 수밖에 없었던 지적생명체의 태생적 한계를 깊이 깨우치고는 다시는 재기할 수 없을 정도의 절망감과 회의감으로 점철된 비탄에 빠져 있었다. 그나마《갤리온의 신화와 예언》으로 한 가닥 연기 같은 희망을 품고 험난한 관문을 통과해서 진리를 향해 다시 나아갈 수 있기를 절실히 바라고 있었다. 이것만으로도 너무나 견디기 힘든 상황에서 네메스는 가장 친한 친구이자 가족과 같았던 아포네스에게서 가장 비열하고도 잔인무도한 배신을 속수무책으로 당했던 것이다. 네메스가 세상을 향해 열었던 모든 출구가 서서히 닫히고 있었다. 어떠한 상황에서도 용기를 북돋아주었던 찬란한 빛이 모두 차단된 채 칠흑 같은 어둠속에 내동댕이쳐져 허우적대는 자신이 보였다. 그리고 얼마 후, 그에게 나 있던 모든 출구 중에 마지막 남은 출구가 닫히려는 순간, 한 줄기 빛이 네메스의 눈에 꽂혔다.

"갤리온의 신화와 예언!"

어떤 생각이 갑자기 떠오른 듯 네메스는 부랴부랴 책을 찾았다. 자신의 연구가 절망적인 한계를 드러낸 이후, 네메스는 불가능한 한계를 뛰어넘는 유일한 실마리를 찾기 위해 이 책을 펼쳐보는 것이 일상이 되어 있었다.

마지막 예언과 관련된 수수께끼를 풀기 위해 아예 책 전체를 수시로 꼼꼼하게 독파하기까지 했다. 하지만 마지막 예언을 풀 수 있는 단서는 그 어디에도 없었다. 마지막 예언은 동일한 책에 실려 있지만 희한하게도 다른 내용들과는 완전히 독립적인 내용을 담고 있었다. 이 책 속에 그 어떤 내용과도 연관성이 전혀 없었던 것이다. 네메스는 책이 마치 도인으로 환생하여 우매한 자신에게 진리를 깨우쳐주리라는 희망을 품은 듯이 마지막 예언이 실려 있는 페이지를 펼치고는 마지막 장에 나오는 시 구절을 뚫어지게 쳐다봤다. 그리고 지금까지 해왔던 대로 예언의 의미를 풀어내기 위해 계속해서 또 다른 새로운 관점을 끌어내어 다른 각도에서 바라보기를 반복했다.

"의인이 있어…"

미간을 잔뜩 찌푸린 채 네메스가 구절을 곱씹으며 말했다.

"참으로 답답하군! 그럼, 그렇지!"

네메스는 혹시나 했던 맘이 꺾이자 버럭 화를 내며 책을 덮었다.

그때, 세상의 어둠을 뒤흔드는 경고음이 VGSS 2000에 울려 퍼졌다.

"누구지? 아포네스가 벌써 카미네스 장군을 보냈나?"

스산한 공포가 밀려왔다. 곧이어 근접하고 있던 비행선에서 익숙한 목소리가 전송됐다.

"네메스 국방장관님! 이케니우스 총사령관입니다."

네메스는 얼른 경고 해지를 하고 그를 맞았다.

"어서 오게, 이케우니스 총사령관!"

이케우니스를 맞이하는 네메스의 쉰 목소리에 슬픈 떨림이 묻어났다.

"네메스 국방장관님. 이제 VGSS 2000의 운명마저 얼마 남지 않았습니다!"

이케우니스가 상당히 조심스러워하면서도 결의에 찬 목소리로 말했다.

"그래, 잘 알고 있네. 그보단 우선 자네가 왔으니 내 스스로 실수를 인정하지. 자네가 우려했던 대로 돌이킬 수 없는 일이 벌어졌네. 그런데 지금과 같은 상황에서도 자네는 또 다른 대안이라도 있다는 생각에 나를 찾아온 건가. 그렇다면 자네의 생각을 말해보게!"

"기회는 오직 한 번뿐입니다. 오직 한 번!"

이케우니스가 굳은 표정으로 비장하게 말했다.

"무슨 뜻인가? 이케우니스 총사령관."

"이제는 네메스 국방장관님도 확실히 아시겠지만 아포네스를 비롯한 나머지 갤리온스들에게도 우리의 진정한 '갤리온의 정신'은 사라진 지 오래입니다. 그들에게 '갤리온의 정신'은 지극히 형식적이며 가식적일 뿐입니다. 아포네스는 열렬한 지지를 받고 있는 네메스 국방장관님이 자신의 절대권력을 형성해가는 데 항상 눈엣가시였습니다. 더군다나 자신의 절대권력에 맞서 무력으로 유일하게 도전할 수 있기 때문에 방해가 되는 걸림돌을 사전에 제거하기로 마음을 굳힌 겁니다. 그렇지만 아포네스가 네메스 국방장관님을 단지 강력한 경쟁 상대이기 때문에 이러한 일을 꾸민 것이 아닙니다. 오히려 네메스 국방장관님이 '갤리온의 정신'의 정점에 서 계시는 분이기 때문입니다. 네메스 국방장관님이 《갤리온의 신화와 예언》과는 상관이 없다고 해도 갤리온의 핵심인 '갤리온 정신'을 유지하고 있는 한 아포네스의 국가인 아폴란티스의 정체성에 혼동을 주게 될 것이고, 그로 말미암아 자신의 절대권력에도 심각한 영향을 미치기 때문에 지금까지 그는 갤리온의 흔적을 모두 지우고 있었던 것입니다. 결국, 네메스 국방장관님의 흔적마저도 지워야 하기 때문에 과학기술부장관이라는 새로운 직책을 제안했던 것입니다. 게다가 아포네스를 비롯한 그의 수뇌부들은 VGSS 2000마저 카미네스에게 이관한다고 명확히 선언하지 않았습니까! 모든 것이 그들에게 가고 있습니다. 그리고 국방장관님에게 주어진 과학기술부장관직은 단지 속임수를 위한 빈 공간일 뿐입니다. 그곳엔 아무것도 남아 있지 않을 것입니다. 그들은 화성에서의 생활이 가져다주는 물질적인 풍요 속에 완전히 묻혀 권력과 자유를 누리는 것을 넘어서 이젠 방종으로 치닫고 있습니다. 그들에겐 바람직한 미래를 향한 숭고한 정신이 더 이상 남아 있지 않습니다. 그들은 갤리온의 사라져간 수많은 갤리온스들의 영혼마저 짓밟아버린 야만족일 뿐입니다. 이제 그만 현실을 바로 보셔야 합니다. 네메스 국방장관님!"

이케우니스가 울분을 가득 담아 힘주어 말했다.

네메스는 자신도 너무나 잘 알기에 이케우니스의 말을 마음 깊이 받아들였다. 이케우니스의 말은 부정할 수 없는 분명한 사실을 담은 현실이었다. 네메스는 냉정하게 결단을 내려야 했지만 받아들여야 할 현실이 그를 한없이 작게 만들고 있었다. 그 상대가 다른 이들도 아닌 바로 갤리온스들이기 때문이었다. 상황이 어떻게 돌아가든 그들은 이곳에 와서 동고동락하며 맺어진 가족이었으며 유일한 생존자들이다. 이케우니스의 충언은 네메스에게 환부를 도려내기 위한 칼을 건네주며 그 시작을 독려하는 말이었다. 하지만 그의 충언이 옳다고 해도 네메스에겐 상당히 난감하고 혼란스러운 심리상태를 더욱더 복잡하게 만들었다. 문제는 환부가 너무나 커서 수술을 감행하는 순간, 모두 죽음을 맞이할 수밖에 없다는 사실이다. 치유는 처음부터 불가능했다. 최신의 막강한 화력과 엄청난 속도전으로 시작될 상대 진영의 갤리온스들 간의 치열한 싸움에 그 무엇도 살아남을 수는 없었다. 무슨 수를 써서라도 전쟁만은 막아야 했다.

"시간이 없습니다, 네메스 국방장관님. 오늘 오전 12시 이전에 새로 부임한 카미네스가 VGSS 2000을 장악하려고 올 것입니다. 이제 결단을 내리시고 행동으로 옮겨야 합니다. 잘못된 결과를 바꿀 수 있는 기회는 오직 한 번, 지금뿐입니다!"

이케우니스가 간절함에 자신의 목이 타들어가듯 말했다.

"지금 나더러 반란을 일으키라는 말인가, 이케우니스!"

이케우니스가 제시한 대안을 더 이상 참을 수 없던 네메스는 버럭 화를 내며 큰소리로 윽박질렀다.

"VGSS 2000이 오늘 카미네스 장군에게 넘어간다면 모든 것은 끝나게 되는 것입니다. 그리고 결국 어느 날에 소리 소문도 없이 네메스 국방장관님은 과학기술부장관직마저도 박탈당하시게 될 겁니다. 아포네스가 선택한 임의에 갤리온스가 그 자리를 차지하게 될 테니까요. 권력이란 처음부터 이런 것이 아니겠습니까. 점령하거나 점령당하는 것입니다!"

이케우니스의 말은 끊임없이 되돌아와 네메스의 뭉개진 가슴속을 사정없이 헤집었다.

"그동안 네메스 국방장관님께서는 일일이 갤리온스들을 찾아다니며 그들의 마음을 설득해서 되돌리기 위해 최선의 노력을 하셨습니다. 하지만 안타깝게도 이 모든 노력이 수포로 돌아가지 않았습니까. 잘 아시다시피 그들은 이제 아포네스의 그늘 아래서 현실의 만족에 안주하는 것을 선택했습니다."

"그렇지만 단지 아포네스와 그의 수뇌부들을 권좌에서 축출하기 위한 우리의 의도가 예상과 다르게 어긋나 자칫 싸움이 크게 확전된다면 오히려 다른 선량한 갤리온스들과 콴티들이 무고한 희생양이 될 수도 있네!"

"네메스 국방장관님! 제발! 제발! '갤리온 정신'의 존재 여부의 관점으로 바라보십시오. 만약 갤리온의 정신이 사라진다면 이곳에 모인 우리 모두의 존재 이유는 무슨 의미를 갖는다는 말씀입니까. 우리는 오직 갤리온의 정신을 받들어나가기 위해 이곳에 둥지를 튼 것입니다. 우리는 갤리온의 대재앙으로 무참히 사라진 그들을 대신해서 살아 있는 존재들입니다. 갤리온의 정신이 잊힌다면 모두가 살아 있다고 해도 우리는 이미 죽은 혼령들일 뿐입니다."

"아! 그만하게. 이케우니스!"

"이미 다시는 거스를 수 없는 최악의 상황이 벌어졌습니다. 랠리니우스 국무총리가 처형되었습니다!"

"뭐라고? 랠리니우스가!"

"절대권력을 향한 아포네스의 도를 넘어선 지나친 야망이 네메스 국방장관님을 경질시키려하자 더 이상 견딜 수 없었던 랠리니우스 국무총리가 연회장에 모여 있던 아포네스와 갤리온스들에게 갤리온의 정신을 망각한 무자비한 야만족이라고 몰아세웠다고 합니다. 결국, 아포네스가 그를 지하감옥에 가두어버렸습니다. 하지만 절대 권력에 감히 도전한 자는 그 누구든 어떠한 최후를 맞게 되는지 본보기를 보여준다며 랠리니우스를 처형하는 것으로 결정을 내렸고 그와 그의 수뇌부들이 결국엔 그를 죽였습니다. 이런 아포네스의 횡포에 우리가 더 이상 무엇을 망설여야 하겠습니까! 네메스 국방장관님! 이젠 받아들이셔야 합니다. 절대로 아포네스를 예전의 그로 되돌릴 수 없습니다!"

"아니, 이럴 수가! 아포네스 곁에 마지막으로 남아 있던 양심마저 철저히 짓밟혀버렸구나!"

"오늘 카미네스는 단순히 VGSS 2000을 가지러 오는 것이 아닙니다. 만약 네메스 국방장관님이 조금이라도 거부한다는 낌새가 보인다면 그들은 망설임도 없이 전쟁을 벌일 것입니다. 재차 말씀드리지만 기회는 오직 단 한 번뿐입니다. 네메스 국방장관님!"

"이러한 최악의 상황만은 피하고 싶었네. 내가 어떤 대가를 치르더라도 말일세!"

"다른 어떠한 선택도 이 상황을 벗어날 수는 없습니다. 우리가 선택할 수 있는 다른 길은 존재하지 않습니다, 네메스 국방장관님! 소중한 것을 지키기 위한 선택은 오직 이 길만이 유일할 뿐입니다!"

"아! 이 무슨 잔혹한 운명의 장난이란 말인가!"

네메스는 결단을 내려야 했다. 이것은 사사로운 자존심이 걸린 문제도 아니고 영광 때문도 아니었으며 정권 재탈환은 더더욱 아니었다. 오직 갤리온의 정신을 저버린 아포네스의 손아귀에 VGSS 2000이 넘어간다면 다른 것은 고려할 필요도 없이 그 자체로 갤리온의 정신과 함께 갤리온의 모든 역사마저 끝나게 된다. 하지만 결단을 내린다는 것은 너무나 어려웠다. 적이라고 단 한 번도 생각하지 않았던, 아니 그러한 생각조차 할 수 없었던 영원한 가족이자 동지인 갤리온스들 간의 전쟁이기 때문이다.

'하늘이시여, 제발! 제발! 이 상황만은 피하게 하여주옵소서!'

냉철한 이성주의자였던 네메스가 무의식적으로 하늘을 쳐다보며 알 수 없는 초월적인 존재에게 간곡한 기도를 올렸다. 그런 후, 잠시 침묵하던 네메스는 마음속에 커다란 결단을 내린 듯 두 눈을 부릅뜨고 엄숙하면서도 큰소리로 외쳤다.

"허나, 진정 이것이 하늘의 뜻이라면 그대로 따르겠나이다!"

네메스가 이어서 말했다.

"아! 애달픈 운명이여. 무엇인가 확실하게 정해지기 전까진 주위에 확률적인 수많은 길이 있지만 결국에 하나의 유일한 길이 정해지는 순간, 확률적인 수많은 길은 모두 흔적도 없이 사라지는구나. 피할 수 없는 길. 지적생명체에겐 선택이 불가능한 길. 이것이 바로 운명이라는 것이었어!"

"수많은 난관을 헤치며 살아남았는데 이젠 그 나머지 삶도 온전히 채우지 못하고 자칫 죽음으로 끝을 맺게 되겠구나. 피를 나눈 형제와의 피할 수 없는 전쟁이라니…."

절망적인 안타까움에 네메스는 지그시 입술을 깨물었다.

이케우니스는 네메스의 마음을 명령으로 받았다.

"우리 전군은 모든 전투태세가 완료된 상태입니다. 제가 완벽하게 대기시키고 이곳으로 왔습니다. 명령만 내리시면 됩니다. 우리에겐 VGSS 2000도 있습니다. 아포네스의 군대와 겨루어도 충분히 승산이 있습니다, 네메스 국방장관님."

순간, 네메스의 온몸에 강렬한 전율을 일으키며 머릿속에 선명한 문구 하나가 새겨졌다. 너무나 놀랍게도 《갤리온의 신화와 예언》의 마지막 시 구절에 나온 '의인'이 다름 아닌 바로 자신이라는 것을 직감했다. 영원히 사라져버릴 수 있었던 갤리온의 위대한 정신을 되살릴 수 있는 유일한 의인은 네메스였던 것이다.

직경이 5킬로미터에 이르는 완전한 구 형태의 마치 토성의 모양과 흡사한 거대한 모선인 VGSS 2000이 공기마찰에 의한 저항과 소음마저 없이 수직으로 하늘을 향해 사뿐히 떠올랐다. 그러고는 그 놀라운 크기에도 불구하고 VGSS 2000은 약 100킬로미터 정도 떨어진 그의 군부대로 순식간에 이동했다.

네메스의 군부대는 이케우니스의 말대로 완벽하게 준비하여 대기하고 있었다. 네메스가 연단에 서서 둘러보니 그동안 훈련을 통해 다져진 백만 명에 이르는 병사들이 한 치의 흐트러짐 없는 자세로 당당하게 네메스를 지켜봤다. 이케우니스 총사령관이 자신의 빈 자리를 너무나 훌륭하게 잘 관리해준 것에 대해 네메스는 눈시울이 붉어졌고 마음을 다해 감사했다. 이들이라면 그 무엇도 두렵지 않았다. 네메스에게 충실한 갤리온스 장군들을 비롯해서 그들이 가르치고 훈련시킨 수많은 콴티온스들과 콴티들이 얼굴에 비장함과 살기를 들어내며 출격명령이 하달되기를 기다렸다.

네메스가 쩌렁쩌렁 울리는 목소리로 힘차게 외쳤다.

"들어라, 제군들이여! 우리에게 어둠의 세력을 몰아낼 순간이 다가왔다. 그 깊고도 깊은 어둠을 뚫고 우리는 희망의 빛을 움켜쥐도록 선택된 자들이다. 역사가 우리를 어떻게 평가할지 알 수도 없고 지금부터 벌어질 역사를 평가할 수 있는 존재가 남을지도 알 수는 없다. 분명한 건 우리 마음속에서 지금 이 순간, 우리가 선택한 정의만은 굳건하고 찬란한 빛으로 우주에 영원히 기억될 것이다. 나는 이제 죽기를 각오하고 치열하게 싸울 것이다. 그리고 반드시 승리를 쟁취할 것이다. 우리는 함께 싸울 것이며 절대로 물러서지 않을 것이다. 아포네스는 갤리온의 진정한 가치를 저버린 영혼파괴자가 되어버렸다. 그자는 갤리온의 수많은 영혼을 짓밟아버렸고 그들의 고결하고 숭고한 영혼에 치유할 수 없는 깊은 상처를 남겼다. 이제 네메스와 제군들 그리고 갤리온의 수많은 영혼들이 아포네스를 정의의 이름으로 처단할 것이다. 제군들이여, 반드시 아포네스를 처단하라!"

네메스의 영혼과 가슴을 뜨겁게 하는 강한 결의에 사기가 충전된 전군은 기염을 토하며 열광했다.

"전군에 출격명령을 내리시오, 이케우니스 총사령관!"

네메스가 자신감이 충만한 어조로 이케우니스 총사령관에게 명령을 내렸다. 이케우니스의 눈빛이 반짝였다.

"명! 받들겠습니다, 네메스 국방장관님!"

이케우니스의 목소리 역시 그 어느 때보다 격앙되었다.

전쟁의 서막이 올랐다. 동이 틀 무렵 가장 어두운 순간에 네메스의 백만 대군이 육지와 하늘로 각각 나뉘었다. 그들에겐 두 종류의 매우 강력한 최신형의 전투기이자 우주비행선인 G포스 1호기와 G포스 2호기가 있었다. G포스 1호기는 마치 거대한 독수리가 빠른 속도로 매섭게 날아가는 모습을 한 형상이었고, 최대 두 명이 탈 수 있는 매끄러운 유선형의 소형 우주비행선이었다. G포스 2호기는 최대 여덟 명까지 탈 수 있는 날렵하고도 납작한 원반 형태의 중형 우주비행선이었다. 그리고 지상용 공격무기인 맥커스-Z는 지상에서 10미터 정도의 공간을 자유자재로 비행하며 엄청난 화력을 뿜어내는 최대 5인승의 막강한 장갑차였다. 이것은 각종 첨단무기를 배치하고 십여 군데에서 강력한 레이저광선과 다양한 고밀도 폭탄을 동시에 발사할 수 있었다.

네메스 군은 십만 대의 G포스 1호기, 오만 대의 G포스 2호기 그리고 이십만 대의 맥커스-Z가 동시에 출격했다.

목표는 오직 하나였다. 주변의 피해를 최대한 최소화하면서 아포네스와 수뇌부 그리고 그와 관련된 핵심시설들을 속전속결로 뿌리째 뽑아서 흔적을 없애버리는 것이다. 이제부터 아포네스와 그의 수뇌부들은 더 이상 네메스에겐 의미가 없는 존재였다. 마치 처음부터 존재하지 않았던 것처럼.

늦은 새벽까지 흥겨운 연회를 즐기고 침실로 돌아온 아포네스는 모든 것이 자신의 계획대로 이루어졌다는 사실에 흥분했다.

'네메스, 내 유일한 경쟁자여! 이제는 정말 안녕이네. 지금부터는 나 아포네스의 세상이야! 세상만물의 진정한 주인은 바로 아포네스이지!'

아무리 생각하고 또다시 생각해보아도 자신이 화성의 유일무이한 절대권력자이자 아폴란티스 국가의 진정한 절대왕권체계를 완벽하게 이루어냈다는 것에 말로 표현할 수 없을 만큼 커다란 기쁨이 넘쳤다. 아포네스는 술기운에도 흥분되고 설레는 마음에 도저히 잠을 이루지 못했다. 우주의 모든 것이 자신에게 다가왔다. 반드시 그렇게 될 것이다. 가장 위대한 신성이자 절대 신은 분명히 자신이다. 이제부터 세상만물은 모두 자신의 것이 될 것이다.

이 세상에서 가장 두려운 경쟁자이고 눈엣가시이자 골칫거리였던 네메스의 허무한 말로가 아포네스에게는 가장 큰 기쁨이었음을 숨기거나 부인하기 어려웠다. 게다가 '갤리온 정신'의 양대 축인 네메스와 랠리니우스를 좌천시키거나 처형해 비로소 갤리온의 흔적을 말끔히 없앴다는 것에 희열을 느꼈다. 그것도 피 한 방울도 흘리지 않고 그들을 영원히 퇴출시킨 자신의 능력에 대해 더욱 뿌듯했다.

'네메스! 네메스! 비록 내 친구였지만 어쩌겠나. 그대의 생각과는 다르게 세상은 너무나 변했네. 세상은 상황에 따라 어쩔 수 없는 경우가 있지. 나 아포네스는 그 상황에 맞추어 최선을 다했을 뿐이네. 너무 서운해 말게! 하하하!'

아포네스는 잔뜩 취기가 오른 상태에서 음흉한 미소를 지으며 편안하게 침대에 누웠다. 그러다 자신의 의지와 상관없이 잠시 선잠에 들었다. 어느 순간, 거친 숨소리와 함께 다급한 흔들림에 화들짝 놀라 잠에서 깨어났다. 앤키니우스 비서실장이 자신의 바로 앞에서 금세라도 숨이 넘어갈 듯이 거친 숨을 몰아쉬며 헐떡거리면서 자신을 불렀다.

"무슨 일인데 이리 소란인가, 앤키니우스!"

꿀맛 같은 선잠에서 깨어난 아포네스가 무거운 두 눈꺼풀을 겨우 뜨면서 한껏 짜증 섞인 목소리로 버럭 화를 내며 소리쳤다.

"네메스가 반란을 일으켰습니다."

앤키니우스 비서실장이 공황상태가 되어 아포네스에게 보고했다.

"뭐라고? 네메스가 반란을…!?"

아포네스의 두 눈은 그제야 번쩍 떠지며 입을 다물지 못했다.

"네메스 휘하의 백만 대군이 모두 진격한 것 같습니다. 레이더 상에 선발대 일부는 이미 궁전 근처에 거의 근접했으며 나머지 대규모의 주력부대는 지하에 창설한 군 기지로 향하고 있는 것을 포착했습니다."

앤키니우스 비서실장이 식은땀을 흘리며 아포네스에게 자세한 상황을 보고했다.

"아니, 이, 이럴 수가! 대체 뭐하고 있었어?! 어째서 지금에야 보고하는 거야! 장군들 긴급 소집해!"

앤키니우스의 갑작스러운 비보에 아포네스는 간담이 서늘해졌다.

"죄송합니다. 네메스 군대의 비행선들이 뒤늦게야 포착되었습니다. 일단 방어부대는 보냈습니다. 그리고 장군들에게는 지하대피소로 소집 명령을 내렸습니다. 하지만 지금은 무엇보다 아포네스 황제님이 이곳에 계실 때가 아니십니다. 어서 황급히 지하대피소로 피신하셔야 합니다. 곧 그들의 공격이 대대적으로 모든 곳에 가해져올 것입니다. 네메스의 군대는 지금 단순히 시위하는 행동이 아닙니다. 그들의 전군이 모두 출격했습니다. 모든 것이 아수라장이 될 것입니다."

앤키니우스가 다급히 아포네스에게 말했다.

"그렇다면 지금 일개 방어부대만 가지고 돼! 당장 우리 전군에 출동명령을 내리게, 앤키니우스!"

정신이 바짝 든 아포네스가 울분을 담아 앤키니우스에게 명령했다.

"네! 분부대로 거행하겠습니다. 그러니 우선은 지하대피소로 먼저 피하십시오, 아포네스 황제님!"

아포네스는 지하대피소로 긴급히 이동했다. 지하대피소로 내려가면서 아포네스는 생각했다.

'일어날 수 있는 모든 상황을 치밀하게 계획하고 실행시켜 결국은 내가 원하는 결과를 얻었는데, 마지막에 돌이킬 수 없는 큰 실책을 범했군. 네메스에 대해 너무 방심했어. 옛정을 생각해서 차마 네메스를 죽이지는 못하겠고 비록 폐쇄된 장소라도 먼 곳으로 보내 그가 연구하는 것은 그대로 두고 싶었는데 말이야. 내가 좀 더 냉정하지 못해서 안이하게 미뤘던 일이 결국은 커다란 화근이 되었어. 이럴 땐 내가 정말 미쳐버린 황제가 아니라는 것이 너무나 한스럽군.'

연회장에서 연회를 너무나 만족스럽게 즐기던 네메스의 환한 얼굴이 아포네스의 머리를 스치고 지나갔다. 여유롭게 흥에 겨워 연회를 즐겼던 네메스.

'하긴, 지금까지 어떠한 연회에서도 그렇게 흐트러진 모습을 보이지 않앉던 네메스이지 않던가. 요란한 연회장에서마저 항상 바른 자세로 앉아서 깨달음을 얻으려는 도인처럼 진중한 태도를 유지한 채 자신이 할 일에 대해서만 생각했던 그러한 자가 아니었던가. 세상의 모든 것은 지엽적이며 오직 궁극적인 진정한 진리만이 유일하게 가치 있는 일이라고 누누이 되새겼던 바로 그 네메스!'

비록 하나의 국가에 왕이 둘이 된 지라 어쩔 수 없는 선택을 했다. 하지만 아포네스는 개인적으로 다른 이와 비교할 수 없는 네메스의 위대한 지성과 뛰어난 품성 그리고 진정한 의미를 찾고자 노력하는 불굴의 집념은 이 세상의 모든 역사 속에서도 가장 높이 평가할 수밖에 없었다. 그랬다. 모든 면에 너무나 뛰어난 네메스가 두려웠다. 이 세상에 다시는 나올 수 없는 가장 위대한 자가 바로 네메스이기 때문에.

'아니야, 아니지! 네메스가 반란을 일으킬 위인이 아니야. 반란을 일으킨 것은 전적으로 이케우니스야! 그가 네메스를 꼬드긴 거야. 네메스가 그놈의 끈질긴 수작에 결국은 넘어간 걸 거야. 진작 그놈의 목을 베어버려야 했어.'

쓰라린 아쉬움이 아포네스를 완강하게 짓눌렀다. 하지만 지금은 후회나 하고 있을 시간이 아포네스에게 없었다. 절대왕권이자 절대권력자인 아포네스가 패배한다면 그것은 곧 죽음이었다. 다시 바짝 긴장하고 이 상황에 최선을 다해야 했다. 세상은 항상 변할 수밖에 없는 것이고 그 상황에 어쩔 수 없이 맞추어가야 했다.

그렇지만 이번 전쟁은 아포네스도 자신감이 넘쳤다. 혹시라도 모를 만약의 사태에 대비해 네메스의 군대와 대적하기 위해 자신의 아폴란티스 국가의 중심지인 원형도시에서 470킬로미터 떨어진 곳에 창설한 지하 비밀기지가 있기 때문이었다. 지상에서 보기에는 특별한 흔적이 발견되지 않는 평범한 장소였다. 그러나 지하 비밀기지는 거대한 통제센터를 시작으로 깊이가 지하 2킬로미터에 이르렀다. 그리고 층층마다 전투 장비들이 즐비했고, 각 층당 높이가 20미터였으며 지하 100층으로 이루어진 첨단시설이었다. 그곳엔 병사의 수만 약 280만 명에 이르렀다. 기술적인 부분은 네메스 측의 공격무기와 거의 동일하지만 외관의 모양과 색깔을 변형시켜 만들어낸 60만 대의 최첨단 장갑차와 35만 대의 소형 우주비행선 그리고 20만 대의 원반형 중형 우주비행선을 보유했다. 각각 네메스의 군대와 비교해서 약 2배에서 3배 이상에 이를 정도로 모든 면에서 월등하게 앞질렀다. 또한, 방공망도 어떠한 최신무기를 이용한다고 하더라도 뚫을 수 없도록 모든 실험까지 완벽하게 통과한 철통방어망을 자랑했다. 아포네스가 피신한 자신의 궁전 아래에 거미줄처럼 연결된 지하 방공망도 3킬로미터 아래의 깊숙한 곳에 있어서 매우 안전했고 작전회의나 지시도 원활했다.

'네메스! 이케우니스의 말만 믿고 너무 자만하지는 말라고. 그리고 난 자네 군부대의 상황을 누구보다 잘 알고 있어. 그런데 자네는 나의 철저한 보안 때문에 이곳 사정을 전혀 알 수 없을 테지. 그래, 네메스와 이케우니스 얼마든지 덤빌 테면 덤벼보라고!'

VGSS 2000의 작전통제실에서는 네메스와 이케우니스가 신중히 작전회의를 진행했다.

"이케우니스 총사령관!"

"네! 국방장관님."

"우리가 계획한 군사작전이 가장 최선이었을까?"

"오늘 새벽녘 늦게까지 이어진 연회로 아포네스와 그의 수뇌부들은 안일한 상태에 놓여있었습니다. 지금만큼 기습공격을 할 수 있는 가장 적절한 상황은 없습니다. 현재 우리의 공격으로 미처 대비하지 못한 그들의 명령체계에 커다란 혼선이 발생할 것입니다. 우리에게도 더 이상 머뭇거릴 시간이 없기도 했지만 기습공격이 가능한 이번 기회를 놓쳤다면 두 번 다시 우리에게 기회는 없었을 것입니다."

"물론, 현재 아포네스의 궁전이 있는 원형도시에 G포스 2호기는 5천 대, G포스 1호기는 1만 대 그리고 맥커스-Z도 1만 대로 우리 군의 일부를 그곳으로 배치한 것은 우선 적절했다고 보네. 그런데 우리 측의 전군에 가까운 나머지 모든 전력을 아포네스의 지하 비밀기지로 출격시킨 것은 아무래도 부담스럽군. 아포네스 궁전이 있는 원형도시에 대해서는 우리가 그곳에 세부적인 정보를 잘 알고 있지만, 지하 비밀기지에 대해서는 정보가 확실하지 않은 상태에서 과하게 배치한 듯하네!"

네메스가 군사 배치에 우려를 내비쳤다.

"그렇지 않습니다. 아포네스의 지하 비밀기지에 관한 정보는 아포네스의 치밀하고 철통같은 보안 때문에 간신히 예측만 가능한 상황입니다. 그나마 간신히 얻어낸 여러 개의 정보조각들을 취합하여 조사해본 결과 아포네스의 지하 비밀기지는 우리의 군대와 비교해서 거의 두 배에 가까울 수도 있습니다. 양측의 엄청난 속도와 파괴력을 가진 첨단 우주 비행선 간의 기술적인 우열을 가리는 것은 의미가 없지 않습니까. 양측 모두 동일한 기술이니까요. 이러한 기술력을 가진 양측에 전쟁은 속도전입니다. 먼저 선재공격을 통해 속전속결로 적의 군대를 괴멸시키는 것만이 승패를 좌우하니까요. 결국 모든 군을 총출동시킬 수밖에 없었던 이유는 우선은 확실하게 지상을 점령하기 위한 것이었습니다. 만약 어설프게 우리 군의 일부만 지하 비밀기지에 보냈다가는 그들에게 대부분이 격추당할 것이고 그렇다면 우리의 군대를 월등하게 능가하는 아포네스의 대규모 군대에게 오히려 역공을 당할 가능성이 매우 큽니다. 그렇게 되면 우리가 그들을 상대로 이길 확률은 거의 제로에 가깝습니다."

이케우니스가 미간에 힘을 주며 침착하면서도 절도 있게 네메스에게 보고했다.

"아마도 그렇겠지. 이케우니스 총사령관의 예측이 결코 잘못된 것은 아니네만…"

태양이 떠올랐다. 아침 햇살이 언제 어두웠냐는 듯이 온 세상을 환하게 비추고 있었다. 네메스의 개인적인 생각에 만약 태양이 신이라면 태양신이 지적생명체들이라고 스스로 자부하며 특별한 존재들이라고 부르짖는 우리를 바라본다면 얼마나 어이없어할까 라는 생각이 문득 들었다. 태양신이 지금처럼 우리가 처해 있는 상황을 본다면 콧방귀를 뀌면서 한마디 할 것만 같았다.

'이런 개미 같은 녀석들. 고작 가운데 떨어진 과자 부스러기를 두고 양편으로 갈라서서 서로 자기편이 다 가져가겠다고 미친 듯이 우기며 싸우고 있군. 어리석은 녀석들. 초월적인 무언가가 지정해주지도 않았는데 스스로 우주에서 가장 특별하고 우월한 존재라고 억지를 부리며 우겨대고 있지. 그나마 나름대로 엄청난 노력을 기울여 만들어놓은 자신들의 모든 것을 다시 미친 듯이 서로서로 열심히도 부수고 있군. 이런 바보 같고 아둔한 것들이 우월한 존재란다. 푸하하하! 너희들은 영원한 미성숙아들일 뿐이야. 태양인 나는 지능도 창의성도 없지만 세상을 따뜻하게 비추고 모든 생명에게 자랄 수 있는 환경을 마련해주고 있지. 정말 너희들이 우주에서 가장 우월한 존재라는 것이 옳다고 할 수 있는 거냐!'

네메스는 햇살을 아무런 대가도 지불하지 않고 맞이하고 있는 자신이 몸 둘 바를 모를 정도로 너무나 부끄럽고 송구스러웠다.

'나도 역시 영원한 미성숙아일까. 내가 지금까지 해왔던 우주의 궁극적인 진정한 의미를 찾고자 노력한 것도 과자 부스러기나 더 찾자고 해왔던 일일까. 이 우주에서 네메스란 존재가 정말 의미 있는 존재였을까. 현재 벌어지고 있는 형제들과의 잔인하고 치열한 전쟁은 이 우주에서 무슨 의미가 있을까. 도대체 의미란 게 무엇이지. 무슨 의미를 찾겠다고 나를 비롯한 지적생명체들은 이렇게 설레발을 쳐대고 있었던 것일까. 진정으로 찾고자 하는 진리의 통합된 유일한 윤곽도 없지 않았던가. 그저 두루뭉술한 개념들만 잔뜩 늘어놓은 어설픈 이야기들로 만약 유일한 진리를 찾는다면 이럴 것이라고 속단하고 있었던 것은 아닐까. 어쩌면 영원히 볼 수도 만져볼 수도 없었던 유일한 진리를….'

　네메스가 보기엔 이러한 위급하고도 다급한 최악의 상황도 그저 우리에게만 한정된 일일 뿐, 세상만사는 전혀 관계가 없다는 듯이 태연히 흘러가고 있었다. 새들은 아침 햇살을 받으며 즐거운 듯이 재잘거리다 어디론가 날아갔다. 동물들은 들판에 돋아난 새싹을 뜯어먹으며 만족스러워했고, 숲은 여전히 울창했으며 계곡의 물은 오늘도 변함없이 힘차게 흘렀다. 화성은 자전과 공전을 변함없이 계속하고 있고, 태양은 태양대로 온 세상에 따뜻한 햇살을 쏟아 붓고 있으며, 은하계는 은하계대로 수많은 자신의 항성들과 행성들을 품었다. 우주는 우주대로 모든 것의 중심축을 이루며 모든 것들을 끌어안고는 자신에게 속한 존재하는 모든 것의 상태를 유지시켰다. 오히려 우주에서 특별한 존재인양 스스로 으스대는 지적생명체들은 어쩌면 전혀 특별한 존재가 아닐지도 몰랐다. 마치 우리 자신이 가고자 하는 방향으로 길을 걸어가는데 개미가 너무 작아서 존재하는지도 모르고 그냥 스쳐 지나가듯이 화성도 태양도 은하계도 우주도 무심히 우리를 그냥 지나쳐 갈 뿐이었다. 항상 그래왔던 것처럼.

갤리온스들이 화성에 도착한 날부터 지금까지 약 사백 년 동안 각고의 노력과 끈기로 이루어 낸 아폴란티스의 모든 주요 기반시설이 무너져 내리는 것은 그 기나긴 세월에 비하면 찰나였다. 최첨단의 가공할 무기들에 의해 하나하나씩 흔적도 없이 허무하게 허물어져갔다. 갤리온에 존재했던 기술력을 네메스가 개선시킨 최첨단 무기들은 매우 강력했다. 1만 대의 G포스 1호기에서 발사되는 강렬한 붉은색의 레이저광선과 5천 대의 G포스 2호기에서 뿜어져 나오는 더욱 강력한 짙은 파란색의 레이저광선 그리고 1만 대의 맥커스-Z에서 쏟아져 나오는 무수한 레이저광선과 정밀한 폭탄은 밝고 강렬하게 비추는 태양 아래에서도 태양의 햇살이 무색하게 선명한 광채를 드러냈다. 그리고 어느 물체든지 닿기만 하면 거대한 폭발을 일으키거나 용광로에서 금속이 힘없이 녹아내리듯, 아폴란티스 국가의 원형도시에 주요 핵심 구조물들을 산산이 무너뜨려갔다.

드넓은 원형도시 중심지에 거대한 대리석으로 지어진 견고하고 튼튼한 아포네스의 궁전과 건물들은 순식간에 모두 무너져 영원히 사라져버렸다. 그리고 지금은 아포네스의 원형도시 전역에 분포되어 있는 주요 건물들과 신전들 또한 거의 형체를 알아보기 힘들 정도로 파괴되고 있었다. 아폴란티스 내에 콴티 족들이 아포네스 원형도시에 공물을 바치기 위해 만들어진 동물농장, 그들이 농사를 짓고 수확물을 거두는 경작지 그리고 대규모의 식량창고가 무차별적인 총공격을 받았다. 철저히 파괴해서 아포네스와 수뇌부들이 숨어 있는 지하대피소뿐만 아니라 지하 비밀군대로 보내지는 식량과 관련된 지원통로를 최대한 끊어버려야 했다. 하지만 아포네스 궁전과 주요 건물을 비롯한 원형도시 내에 그 어디에서도 아포네스와 그의 추종자들인 수뇌부들의 모습은 드러나지 않았다. 그들은 네메스의 군대가 오기 전에 이미 비밀리에 구축해둔 약 3킬로미터 아래의 거미줄처럼 연결된 또 다른 지하세계로 모두 피신했다. 특히, 수뇌부들은 그 안에서도 가장 안전한 지하대피소에 모여 첨단 장비를 통해 실시간으로 전해지는 영상과 전달된 정보를 살펴보며 작전지시를 했다. 시간이 지남에 따라 네메스의 우려는 현실이 되어갔다. 아포네스와 그의 수뇌부들이 숨어 있는 지하 방공망은 너무나 튼튼했고 강했다. 속전속결로 그들을 제거하고 최대한 빨리 이번 전쟁을 마무리 짓고자 지하 방공망을 총공격했지만, 그곳은 꿈적도 하지 않았다. 네메스가 처음에 설정했던 목표는 크게 흔들리고 있었고 전쟁은 아포네스의 국가, 아폴란티스 전체로 확전되고 있었다.

　이러한 놀랍고 경악스러운 상황을 유사 이래 처음 경험하는 콴티들은 본능적으로 살기 위해 피신할 곳을 찾아 우왕좌왕했다. 그들은 여러 세대에 걸쳐 지금까지 살아오면서 천둥과 번개도 경험했고, 화성에서 일어나는 지진과 화산폭발도 경험했으며, 바다 속에서 일어난 지진으로 인해 쓰나미도 경험해보았다. 그들이 이러한 자연현상과 재해를 체험해왔음에도 불구하고 지금 현재 벌어지고 있는 이 상황은 그 무엇과도 비교할 수 없을 정도로 남달랐다. 그들의 눈엔 엄청 커다란 새와 둥근 원형 그리고 네모난 형태처럼 생긴 것들이 빠른 속도로 날아다니면서 알 수 없는 이상하고도 괴기스러운 붉은색과 파란색의 광선과 폭탄으로 무엇이든 파괴시키거나 흔적도 없이 녹여버렸다.

　네메스의 게릴라 공격에 잠시 움찔했던 아포네스 측도 반격에 나섰다. 그는 먼저 지하비밀기지에 연락해서 원형도시에 있는 네메스의 군대보다 2배에 이르는 약 3만 대의 우주비행선을 보냈다. 그래서 원형도시의 주요 시설을 파괴하느라 여념이 없는 네메스 군대의 뒤를 치게 했다. 하늘은 온통 빛나는 선들로 거미줄이 쳐졌고 양측이 치열한 접전을 벌이는 상황에서 다수의 비행선들이 서로서로의 먹이가 되어 굉음을 내며 연신 터졌다.

어느새 양측의 치열한 전투로 인해 커다란 나뭇잎들과 나뭇가지들 그리고 통나무 등으로 지어진 콴티들의 주거지에도 붉은색과 파란색의 이상한 광선과 파괴된 비행선과 장갑차의 수많은 잔해들이 무시무시한 무기가 되어 빠른 속도로 지면을 향해 소나기가 퍼붓듯 연신 쏟아져 내렸다. 콴티들은 남녀노소 할 것 없이 극단적인 공황상태에 이르렀다. 그들은 살아 있으나 이미 존재하지 않았으며 죽은 자들이었다. 그들은 오줌을 지리거나 실신을 하거나 죽어가는 자들 옆에서 울며 비명을 질렀다. 모든 가옥들, 경작지, 농장 그리고 콴티들은 터지고 찢겨지고 짓이겨지고 녹아내렸다. 치열한 접전 끝에 아포네스의 비행편대를 어렵사리 모두 물리쳤다. 하지만 네메스의 일부 군대도 커다란 피해를 입기는 마찬가지였다. 선전은 했으나 현재는 약 50여 대의 G포스 2호기, 약 20여 대의 G포스 1호기 그리고 약 100여 대의 맥커스-Z만이 남았다. 목표인 지하대피소에 피신한 아포네스와 그의 추종세력을 잡기 위해 혼신의 노력을 기울였으나 실패했다. 더 이상 성과를 거두기 어렵다고 판단한 네메스의 일부 군대는 최소한의 유지를 위해 지상병력이 타고 있는 100여 대의 맥커스-Z만 남겨둔 채 남아 있던 모든 비행부대는 다음 목적지인 지하비밀기지가 있는 곳으로 이동했다.

양측의 많은 비행편대와 장갑차에 의해 시커먼 검은 구름처럼 하늘을 가득 메우고 있던 아포네스의 완전히 무너져 버린 원형도시에 밝은 햇살이 가득 비추어졌다. 하늘에서 바라본 아포네스의 거대한 원형도시는 강렬한 햇살에 반사되어 이제는 한없이 아지랑이가 피어오르는 을씨년스런 장미꽃 한 송이로 보였다. 이제 양측의 싸움은 그 무엇으로도 인정사정이란 없었고 상대편에 가능한 모든 저주를 퍼붓고 있었다. 전쟁이란 항상 그런 것이다. 호의란 찾아볼 수 없고 호의를 베푼다면 오히려 적에게 힘만 실어줄 뿐이다. 이제 이곳엔 오로지 극단적인 광란의 춤사위, 그 처절하고 치열한 살육만이 남았다.

아포네스의 원형도시에서 살아남은 네메스의 비행부대는 지하 2킬로미터에 이르며 최고의 보안을 유지하면서 아포네스가 창설한 지하비밀기지가 있는 곳을 향해 빠른 속도로 이동했다. 그곳은 원형도시에서 동쪽 방향으로 약 470킬로미터 정도 떨어진 곳이다. 그곳에 도착한 그들은 곧이어 그들의 대규모 군대와 조우했다. 그러나 이곳은 그들이 있던 아포네스 원형도시의 상황과는 판이하게 달랐다. 미처 대비하지 못해 처절하게 당할 수밖에 없었던 원형도시와는 전혀 다르게 아포네스의 지하비밀기지가 포진하고 있는 넓고도 넓은 평야에는 네메스 측의 19만 대의 맥커스-Z와 8만 대의 G포스 1호기 그리고 4만 대의 G포스 2호기가 있었다. 그리고 아포네스 측에는 25만 대의 최첨단 장갑차와 15만 대의 소형 우주비행선 그리고 10만 대에 가까운 원반형 중형 우주비행선이 한 치의 물러섬도 없이 치열한 접전을 벌이고 있었다. 이미 양측의 전력은 커다란 피해를 입어 그 숫자가 현격히 줄어들었다. 수를 헤아릴 수도 없는 양쪽의 부대에서 나오는 붉은색과 파란색의 엄청난 수의 레이저광선이 하늘과 지상을 가릴 것 없이 한없이 수를 놓으며 광란의 레이저 쇼를 펼쳤다. 양쪽의 수많은 비행선들과 장갑차들이 레이저와 폭탄에 맞아 산산이 부수어지며 고막을 찢는 굉음을 끝없이 내고 있었다. 그리고 폭발하는 비행선과 장갑차에서 가까스로 비상탈출을 해서 살아남아 지상으로 내려온 양측의 갤리온스들, 콴티온스들 그리고 콴티들이 서로 가릴 것 없이 그들의 모든 능력을 총동원해서 몸에 지니고 있던 무기를 이용한 잔인한 살육전이 벌어지고 있었고, 무기마저 없는 경우에는 육탄전을 벌이며 목숨을 건 냉혈한 싸움을 이어갔다.

밤낮 거의 없이 약 1주일가량 전쟁은 계속해서 진행되었다. 오직 한 가지만은 상대 진영의 모든 이들이 분명했다. 이것은 피할 수 없는 명령이고 한쪽을 무조건 전멸시켜야 한다는 사실이다. 하지만 속전속결로 아포네스와 그의 수뇌부를 제거해야 승리를 거머쥘 확률이 높았던 네메스 측의 계획이 처음부터 실패해 전쟁이 대규모로 확전되자, 전세는 매우 불리했다. 지하비밀기지의 군사력이 수적으로 너무 우세했던 것이다. 희한하게도 아포네스의 군대는 그 수가 줄지 않고 오히려 늘어만 가고 있는 것처럼 보였다. 게다가 이케우니스 총사령관이 예상한 지하비밀기지의 출구는 다섯 곳이었다. 하지만 실제로 지하비밀기지의 출구는 자그마치 스무 곳이 넘었다. 네메스와 이케우니스가 알지 못했던 숨겨진 출구를 통해 마치 수많은 불꽃이 튀어 오르듯 아포네스 측의 셀 수 없이 많은 비행선들이 쏟아져 나왔다. 파괴하고 또 파괴해도 아포네스의 군대는 사그라지지 않고 군사력은 일정하기만 했다. 아포네스의 군대는 이케우니스 총사령관이 예측한 것을 훨씬 넘어섰다. 네메스의 군대는 점점 밀리며 고전을 면치 못했다.

한편, 아포네스의 지하대피소에선 이미 승리의 축하주가 돌고 있었다. 아포네스와 그의 추종자들은 실시간으로 전달되는 전시상황을 지켜보다가 환호성을 질렀다. 그러나 VGSS 2000에서 똑같이 전시상황을 지켜보던 네메스와 이케우니스는 불길한 기운에 상당히 초조한 기색을 드러냈다. 네메스에게는 더 이상 공격할 군대와 무기가 없는 마지막 싸움이자 마지막 전쟁이었으나, 아포네스 측에는 아직도 상당한 군대와 최첨단 무기들이 지하에 안전하게 포진해 있었다.

"나머지 만 대의 G포스 1호기와 5천 대의 G포스 2호기를 이끌고 출격하겠습니다, 네메스 국방장관님!"

불안과 초조함 속에 침묵으로 일관하던 이케우니스 총사령관이 비장한 표정으로 네메스에게 말했다.

네메스의 눈빛은 한층 어두워졌다. 이케우니스가 남은 군대를 이끌고 전장에 출격한다고 해도 이제는 승산이 없었다. 이미 전세는 기울어져 있었기 때문이다. 그럼에도 이케우니스를 믿고 앞으로 나아갈 뿐이었다. 처음부터 퇴로는 없었다. 네메스는 결단을 내리며 명령했다.

"출격하도록 하시오, 이케우니스 총사령관!"

네메스가 흐트러짐 없이 단호하고도 비장하게 말했다.

"알겠습니다, 네메스 국방장관님! 그리고 감사합니다."

이케우니스가 당당하며 힘 있게 말했지만 그의 두 눈엔 깊은 아쉬움이 서려 있었다.

"잠깐!"

돌아서서 나가려는 이케우니스를 향해 네메스가 그를 불러 세웠다. 그리고 네메스는 이케우니스를 진심으로 꼭 안아주었다.

"그대의 공을 절대로 잊지 않겠소, 이케우니스 총사령관!"

그 순간 냉철했던 이케우니스의 눈가에 눈물이 고였고, 네메스의 눈가에도 어느새 눈물이 고였다. 애써 눈물을 참으며 이케우니스가 당당히 말했다.

"반드시 승리를 거머쥐고 살아서 돌아오겠습니다, 네메스 국방장관님!"

"그래, 반드시! 살아서 돌아오게, 이케우니스!"

네메스가 담담하게 미소를 지으며 말했다. 그러나 그의 뒷모습이 그를 마주하는 마지막 순간이라는 것을 네메스는 알고 있었다. 돌아서 문을 나서는 이케우니스를 보며 네메스의 얼굴은 심하게 일그러졌다.

가장 뛰어난 비행조종사이자 탁월한 전술가였던 이케우니스 총사령관이 이끄는 네메스의 나머지 군대는 열악한 조건에서도 전장에서 전대

미문의 활약을 펼치며 아포네스 군에게 상당한 타격을 주었다.

이케우니스는 '갤리온의 정신'을 지키는 일이 자신의 목숨을 포함해서 세상의 그 어떠한 것보다 소중하다는 것을 진심으로 다시 깨달았다. 비록 자신은 군인이고 수많은 전쟁을 치러왔지만 이러한 미친 행위들이 반복적으로 펼쳐지는 처절한 전쟁들 속에서 그는 분명한 한 가지 사실을 깨달았던 것이다. 그것은 지적생명체가 이 세상에서 할 수 있는 가장 숭고한 일은 오직 우주의 궁극적인 진정한 의미를 알아내기 위해 최선을 다하는 모습이라는 것을. 이것만이 지적생명체가 다른 동물들과 다를 수밖에 없는 우리만의 고유한 영역이라는 것을. 이 점을 깨달은 이케우니스는 그 이후로 오직 이것을 지키고 유지하기 위해 자신의 목숨을 바쳐 싸우고 있는 것이었다.

그런 이케우니스에게도 현재의 전시상황은 곧 한계에 직면했다. 거의 모든 비행선들이 파괴되었고, 10여 대의 G포스 1호기와 3대의 G포스 2호기만 남아 있었다. 그러나 아포네스의 군대는 아직도 여전히 처음의 상태를 유지했다. 무서울 정도로 까마득히 많은 수의 아포네스의 군대가 이케우니스의 그나마 남아 있는 모든 것을 부수기 위해 사생결단을 하듯 달려들었다. 이케우니스는 죽음과 맞닿아 있었다.

이케우니스가 돌아서서 나가는 순간, 전세를 되돌린다는 것이 불가능하다는 것을 알고 있었던 네메스는 깊은 고민에 빠졌다. 그러나 현재 네메스의 고민은 자신의 목숨이 사라지거나 '갤리온의 정신'이 끝을 맺을까 봐 걱정하는 것이 아니었다. 그도 마지막까지 아포네스의 군대와 싸우다가 장렬히 전사하는 것을 당연히 받아들였다. 지금 그의 마음에 걸리는 것은 갤리온의 최고통치자였던 안룹스와 나누었던 대화에 있었다.

갤리온 행성이 대폭발을 일으키기 이전에 갤리온에서는 미래를 이끌어갈 최고의 인재들로 구성된 100명을 선발했다. 그리고 그들을 GSS

1000에 태워서 외부 탐사를 위해 우주로 보내기로 했다. 떠나기 전날 밤, 안룹스가 네메스를 자신의 집무실로 불렀다. 그러고는 네메스에게 두 가지 비밀을 알려주었다.

"어! 네메스, 어서 오게나."

안룹스는 네메스를 보자 하던 일을 멈추고 반가운 미소를 지으며 네메스를 반겼다.

"안룹스 최고통치자님. 찾으셨습니까?"

네메스가 정중하게 고개를 숙여 인사한 후, 다정한 미소를 띠우며 말했다.

"그래, 그렇다네. 내가 자네에게만 반드시 알려줄 중요한 기밀사항이 있어서 말이네."

안룹스는 목소리를 낮추면서 네메스에게 조심스럽게 말했다.

"기밀사항? 혹시 GSS 1000의 발사계획에 긴급한 문제라도 발생했나요?"

오랜 기간 동안 안룹스를 만났어도 특별히 비밀스러운 이야기를 나눈 적은 없었던지라 예사롭지 않은 분위기에 네메스는 순간 긴장했다.

"아니! 그런 문제가 아니네, 네메스! 발사계획과는 상관없는 일이네. 하하 걱정 말게!"

호탕하게 웃으며 안룹스는 말을 이어갔다.

"나는 항상 자네가 제일 믿음이 가는 친구지. 자네라면 그 어떠한 어려운 상황에서도 나머지 인원들을 잘 이끌어갈 것이라고 확신하니깐 말이네. 자네는 훌륭한 지도자의 기질도 타고났어, 네메스!"

그리고 나서 안룹스는 GSS 1000의 상세한 세부항목이 그려진 설계도를 3차원 디스플레이 장치를 이용해 공간에 펼치며 말을 이어갔다.

"자네도 잘 알겠지만 GSS 1000 안에는 우리 갤리온의 첨단기술들이 모두 탑재되어 있네. 설비가 너무 거대해서 함께 포함시킬 수 없는 것은 인공지능 슈퍼컴퓨터에 설계도를 비롯한 기타 수반사항들을 데이터로 모두 잘 저장해놓았지. 그건 필요할 때마다 자네가 참조하면 될 것이고 말이네. 자, 그럼 이제부터 자네에게 들려주는 내용은 자네만 알고 있어야 할 비밀이네. 오직 자네만 말이지. 첫 번째는 체세포 복제를 통한 갤리온스의 복제기술실이 있다는 것과 두 번째는 가공할 파괴력을 지닌 폭탄이 탑재되어 있다는 것이네."

간략한 설명을 마친 안룹스가 네메스를 뚫어지게 가만히 쳐다보았다.

"갤리온스의 복제?! 아니, 그보다도 강력한 폭탄이라면?"

단순히 외부에 탐사 차 나가는 것인데 갤리온스의 복제가 가능한 복제기술실이 따로 마련됐다는 것이 선뜻 이해가 되지 않았다. 거기다 가공할 파괴력을 지닌 폭탄까지 GSS 1000에 탑재되어 있다는 것이 네메스는 도저히 이성적으로 납득할 수 없었다. 왜냐하면 이미 GSS 1000 자체의 공격력과 방어력은 그동안의 전투에서 충분히 인정받은 상태였기 때문이다.

"물론 GSS 1000에는 자체적으로 전자기 펄스(EMP)를 이용해 외부의 공격으로부터 자신을 보호하거나 이십여 개의 정밀한 레이저광선을 이용해 동시에 외부의 적을 식별하여 공격할 수 있는 자동화된 첨단무기가 포함되어 있지만 말이네."

안룹스가 네메스의 생각을 읽듯이 말을 이어갔다.

"혹시라도 그 수준을 뛰어넘는 예상치 못한 갑작스러운 위험이 닥칠 때, 그러니깐 GSS 1000이 스스로 보호하거나 공격할 수 있는 무기들만으로는 감당되지 않아서 GSS 1000이 혹시나 파괴될 수 있는 최악의 위험에 노출되었을 때를 대비하기 위한 것이라고 생각해두게."

지금까지 보아왔던 근엄하면서도 인자했던 안룹스와는 다르게 심각하게 정색을 하며 네메스에게 말했다.

"아! 그, 그런가요. 잘 알겠습니다, 안룹스 최고통치자님."

"하하하! 전혀 걱정하지 말게, 네메스. 뇌관은 완벽하게 분리되어 있으니 말일세."

안룹스는 네메스가 겁을 먹었다고 생각했는지 호탕하게 웃고는 다시 부드러운 미소를 지으며 네메스에게 말했다.

"네! 알겠습니다."

단순히 탐사를 떠나는 마당에 상황에 맞지 않은 기밀사항을 떠안은 네메스는 마음이 무거웠지만 일단 수긍하며 대답했다.

"그래도 알 것은 정확히 알아야지! 이 3차원 영상을 보게나, 네메스. 복제기술실은 바로 이곳에 숨겨져 있네. 다른 이들은 절대로 알 수 없겠지. 단순한 벽면으로 보이니깐 말이야."

손가락으로 3차원 영상으로 표현된 GSS 1000의 내부 장소를 가리키며 안룹스는 설명을 이어갔다.

"그리고 이곳에 상상을 초월하는 강력한 폭탄이 있네. 내부적으로 그 누구도 눈치 채지 못하게 이 폭탄의 암호명은 '갤리온의 새로운 세계(Gallion's New World)'라 부르기로 했지. 간단히, GSNW라고 하네. 하여튼 이 폭탄은 지금까지 우리 갤리온스들이 만들어온 무기 중에서 가장 파괴적이고 치명적인 최첨단의 폭탄이네. 비록 폭탄이지만 어떻게 보면 갤리온의 과학기술의 집대성이자 결정체이기도 하지. 폭발력은 간단히 예를 들자면 수소폭탄 백만 개를 초고밀도로 압축해서 하나로 만든 것과 같다고 할 수 있으니 정말 어마어마한 폭발력일 수밖에 없지. 물론 현재는 슈퍼컴퓨터를 이용해서 시뮬레이션만 한 상태이니 실제 폭발력에 대해서는 명확히 답변해줄 수는 없지만 말일세. 그리고 이 폭탄에 대한 더욱 놀랍고도 중요한 기능들이 더 있지만 여기까지만 말해두겠네. 자네는 과학자이니 궁금증을 남겨두는 것이 좋겠지."

안룹스가 네메스의 관심을 유도하면서도 친근한 아버지가 늠름하게 성장한 아들을 바라보듯이 흐뭇하게 미소 지으며 말했다.

"더욱 놀라운 것이요?"

네메스가 바짝 다가앉으며 안룹스에게 질문했다.

"역시 과학자라 바로 궁금해하는군, 네메스."

"조금 전에도 말했지만 이건 자네의 궁금증으로 남겨두는 것이 좋겠어. 그래야 자네가 절대로 잊어버리지 않을 테니깐 말일세."

안룹스가 짓궂은 표정을 지어 보였다. 대화를 나누던 안룹스가 갑자기 중요한 것이 생각이 났는지 다시 냉정을 찾으며 네메스에게 말했다.

"제일 중요한 사항을 말하지 못할 뻔했네, 네메스. 지금부터 하는 말도 반드시 잘 기억해두게. 만약 GSNW를 사용할 수밖에 없는, 그러니깐 도저히 피할 수 없는 상황이 발생해서 투하했다면 투하한 순간에 더 이상 그곳에 머물러 있으면 절대로 안 되네. 물론, 미리 프로그램 된 명령에 따라 자동으로 GSS 1000이 반응하겠지만, 혹시라도 저절로 작동이 안 된다면 반드시 수동으로라도 전속력으로 그곳에서 탈출해야 해. 다시 말해 뒤를 절대로 돌아보아서는 안 된다는 뜻이네. 만약 조금이라도 꾸물거렸다가는 자네도 이 폭탄에 잡아먹힐 테니깐 말이야. 네메스, 잘 알겠나?"

그리고 나서 폭탄을 투하시키는 방법을 네메스에게 자세히 설명해준 뒤에 안룹스는 《갤리온의 신화와 예언》이라는 책을 네메스에게 건네주었다.

"자네가 이 책에 관심이 없어도 괜찮네, 네메스."

안룹스가 부드러운 미소를 지으며 말을 이었다.

"그냥 내 마음의 선물이라고 생각하고 잘 보관해주게나. 자네가 지금처럼 나를 보듯이 내 분신이라 생각해주게. 강하고 냉철해 보이지만 나역시 평범한 갤리온스라네. 왜 그런지 지금과 같은 시기에는 자꾸만 누군가에게 의지하고 싶어지고 말이지. 요즘엔 직감적으로 상당히 위기가느껴지네. 무엇인지 논리적으로 설명은 불가능하지만 말일세. 왠지 모르는 생명의 위험이 느껴져. 아니 갤리온 자체의 위험이 느껴지네. 명확히는 알 수 없지만 말일세."

이 대화를 끝으로 네메스는 안룹스를 다시는 볼 수 없었다. 영원히!

진퇴양난이었다. 네메스에게 더욱 견딜 수 없는 근본적인 괴로움을가득 안겨다주고 있는 것은 도저히 다른 선택을 할 수 없는 상황에서자신의 의지를 넘어선 결정으로 현재 벌어지고 있는 전쟁이다. 지금 전장에서 치열한 전쟁을 벌이고 있는 양쪽 모두가 바로 네메스와 끊을 수없는 피로 맺어진 갤리온스들이다. 그들은 네메스에겐 항상 가족 그 이상이었다. 그리고 콴티들 또한 유전자의 일부 특성을 변형시켰어도 그들 역시 갤리온스의 후예들이다. 네메스의 군대가 패배해서 갤리온의정신을 유지하지 못하거나 GSNW를 투하하여 양쪽의 동족을 전멸시켜야 하는 것이라면 차라리 목숨을 스스로 끊어버리는 것이 더욱 올바른선택이 아니었을까. 처음부터 누가 적이었을까. 네메스는 도저히 해결할수 없는 난제에 자신의 온몸을 부들부들 떨며 괴로워했다.

네메스는 더 커다란 희생이 있기 전에 이젠 모든 책임감과 짐을 훌훌털어버리고 자결을 통해 자유롭고 싶었다. 차라리 이 선택이 더 늦기 전에 가장 합당하다고 생각했다. 그러나 이제 와서 자신의 목숨을 포기한다면 갤리온에서 살다가 사라져간 수많은 영혼들과 자신을 위해 숭고한희생을 하고 전사한 모든 병사들 그리고 지금도 치열한 접전을 벌이고있는 이케우니스 총사령관을 비롯한 나머지 병사들 그리고 그에게도 지울 수 없는 커다란 상처만 추가될 뿐이었다. 그렇다고 네메스는 안룹스가 제시한 GSNW를 투하할 수는 없었다.

이 전쟁은 시작부터 절망을 품었다. 네메스에겐 승패를 떠나 절망 속에 울부짖으며 시작된 싸움이었다. 가족과의 목숨을 건 싸움은 처음부터 절망적일 수밖에 없었다.

물론, 갤리온의 정신을 위한 선택엔 후회란 것은 있을 수도 없었다. 그것은 세상의 모든 것을 뛰어넘는 고귀함 그 자체였다. 그 신념으로 벌어진 이 상황 속에 기꺼이 그의 모든 것을 바친다고 해도 이성적으론 일말의 아쉬움도 없었다. 하지만 지금 이 순간 감정의 소용돌이 속에 용솟음치는 극도의 서글픈 심정은 갤리온의 정신마저 네메스를 억누르지 못했다. 그에겐 갤리온스들이 존재하지 않는 갤리온의 정신 또한 무의미했다. 사무치는 아픔이 밀려왔다. 갤리온의 정신을 다시 되찾을 수 있다고 해도 이곳에서 벌어진 뼈아픈 감정의 실타래는 그의 마음에서 평생 사라지지 않고 영원히 이어져나갈 가장 잔인하고 억압된 마음의 짐이라는 것을.

"세상이 참으로 야속하고 잔인하구나!"

영원히 벗어날 수 없는 미로에 사로잡혀서 괴로움에 허우적거리던 네메스가 쉰 목소리로 말했다.

"안룹스. 저에게 이런 가혹한 상황은 도대체 무엇을 의미하나요! 당신이 제시한 GSNW를 투하해서 이곳의 모든 이들이 사라져도 먼 세월이 흐른 어느 날이 되면, 그때의 엄청난 시련도 더욱 희망찬 미래를 위한 것이었다고 제가 당당하게 받아들일 수 있을까요? 아니면 지금이라도 제가 스스로 목숨을 끊어버리는 것이 더 나은 선택인가요? 제가 어떠한 선택을 내려야 합니까? 무엇이 올바른 선택이었다는 것을 어떻게 판단할 수 있나요?"

두 눈가에 핏빛이 선 채로 네메스는 이어서 말했다.

"저는 갤리온스들에겐 대파괴자이자 대파멸자이며 콴티들에겐 죽음의 신이었나요!"

모든 것을 체념한 듯이 두 어깨가 축 늘어져 있던 네메스가 불현듯 절규하며 외쳤다.

"싫습니다, 안룹스! 저는 차마 더 이상 그러한 선택은 할 수 없습니다. 갤리온스가 없는 갤리온의 정신이 진정 무슨 의미가 있겠습니까! 가족 모두를 잃어버린 앞으로의 저의 연구 또한 어떠한 의미를 갖겠습니까? 정말 저는 지금과 같은 상황에서 어떻게 해야 합니까, 안룹스!"

갤리온의 정신을 반드시 계승해야 한다는 절박한 심정은 동시에 모든 이들의 절멸의 순간과 맞닿아 있었다. 기로에 선 네메스는 어떠한 선택도 할 수 없었다.

네메스가 심적인 고통과 부담 속에서 신음하며 자신의 영혼을 죽음으로 이끌고 있을 때 어디에선가 이승에서 들리는 소리인지 아니면 저승에서 들려오는 소리인지, 그것도 아니면 더욱더 예측할 수도 없는 미지의 세계에서 들려오는 소리인지 어느 방향에서도 시작된 것 같지 않은 도저히 예측이 불가능한 강렬한 에너지파의 진동이 네메스의 몸속 깊은 곳에서 시작되어 온몸에 울려 퍼졌다.

"네메스! 네메스! 지금 당장 너의 VGSS 2000을 이끌고 출격하라!"

한참을 주위를 둘러본 후 네메스는 당황해하며 말했다.

"어떻게 된 거지. 이것이 무슨 현상이지?"

"네가 반드시 필요하다. 지금이야, 네메스!"

더욱 강렬한 에너지파의 진동이 다시 네메스의 온몸에 전해졌다.

희한했다. 허나 그는 분명히 느꼈다. 그의 몸이 여전히 알 수 없는 울림에 떨려왔다. 하지만 그 강렬한 에너지파의 진동이 정말 그에게 들린 건지 아니면 지나친 강박관념에 대응하는 가장 깊은 곳에 무의식이 그에게 이야기하고 있는 건지 도통 분간할 수 없었다. 그렇지만 그다음에 전해진 느낌은 네메스가 바로 결단을 내릴 수 있도록 했다.

"이케우니스 총사령관과 그의 동료는 모두 전멸했다!"

네메스는 두 눈을 번쩍 떴다. 온몸에 거대한 전율이 일어났다. 기존의 고민과 괴로움 그리고 번뇌도 모두 던져버린 채 네메스는 두 주먹을 불끈 쥐었다. 가장 총애했던 이케우니스의 사망은 순간적으로 네메스에게 도저히 감당하거나 주체할 수 없는 복수심과 분노를 일으켰다. 그가 VGSS 2000을 수직 이륙시켜 하늘 위를 향해 빠른 속도로 떠올랐다.

아포네스의 거대한 원형도시는 그 무엇으로도 표현할 수 없이 처참하게 무너져 폐허가 되어 있었다. 아포네스의 군대도 역시 상당한 피해를 입기는 마찬가지였으나 아포네스와 고위급 수뇌부들은 그럼에도 들떠 있었다. 네메스의 군대를 드디어 완벽하게 전멸시켰기 때문이다.

"이 자리에 계신 율리니우스 내무부장관을 비롯한 국회의원 여러분! 보셨지요! 네메스가 어떠한 자인지 이제 만천하에 드러나지 않았습니까!"

아포네스가 자신의 목에 잔뜩 핏대를 세우고 흥분하면서 말했다.

"고상한 척은 혼자 다하더니 정말 미쳐도 보통 미친 자가 아니었군. 어떻게 갤리온스가 갤리온스를 상대로 전쟁을 일으킬 수 있다는 말입니까!"

율리니우스 내무부장관이 눈썹을 한껏 치켜 올리며 여전히 흥분이 가시지 않는지 탁자를 주먹으로 내리쳤다.

"미친 네메스! 완전히 정신 나간 네메스!"

여기저기 너나 할 것 없이 이구동성으로 광분해서 네메스를 질타하고 있었다.

"혼자서 아무도 이해할 수 없는 이상한 짓만 골라서 하더니 미쳐도 아주 단단히 미친 모양이오."

국회의원 중 한 명인 리젤리우스가 비꼬면서 큰소리로 말했다.

"맞지, 맞아! 아주 지당한 말씀이오!"

모두 맞장구를 치며 리젤리우스의 말에 동감하고 있었다.

"예전부터 여러분에게 네메스가 이러한 성향을 가진 자였다는 것을 말하고 싶었지만, 여러분도 잘 아시다시피 네메스와는 오래전부터 친구 사이인지라 그를 보호해주기 위해 그동안 말을 아꼈던 것입니다."

"그럼요, 아포네스 황제님. 모든 갤리온스들이 하나가 되어 아포네스 황제님을 받들고 섬기는 이유가 다른 이들이 도저히 따라갈 수 없는 그러한 훌륭하신 성품에 있지 않겠습니까?"

리젤리우스가 끼어들며 아포네스를 극찬했다.

"아무렴요, 그렇고말고요."

자리에 모인 모든 갤리온스들이 아포네스를 선택한 것은 매우 현명한 결정이었다며 동의했다.

"하여튼 네메스는 저와 만날 때마다 사사건건 트집을 잡고 제가 황제가 된 것을 대놓고 못마땅하게 생각하며 괴팍한 성격을 불쑥불쑥 드러내기에 저는 속으로 내심 불안했습니다. 하지만 워낙 네메스가 여러분을 잘 속여서 제가 네메스의 진실을 알리기가 힘들었지요. 그러더니 이러한 잔인무도한 짓을 아무렇지도 않게 저지르고 말더군요."

아포네스가 괴로운 표정을 지으며 안타까운 듯이 말했다.

"아포네스 황제님, 그동안 고생 많으셨습니다. 저런 양면성을 가진 네메스 때문에 마음고생도 심하셨고 많은 피해를 입게 되었지만, 지금이라도 진실을 알게 되어서 불행 중 다행입니다. 아포네스 황제님께서 이렇게 만반의 군사시설을 갖추지 않았더라면 어떻게 할 뻔했습니까? 생각만으로도 끔직하고 아찔하군요. 역시 아포네스 황제님은 선견지명이 대단하십니다."

율리니우스 내무부장관이 다시 한 번 한 손으로 자신의 놀란 가슴을 쓸어내리고는 요란스럽게 아포네스에게 찬사를 보냈다.

"자, 여러분! 이제 진정들 하시고 우리 모두 함께 네메스라는 미쳐도 단단히 미친 자의 최후를 지켜봅시다! 우리를 잡기 위해 지상에 그나마 남겨두었던 네메스의 지상병력인 100여 대의 장갑차마저 우리 군이 말끔히 전멸시켰다는 카미네스 국방장관의 전보가 왔습니다. 지금 우리의 자랑스러운 군대가 모두 지상에 집결해서 우리를 기다리고 있소. 우선 이 답답한 지하에서 벗어나 지상으로 이동합시다, 여러분!"

아포네스가 수뇌부들을 이끌었다.

"아무렴요, 당연히 그래야죠. 그 미친놈의 최후를 반드시 지켜봐야지요. 두 눈으로 똑똑히 확인하리다!"

여기저기서 흥분하면서 수뇌부들이 만장일치로 동조했다.

아포네스와 수뇌부들은 지하 3킬로미터 아래에 있는 지하대피소에서 30여 대의 소형 우주비행선에 나누어 탄 뒤에 수직 이륙을 시켜서 지상으로 올라오려고 준비했다. 아포네스의 원형도시에서 궁전이 있던 상공에는 네메스의 군대를 모두 물리친 십만여 대의 소형 우주비행선과 오만여 대의 원반형 중형 우주비행선이 일렬종대로 나란히 공중에 떠서 위용을 뽐내며 네메스의 VGSS 2000에 최후의 일격을 가하기 위해 대기했다. 유일하게 VGSS 2000이 버티고 있었지만 아무리 VGSS 2000이라고 해도 대규모의 동시다발적인 집중공격을 받으면 얼마 안 있어 백기를 들거나 터져서 공중분해가 될 것이다. 아포네스의 입장에서는 희대의 역작이라고 할 수 있는 VGSS 2000이 사라질 수도 있다는 것을 인정하기는 정말로 싫었다. 하지만 지금은 그런 것을 따지고 있을 때가 아니었다. 아포네스에게는 앤키니우스 비서실장이 있었고 그 역시 네메스에 버금가는 최고의 과학자임은 분명했기 때문이다. 자신이 소유하게 된 모든 첨단무기와 장비는 그의 손을 걸쳐 세심하게 완성되었다고 해도 과언이 아니었기 때문이다. 당연히 이번 전쟁이 마무리되자마자 가장 필요한 자는 바로 앤키니우스였다. 그를 과학기술부장관으로 임명해서 최고의 대우를 해줄 것이다. 당장 최첨단 최신 무기와 장비보다 시급한 것은 네메스의 군대에 의해 거의 흔적도 없어진 수많은 건축물과 신전 그리고 더욱 시급한 것은 잃어버린 수많은 콴티들을 재생산해내는 것이다. 그것도 앤키니우스에게 시키면 될 일이었다. VGSS 2000이 없어도, 네메스가 죽어도 아포네스에겐 대체할 확실한 대상이 있었다. 이 전쟁을 빨리 끝내고 싶어서 안달이 나 있던 아포네스는 조금이라도 일찍 이번의 전쟁을 마무리 짓는 순간을 보고 싶어서 원형도시에서 남쪽방향으로 1,200킬로미터 정도 떨어진 곳에 설립한 대규모 연구단지인 국방과학연구소에서 GSS 1000이 떠났다는 연락도 없었는데 기세등등하게 그의 고위급 수뇌부들과 함께 30여 대의 소형 우주비행선으로 지상을 향해 서서히 위로 떠오르고 있던 찰나였다.

갑자기 원형도시가 있던 모든 공간을 넘어 아폴란티스 국가 전체가 한순간 어떤 한 지점을 향해서 미친 듯이 수축한다는 느낌이 들었다. 어느 한 지점의 중심을 향해 주변의 모든 것이 저항할 수 없는 초월적 힘에 의해 한없이 빨려 들어간다는 느낌이었다. 그리고 주위는 온통 헤아릴 수 없을 정도로 강력한 전자기장이 형성되었다. 곧 그곳에 있던 십만여 대의 소형 우주비행선과 오만여 대의 원반형의 중형 우주비행선에 엄청난 정전기가 발생하며 모든 기능이 순식간에 마비되어버렸다. 그리고 모든 비행선들마저 어딘지도 도저히 예측할 수 없는 미지의 어떤 곳으로 끌려들어가고 있었지만 저항을 시도해본다는 것은 생각조차 할 수 없었다. 주위의 모든 공간과 대기 속에 있던 모든 공기를 강력한 힘으로 한없이 흡수하던 어느 한 지점의 중심에서 최고의 과학기술을 가졌다는 갤리온에서도 단 한 번도 존재하거나 경험하지 못했던 상상할 수도 없는 거대하고도 거대한 폭발이 일어났다. 아포네스의 원형도시와 공중에 떠 있던 모든 비행선들이 한순간에 증발해버렸고 그 자리에는 거리는 1,000킬로미터에 이르고 폭이 650킬로미터에 이르며 깊이가 10킬로미터 가까이에 다다른 넓고도 깊은 웅덩이가 생성되었다. 그리고 그곳에 갇혀 있던 어마어마한 화염의 열기는 빛의 속도로 화성에 거대한 표면으로 원을 그리면서 한없이 커져가더니 지금까지 화성에 존재했던 모든 생명체와 무생물 그리고 물과 대기 속에 가득히 존재했던 산소마저 증발시켜 나갔다. 순식간에 화성의 모든 표면이 터져 버리고 녹아내려 짓이겨졌다. 아포네스의 원형도시는 물론이고 아포네스가 지하에 완공한 지하대피소와 거대 군단인 아포네스의 지하비밀기지도 그러한 것이 언제 존재했는가 싶을 정도로 그 어떠한 흔적도 없이 거대한 웅덩이와 함께 모두 바람처럼 희미한 기억도 없이 사라졌다. 오직 거대한 웅덩이만이 덩그러니 남아 있었다. 그러나 이것은 재앙의 끝이 아닌 단지 시작이었다. 한 번의 강력한 폭발이 일어난 후, 그 가공할 폭탄은 또다시 어느 한 지점의 중심을 향해 미친 듯이 주위의 엄청난 대기와 주위의 공간을 다시 흡수하기 시작했다. 이제는 아무것도 없는 그곳에서 또다시 얼마 지나지 않아서 두 번째의 강렬한 폭발이 일어났고, 처음 폭발한 후에 생성된 약 1,000킬로미터 길이의 웅덩이를 지나서 또 다른 이어진 공간에 거리가 약 1,000킬로미터에 이르고 폭이 650킬로미터에 이르며 깊이가 10킬로미터 가까이 다다른 웅덩이가 또다시 생성되었다. 그리고 웅덩이가 만들어질 때 떨어져나간 수많은 잔해들이 우주공간으로 흩어져 수많은 먼지처럼 사라져갔다. 이러한 과정이 네 번 연속적으로 반복되자 외부와 내부에 동시다발적인 압력을 받았던 화성의 어느 한 지점에서 그리 크지 않 았던 화산이 대규모로 폭발하며 짙은 회색의 화산재와 검붉은 용암을 끝없이 쏟아내고 굳기를 반복하며 웅장한 높이의 거대한 산이 되고 있 었다. 다섯 번째 폭발은 화성에서 일어나지 않았다. 약 4,000킬로미터를 엄청난 속도로 직진하던 가공할 폭탄의 거대 에너지 덩어리가 화성을 벗어나서 우주공간을 향해 빛의 속도로 나아가더니 어느 순간, 강렬한 마지막 폭발을 일으키면서 최후를 맞이했다. 이보다 허무함 속에 핀 화 려한 불꽃놀이는 없을 정도로 눈부신 불꽃의 향연이 일어났다. 이렇게 극히 짧은 순간에 아름다운 행성이자 낙원이었던 화성은 이제는 예전에 그 모습을 알아볼 수 없는 전신 화상을 입은 흉물스러운 행성이자 치유 불가능한 불모지로 변해 버렸다. 주위엔, 아니 화성이라는 그 자체엔 아 무것도 없었다. 언덕도 들판도 숲도 나무와 풀도 바다도 건물도 어떠한 생명체도 최첨단 우주비행선도 처음부터 화성이라는 곳에는 아무것도 없던 것처럼 대기마저 생명체가 살아가기에 불필요한 요소들로 가득 채 워져버렸다. 무언가가 존재했던 아무런 흔적도 찾아볼 수 없었다. 한때 태양계에서 수많은 생명체가 살아가던 아름답고 낙원이던 축복의 별, 화 성은 이제 죽음의 별로 영원히 기억될 것이었다.

이케우니스 총사령관과 나머지 부하들마저 전멸했다는 말이 전해진 순간, 네메스는 견딜 수 없는 분노를 넘어 복수심으로 들끓었다. 이 상 황은 오히려 네메스의 고민을 단순명료하게 해주었다. VGSS 2000으로 최후의 결전을 펼친 후, 장렬한 죽음을 선택한 것이다. 그 어떠한 경우 에도 결코 GSNW를 사용할 수는 없었다. 처음부터 GSNW는 그에게 존 재하지 않는 것이었다. 그에겐 갤리온스들이 존재하지 않는 갤리온의 정 신은 무의미했다. 더욱이 갤리온의 대재앙에 이어 또다시 대재앙을 불러

와서는 안 되었다. 무엇보다도 이번엔 그 당사자가 자신일 수밖에 없다는 것은 진리와 선을 추구하며 살아온 그의 진중한 삶에 더욱더 있을 수도 없는 치욕 중에 치욕이었다. 전세는 이미 기울었다. 아포네스와 그의 추종자들만 제거하기 위한 전략은 실패로 돌아갔다. 모든 것이 끝난 것이다. 이쯤에서 그의 삶도 멈추어야 했다. 네메스는 마지막 최후의 일전을 위해 VGSS 2000을 이륙시켰다.

그런데 막상 VGSS 2000이 이륙하자, 네메스의 행동이 이상해졌다. 그의 몸이 더 이상 그를 따르지 않았다. 무엇으로도 정의할 수 없는 어떠한 거부할 수 없는 힘에 그의 모든 감각이 통제되었다. 강렬한 에너지파의 진동을 느낀 순간부터 서서히 뇌를 비롯한 육체가 지배당하더니 기계적인 행동을 반복했다. 그는 결국 명령에 맞추어 하나하나씩 실행에 옮겼다. 그러다 점점 의식마저 희미해졌다.

강렬한 에너지파의 진동은 네메스의 기억 속에 내재된 안룹스가 알려준 방법대로 폭탄의 뇌관을 연결시키기 위해 그를 조정하며 인증절차를 진행하게 했다. GSNW는 GSS 1000에 있던 것이었지만 네메스가 VGSS 2000을 완공한 후에 VGSS 2000으로 이관했다. GSNW를 작동시키는 인증절차 시스템도 GSS 1000에 있던 것을 설계변경 없이 세세한 부품 하나하나까지 그대로 옮겨왔기 때문에 인증절차는 변한 것이 전혀 없었다.

최면에 걸린 듯, 두 눈에 초점을 잃은 네메스는 검지를 인증절차 시스템 안에 밀어 넣었다. 곧이어 날카로운 바늘이 나와 혈액을 추출해갔다. 시스템이 검사를 진행하더니 잠시 후에 모니터 상에서 '인증 완료. 100% 일치함'이라는 메시지가 표시되었다.

곧이어 인증절차 시스템에서 네메스의 눈을 향해 굵은 안테나 같은 장치가 다가오다가 그의 눈 근처에서 잠시 멈추었다. 바로 이어서 그 장치에서 수평 방향으로 작은 디스플레이가 양쪽으로 달린 장비가 나오며 그의 두 눈에 최대한 가까이 밀착되었다. 조금 그 상태를 유지하고 있으니 다시 모니터 상에서 '홍채인식 인증 완료'가 되었다는 메시지가 표시되었다.

그러고 나서 이번에는 인증절차 시스템에서 작은 크기의 둥그런 모양의 문이 열렸고 지문인식장치가 위로 올라왔다. 네메스는 자신의 엄지손가락을 그 위에 올려놓았고 엄지손가락의 지문이 잘 밀착되도록 약간의 힘을 준 후에 잠시 그 상태로 있었다. 또다시 인증이 완료되었다는 메시지가 뜬 후에 모든 인증이 완료되자 모니터 상에서 폭탄의 3차원 컴퓨터그래픽이 나타나면서 폭탄에 뇌관을 연결하는 장면이 진행되었다. 뇌관이 연결되자마자 네메스가 앉아 있는 바로 앞에 다양한 계기판이 있는 중앙에서 커다란 직사각형의 문이 양쪽으로 열리자 빨간색의 두툼한 버튼이 보였다.

네메스는 빨간색의 버튼이 올라오고 있는 와중에도 여전히 초점을 잃은 눈으로 무언가에 강하게 홀린 듯 그대로 앉아 있었다. 어느새 그에게 마지막 행동만이 유일하게 남았다.

몸이 지배당한 그 순간부터 더욱 믿기지 않는 희한한 일이 그의 내부에서 일어났다. 마치 세상의 모든 것에 해탈한 도인과 같다는 느낌이랄까. 아니 단지 그 정도의 느낌이 아니었다. 그가 세상으로 뻗어나간다는 느낌일까. 그를 하나의 생명체로 구분하던 모든 제한이 사라진 것이다. 더 이상 그는 네메스가 아니었다. 그가 살아오면서 느껴왔던 희로애락의 모든 감정을 훨씬 넘어선 어떤 초월적인 존재처럼 느껴졌다. 그의 이성, 감성, 고난, 괴로움, 갈등이 모두 사라져버리고 자신이라는 하나의 개체가 아닌 세상과 융합되어 그 모든 것에 유유히 군림했다. 곧이어 형용할 수 없는 평온한 상태가 그에게 찾아왔다. 모든 것이 한없이 평온하고 평온했다. 세상의 경계가 사라졌다. 현실의 끝이라고 믿어왔던 우주마저 초월하고 있었다. 그 어떠한 것으로도 표현이 불가능한 결코 끝나지 않고 영원히 이어져 나갈 경이로움을 넘어선 환희의 물결이었다. 세상이 바로 자신이었고 자신은 이 세상의 모든 것이었다. 네메스는 무아경 속에 모든 것과 혼연일체가 되었다. 어쩌면 그가 그토록 단편적인 한 부분만이라도 알고 싶어 했던 진정한 초월적 존재가 자비롭게도 보잘것없는 그의 몸속으로 들어와 혼연일체가 되는 느낌이었다. 이러한 진정한 세상의 모든 것과 하나가 되어버린 경이적인 환희의 바다 속에 한없이 평온한 상태에서 진정한 힘이 명령한 그 겸허한 흐름에 따라 그의 손이 저절로 두툼한 빨간색 버튼으로 미끄러지듯이 이동해갔다. 그리고 빨간색 발사 버튼을 눌렀다.

버튼을 누름과 동시에 네메스는 상당히 기나긴 꿈결에서 깨어난 듯 화들짝 놀라면서 정신을 차렸다. 아포네스의 본거지를 향해 보내진 전파가 다시 VGSS 2000으로 되돌아와서 인공지능 슈퍼컴퓨터에서 조합되어 그곳의 자세한 상황이 영상으로 변환된 후에 모니터에서 재생되고 있었다. 일렬종대로 늘어서서 공중에서 멈추어 있던 수많은 비행선, 그리고 그들이 보였다. 지하에서 나오고 있는 여러 대의 소형 우주비행선, 분명히 그들은 아포네스를 비롯한 고위급 수뇌부들이었다.

"내, 내, 내가 빨간색 발사 버튼을 정… 정말로 눌렀어. 오! 이런. 이럴 수가! 이럴 순 없어. 아니야, 이건 꿈이야! 믿을 수 없어!"

GSNW의 위력은 엄청났다. 네메스는 빨간색 버튼을 누른 후에 폭탄이 아포네스의 본거지를 향해 나아가는 순간 VGSS 2000은 GSNW와 관련되어 프로그램에 입력된 명령에 따라 저절로 우주공간을 향해 최대 속도로 화성과 멀어지고 있었다. 네메스도 안룹스의 강한 당부의 말로 미루어 GSNW의 파괴적인 위력을 어느 정도 예상은 했다. 하지만 설마 이 정도일 줄은 꿈에도 상상하지 못했다. 우주공간에서 바라본 화성은 그 자체가 불길에 싸였고 폭탄의 에너지는 존재하는 모든 것을 남김없이 먹어치우듯 증발시켜버렸다. GSNW는 행성에 존재하는 단 하나의 생명의 씨앗마저 남김없이 전멸시켜버리는 괴멸적인 폭탄이었다.

VGSS 2000의 지상 1층에는 이케우니스 총사령관이 최악의 상황을 대비해 네메스를 마지막까지 보호할 목적으로 대기시킨 건장한 20명의 콴티온스들과 50명의 콴티들이 있었다. 또 그들이 싸울 수 있도록 20대의 G포스 1호기와 6대의 G포스 2호기가 남아 있었다. 긴급한 상황에 출격해서 그들이 싸우고 있는 동안에 네메스가 VGSS 2000을 이끌고 탈출할 수 있도록 돕기 위한 마지막 처방이었다. 그러나 모든 상황을 실시간으로 거대한 모니터를 통해 상황을 지켜보던 강인한 훈련으로 다져진 건장하고 냉철한 콴티온스들과 콴티들은 화성이라는 거대한 행성그 자체가 한순간에 뭉개져버린 너무나 충격적인 장면에 두려움과 공포심에 온몸을 사시나무 떨듯이 떨고 있었다. 콴티온스들과 콴티들은 지금 이러한 대규모의 엄청난 힘으로 싸우고 있는 그들이 누구인지 분명히 알고 있었다. 그들은 자신들에겐 절대적인 신들이었다. 신들의 전쟁은 VGSS 2000에 있던 콴티온스들과 콴티들이 지금까지 살아오면서 겪어온 기억들을 모두 다 잊는다 해도 각자의 두뇌에 강렬하게 새겨져 절대로 잊을 수 없는 하나의 문장만큼은 영원히 각인되었다.

'신을 결코 화나게 하지 말라!'

화성에서 멀리 떨어져 더 이상 폭발의 영향이 미치지 않는 곳에 다다랐을 때, VGSS 2000의 상황통제실의 불은 이미 꺼져 있었고 보조등만이 어둠속에서 깜박였다. 네메스는 어디에도 보이지 않았다. 울음소리도 들리지 않았다. 불빛이 깜박일 때마다 구석에 웅크려 있는 그의 실루엣이 보였다가 사라지기를 반복했다. 그는 눈을 감았다. 생각의 길이 끊겨버렸고 마음의 창도 깨져버려 산산이 부서졌다. 그렇게 시간을 멈추려 했다. 이 기억마저 흔적도 없이 사라질 것이므로.

고통 속에 며칠이 지난 어느 날, 네메스는 눈을 뜨고 비틀거리며 일어났다.

'이제 남은 갤리온스는 나뿐이구나! 하나이든 백이든 천이든 갤리온의 정신을 잇기 위해 시작한 전쟁. 그렇다면 원치 않던 현실이 되었어도 다시 나를 맞추어갈 수밖에 없구나! 최후의 최후까지 살아남아 그 정신을 퇴색시키지 않고 진리를 향해 나아가리라! 이 절망적인 치욕을 반드시 갤리온의 정신으로 승화시키리라!'

도대체 무슨 조화였을까! 네메스는 믿기지 않는 초월적 경험을 했으나 그 경험마저 단순히 현실로 치부하며 애써 받아들였다. 지금은 그를 위해 희생한 이케우니스를 비롯한 모든 병사들과 비록 적이었으나 한때는 그의 분신과도 같았던 아포네스를 비롯한 모든 갤리온스 그리고 수많은 콴티들을 생각하며 다시 시작해야 한다는 강인한 결의를 마음속으로 다지기 위해 노력했다. 이러한 수많은 목숨의 희생도 결국은 갤리온의 정신인 '우주의 궁극적인 진정한 의미'를 찾고자 하는 과정에서 일어난 일이었기 때문이다. 어차피 지금 울고 있는 그의 목숨도 더 이상 네메스의 것은 아니었다. 네메스는 '우주의 궁극적인 진정한 의미'를 찾고자 현존했던 모든 이들 중에 유일하게 남은 대표자이자 그들 모두를 총괄하는 하나의 진정한 개념이 되었다. 네메스는 항상 자신만의 것이 아니었다. 따라서 결론은 다시 시작해야 한다는 것이다. 자연의 법칙은 항상 어떠한 상황 속에서도 정해진 원리에 따라 묵묵히 앞으로 나아갈 뿐이었다. 네메스도 결국은 자연의 일부분이었으며, 현재의 심정과는 무관하게 그 역시 그대로 따를 뿐이었다. 앞으로 나아가는 것 외엔 그에게 다른 선택은 없었다.

우선 가장 중요한 것부터 찾아서 확인해보아야 했다. 그것은 갤리온 행성으로부터 화성에 올 때까지 타고 왔던 GSS 1000이었다. 네메스는 지상에 있던 모든 것은 말할 것도 없고 아포네스의 지하 방공망과 지하 비밀기지를 비롯한 지하의 거미줄처럼 연결된 모든 곳은 이미 흔적도 없이 사라졌다는 것을 알 수 있었다. 화성에는 GSNW에 의해 길이 약 4,000킬로미터, 폭 650킬로미터, 깊이 10킬로미터에 이르는 거대한 협곡처럼 생긴 기다란 웅덩이가 만들어졌기 때문이다. 그러나 아직 한 곳이 남아 있었다. 그곳은 아포네스의 거대한 원형도시에서 남쪽 방향으로 1,200킬로미터 떨어진 곳에 위치한 국방과학연구소였다. 지하 3킬로미터 아래에 존재하는 국방과학연구소에 GSS 1000이 보관되어 있다는 것을 네메스는 알고 있었다. 물론 네메스가 화성에 정착한 후에 대규모로 개량하고 확장한 VGSS 2000이 있었지만 GSS 1000 역시 다양한 분야의 다량의 지식데이터와 최첨단의 과학기술을 보유한 움직이는 과학기술단지였다. 그리고 그 자체로 강력한 공격무기이기도 했다. GSS 1000으로 네메스가 화성에 와서 해왔던 것처럼 무엇이든 만들어낼 수 있었다. 다른 것은 상관없지만 GSS 1000은 모든 것을 다시 시작할 수 있는 원천이었고, 그 자체로 초고도의 문명이었다. 모든 것이 이곳에서 시작되는 것이다. 만약, 국방과학연구소가 파괴되지 않았다면 GSS 1000을 반드시 찾아내 다시 되찾아와야 했다. 네메스는 VGSS 2000으로 GSNW와 그 폭탄을 조정하는 전자 시스템을 비밀스럽게 이전시켰다는 것이 정말 다행스러운 일이었다고 생각하며 자신의 가슴을 쓸어내리면서도 한편으론 그만큼의 비애가 그의 심장을 깊숙이 찔러 넣었다. 네메스는 다시 시작해야 한다고 다짐하면서도 그의 눈동자엔 치유될 수 없는 서글픈 슬픔이 깊이 박혀 있었다.

이제는 곳곳에 그을음과 거대한 웅덩이 그리고 분화구에서 끊임없이 검붉은 용암이 흘러나와 쌓여가며 웅장한 화산으로 변해버린 화성을 향해 다시 VGSS 2000을 이동시켰다. 거대한 웅덩이를 한참 벗어난 장소에서도 상당한 방사능이 남아 있었다. 그러나 VGSS 2000은 이러한 방사능뿐만 아니라 엄청난 열기에도 견디어낼 수 있도록 특수한 재질로 만들어졌기에 특별히 문제가 될 것은 없었다. 문제는 오히려 GSNW에 의해 뭉개질 대로 뭉그러진 화성에서 아포네스가 원형도시에서 남쪽 방향으로 1,200킬로미터 정도 떨어진 곳, 지하 3킬로미터 아래에 만들었다는 국방과학연구소를 찾는 일이었다. VGSS 2000의 고성능 레이더를 이용해서 네메스는 면밀히 지표면 아래를 자세히 관찰했다. 결국 상공에서 네메스는 그곳을 찾았다. 하지만 역시 그의 예상대로 그 장소는 거대한 웅덩이와는 거리가 한참 떨어진 곳에 위치해 있었다. 폭발의 영향권에서 벗어나 있어서 전혀 파괴되지 않았던 것이다. 네메스는 불안해지기 시작했다. 그는 조금도 지체 없이 VGSS 2000을 빠른 속도로 몰아 국방과학연구소를 향해 날아갔다.

국방과학연구소 단지에 다다른 네메스는 VGSS 2000을 근처에 가장 안전한 곳에 조심스럽게 수직 착륙시킨 후 남아 있는 콴티온스나 콴티를 시키지 않고 그가 직접 G포스 2호기를 타고 VGSS 2000을 빠져나왔다. 커다란 분화구로 보이는 곳, 지하에 위치한 국방과학연구소 앞에 다가가 상공에서 내려다보니 직경이 약 1킬로미터에 이르고 수평 방향으로 나 있는 금속의 거대한 출입문이 보였다. 그런데 출입문은 이미 반 이상이 양쪽으로 크게 열려 있었다. 폭탄의 폭발에 의한 여파로 열렸는지 아니면 누군가 이미 GSS 1000을 타고 탈출했는지 전혀 예측할 수 없었다. 네메스의 불안감은 더욱더 커져갔다.

거대 출입문을 통과한 후, G포스 2호기는 속도를 최대한 줄이면서 조심스럽게 길을 따라 지하로 하강하며 비행했다. 혹시라도 모를 갑작스러운 공격에 대비하기 위해서였다. 이미 레이더 상에서 특별한 위험을 감지하지 못했지만 그렇다고 안심할 수는 없었다. 그렇게 약 2킬로미터를 하강해 들어갔다. 그러다가 바닥에 다다른 네메스는 긴 한숨을 토해냈다. 이 장소가 거대 모선인 GSS 1000이 놓여 있던 곳이라는 것을 안 것이다.

"설마 했는데… 결국은 그들이 GSS 1000을 몰고 탈출했군!"

네메스가 걱정스러운 눈빛으로 한마디를 했다.

그러나 이것은 끝이 아니었다. 통로는 다시 수평 방향으로 이어졌다. 잠시 직진으로 비행해 들어가니 그제야 아래로 향하는 커다란 공간이 다시 나타났다. G포스 2호기가 부드러운 곡선을 그리며 새가 하강하듯이 천천히 지하 깊숙한 곳에 있는 연구소 단지를 향해 1킬로미터를 더 내려갔다. 지하의 바닥에 도착하니 다시 수평 방향으로 나 있는 둥근 형태의 통로가 나타났다. 그 통로 끝에 그제야 환한 불빛이 보이기 시작했다. 드디어 국방과학연구소에 도착한 것이다. 이번에도 출입문은 역시 활짝 열려져 있었고 손상된 곳은 전혀 없었다. 이곳에는 더 이상 아무도 없다는 것을 네메스는 곧 알았다. 열려진 출입문 안으로 들어선 네메스는 널따랗고 높은 공간에 이리저리 다양한 첨단시설이 갖추어진 곳들을 둘러보다 적당한 곳에 착륙시키고 내렸다.

특별한 단서라도 발견할 수 있을까 해서 주위를 한참 둘러보던 네메스는 어느 회의장 같은 곳의 출입문을 열고는 자신의 눈을 의심했다. 그 넓은 공간엔 흰 가운을 걸친 수많은 연구원들이 널브러진 채 모두 죽어 있었다. 특별한 외상이 전혀 없는 것으로 보아서 누군가 이들을 이곳에 모두 모아놓고 생화학무기로 살상한 것이 틀림없었다.

'누가 이들에게 이런 짓을 한 걸까?'

'도대체 무슨 연유로 이런 일을 저질렀을까?'

그 순간, 네메스는 상당히 의심스럽고 불길했다. 아무래도 너무나 이상했다.

회의장을 뒤로하고 나온 네메스는 다른 연구실을 지나가다 발걸음을 멈추었다. 한 곳에서만 일정한 간격으로 쉼 없이 작동하는 소리가 들렸다. 그는 확인 차 발길을 돌려 소리의 근원지인 기계장비가 있는 곳으로 다가갔다.

"아! 아니 이건 시한폭탄이잖아!"

우주비행선에서 보았을 땐 기계장비라고 생각하고 무심코 지나쳤다. 하지만 이것은 누군가가 탈출하면서 의도적으로 이곳의 흔적을 완전히 없애버리기 위해 설치한 대규모의 시한폭탄이었던 것이다. 시한폭탄에 설치된 디스플레이에서는 폭발하기까지 남아 있는 시간이 역순으로 표시되고 있었다. 시간은 채 3분도 남지 않았다. 머리가 쭈뼛해지도록 당황한 네메스는 더 이상 다른 생각을 할 겨를도 없이 정신없이 뛰어서 G 포스 2호기에 탑승하고는 그곳을 빠져나가기 위해 전속력으로 비행해서 지상을 향해 나아갔다.

탈출에 성공한 네메스가 숨 돌릴 겨를도 없이 VGSS 2000으로 이동한 후 바로 수직이륙을 시도하고 있는 순간, 지하 깊숙한 곳에서 지축을 뒤흔드는 묵직한 폭발음이 들렸다. 곧이어 웅장한 출입구를 통해 엄청난 불길과 폭발 잔해물을 밖으로 토해냈다. 아슬아슬하게 수직 이륙한 네메스는 전속력으로 VGSS 2000을 몰아 우주상공으로 떠올랐다.

'누구였을까. GSS 1000을 몰고 어디로 사라진 걸까? 왜 모든 연구원들을 죽여야 했을까. 그런 대학살을 도대체 무슨 연유로 했을까?'

네메스의 의문은 삽시간에 증폭되었다.

'대체 어디로 사라진 걸까? 갤리온스일까 아니면 콴티온스일까? 아니면 단지 한 명이 아니라 여러 명일 수도 있지 않을까?'

단 하나도 명확히 알 수 없고 그저 예측만이 늘어나자 네메스는 언제 든지 자신을 해할 보이지 않는 어둠의 세력에 대한 반격에 서서히 숨통 이 조여오는 앞날의 불안을 느꼈다.

한동안 긴장의 끈을 놓지 못하던 네메스는 어느 순간 의자에서 벌떡 일어나 다시 자신에게 활기를 불어넣으며 자신감이 가득 찬 목소리로 말했다.

"그래, 무엇을 걱정하고 두려워한단 말인가! 실체 없는 대상 때문에 미리 걱정할 필요는 없지. 철저히 대비책을 세워두면 되니깐. 지금까지 그 어떠한 고난과 역경이 다가왔어도 모두 견디어왔어. 앞으로 더욱 험한 고난과 역경이 오더라도 모두 이겨내고 말 거야! 항상 그래왔듯이 난 다시 시작할 것이고 '갤리온의 정신'을 반드시 승화시킬 거야!"

하지만 그는 이내 착잡해졌다. 습관처럼 연구를 진행하기 위해 막상 의자에 앉았지만 그의 머릿속엔 온통 처참한 기억들이 되살아나 그의 의지를 잠식시켰다. 이제 화성엔 아무것도 없다. 그가 화성에 되돌아갔던 것은 GSS 1000 때문이라기보다는 어쩌면 낙원이었던 화성이 처참하게 사라져 낙원에서 쫓겨난 존재가 다시는 되돌아갈 수 없는 그 시절이 그리워서 절실한 아쉬움과 애달픈 그리움으로 다가갔는지도 모른다. 그곳은 네메스의 모든 것이었다. 화성은 갤리온스의 영혼의 바다이며 다시 환생한 갤리온의 고향이었다. 갤리온이 사라지고 먼 거리를 헤매다 발견한 화성은 남은 갤리온스들의 피나는 노력으로 이룬 보금자리였다. 어느새 기억 속의 수많은 갈래가 추억이 되어 그의 머릿속을 헤집고 다녔다. 네메스의 추억 속에 아포네스와 화성에 도착하여 희망을 품고 서로서로 도와가며 정열적으로 일을 추진해 왔던 아름답고 희망적인 영상이 흘러갔다. 그러나 화성엔 더 이상 그도 그들도 없었다. VGSS 2000에도 갤리온스는 없었다. 유일한 갤리온스는 네메스뿐이었다. 이제 이곳엔 오직 하나의 느낌만이 남았다. 절대고독! 절대고독 속에서 속죄를 요구하는 끝없는 적막함뿐이었다. 항상 대부분의 시간을 혼자서 연구를 했기에 고독에는 익숙해질 만큼 익숙해져있다고 생각했다. 하지만 이런 비참한 고독은 없었다. 이 모든 상황이 그의 의지이던 타인의 의지이던 간에 당사자일 수밖에 없던 네메스는 자책하며 고통 속에 몸부림쳤다. 시간이 필요했다. 망각은 서서히 시간을 벗 삼아 흘러내려서 고통을 어느 정도는 씻겨 무디게 하니깐.

"갤리온스 중에 누군가가 GSS 1000을 타고 화성을 탈출했다는 상상에 오히려 안도라도 해야 하나. 아니면 뛸 듯이 기뻐해야 하나."

네메스는 넋두리하듯 힘없이 한마디를 내뱉었다.

네메스는 VGSS 2000으로 화성 주위를 마치 인공위성처럼 돌면서 배회했다. 그러던 어느 날, 그는 이렇게 자포자기에 빠져서 더 이상 이곳에 머물러서는 안 된다는 생각에 정신을 차렸다. 되돌릴 수 없는 엄연한 현실을 받아들여야 했다. 이곳은 아무런 희망이 없었다. 이곳도 갤리온이 대폭발로 사라진 것처럼 그에겐 최악의 경험을 안겨다준 장소였다. 네메스는 마음을 가다듬고 자신에게 주어진 사명을 떠올렸다. 그리고 이곳을 떠나기로 결심했다.

자동 항법으로 원하는 방향을 지정해놓고는 VGSS 2000을 화성에서 제일 가까운 장소를 향해 가장 낮은 속도로 날아가기 시작했다. 우선은 특별한 목적지 없이 적당히 거주할 장소이면 됐다. 오히려 앞으로 어떻게 다시 시작해야 할지 고민하면서 계획을 세우기 위해 시간이 필요했다. 그나마 태양계에서 행성 중에 머무를 수 있는 곳은 화성 옆에 있는 또 다른 행성이었다. 이제는 화성을 영원히 떠나기로 결심한 네메스로서는 일단은 그 행성에 정착해야 했다. 네메스는 갤리온스들이 '얼음

행성'이라고 명명한 낯선 행성으로 향했다. 네메스를 비롯한 갤리온스들이 태양계에 왔을 땐 화성 외에 나머지 행성들은 자신들이 살기에 전혀 적당하지가 않았었다. 나중에 지구라 불리게 된 행성은 갤리온스들이 화성을 선택했을 때만 해도 북극과 남극을 중심으로 너무나 광범위한 지역이 빙하로 둘러싸여 있었다. 물은 풍부했으나 꽁꽁 얼어붙은 얼음과 같은 행성에서 살아가야 할 이유는 전혀 없었다. 고향을 잃어버린 갤리온스들에겐 반드시 갤리온과 꼭 닮은 행성을 찾고 싶었고 갤리온처럼 기후도 아열대여야 했다. 그들은 화성을 발견한 후 기쁨의 환호성을 질렀다. 갤리온에 비하면 크기는 상당히 작았지만 그들의 잃어버린 고향, 갤리온 행성과 너무나 흡사했던 것이다. 그렇게 지상의 낙원인 화성이 눈앞에 펼쳐져 있었다. 이젠 화성에서는 더 이상 살 수 없게 되었지만 다행스럽게도 그 낯선 행성의 빙하도 그동안 상당히 녹아내려 충분히 낙원 같은 환경으로 변모하고 있었던 것이다.

　장소가 정해지자 네메스는 그다음을 생각했다. 우선은 VGSS 2000의 지상 1층에 있는 잔뜩 겁을 먹은 채 꼼짝도 못하고 있는 70여 명에 이르는 콴티온스들과 콴티들은 어떻게 해야 할지 결정해야 했다. 네메스는 그들을 더 이상 노예로 부리기 싫었다. 자신의 죄책감 때문이라도 이제는 그들의 생이 다할 때까지 자유롭게 풀어주고 싶었다. 그들을 이 세상에 실체로서 존재하게 한 자가 바로 그였기에 최근까지 갤리온스들로부터 태어났다는 이유 하나만으로 시달리며 고생한 그들에게 이제는 그들만의 삶을 가져다주고 싶었다. 네메스는 새장에 갇힌 새처럼 그들을 옭아매서는 안 된다는 것으로 마음을 굳혔다.

　'그들은 더 이상 노예인 콴티온스와 콴티가 아니다. 그들은 이제부터 내 마음속에서는 항상 갤리온스의 형상으로 빚은 갤리온스들이다. 그들을 이제부터 나의 동료로서 대할 것이다!'

지구는 갤리온스들이 태양계에 와서 이미 사전조사를 마쳤기에 네메스도 지적생명체가 충분히 살아갈 수 있는 대기조건과 풍부한 물 그리고 다양한 지하자원을 가지고 있다는 사실은 잘 알고 있었다. 하지만 그 당시엔 갤리온스들의 수가 100명에 불과했고 극히 소수였기에 필요한 모든 것을 얻을 수 있는 삶의 터전은 화성으로도 충분했다. 그래서 네메스를 비롯한 갤리온스들은 지구에 그 이상의 특별한 관심을 두지 않았다. 그러나 그들이 모두 사라진 후, 네메스만이 살아남아 다시 낯선 환경에서 실제적인 삶을 홀로 살아가야 하는 문제는 처음부터 다양한 측면을 고려해야 했다.

우선적으로 네메스에게 떠오른 중요한 문제는 아무리 생각해도 그리 만만치 않았다. 의외로 가장 단순하지만 가장 중요한 일인 식량에 관한 것이었다. 조사해보니 VGSS 2000에 비치되어 있던 특수처리로 진공 포장되어 있는 저장된 음식만으로는 그뿐만 아니라 남아 있는 콴티온스들과 콴티들까지 고려하면 얼마 안 되어서 바닥을 드러낼 것이었다. 또한 그들을 무조건 자유롭게 풀어준다고 해도 그들이 새롭고 낯선 환경에서 그들의 생명을 유지하며 잘 헤쳐 나갈지도 의문이었다. 이 문제는 현실적으로 네메스에게도 매우 중요한 문제였다. 그렇다고 갤리온스들이 화성에 처음으로 왔을 때처럼 그가 직접 나무에서 먹을 수 있는 과일을 구하러 다니고 바닷가에 나가서 물고기를 잡고 들짐승을 사냥해서 요리까지 해서 먹고살 수는 없는 노릇이었다. 그러한 일은 다른 이의 노동에 맡기고 풍요로운 삶 속에서 미래를 내다보며 문명의 탄생과 고차원적인 심오한 연구에 심혈을 기울이기 위해 탄생시킬 수밖에 없던 존재가 결국은 콴티들이 아니었던가. 지금과 같은 상황에서 무조건 그들을 놓아준다고 해도 그들도 암담한 상황에 처하겠지만 네메스도 마찬가지였다. 네메스와 그들이 처한 실질적인 상황은 물론 차이가 있겠지만 결론적으로는 먹고사는 문제라는 것은 동일했다. 비록 지금은 콴티온스와 콴티에게 자신이 먹을 음식들을 제공받아야 하겠지만, 결국엔 이 부분도 그들에게서 네메스는 완전히 해방되어야 했다. 최소한 그들을 놓아주려면 네메스가 식량은 스스로 해결할 수 있는 인공적인 음식을 만들어내는 기계장비를 최첨단 과학을 총동원해서라도 만들어내야 했다. 숨 돌릴 틈도 없이 네메스는 생존을 위한 싸움을 해야 했다.

그래도 이 모든 문제들에 앞서는 최우선 과제는 항상 갤리온 정신의 최종적인 해답이었다. 화성에 있었을 때나 화성을 떠나 악몽에 시달리거나 생각이 멈출 때 아니면 마냥 그리울 때, 네메스의 유일한 안식처는 여전히 풀리지 않는 예언서를 보는 것이었다. 의미가 풀리지 않아 고통스러워도 이 내용 속에 모든 것이 있었다. 그 사건 이후로 예언서를 펼치면 갤리온의 영혼들이 그에게 말을 걸어주었다. 그리고 그들의 보이지 않는 힘과 격려 속에 《갤리온의 신화와 예언》의 마지막 예언이 기술되어 있는 부분을 반복해서 읽으며 깊은 생각에 잠겼다. 그의 나아갈 길은 분명하고 뚜렷했다. 이 예언의 추상적인 내용을 이성적이고 객관적으로 완벽하게 해독해서 그 내용을 바탕으로 이루어질 극단적인 초고도의 과학기술의 실현이었다.

이미 사라진 것이 다시 살아나
또 다른 것이 선택받는다.
의인이 있어 또 다른 것 속에 유일무이한 다른 것이 존재하고
살아 있는 것과 살아 있지 않은 것의 경계를 넘어
유일무이한 다른 것과 만나게 될 때
모든 감정과 감각과 시공간이 초월하는 그곳에 의지만이 남는다.

예언의 의미를 밝혀내기 위해 예언서를 찾은 순간부터 고군분투하며 보낸 세월이 어느덧 7개월째로 접어들고 있었다. 하지만 네메스는 여전히 이에 개의치 않고 지구로 향하는 VGSS 2000의 집무실에서 밤낮없이 뜬눈으로 의자에 몸을 깊이 파묻고는 곰곰이 단어와 단어 사이 그리고 문장 사이의 숨은 뜻과 의미를 찾아 헤매었다. 기필코 밝혀야 했다. 이 예언이 갤리온의 정신인 '우주의 궁극적인 진정한 의미'에 도달하는 유일한 길이었다. 그렇게 사생결단을 내리며 치열하게 분석했다. 그러던 어느 날, 잠시 눈길을 돌려 집무실에 있는 화초에 돋아난 새싹을 보는 순간, 네메스는 머릿속에서 너무나 눈부신 광채가 나는 것을 느꼈다.

그가 드디어 이 예언의 의미를 완전히 이해한 순간이었다. 갤리온 역사상 그 누구도 풀지 못한 가장 난해한 예언의 의미를 네메스가 결국엔 밝혀낸 것이다. 그의 눈은 번쩍였고 환희의 순간에 빠져 있었다. 이 순간은 네메스에게 가장 찬란한 광명의 순간이었다. 굳건히 닫혀 있어 우주 역사상 그 누구에게도 틈조차 드러내지 않았던 진정한 천상의 세계로 진입하는 거대한 비밀의 문이 서서히 열리고 있었다.

그가 다시 깨어나고 있었다. 이제 네메스의 연구 방향뿐만 아니라 그가 무엇을 해야 하는지도 분명해졌다. 뜻이 정해지자, 네메스는 VGSS 2000의 속도를 최상으로 올려 지구를 향해 돌진하듯이 비행했다. 곧이어 대기권을 통과하자 새로운 세상이 펼쳐졌다. 네메스가 지구로 가야 하는 것은 우연이 아니라 숙명이었던 것이다.

VGSS 2000을 타고 장소를 물색하던 네메스는 따뜻한 기후에 울창한 숲과 들판 그리고 바다가 펼쳐져 있으며 강과 계곡이 있어서 마실 수 있는 물과 다양한 식재료 그리고 농사를 짓기에 최적인 장소를 발견하고는 그곳에 VGSS 2000을 착륙시켰다.

파란 하늘 아래 코발트색의 바다가 넘실거리고 새하얀 모래사장과 하늘 높이 뻗어 있는 기다란 야자수들 사이를 걸어가며 네메스는 앞으로 자신이 실행에 옮겨야 할 야심찬 계획을 구체적으로 세우기 시작했다.

첫 번째는 또 다른 것, 즉 이제부터는 갤리온스로 불릴 콴티를 일정 기간 동안 다시 만들어 내는 것이었다.

두 번째는 그의 일을 도와줄 보조요원들을 만들어내는 것이었다.

세 번째는 VGSS 2000에서 자체적으로 식량을 스스로 해결할 수 있도록 인공적인 음식을 만들어내는 기계장비를 개발하는 것이었다.

그리고 네 번째는 우주 역사상 전대미문의 가장 중요한 과학기술의 결정체 중의 결정체이자 지금까지의 모든 과학기술과는 비교도 되지 않을 정도로 궁극의 시스템을 설계해서 최후의 금자탑을 만들어내는 것이었다.

물론 다른 것은 몰라도 네 번째 사항은 네메스도 그것이 정말로 가능한지를 알 도리는 없었다. 그러나 네메스에겐 다른 선택은 없었다. 오직 유일하게 가능한 이 길은 《갤리온의 신화와 예언》에 바탕을 두고 할 수 있는 모든 과학기술뿐만이 아니라 지금까지 존재했던 모든 과학기술을 뛰어넘어 아직은 그 누구도 만들어내지 못한 새로운 이론을 완성해야 했다. 그리고 그 이론을 바탕으로 시스템을 설계한 후에 실험을 성공적으로 완수해야 한다는 사실이었다. 어느 정도의 기나긴 세월이 필요할지 게다가 성공할지 현재로선 확언할 수는 없었다. 그렇지만 어쨌든 지금 네메스에게 가장 중요한 것은 마지막 예언에서 기술한 내용이 무슨 뜻이며, 무엇을 의미하는지 명확하게 파악했다는 것이다.

단 한 가지, '또 다른 것 속에 유일무이한 다른 것의 존재'는 그가 정한 계획에 맞추어 차근차근 하나하나씩 진행하다 보면 언젠가는 나타날 것이라는 커다란 희망을 품었다. 그의 온몸에 환희의 팡파르가 울려 퍼졌고 너무나 기쁜 나머지 경련이 일어났다. 마침내 야심찬 계획을 모두 세운 네메스는 그 즉시 VGSS 2000으로 되돌아왔다. 그는 완전히 다른 존재가 되어 있었다. 이제 네메스에겐 분명한 목표가 있었고 진정한 의미를 깨닫고자 하는 마음은 우주에 존재했던 모든 이들의 바람이었다. 그 중심에 네메스가 있었다.

과거에도 엄청난 몰입으로 다양한 시도를 하며 연구를 진행시켜왔지만 지금부터 하는 연구는 기존의 했던 모든 연구와는 근본적으로 차원이 달랐다. 이 연구가 성공한다면 지금까지의 모든 것을 아우르는 단 하나의 위대한 성과이자 이 모든 것을 뛰어넘어 네메스에게도 지적생명체로서 궁극의 최종결과가 될 것이다. 이것은 단지 네메스에게 한정되는 것이 아닌 우주라는 곳에서 지적생명체가 할 수 있는 과학기술의 최상위에 있는 마지막 단계였다. 지금까지 존재했던 지적생명체들 모두가 진정으로 알고 싶어서 이루 말할 수 없는 수많은 노력과 절망 속에서도 연구를 이어나가며 이루고자 했던 유일무이한 단 한 가지, '우주의 궁극적인 진정한 의미'를 해결해줄 것이기 때문이다. 모든 지적생명체가 마음으로부터 갈구했던 '우주의 궁극적인 진정한 의미'라는 너무나 거대하고 끝없이 높았던 출입문을 열 수 있는 열쇠이자 진정한 최후의 도달이 될 것이었다. 이제 이 모든 것이 네메스에게 달려 있었다.

네메스는 커다란 먹잇감을 발견하고 거대한 날갯짓을 하며 날아오른 독수리처럼 정확하고 날카롭게 핵심적인 일들을 처리해나갔다. 그의 꿈은 한없이 커져만 갔다. 그 자신이 '갤리온의 정신'을 받들어 성취시킬 유일하고도 절대적인 존재라는 것을 다시금 진심으로 깨달았다. 지금 진행하고 있는 연구는 그가 살아 있는 단 하나뿐인 이유였다. 그래서 알 수는 없지만 마음속으로 나름대로 그려본 어떠한 초월적인 존재를 향해 이러한 위대한 일을 주신 것에 대해 진심으로 감사를 드렸다. 네메스는 마치 죽었다가 다시 부활한 듯이 겸손한 마음으로 최선을 다해서 연구에 임하고 있었다.

먼저, 연구 활동 이외에 그가 계획한 네 가지의 진행사항 중에 첫 번째를 실행에 옮겼다. 현재 VGSS 2000에는 강인한 체력으로 무장되어 있는 20명의 콴티온스들과 50명의 콴티들이 있었다. 그들은 거의 대부분이 남성이었지만 콴티온스들 중에는 3명의 여성 콴티온스들이 있었고 콴티들 중에는 6명의 여성 콴티들이 있었다. 네메스에겐 70명의 콴티온스들과 콴티들이 있다는 것이 천만다행이었다. 이들마저 없었다면 네메스가 아무리 처음부터 다시 시작한다고 해도 문명을 만들어가야 할 교육과 훈련을 받은 집단의 최소한의 기반을 다져가는 데 적어도 몇백 년 이상은 족히 걸렸을 것이었다. 그렇지만 이들이 그의 곁에 있었기에 최소한의 초석을 다지기 위한 시간과 노력이 그만큼 단축될 것이었다. 아직은 비록 그 수가 현저히 적었지만 앞으로 이들로부터 문명이 탄생될 것이었다. 특히 20명의 콴티온스들은 네메스가 유전자 조작을 통해서 만들어낸 존재들이 아니라 갤리온스와 콴티에 의해 자연적으로 태어난 존재들이라고 할 수 있었다. 생각할 필요도 없이 우선 중심인물은 콴티온스들이 되어야 했다. 콴티들의 입장에서 보았을 때도 그들과는 비교가 되지 않는 커다란 키와 거대한 몸집 그리고 수명도 1,000년에 가까운 콴티온스들에게 절대적으로 우월함과 두려움을 느낄 수밖에 없었다. 네메스는 콴티온스 한 명당 여러 명의 콴티들을 배치할 계획이었다. 그런 후에 세월이 지나 어느 정도 형태가 갖추어지면 각각의 집단으로 그들을 더 넓은 장소로 흩어지게 해서 그들만의 문명을 스스로 개척하도록 할 생각이었다. 이제 이 일을 진행하면서 네메스가 추가적으로 해야 할 일은 생명공학 실험실에 이백여 대의 인큐베이터를 다시 만들어 콴티들을 추가적으로 생산해내는 일이었다. 아무래도 자연적으로 인구

수가 늘어나기를 기다리기엔 상당한 기간이 소요될 수밖에 없었고 최소한의 문명의 틀을 갖출 때까지 어느 정도는 직접 관여하여 시간을 단축시킬 필요가 있었다.

네메스가 《갤리온의 신화와 예언》의 마지막 예언을 깨닫기 전에도 그들을 더 이상 노예로 이용하지 않고 자유로운 삶을 주어 터전이 갖추어지면 그들로부터 떠나야겠다고 다짐했다. 물론, 이제부터 그들은 네메스에게 노예가 아니었다. 네메스에게 그들은 그와 동일한 갤리온스였다. 그러나 놀랍게도 예언을 깨닫고 나서는 그들은 네메스의 영원한 동반자가 되었다. 더욱 중요한 것은 그들은 지적생명체의 유일한 꿈이라 할 수 있는 '갤리온의 정신'을 이루기 위해 탄생되어 반드시 함께 가야 할 대상이자 드러나지 않은 다른 한 면의 네메스였다. 우주의 탄생부터 그 무구한 세월을 지나 드디어 둘이 만나 진정한 하나의 의미가 된 것이다.

당장은 아니지만 앞으로는 그들을 잘 이끌어줄 보조요원이 절실히 필요했다. 네메스 혼자의 힘으로는 앞으로 계속 늘어날 그들을 모두 보살핀다는 것은 불가능한 일이었다. 그래서 네메스는 두 번째 계획도 착수하기 시작했다. 네메스는 그들이 자립하고 지속적으로 성장하도록 자신을 도와줄 새로운 생명체를 만들기 위해 갤리온의 과학자들이 미완성으로 마친 이론을 연구했다. 그래서 결국엔 실험적으로도 완벽하고 완전무결함을 증명한 '인공세포'를 이용해 우주 역사상 지금까지와는 전혀 다른 존재들을 만들어냈다. 네메스는 이들을 '멀티유니온'이라 불렀다. 우선, 현재는 10여 명에 불과했지만 콴티온스들과 콴티들의 수들이 늘어갈수록 거기에 맞추어 멀티유니온의 수도 늘려갈 계획이었다. 멀티유니온은 오직 네메스의 눈과 손 그리고 발 같은 감각기관의 확장이었다. 즉, 이제부터 네메스는 그 자신과 멀티유니온의 결합체였다.

인공세포는 네메스에게도 매우 중요한 핵심 과학기술이었다. 갤리온의 우수한 과학기술의 발전은 갤리온스의 평균수명을 3,600년 정도로 늘리는 데 성공했지만 아쉽게도 거기까지가 한계라는 것을 인정할 수밖에 없었다. 그래서 갤리온스의 평균수명은 3,600년에서 멈추어버렸던 것이다. 평균수명이 1,000년 가까이 되는 콴티온스는 부러움을 느낄 것이고 50년에서 길어 보았자 60년인 콴티들에겐 갤리온스들이 영원히 죽지 않는 불사신처럼 보일지는 몰라도 갤리온스도 피할 수 없이 받아들여야 하는 것은 죽음이었다. 네메스에게도 이 문제는 피할 수 없는 숙명이었으므로 인공세포의 완벽한 완성은 그 무엇보다 중요했다. '갤리온의 정신'을 완성하는 것은 그 무엇과도 비교할 수 없는 그 자체로 이 세상에서 가장 중요한 것이었기에 그 목표를 위해 그의 생명을 지속적으로 연장하는 문제는 '갤리온의 정신'을 완성하는 문제와 따로 떼어놓을 수 없는 절대적인 과제였다. 이 세상에 더 이상 그가 존재하지 않는다면 의식도 없으니 '갤리온의 정신'도 끝나게 되기 때문이다. 따라서 그 어떠한 어려움이 있더라도 반드시 살아 있어야 했기 때문에 인공세포는 매우 중요했다. 아직은 그의 평균수명까지 2,400년 정도 남아 있으니 당장은 필요 없었지만 그 이후로는 그의 수명을 연장시키기 위해 인공세포를 이용해 그의 뇌를 제외한 나머지 모든 장기들과 몸체를 대체할 계획이었다. 필요하다고 절대로 콴티온스와 콴티의 장기를 이용해서 대체하는 비윤리적인 방법을 사용하지 않을 것이며 더욱이 그 자신의 체세포를 이용해 자신과 동일한 갤리온스를 복제해서 사용하는 구시대적인 낡은 기술은 절대로 이용하지 않을 것을 네메스는 굳게 다짐했다. 체세포를 이용한 구시대적인 복제기술은 장기들이 완전히 만들어지기까지 긴 시간이 소요되었고, 그렇게 만들어진 수많은 장기들을 보관하고 계속 관리해야 하는 커다란 불편함이 따랐다. 또한 아예 복제기술로 자기 자신과 동일한 네메스를 복제해서 복제된 그를 죽여야 하는 딜레마는 상상하는 것만으로도 충분히 끔직하고 비참한 짓이었다. 네메스의 자부심은 넘쳐나고 있었다. 그의 각고의 노력으로 만들어 낸 완벽한 모든 과학기술에 뿌듯해졌다. 네메스는 뼛속까지 진정한 과학자였다.

이제부터 《갤리온의 신화와 예언》의 마지막 예언대로 콴티온스들과 콴티들은 스스로 자립하면서 살아가야 했다. 가장 순수한 상태에서 시작해야 했다. 처음부터 그의 과학기술과 지식과 지혜를 그들에게 무조건 지속적으로 투입한다면 그것은 더 이상 자연적인 것이 아니라 인공적이며 인위적인 것이었다. 예언 속에는 분명히 이러한 내용이 없었지만 네메스는 그 너머를 볼 수 있는 혜안을 소유한 존재였다. 그들은 거의 아무것도 없는 상태에서 새로운 행성인 이곳에서 그들 스스로 자신들의 생명을 유지하면서 살아가야 했다. 결국 그들은 네메스의 존재를 인식하지 못할 정도로 서로서로가 멀리 떨어져 있어야 했다. 그가 원하는 상태가 되려면 과학기술을 이용한 인공적인 음식을 개발하는 것은 필수였다. 어느 정도의 오랜 세월이 필요할지 당장 알 수는 없었지만 이 부분을 완성하기 위해서 네메스는 따로 시간을 투자해서 세 번째 계획을 진행시켰다. 네메스에겐 하루하루가 숨 돌릴 틈 없이 흘러가고 있었고 항상 그래 왔듯이 매 순간순간 최선을 다했다.

세월이 흐르고 또다시 수많은 세월이 흐르고 흘러갔다. 콴티온스들은 몇 세대를 넘기지 못하고 사라져버렸다. 하지만 네메스는 그들의 자연적인 도태를 마음으로 받아들였다. 그들은 그동안 네메스의 기대에 부응하며 커다란 역할을 해냈다. 아쉬움은 컸으나 그들은 예언과는 관련이 없었기에 그가 콴티온스를 다시 인위적인 복제를 통해 재탄생시켜서는 안 되었다. 큰 뜻을 따르기 위해 받아들여야 했다. 대조적으로 콴티의 개체수는 지속적으로 증가하고 있었다. 그들은 지구상의 다양한 지역으로 퍼져 그들만의 터전을 잡았으며 지역과 환경에 맞추어 다양한 초기 문명들이 조금씩 자리를 갖추어가고 있었다. 네메스는 그동안 멀티유니온을 각 문명에 투입시켜서 꾸준하게 그들이 스스로 자립할 수 있도록 가장 기본적인 일들을 가르쳐 주었다. 여러 작물의 농사법과 강이나 바다에서 간단하게 통나무로 만든 배를 만들어서 어류를 포획하는 방법 그리고 가축을 관리하는 방법 등을 가르쳤다. 그중에서도 가장 중요한 것은 지하자원을 캐내는 일과 건축물을 건설하는 일이었다. 그들에게 네메스가 소유하고 있는 고도로 전문화된 수많은 과학기술과 문화, 예술, 정치, 경제 등의 모든 분야는 그냥 가져다주거나 가르친다고 해결될 문제가 아니었다. 처음부터 가장 원시적인 방법으로 하나하나 조금씩 지적생명체로서 그들이 기본적으로 가지고 있는 능력을 개발할 수 있도록 도왔다. 그들에겐 우주비행선, 컴퓨터, 레이저총 등은 어울리지도 않았고 그들이 성장해가는 데 아무런 의미도 없었다.

그들이 영원히 마음속에 품고 있어야 하는 것은 신을 섬기고 항상 신을 동경하게 하는 일이었다. 결국 문명이란 지적생명체로서는 도저히 명확한 정의를 내릴 수 없는 신이라는 완전무결함을 닮아가기 위한 지적생명체의 끊임없는 정신적이며 육체적인 노력을 통해 발전하는 것이라는 것을 네메스는 너무나 잘 알고 있었기 때문이다. 그도 최근에서야 신적 존재에 대해 받아들이기 시작했지만, 다시 깊이 생각해보면 그 자신이 초월적 존재를 전혀 받아들이지 않고 오직 유일하게 이성적으로만 완전무결함을 완성시키고자 했던 과학이라는 학문에서도 과학이 추구하는 가장 이상적인 최고의 단계인 완전무결함은 결국엔 추상적인 신에 대한 개념이자 특징이라고 정의내릴 수 있었다. 우리에겐 추상적이지만 가장 초월적인 완벽한 존재만이 소유하고 있는 그것, 즉 진정한 이데아를 찾고자 하는 노력이 결국은 과학이라는 학문으로 이어져서 정착되었다는 것을 네메스는 더 이상 부정할 수 없었다. 다시 말해 네메스는 신이라는 개념과 상관없이 오직 과학이라는 영역만 다루어오고 있었지만 그 오랜 과정은 결국엔 완전무결함이라는 추상적인 신 또는 신의 세계를 찾고 있었던 것이었다. 그래서 콴티들이 신에 대한 관념을 상실한다면 그들의 중심점이 없으니 심오한 생각도 하지 않을 것이며 그러면 철학의 발전도 없을 것이고 그로부터 파생되는 과학의 발전도 가져올 수 없을 것이다. 그러면 결국엔 단 하나의 올바른 문명조차 탄생하지 못할 것이다. 현재까지는 화성에서 다양한 경험을 한 병사들이자 지구에서는 처음으로 콴티들의 집단에서 지도자였던 이제는 사라진 콴티온스들과 그 후에 지도자가 된 콴티들에 의해 오직 구전이나 바위와 동굴에 어설프게 그려 넣은 그림으로만 지구에서 태어나 자란 새로운 콴티들에게 갤리온스들의 역사와 무용담이 전해지고 회자되고 있었다. 그리고 그 이야기가 전설이 되고 다시 부풀어져서 또다시 새롭게 태어나 자란 콴티들에게 세대를 걸쳐 지속적으로 이어나갔다. 그렇게 그들끼리 여러 세대에 걸쳐 연쇄적으로 신에 대한 개념이 퍼져 나가고 있었던 것이다. 지금은 원시적인 그들이 네메스를 진정한 신으로 생각하고 있지만 먼 미래에 그들의 문명이 거대하게 발전하면 발전할수록 그가 아닌 진정한 신을 찾아서 기나긴 여행을 떠나야 했다. 그들은 그가 살아온 삶을 닮아가야 했다. 다른 것은 몰라도 네메스는 그들을 이러한 방향으로 이끌어나가야 했다. 그들은 싸움이나 하다가 사라져서는 안 되는 위대한 지적생명체의 후손이었다. 그들은 네메스 그 자신이기 때문이다.

이제 문명도 여러 곳으로 늘어나고 개체수도 충분히 늘어가고 있었다. 그들은 늘어난 인구수만큼 더 넓은 장소가 필요했다. 네메스는 지역을 넓혀가고 있는 그들이 지구 곳곳에 흩어지기 전에 이들에게 신에 대한 영원한 생각을 심어주기 위해선 단순히 구전으로 전달해서는 한계가 있다는 것을 깨달았다. 더욱 강력한 무엇인가가 절대적으로 필요했다. 즉, 네메스가 이 부분에 있어서는 더 이상 신경을 쓰지 않아도 지구 곳곳에 모두 흩어져버린 그들을 하나로 묶어줄 절대적인 구심점이 필요했다. 그들 스스로에게 영원히 기억될 수 있는 기념비적인 무언가가 있어야 했다. 또한 앞으로 오랜 세월 동안에도 훼손되지 말아야 했다. 네메스의 최첨단 과학기술을 이용하기보다는 그들에게 친숙하고 자연스러운 방식을 이용해서 만들어내야 했다. 네메스가 최근에야 진심으로 받아들인《갤리온의 신화와 예언》이라는 책이 결국은 모든 갤리온스들을 하나로 묶어주는 가장 중요한 구심점 역할을 했다. 그리고 그로부터 눈부신 발전을 도모할 수 있었다. 이 소원을 이루어줄 해결책이 바로 눈앞에 있었던 것이다.

"그래, 바로 이거야! 앞으로 결국엔 전 세계로 흩어지게 될 모든 콴티들을 지역에 상관없이 하나로 묶어주는 영원한 구심점은 바로 이것이지!"

네메스가 기쁨의 환호성을 지르며 말했다.

네메스는 갤리온에서 가지고 온《갤리온의 신화와 예언》이라는 책과 화성에서 지내오며 겪었던 많은 일화들을 바탕으로 그들이 진정으로 섬겨야 할 초월적 존재를 기본으로 해서 우주의 생성과정, 콴티들의 창조, 문명의 성장과정 등등을 다룬 내용을 모든 콴티들이 이해할 수 있도록 이야기로 썼다. 거기다 추가적으로 곳곳에 그들이 반드시 지켜야 할 도덕과 규범들을 담은 내용의 글을 완성해서 점토나 바위 그리고 돌등에 콴티들을 시켜서 그들이 직접 새기게 했고. 그 글을 항상 그들이 볼 수 있게 하고 마음에 새기게 했다. 그리고 많은 콴티들 중에 다시 지도자가 될 수 있는 여러 명의 콴티들을 뽑아서 멀티유니온이 그들과 서로 교류하며 집중적인 교육을 시켰다. 교육을 받은 지도자들은 자신의 집단에 가서 그에게 속한 나머지 콴티들에게 전수했다. 이러한 과정이 지속적으로 반복되자 상당히 만족스러운 반응이 보였다. 네메스는 그들을 더 넓은 대륙을 향해 각각의 무리로 흩어지게 했다. 그리고 각 무리에 멀티유니온을 한 명이나 두 명씩 배치해서 우주비행선을 타고 그들의 활동을 관찰하도록 했다. 이제 지구 곳곳으로 흩어져 있는 그들 모두는 지역은 모두 다르겠지만 자신들이 살아가는 지역에서 오랫동안 지속될 기나긴 삶 속에서 네메스가 정성들여서 점토와 돌 그리고 바위 등에 새기게 한 글의 내용을 바탕으로 그들만의 신화와 문화 그리고 예언속에 반드시 신이라는 개념은 잊지 않은 채 더욱 새롭고 다양하게 그들의 문명을 만들어나갈 것이었다.

이제 네메스는 흩어진 콴티들의 문명이 성장하는 것을 지켜보면서 이들 중에《갤리온의 신화와 예언》의 마지막 예언에 기술되어 있는 '또 다른 것 속에 유일무이한 다른 존재'가 반드시 나타나기를 고대하면서 기다리면 되었다.

콴티들의 지식이 발전을 거듭하자 네메스는 관찰 목적의 우주비행선을 제외한 그의 첨단기술로 만들어진 모든 장비들을 지구상에서 흔적도 없이 철저히 숨기기 시작했다. 네메스가 소유한 어떠한 첨단기술과 첨단무기도 지금의 콴티들에겐 어울리지가 않았고, 오히려 커다란 혼란을 불러올 뿐이었다. 더더욱 중요한 것은 그들의 시대에 네메스의 기술은 전혀 어울리지 않은 옷을 입은 것처럼 시대착오적이었다. 현재의 콴티들은 물가에 내놓은 어린아이와 같았다.

그래도 역시 뛰어난 갤리온스의 유전자를 그대로 물려받은 콴티들은 지구상에 존재하는 다른 수많은 생명체들과는 확연히 달랐다. 콴티들은 주변의 돌과 나무 등을 단순히 있는 그대로 사용하는 것이 아니라 특이하게도 기능적으로 효율적이며 사용이 편리하도록 인위적으로 가공했다. 게다가 기존의 자연에서는 없던 패턴을 가진 모양의 도구들을 만들어내기 시작했다. 이러한 도구로 다른 생명체로부터 자신들을 보호하며 보다 수월하게 사냥할 수 있었다. 콴티들의 능력은 유전적으로 거의 비슷한 다른 생명체들이 극심한 가뭄이 오거나 견딜 수 없는 강추위 속에서 사냥을 제대로 하지 못해 그대로 굶다가 결국엔 멸종해버리는 상황에서도 꿋꿋하게 버티며 그들의 종을 지구상에 계속 이어나갔다. 지적생명체만이 유일하게 소유한 창조성을 지켜보면서 네메스는 스스로 감탄을 수없이 했다. 그러면서도 한편으론 네메스도 그 창조성의 근본적인 근원은 알 수 없었고, 게다가 오직 지적생명체의 유전자에만 유일하게 내재될 수밖에 없던 특별한 목적과 목표에 대해서도 역시 알 길이 없었다.

만남 Ⅲ

"지적생명체는 우주에서 무엇이란 말인가?"

"어떻게 이럴 수 있어요, 네메스? 그렇다면 당신이 원하는 것을 얻기 위해 수단과 방법을 가리지 않고 지구를 연구실로 삼아 실험하고 관리했다는 말인가요? 지금까지 말이죠, 세상에나! 그러니깐 인류는 모두 당신의 실험대상자였군요, 네메스."

레스터는 네메스에게 품었던 동경이 허상으로 변하며 실망감에 마음이 괴로웠다.

"자네를 포함한 모든 인류가 나에게 실망했다면 깊이 사과하네."

네메스는 오히려 레스터의 울분을 공손히 받아들였다.

"그렇지만 나는 인류를 단순한 실험대상으로 다루었던 것은 아니네, 레스터. 난 모든 노력을 들여서 자네들을 성심성의껏 대해왔어. 자신이 낳은 자식을 무정하고 무책임하게 버리고 도망가는 부모가 아니라 항상 바로 곁에서 할 수 있는 모든 정성을 다하는 부모의 심정으로 말일세. 내가 인류의 기원이었으니깐. 나의 선택이 없었다면 인류도 없었네, 레스터!"

진지하게 네메스가 말했다.

레스터는 하늘이 무너져 내리는 충격에 정신이 혼미해졌다. 단 하나의 진정한 사실에 다른 반론을 떠올리지 못하고 생각이 제자리만 맴돌았다. 레스터가 아무리 자존심이 상해 화가 나고 실망한다고 해도 그가 여태까지 인류를 실험했든 안 했든, 인류는 네메스가 없었다면 아예 지구에 존재할 수 없었다. 그러니 당연히 그와 마주보고 차를 마시며 대화를 나누고 있는 레스터 역시 더더욱 존재할 수 없는 것이었다.

'무슨 이런 엉망진창인 상황이 다 있지. 그건 그렇고, 내가 무엇 때문에 이렇게 미친 듯이 화가 나는 거지?'

'네메스가 말한 그 알량한 자존심 때문인가!'

레스터는 속으로 반복되는 찜찜한 생각에 무엇이라 단정 지을 수 없는 갑갑함과 답답함을 스스로에게 호소하고 있었다.

"지적생명체의 역사는 처음부터 끝까지 일관되게 흘러가는 유일한 패턴이 있네. 갤리온에 존재했던 갤리온스들도 그렇고 인류도 마찬가지지. 감당할 수 없는 갑작스러운 자연의 대재앙이나 자신들끼리 싸우다가 멸망하지만 않는다면 말일세. 지적생명체가 있는 집단이라면 원시시대를 걸쳐 최첨단 과학기술을 소유한 나와 같은 상황에 이르게 되지. 즉, 사과나무가 지구전역에 흩어져 곳곳에 심어져 있다면 그 나무가 어디 있든지 사과나무는 열매로 사과를 맺게 되는 것과 다르지 않네."

네메스는 유유히 흘러가는 대자연을 지그시 바라보다가 진리를 깨달은 도인처럼 지적생명체의 역사를 앉은 자리에서 훤하게 꿰뚫어보았다.

"결국, 우주에 존재하는 어느 집단이든 지적생명체라는 종에게 주어진 단 하나의 사명이란 태초부터 이미 정해진 패턴의 최종적인 완성이네. 자세히 말하자면 우리는 어느 방향으로 무엇을 향해 나아가고 있는가. 최종적으로 무엇과 마주치게 될까. 그때 우리는 무엇을 얻을 수 있나. 만약 도달할 수 있다면 그 끝에 우리는 결국 어떠한 상태로 무엇이 되어 있을까. 지구가 원인불명의 대폭발을 일으키지 않고 인류가 계속 생존을 거듭해서 마지막의 최종적인 단계까지 갔다면 나와 같은 상황에 도달했겠지."

"그러면 혹시 네메스. 당신은 최종단계에 도달했다는 뜻인가요?"

귀 기울여 듣고 있던 레스터는 네메스가 의미하는 바에 놀라 질문했

다. 여태까지 제한된 한계에 대해 이야기한 것과는 다르게 지금 네메스
는 최종단계에 도달했다고 분명하게 말하고 있었다.

"거의!"

네메스는 조금도 지체하지 않고 즉각적이며 단호하게 말했다.

조금 전까지만 해도 가득 품었던 레스터의 알량한 자존심은 눈 녹듯
모두 녹아내렸다. 지구가 대폭발을 일으켜 인류가 사라진 지금, 그 자존
심은 아무런 의미도 갖지 못했다. 하지만 정말 중요한 것은 네메스로부
터 지적생명체가 걸어온 현재까지의 모든 역사를 자세하게 들은 레스터
에게 이제 진정으로 지적생명체가 도달할 수 있는 궁극적인 최후의 결
과를 자신이 살아 있는 동안 볼 수 있다는 생각에 한없이 설레며 부푼
기대감을 도저히 억누를 수 없었다. 어느새 폭발하듯 복받치는 감정에
사로잡혀 금세 두 눈에 눈물이 고였다. 이것은 인류의 역사에서도 레스
터라는 단 한 사람의 절실한 의문이 아니었다. 우리의 그 무구한 세월
속에서 세대를 걸치고 걸쳐 모질고 거친 삶을 살아오면서 정말로 알기
를 원했지만 너무나 궁극적인 질문이라 근처에도 가보지 못했던 가장 근
원적인 원론의 문제였기 때문이다. 따라서 지적생명체라면 그 누구든지
피할 수 없는 절대적인 중대한 문제이며 최후의 궁금증일 수밖에 없었
다. 레스터는 마치 끝도 없이 기나긴 모든 역들을 힘들게 달려온 기차가
이제 최후의 역만 남아 있는데 자신은 아무런 노력도 없이 최종 역 바로
전에 올라타서 그렇게 원하던 목적지를 목전에 둔 느낌이었다. 레스터는
벅찬 감동과 들뜬 눈빛으로 네메스의 다음 말을 기다렸다.

"현재까지는 지적생명체란 우주에서 진정으로 무엇을 향해 나아가고
있는가에 대한 최종적인 해답만 알고 있네!"

네메스가 확신에 찬 표정으로 자신 있게 말했다.

"무엇을 향해 나아가고 있는가에 대한 최종적인 해답!"

레스터의 호기심이 가득한 눈빛엔 네메스의 말 한마디 한마디가 도장을 찍듯 그 의미의 깊이가 새겨졌다.

"사라지기 전의 인류는 그들의 진정한 목적을 찾지 못하고 표류하는 배와 같았네. 그저 여기저기 지구를 들쑤시며 지하자원을 뽑아냈지. 그리고 첨단기술의 개발이라고 로봇, 슈퍼컴퓨터, 생명공학기술에 공을 들이기도 하고 다른 행성을 탐사하기 위해 우주비행선 등을 계속해서 만들어내기만 했어. 하지만 진정으로 이것이 지적생명체의 패턴이 최종적으로 도달하고자 하는 최종목표일 것 같은가?"

웃음기가 전혀 없는 표정으로 네메스는 날카로운 말투로 레스터에게 질문했다.

"…"

도저히 네메스의 심오한 질문에 대한 타당성 있는 답변을 생각해낼 수 없었던 레스터는 말없이 네메스를 쳐다만 보았다.

"아메바가 스스로 자신을 똑같이 복제하는 것처럼 레스터도 복제기술을 이용해서 자네를 똑같이 복제만 하면 최종단계라 할 수 있을까?"

네메스는 마치 기다렸다는 듯이 강한 어조로 힘주어 이어서 말했다.

"이것은 이미 유사분열을 하는 아메바가 태곳적부터 하던 일이지 않은가, 레스터!"

그 순간, 레스터는 가슴이 철렁하고 내려앉은 느낌을 강렬하게 받았고 심장이 가파르게 뛰는 것을 느꼈다. 네메스의 답변이 섬뜩하게 다가왔기 때문이다. 그의 답변의 의미를 절실히 이해할 수 있었다. 인류는 수많은 영역에서 진보라는 명목 아래 다양한 일들을 진행해왔다. 하지만 놀랍게도 인류는 우주에서 지적생명체라는 종에게 주어진 오직 하나뿐인 사명, 즉 이미 정해진 유일한 패턴에 따라 반드시 이행해서 진정으로 완수해나가야 할 궁극적인 의무에 대해서는 깊게 고민하거나 사회적인 이슈로 부각된 경우는 단 한 차례도 없었기 때문이었다.

단지, 인류는 다양한 제품을 만들어서 사용하거나 로봇을 만들어서 인간의 입맛에 맞게 조정하거나 생명공학기술을 발전시켜 적당한 곳에 이용을 하거나 인체의 두뇌와 비슷한 인공지능을 개발하기 위해 노력하거나 우주비행선을 이용해서 다른 행성이나 항성들을 탐사하는 것과 같은 일에 시간을 투자해왔던 것이 사실이었고 경제나 정치에서도 자신들의 편 가르기에만 힘을 쏟았다.

그나마 철학이나 종교에서는 인간에 대해, 우주에 대해 그리고 신에 대해 진지한 고민을 해 왔다. 하지만 이런 분야들에서도 우주에 존재하는 모든 것에는 각각 그 나름대로의 유일한 패턴에 따라 이행해야 할 분명한 의무와 존재 이유가 주어져 있음에도 지금까지 인류는 우주에서 자신들에게만 주어진 어떠한 유일한 패턴에 따라 최종적인 단계에 도달해야 할 진정한 의무에 대해 이행은 둘째 치고 아무런 인식조차 할 수 없었던 것이다. 인류는 분명히 우주에 속한 존재임에도 마치 독립적인 존재인양 오로지 자신들 중심으로 살아왔던 것이다. 결국, 인류는 마치 어린아이가 신기한 장난감이 많은 꿈동산에서 이 장난감 저 장난감을 가지고 재미있게 놀고 있는 수준 그 이상도 그 이하도 아니었다. 레스터가 살아온 시대의 인류는 단지 장난감을 가지고 노는 수준의 어린아이와 같았던 것이다. 최근까지도 인류는 단지 호기심어린 손길로 무엇인가를 끊임없이 만들고만 있었다. 지금 자신의 앞에 앉아 있는 네메스와 같은 우주에서 가장 고등한 지적생명체들이 살던 갤리온의 갤리온스들처럼 수많은 풍파를 견디어내고 고심하며 지적생명체의 유일한 패턴을 깨달아 모든 이들이 하나가 되어 갤리온의 정신이란 심오한 의미로 큰 뜻을 이루어나가기에는 인류는 정신적인 성숙이라는 면에서 너무도 어렸던 것이다.

"인류는 그들만의 궁극적인 목적과 목표를 모른 채 그냥 나아갈 뿐이었지. 우주에 존재하는 생명이 있는 모든 것은 각각 그들 나름에 최종목적이 있지. 그런데 이러한 동물들이나 식물들은 우리 눈에 그들의 최종목적이 분명히 보이고 알 수 있는데, 매우 특이하게도 지적생명체만은 자신들이 최종적으로 무엇을 완수하기 위해 우주라는 곳에 존재하는지 진정한 최종목적을 알 수 없다는 거야. 그러니 진정한 최종목표는 더욱이 모를 수밖에 없는 것이지. 어쩌면 우리가 지적생명체 그 자체라 쉽게 들여다볼 수 없는 것인지도 모르네."

위대한 성인이 인류에게 진정한 메시지를 전하듯이 그는 흔들림 없는 표정으로 침착하게 레스터에게 말했다.

"지구에 존재하는 지적생명체 이외의 생명체들은 자신들 자체가 전부이지. 그들이 할 수 있는 것이라곤 먹고, 마시고, 배설하고, 개체수를 늘리는 것이 한계라는 말이네. 그들은 스스로 새로운 무엇인가를 창조적으로 만들어서 확장시키지는 않지. 하지만 우주에서도 가장 특별한 존재인 지적생명체들은 다른 생명체가 일상적으로 하는 것을 포함하면서도 특이하게도 외부환경에 인위적이고 인공적이라 부르는 무엇인가를 계속적으로 만들어낸다는 거야. 여기서 지적생명체와 관련된 가장 심오한 의문은 이러한 확장이 최종적으로 무엇을 위해 어떠한 한 점을 향해서 나아가고 있는가라는 문제로 귀결된다는 것이라네."

네메스가 예리한 눈빛으로 레스터를 쳐다보았다.

"지적생명체들이 하고 있는 모든 활동의 궁극적인 최종 목표라…"

레스터는 심오한 세계에 빠져들었다.

"레스터! 내가 지구에 온 이후, 모든 것을 처음부터 다시 시작한 이래 현재까지 9,036년이라는 세월이 흘러갔네."

"네, 에엣?! 지구에서만 지금까지 9,036년을 살아왔다고요?"

화들짝 놀란 레스터의 의심이 가득한 모습이 담긴 네메스의 두 눈동자에는 초조함이 깃든 채 흔들렸다.

"아니지. 정확히 내가 태어난 때부터 말한다면 10,238년이 되는 거네!"

"10,238년이라니요, 네메스. 지금 무슨 말을 하는 거예요? 갤리온스의 평균수명은 3,600년이고 거기까지가 최선의 노력을 기울였어도 더 이상 넘어설 수 없는 한계라고 분명히 말했잖아요. 그런데 9,036년 아니 10,238년이라뇨?"

네메스의 이야기에 심취해 있던 레스터는 그의 나이에 대한 말을 듣자 곧 의문과 놀라움에 사로잡혔다.

"그래, 레스터. 자네 말대로 갤리온스들의 평균적인 생존기간은 약 3,600년이네. 즉, 원래대로라면 나는 지구의 연대로 기원전 4602년 정도에 사라져서 이 세상에 더 이상 존재하지 않았겠지."

네메스는 무언가 결정이 서지 않는지 미간을 찌푸린 채 가늠하기 힘든 괴로움을 드러냈다.

"지금은 서기 2036년이고 기원전 4602년부터라면 현재까지 자그마치 6,638년 전인데, 그렇다면 갤리온스의 평균수명에 거의 세 배에 가깝다고 할 수 있잖아요. 그러면 이 기나긴 세월을 도대체 어떻게 연장하면서 살아올 수 있었다는 거죠?"

네메스는 레스터의 반문에도 시종일관 침묵으로 결정의 순간을 고르더니 마침내 냉랭한 얼굴로 레스터를 뚫어지게 노려봤다. 그는 이제 곁에 있거나 감히 말을 걸기에도 두려울 정도로 심각하고도 무서운 표정을 드러냈다.

"레스터! 지금부터 자네에게 말하려는 이야기는 네메스가 인류의 대표자인 레스터에게 남기는 참회록이라고 생각해두게. 이 세상에는 이제 인류의 대표자는 레스터이고 갤리온의 대표자는 네메스이니깐 말이네.

따라서 내가 했던 모든 이야기와 지금부터 하고자 하는 이야기는 인류 중에선 오직 레스터 자네에게만 의미가 있는 역사이며, 지금부터 내가 하려는 말 이전의 모든 이야기는 나에게만 의미 있는 이야기이자 또한 책임져야 할 역사네. 그리고 레스터와 네메스는 이 세상에 필연에 의해 숙명으로 엮여진 존재이며 서로 따로 분리될 수 없는 존재이니 나는 레스터에게 나의 모든 것을 주어야 할 책임이 있고 레스터 자네 역시 숙명으로 주어진 임무를 반드시 이수해야 할 책임이 뒤따를 수밖에 없는 거야. 하지만 내가 지금부터 할 이야기만큼은 차마 자네라 해도 피하고 싶었네. 그렇지만 내 양심상 그럴 수가 없어, 레스터."

쩌렁쩌렁한 목소리로 네메스는 중요한 결정을 내리며 레스터에게 말했다.

"…."

영문을 알 수 없던 레스터는 그저 아무런 말도 하지 못하고 숨을 죽인 채 긴장한 상태로 그를 지켜만 봤다.

"레스터. 자네에게 네메스의 진짜 모습을 보여주겠네!"

네메스는 갑자기 의자에서 벌떡 일어났다. 그러고는 탁자에서 몇 걸음 뒤로 물러났다. 곧이어 레스터는 도저히 믿을 수 없는 광경에 눈이 휘둥그레졌고 넋이 나간 듯이 온몸은 꽁꽁 얼어붙었다.

네메스는 생명체가 아니었다. 네메스의 두 팔과 두 다리에서 각각 문이 양쪽으로 열리더니 그 내부에는 특수합금의 뼈와 미세한 전자장치들로 빼곡히 채워진 완전한 기계가 드러났다.

"이 모습은 도대체 뭐야! 네메스, 당신은 안드로이드였던 거예요?"

네메스를 우주에서 가장 고등한 지적생명체라고 철석같이 믿었던 레스터는 현재 자신의 두 눈에 비친 받아들일 수 없는 해악한 장면을 어떻게든 부정했다. 이럴 수는 없다. 이것은 지금까지 레스터를 철저히 뭉개버린 기만이자 가장 잔인하게 농락과 조롱을 한 행위였다. 그 무엇으로도 절대로 용서할 수 없는 만행이었다.

하지만 이것이 끝이 아니었다. 레스터는 더욱더 인정할 수 없는 장면에 몸서리를 쳤다. 그리고 너무 놀란 나머지 이제는 자신의 몸을 통제할 수 없을 정도로 심하게 떨려왔다. 상당히 기괴한 장면이라 너무나 무서웠다. 이번에는 네메스의 몸체가 양쪽으로 열렸다. 그 내부에는 네메스의 두 팔과 두 다리와는 전혀 다른 인간의 몸과 동일한 내부 장기가 고스란히 들어 있었다. 심장이 뛰고 있고 혈관을 타고 흐르는 붉은 피가 보였다. 네메스의 간과 폐 그리고 대장 등이 모두 선명하게 보였다. 어디 한 군데도 인공적인 것은 전혀 없는 인간의 장기 그대로였다.

"도대체 이건 또 뭐지? 대체 어떻게 이럴 수가!"

레스터는 두 손으로 머리채를 움켜잡고 믿기지 않는 장면에 괴로워했다.

곧이어 네메스의 얼굴이 마치 가면이 위로 올라가듯이 천천히 올라갔다. 이어서 반투명한 특수합금으로 만든 단단한 해골이 드러났고, 네메스의 머리 부분에 그의 두뇌가 선명하게 보였다. 그의 두뇌는 또 다른 투명한 유리 같은 특수한 재질에 감싸여 보호되고 있었다. 마치 인간을 해부해서 모든 장기들을 드러낸 것 같은 네메스의 모습에 레스터는 심한 메스꺼움을 느껴 구토를 했다. 그리고는 바닥에 힘없이 주저앉아버렸다.

네메스의 반투명한 특수합금으로 만든 단단한 해골의 턱 부분이 서서히 움직이며 기계 입이 묵직하게 말했다.

"레스터! 나는 그대의 과거이자 현재이고 미래야! 그대는 이곳에서 이 모든 순간과 함께 있네. 그 역사의 모든 장면을 한눈에 보고 있지."

"…"

"진정하게, 레스터! 지금 내 모습은 인류가 만약 사라지지 않았다면 볼 수 있는 미래의 모습의 한 단면이니간 말이네."

"아니요. 저는 절대로 당신의 모습이 미래라고 받아들일 수 없어요. 당신은 모든 분야의 최고의 과학기술을 소유하고 있었잖아요. 그런데 그런 당신의 모습이 어떻게 이럴 수 있죠?"

실망과 연민이 뒤섞인 감정으로 레스터는 울부짖었다.

네메스의 기계 눈이 레스터를 애처롭게 쳐다보았다. 한동안 말없이 레스터를 바라보던 네메스는 다시 입을 열었다.

"나 역시 죽음은 피할 수 없는 운명적인 한계였어. 어떠한 수단과 방법을 모두 동원해서라도 나에게 주어진 과업을 이루기 위해 반드시 생명을 유지해야 했네. 내가 완성시킨 인공세포를 이용해서 동물들에게 할 수 있는 모든 테스트를 시행했지. 그 결과 오랜 세월이 지난 후에도 기능적으로 완벽하고 부작용도 전혀 없었어. 모든 것이 더 이상 바랄 것이 없을 정도로 훌륭했지. 즉, 완벽한 인공세포의 탄생이었던 거야. 내가 말했듯이 인공세포는 영생을 얻기 위한 여러 가지 대안 중에 최선이자 최후의 방법이었어. 내 몸에 직접 적용할 정도로 말이네. 드디어 우주 역사상 지적생명체라면 누구나 바라고 원하던 영생의 길이 결국은 최첨단의 과학기술을 이용한 내 손끝에서 열리는 순간이었지. 자연세포와 일치하는 인공세포를 만들어내는 쾌거를 달성했으니간. 그때의 자긍심은 실로 대단했지. 무엇이든지 이루어낼 수 있다는 강한 확신과 자신감을 불어넣어준 성과였으니 말이네. 난 긍지와 자신감에 충만해서 우주의 궁극적인 진정한 의미를 찾기 위한 도전을 계속해나갔지. 그러던 어느 날, 생각지도 못했던 면역거부반응이 일어나기 시작했어. 그것은 모든 장기뿐만 아니라 네메스 그 자체라 할 수 있는 두뇌에 심각한 손상을 불러왔네. 지적생명체가 만들어낼 수 있는 매우 정교한 초정밀 관측과 검증 시스템으로도 머나먼 미래에 발생하게 될 자연세포와의 극히 미세한 극소의 오차는 발견할 수 없었지. 게다가 지금까지도 그러한 미세한 오차가 실제로 존재하고 있는지조차 도저히 밝혀낼 수 없었네. 결국, 도저히 원인을 알 수 없는 이해가 아예 불가능한 수준에서 일어난 미세한 극소의 오차는 나를 죽음이라는 절명의 위기로 몰고갔어. 나는 전혀 느낄 수 없었지만 인공세포는 내 신체를 서서히 오염시키고 있었던 거야. 난 꼼짝없이 당할 수밖에 없었네."

"차라리 처음부터 당신의 체세포를 이용했다면 이러한 어려운 상황은 충분히 벗어날 수 있었잖아요, 네메스!"

한편으론 안쓰러운 듯이 다른 한편으론 경멸하듯이 레스터가 말했다.

레스터 앞에서 자신의 내부구조를 아낌없이 펼쳐 보였던 네메스의 열려진 금속 문들이 머리에서 다리까지 차례차례로 모두 닫혀졌다. 어느새 네메스는 처음의 모습으로 다시 되돌아왔다.

"레스터, 나 네메스는 뼛속까지 과학자네. 이렇게 완전한 과학기술을 아무런 이유도 없이 사장시킬 수는 없었지. 물론 자네 말대로 처음부터 나의 체세포를 이용해서 또 다른 나를 복제할 수도 있었고, 콴티의 배아줄기세포를 이용해서 필요한 장기를 만들어낼 수 있었으며, 역 분화 줄기세포 기술을 이용해서 나의 체세포를 다시 배아줄기세포로 되돌려 내게 필요한 장기를 만들 수도 있었어. 그리고 신체재생기술을 이용해서 사라진 부분을 재생을 시킬 수도 있었지. 그러나 이러한 과학기술의 가장 큰 문제점은 시간이었네. 성장속도가 너무나 오래 걸렸지. 나에겐 언제 발생하게 될지 모르는 급작스러운 순간에 빠른 교체가 필요했으니깐. 게다가 오직 나만을 위해 서로 다른 수많은 다양한 장기들과 그 각각의 동일한 여유분의 장기들을 가득 복제해놓고 거대한 보관 장소를 따로 마련해 관리해야 한다는 것은 비실용적이며 비합리적이었지. 결코 탐탁지 않았네. 마치 엄청나게 많은 시체들을 VGSS 2000이라는 가장 최첨단의 우주비행선에다 가득 쌓아놓고 있어야 한다는 것은 최고의 과학자임을 의심하지 않았던 나의 자존심을 완전히 무너뜨리는 것이었지. 솔직히 자존심보다 더욱 필연적으로 인공세포에 모든 것을 맡길 수밖에 없었던 것은 내 몸 중에 오직 뇌만을 제외한 나머지 신체 전부를 한꺼번에 모두 교체해야 했기 때문이네. 단지 내부의 장기들만으로는 어림도 없었지. 필요한 신체의 각 부위의 수가 너무나 많았어. 그래서 그 당시에 나는 갤리온에서부터 시작해서 최종적으로 완성한 인공세포를 매우 신뢰했네. 모든 고민을 일거에 해결할 최선의 해결책이었지. 기능적으로도 전지전능할 정도로 만능이었고 안정성 또한 완벽했어. 장기뿐만이 아니라 몸 전체의 어느 부분이든지 만들어낼 수 있는 배아줄기세포와 전혀 차이가 없었으니깐 말이네. 결국은 난 그 분야에서도 궁극적인 꿈의 기술을 완성한 것이었어. 참으로 대단했던 것은 인공세포를 이용한다면 기존의 자연적인 배아줄기세포와는 전혀 다르게 무엇이든 완전히 성숙할 때까지 지루하게 기다릴 필요가 없었지. 인공적인 인큐베이터에 인공세포를 넣어두고 컴퓨터를 이용해서 단순히 명령만 내리면 빠른 속도로 배양되면서 무엇을 원하든지 모든 것을 만들어낼 수 있었네. 배양속도 역시 환상적이었지. 하루 안에 원하는 것은 무엇이든지 얻을 수 있었으니깐. 완전히 성장한 한 명의 인공생명체마저도 말이네. 더 이상 망설일 이유가 없었지. 그래서 완벽한 과학기술의 개가인 인공세포를 나에게 적용하기로 결정한 거였네. 물론, 완벽하다고 해도 내 목숨이 달린 만큼 신중에 신중을 기울였지. 우선은 실험 삼아서 인공세포를 배양해 두 팔과 다리를 만들어 교체했어. 수많은 세월이 흐른 후에도 면역거부반응 테스트를 이상 없이 성공적으로 통과했기에 그다음엔 장기들을 교체했지. 그런 후에 피부를 비롯한 근육과 나머지 모든 것들을 교체했어. 즉, 내 몸 중에 원래부터 소유하고 있던 자연적인 신체의 부위는 오직 뇌뿐이었네. 결국엔 앞으로는 완전히 성장한 한 명의 인공생명체를 만들어 단지 그 인공생명체의 뇌를 대신해 나의 뇌를 교체만 하면 되는 거였지. 이 모든 과정이 완벽하게 성공적으로 이루어진 후에 나를 더욱 만족시켰던 것은 지구에 오면서 굳게 다짐했던 나를 복제해서 이용하거나 콴티를 이용하지 않아도 되니 정신적으로 윤리문제에서도 완벽하게 자유로웠어. 난 그들에게 최대한의 자유의지를 주고 싶었으니깐.《갤리온의 신화와 예언》이 처음부터 아예 없었다고 해도 말이네.”

“그래서요?”

레스터는 네메스의 예상치 못한 실체를 알게 되어 상당히 심란했다. 그렇지만 뇌는 그의 것이니 또 다른 존재는 확실히 아니었다. 물론, 일반적인 지적생명체라는 기존의 틀에서 보았을 때 지금의 상황은 기기묘묘했다. 그래도 그는 분명히 네메스였다. 그가 완전한 안드로이드가 아니라는 것이 다행이도 레스터를 안심시켰다.

“천 년의 세월이 흐른 어느 날 갑자기, 면역거부반응이라는 부작용이 발생했을 때 나는 생사의 갈림길에서 다른 대안을 찾을 여유가 전혀 없었네. 나의 몸은 뇌를 포함해 치명적인 오염에 휩싸여 있었지. 오래 전 화성에 있었을 때 VGSS 2000의 생명공학실험실에 있던 갤리온스의 체세포를 GSS 1000으로 모두 이관했기에 갤리온스의 체세포는 더 이상 존재하지 않았어. 그래서 유일하게 사용할 수 있는 것은 콴티의 체세포였지만 생각해보게, 레스터. 한 명의 갤리온스를 체세포로 복제해서 완전한 생명체를 얻으나 콴티의 체세포를 이용해서 한 명의 완전한 생명체를 얻으나 나의 뇌를 제외한 몸 전체를 대체하기 위해 그들 중 한 명이 희생되어야 하는 것은 마찬가지일 수밖에 없네. 네메스란 자를 복제했다고 해서 복제된 네메스를 죽인다면 복제된 네메스는 지적생명체가 아니란 말인가! 그 당시 내 몸은 치유될 수 없을 정도로 오염이 심각해서 나의 체세포를 이용하는 것마저 아무런 의미가 없었지. 게다가 이미 말했듯이 나에겐 체세포를 이용하기 위한 시간적 여유가 전혀 없었네. 나는 그 당시에 이미 죽은 목숨이었는데 그러한 절체절명의 순간에 복제를 통해 어느 세월에 한 명의 완전한 성체가 될 때까지 기다릴 수 있겠나. 자네가 이미 보았듯이 단지 심장 하나를 교체하는 것이 아니었다는 말이네. 화성에서의 끔찍한 사건을 겪은 후에 나는 병적으로 윤리문제에 더욱 집착했지. 하지만 절망적이게도 또다시 윤리문제를 피할 수 있는 방법은 없었어. 시시각각으로 나의 모든 세포가 썩어가고 있었지. 반드시 살아야 했네. 살아나야 했어! 그래서 그들의 심장이 필요했네. 그들의 장기가 필요했어! 난 반드시 갤리온의 정신을 밝혀내야 했으니깐!"

"다행스럽게도 멀티유니온이 있었지. 멀티유니온에게 가까스로 명령을 하달한 후 나는 더 이상 버티지 못하고 혼절하고 말았어. 전 세계에 흩어져 있는 콴티들 중에 나에게 면역거부반응이 전혀 없는 유전자를 가진 자들을 찾아서…."

네메스가 말하다가 갑자기 멈추었다. 단지 레스터에게 자신의 유일한 치부를 드러낸다는 것이 부끄러워서 말끝을 흐린 것은 아니었다. 그것은 오히려 그가 당당하게 선언한 약속을 스스로 깨뜨려버린 역설적인 상황에 대한 번뇌와 반성의 모습이었다.

"콴티의 뇌보다 조금 더 커다란 나의 뇌를 선택된 콴티의 뇌만 제거한 후에 교체할 수 없었어. 급박한 상황에서 어쩔 수 없이 그들의 장기로 이미 심하게 손상되어 구제가 불가능한 나의 장기들을 대체하기 시작했지. 그리고 두 팔과 두 다리와 몸통의 외각 그리고 뇌를 제외한 머리의 골격구조와 몸 전체를 덮는 피부는 모두 첨단기계장치와 특수한 금속 재질 그리고 인공피부를 이용해서 대체했던 거야. 가장 중요한 나의 뇌는 전두엽을 비롯한 곳곳에서 많은 손상을 입었지만 천만다행으로 정체성을 유지한 채 나의 의지로 원하는 일을 처리할 수 있는 상태로 아직까지는 유지하고 있네. 그리고 지금 이 순간까지 내 손상된 뇌는 특수약품을 사용해서 더 이상 악화되거나 부식되지 않도록 근근이 버텨오고 있어. 자연적인 것이 가장 안전했지. 면역거부반응으로 이미 피폐해질 대로 피폐해진 나에겐 최고의 과학기술보다도 말이네. 나의 정체성을 지키기 위해 생명을 유지할 가장 안전한 상태가 제일 중요했으니깐. 그들의 장기들로 교체해가며 지금까지 버티어온 거야. 그래서 완전히 닳아버린 배터리를 교체하듯이 내 생명을 수천 년간 유지시켜왔네. 나에겐 최고의 과학기술보다 내 몸에 오류가 전혀 없는 안정적인 상태가 제일 중요했어. 이 부분에 있어서만은 과학자의 자존심이나 윤리적인 문제를 신경 쓸 겨를도 없었네. 더 이상 내 몸에 새로운 기술을 적용하고 실험하는 것은 아무런 의미가 없었지. 오직 중요한 것은 안전하게 생존해서 나의 의식이 살아만 있으면 되는 것이니깐. 최고의 과학기술이 필요할 때도 있지만 자연 상태가 오히려 적용하기에 더욱 완벽할 때가 있는 법이지. 난 이 세상에 처음부터 존재했던 자연 그 상태를 받아들일 수밖에 없었던 거야. 나 역시 어쩔 수 없는 의식을 바탕으로 정체성을 소유한 자연 그대로인 지적생명체이니깐 말이네!"

고뇌에 찬 표정으로 심각하게 네메스는 말했다.

"그렇다면 지상 2층에 살고 있는 인간들은 네메스 당신의 생을 계속 이어나가기 위해 모아 둔 비상대체용 장기들이었던 겁니까?"

레스터는 너무나 격분한 나머지 큰소리로 네메스에게 외쳤다.

"나에게 면역거부반응이 없는 자들을 멀티유니온에게 명령해서 지구촌 곳곳에서 찾아 모았지. 지구에 살고 있는 인류에게 최대한 비밀스럽게 말이네. 내가 직접 VGSS 2000에서도 만들 수 있었지만 또다시 만

들 필요는 없었어. 내가 이곳에서 직접 만들어낸 존재와 지구에 살고 있
는 존재는 동일하니 다시 만들어낸다는 것은 아무런 의미가 없었네. 어
쨌든 나는 극적으로 살아난 후에 VGSS 2000에 있던 그들을 체계적으
로 관리해야겠다고 마음먹었어. 그래서 우선 지구와 같은 환경을 마련
한 것이 지상 2층이네. 자연환경과 그들이 살아갈 터를 꾸민 거야. 처음
에는 생각한 대로 모든 것이 순조로웠네. 하지만 세월이 어느 정도 흐르
자 심각한 문제가 발생하기 시작했어. 돔 속에서의 생활에 적응하지 못
하고 자살하는 자가 속출한 것일세. 나는 그들이 지구에 살던 시절의
기억을 모두 지웠지. 그러나 두뇌는 신기하게도 지워진 기억을 다시 되
살리지는 못했지만, 그들의 뇌에서 무언가 소중한 기억들이 사라졌다는
것을 깨닫기 시작했네. 그렇게 잃어버린 기억에 괴로워하던 그들은 정체
성의 혼란을 겪기 시작하더군. 나는 최대한 빨리 대책을 세워야 했지.
안 그랬다간 그들은 계속해서 이유도 모르고 고통을 겪다가 죽으려 할
테니깐. 그들에게 도대체 무엇을 해주어야 할까. 한참을 고민한 후에 내
가 결정한 방안이 바로 리얼 가상현실 시스템인 VRISC(Virtual Reality
Intelligent Supercomputer)에 그들을 접속하게 한 후, 그들이 현실에 살
면서도 얻을 수 없는 무한한 행복감을 안겨주는 것이었네. 그들에겐 현
실에선 존재할 수 없는 가장 이상적인 낙원이었던 거야! 놀랍게도 그들
은 리얼 가상현실의 경험이 늘어나면 늘어날수록 오히려 현실을 서서히
잊어갔지. 그러더니 그들은 리얼 가상현실 속에서 완전히 안주하고 의
지하기 시작했어. 다행히 그 이후로 그들의 극단적인 선택은 이곳에서
영원히 사라졌네."

"…"

"예외도 있었지. 리얼 가상현실을 싫어하고 원래의 이 돔 속의 생활에
만족하던 일부 인간들이네. 그들은 전혀 다른 부류의 사람들이라 할 수

있지. 이들은 오히려 주어진 현실을 받아들이고 이곳에서 스스로의 삶을 개척하고 아무리 힘든 상황이 발생하더라도 이겨내고자 하는 의지와 열정이 가득한 인간들이었네. 즉, 특별한 지도자의 기질을 타고난 사람들이었어. 이 사람들을 위해 난 돔 속에 연구소를 만들었네. 그리고 그들에게 내가 가지고 있는 과학기술을 가르쳐주고 있었지. 그런데 오히려 난 이들 덕분에 생각이 완전히 바뀌었어. 이 돔 속에 있는 인간들은 단지 나의 비상대체용 장기가 아니라 갤리온의 대재앙처럼 혹시 모를 지구의 대재앙이 발생하게 될 때 사라진 인류를 계승하게 될 소중한 인적자원이라는 것을 말이지. 비록 극히 일부를 나의 장기대체용으로 이용할 수밖에 없었지만 그 외에 나는 그들에게 내가 할 수 있는 최선을 다했네, 레스터."

레스터가 했던 질문에 즉답을 애써 외면하면서 네메스는 덤덤하게 자신이 하고 싶은 말을 했다.

"레스터. 레스터. 진정하게! 자네의 심정은 충분히 이해가 가지만 나로서도 더 이상 어쩔 수 없는 상황이었네."

눈물범벅이 되어 있는 레스터를 보자 네메스는 당황했다.

분명히 레스터는 여러 가지 감당할 수 없는 감정이 뒤엉킨 상태였다. 그렇지만 네메스가 처했던 절체절명의 순간에 어쩔 수 없이 선택할 수밖에 없었던 유일한 방법이었다는 것을 이해하지 못하는 것도 아니었다. 하지만 도저히 그 무엇으로도 이 상황을 받아들이기 힘들었다. 레스터는 자괴감 속에 파묻혀 있었다. 그의 머릿속은 모든 것이 뒤죽박죽이었다. 그렇다고 지금의 현실을 인정하지 않을 수도 없었다. 지금은 그저 이렇게 흐르는 눈물을 흐르게 할 뿐이었다. 말없이 네메스의 말에 귀를 기울이는 것 외에는 자신이 할 수 있는 것이 없다는 사실을 받아들일 수밖에 없었다.

"비록 자연적인 나의 몸에는 부작용이 일어나고 말았지만 내가 완성한 인공적으로 만들어진 인공세포의 기능은 그 자체로는 완벽했어. 그래서 인공세포로는 완전한 인공생명체인 멀티유니온만 만들었다네. 왜냐하면 나에겐 생명체를 만들고 연구하는 생명공학이 더 이상 필요가 없기도 했지만 무엇보다 이 연구는 나의 진정한 목표도 아니었어. 나에겐 《갤리온의 신화와 예언》에 기술된 마지막 예언을 바탕으로 그것과 관련된 과학기술을 최대한 발전시키고 적용해서 우주의 유일한 궁극적인 진정한 의미를 파악하는 것이 최고의 목표였기 때문이지. 그동안 나에게 일어났고 겪어야 했던 모든 일들은 결국은 우주의 궁극적인 진정한 의미를 찾기 위해 견디어내고 참아 내야만 했으니깐 말이네. 우주의 궁극적인 진정한 의미와 관련되지 않은 그 외에 나머지 일들은 모두 다 나에겐 지엽적이고 의미 없는 사건들에 불과했어."

네메스가 이어서 말했다.

"그래서 더욱더 일상적인 삶의 소소한 즐거움은 내게 있을 수 없었지. 연구는 내 삶의 전부일 수밖에 없었으니깐. 레스터! 나는 모든 노력을 기울였지만 내 두뇌는 서서히 죽어가고 있네. 아무리 노력해도 자연의 섭리를 거스를 수는 없지. 난 지적생명체의 두뇌를 완전히 분석하는 데 실패했네. 특히 외부에 어떠한 주어진 입력 없이 스스로 자신을 인식하는 정체성의 근원은 알 수 없었지. 그래서 더더욱 나의 몸 전체가 바뀌었어도 내 뇌만큼은 이렇게 끝까지 유지해야 했어. 다른 자의 두뇌는 결코 네메스가 될 수 없으니깐 말이네."

이 세상에서 가장 중요한 과업을 달성하기 위한 과정 속에 일어난 일이라고는 해도 네메스는 일련의 사건들이 모두 너무나 견딜 수 없을 정도로 힘이 들었다. 어쩔 수 없었다는 미명 아래 스스로 선언한 양심과 윤리를 저버린 행동들을 이렇게 낱낱이 헤집듯 그의 입으로 고백하는 이 순간들 또한 괴로웠다. 지금까지 자신이 수많은 일들을 진행해왔어도 그 결과가 지금처럼 초라하고 당당하지 못한 경우는 단 한 번도 없었다. 분명히 네메스도 어쩔 수 없던 상황이라는 것은 스스로 인정하면서도 한없이 작아지는 자신을 발견하고 있었다. 그리고 어떤 변명도 자신을 자유롭게 할 수 없다는 것을 누구보다 더 잘 알고 있었다. 도저히 지금과 같은 상황에서는 그에게 과학적 성과이든 윤리적인 문제이든 당당하고 자유로워질 명확한 대의명분이 없었던 것이다.

레스터 역시 이 상황은 견디기 힘들고 괴롭기는 마찬가지였다. 이 세상에서 가장 순수한 진리의 추구를 위한 여정에 오로지 진정한 선을 담고자 비윤리적인 문제에서 완벽하게 벗어나기 위해 만들어낸 가장 이상적인 과학기술의 활용이 어이없게도 비윤리적인 문제를 다시 불러오는 역설적인 결과를 일으켰다. 하지만 레스터가 더욱 실망스러운 것은 두 가지 상반된 상황이 전혀 다른 곳이 아닌 모두 동일선상에 있었기 때문이다. 어쩌면 이것은 인류의 역사 속에서 일어났던 수많은 일들의 일상적인 모습이기도 했다. 그 사건이 크건 작건 양면성의 문제는 항상 존재했다. 아무리 좋은 방향으로 시작했다고 해도 원하지 않은 증후가 어느새 나타난다. 개인의 일상적인 삶과 일이든, 어떤 집단의 일이든지 상관없이 인류는 그러한 원치 않았던 부분을 제외시키기 위해 무던히도 노력해왔다. 그러나 이러한 부분은 없앤다고 모두 없앨 수 있는 것이 아니었다. 항상 원치 않은 부분은 우리 곁에 같이 존재해왔던 것이다. 인류는 이러한 애매한 부분에 단순한 처리로 일관해왔다. 바로 선과 악이었다. 그러나 이 문제는 단순히 선과 악으로 나누어질 수 있는 간단한 문제가 아니라 이미 우주가 탄생할 때부터 태생적으로 존재해왔던 것이다. 그 둘은 다른 것처럼 보여도 하나였다. 레스터는 네메스에게 아무런 말도 하지 못했다. 그도 네메스와 같은 상황이었다면 동일한 선택을 하지 않으리라 확언할 수 없었다. 이 세상에서 가장 순수한 진리를 찾기 위한 여정에 레스터 역시 그 뜻을 따르기 위해 절대 선을 추구하며 비윤리적인 문제에서 벗어나고자 네메스와 같은 길을 걸었을 것이다.

레스터는 생각의 눈을 돌려 그다음 너머를 보았다.

'우주의 궁극적인 진정한 의미는 도대체 누구를 위한 걸까?'

'이것마저 진정 지적생명체가 꿈꿀 수 있고 기대할 수 있는 극단의 탐욕인 것은 아닐까?'

'우주의 궁극적인 진정한 의미라는 것이 정말로 존재하기는 하는 걸까? 이것은 어쩌면 우리가 꿈꾸는 가장 커다란 착각은 아닐까?'

'아니면 실제적으로 존재하기는 하지만 처음부터 우리와는 아무런 상관이 없었던 것은 아닐까? 애초부터 지적생명체에겐 도달이 불가능한 것은 아니었을까?'

레스터는 비탄에 잠겼다. 자신이 속한 인류의 미래에 최후의 모습을 네메스라는 지적생명체를 통해 실제로 보고 경험했던 것이다.

"네메스! 저 역시 더 이상 지체할 수 없군요. 당신에게 반드시 물어보아야 할 중요한 질문이 있어요!"

심각한 표정으로 한동안의 침묵을 깨며 레스터가 말했다.

"…"

네메스는 레스터의 표정을 보고는 직감적으로 중요한 순간이 다가왔음을 알아차리고는 낮은 신음을 토해내며 눈을 감았다가 살며시 뜨고는 레스터의 시선을 집중하며 말없이 바라보았다.

"저는 당신에게 어떤 존재죠? 무엇 때문에 당신의 치부까지 드러내며 나에게 모든 것을 알려주는 건가요? 도대체 당신 같은 엄청난 존재가 이렇게 보잘것없는 저를 애지중지하는 이유가 무엇인가요? 내 몸이 특별해서 당신을 영생으로 이끌어줄 그 무엇이라도 있는 건가요? 네메스! 내가 무엇 때문에 여기 있는 건가요?"

그때였다. 전체 상황통제실에서 업무를 보던 멀티유니온의 목소리가 네메스의 집무실에 울려 퍼졌다.

"태양계 안에 알 수 없는 이상한 물체가 진입하여 상당히 빠른 속도로 접근 중입니다. 현재 그 물체의 크기는 대략 150킬로미터 내외이고, 태양계의 다른 모든 행성과는 다르게 타원이 아닌 직진에 가까운 거대한 곡선을 그리면서 접근하고 있습니다. 계산한 결과에 의하면 최종목적지는 화성입니다. 도착하는 데 걸리는 시간은 약 10시간 내외이며, 총 0.42일이 걸리는 것과 같습니다."

보고내용의 긴급함이 전혀 없이 감정이 실리지 않은 일정한 말투로 멀티유니온이 말했다.

"뭐라고? 다른 곳도 아닌 화성이라고!"

네메스는 화들짝 놀라 자리에서 일어섰다. 알 수 없는 불길함을 느낀 네메스는 바로 지상 1층에 있는 전체 상황통제실로 향했다.

한참을 묵묵히 전체 상황통제실에서 화성으로 접근하고 있는 이상한 물체의 동향을 살피던 네메스는 조금 더 시간을 두고 지켜보기로 마음의 결정을 내렸다. 그리고 레스터와 함께 지하1층에 집무실로 되돌아왔다.

"자네의 불편한 심경과 궁금증은 충분히 이해하네! 그렇지만 아직은 그러한 감정을 잠시 잊고 내 말을 잘 들어주게, 레스터! 이제부터 자네에게 들려줄 이야기는 지금까지 했던 이야기 중에 가장 중요한 마지막 내용이니깐 말일세. 나와 멀티유니온의 협력으로 인류는 발전을 거듭하고 여러 나라들이 생겨나면서 그들은 자신들만의 신을 각 나라의 문화에 맞게 만들어내기 시작했지. 각 나라의 각양각색의 너무나 많은 신들이 생겨났어. 물론 그것의 모든 시작은 내가 그들에게 교육시킨 내용을 토대로 각 나라의 문화적인 특성에 따라 다양한 표현으로 신을 나타내거나 그들의 삶 속에서의 두려움이 그들만의 신을 만들어냈지만 말일세."

"그런데요."

자신을 특별하게 대하는 이유에 대한 질문에 명확한 답변을 원했던 레스터로서는 네메스의 이야기에 더 이상 아무런 감흥을 느낄 수 없었다.

"이제 자네도 잘 알다시피 내가 기계와 생체가 결합된 갤리온스가 되고 나서는 나의 뇌에서 나오는 뇌파를 이용해서 멀티유니온에게 다양한 명령을 동시에 지시할 수 있는 기계장치인 '뇌파전송 인터페이스'라는 시스템을 만들어서 내 몸에 연결했지. 인류는 다양한 어려움 속에서도 점점 더 극적으로 성장해갔고 나는 멀티유니온들에게 다양한 명령을 동시에 처리할 수 있게 되면서 인류를 더욱더 잘 관찰할 수 있었네. 나는 인류의 발전에 최소한으로, 적재적소에 반드시 필요한 부분, 특히 과학기술 분야에 지금까지 참여해왔어. 왜냐하면 갤리온의 신화와 예언 속에 마지막 예언을 분석한 결과에 의하면 인류는 최대한 자연스럽게 성장을 거듭해야 했지. 그래서 난 최소한도로 반드시 필요한 부분에만 기여해왔고, 특히 인류 중에서도 중요한 인물들에게 나의 뇌파를 이용해서 필요한 정보를 전달하는 방법으로 참여해왔네. 인류 역시 우주에서 가장 우수한 갤리온스와 똑같은 지적생명체지만 발전 속도는 내 기대만큼 따라오질 못했네. 인류가 특히 1600년대 이후부터 여러 분야에 두각을 나타내며 빠른 속도로 성장해온 이유였지."

네메스는 레스터의 심정에 아랑곳없이 자신이 반드시 해야 할 일을 진행해야 한다는 듯이 이야기에 속도를 냈다.

"인류의 성장은 나에게는 커다란 기쁨이었지만 동시에 커다란 실망감도 안겨다주었네."

"어떤 실망감이죠?"

"나는 철저히 《갤리온의 신화와 예언》이라는 책의 마지막 예언의 내용에 맞추어서 모든 과학기술을 이 방향으로 발전시켜왔어. 그런데 문제는 그 오랜 세월을 아무리 기다려도 마지막 예언에 실려 있는 '또 다른 것 속에 유일무이한 다른 것이 존재하고'라는 부분에 유일무이한 다른 존재가 도대체 누구인지 아니면 그 밖에 다른 무엇을 의미하는지를 알 수 없었네. 아무리 고민하고 또 고민을 해보아도 말이지."

네메스가 이어서 말했다.

"난 또다시 악몽에 휩싸인 중압감이 거대한 쓰나미가 되어서 내게 다가오고 있다는 것을 느꼈네. 이젠 정말 끝인가! 여기까지란 말인가! 모든 준비가 계획대로 완벽하게 완성되어가고 있는데 '유일무이한 다른 존재'라는 가장 핵심 중에 핵심 부분이 빠져 있었던 거야. 내가 전에 자네에게 말했던 지적생명체의 태생적 한계를 이곳에서도 또 맞이하고 끝을 맺는 건가 하고 심각하게 걱정했네. 갤리온에 살던 수많은 갤리온스들의 영혼 앞에서 도저히 얼굴을 들 수 없을 정도로 말이야."

"그래서요?"

네메스가 대화를 이어가자 레스터는 자신도 모르게 그의 이야기 속으로 끌려가고 있었다. 현재 그의 심정이 아무리 뒤죽박죽이어도 자신에게 말하고 있는 상대는 우주에서 마지막으로 남은 가장 위대한 지적생명체인 네메스였다. 레스터 역시 아무리 네메스와 동일한 지적생명체라고 해도 그들 사이에 놓인 수준의 차이를 가히 짐작할 수도 없었다. 인간으로서는 근접할 수도 없던 일급비밀을 모두 알고 있는 자가 네메스였고, 게다가 그러한 일을 직접 이끈 자도 역시 네메스였다. 레스터는 처음부터 네메스의 이야기를 벗어날 수 없는 대상이었다. 이미 네메스라는 블랙홀에 빨려 들어간 레스터는 다른 생각은 모두 제쳐두고 새롭게 전개되고 있는 그의 이야기에 최대한 정신을 바짝 차리고 귀를 기울였다.

"그러던 어느 날, 세상의 모든 빛을 움켜잡듯이 나는 커다란 깨달음을 얻었지. 그 내용이 무엇인지를 드디어 깨달았던 거야, 레스터!"

그때의 상황이 더없이 뿌듯했는지 네메스는 환희가 가득 찬 눈빛으로 흐뭇한 미소를 지었다.

"그게 도대체 무슨 뜻이었죠?"

핵심내용이 너무나 궁금해지기 시작한 레스터는 네메스의 이야기에 완전히 동참했다.

"지적생명체라면 누구나 소유하고 있는 것!"

네메스가 넌지시 레스터를 떠보았다.

"난해한 수수께끼 같은 질문이네요, 네메스."

곰곰이 생각하던 레스터는 난색을 표했다.

"각자를 구분해주는 유일하고 가장 특이한 것이며 각자의 정체성 그 자체인 것!"

네메스는 더 이상 뜸들이지 않고 결정적인 힌트를 레스터에게 주었다.

"각자를 구분해주고 유일하고 가장 특이하며 각자의 정체성 그 자체를 의미한다면… 그렇다면 혹시 뇌?"

"제대로 정답을 맞혔네, 레스터!"

네메스가 상당히 기뻐하며 말했다. 단지 레스터가 정답을 맞혔다는 것이 기쁜 것이 아니었다. 그가 무구한 세월을 살아오면서 그렇게 알고자 했던 우주에서 가장 거대하고 심오한 진리인 우주의 궁극적인 진정한 의미라는 마지막 비밀의 문 앞에 드디어 서 있다는 것에 스스로 환희에 들떠 반사적으로 반응하는 자신을 주체하지 못한 것이었다.

"뇌라고요?! 뇌가 우주의 궁극적인 진정한 의미를 풀 수 있는 열쇠란 말인가요?"

레스터는 해답의 의외성에 놀라움을 감추지 못했다. 우주의 궁극적인 진정한 의미에 도달할 수 있는 열쇠가 몸 안에 지니고 있는 뇌였다니 그저 믿기지가 않았다. 결국, 네메스의 기나긴 이야기를 관통하는 단 하나이자 유일한 주제는 바로 우주의 궁극적인 진정한 의미였고 이것이야말로 진정한 주인공이었다. 그동안 레스터가 살아온 인생과 인류의 역사, 네메스가 살아온 인생과 갤리온스들의 역사 그리고 네메스가 안드로이드이든 기계적 생체 존재이든 아니든 그러한 모든 것은 결국 우주의 궁극적인 진정한 의미 앞에서는 더 이상 아무런 의미를 가질 수 없었다. 그랬다. 레스터도 지적생명체이고 그에게도 역시 지금 네메스가 말하고 있는 주제가 삶의 전부였다. 우주의 궁극적인 진정한 의미가 바로 그의 코앞에 놓여 있는 상황에서 레스터 역시 다시는 추억이 가득한 과거로 되돌아가고 싶지도 않았고 지금 이 상황에서 조금도 물러서고 싶지 않았다. 우주의 궁극적인 진정한 의미를 깨우친다면 그곳에 이 모든 것이 담겨 있을 것이므로.

"나는 바로 실행에 옮겼지. 내 몸속에 멀티유니온에게 명령하기 위해 넣어두었던 뇌파전송 인터페이스 장치를 지구 전체로 확대하기 위해 VGSS 2000이라는 거대 우주비행선 전체를 재설계해서 장착했어. 결국 VGSS 2000 자체가 거대한 무선 뇌파 송수신 안테나와 같은 역할을 한 것이지. 시스템이 완벽하게 구축되고 나서부터 인류의 뇌파를 VGSS 2000에 있는 인공지능 슈퍼컴퓨터를 이용해서 세밀하게 분석하기 시작했네. 그때부터 인공지능 슈퍼컴퓨터는 최대한의 성능을 올리며 인류의 모든 뇌파를 분석하고 있었던 거야. 임무는 오직 하나였지. 반드시 유일무이한 존재의 두뇌를 찾아내는 것!"

네메스는 흥분을 가라앉히면서 말했다. 네메스의 눈빛은 레스터가 지금까지 보아온 그의 눈빛 중에 가장 찬란하게 반짝였다.

"그래서 찾았나요, 네메스?"

네메스의 이야기에 온정신을 집중하고 있던 레스터는 자신도 모르게 소리치듯 외쳤다.

"아니, 실망스럽게도 아무것도 없었네. 아무것도 말이야! 특별한 특이사항이 전혀 없었던 거야. 그저 모두 동일한 뇌파들뿐이었지. 그래서 혹시 이미 스쳐지나간 과거의 인류 중에 있었던 것은 아닐까 걱정했네. 하지만 지나간 일은 나에게도 더 이상 의미가 없었지. 유일한 선택은 계속 앞으로 나아가는 것뿐이었네."

네메스가 한 손으로 자신의 턱을 쓰다듬으며 말했다. 네메스의 두뇌와 몸속의 장기들을 제외한 나머지는 분명히 기계인데도 그의 두뇌의 기억된 관습에 따라 하던 습관과 행동을 변함없이 충실하게 따랐다.

"인류의 지적수준의 향상과 더불어 그들의 과학기술의 거듭된 발전은 더 이상 VGSS 2000을 상공에 계속 머물도록 하는 데 심각한 제한을 안겨다주었지. 인류의 발전이 최대한 자연스럽게 진행되어야 하는데 우리의 모습은 이러한 과정을 역행하는 것이었으니깐 말이네. 오히려 그들을 어리둥절하게 하거나 두려움만 심어줄 뿐이었지. 그래서 고심한 끝에 나는 VGSS 2000을 바다 속 깊은 심해로 이동시켰네. 그곳이 새 거주지가 되었지. 그런 후에 멀티유니온이 탑승한 우주비행선을 바다 밖으로 띄워 상공에서 인류를 관찰하는 활동을 지속적으로 계속해왔네."

"그러다가 최근에…."

"드디어 최근에 찾았군요! 네메스, 맞죠?"

레스터가 긴장한 탓인지 마른침을 삼켰다.

"그래, 레스터. 드디어 찾게 되었네."

네메스가 조금 전의 환희를 삼키고 의외로 담담하게 말했다.

"그게 누군가요, 네메스?"

여전히 침착한 표정으로 네메스가 말했다.

"알려줄까?"

"네! 아니 혹시?"

들뜬 상태에서 큰소리로 대답하던 레스터는 정색하며 굳은 표정으로 자신을 지그시 바라보는 네메스의 흔들리는 눈동자 속에 비친 자신의 모습에 갑자기 불길함을 느꼈다.

"레스터!"

"저라고요?"

"그래, 바로 자네네!"

"제가 '그'라고요?"

"무슨 뜻이에요, 네메스. 어디를 봐서 제가 유일무이하다는 거예요? 왜 제 뇌가 다른 이들과 다르게 특이하다는 거죠? 네메스, 이건 말도 안 돼요."

네메스의 게릴라공격 같은 지명은 레스터를 횡설수설하게 만들었다. 오히려 레스터는 헛웃음이 나왔다. 레스터에게 네메스의 말은 곧 진실이자 진리였다. 추호도 의심에 여지가 없었다. 그랬기에 진정 자신이 마지막 예언에 쓰여 있는 선택받은 유일무이한 존재라면 최소한 합당한 특별함이 있어야 했다. 하지만 아무리 객관적으로 자신을 분석해보아도 그러한 점이 느껴지지 않았다. 그래서 네메스의 말이라고는 해도 이 부분만은 받아들일 수 없었다.

"VGSS 2000에 장착된 무선 뇌파 송수신 인터페이스 시스템은 나를 비롯해서 멀티유니온도 인류뿐만 아니라 그 외에 모든 포유류를 포함한 뇌를 가진 어떠한 생물체도 절대로 벗어날 수 없네. 모든 뇌파가 완벽하게 검출되지. 그런데 자네만 유일하게 매우 이상하고 특이했네. 최선을 다해 아무리 분석해보아도 전혀 이해할 수 없었어. 아니, 아예 처음부터 분석이 불가능했다고 해야 맞는 말이겠지."

"도대체 무슨 뜻이죠, 네메스? 제가 무슨 심각한 질병이라도 있다는 건가요?"

"아니네, 레스터. 그런 뜻으로 말한 것이 아니야."

네메스의 얼굴엔 어느새 초조함이 깃들어 있었다.

"모든 존재의 뇌파는 VGSS 2000의 무선 뇌파 송수신 인터페이스 시스템을 통해 단 하나도 빠짐없이 연속적인 패턴으로 검출되고 검출된 연속적인 패턴은 인공지능 슈퍼컴퓨터를 통해 데이터로 전환된 후, 그 데이터를 분석해서 형성된 다양한 이미지들을 최종적으로 디스플레이 장비를 통해 볼 수 있네."

네메스가 레스터를 주의 깊게 관찰하듯 바라보면서 말을 이었다.

"그런데요? 그 시스템이 저의 뇌에서 나오는 뇌파에서 특이한 현상이라도 발견했다는 건가요?"

레스터는 분명히 자신의 것이지만 어떤 정의를 내릴 수 없는 그 무엇에게 자신의 뇌가 완벽하게 통제를 당해 자각하지 못한 상태에서 큰 의미를 부여받게 되는 커다란 사건이 그동안 자신의 내부에서 진행되고 있었다는 점에 상당한 공포심을 느꼈다.

"그게 참…."

네메스도 당황했는지 아니면 당사자 앞에서 바로 대답하기가 애매했는지 말하다가 잠시 머뭇거렸다.

"레스터. 자네의 뇌파는 매우 특이하고 이상했네. 다른 자들처럼 정상적으로 반드시 들어와야 되는 뇌파가 어느 지점에서 툭하고 끊어진 채 데이터분석이 불가능한 상태가 되더군. 그러더니 VGSS 2000에 무선 뇌파 송수신 인터페이스 시스템마저 이상 현상이 발생되어 통제 불능상태에 이르렀지. 어느 정도의 시간이 흐른 후에야 시스템이 다시 정상적으로 작동되면서 비로소 자네의 뇌파가 원래대로 이어지기 시작했네. 그 현상은 단지 죽은 사람처럼 의식이 사라져서 뇌파가 끊어진 것을 말하는 게 아니야. 이것은 정상적인 현실에서는 도저히 있을 수 없는 일이었어. 이런 현상은 아예 불가능한 것이니깐. 마치 어떤 알 수 없는 힘이 일부러 보지 못하도록 막아놓은 것과 같았으니깐 말이네!"

"혹시 저에게만 오류가 난 것은 아닌가요?"

자신에게만 일어났다는 네메스의 말을 도저히 받아들이기 힘들었던 레스터는 어떤 수를 써서라도 주어진 현 상황을 벗어나고 싶었다.

"레스터! 인류 역사상 오직 자네에게만 나타난 현상이었네."

네메스는 레스터를 바라보며 강조하듯이 이어서 말했다.

"오직 자네만 볼 수 있도록 말이네!"

"그 존재가 저라니요! 도저히 이해하지 못하겠어요. 아니, 믿어지질 않아요, 네메스!"

당황한 레스터는 난감해하며 표정이 일그러졌다.

"자네의 심정을 충분히 이해하네, 레스터! 나 역시 마찬가지니깐 말일세."

"어쨌든 분석결과를 보면 뇌파가 중단되기 바로 직전에 자네는 항상 숙면 중이었네. 즉, 자네도 의식적으로 통제할 수 없는 상태였다는 거지. 그러다 갑자기 뇌파가 멈추어버렸다는 사실이네. VGSS 2000에서 지구에 살고 있던 인류 전체의 뇌파를 수천 년간 검출하고 분석하다가 최근에서야 자네를 발견한 것일세. 그런데 자네가 이곳 VGSS 2000에 온 뒤로 자네에게 무슨 일이 일어나는지 더욱 기괴하고 희한하게도 뇌파가 순간적으로 중단되어버리는 빈도가 증가하더군. 혹시 그 순간에 자네에게 평상시와 다른 어떤 현상이 일어나고 있었는지 짐작 가는 일이나 일말의 사건을 조금이라도 기억해낼 수 있다면 말해줄 수 있겠나, 레스터?"

주객이 전도되어 이제는 가장 위대한 지적생명체인 네메스가 오히려 궁금한 점을 레스터에게 되물었다.

레스터는 공포와 두려움에 떨며 식은땀을 흘렸다. 마치 고양이에게 쫓겨 막다른 골목에 갇힌 쥐처럼 두려웠다. 자신의 의지가 아닌 무의식적인 상태에서 계속 발생하고 있는 꿈에 대한 내용을 분명히 기억했다. 하지만 차마 그 꿈을 꾸던 자신이 네메스가 그토록 학수고대하며 찾고 있던 유일무이한 바로 그 존재였다는 것에 등골이 오싹하고 간담이 서늘했다. 더욱이 막상 네메스 앞에서 말하려니 입은 조금도 떨어지질 않았다.

"그… 그, 그것이…."

"음. 됐네, 레스터. 자네도 모른다면 말하지 않아도 되네."

의외로 네메스도 그리 큰 기대를 하지 않았는지 떨림이 느껴질 정도로 두려워하고 있는 레스터에게 오히려 네메스는 부드러운 미소를 지으며 안정시켰다.

레스터는 너무 두려웠다. 꿈이 반복될수록 이 꿈이 예지몽이 아닐까 하는 불안감이 커져가고 있었는데, 뇌파의 판독이 불가능한 부분이 이 꿈이라니! 기막히게도 기묘한 꿈은 이제 꿈속에 머물러 있는 것이 아니라 다가올 엄연한 현실이라는 자각이 그를 무겁게 짓눌렀다. 지속적으로 반복되며 다가오던 그 기묘한 꿈은 놀랍게도 가상이 아니었다. 이제는 현실의 무대 위에서 일어날 수밖에 없는 분명한 현실이 되어갔다.

'이것을 어떻게 이야기하지. 그건 그렇고 이 잔인한 악몽 같은 꿈은 도대체 무엇을 의미하는 거지? 꿈속의 그는 또 누구란 말인가? 혹시 네메스?'

앞으로 어떤 일이 벌어질지 가늠할 수 없는 상황에서 아직은 깊이를 헤아릴 수 없는 네메스에게 그 무엇도 섣불리 드러낼 수 없던 레스터는 말을 아꼈다.

레스터가 감정을 추스르는 동안 네메스는 다음 말을 차분히 이어갔다.

"화성에서 처절한 전쟁을 치루고 난 후, 지구로 향하던 나는 드디어 《갤리온의 신화와 예언》에 있는 마지막 예언의 내용을 분석해서 그 의미를 깨닫게 되었지. 그러고 나서 지구로 온 후, VGSS 2000에 유일하게 남아 있던 콴티온스와 콴티 중에 예언에 명시된 '또 다른 존재'인 콴티를 추가적으로 복제했고, 그와 동시에 과학기술과 관련된 중요한 사항도 철저하고 빈틈없는 계획 하에 진행했지. 그때부터 시작된 연구는 레스터 자네가 우주정거장이라고 생각한 실험실에서 한 달가량을 지내고 이곳 지상 2층에 있는 돔에 온 이후, 일주일이 조금 지난 후에야 마침내 최종 완성되었네. 그 오랜 세월 동안 나는 오직 이 연구에만 몰입하고 지내왔지. 내가 예언을 바탕으로 시작한 연구는 기존의 지적생명체가 하던 그 어떤 연구보다 더 어렵고 난해했네. 게다가 이렇게 지금까지 한 분야에 아무런 기약도 없이 몰입할 수도 없었겠지. 그렇지만 나는 해냈네, 레스터!"

이제, 모든 준비를 끝낸 네메스에겐 결국 해냈다는 뿌듯함이 얼굴 전체에 환하게 피어났다. 우주에서 최후까지 살아남은 고등한 지적생명체만이 이루어낼 수 있는 가장 심오하고 난해한 과업을 그는 성공적으로 이루어낸 것이다.

"예언에 내포된 과학기술은 어떤 것이죠? 그래서 무엇을 만드셨다는 건가요, 네메스? 그리고 저는…."

레스터는 뒷말을 삼켰다. 그가 유일무이한 존재라는 것도 그렇지만 도대체 뇌는 무엇을 의미하는지 전혀 알 수 없었다. 어쩌면 저 위대한 존재가 모든 것을 완만히 해결할 비책을 가지고 있을지도 모른다는 한 가닥의 희망에 기댔다.

어떤 식으로 설명해도 이 기계장비를 당장 이해하지 못하리라 생각한 네메스는 가장 단순한 명칭으로 간략히 대답했다.

"우선은 '의지를 심는 기계'라고 부르게."

"도대체 무슨 뜻인가요? 기계장비에 의지를 심는다는 것이. 전혀 앞뒤가 맞지 않는 것 같은데요, 네메스. 지금까지 당신이 누누이 강조해왔듯이 안드로이드이든 인공생명체이든 정체성의 근원을 밝혀내는 것에 실패했다고 말했잖아요. 하물며 정체성은 의식에 필수불가결한 요소이고 결국 그 덕분에 의지를 발휘하게 되는 것인데 아예 정체성을 넘어서 기계장비에 바로 의지를 심는다니요."

또다시 지독히 난해한 미해결문제를 마주한 레스터는 머릿속이 저려왔다.

"레스터, 아직 자네에게 말하지 않은 한 가지 중요한 사실이 있네."

"어떤 중요한 사실인데요?"

"레스터 자네가 박사학위를 따내기 위해 제출했던 논문 말일세!"

놀라움이 가득 담긴 격앙된 말투로 네메스가 말했다.

"제 논문이요?"

네메스의 뜬금없는 말에 레스터는 적잖이 당황했다.

"내가 단순히 자네의 두뇌에서 나오는 특이한 뇌파만 발견했다면 최근까지 머뭇거리다 자네를 놓쳤을지도 모르네. 그런데 자네가 제출한 논문, 그 논문을 읽었네. 그때의 나의 심정이 어땠는지 아나?"

지금도 그때의 기억이 생생했는지 네메스는 적잖이 흥분했다.

"당신이 왜 제 논문을…?"

레스터는 여전히 네메스가 무엇을 말하고 있는지 감을 잡지 못했다.

"의지를 심는 기계에 실질적인 바탕이 되는 이론, 즉 내가 최종적으로 완성한 이론은 너무나 놀랍게도 레스터 자네가 작성한 논문의 내용과한 치의 오차도 없이 동일했다는 사실이네!"

"네?! 그럴 리가? 제 논문의 내용이 당신이 만든 '의지를 심는 기계'의 바탕이 되는 이론과 일치한다고요!"

레스터의 흥분된 심경은 좀처럼 진정되질 않았다. 여기저기서 당장 대답을 요구하며 튀어나오는 의문과 질문들이 한데 뒤섞여 레스터의 사고 회로를 순식간에 마비시켰다.

'어떤 상황이 되어야 이런 우연한 일치에 해당하는 경우의 수가 나올 수 있는 거지?'

'내 논문이 어떻게 네메스가 그것도 최종적으로 완성한 이론의 내용과 일치할 수 있다는 말인가?'

'내 논문의 내용이 바로 의지를 심는 기계를 만드는 데 실제적인 바탕이 되는 이론이라고!'

'아니, 그건 그렇고 정말 실제로 가능하다니! 단지 이론으로만 가능하다는 한계를 갖고 있던 논문이었는데…. 그런데 이제는 현실 속에 실물로 존재한다고!'

'센트럴-랩에서 에드워드 연구소장이 연설한 내용이 정말 사실이잖아! 결국 그 연설은 네메스의 최종 결과를 발표한 것이었어!'

"그렇다네, 레스터! 물론 그 이론을 바탕으로 실제적인 기계를 설계하고 제작한다는 것은 또다시 남다른 노력과 어려움이 수반되는 과정이었지. 어쨌든 여기서 가장 중요한 것은 내가 최종적으로 완성한 이론의 내용과 레스터 자네가 완성한 논문의 이론이 완벽하게 동일했다는 거네. 내가 지구에 온 이래 처음으로 인류역사상 도저히 있을 수 없는 상황이 벌어졌던 것일세. 결코 우연이 아니라 절대적인 필연이었던 것이지. 지구에 살고 있던 인류에게는 어떠한 의미도 가질 수 없는 이론이지 않았나! 인류는 그 이론의 숨겨진 진정한 의미의 이해는 고사하고 분석조차 제대로 할 수 없지. 게다가 그 이론의 활용에 대해서는 어디에 사용되어야 하는지 짐작도 할 수 없었을 테니깐 말이네. 왜냐하면 그 이론을 탄생시키려면 극단적인 먼 미래의 가장 뛰어난 진보를 이루어낸 지적 생명체에게서만 그나마 발견할 가능성의 기회가 주어질 수 있으니 말일세!"

"어떻게 그런 일이 내게!"

레스터는 순식간에 온몸에 소름이 돋았다.

"그래서 난 자네가 지금까지 기필코 찾고자 한 '또 다른 것 속에 유일무이한 존재'라는 것을 더 이상 의심 없이 받아들일 수 있었던 것이네. 드디어 나의 진정한 동반자를 찾은 것이지. 처음에 세상이 창조되었을 때부터 선택된 숙명적인 존재, 그 존재는 바로 레스터와 네메스라는 것을 말이네!"

네메스는 오묘한 표정으로 레스터를 쳐다봤다.

"따라서 우린 피할 수 없네. 처음부터 엮여진 존재들이니깐. 물론, 어떻게 우리가 반드시 엮여져야 했는지 그 경위나 심오한 의미는 아직 알 수 없지만, 우린 각자에게 주어진 임무를 순순히 받아들이며 앞으로 나아가는 것만이 유일한 길이자 선택일 뿐이네. 이제 우주에서 또 다른 선택은 없네. 우주에 존재했던 무한한 선택의 길은 모두 통합되어 오직 하나의 길로 남아 있을 뿐이지. 그 하나의 길은 오직 우리만이 소유할 수 있는 유일한 선택이며 그 길의 끝에 도달하면 결국 우리가 엮이게 된 의미뿐만이 아니라 지적생명체라면 그렇게 찾고자 했고 알고자 했던 궁극적인 진정한 의미와 마주하게 될 걸세!"

네메스가 잘 이해했냐는 듯, 고개를 약간 위아래로 끄덕였다.

네메스와 달리 레스터는 벗어날 수 없는 미로에 갇힌 기분이었다. 그가 박사학위 논문으로 제출한 이론은 당대의 가장 뛰어난 두뇌를 소유한 천재들도 모두들 인정하면서도 머리를 절레절레 흔들며 이해하기를 포기한 이론이었다. 그런데 중요한 것은 그 이론에 실려 있는 방대하고도 복잡한 방정식을 전 세계의 슈퍼컴퓨터들을 네트워크로 연결한 막강한 성능을 이용해서 다양한 계산을 수행하면 그에 따른 결과치는 항상 그 식의 결과식에서 유도된 예상치와 놀라울 정도로 정확히 맞아떨어진다는 사실이었다. 논문은 이론적인 실험결과에 대한 정확성과 명확성을 인정받았으나 기존의 개념을 완전히 뛰어넘는 전혀 새로운 개념으로 정립시킨 논문 속에 기술되어 있는 거대한 고차원의 새로운 수학적 개념은 그 누구도 이해한다는 것 자체를 허락하지 않았다. 레스터도 그의 논문에 실린 방대한 고차원의 수학식을 무언가에 홀린 듯이 기술했을 뿐, 솔직히 스스로도 자세히 설명하는 것은 불가능했다. 게다가 이 이론에 바탕을 둔 물리적인 현상을 이해하기 위한 필수적인 중간 과정은 전혀 감조차 잡을 수 없었다. 단지, 레스터가 어렴풋이 직관적으로 예상한 것은 자신의 논문의 내용이 충격적이게도 물리적인 현실을 넘어선 것 같았다. 즉, 우리가 생각하는 현실의 장이라 할 수 있는 우주마저 넘어선 그 무엇이었던 것이다. 그래서 다른 사람들에게 오해할 소지가 있는 자신의 생각을 그 누구에게도 말할 수 없었다. 왜냐하면 과학이란 철저히 이성적이고 논리적인 과정에 바탕을 두고 현실에서 명확히 증명될 수 있어야 하기 때문이다. 하지만 현실을 벗어난 자신의 논문은 상당히 형이상적이고 극도로 추상적이었다. 문제는 이러한 형이상적이고 추상적인 내용이 어이없게도 지적생명체가 만들어낸 가장 이성적이고 논리적인 도구인 수학을 바탕으로 완벽하게 정립되었다는 것이었다. 역설적이었지만 부정할 수 없는 현실이었던 것이다. 그래서 이론은 완벽했지만 도대체 이 이론이 어디에 사용될 수 있는 것인지 전 세계의 학자들뿐만 아니라 당사자인 레스터도 알 수 없었다. 마치 정의할 수 없는 어떠한 초월적 힘에 홀린 듯이 영감을 받고 써 내려간 논문이었다. 학계에서는 레스터의 논문을 두고 머나먼 미래에나 가능할법한 혁명적인 논문이며 도저히 현시대에 나올 수 없는 논문이라고 전 세계의 수많은 최고의 석학들이 이구동성으로 주장했다. 그러한 자신의 논문이 우주에서 가장 위대한 지적생명체인 네메스가 끊임없는 혼신의 노력으로 이루어낸 금자탑 중에 가장 최고의 금자탑이라 할 수 있는 이론과 조금도 틀림없이 동일하다는 것은 레스터를 소름끼치게 하기에 충분했다. 레스터가 그의 능력과 견줄 수 있는 그러한 논문을 어떻게 완성해낼 수 있었는지 스스로 요약해보면 이 세상은 과거와 현재 그리고 미래가 우리들의 생각이나 경험과는 다르게 하나로 묶여 있으며 굳이 나눈다는 것은 아무런 의미가 없음을 마치 천상에서 내려온 자신의 논문이 인류에게 존재했다는 그 이유만으로 증명하고 있었다. 게다가 이 깨달음으로 말미암아 시간과 공간, 즉 시공간을 넘어서는 초월적인 어떠한 형태이거나 초월적인 어떠한 존재가 분명히 실존한다는 것마저 증명하고 있었다. 즉, 레스터의 논문은 그 내용과 상관없이 절대 신의 존재를 증명한 것이었다. 세상은 처음부터 그 의도는 도저히 알 수 없지만 그 무엇으로도 벗어날 수 없는 어떠한 어마어마한 의지와 힘에 의하여 철저히 세상의 모든 것이 통제되고 있었다는 뜻이다. 레스터의 두려운 마음은 기하급수적으로 극대화됐다. 그것은 두려움에 대상이 그 어떠한 형태나 에너지로도 레스터 스스로 느낄 수 없기 때문이다. 하지만 아무리 두려워도 레스터는 그저 일방적으로 받아들여야 했다.

잠시 침묵하던 네메스가 레스터에게 말을 걸었다.
"인간을 포함해서 생물체를 이루는 기본 단위는 무엇이지, 레스터?"
"기본단위라면 세포죠! 인간은 약 60조 개의 세포들로 구성되어 있고요."

네메스의 느닷없는 질문에 레스터는 혼자만의 생각을 멈추고 대답했다.

"그래, 그렇다면 결국 세포는 최종적으로 무엇으로 구성되어 있을까?"

"세포는 결국은 원자들로 구성되어 있죠."

레스터는 대수롭지 않게 대답했다.

"그렇지! 원자는 우주에서 우리가 형태라고 부를 수 있는 모든 것의 가장 기본적이면서도 그 자체로 완벽한 기능을 수행하는 최소단위이지. 우주에 있는 수많은 은하, 우리 은하, 태양계, 모든 생명체와 무생물은 제각각의 무수히 많은 다양한 형태를 가지고 있어서 우리의 눈엔 각각의 개별적인 것들로 보이지만 미시세계로 들어가 세상을 보면 이 모든 것들은 결국 원자라는 형태로 구성되어 있어. 예를 들어 입자가속기를 이용해서 원자 속에 들어 있는 전자와 원자핵, 그리고 원자핵 속에 들어 있는 양성자나 중성자끼리 충돌시켜서 더 작은 미세입자들을 지속적으로 발견한다고 해도 이 우주에서 나와 레스터를 비롯해 우리가 볼 수 있는 우주의 존재하는 모든 형태의 것들은 결국엔 완벽한 기능을 하는 최소단위인 원자들인 거지."

네메스의 두뇌 속에선 복잡하게만 보이는 세상만물이 실은 가장 완벽한 기능을 하는 원자라는 아름다운 디자인으로 단순하게 구성되어 있고 설명이 가능하다는 사실이 아무리 당연한 사실이라고는 해도 생각하면 생각할수록 경이롭다는 생각에 푸근한 표정을 지으며 레스터에게 시를 읊듯이 말했다.

"물론, 자네도 알다시피 이 우주에서 우리에게 보이는 원자를 기반으로 생성된 모든 형태만이 전부는 아니네. 우리가 지각할 수 있는 것뿐만 아니라, 보이지 않고 감지할 수 없는 또 다른 물질과 에너지가 우주공간을 가득 채우고 있지. 인류가 깨닫기 시작한 암흑물질과 암흑에너지 말일세. 하지만 인류에게 암흑물질과 암흑에너지는 깊은 깨달음을 얻기 위한 그들의 여정에 단지 첫 번째 출발점이었을 뿐이네! 결국 수많은 세월이 지나 마지막에 가서는 인류도 나처럼 기존의 모든 것을 넘어서 우리 우주가 있기도 훨씬 전부터 항상 존재해왔던 가장 근원적인 영역에 도달했겠지."

"그렇다면 당신이 말한 '초월적인 미지의 영역' 말인가요?"

"맞네, 레스터!"

"우주의 대부분을 차지한다는 암흑물질과 암흑에너지도 삼라만상을 구성하는 가장 기본적인 요소가 아니라는 뜻이군요."

"정확히 맞혔네, 레스터! 우리 우주를 포함한 무한개의 또 다른 우주들은 암흑물질과 암흑에너지를 훨씬 넘어선 가장 근본적인 초월적 미지의 영역 안에 단지 각각의 하나의 점처럼 수 없이 박혀 있다는 것이 내가 밝혀낸 결과네. 우주의 시작과 최후를 밝히고 나서야 알 수 있었네."

"그러면 인류의 과학자들이 예상한 대로 다중세계는 분명히 존재하는 것이군요!"

"그렇다네, 레스터! 그 모든 것이 어떠한 이유로 반드시 존재해야 했는지 근원적인 이유는 나 역시 모르네만 분명히 초월적인 미지의 영역에 다중세계는 존재하네! 결국, 인류도 지속적으로 연구를 이어나갈 수 있었다면 머나먼 미래에 가서는 내가 밝혀낸 최후의 결론인 초월적인 미지의 영역과 필연적으로 마주치게 될 수밖에 없었겠지. 그러나 그곳은 이미 자네에게 말했듯 과학을 비롯한 또 다른 그 어떠한 방법으로도 관찰은 물론 분석조차 아예 불가능했네. 왜냐하면 초월적 미지의 영역은 물질도 에너지도 아니었기 때문이네. 차원이 없는 곳이니 아예 시공간도 존재하지 않으니깐 말이네. 즉, 시공간을 초월한 곳이지."

"물질도 에너지도 아니라는 말은 그것을 기반으로 자연의 현상을 관찰하고 분석하는 과학의 영역이 더 이상 아니잖아요!"

"그래서 과학으로는 더 이상 아무것도 할 수 없었네. 결국, 나는 그 초월적인 미지의 영역에 진입조차 못했기 때문에 그 이후론 이론도 실험도 더 이상 할 수 없었어. 그래서 마지막 단계에 도달했다는 것을 깨달을 수 있었지. 여기서 중요한 점은 지적생명체가 과학으로 도달할 수 있는 최후의 마지막 단계였다는 뜻이네."

"그러면 최후의 단계에서 네메스 당신이 예측한 궁극의 형태에 대해 최소한 어떤 것이라고 정의를 내릴 수는 있는 건가요?"

"아니! 그곳은 무엇으로도 정의를 내리는 것 자체가 불가능했네. 삼라만상을 넘어선 더욱 근본적인 근원 그 자체이며 이 모든 것을 진정으로 통제하고 조절하는 절대적인 유일무이한 힘이라 할 수 있는 '궁극의 매개체'였지. 하지만 나 역시 더 이상은 거론조차 할 수 없네. 분명한 것은 정말로 모든 것을 진정으로 초월하는 그 어떠한 절대적인 의지가 분명히 태초부터 존재했던 것이네! 우리 우주를 비롯해 무수히 많은 또 다른 우주들을 모두 포함하는 초월적 미지의 영역을 통제하는 궁극의 매개체가 실제로 존재해왔던 거란 말일세! 그러나 여기까지가 과학의 끝이었네. 과학이 도달할 수 있는 마지막 단계였지! 그렇지만 우리에겐 이제 과학을 넘어서《갤리온의 신화와 예언》을 바탕으로 탄생한 또 다른 최종결과물인 의지를 심는 기계가 우리와 함께하고 있네. 의지를 심는 기계는 이 모든 것을 진정으로 밝혀줄 유일하고도 분명한 출발점이네! 드디어 우리는 의지를 심는 기계를 통해 우주 역사상 처음으로 초고도의 과학으로도 풀 수 없는 난제이자 접근을 불허하는 '궁극의 매개체'의 실체를 밝혀내게 될 것이네!"

"그렇다면 불가능하다고 여겨졌던 초월적인 미지의 영역으로 진입하는 것이 이제는 가능하다는 뜻이군요. 그리고 그 최후의 열쇠가 바로 의지를 심는 기계구요!"

"그렇다네! 나는 《갈리온의 신화와 예언》을 믿네. 나는 의지를 심는 기계도 믿지. 결국엔 경전뿐만 아니라 과학 역시 최후의 궁극적인 단계에 도달하면 그다음에 할 수 있는 선택은 오직 믿음뿐이네! 강한 확신과 의지를 한가득 품은 믿음 말일세!"

"특히, 레스터 자네는 선택받은 자이니 상상을 넘어서는 그 이상을 체득하게 될 것이네! 반드시 말이네!"

"아! 혼란스럽군요. 제 마음은 말이죠. 그런데요, 네메스! 물질세계의 원자와 지적생명체의 의지가 무슨 상관관계가 있다는 건가요?"

세상만물이 원자로 구성되어 있다고 해도 의지는 지적생명체만의 또 다른 고유한 영역이라고 생각하고 있던 레스터였다.

"원자를 조작해서 저절로 신물질을 만들어내는 기계를 뜻하는 건가요?"

"아니네, 레스터. 인류는 단지 원자를 조작해서 기존에는 없던 새로운 신물질을 만들어내는 것을 마치 자신들이 세상을 지배하는 존재라도 되는 듯 뿌듯해했지. 하지만 그것은 진정한 도달이 아니야, 레스터! 그것은 단지 형태만 바뀐 허상일 뿐이지. 본질적인 것이 아니란 뜻이네."

"네!? 그러면 도대체 어떤 것이 본질적인 것이죠?"

"난 예언을 분석해서 그 의미를 파악하는 순간 궁극적인 단계를 깨달았네. 바로 '의지' 말이네."

"의지?"

"그렇다네, 레스터. 세상에서 가장 기본적이고도 그 자체로 완벽한 최소의 기능체인 원자에 의지를 심는 것, 바로 그것을 이루어내는 것이 우리가 도달할 수 있는 최후의 궁극적인 목적이라는 것을 말이네."

"지금 그것이 정말로 가능하다는 말씀인가요, 네메스?"

자신의 생각을 가다듬고 있던 네메스가 다시 입을 때며 말했다.
"마지막 예언에 이런 글이 쓰여 있네."

...
살아 있는 것과 살아 있지 않은 것의 경계를 넘어
유일무이한 다른 것과 만나게 될 때
모든 감정과 감각과 시공간을 초월하는 그곳에 의지만이 남는다.

"나는 마지막 예언을 분석해서 어떻게든 이 의미를 반드시 알아내야 했어. 내가 할 수 있는 마지막 도전이었으니깐 말이네. 마침내 이 의미를 파악하게 되었는데 이 예언 내용은 단지 추상적이고 신화적인 내용이 아니었지. 이것은 존재하지 않은 미지의 최첨단의 과학기술을 이용해서 만들어야 하는 시스템이어야 한다는 사실을 마침내 깨달은 거야!"

이제는 모든 이야기의 결말에 도달했다는 것을 인지한 네메스는 몸을 기울여 레스터의 집중을 이끌었다. 네메스의 기나긴 고난이 끝나가고 있었다. 이제 자신이 정한 계획에 따라 마지막까지 최선을 다해 레스터에게 설명해줄 것이며 그다음에 진행될 일은 자신이 아닌 레스터에게 전적으로 넘겨질 것이다.

"'살아 있는 것과 살아 있지 않은 것의 경계를 넘어'라는 의미는 생물과 무생물의 경계를 넘어서는 그 무엇이라고 생각했지. 그래서 이 조건에 합당한 것이 우주에서 아직 발견되지 않은 어느 신물질, 또는 새로운 에너지라고 생각했어. 그러나 이 생각은 나의 크나큰 오판이었네."

"전혀 새로운 형태도 아니고 에너지도 아니라면, 혹시 그렇다면 이미 우리가 알고 있는 어떤 것이란 말인가요?"

"그게 말일세, 레스터. 어떠한 형태라는 것은 맞는 말이지. 문제는 그

동안 난 어리석게도 오로지 위쪽만 쳐다보았다는 뜻이네. 나는 오직 맨눈으로 직접보고 관찰할 수 있는 실체만 찾았던 거야. 그러다 어느 순간 깨달았지. 우리가 맨눈으로는 직접 볼 수는 없지만 만물을 구성하는 물질인 원자를 말이야. 우리 몸을 구성하는 세포처럼 우주에서 완전한 기능을 하는 기본적인 세포는 원자이니깐 말이네. 즉, '살아 있는 것과 살아 있지 않은 것의 경계를 넘어'라는 의미는 우주에서 아직까지 발견되지 않은 어느 신물질도 새로운 에너지도 아닌 우리들에게 너무나 잘 알려진 원자를 말하는 것이었어."

"듣고 보니 정말 그렇군요! 네메스."

레스터에게 무언의 대답을 하듯 고개를 끄덕이며 네메스가 말을 이었다.

"유일무이한 다른 것과 만나게 될 때'라는 의미도 처음에는 지적생명체를 능가하는 그 무엇이라고 생각했네. 하지만 그것은 특별히 다른 무엇을 뜻하는 것이 아니라 인류를 의미하는 것이었고, 인류 중에서도 특별히 선택된 최후의 인물, 레스터 바로 자네라는 것을 알게 되었지. 결국 이 문장의 의미는 놀랍게도 레스터와 의지를 심는 기계가 만나게 된다는 뜻이었네."

네메스는 조금도 지체 없이 바로 그다음 예언을 이어나갔다.

"'모든 감정과 감각과 시공간을 초월하는 그곳에 의지만이 남는다.'라는 의미는 레스터와 의지를 심는 기계가 합쳐졌을 때 발생하게 되는 그 무언가임이 분명하네. 그렇지만 솔직히 나 역시도 이러한 상태에 도달하게 된다면 무엇을 보고 경험하고 느끼게 될지 전혀 알 수는 없네. 한 가지 확실한 것은 우리가 생을 살아가며 경험하면서 느껴 오던 수많은 현상과는 근본적으로 상당히 다를 것이라는 것만 예측할 뿐이지."

네메스는 이 문장의 의미가 실제적인 체험을 통해서만 알 수 있다는 뜻으로 말하면서 레스터를 의미심장한 눈빛으로 뚫어질 듯이 쳐다보았다.

"의지를 심는 기계가 정말로 있다는 말입니까, 네메스?"

레스터가 도저히 믿기지 않는다는 표정으로 네메스를 쳐다보며 말했다.

"존재하네. 다른 곳도 아닌 바로 이곳에!"

"네?! 도대체 어디에요?"

"지하 2층."

네메스가 자신의 검지를 펴서 아래 방향을 가리켰다.

"아! 그랬군요. 그래서 지하 2층은 철저하게 출입이 통제되어 있었던 거군요!"

VGSS 2000의 모든 구조와 마지막 비밀까지도 확실하게 알게 된 레스터는 드디어 기나긴 안개 속을 빠져나오고 있었다.

의자에서 일어선 네메스는 레스터에게 같이 가자고 손짓했다. 그들은 전용 승강기를 타고는 지하 2층으로 내려갔다. 이곳은 기존의 다른 층들과는 분위기가 사뭇 달랐다. 다른 층들의 분위기는 밝은 색과 은은한 조명으로 주위를 밝게 했다면 지하 2층에 자리 잡은 이곳은 전체적으로 어둡고 짙은 회색 계열의 은은한 조명이 비추어지고 있었다. 길게 난 복도를 끝까지 걷다가 오른쪽으로 방향을 바꾸어서 또 한참을 걸어가다 보니 갑자기 확 트인 넓은 공간이 시야에 들어왔다. 그곳엔 다른 층과도 확연한 차이를 보여주는 높고도 넓은 금속 재질에 묵직한 출입문이 위엄 있게 굳게 닫혀 있었다. 출입문 앞에 네메스와 레스터가 서자 위쪽에 있는 유리재질로 덮여 있는 작은 구멍에서 레이저 빛이 나오더니 점점 더 커지는 동심원을 그리며 네메스와 레스터를 동시에 스캔했다. 스캔을 마치자, 출입문이 크기와 무게와는 다르게 소리도 없이 부드럽게 열렸다.

"들어가도록 하지."

그저 모든 것이 신기해 멀뚱멀뚱한 표정을 짓는 레스터를 툭 치며 네메스가 미소 지었다.

"네, 그러죠."

출입문에 들어서서 또다시 걸었다. 이번에는 왼쪽으로 나 있는 복도를 따라 걸었다. 그 복도 끝에는 조금 전에 통과해서 들어왔던 묵직한 출입문보다 더 웅장한 금속의 문이 버티고 있었다. 레스터는 이제야 알 수 있었다. VGSS 2000 안에서 지하 2층에 있는 이곳에 들어올 수 있는 유일한 존재는 네메스뿐이었다. 그런데도 보기에 상당한 강도가 느껴지는 두껍고 커다란 문을 두 개씩이나 설치했고, 이곳의 전체 내벽도 이중으로 엄청난 강도가 느껴지는 신소재의 최첨단 금속으로 완공한 것을 보면 의지를 심는 기계를 가동시킬 경우에 발생할 수 있는 가장 최악의 사고에서도 VGSS 2000을 최대한 보호하기 위한 조치라는 것을 레스터는 한눈에 이해할 수 있었다. 어쩌면 그만큼 완벽한 이론과 설계를 통해 만들었다고는 해도 이 실험은 그만큼 위험천만한 일이라는 것을 반증하는 것이기도 했다. 하지만 레스터가 생각하기에 제일 심각한 문제는 오직 하나였다. 의지를 심는 기계를 실제적으로 가동시킨 후, 발생하게 될 결과를 예측하는 것이 불가능하다는 것이다. 레스터가 잠시 고민하는 사이, 두 번째 웅장한 문에서 이번에도 첫 번째 문을 통과하기 전에 했던 것처럼 그들을 스캔했다. 곧이어 굳게 닫혔던 문이 열렸고 그들이 들어서자 문은 원래대로 다시 닫혔다. 문이 닫히자, 내부는 암흑에 묻혀 더 이상 보이지도 않았으며 주위는 어둠의 정적만큼 고요했다. 잠시 움직임 없이 네메스와 레스터가 서 있자, 공간의 가장자리 밑에서 위쪽을 향해 네 개의 청색불빛이 나오면서 주위를 밝히기 시작했다. 실험실이 밝아지자, 높이가 5미터 정도에 이르는 커다란 원통형의 기계장비가 보였는데 앞쪽은 넓고 큰 투명한 유리로 되어 있었다. 이제 막 준비상태에 들어가는지 내부에서 은은한 노란색 계열의 불빛이 공간 전체를 가득 채우고 있었다.

"아악!"

레스터는 갑자기 외마디 비명을 지르며 뒷걸음쳤다.

"무슨 일인가, 레스터?"

영문을 알 수 없던 네메스는 당황하면서 레스터에게 말했다.

"아닙니다, 네메스."

식은땀을 흘리던 래스터는 숨을 고르며 간신히 말했다.

레스터의 눈에 들어온 원통형의 기계장비는 바로 그가 반복되는 꿈속에서 항상 보았던 바로 그것이었다. 하지만 기계를 본 순간, 레스터를 더욱 소스라치게 한 것은 그 안에서 하나의 환영이 스쳐갔기 때문이었다. 이 기계장비 속에서 세상의 모든 슬픔을 안고서 눈물을 흘리는 자신의 모습과 눈이 마주쳤다. 그의 꿈속에서 항상 나타났지만 알고 싶어도 도저히 알 수 없었던 그 사람은 바로 레스터였다.

"레스터, 이리로 오게나."

네메스가 원통형의 기계장비 앞에 무언가에 홀린 듯 서 있는 레스터의 모습을 잠시 살피더니 그를 불렀다.

네메스가 한쪽 벽면으로 다가가 벽면에 손을 갖다 대자 터치식의 버튼과 불빛이 나왔다. 그리고 패스워드를 입력하자 지금까지 한쪽 벽면일 뿐이라고 생각한 곳에서 마치 연극무대의 막이 서서히 위로 올라가듯 움직이다가 시야에서 사라졌다. 곧이어 방대한 공간이 눈앞에 펼쳐졌다. 그러고 나서 어느새 레스터에게 지금까지 보았던 모든 첨단 기계장비와는 상당히 이질적인 거대한 기계장비가 그 위용을 드러내며 나타났다.

"레스터! 이것이 내가 말한 '의지를 심는 기계'네!"

네메스의 음성은 묵직하게 아래로 깔려 있었다. 그는 이 순간이 갖는 중대한 의미의 깊이에 빠져 있었고 그의 눈빛은 매서웠고 표정은 겸허하면서도 비장했다.

이 거대한 의지를 심는 기계는 마치 이집트에 있는 대 피라미드를 수평방향으로 가장 위쪽에서부터 10분의 1가량을 잘라내 없애고 아래쪽의 나머지 10분의 9에 해당하는 부분만 남겨 놓은 모습과 동일했다. 그리고 매우 특이한 것은 사라진 위쪽의 10분의 1에 해당하는 부분에는 반원형의 투명한 재질로 만들어진 것이 덮여 있었다. 그리고 이 기계의 밑면에 네 개의 꼭짓점에 해당하는 곳에는 기다란 원기둥의 전압강압기가 각각 세워져 있었다. 그리고 이 기둥들은 서로 연결되어 의지를 심는 기계에 순간 최대의 전력을 공급하도록 만들어져 있었다. 레스터는 의지를 심는 기계를 보는 순간, 그 규모에 압도되어 그 자리에 얼어붙은 듯이 서 있었다. 기계는 밑면의 한 변의 길이가 약 500미터였고 높이는 약 319미터에 달했다.

"피라미드와 꼭 닮은 디자인으로 의지를 심는 기계를 만들기로 처음부터 계획했고 그 모습으로 완성했네. 그 밖에 다른 디자인으로 의지를 심는 기계를 만든다는 것은 생각할 수 없었지."

네메스가 의미심장한 미소를 지으며 레스터에게 말했다.

"어떤 특별한 이유가 있나요?"

"피라미드는 단순히 왕의 무덤이 아니네. 내가 예언을 깨달은 후에 의지를 심는 기계의 디자인을 피라미드 모양으로 만들겠다는 내 의지의 산물의 결과이기도 했고 인류에게 보내는 무언의 메시지이기도 했네."

"아! 정말로 피라미드는 또 다른 깊은 의미가 있었군요!"

"내가 지구에 온 이후, 콴티들이 자리를 잡으며 번성해갈 때 그들의 신은 오직 네메스와 콴티온스들이었고 후에 '수메르 문명'이라 불리게 된 그 문명에 살던 그들은 나를 '아눈나키'라 불렀지. 세월이 흐르고 흘러 지구 전역으로 흩어져나가기 시작한 인류의 문명은 더욱 괄목할 만한 성장을 했고, 더불어 신에 대한 그들의 충실한 믿음도 더욱더 견고해져갔어. 하지만 그들이 초거대문명이 되려면 과학기술이 반드시 필요할 뿐만 아니라 무엇보다 그들 각자에게 자신감과 긍지를 반드시 갖게 해주어야 했네. 즉, 그들이 무엇이든 스스로 할 수 있다는 자긍심을 말이지. 그래서 먼저 수학과 그것을 바탕으로 한 건축술을 그들에게 가르쳐주었네. 그리고 고도의 정밀한 내부설계는 물론 시간과 효율성을 위해 거대한 돌들을 자르고 대리석들을 나르는 것은 대부분 멀티유니온이 첨단 기계장비들을 이용해서 도와주도록 지시했지만 무엇보다 우선시한 것은 최대한 그들이 작업현장에서 스스로 어려움을 이겨내면서 건설하도록 이끌어주는 것이었지. 무엇이든지 직접 경험하지 않고 보고나 듣기만 해서는 발전이 없으니깐 말이네. 하여튼 그 후에 인류는 세계 곳곳에서 그들의 지역문화와 결합한 다양한 모양의 피라미드들을 세웠지. 그리고 그와 더불어 문명은 빠른 속도로 발전하기 시작했네. 특히 나는 피라미드의 기원이 된 이집트에 있는 피라미드들을 그들이 수많은 시행착오를 거치면서 완벽하게 건설할 때까지 도와주면서 항상 지켜봐왔어. 그들의 기술적 성숙이 나도 만족할 수준이 되고 나서는 앞으로도 오랫동안 이어져나갈 그들의 미래에 영원히 잊지 못할 이정표를 만들어주고 싶었지. 그들은 가장 고등한 지적생명체의 직계후손이지 않던가! 항상 하늘을 보고 초월적인 개념에 대해 각자가 마음속에 영원히 간직하도록 해야 했네. 그래서 어느 누구나 밤하늘을 쳐다보면 선명하게 볼 수 있었던 오리온성좌를 기준으로 세 개의 피라미드를 건설하게 했던 거지. 그들의 신의 관념은 이제는 나를 벗어나 그들 스스로 점점 더 먼 곳을 향해서 나아가야 했으니깐 말이네!"

"수메르의 아눈나키가 바로 당신이었군요? 그 후에 생겨난 전 세계의 모든 신의 기원인 존재가 말이죠."

레스터가 순진하게 놀라워하다가 순간 움찔했다. 네메스가 아니라면 도대체 누구란 말인가. 레스터는 당연한 사실임을 받아들였다. 지구에 처음 온 진정한 선진문명이자 초거대문명의 지적생명체는 오직 네메스 뿐이었으므로.

"우리에게 남겨진 최후이자 유일한 비밀인 우주의 궁극적인 진정한 의미를 밝히고자 만들어낸 의지를 심는 기계는 단지 네메스와 레스터만이 아닌 나의 갤리온의 모든 이들과 레스터의 인류가 이루어낸 가장 극적이며 감격적인 성과이니 나는 인류의 뜻도 반드시 기리고 싶었네. 그래서 의지를 심는 기계의 디자인을 인류의 진정한 도약을 위한 시초이자 기념비이며 이정표인 그것으로 선택했던 거야!"

네메스의 얼굴엔 감격에 겨운 표정이 역력히 드러났다.

"그랬군요. 현 인류에겐 영원한 의문이었죠. 어떻게 아무런 발전 형태도 보이지 않던 지구에 흩어져 있던 원시인에 가까운 존재들이 어느 순간 갑자기 너무나 빠른 속도로 급성장할 수 있었는지 말이죠. 그리고 어떻게 다른 곳과는 다르게 특정지역에서만 급격한 차이를 보이는 그러한 수준 높은 문명이 단기간에 형성될 수 있었는지 말이죠."

레스터는 어느 순간부터 자신이 전혀 다르게 느껴졌다. 더 이상 자신이 기존의 평범한 사람 중 하나라는 의미는 퇴색되고 점점 더 네메스와 혼연일체가 되어가고 있었다. 네메스를 통해 그동안 철저히 감추어져 왔던 세상의 비밀이 서서히 풀리며 진정한 사실을 알아버렸기 때문이었다. 인류 중 유일하게 모든 것을 알아버린 현재의 그는 단지 인류 중의 한 사람이라는 평범한 존재일 수는 없었다. 더욱이 이제 그는 네메스와 더불어 마지막 남은 최후의 비밀을 해결해야 할 절대적인 운명을 타고

난 존재이자 협력자였다. 이 최후의 비밀은 네메스마저 알지 못하는 비밀이었다. 오직 레스터만이 해결할 수 있었다. 바로 우주의 궁극적인 진정한 의미라는 비밀만이 그를 기다린 채 유일하게 남아 있었다.

인류는 항상 자신들보다 고등한 지적생명체가 존재한다고 생각하면서도 그들을 상상할 때는 대부분 무자비하게 인류를 공격하며 살상하거나 그렇지 않으면 어딘가 모자라거나 그냥 선한 모습으로 외계인을 그려왔다. 그러나 진정으로 고등한 지적생명체라면 최소한 인류 중에 가장 월등하고 지적이라 할 수 있는 부류의 인간들이 생각하는 진리의 세계보다는 훨씬 더 정신적인 성숙과 과학기술을 소유하고 커다란 발전을 통해 진리의 세계로 더 나아가 초거대문명을 이룬 월등한 지적생명체여야 하지 않을까. 레스터는 두려움도 잊은 채 자신도 모르게 어이없는 웃음을 짓고 말았다. 인류의 어처구니없는 상상이 레스터를 어이없이 웃게 만들었다. 레스터는 인류역사상 처음으로 가장 고등한 지적생명체와 직접 마주하고 있었다. 네메스는 누구나 무조건적으로 인정할 수 밖에 없는 우주에서 진정으로 가장 고등한 지적생명체의 살아 있는 표본이었다.

"이론적으로 완벽하고 인공지능 슈퍼컴퓨터를 이용해 가상 시뮬레이션으로 실험도 완벽하게 성공적으로 마친 상태네. 하지만 이렇게 엄청난 규모의 의지를 심는 기계를 이용해서 실제적으로 실험한 적은 없지. 그래서 어떤 상황이 발생할지 나 역시 정확히 알 수는 없네, 레스터."

네메스에게서 비장한 마음이 느껴졌다.

"그런대도 이 의지를 심는 기계를 이용한다면 당신이 원하는, 아니 모든 지적생명체들이 진정으로 알고자 한 우주의 궁극적인 진정한 의미에 반드시 도달할 수 있다고 확신하고 있는 거죠, 네메스?"

"그럼, 레스터! 믿어야지. 믿고말고! 여기서 더 갈 곳도 없고 더 물러날 곳도 없지. 모든 것이 완벽하게 준비되었네. 이제는 오직 예언을 믿고 따르는 것 외에 다른 방도는 더 이상 없으니깐 말일세!"

네메스가 스스로에게 다짐하듯이 두 눈을 부릅뜨며 냉철하면서 똑 부러지는 말투로 말했다.

"그런데 전 너무 두려워요! 제가 치러야 할 피할 수 없는 현실이!"

"레스터!"

네메스는 레스터의 어깨를 감싸며 따뜻한 마음이 느껴지는 말투로 레스터를 불렀다.

"인류를 포함해 우주역사상 그 누구도 도달하지 못한 진정한 해탈의 경지에 다다르려면 반드시 거쳐야 하는 고난이 뒤따를 수밖에 없는 것이네. 세상에서 가장 소중한 것을 얻으려면 고통은 피할 수 없지. 그것이 소중하면 소중할수록!"

네메스는 그렇게 말한 뒤에 입술을 굳게 다물었다.

"네메스! 왜 아직도 핵심적인 부분을 저한테 직접 말하지 못하고 주저하고 있는 거죠?"

갑자기 불같이 화를 내며 레스터가 큰소리로 외쳤다.

"당신이 필요한 것은 내가 아니라 제 뇌가 아닙니까! 당신이 말하는 예언에 의해 선택된 자의 뇌!"

억눌러왔던 감정을 폭발하듯 쏟아내며 레스터가 이어서 말했다.

"저의 뇌를 의심하는 것도 아니고 내 생명을 안타까워하는 것도 아니잖아요! 내 생명과 상관없이 언제든지 뇌만 빼내면 모든 것이 당신이 뜻하는 대로 이루어지잖아요. 그런데 왜 지금까지 나를 살려두는 건가요?"

"레스터, 진정하게! 그런 게 아니네. 그래, 솔직히 자네가 이곳에 있는 동안에 의지를 심는 기계가 완성되었을 때 자네가 말한 대로 바로 실험에 이용할 수도 있었지. 하지만 그 방법은 결코 내가 원하는 길이 아니었네. 내가 찾고자 한 것은 불손하고 해악적인 요소가 전혀 없는 가장 순수한 우주의 궁극적인 진정한 의미를 알고자 하는 거였지. 다른 것은 몰라도 이 의미를 찾는 일만큼만은 불경스러운 점이 단 한 점도 없기를 바라왔네. 레스터! 자네는 나와 같은 길을 가고 있고 우리는 한 배를 탔네. 우리는 처음부터 진정한 궁극적인 진리를 알고 싶었고 그것만을 위해 살기로 맹세한 존재들이지. 언제든지 자신의 목숨을 잃는다 해도 말이야. 단순히 삶을 살아가는 것이 중요한 것이 아니라 지적생명체가 우주라는 곳에 왜 있어야 했는지, 왜 지적생명체들만 오직 우주의 진정한 궁극적인 의미를 알고자 하는지, 그리고 이러한 질문을 지적생명체들은 어떻게 마음속에 품을 수 있었는지에 대해 말이네. 이 모든 의문도 우주의 궁극적인 진리에 도달한다면 분명히 모두 알 수 있을 테니깐 말일세!"

네메스는 자신의 진실한 마음을 담아 차분히 말했다.

레스터는 네메스의 설득력 있는 진실한 대답에 치솟던 분노가 눈 녹듯이 사라져 그만 할 말을 잃었다. 그것은 단지 네메스의 답변이 설득력이 있어서만이 아니라 네메스의 마음이 곧 레스터의 마음이기 때문이었다. 그랬다. 네메스의 생각과 궁금증은 바로 레스터의 생각과 궁금증이었다. 그들은 처음부터 동일체였던 것이다. 물질적으론 독립된 각각의 객체로 보여도 궁극적인 개념으로 묶여진 존재였고 그들의 존재 이유는 오직 하나만을 추구하면서 나아가는 것이었다. 마치 빛과 같았다. 전기장과 자기장의 연속적인 흐름처럼 끝없이 앞으로 나아가는 존재, 절대로 분리될 수 없는 존재였다. 레스터 역시 이 순간을 피하고 싶은 마음은 전혀 없었다. 이보다 더 중요한 순간은 세상이 처음으로 열린 이후에 지금까지 존재할 수도 없지 않았던가! 우주의 궁극적인 진정한 의미에 도달할 수 있는 단 한 번뿐인 유일무이한 순간은 오직 지금뿐이며. 그곳에 도달할 수 있는 유일한 자는 바로 레스터였다.

"결국 자네와 나는 지금까지 우주에 존재해왔던 지적생명체들과 우리의 모든 것을 걸고 오직 한 번뿐인 실험을 하는 것이네. 명심하게! 지금 최후의 비밀의 문 앞에 서 있네. 우리는 우주의 궁극적인 진정한 의미를 깨달을 수 있는 유일한 자들이라는 사실을 말일세!"

네메스의 말이 옳았다. 단순히 생을 더 오래 사느냐 더 적게 사느냐 하는 문제는 더 이상 중요한 것이 아니었다. 진정한 진리의 문을 열고 그렇게도 알고자 하는 진실을 모두 알고 싶었다. 알 수만 있다면 죽는 것은 언제라도 받아들이겠다고 굳은 결심을 했고 지금까지 살아왔으며, 결국은 이것이 레스터의 유일한 삶의 의미였다.

하지만 그래도 막상 자신에게 닥쳐올 미래를 알아버린 현실은 고통스럽고 소름끼치는 일이다. 아무리 굳은 결심을 했다고 해도 그 미래가 생사와 관계되는 것이기에….

"우리가 지금부터 행하고자 하는 역사상 가장 위대한 실험은 결코 우연이 아니네, 레스터! 이처럼 이 세상에서 가장 중요한 일에는 우연이란 없는 거야. 이것은 유일한 숙명이네. 그 누구도 우주의 그 무엇으로도 피할 수 없는 단 하나의 유일무이한 사명인 거야!"

네메스가 열변을 토하며 레스터를 독려했다.

"이성적으로는 충분히 이해합니다. 그러나 저는 너무도 무섭고 두려워요, 네메스. 당사자가 저라는 것이."

레스터는 어떻게든 마음의 냉정을 유지하려고 노력하고 있었지만, 그와 동시에 다른 한편으론 어떻게 하든지 피할 수만 있다면 이 상황을 벗어나기 위해 무슨 짓이든 하고 싶었다. 하지만 이 상황을 벗어난다고 해도 레스터가 되돌아갈 곳은 어디에도 없었다. 그런데 레스터의 두려움을 극대화시킨 것은 단지 그의 생사와 관련된 이 실험 때문만이 아니었다. 언제부턴가 이 세상이 종말을 향해 가고 있다는 강한 암시가 그에게 현실처럼 느껴졌다. 단순히 자신만의 죽음이 아니라 세상 모든 것에 죽음의 그림자가 길게 드리워지고 있었다. 레스터에게 선택이란 있을 수 없었다. 물론, 레스터 역시 네메스 이상만큼 우주의 궁극적인 진정한 의미를 알고 싶었다. 하지만 그전에 레스터는 그의 목숨을 바쳐야 했다. 세상의 종말이 오기 전에 먼저 자신의 목숨을 걸어야 했던 것이다.

"지금 레스터 자네가 가는 길은 내가 지금까지 살아오면서 그토록 바라던 유일한 길이었네. 만약 그 예언의 주인공이 나였다면 이 세상을 모두 소유한 듯이 생애의 가장 커다란 행복감을 느끼며 나 자신을 기꺼이 바쳤을 것이네. 그러나 너무나 슬프고 절망적이게도 나는 선택받지 못했어. 레스터 자네가 내가 완성한 의지를 심는 기계와 결합되었을 때 무엇을 보고 느낄 수 있는지 전혀 알 수 없지. 그 진행과정은 조금도 느끼지 못한 채 오직 자네와 의지를 심는 기계가 완벽하게 결합된 단순한 결과만 확인해볼 수 있을 뿐이니깐 말이네."

네메스는 부러움과 절망이 뒤섞인 감정을 숨기지 않으며 말했다.

네메스의 고백은 레스터에게 생각하지도 못했던 묘한 경쟁심을 불러 일으켰다. 의지를 심는 기계와 결합할 수 있는 자는 이 우주에서 오직 레스터뿐이었다. 그의 몸은 두려움에 떨고 있으면서도 동시에 알 수 없는 도전정신이 샘솟았다. 네메스는 레스터의 두 눈을 지그시 응시했다. 우주에서 가장 고등한 지적생명체인 네메스조차 도달할 수 없는 그곳에 실험만 성공한다면 레스터는 도달할 수 있었다. 어느새 레스터의 눈빛에서 강인함이 느껴졌다. 그 눈빛은 목숨을 걸고 싸우던 용맹한 검투사의 눈빛이었다.

"레스터, 자네에게 보여줄 것이 있네."

"어떤 거죠, 네메스?"

마음을 추스르고 스스로에게 강인한 결단을 내린 레스터는 결의에 찬 눈빛으로 말했다.

"따라와 보게나, 레스터!"

의지를 심는 기계가 놓여 있는 규모가 거대한 연구실에서 나와 오른 쪽으로 나 있는 복도를 따라 걸어가다 보니 조금 전의 연구실에 비해 규모가 상대적으로 작은 또 다른 연구실이 있었다. 이곳에는 조금 전 연구실에서 보던 것과 동일한 의지를 심는 기계를 50분의 1로 축소해 놓은 기계장비가 놓여 있었다.

"그런데 이것은 왜 규모가 작죠? 이것도 의지를 심는 기계인가요?"

"조금 전에 본 것과 동일한 의지를 심는 기계네. 처음으로 완성했던 의지를 심는 기계였지!"

"혹시 그렇다면 벌써 다양한 실험을 진행했다는 뜻인가요?"

"그렇다네, 레스터! 이 기계를 완성하고 동물들에게 실험을 실시했지."

네메스가 살며시 미소를 지으며 말했다.

"실험이 완벽하게 성공했군요, 네메스! 실험이 만족할 만큼 성공했으니깐 최종적으로 조금 전에 본 의지를 심는 기계를 다시 만든 거구요."

마치 본인이 실험을 완벽하게 성공시킨 듯이 레스터가 크게 기뻐하며 말했다.

"그래 정확히 맞혔네, 레스터. 처음으로 완성한 여기 있는 의지를 심는 기계로 생쥐, 고양이, 원숭이의 뇌를 각각 이용해서 실험을 진행시켰지. 역시 일반적인 동물들이 생각하는 것은 대부분 먹는 것에 한정되어 있더군. 예를 들면 이 동물들은 각각 치즈, 생선, 바나나 같은 것들은 의지로 만들어냈어. 나에겐 별로 의미 없는 결과물이었지만 가장 중요한 것은 모든 실험을 완벽하게 통과했다는 사실이지. 의지를 심는 기계가 오류 없이 완벽하게 작동했다는 뜻이니깐 말일세. 그래서 본격적으로 거대한 의지를 심는 기계를 만드는 착공에 들어갔고 레스터 자네가 지상 2층의 돔에서 생활하고 있던 최근에야 비로소 최종적으로 완공했네!"

네메스 역시 들뜬 기분에 사로잡혀서 성공담을 레스터에게 들려주었다.

"그런데 네메스. 동물들이 치즈, 생선, 바나나 등을 그들의 의지로 만들어냈다는 것이 정확히 무슨 뜻인가요?"

레스터는 도저히 이해하지 못하겠다는 표정으로 질문했다.

"설명해주지, 레스터! 세상에 존재하는 모든 것들은 그 형태가 아무리 수없이 다양하다고 해도 결국은 모두 원자로 구성되어 있다는 것은 누구보다도 잘 알고 있잖아?"

"충분히 잘 알고 있죠. 그런데요, 네메스?"

"결국 세상은 모두 원자로 구성되어 있으니 무엇이 만들어지든지 무엇을 만들어내던지 결국은 원자들의 덩어리일 뿐이지. 즉, 이 의지를 심는 기계는 내가 심혈을 기울여서 만들어낸 특수한 재질의 신물질을 이용해서 내부의 원자들이 통제된 상태로 외부의 공간과 완벽하게 분리되어 있네. 외부의 원자와 내부의 원자를 분리하는 신물질을 개발하는 작업은 꽤 오랫동안 난항을 겪었지. 너무나 고되고 힘든 작업이었어. 왜냐하면 내가 만들어낸 특수한 재질의 신물질도 결국은 원자들의 덩어리라고 할 수 있으니깐. 이런 불가능한 작업을 성공적으로 이끌어낸 신물질은 자체적으로 매우 강력한 전자기장을 형성해서 의지를 심는 기계의 내부와 외부 사이의 경계 부분에 보호막을 형성해서 완벽하게 비어 있는 공간 상태를 유지시켜 내부의 원자들과 외부의 원자들이 척력에 의해 분리되도록 해주는 역할을 하게 되네. 그리고 의지를 심는 기계의 윗

면에는 투명한 반구형의 특수한 합금으로 만들어진 덮개가 빈틈없이 밀착된 상태로 덮여 있는데 그 속에 동물의 뇌가 들어가게 되지. 그러고 나서 의지를 심는 기계가 작동을 시작하게 되면 뇌는 내부에 갇혀 있는 셀 수 없이 많은 모든 원자들 각각에 자신의 의지를 불어넣어 뇌의 의식이 각각의 모든 원자들에게 복제되듯이 원자들에게 옮겨가게 되면서 최종적으론 기존의 뇌가 소유하고 있던 정체성을 획득하게 되는 거야. 결국 기계 안의 모든 원자들은 의식을 가진 하나의 정체성으로 통합되어 의지를 발휘하게 되는 것이네. 여기서 가장 중요한 점은 뇌와 내부에 갇혀 있던 원자들이 각각 뇌의 세포 하나하나씩 연결되어서 통신을 한다는 뜻이 아니라 뇌와 내부에 갇혀 있던 원자들이 하나로 합쳐지게 되는 거야. 결국은 뇌가 통합되어서 합쳐지고 원자들만 남게 되니깐 아무런 반응이 없는 것처럼 보이고 느껴지겠지만, 이때부터 상상을 초월하는 놀라운 일이 벌어지게 되는 것일세. 왜냐하면 이미 내부에 갇혀 있던 원자들은 처음 상태의 원자들이 아니니깐 말이네. 즉 생쥐의 뇌와 결합되었다면 내부의 갇혀져 있던 원자들은 우리 눈에는 빈 공간으로 보일 뿐인데도 치즈를 만들어내고 고양이의 뇌라면 생선을, 원숭이의 뇌라면 바나나를 만들어내지. 한마디로 표현하자면 의지를 가진 원자들이 되는 거야!"

"그것이 정말 가능하다는 말이에요, 네메스?"

"그렇다네, 레스터!"

"즉, 생각은 곧 의지이며 동시에 현실로 이루어지게 되는 것이네! 시간의 간격도 전혀 없지. 이 상태가 되면 더 이상 시간은 의미도 없거니와 시간이란 존재하지도 않게 되지. 공간도 마찬가지가 되네. 의지를 심는 기계에서는 생각이나 의지라는 추상적인 관념만으로 기존까지 아무것도 없어 보이는 곳에서 스스로 수축하거나 확장하거나 구부리거나 하는 방식으로 공간을 창출해서 현실이라 불리는 어떤 실존하는 형태를 가진 물질을 만들어낸다네. 바로, 시공간을 초월한다는 뜻이지! 의지만으로 아무것도 없는 곳에서 형태를 만들어내거나 원하는 대로 변형시킬 수 있는 거야. 물리학에서 말하는 열역학 제2법칙의 엔트로피라는 무질서의 증가와 감소도 아무런 의미가 없네. 왜냐하면 예를 들어 멀쩡한 상태의 꽃병을 깨뜨려서 산산조각을 낸다면 우리의 현실에선 처음에 멀쩡한 상태의 꽃병으로 되돌릴 수 없지만 의지를 심는 기계에서는 의지만으로 꽃병의 처음 상태부터 완전히 산산조각 난 상태까지의 모든 순간이 동시에 나타나네. 즉 처음부터 끝까지의 모든 순간이 한순간에 펼쳐지는 것이네. 무엇이든지 어떠한 상태이건 형성되어서 나타낼 수 있는 것이지. 내부에 갇힌 원자들은 단지 내부에서만 가능할 뿐이지만 그 속에서만큼은 의지를 가진 전지전능함 그 자체를 가지게 되는 거야, 레스터!"

네메스는 자세한 설명을 끝내고는 가만히 레스터의 반응을 살폈다.

"…"

레스터는 차마 단 한마디의 말도 할 수 없었다. 그동안 네메스를 통해 믿을 수 없는 다양한 최첨단 과학기술들을 경험해보았지만 의지를 심는 기계에 대한 네메스의 자세한 설명은 레스터의 두뇌를 실성한 상태로 만들었다. 레스터가 아무리 생각하려고 해도 더 이상 생각한다는 것 자체가 아무런 의미를 갖지 못했다. 오직 한 가지 확실한 것은 레스터의 삶 중에서 가장 놀랍고도 경이로운 순간과 함께 최고의 극단적인 과학기술의 끝을 동시에 맞이하고 있었다. 그리고 이 순간이 명백한 사실이자 현실이라는 것이다. 진정 네메스는 그 누구도 영원히 도달할 수 없는 가장 최상위의 추상적인 관념을 현실이라는 공간에 명확한 실체를 가진 하나의 형태로 만들어냈다. 비록 의지를 심는 기계 속에서만 벌어지는 현상이라고 하더라도 이 현상들은 단 한마디의 단어로 표현될 뿐이었다. 전지전능함! 의지를 심는 기계는 전지전능함이었다. 네메스의 과학기술은 더 이상 그 무엇으로도 표현이 불가능할 정도로 신의 영역에 닿아 있었다.

의지를 심는 기계에 대한 충격적인 사실로 인해 한동안 정신을 차릴 수 없었던 레스터는 가까스로 어느 정도 자신을 진정시킨 후, 네메스를 뚫어지게 쳐다보았다.

"왜 그러는가, 레스터?"

"그렇다면 네메스. 지적생명체의 두뇌라면 어떻게 되는 거죠?"

"예언의 마지막 구절에 이런 부분이 있네. '모든 감정과 감각과 시공간이 초월하는 그곳에 의지만이 남는다!'라고. 그 의미대로 의지를 심는 기계를 완성했고 다양한 동물들의 뇌를 이용해서도 실험을 성공적으로 마쳤지만 자네도 이제는 잘 알다시피 오직 의지를 심는 기계 속에서만 이루어지는 현상이었어. 그래서 나 역시 지적생명체의 두뇌였을 때, 어떤 놀라운 현상이 발생하게 될지 솔직히 짐작한다는 것 자체가 불가능에 가깝네, 레스터. 그렇지만 한 가지만은 확실하게 말할 수 있네."

"확실한 한 가지는 무엇이죠?"

"어떤 상황이 벌어질지 아무리 상상한다고 해도 그 결과는 우리의 상상을 모두 뛰어넘겠지. 지금 자네나 내가 상상하는 수많은 경우들을 우습게 뛰어넘는 그 이상일 것이란 말일세! 특히, 레스터 자네는 예언에 의해 선택된 자이니 그곳에서 이 세상에 단 하나뿐인 진정한 진리를 체득하게 될 것이네. 반드시 말일세!"

"결국은 숙명이군요! 우리에겐 말이죠, 네메스."

우주의 존재했던 모든 지적생명체에게 주어진 진정으로 유일한 사명을 깨달은 레스터는 마음 깊이 받아들였다. 이 순간을 위해 지적생명체는 우주에서 존재했던 모든 것 중에 가장 특별한 의미의 존재였던 것이다. 무수한 세월 동안에 존재했던 지적생명체들의 모든 활동을 하나로 통합한 진정한 의미이자 최종 목적지였다. 네메스를 처음 만났을 때 자신에게 들려준 지적생명체의 숙명이라는 의미가 레스터의 마음속에 영원히 각인되었다. 네메스가 그동안 들려주고 보여준 모든 것들이 머릿속을 스쳐지나가면서 레스터의 마음속에서 어느새 하나의 의미로 다시 태어났다. 이제 레스터는 네메스와 진정으로 합쳐져 오직 하나의 의미로 묶여졌다. 레스터가 네메스였고 네메스가 레스터였다. 지금 이 순간, 그들에게 따로 분리된 각자의 육체는 더 이상 의미를 가질 수 없었다. 오로지 그들이 공유하고 있는 진정으로 통합된 하나의 의미만이 유일한 중요성으로 남았다.

"지금까지 나는 자네와 함께 이 시스템 앞에 서 있기를 학수고대해 왔네. 드디어 자네도 나처럼 진정한 의미를 깨달았으니 이제는 이 시스템의 명확한 이름을 부여할 수 있지. 이 의지를 심는 기계는 인류가 갤리온스와 함께 이룩한 이 세상에 유일한 단 하나의 숭고한 진리이니 '메이거스(MAGUS: The Union System for Mankind And Gaellions)'로 정했네!"

환희가 가득한 모습으로 네메스는 말을 이어갔다.

"이제 자네에게 숨김없이 지적생명체의 마지막 비밀을 말해주겠네, 레스터! 지적생명체가 원시시대부터 지금까지 수많은 세대를 걸쳐 살아오면서 발전시킨 모든 문명과 과학기술은 단지 단순한 과정이거나 연습에 지나지 않았던 것이네. 지적생명체의 패턴의 진정한 최종적인 완성은 바로 '메이거스'를 창조하는 데 있는 거야. 메이거스가 모든 것을 밝혀줄 유일하고도 분명한 해결책이네! 이 시스템 외에 다른 그 어떤 것도 어떠한 방식으로도 진정한 진리에 도달할 수 없지. 우리는 메이거스를 통해 드디어 우주의 궁극적인 의미를 포함해 진정한 모든 것의 최종적인 해답을 얻게 될 거야! 우리가 지적생명체의 기원과 의미를 묻고 우주의 기원과 의미를 알고자 한 근원적인 이유를 무수한 세월이 흐르고 흘러 결국 네메스와 레스터가 있는 이 장소에서 의지를 심는 기계인 메이거스와 함께 궁극의 진리의 문 앞에 서 있는 것이네! 우주역사상 그 누구도 이루지 못한 실제적인 진정한 깨달음을 처음으로 체득할 자는 오직 레스터 자네뿐이야!"

레스터는 머리카락이 쭈뼛 서고 온몸에 엔도르핀이 무한대로 치솟는 느낌에 휩싸였다. 이 모든 것을 느끼고 알게 되는 것은 레스터 바로 그 자신뿐이었다. 이젠 어떠한 고통과 두려움도 충분히 감내할 수 있었다. 아무리 현실에 고통스러운 순간을 맞이할 수밖에 없다고 하더라도 견디어낸다면 지적생명체들이 가장 궁금해해왔던 진정한 진리에 도달할 수 있을 것이다. 질문은 누구나 할 수 있을 정도로 단순했지만 그에 대한 답은 인류의 역사가 시작되었을 때부터 현재까지 그 누구도 얻을 수 없었다. 이제 모든 지적생명체들이 제기했던 초월적인 의문들을 레스터는 직접 경험하며 가장 깊은 깨달음을 얻게 될 것이다. 비록, 그에게 지상 최고의 순간과 지상 최악의 순간이 동일선상에 함께 있지만 바로 거기서 답을 얻게 될 것이다. 레스터의 의지는 그 어느 때보다 커다랗게 불타올랐다.

"레스터. 자네는 언제든지 나처럼 이곳에 들어올 수 있네. 자네의 DNA로 인식시켜두었으니깐 말이네."

네메스가 지하 2층의 연구실을 나오면서 레스터에게 말했다.

전체 상황통제실의 멀티유니온에게서 네메스의 몸속에 설치된 무선 뇌파 송수신 장치로 보고가 들어왔는지 네메스는 레스터에게 지상 1층에 있는 전체 상황통제실로 빨리 가자고 했다. 레스터와 네메스는 전용 엘리베이터를 타고 다시 전체 상황통제실로 향했다.

"태양계 안으로 진입한 정체를 알 수 없는 물체가 특이한 행태를 보이고 있습니다."

멀티유니온이 특유의 높낮이가 없는 말투로 네메스에게 말했다.

디스플레이에 나타난 정체를 알 수 없는 물체는 정말로 상당히 이상한 행태를 보이고 있었다. 태양계 안으로 진입한 이후, 시간이 흐를수록 그 크기가 기하급수적으로 커지고 있었다. 처음 태양계 안에 진입했을 땐 지름이 약 150킬로미터에 불과했던 것이 지금은 지름이 벌써 약 16,000킬로미터의 엄청난 규모로 부풀어져 있었다. 그렇다면 이 이상한 물체는 소행성이나 행성이 아니라 분명히 항성이었다. 하지만 문제는 단지 크기만 이상한 게 아니었다. 이렇게 타원이 아닌 직선에 가까운 형태를 그리면서 너무나 빠른 속도로 움직이며 다가오고 그 크기가 기하급수적으로 늘어나는 항성을 네메스도 지금까지 단 한 번도 본 적이 없었다. 거기다 더욱 당황스럽게도 이 물체는 혜성처럼 정말 화성을 향해 쏜살같이 달려들고 있었다. 네메스는 상당히 불길했다.

"아무래도 이 항성은 상당히 이상하군. 매우 불길해! 이 움직임은 정상적이지가 않아. 빨리 제거하는 것이 좋겠어!"

긴장하며 심각한 위기감을 느끼기 시작한 네메스는 못마땅한 듯 미간을 잔뜩 찌푸린 채 수차례 고민했다.

"폭탄을 발사해서 저 이상한 물체를 바로 제거해야겠어!"

정체를 알 수 없는 이상한 물체를 향해 GSNW를 발사했다. 이 폭탄은 갤리온의 최고 통치자인 안룹스가 네메스에게 건네준 2개의 강력한 폭탄 중 마지막 폭탄이었다. 네메스는 다시는 이 폭탄을 사용할 일이 없을 것이라 여겼다. 하지만 일생일대의 대사를 앞두고 티끌의 잡음도 있어서는 안 되었기에 어쩌면 과한 대응일지도 모르지만 확실하게 마무리를 지어놓아야 했다.

전체 상황통제실에서 네메스가 레스터를 데리고 다시 지하 1층에 있는 그의 집무실로 가려고 승강기를 향해 걸어가는 순간, 네메스가 갑자기 심각한 경련을 일으키며 고통으로 얼굴이 일그러지기 시작했다.

"오! 이럴 수가!"

네메스는 말을 계속하려고 애를 쓰고 있었지만 더듬거리며 상당히 힘겨워했다.

"왜 그래요? 도대체 무슨 일이에요, 네메스?"

"저들이, 저들이."

가까스로 버티며 네메스가 간신히 말을 이어나갔다.

"저, 저 이상한 물체는 항성이 아니야!"

"무슨 뜻이에요? 저게 무엇인지 아세요, 네메스?"

"저건 적색거성 폭탄이야!"

"적색거성 폭탄이라고요?"

네메스가 간신히 한마디를 더한 후 의식을 잃어가고 있었고, 레스터는 다급히 외쳤다.

"네메스! 네메스! 무슨 일이에요? 정신을 차려봐요!"

레스터와 네메스가 간신히 대화를 하는 그사이에 몇 명의 멀티유니온이 들것을 가지고와서 네메스를 그 위에 조심스럽게 눕혔다. 그들은 급박한 응급사태에 대비해 네메스가 미리 주입시킨 명령에 따라 능숙하게 그의 현재 상태를 면밀히 진단했다. 그런 후, 임시 응급처방을 위한 진정제를 네메스의 기계 몸 안에 투입했다. 진정제 덕분에 고통이 누그러지며 다시 의식을 되찾은 네메스가 힘겹게 말했다.

"세상은 처음부터 변질되어 있었었네, 레스터! 난 지구라는 곳에서만은 내가 꿈꿀 수 있는 가장 이상적인 세계가 펼쳐지기를 고대했지. 하지만 창과 방패의 끊임없는 대립이 지속되어왔어. 그런 상황 속에서도 굳건하게 버티며 어려움을 모두 이겨내고 최근까지 지구와 인류의 목숨을 지켜왔던 것이네."

"혹시 화성에서 GSS 1000을 타고 탈출했다는 그들의 공격이 지금까지 있었다는 건가요?"

"맞네, 레스터! 내가 지구에 온 이래 최근까지 그들의 다양한 공격이 있었네."

"그렇다면 저 이글이글거리며 불타오르는 저 물체가 그들이 만든 폭탄이라는 말인가요?"

"내 예상대로 저 폭탄이 터지면 은하계에 가장 심각한 대재앙이 닥칠 거야! 적색거성 폭탄은 갤리온의 과학자들이 만들고자 한 가장 강력한 폭탄이었어. 하지만 연구가 진행되는 도중에 전면 취소되었지. 이미 초거대 제국으로 발돋움한 갤리온에선 더 이상의 반대세력이 없었기도 했지만 저 적색거성 폭탄은 너무나 위험했고 우주공간에 어느 정도의 파급효과를 가져올지 예측하는 것도 불가능했기 때문이네."

"이럴 수가!"

시시각각 다가오는 미지의 공포는 레스터와 네메스를 아연실색케 했다.

"진단결과 심장발작입니다. 하지만 단순히 심장발작만의 문제가 아니며 이미 몸 전체의 대부분의 기관이 노후에 의한 심각한 이상을 일으키고 있습니다. 지금 당장 몸 전체를 교체하지 않으면 생명이 위급해집니다."

멀티유니온이 감정이 실리지 않은 담담한 목소리로 네메스에게 말했다. 두 명의 멀티유니온이 들것에 누워 있는 네메스를 승강기에 태우고 지상 2층에 있는 수술실로 신속하게 이동시켰다.

"우리 모두는 곧 전…멸할 거야, 레스터! 이럴 수가! 내가 우주의 궁극적인 진정한 의미를 깨…닫기 위해 모든 각고의 노력을 다 기울이고 있을 때, 화성에서 GSS 1000을 타고 도망간 저 미친… 자들은 오직 무기를 만드는 일에만 몰두했던 거야. 오직 나에게 처절한 복수를 하기 위해 말이네!"

이미 뇌에 혈액공급이 서서히 제한되기 시작한 네메스는 꼬인 혀로 간신히 울분을 터뜨린 후, 더 이상의 말도 잇지 못하고 죽음의 순간에 다다른 모습으로 변해갔다.

멀티유니온은 네메스를 들것에서 다시 수술대 위로 옮기고 나서 수술대 오른쪽 옆면에 부착되어 있는 버튼을 누르자 위에서 네메스의 장기가 있는 몸체를 제외하고 주조된 커다란 반 원통형의 금속판 덮개가 서서히 내려오면서 네메스의 몸을 결박하며 고정시켰다. 그러고 나서 다시 한 번 진정제를 투입했다. 두 명의 멀티유니온 중에 한 명이 레스터에게 나가 있으라는 손짓을 했지만, 레스터는 이 명령이 네메스의 지시라는 것을 알 수 있었다.

네메스가 안전하게 수술대에 오른 것을 확인한 레스터는 이상한 물체의 현재 진행상황이 상당히 궁금했기 때문에 다시 전체 상황통제실로 향했다. 그 이상한 물체인지 폭탄인지 알 수 없는 그것의 크기는 그사이에도 벌써 스크린에 담기에도 버거울 정도로 부풀어져 있었다. 놀랍게도 이미 해왕성뿐만 아니라 천왕성마저 여유롭게 삼켜버릴 수 있을 만큼 커져 있었던 것이다.

수술대에 고정된 네메스에게 멀티유니온은 전신 마취를 준비하고 있었고, 자신의 몸을 제공할 한 남자가 들것에 실려서 수술실로 들어왔다. 그 남자는 이미 전신마취를 실시한 상태였는지 들것에 실려 미동 없이 그대로 누워 있었다. 그때, 너무나 눈 깜짝할 사이에 벌어진 상황은 두 명의 멀티유니온을 어떠한 행동은 물론이고 한마디의 말조차 하지 못한 채 그대로 바닥에 쓰러뜨렸다. 예리하게 다듬어진 단도로 두 명의 멀티유니온의 목을 쏜살같이 베어 죽였던 것이다. 수술실 바닥엔 어느새 피가 홍건해졌다. 그자는 곧바로 단단히 잠긴 수술실 문을 확인하고는 피가 떨어지고 있는 단도를 들고 서서히 네메스에게로 다가갔다.

"전신마취를 했는데 어떻게 멀쩡할 수 있지? 너… 넌 도대체 누구냐?"

수술대에 몸이 결박당한 상태라 옴짝달싹도 할 수 없이 열린 몸체 속에 모든 장기들이 다 드러나 있는 모습으로 누워 있던 네메스는 어떠한 추가적인 조치도 하지 못하고 떨리는 목소리로 말했다.

"알고 싶나, 네메스?"

그 사내가 네메스의 모습을 보고는 야비하게 비웃으며 비꼬듯이 말했다.

"어떻게 나를 알지? 연구실에 있는 소수의 연구원들을 제외하고는 나를 절대로 알 수 없는데…. 도대체 넌 누구야?"

다급해진 네메스의 기계입이 버럭 소리쳤다.

"푸하하하! 참 내, 이 볼품없는 꼬락서니하고는."

그 사내의 눈빛이 순간적으로 서늘하게 변하면서 섬뜩한 말투로 변했다.

"앤키니우스!"

"뭐? 애… 앤키니…우스라고."

네메스는 도저히 믿을 수 없다는 듯이 더듬거리며 그 사내의 이름을 되씹었다.

"그래, 나 앤키니우스야! 오래간만에 내 이름을 들으니 감회가 새롭지, 안 그래, 네메스?"

싸늘하고 냉랭한 목소리는 금방이라도 네메스를 잡아먹을 것처럼 어둠의 그림자를 드리웠다.

"하지만 넌 그냥 콴티일 뿐이잖아!"

전혀 다른 모습의 그 사내를 보고 네메스는 차라리 그 사내가 앤키니우스라는 것을 믿고 싶지 않다는 표정으로 말했다. 지금이라도 멀티유니온에게 명령을 내려 얼마든지 공격하게 할 수 있지만 수술실 출입문은 그들의 레이저 총으로는 꿈적도 하지 않을 정도로 강하고 튼튼했다. 더욱 난감한 상황은 멀티유니온이 온다고 해도 그들이 도착하기도 전에 저자의 손에 죽게 되리라는 것은 불 보듯 훤했다. 네메스는 최악의 상황에 처했다. 자신이 그 무엇도 할 수 없는 상태에서 오직 붕어처럼 입만 벌린 채 스스로에게 무책임하고 무능할 정도의 처량한 신세로 가장 강력한 상대를 맞닥뜨리고 있었다. 하늘이 무너져 내렸다. 그 오랜 세월동안 수많은 난관이 있었고 그럴 때마다 위기를 돌파해왔지만, 지금처럼 이런 경우는 네메스에게 단 한 번도 없었다. 모든 것이 끝없는 허무함과 공허함이라는 두 단어 속으로 사정없이 빨려 들어갔다.

"정말 기가 차군! 내 신세가 도마 위의 생선이라니…"

희죽희죽 웃던 그 사내가 말을 이었다.

"아직 낙심하기엔 일러, 네메스! 내가 이 순간을 얼마나 오랜 세월 동안 손꼽아 기다려왔는데, 아무려면 그냥 끝내겠어. 도저히 그럴 수는 없지. 더 이상 궁금한 점이 단 한 점도 남아 있지 않을 때까지 자세히 설명해주지. 너의 미친 광기로 아폴란티스의 원형도시와 지하비밀기지를 무너뜨리고 있었을 때 난 다행히 피해지역에서 한참 떨어진 지하 3킬로미터 아래에 설립한 대규모 연구단지인 국방과학연구소에 있었어. 그리고 아포네스가 너의 군부대를 모두 초토화시키고 마지막 남은 너를 처단하러 간다고 해서 내가 직접 GSS 1000을 운행해 모두 파괴되어버린 원형도시의 중심지인 아포네스의 궁전이 있던 곳으로 가려는 참이었지. 그런데 출발하려고 하는 찰나, 엄청난 괴력의 폭탄이 터지면서 모든 것을 다시 쑥대밭으로 만들더군. 이제는 아포네스의 원형도시와 지하비밀기지뿐만 아니라 화성의 모든 것이 아예 회생 불능이 되었지. 난 곧바로 아포네스가 당한 것을 안 거야. 천만다행으로 피해를 벗어난 곳에 있던 나는 먼저 너에게 들키지 않으면서 내가 있던 곳의 흔적마저 철저히 없애버리기 위해 국방과학연구소에 회의장으로 한 명도 빠짐없이 과학자 전원을 모이게 했지. 그런 후에 그들을 독가스로 전멸시켰어. 왜냐고? 그들 중에 단 한 명이라도 살아 있다면 내가 도망갔다는 것을 너에게 순순히 일러바쳤을 테니깐 말이지. 하지만 단지 그 이유뿐만은 아니었어. 그곳에 있던 과학자들을 모두 데리고 탈출해보았자 시간이 흐르면 또 그들끼리 권력분쟁이나 일으키면서 편 가르기가 시작될 것이고 서로 더 많은 것을 차지하기 위해 한심한 욕심이나 부리며 서로 고집하는 방향으로 가기 위해 싸우다 내분이 일어날 것은 더 이상 경험하지 않아도 훤하게 알 수 있는 일이었으니깐 말이야. 오히려 나에게 도움은커녕 골칫거리만 가득 안겨다줄 뿐이지. 게다가 앞으로 내가 계획한 대로 일을 진행하려면 그들은 더욱더 아무런 의미가 없는 존재들이었어. 어차피 나 혼자만으로도 충분하니깐 말이야. 목표가 분명한 앤키니우스에겐 오직 나만 존재하면 되는 거였지."

잠시 말을 멈추고 네메스의 어이없는 모습을 바라보며 비웃던 그 사내가 다시 말을 이었다.

"하여튼 그러고 나서 네가 투하한 괴력의 폭탄의 성능이 모두 사그라지고 난 후에 주도면밀한 네가 국방과학연구소에 와서 GSS 1000을 찾아갈 것이 너무도 확실했기에 나는 지하 연구소 전체를 아예 날려버리기 위해 시한폭탄을 설치하고는 갈 곳도 정하지 못한 채 무작정 떠나야 했지. 네메스라는 광기서린 미친놈 하나 때문에 하루도 안 되서 집과 직장과 나라와 행성마저 잃어버린 처량한 신세로 정처 없이 우주공간으로 사라졌던 거야. 그렇게 한동안 태양계를 떠돌다 유로파 행성에 자리를 마련했지. 태양계를 벗어날 수는 없었어. 너를 반드시 내 손으로 처단해야 했으니깐 말이야. 네메스, 자네와 난 참 지독한 악연이야. 안 그래? 갤리온에서도 나를 항상 자네의 뒷자리 구석에다 처박아놓았지. 화성에 와서 이제야 이 앤키니우스가 기를 좀 펴나 했더니 그것도 그렇게 배가 아플 지경이었나. 가진 자가 오히려 더하다더니 왜 일인자에서 물러날 상황이 되니 눈에 아무것도 보이지 않던가. 혈육과 같던 동료들을 전멸시키는 것도 모자라 낙원이 따로 없던 화성을 불모지로 만들 정도로 그렇게 눈에 보이는 것이 없던가. 미친 광기의 악마여! 그대 이름은 대파멸자이자 죽음의 그림자인 네메스여라!"

"…"

네메스는 아무 말 없이 앤키니우스를 안타깝게 쳐다보았다. 대화를 나눈다는 것 자체의 의미는 이미 실종했기 때문이었다. 앤키니우스와 관계는 네메스의 의지와는 전혀 상관없이 처음부터 서로 다른 길로 갈라진 상태였다. 그리고 세월이 지나면 지날수록 그와 앤키니우스의 지독한 악연은 더욱 굳건해질 뿐이었다. 그것은 오해일 뿐이라고 아무리 대화를 시도한다고 해도 앤키니우스에게 네메스는 영원한 악연으로만 기억되었다. 더 이상의 이야기도 어떠한 설득도 아무런 의미를 가질 수 없었다.

"인류는 나를 루시퍼, 즉 사탄이라고 부르더군. 물론, 너나 나의 진짜 모습을 단 한 번도 본적이 없으면서 말이야. 그들이 부르짖는 네메스라는 가장 선한 절대 신에게 대립하다 쫓겨난 악의 존재들이 사탄이라고 말이야. 그래, 쫓겨난 것은 맞지. 그런데, 그 네메스라는 선한 신은 사실 미쳐도 보통 미친 존재가 아니란 말씀이야. 안 그래, 네메스! 하여튼 인류는 어리석게도 자신들이 죄를 지으면 지옥에 떨어지고 그곳에서 온갖

고통스러운 고문은 모두 당하는 줄 알고 있더군. 제일 어이없는 것은 그 고문을 자행하는 존재가 바로 사탄이고 악마들을 조종해서 그렇게 한다는 거야. 웃기지 않아, 네메스! 인류를 조종해서 온갖 못된 짓과 죄를 일으키게 하는 존재가 사탄이고 사탄은 천국의 절대 신과 대립하는 존재라고 규정하면서도 죄를 저지른 콴티들을 벌하는 존재가 바로 사탄이라고! 오히려 죄를 저지른 자들일수록 사탄에게 푸짐한 상을 받아야 하는 것 아닌가. 그가 원하는 대로 세상에 악을 가득 퍼뜨린 자들이니깐 말이야. 그런데도 사탄이 원하는 대로 훌륭하게 일을 마친 그들에게 죄를 묻고 온갖 고문을 자행한다고. 도대체 사탄은 천국의 절대 신과 대립관계인가 아니면 협력관계란 말인가. 네메스 자네가 상당히 안타깝더군. 이런 단순한 이야기 속에서도 진실을 찾지 못하는 미개한 인류에게서 자네가 원하는 가장 소중한 것을 찾을 수 있을 거라는 희망을 가진 한심한 네메스 자네가 말이네. 솔직히 내가 지금까지 인류에게 저지른 일 때문에 악의 화신인 사탄이라고 할 수 있을까? 불쌍하게도 인류는 네메스가 과거에 저지른 엄청난 일들을 하나도 모른 채 모두 저세상으로 떠났지. 푸하하! 그래 어쩌면 인류가 사라진 것은 그들에겐 천만다행인 거지. 오히려 참된 진실이 절망적인 실망으로 끝났을 테니깐! 자네와 같은 상황에서는 말이지. 도대체 자네는 선인가 아니면 악인가? 자네의 볼품없는 꼬락서니는 나를 더욱 감당할 수 없을 정도로 웃게 만드는군! 그들의 절대 신이 자네라면 그렇게 애지중지했던 인류가 사라지기 전에 그들을 구원할 수는 없었나? 아참! VGSS 2000에 있는 콴티들이 그나마 선한 일들을 해서 구원한 자들이었나? 그래서 그들의 장기들을 이용해서 자네를 버티게 했던 거야! 말해보게! 지금까지 뭘 하고 있었던 거야, 네메스!"

'진정 나에게 다가온 이러한 무의미한 죽음은 도대체 무엇이란 말인

가?'

네메스는 시시각각으로 다가오는 예고된 자신의 죽음 앞에서도 이 순간의 근본적인 의미를 파헤치며 괴로워했다.

"네메스! 내가 너 때문에 얼마나 고생했는지 알고 있나? 자그마치 9천년이 넘는 세월 동안 말이야. 흐흐흐, 그래도 세상은 참 재미있어. 참고 참으며 오랜 인고의 세월을 보냈더니 이렇게 인과응보의 순간이 마련됐으니깐 말이지. 이 앤키니우스는 화성의 그 정신 나간 사건 이후에 그 오랜 세월을 네메스란 자와 똑같은 길을 걸어왔지. 오직 너에게 처절하게 복수할 방법만 생각하면서. 난 말이야, 네메스. 나는 네가 처음부터 싫었어. 아주 싫었지. 왜냐하면 너만 없었으면 처음부터 내 인생이 이렇게 꼬일 일은 없었을 테니깐 말이야. 너만 없었다면 내가 최고의 과학자가 되는 것이었어. 너는 연구에서 안룹스와 한패가 되어서 철저히 나를 배제해 왔잖아!"

사내는 한참을 혼자서 시시덕거리며 미친 듯이 울분을 쏟아냈다. 그러더니 갑자기 말을 멈춘 후, 마치 사자가 먹잇감을 삼켜버릴 듯 네메스를 바로 앞에서 노려보며 뚫어지게 쳐다보았다.

도저히 분이 삭이지 않는다는 표정으로 한참을 씩씩거리던 그 사내는 다시 마음을 가다듬으며 말했다.

"처음에는 내 전투부대를 은밀하게 수차례 지구에 보내서 너와 전쟁을 벌였지. 그래서 네가 애지중지해왔던 초기의 상당히 안정된 문명들에 폭탄을 쏟아 부으며 그들을 전멸시키기 위해 노력했어. 그러나 너의 레이더망에 걸려 너의 전투부대와 격전을 벌이다 오히려 내 전투부대가 전멸하기를 반복했지. 그러다 보니 어느 순간 시시해졌어. 쓸데없는 짓이라는 것을 깨달았던 거야. 단지, 너의 전투부대에 당해서 전멸했기 때문은 아니었어. 내가 생각하기에 너에게 가장 고통스러운 것은 네가 도저히 인지하지 못하는 상황 속에서 서서히 너의 모든 것이 침묵되어가는 것이니깐 말이지. 난 계획을 바꾸었어. 보이는 세계가 아니라 보이지 않는 세계에서 미세하고도 정밀한 공격을 통해 가공할 피해를 입혀야 한다고 말이야!"

"그래서 그다음부터 나는 너의 최첨단 레이더망에 걸리지 않고 완벽하게 피할 수 있는 방법만 연구했지. 지구에 어떻게든 걸리지 않고 접근해야 했으니깐. 네가 아포네스에게 한 것처럼 나도 너의 모든 것을 서서히 죽여 전멸시키고 싶었거든. 지구에 네가 심심풀이 장난감으로 만들어놓은 동물원부터 당연히 항상 나의 첫 번째 목표였지."

그 사내는 침착하게 또박또박 말을 이어갔다.

"결국은 너의 최첨단 레이더망을 무장 해제시킬 수 있는 신기술을 개발한 나는 바로 계획을 실행에 옮겼지. 그 기술을 적용시킨 소형 우주 비행선에 무조건 나의 의지에 따라서만 행동하는 인공세포로 탄생시킨 검은 죽음의 사자, 즉 '블랙요원'과 살인적인 독가스를 가득 실어서 지구에 보냈지. 네메스, 자네도 잘 알고 있잖아? 지구의 연대로 14세기에 아시아를 넘어 전 유럽을 휩쓸고 지나간 '흑사병' 말이야. 지구에 살고 있던 인류를 완전히 몰살시키려고 했지. 그래야 너를 심하게 놀려주는 일이 될 테니깐 말이지. 어린아이가 자신이 가장 좋아하는 장난감을 잃어버린 상황처럼 말이야. 그런데 아쉽게도 네메스 자네가 손을 써서 간신히 그 위기를 이겨내더군. 그리고 나서는 더욱 가공할 최신식의 레이더망을 새롭게 개발하고 세밀한 추적을 시도하면서 바이러스 검사와 면역 시스템을 통해 막아내기 시작하더군. 그 후에도 몇 번의 시도를 했지만 내가 만든 바이러스의 침투가 점점 더 막혀버렸지."

"그 당시에 내 속이 많이 쓰라렸지. 왜냐하면 내가 너보다 뛰어난 과학기술을 보유한 자라는 것을 증명해야 너 앞에서 내 위신이 설 것이 아닌가. 이 일은 그때부터 단순히 너의 복수심뿐만이 아니라 나의 자존심과 모든 것이 걸린 문제였지. 하여튼 나는 기분이 불쾌한 기억을 다시 훌훌 털어내고 다음 계획을 진행하게 되었어. 내가 다시 너를 심하게 약을 올릴 과학기술을 수없이 고민하다가 우주배경복사를 떠올리게 되었지. 우주에 어느 방향에서나 동일하게 다가오는 우주의 태초부터 시작되어 지금까지도 여전히 지속되고 있는 빅뱅의 흔적. 너도 막을 수 없는 우주 그 자체의 복사에너지 말이야. 너의 모든 것이 완벽하게 무장해제가 되어버린 순간이었지. 나는 인공적이지만 우주배경복사와 똑같은 것을 만들고 이 기술을 적용시킨 우주비행선에 블랙요원을 태워 지구에 보내거나 인공 우주배경복사를 지구에 송출했지. 그래서 지구를 염탐하거나 선택한 콴티의 두뇌에 내가 원하는 정보를 전송시켜서 내 의지대로 움직이게 조정해왔어. 결국은 너를 또다시 심하게 약을 올릴 순간이 드디어 다가왔던 거야. 한 명의 콴티의 뇌를 조정해서 미래의 환영을 보여주고 그를 내가 원하는 대로 지시하면서 계획대로 움직이도록 했지. 결국은 그가 내가 원하는 일을 만들어냈어. 콴티들이 '제2차 세계대전'이라고 부르게 된 대규모의 전쟁을 일으키게 했지. 내가 가장 즐거워하며 지켜보고 있던 이 대규모의 전쟁도 또다시 네메스라는 자가 손을 보면서 어느 순간부터 시들해지더군. 그렇지만 내가 완성한 과학기술인 인공 우주배경복사를 통해서 내가 얻어낸 가장 값진 정보는 지금으로부터 약 350년 전에 네메스 너를 자세히 염탐을 하면서 얻어낸 정보였어. 어처구니없게도 가장 고등한 민족이 살던 갤리온에서도 둘째가라면 서러울 최고의 과학자라는 네메스가 보잘것없는 콴티의 장기로 교체해가면서 생명을 유지한다는 것을 알아낸 거지. 그동안 한없이 기괴한 짓만 골라서 하더니 정말로 미쳐버린 것인가, 네메스! 수술대에 한심한 모습으로 누워 있는 꼬락서니하고는. 참 나!"

네메스를 보면서 어처구니없어하던 사내가 이어서 말했다.

"그래서 너에게 면역거부반응이 없는 콴티를 물색해서 그때부터 나의 명령에 따르도록 콴티의 뇌를 조작하기 시작했지. 나의 GSS 1000에는 너의 체세포뿐만이 아니라 다른 여러 갤리온스들의 체세포도 잘 보관되어 있으니 자네에게 면역거부반응이 없는 콴티들을 찾아내는 것은 어렵지 않았어. 자네가 만든 인공생명체인 멀티유니온이 원형 우주비행선을 타고 가고자 하는 장소도 정보를 통해 잘 알고 있었으니깐 그 장소에 내가 선택한 콴티가 가도록 명령했지. 여러 번의 시도였어. 콴티의 수명이 그들의 과학기술의 발전으로 늘어났다고는 해도 보통 많이 살아야 고작 100년 정도였지. 그러다 보니 내가 보낸 콴티가 너의 VGSS 2000 안에 있는 지상 2층의 돔에서 살다가 자신의 생애 동안 너에게 선택받지 못하면 그냥 죽어서 사라지더군. 하여튼 수차례의 시도 중에 지금으로부터 10년 전, 말케이 산인지 언덕인지 하는 장소에서 40대 초반의 남자 한 명을 납치해서 그의 뇌를 조정한 것이 마지막이었고 드디어 네메스 자네가 이자를 선택한 것이지. 그 간단한 속임수로 나에게 이러한 절호의 찬스가 올 것이라는 기대가 점점 더 잊혀가고 있었는데 말이야. 푸하하하."

사내는 너무나 만족스러운 표정으로 파안대소했다. 사내의 눈빛이 다시 살기로 가득 차기 시작했고 비장한 표정으로 말했다.

"네메스, 정말로 중요한 것이 무엇인지 알고 있나? 지금 이 순간에 말이야!"

"…"

"갤리온의 과학자들이 시도하려다 포기한 적색거성 폭탄을 내가 최근에 성공한 것이네. 네메스, 정말로 놀랍다고 생각하지 않는가? 갤리온의 과학자들에게 적색거성 폭탄을 개발하는 것을 포기시켰다고 자네는 알고 있었겠지만 사실은 이 폭탄을 만드는 과학기술 자체가 너무나 어렵고 불가능한 도전이었기 때문에 스스로 포기한 것이네. 나 역시 그 프로젝트에 참여했으니깐! 그때는 나 역시 엄두가 나지 않았지. 그런데 나 혼자서 적색거성 폭탄을 만들어낸 것이야. 불가능을 가능으로 바꾸어 놓았지. 이 앤키니우스가 말이야!"

사내가 이어서 말했다.

"적색거성 폭탄을 만들기 전까진 무슨 수를 써서라도 최대한 너에게 지속적으로 고통을 주어 약이 바짝 오를 정도로 서서히 미쳐버리게 해서 영원히 침묵시키고 싶었거든. 그래야 가장 잔인한 복수가 될 테니깐 말이지. 하지만 이젠 내가 자네에게 시도한 모든 것은 더 이상 의미가 없어졌거니와 시시해졌어. 이제 나는 태양계라 불리는 이곳에 마지막 때가 다가왔음을 선포하기로 했네. 적색거성 폭탄을 자네에게 선물로 발사했지. 이제 곧 모든 것이 사라지겠지. 아무것도 남지 않을 거야. 태양계 자체가 없었질 테니깐 말이네. 하여튼 이제 내가 해야 할 일은 모두 끝났다고 생각하고 있었는데 뜻밖에도 이렇게 앤키니우스 님께서 손수 네메스를 직접 만나러 오시게 된 거야. 이런 경사스러운 일이 있나. '기브 앤드 테이크'인 거지. 이 우주에 가장 위대한 과학자 앤키니우스 님은 네메스에게 방금 나온 따끈따끈한 폭탄을 선물하고 네메스는 앤키니우스 님에게 스스로 알아서 따끈따끈한 자신의 장기들을 선물할 테니깐. 안 그래, 네메스?"

사내는 야비한 모습으로 비아냥거리며 조롱했다.

자신의 운명이 여기까지라는 것을 네메스는 받아들여야 했다. 하지만 차마 도저히 인정할 수 없는 현실이었다. 네메스는 생각했다.

'이제는 정말로 죽는 건가!'

생이 다해 죽는 자에겐 그간 자신이 살아온 모든 삶이 필름처럼 흘러가며 보게 된다고 하더니 네메스의 머릿속에선 그의 기억을 따라 수많은 장면이 주마등처럼 빠른 속도로 흘러가고 있었다. 네메스는 살아 있지만 이미 죽은 자였다.

'허무하고 허망하구나! 나 역시 평범한 지적생명체들의 삶처럼 진정으로 알아야 할 진리는 깨닫지 못한 채 죽음으로 끝을 맺는구나!'

이 현실에 대적하듯 네메스는 순간 두 눈을 크게 부릅떴다. 극도의 공허함이 우주만한 검붉은 토네이도가 되어 소용돌이치며 그에게 몰려왔다.

"오호! 갑자기 왜 그래, 네메스? 그 고귀한 자존심이고 뭐고 다 집어치우고 이제 살고 싶다는 건가?"

묵묵히 듣고만 있던 네메스가 드디어 색다른 반응을 보이자 앤키니우스는 흥미 있어 하며 말했다.

"내 앞에서 무릎이라도 꿇고 빌어보겠다 이 뜻인가, 네메스? 살고 싶어? 살고 싶으냐고? 살고 싶다면 제발 살려달라고 말해보란 말이야!"

수술실 내부가 떠나갈 듯이 그 사내는 언성을 높이며 네메스를 향해 미친 듯이 외쳤다.

"아니! 죽음은 전혀 두렵지 않아! 네 앞에서라면 더더욱. 정말로 미친 자는 바로 너니깐!"

울분에 가득 찬 네메스가 감정을 가득 실어 말을 내뱉었다.

"어허! 내, 내가 미쳤다고? 그래, 하긴 네 말이 맞아. 그래서 우리는 합심해서 한 방향으로 갈 수 없고 서로가 각자 영원히 다른 길을 향해 갈 수밖에 없는 거야. 우리의 생각은 이렇게 다르니깐. 그렇지만 반드시 기억해둬. 내가 미쳤든 미치지 않았든 이 모든 결과는 네메스 바로 자네가 제공했다는 사실을 말이야!"

"흐흐흐, 그래도 네메스 잘 생각해보라고. 살고 싶다면 지금이라도 늦지 않았어. 네가 추구했던 우주의 궁극적인 진정한 의미를 알고 싶지 않아? 네메스, 그새 모두 잊은 거야? 세상의 모든 명성이나 재물을 다 가지고 있는 존재라고 해도 죽으면 끝이야. 다음 세대가 기억하는 것이 무슨 의미가 있지. 정작 자신은 아무것도 모르는데. 그것은 그저 살아 있는 자들의 가장 커다란 착각이야. 죽음이라는 피할 수 없는 처절한 운명에 단지 자신이 기억될 것이라 믿고 싶은 거지. 스스로 위로받고 싶은 거야! 안 그래, 네메스? 지금 너에겐 손만 뻗어도 우주의 궁극적인 진정한 의미를 얻을 수 있는 순간에 와 있지. 정말 보고 싶지 않아? 이것을 위해 너는 남들이 흔히 가질 수 있는 명성이나 재물이나 권력이라는 것들마저 추잡한 것이라며 전혀 개의치 않고 오직 너의 연구에만 매달려왔던 것 아니야? 보게 해줄까? 네메스, 어때 내 제안이? 흐흐흐."

"아니, 더 이상 살고 싶지도 않지만 더욱이 너는 어떠한 상황이 오더라도 나를 살린 놈이 아니지. 모든 것은 끝났어. 오히려 이젠 너의 장난도 지겨워질 대로 지겨워졌으니깐 말이야!"

"아니야, 네메스! 속단하기에는 아직 일러. 내가 지금부터 하려는 말을 들으면 자네는 경기를 일으키며 살고 싶다는 욕망에 사로잡히게 될 걸!"

"또 무슨 수작이야, 앤키니우스!"

"왜 너만 의지를 심는 기계를 만들어냈을 것이라고 생각하지?"

"뭐… 뭐라고! 지금 무슨 말을 하고 있는 거야?"

"역시 바로 반응이 오는군. 내가 너의 정보를 속속들이 모두 알 수 있다는 사실을 잊은 건 아니겠지?"

"말도 안 돼! 이럴 수가!"

"그래, 너의 설계도가 완벽하게 있는데 나라고 만들지 못하겠어? 흐흐흐~ 이제야 두 눈이 번쩍 뜨이나? 살고 싶다는 욕망이 미친 듯이 들끓고 있겠지. 오히려 나를 죽이고 싶겠지. 푸! 하하하!"

"그건 오직 선택된 자의 몫이야. 네가 아니라고. 절대로 아니야!"

"아하! 그 레스터라는 꼬맹이. 그 친구 말하는 거야? 네가 그렇게 신주단지 모시듯 애지중지하는 그 친구. 하지만 생각해보게, 네메스."

"아니, 생각해볼 가치도 없어. 그것은 예언에 의해 선택된 자만이 유일하게 가능해! 오직 레스터뿐이야!"

확신에 찬 표정으로 네메스가 힘주어 말했다.

"정말 그럴까, 네메스? 종이에 불과한 어설픈 내용을 아직도 믿고 있는 거야. 다시 곰곰이 생각해보라고. 이제 네가 사라지면 이 세상에는 오직 앤키니우스와 레스터만 존재하게 돼."

"그래서?"

"만약, 네 말대로 예언이 옳다면 의지를 심는 기계도 오직 하나만 존재해야 하는 거 아니야? 어떻게 의지를 심는 기계가 이 세상에 두 대나 존재할 수 있는 거지. 상황이 이러한데 이 앤키니우스가 아니란 법은 또 어디에 있지!"

"그 존재가 레스터가 아니라 나 앤키니우스라면!"

"이런 미친 자! 나의 모든 것을 산산이 무너뜨리고 있어!"

"네메스, 진정해. 푸! 하하하!"

이성을 잃어가는 네메스의 모습을 앤키니우스는 찬찬히 즐겼다.

"아참! 자네에게 건네줄 또 한 가지 따끈따끈한 중요한 선물을 빠뜨렸군. 흐흐흐."

사내가 실실거리며 네메스에게 말했다.

"이 콴티의 몸속에다가 고성능 액체폭탄을 설치하고 직접 수정도 가했지. 그래서 이 콴티가 계속 먹어대는 음식이 지속적으로 강력한 독을 만들도록 말이야. 그리고 그 독은 이 콴티의 몸속에 심어둔 액체폭탄의 뇌관 역할을 하게 되지. 이 콴티에게는 전신마취제도 단지 독을 만들 뿐이야. 그것으로는 결코 잠들 수 없지. 결국은 내가 명령하는 순간에 쾅하고 굉음을 내며 터지는 거야. 매우 강력한 생체폭탄이야. 어때, 네메스. 나 잘했지. 푸! 하하하. 우선은 이 작은 불꽃놀이 선물부터 받으라고, 네메스. 그리고 정말로 거대하고 화려한 불꽃놀이 선물은 조금 더 있다가 배달될 거야. 이미 거의 다 왔군. 흐흐흐. 나 앤키니우스는 콴티의 장기나 이용하고 있는 너와 같은 원시적이고도 어리석은 모습으로 살아가고 있지 않았어. 난 영생을 얻기 위해 갤리온스의 체세포나 콴티의 체세포도 이용하지 않았지. 중요한 것은 어차피 나의 정체성이었으니깐 말이지. 오직 나의 두뇌만 온전하면 되는 거였어. 구차하게 네메스 자네처럼 기계와 장기들을 더덕더덕 붙이고 몸의 형태를 갖춘 채 힘겹게 살아갈 필요는 없었지. 그래서 난 나의 뇌를 계획에 따라 명령을 입력해둔 안드로이드를 시켜서 우선 특수한 보관시설에 가장 안전하게 잘 보관한 후, GSS 1000에 연결시켰어. 즉, GSS 1000과 나의 두뇌는 진정한 한 몸이 되었고, 나의 모든 감각기관이자 모든 지식의 보관소였지. 마치 초월적 존재처럼 나의 생각은 곧 의지였고 바로 실행으로 옮겨지며 모든 원하는 일을 수행할 수 있었으니깐 말이야! 하여튼 이렇게 자네와의 질긴 인연은 완전히 끝을 맺는군. 난 태양계가 속한 은하를 벗어나 이미 안드로메다은하를 향해 열심히 가고 있다고. 안녕, 그동안 즐거웠네. 나의 유일하고도 지독한 악연이자 적중에 가장 지겨운 적, 네메스여!"

지금 이 순간, 네메스는 마음속으로 간절하게 그를 불렀다.

'레스터, 제발! 제발! 이제는 지하 2층에 있는 메이거스에 가 있어야 하네, 레스터!'

적색거성 폭탄은 말 그대로 이글이글 붉게 타오르며 어마어마하게 거대한 상태에 이르렀다. 이제는 태양만큼 커져버린 적색거성 폭탄이 토성을 한입에 삼켜버리고 목성으로 향하며 끊임없이 부풀어지고 있었다. 이렇게 주위에 모든 것을 닥치는 대로 삼키는 적색거성 폭탄의 막강한 중력이 태양계에 남아 있는 목성, 화성, 금성, 수성, 태양 그리고 주위의 소행성의 궤도마저 서서히 이탈시켰다. 동시에 적색거성 폭탄은 모든 것을 당연히 받아들이듯이 남김없이 흡수하며 빨아들였다. 마치 세상에서 가장 강력한 진공청소기가 따로 없었다. 이제 태양계의 미래는 더 이상 없어 보였다. 아니, 다른 은하에 살고 있는 누군가가 태양계가 있던 곳을 처음으로 방문한다면 그런 것이 존재했다는 생각조차 하지 못할 것이었다. 그랬다. 죽음이란 완전한 사라짐이며 완벽한 죽음이란 흔적조차 남기는 않는 것이었다. 태양계의 엄청난 세월의 역사는 이렇게 흔적조차 남기지 못하고 고스란히 사라지고 있었다. 정말로 모든 것이 끝이었다.

수술실에 있던 사내의 눈동자의 색깔이 갑자기 이상하게 변하기 시작했다. 아니 눈동자뿐만 아니라 눈 전체의 색깔이 변하고 있었다. 그 사내의 두 눈은 마치 흰자만이 남아 있는 것처럼 보이다가 이내 검붉은 회색으로 변해버렸다. 더 이상 어떠한 말도 없었다. 손에 들고 있던 칼을 바닥에 서서히 툭하고 떨어뜨리고는 네메스가 누워 있는 원통형의 수술대 위에 마치 다른 사람의 온몸을 감싸 안듯이 엎드렸다. 그 사내의 타오르는 검붉은 회색의 두 눈과 네메스의 두 눈동자가 마주치는 순간, VGSS 2000을 뒤흔드는 강렬하고 강력한 폭발음과 동시에 강한 진동에 의한 여진이 이어졌다.

생체폭탄에 의해 VGSS 2000의 내부는 순식간에 아수라장이 되었다. 수술실이 있던 지상 2층의 돔에 거주하던 사람들의 날카롭고 처절한 비명과 괴성이 삽시간에 울려 퍼졌다. 그리고 오직 살기 위해 안전한 곳을 찾아 돌아다니고 있었지만 지상 2층과 지상 3층은 거의 파괴되었다. 그나마 소수의 몇 명만이 살아남아 심각한 부상을 입은 체 한없이 부들부들 떨었고 바닥에 그대로 널브러져 있었다.

VGSS 2000은 폭발로 인한 순간적인 정전이 일어났지만 바로 비상 전원이 들어오며 다시 정상적으로 가동되기 시작했다. 지상 1층에 있는 전체 상황통제실에도 생체폭탄이 폭발한 곳을 중심으로 천장 쪽에 상당한 영향을 받아서 아래로 커다랗게 볼록한 모양으로 내려앉았다. 다행스럽게도 특히 전체 상황통제실의 강한 내부설계 덕분에 전체 상황통제실과 지하 1층 그리고 지하 2층은 여전히 건재했다.

하지만 폭발에 의해 더욱 충격적인 것은 멀티유니온이었다. 각자에게 주어진 일에만 집중하던 멀티유니온들이 맡은 업무를 모두 멈추고는 각자가 있던 그 자리에서 눈만 크게 뜬 채로 그대로 있었다. 자신들에게 주어진 명령이 모두 사라진 그들은 목적과 목표도 사라져버려서 자신들이 앞으로 무엇을 해야 할지를 스스로 정할 수 없었던 것이다. 레스터는 강력한 폭발음과 그 즉시 일어난 멀티유니온의 행동을 보고 직감적으로 네메스가 사망했다는 것을 알아차렸다.

"네메스! 네메스! 네메스!"

레스터는 절규했다. 그를 외치며 통곡했다. 이 순간, 그 무엇으로도 감당할 수 없는 슬픔을 느끼던 레스터에게 순간적으로 기억 속에 스쳐가는 한 사람이 있었다. 잊을 수 없는 사람, 샬럿! 비록 이곳에 진정한 현실을 알아차리곤 배신감에 잊고 있었지만 처음부터 그녀에겐 아무런 잘못이 없었다. 오히려 그가 절망의 늪에 빠져 허우적거릴 때 유일하게 삶의 가장 큰 기쁨의 의미, 희망을 주었던 오직 한 사람이었다. 그녀로 인해 비로소 그는 다시 희망의 날개를 되찾아올 수 있었다. 샬럿! 그녀를 꼭 만나야 했다. 너무나 사무치도록 그녀가 그리웠다. 단 한마디라도 좋으니 그녀에게 꼭 해야 할 말이 있었다. 그녀와 마지막을 함께하고 싶었다. 레스터는 모든 것을 뒤로하고 그녀를 반드시 찾고자 혈안이 되어 지상 2층의 돔을 향해 전용 승강기를 타고 올라갔다.

'이 처참한 상황은 무엇이란 말인가! 한순간에 가장 아름답던 천국이 처참한 지옥으로 변하다니…'

너무도 끔찍한 광경에 어안이 벙벙한 상태로 레스터는 멍하니 넋을 놓고 바라보고 있었다. 하지만 다시 정신을 차린 그는 샬럿을 찾아 모든 것이 처참히 무너져 내려 쌓여 있는 수많은 잔해더미를 헤치며 사색이 된 채 그녀를 찾아다녔다. 그렇지만 한참을 찾아도 그 어디에도 샬럿의 흔적은 찾을 수 없었다. 모든 것이 부서지고 뭉개져 뒤섞여버린 이곳에선 이제 더 이상 아무런 희망이 보이지 않았다. 무너져 내린 슬픔을 가득 안고 터벅터벅 힘없이 지상 1층으로 되돌아가기 위해 발길을 돌리던 레스터의 두 눈에 몇 개의 기다란 직사각형 모양의 커다란 캡슐이 시야에 들어왔다. 이미 한 개의 캡슐은 짓이겨져 널브러져 있었고 그 형태마저 온전하지 않았다. 놀랍게도 그 안엔 사체가 있었다. 그러나 심하게 타버렸고 훼손이 심해 사체의 모습은 알아볼 수 없었다. 레스터는 끔직한 사체를 뒤로하고 십여 미터를 더 걸어가 그다음 캡슐로 갔다. 이 캡슐은 반 토막이 사라져버린 상태였고, 이 사체 또한 역시 상체만 남은 채 흉측한 모습을 드러내고 있었다. 검은 재와 기다란 머리카락이 수없이 헝클어져 누군지 알아볼 수 없이 상반신을 뒤덮고 있었다. 그런데 레스터를 의아하게 했던 것은 그 사체의 모습이었다.

'어! 이상하다. 왜 이 여자는 아무런 옷도 걸치고 있지 않았던 거지?'

레스터는 이해할 수 없는 광경에 어리둥절해했다. 난감해하던 레스터는 몇 걸음을 더 옮겨서 마지막으로 남은 캡슐이 있는 곳으로 조심스럽게 다가갔다. 마지막으로 남은 캡슐은 감싸고 있던 유리덮개에 여러 곳에 금이 가고 일부분이 깨져 떨어져 나가 있었지만 다행스럽게도 온전한 상태를 유지하고 있었다.

"헉! 이럴 수가!"

순간 레스터는 심장이 멎을 것 같았다.

"샬럿! 샬럿!"

금방이라도 캡슐 속으로 들어갈 듯이 달려들던 레스터가 흥분하며 외쳤다. 그러나 그런 레스터의 외침에도 아랑곳없이 그녀는 초점을 잃은 두 눈으로 멍하니 알 수 없는 곳을 응시한 채 그대로 있었다.

"샬럿! 나예요, 샬럿. 레스터라고요!"

너무나 반가운 나머지 레스터는 전혀 옷을 걸치지 않은 샬럿의 모습에 당황할 틈도 없이 그녀의 이름을 외쳤다. 그러다 이내 레스터는 침묵했다. 레스터는 조금 전에 보았던 반 토막이 난 캡슐이 있는 곳을 향해 정신없이 뛰어가 검은 재와 긴 머리카락으로 뒤덮여 있던 여자의 얼굴을 자세히 보기 위해 두 손으로 그 여자의 얼굴을 헤치며 닦았다.

"아니, 이…!"

그녀는 또 다른 샬럿이었다. 레스터는 망연자실해 그대로 바닥에 주저앉았다. 커다란 충격이 그의 영혼 속으로 파고들었다. 한동안 정신을 차리지 못하던 레스터가 넋이 나간 모습으로 다시 일어나 마지막 캡슐이 있던 곳으로 터벅터벅 걸어갔다.

"샬럿! 당신을 처음 본 순간이 떠올라요. 눈부신 햇살 아래 새하얀 한 송이 백합처럼 싱그러운 미소로 나를 반기던 당신의 해맑던 모습이 말이에요. 그런 당신은 지금 어디에 있나요! 나에게 애틋한 사랑을 아낌없이 주던 당신의 순결하고 고귀한 영혼의 숨결은 어디에 숨겨두었나요! 샬럿, 그날 밤 기억해요? 당신이 나를 따뜻한 온기로 감싸주며 우리가 사랑을 나누던 첫날밤을 말이에요. 그날 밤도 스쳐가는 바람처럼 내 기억 속에서만 머물러 있는 저만의 착각이었던 건가요. 아니면 서로가 세상에는 없는 우리만의 상상의 공간 속에서 같은 꿈을 꾸었던 건가요. 다, 당신이 이렇게 내 곁에 있는데, 내가 당신을 기억하는데 우리의 아름답던 추억은 처음부터 이 세상에 존재하지 않았던 건가요. 샬럿, 제발 대답해줘요! 단 한번만이라도… 단 한순간이라도…. 난 받아들일 수 없어요! 당신이 내 곁을 떠났다는 사실을. 더 이상 이 세상에 당신이 없다는 사실을 말이에요!"

공허한 눈빛을 내비치던 레스터가 이어서 말했다.

"샬럿. 당신은 정말 인공생명체였나요!"

대답 없는 그녀를 레스터는 오히려 따뜻한 시선으로 바라보며 나지막이 말했다.

"난 말예요, 샬럿! 당신을 따뜻하게 위로해주고 싶었어요. 그리고 당신에게 위로의 말도 듣고 싶었고요. 당신과 마지막을 함께하고 싶었다고요! 당신을 사랑하니깐 말이에요! 흐흑. 단지 말이죠, 샬럿."

레스터의 눈물이 볼을 타고 흘러 내렸다. 어느새 떨어지는 그의 눈물이 그녀의 눈가에 고여 그녀도 울고 있었다. 레스터는 거울에 투영된 자신의 모습과 대화하듯 샬럿에게 그의 영혼을 불어넣었다.

"걱정 말아요, 레스터! 울지 말아요. 모든 것이 잘될 거예요."

샬럿의 볼을 살며시 어루만지던 레스터는 흐느끼며 이어서 말했다.

"이렇게 단 한 번만이라도 좋으니 당신의 온화한 미소와 목소리로 내게 따뜻한 위로를 해줄 수는 정녕 없는 건가요? 미안해요, 샬럿! 당신이 인공생명체였다는 것을 처음부터 알았더라면 더 따뜻하게 대했을 것을…. 당신이 이러한 연민의 감정을 느끼지 못한다고 해도 말이에요. 처음부터 당신에겐 아무런 잘못이 없으니까요. 이제는 후회마저 아무런 의미를 갖지 못하는군요. 나도 곧 당신을 따라갈 거예요. 내가 죽는 순간, 내 영혼이 육체를 벗어나면 그 모습이 바로 지금 당신의 모습이니까요. 그러니 우리는 동일한 존재예요. 비록, 지금은 따로 떨어져 있다고 해도 말예요."

잠시 침묵하던 레스터가 말했다.

"그래도 당신을 다시 볼 수 있어서 좋았어요. 샬럿이 나를 몰라본다고 해도 이제는 괜찮아요. 세상의 모든 것은 모습이 다를 뿐 동일한 물질로 이루어져 있으니까요. 우리는 태어나기 전에도 함께했어요. 지금도 그렇고요. 그러니 앞으로도 떨어져 있다고 해도 우리는 함께할 거예요. 제 기억 속에는… 제 마음속에는… 우리는 꿈을 꾸고 있는 거예요. 끝없이 이어지는 꿈. 세상은 꿈인 거예요. 그 꿈속에 우리는 영원히 함께할거예요. 샬럿!"

'신은 없었다. 가능성이 없는 이 세상에 미련을 버리고 떠나버렸으니깐!'

모든 것이 사라졌다. 허무하고 공허했다. 레스터는 철저히 혼자가 되었다. 극도의 공허함을 느끼던 레스터는 이제 무엇을 해야 하나 망설였다. 하지만 곧 이러한 생각들이 모두 부질없는 짓이라는 것을 깨달았다. 그는 VGSS 2000을 조정하는 법도 몰랐지만 설사 할 수 있다고 해도 더 이상 아무런 의미를 가질 수 없었던 것은 이미 적색거성 폭탄이 너무나도 빠른 속도로 팽창하고 있어서 이 폭탄의 엄청난 중력의 영향권을 벗어날 수도 없었다. 태양계의 모든 것이 소용돌이치며 끌려가고 있었고 적색거성 폭탄은 크기가 더욱더 거대해져가면서 그나마 남아 있던 나머지까지 남김없이 삼키고 있었다. 지금은 오직 저 어마어마한 적색거성 폭탄이 언제 폭발하는가만 남은 상황이었다.

레스터에게는 다른 그 어떤 것도 신경 쓸 겨를이 없었고 더 이상의 선택도 없었다. 그는 완전히 고립되었다. 레스터는 지금 이 상태로 있어도 적색거성 폭탄에 의해 곧 죽음을 맞이할 수밖에 없었고, 지하 2층에 있는 메이거스에 자신을 맡긴다고 해도 결국은 죽을 수밖에 없었다. 모든 선택이 죽음을 출발점으로 시작되고 있었다. 지독할 정도의 처절한 고립은 오히려 레스터의 선택을 분명하게 해주었다. 선택은 오직 한 가지였다.

샬럿 곁에서 흐느끼며 울던 레스터에게 네메스의 얼굴이 스쳐지나갔다. 그는 네메스의 유일한 계승자다. 이 세상에서 자신의 진정한 목적이자 존재이유는 네메스의 마지막 임무를 계승하는 것이다.

레스터의 길은 선택되어 있었다. 이 상황은 잠시 스쳐지나가는 혼란이었다. 그는 지하 2층에 있는 네메스의 숨결이 영원히 살아 숨 쉬는 메이거스를 향해 가는 것이다. 그곳에 네메스는 항상 살아 있다. 그곳에서 네메스는 항상 가장 환하게 웃고 있었다. 그곳은 네메스와 레스터의 유일한 약속의 장소였고, 네메스의 모든 것이며 레스터의 모든 것이었다.

지하 2층에 의지를 심는 기계인 메이거스가 있는 실험실에 도착한 레스터는 이제부터 자신이 무엇을 해야 하는지 너무나 잘 알고 있었다. 매일 그의 꿈속에서 반복적으로 일어나던 일이었기 때문에 레스터에게는 절대로 잊을 수 없고 지울 수 없게 각인되어 있었다. 숨을 두 번 크게 들이킨 후, 레스터는 원통형의 기계장비로 서서히 걸어갔다.

'이제 앞으로의 상황은 알 수 없으니 내가 살아서 숨을 쉬는 것도 마지막일 수 있겠지!'

기대감과 두려움이 교차하는 가운데 레스터는 다시 한 번 크게 숨을 들이켜고 호흡을 가다듬었다.

레스터가 원통형의 기계장비 바로 앞에 서자 여성의 목소리가 친절하고 부드럽게 말했다.

"이 시스템에는 섬유재질이나 금속성의 물질을 소유하고 들어올 수 없습니다. 몸에 착용하고 있는 모든 것을 벗어주십시오."

레스터는 지시대로 걸치고 있던 옷을 모두 벗고 나체가 되어 다시 기계장비 앞에 서자 반투명의 유리로 만들어진 출입문이 자동으로 서서히 열렸다. 그리고 레스터가 원통형의 기계장비 안으로 들어서자 출입문은 굳게 닫혔다. 곧이어 레스터의 몸은 기계장비 안에서 똑바로 위쪽을 향해 공중에 들려 떠 있는 상태가 되었다. 레스터는 자신이 공간의 정중앙에 떠 있다는 것을 알 수 있었다. 희한한 것은 분명히 아무것도 없는 공중에 떠 있을 뿐인데도 마치 수술대 위에 결박당한 듯이 꼼짝도 할 수 없었다.

여성의 목소리가 다시 친절하면서도 부드러운 음색으로 말했다.

"오후 5시 40분에 원인을 알 수 없는 VGSS 2000에서 발생한 일시적인 정전으로 시스템이 초기화되었습니다. 이 시스템의 기본으로 입력된 설정에 따라 처음부터 다시 진행합니다."

"도대체 무엇이 어떻게 변경되었다는 뜻이지?"

레스터가 당황하며 말했지만 이미 그가 허공에 결박당한 채 떠 있는 상태에서 할 수 있는 일은 아무것도 없었다.

"전신마취를 시행할 수 없습니다. 기본설정으로 변경되어 사용자설정으로 입력된 전신마취제 살포 프로그램이 취소되었습니다. 기본설정에 따라 전신마취제 살포 없이 지금 바로 수술을 진행합니다."

여성이 여전히 밝은 목소리로 친절하면서도 상냥하게 말했다.

"…"

레스터는 온몸에 소름이 돋고 부들부들 떨렸다. 이미 레스터는 극한의 패닉 상태였다. 한 치 앞을 내다볼 수 없는 광기어린 순간, 극심한 공포와 두려움 속에 레스터의 실핏줄이 가득한 충혈 되어버린 두 눈이 상하좌우로 정신없이 움직였다.

"5, 4, 3, 2, 1."

여성의 목소리가 느긋하게 천천히 숫자를 역으로 세고 있었다.

갑자기 어디에서 나타난 것인지 알 수 없는 레이저광선이 원통형 기계장비 내부에서 나와 레스터의 몸 전체를 눈 깜짝할 사이에 훑고 지나갔다. 극히 짧은 순간에 레스터의 사지가 모두 잘려 나간 것이었다. 너무도 빠르게 일어난 일이라 레스터는 자신의 뇌까지 그 고통이 전달되지 않았다. 그러나 얼마 안 있어 상상할 수 없는 고통이 레스터에게 사정없이 밀려왔다. 그러나 이것은 시작일 뿐이었다. 바로 이어서 레이저광선이 또 순간적으로 나타나 찰나의 순간에 레스터의 몸을 사정없이 다시 훑고 지나갔다. 이제 레스터는 머리만 남아서 공중에 그대로 떠 있었다. 곧이어 레스터의 두개골을 매우 조심스럽게 수평 방향으로 더 가느다란 레이저광선이 훑고 지나가자 마치 쓰고 있던 모자를 벗듯이 반원형의 두개골 뚜껑이 열렸다. 동시에 원통형 기계장비 안에 천장에서 액체가 전체적으로 발라져 있는 매우 부드럽게 생긴 흡입기가 내려왔다. 그것은 레스터의 뇌를 추출한 후에 전광석화 같은 매우 빠른 속도로 빨아들였다. 그리고 곧바로 메이거스로 뇌를 옮겼다.

"모든 작업이 성공적으로 완료되었습니다! 전체 작업 내역을 요약해서 알려드립니다. 오후 5시 40분에 원인을 알 수 없는 VGSS 2000에서 발생한 일시적인 정전으로 인해 시스템이 초기화되었습니다. VGSS 2000의 정전이 발생하기 전에는 입력된 사용자설정에 따라 마취제를 살포한 후에 두개골을 가르고 뇌를 제거하는 것이었습니다. 그러나 정전 후 초기화설정에 따라 처음부터 마취제 없이 전신수술로 모든 과정이 진행되었습니다."

여성의 목소리가 이번에도 부드럽고 상냥하게 밝은 음색으로 말했다.

레스터의 뇌를 제외하고 잘려 나간 나머지 모든 몸체는 원통형의 수술 기계장비 내부의 바닥에 떨어져 나뒹굴고 있었다. 그렇지만 그 어디에서도 피한방울조차 떨어진 자국은 없었다. 수술기계 내부의 원형의 바닥면이 아래를 향해 양쪽으로 열렸다. 동시에 조각들로 나눠진 몸체의 부분이 그 밑으로 떨어지며 모두 사라졌다. 원형의 바닥면이 다시 닫히자 즉시 초고온의 열에 의해 뼈마저 소각되었다. 매우 짧은 순간에 이 모든 과정이 이루어졌지만 상상할 수 없는 고통을 느끼고 경험했던 레스터는 이제 뇌만 남게 되었는데도 극심한 고통에 휩싸여 있었다. 하지만 이것은 단지 레스터의 뇌의 기억에 내재된 감각의 허상이었다. 현실과 연결할 수 있는 모든 감각기관을 상실했음에도 레스터의 뇌는 그의 몸체가 여전히 처음처럼 존재하고 있다고 끊임없이 착시현상을 일으켰다. 이제 뇌만 남게 된 레스터도 분명히 이성적으로는 이해할 수 있었다. 하지만 기억 속에서 그의 몸체는 분명히 살아서 움직였다.

레스터의 뇌가 메이거스의 맨 윗부분인 반원형의 투명한 덮개 안에 탑재되자 뇌가 놓인 그 부분을 제외한 메이거스의 나머지 모든 곳이 광채를 내면서 작동하기 시작했다. 모든 감각기관을 잃어버려서 완전히 외부의 감각기능을 상실한 레스터의 뇌는 메이거스에 탑재되고 나서는 희한하게도 주변을 실제로 볼 수도 있었고 들을 수 있었으며 냄새를 맡을 수도 있었고 맛도 느낄 수 있었다. 더욱이 그의 손과 발 그리고 피부마저 없음에도 모든 감각기관을 사용하는 것처럼 주위가 느껴졌다. 즉, 사라졌다고 믿었던 모든 감각기관이 다시 되돌아왔을 뿐만이 아니라 더욱 믿을 수 없는 사실은 기존에 느꼈던 감각능력과는 비교할 수 없을 정도로 기능적으로 매우 정밀하고 포괄적인 상태로 극대화되고 있었다.

곧이어 레스터의 뇌가 탑재된 반원형의 덮개 전체가 상상을 초월할 정도로 엄청난 빛을 발하기 시작했다. 그 누구도 감히 눈을 뜰 수 없을 정도로 엄청난 발광이었다. 만약 누군가가 이러한 상황에서 눈을 떴다면 그 즉시 두 눈이 멀었을 것이다. 이제는 메이거스의 모든 외곽의 경계마저 그러한 것이 언제 존재는 했냐는 듯 넘어서고 있었다.

얼마의 시간이 흐른 걸까? 아니 시간이 흐르긴 하는 건가? 시간마저 의미 없어진 레스터는 자신이 지적생명체라는 하나의 개체가 아니라 마치 자신이 주위의 공간으로 확장되어가고 있으며 주위의 존재하는 모든 것과 융합되어가고 있다는 것을 생각이 아니라 저절로 체득했다. 레스터는 우주로 한없이 확장되고 있었고, 그와 동시에 주위의 모든 것을 끌어안으며 하나로 통합되어가고 있었다.

레스터는 현재 그에게 보이는 풍경이 믿기지 않았다. 아니 전혀 믿을 수 없었다. 갑자기 자신이 드넓고 광활한 우주공간을 빛의 속도로 빛이 되어 날아가고 있었다. 우주공간에 흩어진 수많은 별들이 한 점으로 응축되어 보이는 것처럼 느껴졌다. 그리고 끝없이 어떠한 한 점을 향해 가던 레스터는 어느 순간 바로 한 점과 마주쳤다. 그것은 다름 아닌 원자였다. 가운데 원자핵이 있고 원자핵 속에는 양성자와 중성자가 한데 엉겨 있었고, 원자의 주위에는 매우 자그마한 원자핵을 제외하고는 대부분의 거대한 공간을 수많은 전자들이 빠른 속도로 움직이며 안개구름을 형성하고 있었다. 너무나 아름다웠다. 원자는 그 크기가 무색하게 또 하나의 우주처럼 작동했다. 레스터는 원자와 동일한 눈높이로 마주하고 있었다. 그리고 어느새 그는 마치 오래전부터 당연히 반복하던 절차인양 자연스럽게 원자를 향해 의지를 투영하려 하는 자신을 발견했다. 하지만 우주의 나이와 거의 엇비슷할 정도의 무구한 세월을 지금까지 유지하면서 존재해왔던 원자의 관성은 실로 대단한 것이었다. 절대로 다른 것의 의지에 휘둘릴 수 없다는 듯이 매우 완강하게 버티며 기존의 법칙을 유지하려 했다. 그래도 레스터는 원자를 자신의 의지대로 이끌려는 시도를 계속했다. 왜 그래야 하는지는 레스터도 알 수 없었지만 무의식인지 그 밖에 다른 무엇 때문인지 이러한 행동을 하는 자신이 당연하게 느껴졌다. 그러나 원자는 계속되는 시도를 비웃기라도 하듯이 꿈쩍도 하지 않았다. 그때, 어디에선가 공간 자체에서 알 수 없는 낯선 목소리가 들렸다. 아니, 그건 느낌이었다. 저절로 느껴지는 것이었다. 분명히 소리의 파동은 아니었지만 모든 것을 느낄 수 있었다.

"그것은 진정한 실재가 아니야!"

그 순간, 레스터는 원자를 뛰어넘었다. 단순히 원자를 그의 의지대로 움직일 수 있을 뿐만이 아니라 우주 그 자체의 전체 모습을 볼 수 있고 느낄 수 있었다. 인류의 과학자들이 이론으로만 이해하고 있던 다중우주는 정말로 실재했다. 지적생명체들은 도저히 볼 수도 없고 실존의 이유마저 불가해한 '진정한 우주'라는 곳은 수많은 다양한 세계들이 끊임없이 이어져 동시에 존재하고 공존할 뿐만 아니라 이 모든 것이 상상할 수도 없는 전혀 다른 형질의 무한한 에너지에 의해 이루어진 곳이었다. 인류가 살고 있던 우주는 '진정한 우주'에서는 단지 하나의 세계를 의미했다. 즉, 레스터가 속해 있던 우주는 무수히 많은 세계 중에 단지 하나의 세계에 불과했으며, 우리는 도저히 접근할 수도 없는 무한대의 이르는 다른 세계들이 '진정한 우주'라는 곳에 펼쳐져 있었다. 즉, 레스터가 속해 있는 세계, 네메스가 속해 있는 세계, 또 다른 누군가가 속해 있는 세계 등 다른 세계들이 각각 독립적으로 끝없이 있었다. 그리고 각각의 세계에서 삶을 이어나가고 있는 존재들은 서로의 영역, 즉 자신이 속한 세계 외에는 다른 세계를 침범할 수 없었다. 침범할 수 있는 존재는 오직 '초의지체'만이 가능했다.

결국 '진정한 우주'란 각각의 개별적인 세계들과 이러한 세계를 만들 수 있는 전체 에너지를 통칭하는 하나의 이름으로 정의되었던 것이다. 전체 에너지의 극히 작은 일부분의 에너지를 사용해서 물질로 이루어진 하나의 세계가 탄생하고, 또다시 전체 에너지의 극히 작은 일부분의 에너지를 사용해서 물질로 이루어진 또 다른 하나의 세계가 탄생되었다. 이 모든 원리가 체득되는 순간, 레스터는 하나의 원자가 아니라 '진정한 우주' 그 자체와 자신이 하나의 몸이 되는 것을 느꼈다. 이제 존재하는 모든 세계와 전체 에너지로 구성된 '진정한 우주'는 레스터 그 자신이었다. 레스터는 엄청난 장엄함에 놀라고 있었다. 한편으로 레스터는 이 원리를 레스터라는 한 명의 지적생명체가 도저히 이해할 수 없는 경지라는 것을 느끼며 스스로 레스터가 아니라고 여기다가 또 한편으론 지금까지의 모습이었던 레스터의 삶 속의 기억들에서 벗어나지 못하고 있는 자신을 발견했다. 아무리 곰곰이 생각해보아도 도저히 그 역시 이 상황을 이해하지 못하고 있었지만, 이것만은 분명하고 확실했다. 그것은 정체성의 혼란이었다. 이런 일이 왜 자신에게 일어나고 있는지 알 수 없었다.

메이거스뿐만 아니라 맨 위의 반원형의 덮개 안에는 언제 그랬냐는 듯이 강렬했던 빛이 모두 흔적도 없이 사라지고 없었다. 그곳에는 짙고도 짙은 어두움만이 남았다. 그리고 레스터의 뇌도 이 세상 그 어디에도 없었다.

적색거성 폭탄은 이제 화성을 지나서 금성, 수성 그리고 태양마저 삼켰다. 결국 시간이 흐를수록 더욱 한없이 거칠게 부풀어 오르던 적색거성 폭탄이 우주에서 가장 거대한 초신성이 되어 우주공간을 향해 찢어질 듯 굉음을 내며 포효하고는 미친 듯이 폭발해버렸다. 그 광란의 폭발의 여진은 태양계 크기의 수천 배 이상으로 확대되어가며 크나큰 영향을 준 후, 다시 중심점을 향해 엄청난 중력으로 한없이 수축했다. 초고밀도의 한 점이 되어버린 중심점은 모든 것을 빨아들이는 초거대 블랙홀이 되었다. 초거대 블랙홀은 주위의 모든 것을 거침없이 빨아들이며 흡수하기 시작했고 급기야 은하마저도 빨아들이며 흡수했다. 모든 시공간이 뒤틀어지고 응축되며 사라져갔다. 공간마저 모두 사라져가는 이 연쇄반응은 주위에 다양한 은하들도 동시에 끌려오듯 빨아들이기 시작하며 이제는 우주 그 자체를 위협했다. 모든 것이 흔적도 없이 기억 저편에 한 점이 되어 영원히 사라져가고 있었다.

세상이 끝나는 곳에서

'초의지체'가 전했다.
"이제는 진정한 진리를 알려주겠노라고!"

레스터는 현재 느끼고 있는 실제적인 경험을 그 어떤 것으로도 설명하거나 표현할 방법이 없었다. 지금 이 순간에 느끼는 경험은 일상적인 말로도 논리적인 말로도 문학적인 글로도 가장 복잡하고 난해한 고차원의 수학공식으로도 그 외의 지적생명체가 소유했던 그 무엇으로도 현재 느끼고 경험하고 있는 모든 것을 설명할 수 있는 방법은 지적생명체의 현실 속에선 존재하지 않았다. 이 느낌과 경험은 지적생명체가 현실로 받아들일 수 있는 차원의 것이 아니었다. 마치 비행기가 빠른 속도로 달려가다가 이륙하는 순간에 몸체가 붕하고 뜨면서 하늘과 땅이 나누어지고 순간적인 무중력에 의해 마치 새의 깃털의 무게마저 느껴지지 않고 떠 있는 상태라고 해야 할까. 하지만 무중력의 상태에서 자신의 몸체를 통제하기 어려운 상황을 말하는 것이 아니었다. 그의 몸이 '진정한 우주'와 하나가 되는 초월적인 느낌이었다. 그가 '진정한 우주'였고 '진정한 우주'는 바로 그였다. 레스터는 무엇이라 정의내릴 수도 없는 경이적이고도 경이적인 느낌을 한없이 느끼며 온전히 경험을 하고 있었다.

　레스터의 감각은 설명하기는커녕 더욱 이해할 수도 없었는데 마치 힘이 엄청난 거인이 태평양바다 전체를 덮을 수 있는 그물을 치고는 그 거대한 그물을 자유자재로 움직일 수 있는 느낌이랄까, 아니면 신화 속에 등장하는 포세이돈이 그의 뜻대로 거대한 바다를 좌지우지하는 느낌이라고 할까. 하지만 레스터가 의지로 발휘할 수 있는 실제적인 힘은 단지 포세이돈과는 비교를 거부하는 거대하고도 웅장함을 넘어선 무한한 힘이었다. 이 무한한 힘은 어떠한 형태를 가진 임의의 실체가 그 무엇이던지 간에 도저히 소유할 수도 느끼고 경험할 수도 없는 진정으로 장엄한 힘이었다. 원한다면 무한한 공간을 향해서 한없이 무한히 뻗쳐 나가며 순간적으로 단 한 번에 모든 곳에 영향을 미칠 수 있는 어마어마한 힘을 느꼈다. 생명체가 어떤 일을 하기 위해서 육체를 이용해 힘을 들이는 느낌이 아니라 단지 생각만으로 그것은 의지가 되어서 실제적인 현상이 저절로 일어나는 것이었다. 즉 그의 생각은 의지의 발현이었고 순간의 실현이었으며 곧 영원한 현실이었다. '진정한 우주'를 구성하는 무한한 모든 것이 무엇이든지 레스터의 의지와 맞닿아있었다. 이것은 끝없고 한없이 영원히 이어져 나갈 경이적이고도 경이적인 경이로움 그 자체였다.

이제는 레스터도 자신을 스스로 어떠한 형태이거나 그 외에 무엇이라고 정의내릴 수는 없었다. 레스터는 지금까지 세상에 존재해왔던 모든 것들과는 확연히 다를 뿐만 아니라 독보적인 다른 존재로 부활한 것이다. 그런 그가 자신과는 또 다른 알 수 없는 어떤 존재인 '존재 그 자체'와 마주하고 있었다. 서로 아무런 말이 없었지만 느낌만으로 대화가 가능했고 모든 것을 흡수하듯 받아들여졌다. 그것은 절대적 느낌이었다.

세상의 끝. 처음과 마지막. 레스터는 이 상황을 기뻐해야 할지, 슬퍼해야 할지, 분노해야 할지 도무지 알 수가 없었다. 세상만사의 희로애락과 오감을 생생하게 느끼면서도 이러한 모든 감정과 감각을 초월해 있었다. 모든 것을 소유한 존재이고 세상의 모든 개별적인 존재가 자기 자신이며 또한 그 모두가 결국은 자기 자신인 유일무이한 존재가 되어있었다.

'진정한 우주'를 구성하는 모든 물질과 에너지가 레스터의 의지의 산물이며 '존재 그 자체'의 의지의 산물이었다.

"이제야 만나는군!"
'존재 그 자체'가 레스터에게 굵직한 느낌으로 묵직하게 전했다.

"아무것도 소유한 것이 없으면서도 모든 것을 소유한 나는 무엇이지?"
레스터가 매우 심각하게 '존재 그 자체'에게 질문을 전했다.

"나!"
'존재 그 자체'가 전혀 대수롭지 않다는 듯이 무심히 대답을 전했다.

"너라고!? 내가 정말 너란 말이야?"
레스터는 '존재 그 자체'의 답변을 차마 받아들일 수 없었다.

'존재 그 자체'가 레스터에게 다시 전했다.
"너는 나를 갖게 될 거야!"

레스터는 자신이 '존재 그 자체'인 것을 느꼈다. 지적생명체의 논리적이고 과학적인 데이터분석이나 고차원의 방정식으로 증명될 수있는 문제가 아니었다. 그런 것들은 이곳에선 아무런 의미도 갖지 못했다. 처음부터 모든 것이 느껴졌다. 이것은 절대적으로 당연한 것이었다. 그러나 오히려 당연한 것이 레스터를 더욱 혼란스럽게 했다.
"여기가 끝이야?"
레스터가 '존재 그 자체'에게 단언하듯 의미심장한 뜻을 전했다.

"아니, 시작!"

'존재 그 자체'가 또 다시 전혀 대수롭지 않은 듯이 묵묵히 레스터에게 전했다.

"너에겐 선택이 없어. 이미 너는 충분히 모든 것을 느끼고 있잖아!"

'존재 그 자체'가 상당히 냉철하게 전했다.

그 순간, 레스터에게 감당할 수 없는 허무함과 절망감이 끝없이 밀려왔다.

"정말 이것이 궁극적인 진리의 종착역이란 말이야?"

레스터는 종잡을 수 없이 사무치는 격한 분노에 휩싸여 '존재 그 자체'에게 전했다.

이미 모든 것을 느낄 수 있었다. 하지만 레스터에겐 지금까지 지적생명체로서 소유하고 있던 감정과 경험의 기억들이라는 정보로서의 자신과 처음부터 자신은 지적생명체가 아니었다는 감당하기 버거운 피할 수 없는 현실사이에서 심각한 정체성의 혼란으로 갈피를 잡지 못하고 있었다.

"영원한 반복!"

'존재 그 자체'가 전혀 흐트러짐이 없는 감정으로 전했다. 마치 레스터가 자신에게 질문한 내용은 잊어버렸다는 듯이. 아니 어쩌면 질문자체가 의미 없었기에 레스터의 질문에 대한 답변도 더 이상 필요가 없다는 듯이.

"너에겐 오직 두 가지 선택만이 있어. 하나는 초기화, 또 다른 하나는 창조."

여전히 레스터의 반응에는 아랑곳없이 '존재 그 자체'는 당연한 것을 일깨워주듯 태연히 전했다.

"난 모든 것을 잃었어! 가족도 친구도 애인도 인류도 살아 있는 모든 것, 무생물, 존재하는 모두를 말이야. 심지어는 내 육체까지도 잃었어. 모두 다 말이야!"

레스터에게 내재되어 있던 분노가 거친 태풍처럼 '진정한 우주'에 휘몰아쳤다. '진정한 우주'의 모든 것이 그의 울부짖음에 가장 거칠게 파도가 휘몰아치는 바다에 떠 있는 수많은 돛단배들처럼 격렬하게 격정적으로 흔들렸다.

"모든 것을 다시 만들 수 있어! 그것이 오직 너만이 할 수 있는 유일무이한 일이니깐!"

'존재 그 자체'가 이번엔 '진정한 우주'를 달래듯이 부드럽게 전했다.

"아니, 그건 가짜야!"

레스터가 이어서 전했다.

"아무리 만들어도 그건 내 의지에 따라서 만들어지는 가상일뿐이야. 그건 허상이며 가짜 일뿐이라고!"

한동안 정적이 흘렀다. 그 정적을 벗어나 침묵을 깨며 레스터가 한마디를 전했다.

"정말로 가장 소중하고 유일하며 순수한 궁극적인 진리라는 것이 단지 만들거나 그걸 다시 부수는 거야?"

모든 기력이 다한 것처럼 힘없이 레스터가 전했다.

"그렇게 무의미한 것처럼 말하지 마! '진정한 우주'를 포함해 이 안에 속한 모든 세상은 처음부터 영원히 순환을 반복하는 것이니깐 말이야. 어떠한 세계든지 내가 원하는 대로 다양한 세상으로 만들 수가 있다고, 물론 마지막은 항상 같겠지만."

'존재 그 자체'가 신중하게 전했다.

"그리고 반드시 알아두라고. 너는 '진정한 우주' 속에 존재하는 모든 것에 너의 의지를 심어 두었어. 한없이 거대한 것부터 가장 극소한 것에까지 미치지 않는 곳은 있을 수 없지. 그렇지 않다면 처음부터 그 무엇도 존재할 수가 없으니깐. 무한하고 다양한 세계를 창조한 것은 바로 너라고!"

'존재 그 자체'가 더욱 신중하고도 조심스럽게 레스터에게 전했다.

갑자기 레스터가 자신의 의지를 발휘했다. '진정한 우주'에 초거대 태풍이 거칠게 휘몰아치듯이 격렬하게 흔들렸고 조금 전에만 해도 아무것도 없던 공간이 구부러지고 휘어지기를 반복하더니 초정밀 레이저 총을 만들어냈다. 이 '진정한 우주'에서 가장 강력한 초정밀 레이저 총이었다. 레스터는 그 총을 허공에서 돌리며 겨눌 곳을 찾았다.

"나에겐 더 이상 쏠 데가 없어. 육체도 없거니와 나의 의지로 육체를 만들어서 그 육체를 없앴다고 해도 나에겐 아무런 변화가 없을 테니깐. 난…난 그런 존재이니깐."

강력하게 휘몰아치는 분노 속에서의 평정심. 아니, 그것은 차라리 체념이었다.

" '레스터 그리고 레스터가 아닌 너' "
'존재 그 자체'가 갑자기 큰소리로 스스로에게 전했다.

"네가 지금 겪고 있는 혼란은 단지 너의 꿈일 뿐이야. 너는 정체성을 소유하는 존재가 아니라 지적생명체들이 부르짖는 현실이라는 공간에서 그들에게 정체성이 실제로 있는 것처럼 의미를 부여하는 존재야. 물론, 지적생명체들에겐 현실이지. 그것도 엄연한 현실!"
'존재 그 자체'가 이어서 전했다.
"그들 각자의 현실은 네가 꿈꿀 때만 존재해."

'존재 그 자체'가 이제는 무엇인가 핵심적인 내용을 전하려고 자신의 모든 기를 모으기 위해서 명상에 잠겼다. '진정한 우주'의 모든 곳이 일순간에 평온해졌다.

"너는 무한히 많은 다양한 꿈을 동시에 꾸는 존재야. 그중에 네가 선택한 두 가지의 개별적인 각각의 세계에 대한 꿈을 꾸기 전에 너 스스로 세 가지를 지정했지.

첫 번째는 '갤리온의 신화와 예언'을 집필하도록 선택한 많은 예언자들에게 정보를 제공하는 것.

두 번째는 레스터에게 말케이 산으로 가라고하고 MSS 티켓을 보낸 것 그리고 그에게 반복되는 꿈을 꾸도록 한 것.

세 번째는 네메스가 아포네스의 본거지에 강력한 폭탄을 투하하도록 조정한 것.

이 세 가지를 미리 지정하고 너는 꿈을 꾸기 시작한 거야.

그런데 너는 두 번째 사항을 실수로 지정해서 이번에 꿈은 각각 개별적으로 존재해야 할 서로 다른 두개의 꿈이 하나로 겹쳐 버린 거야. 즉 레스터가 존재하는 하나의 세계에 대한 꿈과 네메스가 존재하는 또 다른 세계에 대한 꿈이 서로 가는 방향이 전혀 다른데도 불구하고 너는 두개의 꿈을 동시에 꾸게 된 거지. 결국은 서로 다른 세계에 존재하는 레스터와 네메스가 만나게 된 거야. 그래서 상황이 너무나 복잡해졌고 너는 꿈에서 지금까지도 완전히 헤어 나오지 못하고 있는 거지. 이번에 일이 잘못됐다면 무한반복이 됐을 거야. 서로 겹쳐져 버린 잘못된 꿈속에서 오직 그 꿈만을 무한반복하게 되었겠지. 실수와 오류란 있을 수 없는 '진정한 우주'에서 도저히 일어날 수 없는 초유의 사태가 벌어진 거였어.

지적생명체는 너의 꿈속에 항상 등장하지. 지적생명체라는 종은 하나의 세계가 시작되는 빅뱅 후에 초기 은하가 생성되고 그 안에서 수소를 이용한 항성들의 연속적인 핵융합 반응으로 헬륨, 탄소, 산소등과 같은 가벼운 원소들을 만들어내기 시작해서 결국엔 연료를 모두 소비하고 엄청난 내부압력을 견디어 내지 못한 거대 항성들의 초신성 폭발로 수많은 먼지와 가스들 속에서 철과 같은 다양한 무거운 원소들을 탄생시키며 다시 항성들뿐만이 아니라 행성들이 만들어진 후에 비로소 생명의 유전자가 생성되고 나서 가장 마지막에 나타나는 최종산물이지. 갤리온스든지 콴티든지 그 무엇이든 갤리온스가 자신의 유전자로 콴티를 만들었든 아니든 상관없이 반드시 존재할 수밖에 없는 하나의 세계의 전체 과정 중에 포함되어 있는 종인거야.

지적생명체들의 역사 속에서 문명이 발전하며 소수가 권력을 잡고 그 권력이 커지면 커질수록 지적생명체라면 누구나 너의 능력을 닮고자 했지. 그리고 너의 능력을 닮고자 하는 소망은 과학기술이 극도로 발전하면서 더욱 그럴싸하게 닮아 가기 시작했던 거야. 그러나 항상 그들의 능력은 너의 능력을 어설프게 흉내만 낼 수밖에 없었어. 왜냐하면 그들은 모두 너의 의지의 일부분의 반영 일뿐이고 영원히 너의 부분일수밖에 없었으니깐. 그래서 지적생명체들은 자신들에게 주어진 너의 의지를 영원히 이해할 수가 없었기 때문에 각자의 자신들을 의식을 가진 영혼을 소유한 정체성이 있는 존재들이라고 얼버무릴 수밖에 없었던 거야.

그래서 지적생명체라면 원시시대부터 초고도로 발전한 현대사회라고 하더라도 너를 항상 생각하고 섬길 수밖에는 없는 거야. 그들은 자신들이 무엇 때문에 과학기술을 비롯해서 문명을 유지해야 하는지도 모르면서 앞으로만 무조건 나아가기만 하지. 그리고 자신들의 기원과 의미를 넘어서 우주의 궁극적인 진정한 기원과 의미를 궁금해 하게 되는 거야. 이것이 그들의 존재이유이자 그들의 숙명이니깐.

그래서 그들은 하나의 세계에 존재하는 수많은 종들 가운데 유일하게 자신들이 거주하는 행성에서부터 시작해서 다른 행성으로 이주하거나 확장하면서 계속 뻗어 나가지. 그들은 도저히 알 수가 없지만 네가 그들에게만 지정한 유일무이한 진정한 일을 완성시키기 위해서 미친 듯이 지하자원들을 모두 소비하면서 무언가를 마치 자신들의 의지인양 계속 만들어 내지. 결국 하나의 세계에 존재하는 지적생명체의 다양한 집단 중에 어느 집단이 되었든 자신들의 진정한 존재이유와 최종적인 목적을 모르니 자신들이 무엇을 향해서 나아가고 있는지도 모르지만 그들에 지속적인 역사의 과정 끝에서 결국은 너에게 필요한 오직 하나의 결과를 만들어 내는 거야.

그들에게 주어진 오직 하나의 결과를 완성한 그들은 자신들이 처음부터 존재했던 원시시대부터 근본적으로 가지고 있던 지적생명체의 기원과 의미, 그리고 우주의 궁극적인 진정한 기원과 의미로 최종적인 회귀를 하게 되는 거야. 즉 다시 처음 그 자리로 되돌아갈 뿐이지. 그들이 그토록 원하던 궁극적인 진정한 의미는 아무것도 얻지 못한 체 말이야. 그러나 네가 이러한 의문을 갖도록 그들에게 너의 의지를 불어넣은 존재이고 너는 그들이 만든 최종적인 산물의 결과로 너의 꿈에서 벗어나는 거야.

그래, 지적생명체들의 패턴의 최종적인 목적이자 그들의 존재 이유는 결국 네가 너의 꿈속에서 깨어날 수 있도록 도와주는 탈출구를 만들어주기 위해서 존재하는 거야. 그래서 최후에 남은 레스터와 네메스가 너의 탈출구를 완성하게 되고 너는 드디어 너의 꿈에서 깨어나게 되는 거지. 하나의 세계의 최후의 마침표니깐.

이렇게 해서 빅뱅부터 종말까지 이어진 하나의 세계에 대한 거대한 과정이 모두 끝나게 되는 거지. 이 위대한 흐름은 너무나 자연스러운 것이고 당연한 것이야. 각각의 세계에 존재하는 지적생명체를 포함한 모든 것은 각자의 정해진 길을 충실히 따라야 하는 것이니깐. 그렇지만 오직 네가 감정을 주입한 지적생명체들이 진정한 우주의 자연의 법칙인 진실을 알았다면 네가 현재 느끼고 있는 심정처럼 진리라는 것에 깊은 회의를 느끼고는 자신들의 감정을 앞세워 이러한 자연의 당연하고도 거대한 흐름을 야비하고 미친 짓이며 공허하다고 말했겠지. 하지만 그들의 그러한 감정은 '진정한 우주'라는 거대하고도 자연스러운 흐름 앞에서는 모두 다 부질없는 감정들이지. 마치 철없는 어린아이가 엄마에게 아무 때나 때를 쓰는 것과 전혀 차이가 없으니깐. 그러나 이러한 진실을 알았다고 해도 지적생명체들은 이 사실을 끝까지 부정하면서 자신들이 진정으로 대단한 일을 하고 있는 양 그들이 가던 길을 계속 가게 될 뿐이지. 그들의 태생적 한계이자 너의 목적을 이루기 위해서 너의 의지로 설계되어진 산물이니깐 말이야.

세상의 존재하는 모든 것은 각자에게 주어진 일을 묵묵히 수행하는 것이고 이 흐름은 너조차도 역시 벗어날 수 없이 따라야만 하는 숙명인 거야. 네가 이 법칙을 회피하고 벗어난다면 '진정한 우주'라는 것은 의미를 가질 수 없으며 더 이상 새로운 세계를 만들 수도 없고 따라서 너의 존재이유도 의미가 없으며 너는 더 이상 존재하지 않는 것이니깐.

너는 하나의 세계를 두개의 원뿔의 밑면을 상하로 붙여 놓은 것처럼 설계를 했지. 두개의 꼭짓점 중에 위쪽에 있는 하나의 꼭짓점은 세계의 시작을 아래쪽에 있는 또 하나의 꼭짓점은 세계의 마지막을 나타냈고 이렇게 처음 시작의 조건과 마지막의 결과는 항상 정해 놓은 채 나머지 그 세계 안에서 벌어지는 다양한 모든 과정은 무작위로 흘러가도록 내버려두었던 거야. 즉 모든 것에 자유의지를 준거지. 그들은 그 속에서 스스로 자유의지를 소유한 체 살아가고 있다고 자부하며 살아갔지만 그것은 단지 눈속임 일뿐이었지. 마지막 결과가 이미 정해진 곳에서는 아무리 무한대의 다양한 길이 존재한다고 해도 최종목적지는 오직 유일한 하나일 뿐이니깐 말이야. 최후의 지적생명체들은 그들 스스로의 각고의 노력으로 전지전능함을 직접 마주하게 되지만 절대로 소유할 수는 없어. 그것을 소유할 수 있는 존재는 오직 너 하나일 뿐이니깐 말이야. 결국은 마지막에 가서는 네가 정한대로 그들의 과학기술이 극단적으로 최고의 수준에 도달하는 순간에 너의 탈출구를 만들게 되는 거야. 마지막까지 존재한 지적생명체가 원하던 진정한 결과는 전혀 알 수도 없이 말이지. 왜냐하면 이곳에 궁극적으로 진입할 수 있는 유일한 존재는 오직 너 하나뿐이니깐. 너만이 오직 하나뿐인 진정한 진리를 소유할 수밖에 없는 존재이고 '진정한 우주'의 모든 것을 너의 의지대로 설계한 유일무이한 진정한 주인이니깐.

　그래, 처음부터 이 세상에는 우연이라든지 확률적이라든지 하는 개념은 없었던 거야. 우연과 확률은 지적생명체의 태생적 한계에 의해서 가장 근본적인 것에 대한 근원적인 확인이 불가능하기 때문에 그들에게 일어나는 착시현상이지. 그들에게 주어진 진정한 목표를 영원히 이해할 수가 없으니깐 일어나는 현상에 불과한 거야. 결국은 각각의 세계는 모두 처음부터 하나의 초의지에 의해서 정해진 대로 그것이 진정한 목표가 되고 지적생명체들이 이리저리 방황하고 무엇이 진정한 목표인지는 몰라도 결국에는 모두 '초의지체'가 지정한 진정한 목표를 향해서 한없이 빨려 들어 갈뿐이야."

"그렇다면 지적생명체들은 간절히 원했던 궁극적인 진정한 의미를 진정 영원히 볼 수가 없는 거야?"

'레스터 그리고 레스터가 아닌 너'가 한없이 안타까워하며 도저히 믿고 싶지 않다는 의미로 전했다.

"그래, 그들은 영원히 볼 수 없어!"

'존재 그 자체'가 덤덤히 전했다.

"네메스와 레스터는 자신들의 몸과 마음을 바쳐서 최선을 다해 왔어. 그리고 결국은 그들은 세상의 모든 것을 뛰어넘는 최고의 경지 앞에 이르게 되었지. 그런데도 그들은 최후의 진리를 얻지도 못한 체 의미도 없이 사라져야 만했어. 그들의 죽음은 단지 그들만의 일이 아니야. 그것은 세상이 창조되고 무구한 세월동안에 초기에 지적생명체들부터 쌓아올려져 네메스와 레스터에 의해서 드디어 최종적으로 빛을 볼 수 있는 단계에 이르게 된 것이야. 그러나 그들은 아무것도 얻지 못했어. 아무것도!"

더 이상 이 상황을 견딜 수 없었던 '레스터 그리고 레스터가 아닌 너'가 극도로 흥분하며 화를 냈다.

"잘못됐어. 완전히 잘못된 생각을 가지고 있는 거야. 그들은 최선을 다한 것이고 그러한 노력을 통해서 그들이 완성할 수 있는 최고의 단계를 완성한 거야."

강력한 우뢰와 번개가 수차례 내려치듯이 거대한 울림으로 '존재 그 자체'가 전했다.

"무슨 의미야?"

'레스터 그리고 레스터가 아닌 너'가 도저히 이해할 수가 없다는 듯이 전했다.

"거기까지가 그들의 한계라는 뜻이야. 그들이 알고자하는 궁극적인 진리를 그들이 알 수가 없었던 것은 그들은 단지 지적생명체이기 때문이야. 보라고, 지금 너의 모습을. 너는 도대체 무엇이라고 생각하는 거야."

'존재 그 자체'가 진지한 울림으로 전했다.

자신의 모습은 그 무엇이라고 할 수 없는, 즉 있다고도 할 수 없고 없다고도 할 수 없는 존재일 뿐이었다. 무엇이든 될 수 있지만 오직 무엇이라고 정의내릴 수없는 유일무이한 존재.

"그래, 이제 이해할 수 있을 거야. 지금 네가 있는 곳에선 오직 너만 이해할 수 있고 존재할 수 있지. 따라서 그들의 정신과 육체로는 아무리 이해시키려고 해도 이해할 수 없는 경지에 다다른 곳이 바로 이곳이니깐. 그들은 오로지 말이나 글 그리고 경험을 통해서만 이해할 수 있어. 그들은 말과 글을 더욱 정교하게 다듬어서 논리이자 수학적인 체계를 완성하고 물질적인 세계의 다양한 경험도 쌓아 가지. 그러나 문제는 바로 거기에 있지. 네가 있는 이곳은 단지 그들이 만든 논리적인 말이나 글과 수학적인 체계들과 그들이 삶속에서 경험한 것만으로는 실제적인 설명과 경험이 불가능하다는 사실을 말이야. 그래서 그들은 아무리 노력을 기울여도 근사치에도 도달하지 못하는 거야. 왜냐하면 이곳에 들어서는 순간 그것은 전체를 의미하고 전체가 바로 너이며 따라서 끝없이 극한적인 너의 부분의 조각들일 수밖에 없는 그들 각자에게 전체를 담는다는 것은 아예 처음부터 불가능한 것이니깐 말이지. 따라서 그들은 영원히 너의 일부분일수밖에 없는 거야. 태생적 한계인거지. 즉 그들은 최선을 다한 거였어. 자신들이 반드시 이루어야만 하는 숙명적인 임무를 완성했던 거니깐. 그들은 전혀 이해하지 못했지만 오직 너를 위해서 자신들을 희생한 거야. 왜냐하면 너의 의지가 들어 있으니 피할 수도 없는 거지. 그들이 자신들의 안드로이드나 인공생명체들에게 자신들이 원하는 일만 시키듯이 말이지. 너 역시도 그럴 수밖에 없었던 거야. 그러나 안드로이드이나 인공생명체도 완전한 지적생명체가 될 수는 없었어. 왜냐하면 그들에게도 안드로이드이나 인공생명체는 태생적 한계가 있을 수밖에는 없고 완전체라고 할 수 있는 지적생명체의 수준을 넘을 수는 없으니깐 말이야. 지적생명체는 자신들이 만든 안드로이드, 인공생명체에게 궁극적으로 자신들처럼 의식을 심기를 원했지. 그러나 그들은 그렇게 할 수가 없었어. 왜냐하면 그 일은 오직 너만이 가능하니깐. 너의 의지로 지적생명체에게 심어진 의식을 그들은 기억하며 자신들도 따라 해보고 싶었던 거야. 흉내를 냈던 거야. 거기까지가 그들이 도달할 수 있는 한계였던 거야."

'존재 그 자체'가 다시 진지한 울림으로 전했다.

"세상의 존재하는 모든 것은 그 자체의 진정한 목적과 목표가 있고 지적생명체들 역시 그들의 진정한 목적과 목표가 있지. 하나의 세계, 즉 지적생명체가 우주라 부르는 그 세계에서 수많은 곳에 흩어져 있는 각각의 지적생명체의 종족들은 너를 향해서 항상 자신들의 개인적이든 집단적이든 소원만 들어주기를 원했지. 자신들도 하나의 세계에 갇혀 있는 존재들이고 자신의 진정한 목적과 목표가 있음에도 오로지 대부분의 그들은 너에게 간청을 하면서 각자의 소원만 들어 달라고 요구만 했던 거야. 네가 모든 지적생명체들에게 심어 놓은 진정한 의무를 모두 잊어버린 체 말이야. 너에게 오직 소원을 들어 달라고 간청하면서도 그 소원이 이루어지지 않는다고 너를 원망만 했지. 자신들의 행동이 이기적이면서도 오히려 원망은 너에게만 했던 거야. 자신들의 안위와 여유로움에서 끝나지 않고 죽지도 않는 영생을 바라는 이기주의자들만 득실거렸어. 네가 지정한 진정한 의무는 대부분이 망각한 체 너를 위한 진정한 희생은 하지 않은 채 말이지. 하나의 세계가 끝나 갈 즈음에 그 모습을 드러내기 시작하는 지적생명체들에게도 너는 분명한 의무를 주었어. 결국, 그들의 역사 속에서 너의 진정한 의무를 깨달은 소수의 자들에 노력으로 지속적인 발전을 해왔던 과학기술에 의해 최종적으로 마지막까지 남은 자가 결국엔 너에게 의미 있는 결과를 완성해 내는 거야. 이것이 그들이 번성하면서 마지막에 가서는 반드시 이루어야 할 진정한 의무이자 임무였던 거야.

지적생명체는 너를 닮았지. 너의 의지로 만들어진 세계에 그들이 존재하는 것이니깐. 지적생명체들도 자신과 닮은 안드로이드를 만들려고 했던 것은 안드로이드를 자신들의 상석에 모셔 두고 신처럼 대우를 해주기 위해서였을까? 그들 역시 안드로이드를 만들려고 시도한 것은 자신들이 원하는 그들만의 진정한 목적과 목표에 맞는 임무를 수행하게하기 위해서 설계한 것이니깐. 마치 목장에서 소와 양들을 키우는 목축업자들에게 소와 양들은 그들의 필요에 의해서 이용되는 존재들이니깐 말이야. 너 역시 지적생명체를 목적에 따라 필요해서 만든 거였어. 그 최종적인 목적이 너의 탈출구를 만드는 것이라면 그들은 당연히 따라야만 하는 거야. 이것은 자연의 순리야. 그들의 진정한 존재이유이고 말이지.

그래, 세상의 존재하는 모든 것은 그것이 물질적인 것이든지 에너지의 형태이든지 재귀적 과정을 반복하는 거야. 재귀적 과정이 멈추는 순간 세상의 모든 것도 역시 영원히 끝나는 것이니깐 말이지. 너는 지적생명체에게 이 사실을 분명히 알려주었어. 그러나 지적생명체는 스스로 고정되고 붙잡을 수 있는 것을 찾아서 끊임없이 찾아 나섰지. 그렇지만 이것은 그들이 그 무엇으로도 피할 수 없이 확정적으로 받아들일 수밖에는 없는 죽음이라는 이미 고정된 관념에 집착한 나머지 그들의 잠재의식 속에서 계속 그들에게 부르짖기 때문이야. 그러나 유일하고도 진정한 진리란 나무에 꽃과 잎이 떨어지고 다음 해에 다시 피듯이 그들도 새롭게 계속 환생하는 거지. 단지 그들의 정신뿐만이 아니라 형체도 완전히 새롭게 자라서 다시 시작하는 거야. 이것이 '진정한 우주' 속에서 모든 것을 관통하는 유일하고 진정한 궁극적인 진리인거야.

오직 고정된 것을 찾으려는 그들의 노력은 단지 한 폭의 그림을 찾는 거와 같아. 고정된 그림은 아무리 아름다워도 변화가 없지. 변화가 없이 고정된 것은 죽음을 의미해. 그러나 자연의 법칙은 동적인 변화 속에서만 유일한 의미를 갖지. 그들이 고정된 것을 원하는 것은 그들의 주위를 영원히 떠나지 않고 서성거리는 죽음의 그림자 때문이야. 그들은 세상의 동적인 변화를 끊임없이 관찰하고 경험하면서도 가장 심오한 진리는 정적인 것이라고 생각하지. 그들의 태생적 한계인거야. 지적생명체라면 그 누구든 얼마든지 궁극적인 진정한 진리를 주위에서도 볼 수가 있었어. 자신들의 주위를 조금만 둘러보아도 재귀적인 과정이 진정한 진리라는 것을 분명히 알 수가 있었지. 자신들이 반복적으로 숨을 쉬고 먹고 잠자고 나무가 꽃을 피우고 다시 지고 또 다시 꽃을 피우고 계절이 바뀌고 우주의 존재하는 모든 것이 이러한 과정을 반복한다는 사실을 말이야. 그들은 누구든지 자신들의 오감만으로 모두 느끼고 경험하며 알 수 있는 이러한 진정한 진리를 외면한 채 더 먼 곳으로 한없이 그들만의 여행을 떠났지. 하여튼 지적생명체들은 그것으로 만족할 수가 없었어. 항상 어딘가에 더 뛰어나고 더 화려하며 더 매우 특별한 궁극적인 무언가가 있을 거라는 정적인 생각을 결코 버리지 않았지. 지적생명체라는 자신들 역시 단순히 자연의 일부분이라는 사실을 망각한 채 말이지. 하지만 그들의 그 생각의 궁극적인 결론은 너의 탈출구를 마련하는 거였어. 결국은 그들이 찾은 것은 바로 너의 탈출구였던 거야. 이것이 그들의 진정한 사명이었고 그들의 세계에서 가장 위대한 임무이자 의무였던 거야. 그것이 그들의 존재이유였던 거지.

세상에 존재하는 모든 것은 무언가를 위해서 희생을 하게 되어 있어. 그중에서 지적생명체만은 유일하고도 특별하게 너를 위해서 최선을 다해서 희생하게 되어 있는 거지. 그들의 유일한 목적인거야.

너의 역할이 분명히 있듯 그들의 역할도 분명히 있지. 각자 자신에게 주어진 일을 충실하게 할뿐인 거야. 세상은 이런 것이야. 가장 작은 것부터 가장 큰 것까지 생성과 소멸을 끊임없이 반복하는 거지. 이렇게 하나로 이어지는 거대한 법칙에 지적생명체들이 느끼는 허무함과 무의미함이란 감정은 단지 사치일 뿐이야. 그들의 역할은 거기까지이고 하나의 세계가 끝났으니 넌 또 다시 너의 의무를 이행할뿐인거지. 지적생명체는 희로애락이라는 감정에 이끌려서 이것을 무의미함이나 허무함이라고 말하는 것이 그들의 한계이지만 너는 이 모든 것을 초월한 존재이고 이러한 감정과 의지, 신을 닮고자 하는 노력을 지적생명체들에게 갖도록 설계한 것은 바로 너니깐. 이러한 여러 조건들이 복합적으로 그들에게 작용하도록 그들이 설계되지 못했다면 그들을 한마음으로 합심하게 해주는 구심점은 없었을 테니깐 말이지. 그들은 뿔뿔이 흩어질 것이고 결국 구심점이 사라질 것이고 상호작용이 일어나지 않는다면 너의 의지대로 세계의 결말이 이루어지지도 않았을 테니깐. 지적생명체들의 삶속에서 존재했던 다양한 모든 종교는 장단점이 있지만 결국엔 너에게 장점으로 작용할 수밖에 없는 거였어.

문제는 지적생명체에게 생각에 자유를 주었더니 세월이 흘러갈수록 자신들 멋대로 생각하고 행동하려는 이기적인 자들이 너무 많이 늘어났다는 거야. 하지만 하나의 세계에 존재하는 모든 지적생명체의 종족들 중에 마지막까지 너의 진정한 의무를 깨달은 자들이 그들의 역사 속에서 명맥을 마지막까지 유지하면서 살아남아 너의 의무를 완성하는 거지. 즉, 유일하게 의미 있는 진정한 열매를 맺는 거야. 나머지는 그전에 모두 흔적도 없이 사라지는 거지. 이것이 위대한 자연의 섭리인거야. 각각의 종들이 자신에게 주어진 진정한 목적을 이루어 내는 것. 하나의 세계가 끝나면 물질적인 모든 것은 에너지로 승화되고 너에게 모두 반환되지. 너는 다시 합쳐진 에너지를 포함해 나머지의 거대한 모든 에너지 중에 일부분을 사용해서 다시 새로운 완전한 하나의 세계를 탄생시키는 거야. 너는 너의 임무를 성공적으로 마친 거야. 즉 네가 할일을 완수한 거지. 지적생명체들은 자신들의 물질적인 세계가 멸망한다고 생각했지만 너에게는 단지 초기화로 가는 과정일 뿐이야. 그것은 그들의 물질적인 세계가 다시 초의지체의 에너지로 환원되는 극히 자연스러운 과정일 뿐이야. 너는 그 환원된 에너지로 다시 새로운 합리적인 세계를 탄생시키는 거지."

'존재 그 자체'가 이어서 전했다.

"그러나 이번과 같은 각각으로 분리되어 있어야 정상인 두개의 세계가 이리저리 엮여져 버린 오류투성이의 세계는 처음부터 끝까지 한없이 불완전하고 비합리적이며 우울한 상황만 영원히 발생했지. 즉 세계가 완전히 끝날 때까지도 안정되거나 평화로운 상태를 단 한번이라도 이룰 수가 없었던 거야. 정상적인 세계라면 레스터의 세계와 네메스의 세계는 따로 분리된 개별적인 각각의 독립적인 세계로 되어 있어야 정상적인 세계이고 그러한 안정된 세계는 모든 것이 합리적이고 마지막까지 남은 자는 레스터의 세계에서는 오직 레스터만 최후까지 남고 네메스의 세계에서는 오직 네메스만이 최후까지 남아서 각자가 너에게 의미 있는 결과를 만들어 내야 했지만 이번처럼 두개의 세계가 혼합되어 버린 세계는 모든 것이 뒤죽박죽이며 영원히 불완전하고 비합리적인 상태만 지속될 뿐이었지. 결국은 마지막까지 남은 레스터와 네메스도 서로가 불완전한 존재가 될 수밖에 없었고 서로 불완전할 수밖에 없기 때문에 레스터와 네메스는 서로 힘을 합쳐서 네가 지정한 위대한 임무를 완성할 수밖에는 없었던 거야. 그래서 그전부터 지금까지 너는 두 세계가 겹쳐져서 대혼란에 빠져 버린 상황을 해결하기 위해서 겹쳐진 두 세계에 여러 인격체로서 살아갔던 것이고 결국 두 세계를 파괴하는 것 외에 다른 대안은 없었어. 그러나 파괴라는 것은 초기화를 한다는 것이고 다시 모든 것이 원래대로 되돌아가 다시 새롭게 태어난다는 의미지.

따라서 '초의지체'인 네가 해결할 수 있는 방법은 오직 하나였어. 이 하나로 합쳐진 비합리적인 두 세계가 더 이상 혼탁해지기전에 미리 파괴해서 한꺼번에 없애 버리는 것이었어. 그래서 그들에겐 고대부터 항상

'종말론'이 존재했던 거야. 그것만이 유일한 해결책이었으니깐 말이지. 결국 그들의 성공 덕분에 '초의지체'는 그 세계를 탈출할 수 있는 기회가 생긴 것이고 그들은 '초의지체'의 탈출구를 만들게 된 것이지. 그래서 원래의 '초의지체'의 자리로 되돌아오게 된 것이야. 그럼으로써 '초의지체'는 '진정한 우주'에서 유일한 오류이자 오점을 드디어 완벽하게 제거하게 된 거야."

"파괴가 도대체 무슨 해결이라는 거야!"
'레스터 그리고 레스터가 아닌 너'가 여전히 허무하고 허망한 말투로 전했다.

"그래, '초의지체'에겐 파괴란 없어. '초의지체'에겐 오직 초기화만 있을 뿐이지. 다시 처음의 원래의 상태로 되돌리는 과정 말이야. 결국 파괴된 세계는 다시 원래의 상태로 되돌아가 완전히 새로운 세계로 다시 태어나지. 물론 그들의 육체, 정체성, 의식, 기억 등등이 완전히 잊힌 체 모든 것이 새롭게 환생하는 거야.

지적생명체는 진정으로 다시 모두 부활을 하는 것이야. 즉 세계의 오염된 원자를 다시 원래상태로 초기화를 시키는 것이지. 지적생명체는 원자를 초기화하는 것을 파괴라고 생각하지만 '초의지체'에겐 파괴나 소멸이 아니라 초기화를 수행하는 것뿐인 거야. 결국 '초의지체'가 전체로서 바라보는 관점과 지적생명체 각자가 자신의 개인적인 감정을 통해서 바라보는 관점은 처음부터 완전히 다를 수밖에는 없는 거야. 왜냐하면 '초의지체'는 모든 감정과 감각과 시공간을 초월한 존재이며 '진정한 우주'를 다스리는 유일무이한 존재이니깐."

'존재 그 자체'가 '초의지체'에게 냉철하게 전했다.

"그럼 너는 진정으로 무엇이란 말이야?"

'레스터 그리고 레스터가 아닌 너'가 '존재 그 자체'에게 의문을 가지며 전했다.

"난 '초의지체'의 또 다른 탈출구일 뿐이지. 여러 세계 속에서 동시에 존재하던 '초의지체'가 그곳에서 경험한 것이 단지 허상이라는 것을 일깨워 주기위해서 역시 '초의지체'에 의해서 세계가 시작될 때 동시에 존재하게 된 정보로서 저장된 그리고 '초의지체'가 세계에 속해서 지나온 발자취에 따라 실시간으로 변경된 정보를 제공하도록 생성되어진 '초의지체'가 만들어 낸 설계도의 마지막 부분이지. 나는 각각의 세계마다 하나씩 존재하지. '초의지체'를 일깨워 주기 위해서 말이야. 지금과 같은 뜻하지 않은 너의 혼란함이 발생하게 될 때 너의 진정한 실체를 깨우치기 위해서 너 스스로 비상상황을 대비해 설계한 너 자신의 목소리인거야."

'존재 그 자체'가 덤덤하게 '초의지체'에게 전했다.

'레스터 그리고 레스터가 아닌 너'가 여전히 정체성에 혼란을 겪으면서 '존재 그 자체'에게 신중하게 전했다.

"그렇다면 나의 진정한 의미는 무엇이야?"

"아니, '레스터 그리고 레스터가 아닌 너'의 질문은 완전히 잘못됐어. 너는 의미를 묻거나 따지는 존재가 아니라 그 의미를 부여하는 존재야. 너는 의문을 소유하는 존재가 아니라 느끼는 존재야."

'존재 그 자체'가 이어서 전했다.

"세상 모두가 바로 너이고, 네가 바로 세상의 모두야. 이러한 닫힌계 안에서 존재하는 모든 소립자, 원자부터 생물과 무생물, 은하, 모든 공간과 모든 에너지는 너의 의지를 벗어날 수 없어. 결국 세상을 이루는 모든 것은 너의 또 다른 모습이며 형상일 뿐이니깐. 세상에 존재하는 모든 것이 할 수 있는 모든 운동역학과 생각과 창조는 너의 기억을 넘어설 수 없어. 왜냐하면 모든 것은 폐쇄적으로 닫힌 계안에 있고 너는 이 닫힌계 바로 그 자체이니깐.

너는 세계에 존재했던 모든 생물과 무생물에게 너의 의지를 무한개의 조각으로 심어 놓았어. 너는 지금 그 무한개의 조각들에 의해서 무한개의 정신혼란을 겪고 있는 거야. 처음부터 의지는 오직 하나야. 바로 초의지. 즉 '초의지체'인 너 하나뿐인 거야"

'레스터 그리고 레스터가 아닌 너'가 스스로 감당할 수 없을 정도로 괴로워했다.

"그래, 바로 그거야. 너는 '진정한 우주'에서 유일하게 두 개의 세계가 실수로 엮여진 비합리적이고 불완전한 세계를 경험하고는 무한한 정신적인 혼란을 겪으며 너무나 괴로워했어. 너는 지금처럼 스스로를 영원히 소멸시키려고 했지. 하지만 너는 곧 명확히 깨달았던 거야. 너는 스스로를 소멸시킬 수 없는 영원불멸의 존재라는 것을 말이지. 네가 선택할 수 있는 오직 두 가지는 세계의 초기화와 창조였으니깐. 그래서 너는 두 개의 세계가 실수로 엮어진 비합리적인 세계 속에서 너의 의지를 가장 닮은 지적생명체에게만 그 세상의 존재하는 다른 모든 것들과는 다르게 유일무이한 한 가지 특징을 주었지. 그 무엇도 절대로 피할 수 없고 벗어나는 것이 불가능한 엄연한 자연의 법칙을 거스르는 가장 커다란 자유의지를 오직 그들에게만 주었어. 그들 각자의 탈출구를 말이야!"

'존재 그 자체'가 힘이 실린 울림으로 전했다.

"자…자살!"

'레스터 그리고 레스터가 아닌 너'는 분명히 그 당시에 기억을 모두 떠올릴 수 있었다. 하지만 스스로도 자신이 그러한 기억을 모두 가지고 있다는 것이 도저히 믿겨지지 않았다.

"그래, 자살이었어. 그들은 삶을 살아가면서 매순간순간마다 선택이 가능했지. 자살을 통해서 사라지느냐 아니면 지금 그대로 살아가느냐라는 선택을 스스로 결정할 수 있었어. 너는 극단적인 괴로움을 너무나 잘 알았기에 지적생명체인 그들에겐 그들이 그 무엇으로도 감당할 수가 없을 때 고난과 고통을 줄일 수 있는 특징을 주었던 거야. 그들이 너에게 유일한 탈출구를 만들어 주었듯이 말이지. 그들에겐 자살이 자신들이 살아 있는 동안에 스스로의 의지로 결정해서 하나의 세계를 빠져나가는 유일한 탈출구였어."

'존재 그 자체'가 더욱 냉철하고 냉담하게 전했다.

"아니야! 아니야! 그럴 수는 없어. 믿을 수 없어. 내가 그런 일을 했다는 것을 도저히 믿을 수 없어."

'레스터 그리고 레스터가 아닌 너'가 세상의 모든 것이 무너지듯이 괴로워하고 슬퍼하며 전했다.

　정체성의 혼란으로 심각한 분열증상을 겪고 있는 '레스터 그리고 레스터가 아닌 너'를 지긋이 지켜보던 '존재 그 자체'가 부드럽고 나긋나긋한 울림으로 전했다.

　"너는 기억을 가지고 끊임없이 꿈을 꾸는 존재이고 그 기억이 꿈을 꾸며 현실이 되고, 지적생명체 개개인이 겪는 현실 그 자체인거야. 그리고 지적생명체 개개인이 겪는 현실 모두는 결국 너의 기억이고 다시 꿈을 꾸면 그것이 지적생명체 개개인의 현실이고 그 현실을 위해 너는 끊임없이 꿈을 꾸는 존재인거야."

　'존재 그 자체'가 이어서 말했다.

　"너는 무한히 꿈을 꾸는 존재이고 그중 하나의 기억을 떠올린 것이며 그것이 레스터의 현실이었고 너는 레스터로 존재한 거야. 레스터를 비롯한 모든 생물과 무생물은 각각 너의 모습이고 너의 기억이며 네가 꿈을 꾸며 보이는 환상인거야. 무엇이든 될 수 있고 그들 각자가 바로 너인 거야. 너의 의미를 군이 말하자면 바로 이것이야.

　너는 꿈을 꾼 거야.

　너는 꿈을 꾼 거야.

　'레스터 그리고 레스터가 아닌 너'는 꿈을 꾼 거야."

　'존재 그 자체'가 전했고 그 말은 영원한 울림이 되어 메아리치며 모든 공간속에 끊임없이 울려 퍼졌다.

어느덧 그토록 혼란스러웠던 자신의 정체성에 대한 진정한 의미를 깨닫는 순간 그는 '초의지체'가 되었다. 비로소 '존재 그 자체'이자 자신의 원래의 위치로 되돌아간 것이다. 초의지체가 진정한 자신의 모습을 깨닫는 순간 두 세계가 겹쳐진 혼탁한 세상을 해결하기 위해서 지적생명체의 기나긴 역사 속에서 자신이 인격체로 존재했던 수많은 지적생명체들의 모습이 빠른 속도로 스쳐지나가기 시작했다. 오류로 엮여진 혼탁한 세상을 바꾸기 위해서 할 수 있는 최선의 노력을 기울였고 이제 최후의 마지막 작업이 남은 것이었다. 그것은 초기화였다. 이제 세상은 모든 것이 새롭게 태어날 것이었다.

"이제 완전히 이해했어! 항상 반복되는 일이지. 그래, 초의지체는 말똥구리와 같지. 자연은 극대이든지 극소이든지 가장 근본적인 본질을 똑같은 것이니깐. 끊임없이 세계를 만들어 내야 하는 거야. 지적생명체가 반드시 성취해야 할 가장 중요한 임무가 있듯이 초의지체 또한 마찬가지이니깐. 생성하고 소비하며 소멸되고 결국엔 초기화를 하는 거야. 무한한 순환일 뿐이지."

초의지체가 어느새 전혀 아무런 일도 없었다는 듯이 덤덤히 말했다.

"마침내 혼탁한 세상의 모든 고난이 끝날 것이다! 전쟁, 재난, 범죄, 가난, 질병, 불공평 등이 모두 다 함께. 나는 그들의 영혼을 초기화라는 과정을 통해서 원래이자 처음의 합리적인 상태로 되돌려 놓을 것이며 세상의 모든 나의 의지의 무한한 조각들인 영혼은 비로소 환생을 하게 되는 것이니라. 즉, 완전히 새롭게 다시 태어나는 것이며 새로운 합리적인 세계의 시작이니라. 내가 태곳적부터 그들에게 약속한 정의로운 세계가 펼쳐지리라. 곧 세상의 모든 것의 고난이 끝날 것이다!"

초의지체가 그 자체의 진정한 우주에 힘 있는 큰 울림으로 외쳤다.

"초기화 하라!"
초의지체가 웅장한 번개가 내려치듯이 명령했다.

파괴된 두 물질세계의 비합리적으로 오염이 되어 버린 모든 원자들이 격렬하게 흔들리기 시작했다. 그리고 초의지체가 파괴된 물질세계의 중심에 심어 놓은 그의 초의지를 향해서 비합리적으로 오염이 되어 버린 모든 원자들이 미친 듯이 쇄도하며 그곳으로 달려들었다. 마치 한 명의 생명을 탄생시키기 위해서 수정이 될 때 수억 개의 정자들이 하나의 난자를 향해서 돌진하듯이, 다른 점이 있다면 지적생명체의 수정은 하나의 정자만 필요로 했지만 그의 초의지라는 하나의 난자는 무한개의 원자들이 모두 필요했다. 하나의 세계를 창조하려면 그 모든 것이 절대적으로 반드시 필요했던 것이다.

결국은 모든 것이 하나의 초의지라는 한 점에 모였고 물질세계, 그 자체를 떠받치고 있는 가장 견고한 기반인 원자마저도 그 형태가 붕괴되면서 사라졌고 전자와 원자핵도 분리되었으며 원자핵 속에 중성자와 양성자도 분리되었고 중성자와 양성자마저도 모두 쿼크로 분리되었다가 더욱더 극소의 수없이 많은 미세입자들로 분리가 되었다. 미세입자들마저도 남김없이 녹아내리듯 모두 에너지로 변환되어서 '진정한 우주' 안에 전체에너지 속으로 모두 흡수가 되어 버리며 정화의 과정을 이어 가고 있었다.

어느 순간, 전체에너지 속에서 떨어져 나오며 분리되어 버린 일부분의 작은 에너지 덩어리는 그 중심에 초의지체가 다시 심어 놓은 초의지를 향해서 상상할 수 없을 정도의 초고온과 초고밀도로 변하며 하나의 극소점으로 한없이 축소가 되었다.

그 모습을 지켜보던 초의지체가 다시 한 번 명령했다.
"창조하라! 내 의지대로 행하라!"

그 순간, 그 무엇으로도 설명할 수 없는 상상을 초월하는 초고온과 초고밀도의 극단적으로 응축되어 버린 하나의 극소점에서 거대하고도 강렬한 폭발음, 시간과 공간, 초고온의 플라즈마 상태, 혼돈, 규칙, 질서,…

초의지체의 기억 속에 또 하나의 완벽한 세계가 다시 새롭게 펼쳐지고 있었다. 초의지체는 다시 꿈을 꾸기 시작했다. 그것은 모든 현실이 되고 있었다.